BIBLIOTECA POLIROM
ESENŢIAL

Autori consacraţi, cărţi importante din literatura lumii.

Colecţia BIBLIOTECA POLIROM este coordonată
de Bogdan-Alexandru Stănescu.

www.polirom.ro

Editura POLIROM
Iaşi, B-dul Carol I nr. 4; P.O. BOX 266, 700506
Bucureşti, Splaiul Unirii nr. 6, bl. B3A,
sc. 1, et. 1, sector 4, 040031, O.P. 53

Descrierea CIP a Bibliotecii Naţionale a României:

ANDRIĆ, IVO

E un pod pe Drina... / Ivo Andrić; trad. şi note de Gellu Naum şi Ioana G. Seber. – Iaşi: Polirom, 2018

ISBN 978-973-46-7465-7

I. Naum, Gellu (trad.)
II. Seber, Ioana G. (trad.)

821.163.41

Printed in ROMANIA

Ivo Andrić

E un pod pe Drina...

Traducere şi note
de Gellu Naum şi Ioana G. Seber

POLIROM
2018

I

Pe cea mai mare parte a cursului ei, Drina își croiește drum prin trecători înguste, printre munți prăpăstioși sau străbate canioane adânci, cu pereți abrupți, aproape verticali. Dar pe alocuri zarea i se luminează spre niște văi deschise și formează, fie pe unul, fie pe amândouă malurile, întinderi rodnice al căror pământ, parte neted ca-n palmă, parte ușor tălăzuit, e prielnic semănăturilor și viețuirii oamenilor. Una din întinderile acestea începe aici, lângă Vișegrad, în locul unde Drina se ivește făcând o cotitură bruscă, după ce iese din strunga adâncă și înghesuită tăiată în stâncile lui Butko și munții Uzavnik. Cotul Drinei aici e din cale-afară de ascuțit, iar munții de pe ambele laturi au povârnișurile atât de drepte și sunt atât de apropiați unul de altul, încât par un singur masiv din care apa țâșnește ca dintr-un zid întunecat. Dar munții se despart dintr-odată, alcătuind un fel de amfiteatru cu marginile neregulate, al cărui diametru, dacă l-ai măsura din zbor, nu trece de cincisprezece kilometri în partea cea mai largă a locului.

Acolo unde Drina se ivește cu toată greutatea potopului ei de ape verzi și spumoase, ieșind din aparenta înlănțuire a munților negri și povârniți, se înalță un mare pod tăiat armonios în piatră, cu unsprezece arcade, boltite larg. Iar de la pod, ca dintr-o temelie, se desface în evantai o întreagă vale unduioasă, cu orășelul Vișegrad și cu împrejurimile lui, cu cătunele pitulate pe după coline acoperite cu holde, pășuni și livezi de pruni, brăzdate de haturi și de uluci și parcă presărate cu tufe și cu pâlcuri rare de brazi. Așa, când stai să privești din fundul zării, îți vine să crezi că pe sub largile bolți ale podului alb curge și se revarsă nu numai Drina cea verde, ci toată valea însorită și rodnică, tot ce crește pe ea, laolaltă cu cerul sudic care-i străjuiește înălțimile.

Pe malul drept al râului, începând chiar de la pod, se află centrul orașului, cu piața lui turcească, parte așezată în vale și parte pe povârnișurile colinelor. La celălalt capăt ar podului, de-a lungul malului stâng al râului, se întinde câmpia Maluhinei, o mahala ale cărei căsuțe sunt răsfirate în preajma drumului ce duce la Sarajevo. Astfel, podul care leagă cele două capete ale drumului spre Sarajevo leagă și orășelul de mahalaua lui.

La drept vorbind, când se spune „leagă" e tot atât de adevărat ca și atunci când se spune: soarele răsare dimineața pentru ca noi, oamenii, să putem desluși ce-i în jurul nostru și să ne putem vedea de treburi, iar seara apune ca să putem dormi și să ne putem odihni după truda zilei. Fiindcă podul ăsta uriaș, tăiat din piatră, construcție prețioasă și de o rară frumusețe cum n-au nici orașele cu mult mai bogate și mai pline de viață („cu totul și cu totul, abia dacă mai sunt două care să-i semene, în toată împărăția", se spunea, pe vremuri), podul ăsta e singura trecere permanentă și sigură pe tot cursul mijlociu și superior al Drinei, fiind nodul absolut necesar pe drumul care leagă Bosnia cu Serbia, și prin Serbia, mai departe, cu toate celelalte meleaguri ale împărăției turcești, până la Stambul. Iar un orășel și mahalaua lui sunt așezările care se dezvoltă în mod firesc în jurul principalelor noduri de comunicație, la cele două capete ale podurilor mari și importante.

Așadar și aici, cu trecerea timpului, familiile au roit și locuitorii s-au înmulțit la amândouă capetele podului. Orășelul a trăit datorită podului și a crescut din el ca dintr-o rădăcină de neclintit.

Ca să fie văzute limpede și înțelese pe deplin înfățișarea orașului și natura relațiilor lui cu podul, trebuie să se știe că, în oraș, mai există încă un pod, ba mai există încă și un râu. Râul acesta, numit Rzav, e tăiat de un pod de lemn. Rzavul se varsă în Drina, chiar la marginea orașului, astfel încât centrul orașului și totodată partea lui cea mai locuită se află pe limba de pământ nisipos între cele două râuri, cel mare și cel mic, care se reunesc aici, pe când mahalalele risipite se întind de partea cealaltă a podurilor, pe malul stâng al Drinei și pe malul drept al Rzavului. Orașul e, deci, așezat pe apă. Dar cu toate că mai există și un alt râu și un alt pod, cuvintele „pe pod" nu se referă niciodată la podul de peste

Rzav, o construcţie banală, din lemn, lipsită de frumuseţe, fără istorie şi fără alt rost decât de a fi folosit pentru trecere de către localnici şi de către vitele lor; cuvintele „pe pod" se referă întotdeauna şi numai la podul de piatră de peste Drina.

Podul e lung cam de vreo două sute cincizeci de paşi şi lat de vreo zece paşi; la mijloc însă e lărgit prin două terase absolut egale, câte una de fiecare parte a drumului carosabil, atingând astfel o lărgime dublă. Părţii acesteia a podului i se zice „kapia", adică „poarta". Aici, pe marele pilon central care se lărgeşte spre vârf, sunt ridicate, de ambele părţi, ziduri de sprijin, în aşa fel încât pe pilonul acesta, la dreapta şi la stânga drumului carosabil, se reazemă cele două terase, înălţându-se armonioase şi semeţe deasupra vidului, peste apa verde şi tumultuoasă. Ele au cam cinci paşi lungime şi tot atâta lăţime şi sunt împrejmuite cu un parapet de piatră, aşa cum de altfel e împrejmuit tot podul, de la un capăt la altul; altminteri, terasele sunt deschise şi lipsite de acoperiş. Terasei din dreapta, cum vii dinspre oraş, i se zice sofaua. E ridicată pe două trepte, fiind mărginită de bănci cărora parapetul podului le serveşte de spătar, iar treptele, şi băncile, şi parapetul sunt tăiate toate din aceeaşi piatră albicioasă. Terasa din stânga, aşezată în faţa sofalei, e aidoma acesteia, doar că e goală, fără bănci.

În mijloc, parapetul se înalţă peste un stat de om: în vârful lui e zidită o lespede de marmură albă, şi pe ea e săpată o bogată inscripţie turcească – un *farih* – cu o cronogramă care arată numele celui care a durat podul şi anul săvârşirii acestei lucrări. La piciorul zidului curge o fântână: un firişor de apă ţâşneşte din gura unui balaur de piatră. Pe terasa asta s-a statornicit un cafegiu cu ibrice, ceşti de cafea, cărbuni veşnic aprinşi şi un băiat care duce cafelele peste drum, la muşteriii de pe sofa. Aici e kapia.

Pe pod şi pe kapia lui, prin preajmă sau în legătură cu el, curge şi se desfăşoară, după cum vom vedea, întreaga viaţă a locuitorilor orăşelului. Nu-i povestire, privind fapte personale sau de familie, ori întâmplări publice din care să lipsească vreodată cuvintele „pe pod". Şi, într-adevăr, pe podul de pe Drina încep primele plimbări ale copiilor şi primele jocuri ale băieţilor. Copiii creştini, născuţi pe malul stâng al Drinei, străbat podul chiar din primele zile ale vieţii lor, fiindcă din prima săptămână sunt duşi la biserică, pe-aici, ca să fie botezați. Dar și ceilalți copii, chiar cei născuți pe malul drept al Drinei, ca și copiii musulmani, care nu sunt botezați defel, își petrec și ei cea mai mare parte a copilăriei pe lângă pod, așa cum au făcut pe vremuri și tații, și bunicii lor. Lângă pod își aruncă ei undițele ca să prindă pește, pe sub arcadele podului vânează porumbei. Din cea mai fragedă copilărie ochii li s-au deprins cu liniile armonioase ale acestei construcții uriașe, clădită din piatră albă, poroasă, tăiată cu precizie. Ei cunosc toate rotunjimile și adânciturile dăltuite cu măiestrie, ca și toate poveștile și legendele legate de zămislirea și desăvârșirea podului și în care se amestecă și se înlănțuiesc într-un chip ciudat și nedeslușit imaginația și realitatea, adevărul și visul. Și le-au cunoscut dintotdeauna, inconștient, ca și cum le-ar fi adus pe lume odată cu ei, la naștere.

Ei știu că podul a fost ridicat la porunca marelui vizir Mehmet-pașa[1], al cărui sat de baștină, Sokolovici, se află pe undeva prin apropiere, prin coclaurile vreunuia dintre munții ce împrejmuiesc podul și orășelul. Numai un vizir putea să dea toate câte au trebuit pentru construirea minunii ăsteia de piatră nepieritoare. (În mintea băieților, un vizir întruchipa ceva strălucitor, măreț, înfricoșător și nelămurit totodată.) Podul cică a fost clădit de către Rade-neimar, care trebuie că a trăit sute de ani ca să fi putut ridica tot ce e frumos și trainic în țările sârbești, meșter legendar și cu adevărat anonim, așa cum fiecare mulțime de oameni și-l închipuie și-l dorește. Copiii știu că zâna apelor s-a împotrivit construcției – așa cum pretutindeni și întotdeauna se găsește câte cineva care să se împotrivească oricărei construcții – dărâmând noaptea ceea ce fusese clădit peste zi. Așa au mers lucrurile până când, odată, s-a înălțat din ape un glas și l-a sfătuit pe meșterul Rade să găsească doi prunci, doi gemeni, un frate și o soră, pe nume Stoia și Ostoia[2] și să-i zidească în pilonul din inima podului. Și s-a început, de îndată, căutarea unor astfel de copii, prin toată Bosnia. O răsplată mare a fost făgăduită oricui îi va afla și-i va aduce.

---

1. Mehmet-pașa (1503-1579), mare vizir al Porții Otomane, originar din Bosnia.
2. Joc de cuvinte în limba croată. Înseamnă „cel care stă în picioare“ și „cea așezată“.

Până la urmă, seimenii au dibuit într-un cătun depărtat doi prunci gemeni și i-au adus cu de-a sila, bizuindu-se pe atotputernicia vizirului. Iar când i-au luat, mama pruncilor nu s-a îndurat să se despartă de ei ci, văitându-se și lăcrimând, fără să-i pese de ocări și de lovituri, i-a urmat cum a putut până la Vișegrad. Acolo, a izbutit să se strecoare până la neimar.

Copiii au fost zidiți, arată legenda, fiindcă nu se putea altfel. Dar pe neimar, după câte se spune, l-a durut inima de ei și, din milă, a lăsat câteva deschizături în stâlpi, ca să aibă nefericita mamă pe unde să-și alăpteze pruncii jertfiți. Deschizăturile astea sunt ferestrele oarbe, lucrate cu măiestrie nespusă, și înguste ca niște ochiuri de meterez, în care acum porumbeii sălbatici își așază adeseori cuibul. În amintirea gemenilor, de sute de ani se scurge lapte de mamă pe ziduri: din lapte de mamă sunt dârele acelea albe și subțiri care, în anumite epoci ale anului, se preling în înflorituri măiestre lăsând peste piatră o urmă de neșters. (Ideea laptelui de mamă evocă în imaginația copiilor ceva care le este și foarte apropiat și foarte șters, vag și misterios totodată, ca vizirii și meșterii-neimari, ceva care îi tulbură și-i îngrețoșează.) Dârele astea lăptoase, ivite de-a lungul stâlpilor, le răzuiesc oamenii și fac din ele un soi de leacuri pentru femeile care, după naștere, au sânul sterp.

În stâlpul din mijlocul podului, sub kapia, se află o deschizătură mai mare, un soi de ușă strâmtă și alungită, ca despicătura unui meterez gigantic. În stâlp se zice că e o încăpere mare, o sală întunecoasă, în care trăiește Harap-Negru. Asta o știu toți copiii. Și în visele lor, ca și în născocirile în care se întrec în minciuni, Harap-Negru joacă un rol de frunte. Cel căruia i se ivește el trebuie să moară. Nici un copil nu l-a văzut până acum, fiindcă, uite: copiii nu mor. Dar într-o noapte, Hamid, hamalul care abia putea să respire din pricina astmului și care când îl căutai era beat, posomorât și cu ochii tulburi de sânge, l-a zărit pe Harap-Negru. Și a murit în aceeași noapte, aici, lângă zid. La drept vorbind, Hamid fusese beat criță și-și petrecuse noaptea pe pod, sub un cer ca sticla de limpede, și într-un ger de minus cincisprezece grade. În bezna despicăturii aceleia a stâlpului, băieții se uită adeseori, ca într-o prăpastie care-i îngrozește și-i atrage. Și se înțeleg între ei să privească toți odată, fără să clipească, iar primul care o zări ceva, orice o fi, să strige. Şi se uită prin despicătura asta largă şi întunecată, se uită cu gurile căscate, tremurând de frică şi de curiozitate, până ce vreunui puşti mai pirpiriu i se năzare că despicătura se clatină ca o perdea, încoace şi încolo, sau până ce vreun tovarăş de joacă mai cu chef să-şi râdă de alţii şi mai stăpân pe sine (totdeauna se găseşte câte unul de soiul ăsta) strigă: „Harapul!“ şi se preface că o rupe la fugă. Gluma lui nesărată strică tot şi stârneşte necazul celor ce îndrăgesc jocurile închipuirii şi totodată urăsc batjocura, încredinţaţi fiind că, uitându-te cu luare-aminte, poţi într-adevăr să vezi ceva şi să încerci un fior. Dar noaptea, în timpul somnului, mulţi dintre ei se luptă cu Harapul de la pod, cum s-ar lupta cu ursita, până ce-i trezeşte mama şi-i scapă de coşmar. Şi pe când ea le dă să bea apă rece „ca să alunge spaima“ şi-i sileşte să rostească numele Domnului, băieţaşii, istoviţi de jocurile din timpul zilei, se cufundă iar, cât ai clipi, în greul lor somn de copii în care spaimele nu pot să crească prea mult şi nu stăruie cine ştie cât.

În susul podului, pe malul râpos acoperit cu calcar cenuşiu, se văd, şi de-o parte şi de alta, nişte scobituri rotunde, tot două câte două, la distanţe egale, ca şi cum s-ar fi incrustat în piatră urmele copitelor unui bidiviu de o mărime supranaturală; ele vin de sus, din oraşul vechi, coboară de-a lungul povârnişului stâncos până la râu şi se ivesc din nou, pe celălalt mal, unde se pierd în solul cafeniu şi în vegetaţia deasă.

Copiii, care vara, cât e ziulica de lungă, prind peştişori de-a lungul malului acestuia bolovănos, ştiu cu toţii că sunt urme ale războinicilor străbuni, din vremuri de demult. Pe-atunci pământul era locuit de viteji nemăsurat de mari, piatra nu prinsese încă tărie şi era moale ca pământul iar caii, ca şi vitejii, erau de statură uriaşă. Pentru copiii sârbi, şi numai pentru ei, astea sunt urmele copitelor lui Şaraţ[1]. Ele au rămas acolo de pe vremea când crăişorul Marko, aflat în temniţa oraşului vechi, a izbutit să fugă, a coborât dealul şi, dintr-un salt, a ajuns dincolo de Drina peste care nu se afla pe atunci nici urmă de pod. Dar copiii turci sunt siguri că nici vorbă nu poate fi de crăişorul Marko (fiindcă, de unde putea să aibă ghiaurul şi bastardul atâta putere şi un astfel de bidiviu?) şi că

1. Calul craiului Marko, erou vestit în poezia populară sârbă.

urmele sunt ale viteazului drept-credincios Djerzelez Ali[1], călare pe iapa lui înaripată, fiindcă toată lumea știe câtă silă îi era de bărci și de barcagii și că el sărea peste râuri de parcă ar fi sărit peste niște biete pârâiașe. Copiii nici măcar nu se ceartă din această pricină, într-atât își socotesc de întemeiată credința, și unii și alții. Și nu s-a întâmplat niciodată ca vreunul dintre ei să-l fi convins pe altul de contrariu sau să-și schimbe părerea proprie.

În cavitățile acestea rotunde, largi și adânci, asemenea unor ceaune mari, se păstrează mult timp, ca în niște vase de piatră, apa rămasă de pe urma ploilor. Gropilor ăstora, pline cu apă de ploaie călduță, copiii le spun puțuri și-și pun în ele, și unii și alții, fără deosebire de credință, peștișorii, ghigorții și bibănașii pe care-i agață cu undița.

Pe malul stâng, mai la o parte, chiar deasupra drumului, se află un gorgan, din pământ, dar dintr-un pământ dur, cenușiu și împietrit. Pe gorganul ăsta nu crește și nu înflorește nimic, în afară de-o iarbă măruntă, țepoasă și tare, ca o sârmă de oțel. Gorganul e ținta și hotarul tuturor jocurilor copiilor în preajma podului. Pe vremuri, locului ăstuia i se spunea mormântul lui Radislav. Și se povestește că Radislav a fost o căpetenie de-a sârbilor, un om cum nu sunt mulți. Și când vizirul Mehmet a hotărât să înalțe un pod peste Drina și a trimis oamenii acolo, toți s-au supus și s-au înfățișat la corvadă. Doar Radislav singur se împotrivi, ridică poporul și-l sfătui pe vizir să se lase de treaba asta fiindcă o să fie grozav de greu să dureze un pod peste Drina. Și vizirul a avut, într-adevăr, multe de pătimit până să-l înfrângă pe Radislav, fiindcă era un voinic între voinici: nici flinta și nici spada nu-l puteau doborî și nu se găsea nici funie nici lanț care să-l poată lega; pe toate le rupea de parcă ar fi rupt fire de ață. Atâta putere avea talismanul lui Radislav. Și cine știe ce s-ar mai fi întâmplat și dacă ar mai fi ajuns vreodată vizirul să ridice podul, de nu s-ar fi găsit un om de-al lui, priceput și isteț, care să-l cumpere cu bani și să-l facă să vorbească pe slujitorul lui Radislav. Așa s-a întâmplat de l-au dibuit pe viteaz și l-au gâtuit în timp ce dormea, legându-l cu funii de mătase, fiindcă talismanul lui numai împotriva mătăsii nu-l

1. Erou musulman din Bosnia, devenit legendar.

putea apăra. Femeile noastre cred că ar exista o anumită noapte a anului când poate fi văzută, pogorând din cer, de-a dreptul pe gorgan, o lumină albă și puternică. Asta se întâmplă spre toamnă, între Sfânta Maria mare și Sfânta Maria mică. Dar băieții, care – crezând sau necrezând – au stat de veghe pe la geamuri cu ochii ațintiți spre mormântul lui Radislav, n-au izbutit niciodată să vadă focul ceresc, fiindcă îi dobora somnul încă înainte de miezul nopții. În schimb sunt drumeți care nu s-au gândit cu dinadinsul și totuși au văzut o lumină albă pe gorganul dindărătul podului, pe când se reîntorceau, noaptea, în oraș.

Dar turcii din Vișegrad, dimpotrivă, povestesc din timpuri străvechi că în locul acela a murit ca un martir, pentru credință, un derviș, numit șeicul Turkania care a fost mare viteaz și a oprit aici trecerea unei oști de ghiauri peste Drina. Și dacă nu găsești pe locul acela nici piatră de mormânt, nici turbe[1] e fiindcă dervișul a vrut să fie îngropat așa, fără semn, nici urmă, ca să nu se știe că se află acolo. Căci, dacă va mai da năvală vreodată prin locul acela vreo oaste de ghiauri, dervișul se va ridica din măgură și-o va opri, precum a mai făcut odinioară, așa fel încât să nu poată trece de podul de la Vișegrad. Și de aceea, uneori, cerul îi luminează măgura cu lumina lui.

Astfel se scurge viața copiilor din orășel, sub pod sau în preajma lui, într-o joacă fără nici un folos, sau în visări naive. Iar odată cu primii ani ai maturității, ei trec pe pod, pe kapia, unde visarea tinerească își găsește altă hrană și tărâmuri noi, dar unde încep de asemenea grijile, luptele și truda vieții.

Pe kapia și în jurul ei se iscă primele vise de dragoste, primele ocheade aruncate în treacăt, primele gânduri spuse cu glas tare și primele șușoteli. Aici e, de asemenea, locul primelor treburi negustorești și al primelor tocmeli, al certurilor și al împăcărilor, al întâlnirilor și al așteptărilor. Aici, pe parapetul de piatră al podului, sunt scoase la vânzare primele cireșe, sunt puși pe tarabă primii pepeni, salepul[2] de dimineață și susanul cald. Aici e locul

1. Mausoleu musulman cu stâlp de piatră și turban în vârf.
2. Băutură turcească dulce și densă, preparată din fecula extrasă din tuberculele uscate ale unor specii de orhidee, din miere și din apă.

de întâlnire al cerşetorilor, al schilozilor şi al leproşilor, dar şi al tinerilor sănătoşi tun care vor să-şi arate chipul sau să-l vadă pe-al altora, după cum e şi locul de întâlnire al tuturor celor care au de vânzare fructe, veşminte sau arme. Aici se aşază adesea oameni în vârstă şi cu dare de mână ca să mai stea la taifas despre treburile obşteşti şi despre grijile lor, dar şi mai adesea îi vezi şezând pe cei tineri care nu ştiu decât să cânte şi să glumească. Aici, când se petrec fapte de seamă sau schimbări istorice, sunt lipite apelurile şi proclamaţiile (pe zidul ieşit în afară, sub lespedea de marmură cu inscripţie turcească, deasupra fântânii), şi tot aici, până în 1878, erau atârnate sau puse în ţeapă scăfârliile tuturor acelora care, pentru o pricină sau alta, fuseseră daţi morţii. Iar în orăşelul acesta de graniţă, mai ales în vremurile tulburi, uciderea osândiţilor la moarte se petrecea destul de des, ba uneori, după cum vom vedea, chiar zilnic.

Alaiurile de nuntă sau de înmormântare nu pot nici ele să treacă peste pod fără să poposească pe kapia. De obicei aici se rânduiesc nuntaşii, aici se pregătesc nunţile înainte de a intra în târg. Dacă vremurile sunt liniştite şi lipsite de griji, oamenii îşi trec din mână în mână plosca plină cu rachiu, cântă, întind hora, căreia prin partea locului i se zice kolo şi, de multe ori, zăbovesc mai îndelung decât aveau de gând. Iar la înmormântări, cei care duc mortul îl lasă o clipă jos. ca să se mai odihnească, totdeauna aici, pe kapia, unde, altminteri, răposatul însuşi şi-a petrecut o bună parte din viaţă.

Kapia e punctul cel mai de seamă al podului, aşa cum podul e partea cea mai de seamă a oraşului sau, după cum a scris un călător turc pe care locuitorii Vişegradului l-au găzduit cu multă omenie: „kapia lor e inima podului şi podul e inima târgului acestuia care trebuie să rămână în inima tuturora". Kapia arată câtă iscusinţă vădeau meşterii cei vechi – despre care poveştile spun că se luptau cu ielele şi cu tot soiul de balauri şi că erau siliţi să zidească pruncii de vii – câtă iscusinţă, zic, vădeau meşterii cei vechi atunci când era vorba nu numai de trăinicia şi de frumuseţea construcţiei, ci şi de folosul şi de înlesnirile pe care aveau să le aibă de la ea urmaşii cei mai îndepărtaţi. Iar când cunoşti viaţa de astăzi a orăşelului şi când stai să te gândeşti mai adânc, nu poţi să nu-ți zici că în toată Bosnia, cât e ea de mare, puțini oameni pot avea prilejul și desfătarea pe care până și ultimul locuitor al Vișegradului le poate avea pe kapia.

Bineînțeles că vremea de iarnă n-o punem la socoteală, fiindcă la vreme de iarnă nu trece peste pod decât cine e silit de nevoi și încă și acela își lungește pasul și-și încovoaie grumazul sub tăișul vântului rece care bate necontenit de-a lungul râului. Atunci, nici vorbă că nu poposește nimeni pe terasele descoperite ale kapiei. Dar în oricare alt anotimp al anului, kapia e o adevărată binecuvântare și pentru cei mari și pentru cei mici. Atunci oricare locuitor al Vișegradului poate la orice oră din zi sau din noapte să se ducă pe kapia și să se așeze pe sofa sau pe lângă ea, fie că ar avea treabă acolo, fie doar așa, ca să mai schimbe o vorbă cu prietenii. Ieșită în afară și ridicată cam cu cincisprezece metri peste râul verde și gălăgios, sofaua asta de piatră pare că plutește în gol, deasupra apei, cu zarea mărginită din trei părți de culmile întunecate, cu bolta cerului, cu norii și cu stelele deasupra ei, și cu o priveliște deschisă de-a lungul râului, ca un amfiteatru îngust având în spate munții albaștri.

Câți sunt pe lumea asta vizirii și bogătașii care pot chibzui la bucuriile și la necazurile lor sau își pot desfăta clipele de răgaz într-un asemenea loc? Puțini, foarte puțini. Și câți dintre ai noștri, în decursul veacurilor și de-a lungul generațiilor, au așteptat aici, stând pe sofa, răsăritul soarelui, sau vremea rugăciunii de seară, sau ceasurile nopții, când toată bolta cerească se mișcă pe nesimțite deasupra capetelor noastre? Mulți dintre noi au stat aici, cu fața în palme, rezemați de piatra netedă și măiestrit cioplită și, sub jocul veșnic al luminii pe munți și al norilor pe cer, au depănat firele sorții locuitorilor orășelului nostru, mereu aceleași, dar mereu încâlcite în alt chip. Cineva a spus, mai demult (un străin, e drept, care vorbea în glumă), că poarta kapia ar avea înrâurire asupra sorții orașului și asupra firii locuitorilor lui. În nesfârșitele ceasuri petrecute pe kapia, spunea străinul, trebuie căutată cheia înclinării spre meditație și visare a multor localnici și unul din temeiurile seninătății pline de melancolie, care e o trăsătură de frunte a firii lor.

Fără îndoială, nu se poate tăgădui faptul că vişegrădenii, faţă de locuitorii altor oraşe, au fost de totdeauna socotiţi drept oameni uşuratici, înclinaţi spre desfătare şi risipă. Oraşul lor e aşezat la loc prielnic, satele de prin împrejurimi sunt rodnice şi bogate şi e adevărat că banul curge din belşug prin Vişegrad, dar nu poposeşte multă vreme acolo. Dacă se nimereşte prin târg vreun gospodar mai econom şi mai chibzuit, care să n-aibă vreo patimă, apăi negreşit e venit de curând prin partea locului; dar aerul şi apa Vişegradului sunt de-aşa natură, încât copiii se nasc cu palmele gata desfăcute, şi cu degetele răşchirate, atinşi de molima risipei şi a nepăsării, de care nu scapă nici unul. Şi trăiesc toţi după zicala: „Zile noi, parale noi".

Povestea spune că Novac, bătrânul, când a ostenit şi i-a sosit vremea să lase luptele şi haiducia pe meleagurile Romaniei[1], şi când flăcăul Gruia a trebuit să-i ia locul, Novac l-a sfătuit aşa:

„Când te afli la pândă, cercetează cu de-amănuntul drumeţul care se apropie. Dacă-l vezi călărind trufaş şi dacă poartă veşmânt roşu, cu bumbi de argint şi pulpare albe, să ştii că e din bogatul târg Focea, de pe ţărmul drept al Drinei. Pe acesta loveşte-l fără zăbavă, fiindcă are galbeni destui şi desagii îi sunt plini. Iar dacă vezi un drumeţ îmbrăcat ca vai de lume, ţinând fruntea-n pământ şi stând gârbov pe cal de parcă ar umbla după cerşit, loveşte-l în voie, fiindcă e din Rogatiţa, de pe stânga Drinei, şi toţi de-acolo sunt zgârciţi şi posaci, dar înţesaţi de galbeni. Dar dacă dai cu ochii de vreun zurliu, stând picior peste picior în şa, bătând în tambură şi cântând cât îl ţine gura, nu-l lovi şi nu-ţi murdări mâinile degeaba, ci lasă-l să treacă pe pierde-vară ăsta: e unul din Vişegrad, şi n-are para chioară, fiindcă la ei galbenii nu fac pui".

Povestea asta pare să întărească vorbele călătorului despre care am pomenit mai adineauri. Şi totuşi, e greu să cântăreşti în ce măsură e adevărată. Ca şi în alte multe lucruri, nici aici nu-i uşor să desluşeşti care e cauza şi care e urmarea. Oare kapia e pricina că localnicii sunt aşa cum sunt sau, dimpotrivă, ea a fost închipuită în spiritul şi în felul lor de-a judeca şi clădită după cerinţele şi

---

1. Ţinut muntos la răsărit de Sarajevo.

deprinderile lor? Întrebarea e de prisos şi n-are nici un rost. Construcţii ivite fără temei, fără legătură cu obştea omenească din care au izvorât, cu nevoile, dorinţele şi gândirea lor, nu există, după cum nu există în arhitectură linii întâmplătoare şi forme fără un rost oarecare. Iar zămislirea şi viaţa fiecărei construcţii mari, frumoase şi folositoare, ca şi legătura ei cu mulţimea omenească de care a fost înălţată, închide adeseori în ea drame şi întâmplări încâlcite şi misterioase. Oricum, un lucru e limpede: între viaţa locuitorilor târgului şi podul acesta, există o legătură intimă şi trainică. Destinele lor sunt atât de strâns împletite, încât nu pot fi nici închipuite şi nici povestite unul fără altul. De aceea povestea înfăptuirii şi a sorţii podului e totodată şi povestea vieţii orăşelului şi a localnicilor, din generaţie în generaţie, aşa cum în toate povestirile despre orăşel îşi găsesc loc şi linia podului cu cele unsprezece bolţi, cu kapia, în mijlocul lor, ca o coroană.

II

E bine să ne reîntoarcem acum la vremurile când pe locul acesta nu era nici urmă de pod, sau, în orice caz, nici urmă de pod asemenea celui care se înalță astăzi.

Poate că în vremurile acelea de demult, vreun drumeț ostenit și ud leoarcă, mânat de nevoi prin partea locului, și-o fi dorit să răsară ca prin minune un pod peste râul acesta lat și zgomotos, ca să-l poată străbate mai lesne și să-și poată atinge mai degrabă și mai ușor ținta. Căci fără doar și poate că oamenii, de când sunt ei pe lume și de când umblă prin locurile acestea înfruntând greutățile drumului, s-au tot gândit cum s-ar putea întocmi o trecere pe-aici, așa cum, de când e lumea lume, drumeții visează o cale bună, însoțitori siguri și-un adăpost cald pentru popasul de noapte. Numai că visul fiecăruia nu dă neapărat roade și nici fiecare gând nu e întovărășit de voința și de puterea care duce la înfăptuirea dorințelor.

Cea dintâi întruchipare a podului, căreia îi era dat să se îndeplinească, a licărit ca un fulger, bineînțeles cu totul nedeslușită încă și ca prin ceață, în mintea unui băiețaș de vreo zece ani, din satul apropiat Sokolovici, într-o dimineață a anului 1516, pe când era dus, din locul său de baștină, spre îndepărtatul, strălucitorul și înfricoșătorul Stambul.

Pe atunci tot Drina asta, șuvoi de munte, verde și nestăvilit, „care se tulbură adesea“, își dezlănțuia apele pe-aici, printre malurile ei goale și pustii, pietroase și nisipoase. Orășelul exista și pe-atunci, dar în altă formă și având altă mărime. Pe malul drept al râului, deasupra dealului râpos, acolo unde sunt astăzi ruinele, se afla o cetate veche, bine păstrată, o fortăreață cu multe ramificații, datând încă din vremurile de fală ale regatului bosniac, cu turnuri, metereze și ziduri boltite, întemeiate de Pavlovici, unul din cei mai cu vază boieri ai timpului. Sub flancurile cetății și la adăpostul ei se aflau așezările creștinești Meidan și Bikovaț, precum și cătunul, nu demult turcit, Dușce. Jos, în câmpie, între Drina și Rzav, acolo unde mai apoi a înflorit adevăratul târg, nu erau decât pășunile localnicilor, tăiate de-un drum lângă care se găseau doar vechiul han clădit din bârne de lemn, câteva mori de apă și câteva colibe.

Pe locul unde Drina taie drumul se afla vestitul „pod umblător de la Vișegrad", adică un bac mare, șubred și smolit, pe care-l avea în seamă un podar greoi la mișcări și ursuz, numit Jamak. Iar pe Jamak era mai greu să-l faci să te audă, chiar când nu dormea, decât ar fi fost să-l trezești pe-un altul din somnul cel mai adânc. Era el uriaș la trup și voinic din cale-afară, dar era și prăpădit din pricina multelor războaie în care își vădise vitejia. N-avea Jamak ăsta decât un ochi, o ureche și un picior (celălalt picior fiindu-i de lemn). Și așa, fără ziua bună și fără zâmbet pe față, trecea el mărfurile și drumeții, cu samavolnicie și după toane, anevoie și fără nici o rânduială, dar fără furtișag și sigur, în așa fel încât mersese vestea despre încrederea pe care o puteai avea în el și despre cinstea lui, după cum mersese vestea despre firea lui ciudată și încetineala lui. Cu drumeții pe care îi trecea apa nu schimba nici o vorbă, nu dorea să aibă cu ei nici în clin nici în mânecă. Acolo, în fundul bacului negru, unde Jamak, podarul, stătea mai toată ziua în apă și nisip, îi aruncau oamenii bănuții de aramă cuveniți drept plată; iar el îi aduna, spre seară, cu nepăsarea lui obișnuită, în căușul de lemn cu care scotea apa din bac, și-i ducea în coliba de pe mal.

Podul umbla numai când cursul apei și nivelul ei se nimereau să fie normale sau doar puțin crescute, dar de cum se tulburau apele sau creșteau peste un punct anumit, Jamak își retrăgea pluta greoaie, o priponea zdravăn într-un cot al malului și astfel Drina devenea de netrecut, ca largul unei mări întinse. Atunci podarul fie că surzea și de urechea sănătoasă, fie că pornea spre târg, ca să-și mai vadă de ogorul lui. Și tot atunci, cât era ziua de mare, puteau fi văzuți pe celălalt mal drumeții venind dinspre Bosnia, deznădăjduiți, stând pe malul bolovănos, înfrigurați și uzi până la piele, așteptând zadarnic podul și, din când în când, trimițând chemări prelungi peste apele tulburi și mânioase ale râului:

— Ooooo, Jamak!

Dar până nu scădea apa nu răspundea și nu se arăta nimeni; iar clipa aceea o hotăra singur Jamak, crunt, necruțător, fără vorbă, fără lămuriri.

Orașul, pe-atunci un târgușor mic și înghesuit, se afla pe malul drept al Drinei, cocoțat pe povârnișul abrupt al dealului, chiar sub ruinele vechii cetăți. În vremea aceea n-avea nici mărimea și nici înfățișarea căpătată abia mult mai târziu, după ridicarea podului, când drumurile de cărăușie și negoțul au purces să înflorească.

În ziua aceea de noiembrie, pe malul stâng al râului, sosise un convoi nesfârșit de cai încărcați cu poverile lor și se oprise aici ca să poposească peste noapte. Aga ienicerilor împreună cu însoțitorii lui, înarmați până-n dinți, se reîntorceau la Țarigrad, după ce strânseseră de prin satele Bosniei răsăritene așa-numitul „bir de sânge", adică un anumit număr de copii creștini sortiți să devină ieniceri.

Trecuseră șase ani de la ultima adunare a birului acestuia de sânge și de aceea, acum, alegerea se dovedise ușoară și rodnică; fuseseră găsiți, fără multă bătaie de cap, băieți sănătoși, vioi la minte și bine clădiți, în vârstă de zece până la cincisprezece ani, cu toate că mulți părinți își ascunseseră odraslele prin codri, îi învățaseră să se prefacă nătângi sau ologiți de picioare, îi îmbrăcaseră în zdrențe și-i lăsaseră să zacă în murdărie, doar-doar or scăpa de alegerea agăi. Ba unii chiar își ciuntiseră copiii, retezându-le, de pildă, un deget de la mână.

Copiii aleși erau cărați pe căluți bosniaci, înșiruiți într-un convoi atât de lung încât de-abia îl puteai cuprinde cu privirea. Fiecare căluț purta în spinare, de-o parte și de alta, câte un coș împletit, cum sunt cele pentru fructe; și în fiecare coș fusese pus câte un băiat cu bocceluța și cu fărâma lui de pită, ultima mângâiere pe care o mai ducea cu el de la vatra părintească. Din coșurile astea, care se legănau și scârțâiau ritmic, se iveau chipurile rumene și înspăimântate ale băieților luați cu anasâna. Unii dintre ei se uitau liniștiți peste crupele cailor, cât mai departe cu putință, spre satele de baștină, alții mâncau și plângeau totodată, pe când alții moțăiau, cu capul rezemat de samar.

La câțiva pași de ultimii cai se târau după caravana asta ciudată, răzlețiți, aproape fără suflare, mulțime de părinți sau de rude ale copiilor acestora duși pentru totdeauna și sortiți să fie turciți și circumciși într-o lume străină, să-și uite credința, neamul și țara și să-și petreacă viața în pâlcurile ienicerești sau în vreo altă slujbă mai înaltă a împărăției. Cele mai numeroase erau femeile, mame, bunici sau surioare ale băieților răpiți. Când se apropiau prea mult de convoi, călăreții agăi le împrăștiau cu lovituri de bici sau mânându-și caii peste ele, cu strigăte asurzitoare. Atunci femeile fugeau care încotro și se piteau în codrul de la marginea drumului, dar după câtăva vreme se adunau iar în urma convoiului și se căzneau să-și mai vadă o dată, cu ochii înlăcrimați, odrasla care le fusese smulsă. Deosebit de îndărătnice și de nestăpânit erau mai ales mamele. Le vedeai alergând cu pași repezi și hotărâți, fără să se uite unde calcă, cu pieptul dezgolit, despletite, uitând de tot ce se afla prin preajmă, văietându-se și bocind ca după mort, în timp ce altele, aproape ieșite din minți, gemeau, urlau de parcă durerile facerii le-ar fi sfâșiat pântecele și, orbite de lacrimi, se năpusteau de-a dreptul în bicele călăreților. Și, la fiecare lovitură de bici, răspundeau întrebând fără rost: „Unde mi-l duceți? Unde mi-l duceți?“ Câte unele încercau să-și cheme băieții pe nume ca să le mai dea câte ceva din ființa lor, cât pot să cuprindă două cuvinte, o ultimă povață sau un sfat pentru drum.

— Rade, feciorașul meu, să n-o uiți pe măicuța!...

— Ilia! Ilia! Ilia! striga o alta, cătând cu ochi deznădăjduiți căpșorul cunoscut și drag și-și repeta strigătul, necontenit, de parcă ar fi vrut să întipărească în mintea copilului numele acesta creștinesc care, peste câteva zile, avea să-i fie răpit pentru totdeauna.

Dar calea e lungă, glodul tare, trupul nevolnic și osmanlâii puternici și câinoși la inimă. Rând pe rând, femeile se opreau, istovite de drum, izgonite de lovituri, și una mai curând, alta mai târziu, se lăsau doborâte, părăsindu-și nesăbuitele nădejdi. Aici, la podul umblător de la Vișegrad, trebuiau să se oprească și cele mai dârze dintre ele, fiindcă în bac nu erau primite și alt chip de trecut apa nu se afla. Aici, puteau să se așeze pe mal, liniștite, și să plângă în voie, fiindcă nimeni nu le mai alunga. Aici, la podul umblător, așteptau ca împietrite, nesimțitoare la foame, la sete și la frig, ca să mai vadă o dată convoiul nesfârşit al cailor şi călăreţilor înşirându-se şi pierzându-se spre Dobrun, iar în convoi să-şi mai zărească măcar o dată copilul iubit pierindu-le pentru vecie din faţa ochilor.

În ziua aceea de noiembrie, într-unul din numeroasele coşuri se afla un băieţel oacheş, din satul de sus, de la Sokolovici. Şi băieţelul ăsta, care să tot fi avut vreo zece ani, privea tăcut în preajmă, cu ochii uscaţi de lacrimi. În mâna pătrunsă şi învineţită de frig, băiatul ţinea o custură strâmbă şi mică, crestând cu ea, în joacă, marginea coşului, în timp ce ochilor lui iscoditori nu le scăpa nimic din câte se întâmplau pe-acolo. Aşa i s-au pecetluit în minte malul pietros pe care abia dacă putea să crească ici-colo câte o răchită stearpă, amărâtă şi cenuşie, podarul schilod şi moara dărăpănată, plină de firele păianjenilor şi de tăişurile curenţilor, moară unde copiii aveau să poposească peste noapte înainte de a putea trece cu toţii peste apele tulburi ale Drinei deasupra cărora cârâiau ciorile; şi în inimă i s-a pripăşit un soi de nelinişte dureroasă, ca un cuţit negru, care din când în când, timp de o clipă sau două, îi sfâşia pieptul cu un chin nespus: în mintea lui, neliniştea asta a rămas legată de locul unde drumul se frânge, unde jalea şi deznădejdea se încheagă şi se îngrămădesc pe malurile râului, peste care trecerea e grea, scumpă şi puţin sigură. Era un punct deosebit de dureros şi de nevralgic al ţinutului, altminteri plin de munţi sterpi şi de lipsuri unde sărăcia amară îşi arăta pretutindeni chipul, loc unde omul zăgăzuit de stihiile covârşitoare, umilit de neputinţa lui, trebuia să vadă mai limpede şi să înţeleagă nenorocirea lui şi a celor din preajmă, cât de înapoiat era el şi aproapele său.

Toate astea au zămislit durerea care l-a lovit pe băiat în ziua aceea de noiembrie şi care nu l-a mai părăsit niciodată, deşi el şi-a schimbat viaţa şi credinţa, numele şi ţara.

Ce s-a întâmplat mai apoi cu băiatul din coş e povestit în cărţile de istorie din toate limbile şi se ştie în lumea întreagă mai bine chiar decât se ştie la noi: cu trecerea timpului, el a ajuns un viteaz oştean la curtea sultanului, apoi capudan-paşa, apoi ginerele împăratului, general şi om de stat vestit pe tot întinsul pământului, Mehmet-paşa Sokoli, cel care a dus războaie pe trei continente şi a izbândit aproape în toate, cel care a lărgit hotarele împărăției turcești, i-a făurit liniștea dinafară și buna rânduială dinlăuntru. Mai bine de șaizeci de ani el a slujit sub trei sultani, a trecut prin încercări bune și rele cum rar și numai celor aleși li se întâmplă și s-a înălțat pe drumul puterii până la culmi necunoscute nouă, la care puțini ajung și încă mai puțini rămân. Omul nou în care se preschimbase el într-o lume străină unde nu-l putem însoți nici măcar cu gândul a trebuit să uite tot ce lăsase pe meleagurile de unde fusese luat odinioară. Și fără îndoială că uitase trecerea Drinei la Vișegrad, malul pustiu unde drumeții tremură de frig și de neliniște, podul greoi și mâncat de cari, podarul schilod și ciorile flămânde rotind pe deasupra apelor tulburi. Dar simțământul neliniștii dureroase, rămas din toate acestea, nu s-a stins niciodată cu desăvârșire. Ba dimpotrivă, cu trecerea anilor și cu bătrânețea, el i se ivea din ce în ce mai des: întotdeauna același tăiș negru care îi despica pieptul în două, durerea aceea ciudată, atât de bine cunoscută în copilărie, altfel decât toate durerile și suferințele pe care viața i le-a adus mai târziu. Cu ochii închiși, vizirul aștepta atunci ca tăișul negru să treacă și junghiul să piară. Într-una din clipele acelea, i s-a năzărit că și-ar putea lecui chinul dacă ar izgoni de pe malul îndepărtatei Drine podul plutitor pe care se adună și se îngrămădesc sărăcia amară și tot alaiul necazurilor, dacă ar lega cu un pod malurile povârnite și apele rele care curg printre ele, dacă ar uni cele două capete ale drumului întrerupt acolo, dacă ar apropia astfel, trainic și pentru vecie, Bosnia și Răsăritul, locul unde se născuse cu locul unde viețuise. El a fost, astfel, cel dintâi care, după pleoapele închise, a întrezărit o clipă înfățișându-i-se puternic și zvelt marele pod de piatră ce trebuia să se înalțe aici.

Și încă din același an, la porunca vizirului și pe cheltuiala lui, a început clădirea marelui pod peste Drina. Ea a durat cinci ani, vreme care trebuie să fi fost, pentru orășel și pentru întreg ținutul, neobișnuit de frământată și de grea, plină de schimbări și de întâmplări mici și mari. Dar, ca printr-o minune, în orășelul unde veacuri de-a rândul sunt ținute minte și povestite cele mai felurite întâmplări – cuprinzându-le și pe cele fără vreo legătură directă cu podul – nu s-au păstrat multe amănunte cu privire la mersul lucrărilor.

Poporul nu ţine minte şi nu povesteşte decât întâmplările pe care le poate înţelege şi le poate preschimba în legendă. Toate celelalte se scurg pe lângă el fără să lase urme adânci, cu nepăsarea mută a fenomenelor fireşti şi anonime, fără să-i atingă imaginaţia şi fără să-i rămână în amintire. Lucrarea aceasta anevoioasă şi îndelungată a fost pentru el muncă străină, făcută pe cheltuială străină. Şi abia când s-a ivit marele pod, rodul acestor strădanii, oamenii începură să-şi amintească amănuntele iar naşterea podului celui adevărat, zidit cu pricepere, din materiale trainice, au început s-o împodobească, făurind ei înşişi, de asemenea cu măiestrie, tot soiul de poveşti pe care le-au păstrat multă vreme în minte.

III

Chiar în primăvara anului când vizirul luase hotărârea, în orășel se și iviră oamenii lui împreună cu însoțitorii lor, ca să pregătească cele trebuitoare pentru construirea podului. Și erau mulțime mare, cu cai și căruțe, cu felurite scule și corturi. Sosirea lor trezi spaimă și tulburare în orășel și în satele învecinate, mai ales în populația creștină.

În fruntea acestor oameni se afla Abid-aga, omul de încredere al vizirului pentru construirea podului. Mâna lui dreaptă era Tosun-efendi, marele meșter. (Despre acest Abid-aga se vorbea încă înainte de a sosi în târg, ca despre un om care nu ține seamă de nimic, câinos la suflet și aspru peste măsură.) De cum se așezară în corturile de sub Meidan, Abid-aga chemă la sfat căpeteniile orășelului și pe toți dreptcredincioșii mai de vază. Sfatul lor n-a ținut prea mult, fiindcă, de fapt, n-a vorbit decât Abid-aga. Cei chemați s-au pomenit dinaintea unui zdrahon de bărbat, cu fața bolnăvicios de roșie și cu ochii verzi, înveșmântat în portul bogat al Țarigradului, purtând o barbă roșcovană, retezată scurt, și niște fuioare de mustăți răsucite ciudat, după moda ungurească. Iar vorbele pe care le rosti matahala asta uimiră mai mult chiar decât înfățișarea lui.

— Pesemne că înaintea sosirii mele aici v-au ajuns la urechi felurite vești despre mine și eu știu că veștile astea nu pot fi nici plăcute nici îmbucurătoare. Veți fi auzit, de bună seamă, că eu îi cer fiecăruia muncă și supunere, și că lovesc și ucid pe oricine nu muncește cât trebuie și nu se supune fără cârtire. Veți fi auzit că eu nu știu ce înseamnă „nu se poate“ sau „nu este“ și că, la mine, îți poți pierde capul pentru o vorbuliță cât de mică. Veți fi auzit că sunt om sângeros și sucit. Țin să vă spun că toate zvonurile astea nu sunt nici născocite, nici mai presus de adevăr. Sub teiul meu cu adevărat nu găsești umbră. Mi-am dobândit faima asta slujind ani îndelungați, îndeplinind cu credință poruncile marelui vizir. Încrezându-mă în Allah, socot că voi izbuti și în treaba pentru care sunt trimis aici, iar după ce am s-o duc la capăt și am să plec, nădăjduiesc că au să se pornească zvonuri și mai negre și mai urâte decât cele care au ajuns la voi.

După începutul ăsta neobișnuit pe care toți îl ascultară tăcuți și cu ochii plecați, Abid-aga lămuri adunării că era vorba de o construcție de mare însemnătate, cum nu se afla nici în țările cele mai bogate, și că lucrările vor dura cinci ani, poate chiar șase, dar cu voința vizirului va fi înfăptuită fără ocolișuri și fără clipă de zăbavă. Apoi le arătă care erau primele cerințe, care aveau să fie muncile pregătitoare, ce așteaptă cu prilejul acestor treburi de la turcii băștinași și ce înțelegea să ceară de la pleava necredincioasă a ghiaurilor.

Lângă el ședea Tosun-efendi, un omuleț, un turcit, cu fața palidă și gălbejită, născut prin insulele grecești, meșter iscusit, care înălțase la Țarigrad multe ctitorii de-ale lui Mehmet-pașa. Ședea liniștit și nepăsător, ca și cum n-ar fi auzit sau n-ar fi înțeles o iotă din cuvântarea lui Abid-pașa. Își privea mâinile și numai din când în când își ridica pleoapele. Atunci i se puteau vedea ochii, mari, negri, catifelați, ochi miopi și frumoși, de om care nu-și cată decât de-ale lui și nu vede, nu simte și nu înțelege nimic altceva din viață și din lume.

Oamenii ieșiră tulburați și amărâți de sub cortul strâmt și încins. Simțeau cum li se scurge sudoarea, picătură cu picătură, pe sub caftanele noi, de zile mari; simțeau spaima și grija năpădindu-le inimile, repede și de nestăvilit.

O pacoste mare și de neînțeles se abătu atunci peste orășel și peste întregul ținut învecinat. O pacoste al cărei sfârșit nici nu putea fi întrezărit măcar. Întâi începu tăierea pădurii și căratul lemnului. Atâția bușteni fură îngrămădiți, pe amândouă malurile Drinei, încât oamenii crezură multă vreme că podul va fi construit din lemn. Mai apoi începură săpăturile temeliilor și sfredelirea malului pietros. Treburile acestea, în cea mai mare măsură fură îndeplinite prin muncă silnică. Și așa, până toamna târziu, când lucrul se opri vremelnic, prima parte a celor plănuite era terminată.

Totul se înfăptuia sub neclintita supraveghere a lui Abid-pașa și sub amenințarea lungului său toiag verde, despre care s-a născocit și un cântec. Fiindcă, pe cine-l arăta aga cu toiagul, văzându-l că-și pierde vremea sau că nu lucrează cum trebuie, pe acela îl prindeau de îndată străjile, îl băteau cu vergile chiar acolo, la pod, apoi îl udau cu apă, așa, însângerat și leșinat cum era, și-l trimiteau iar la lucru. Când toamna, târziu, Abid-aga s-a pregătit să părăsească orașul, a chemat din nou la el căpeteniile și oamenii de vază și le-a spus că pleacă în alt loc, cât o ține iarna, dar că ochiul îi va rămâne la Vișegrad. Toți aveau să răspundă pentru toate. Dacă se va găsi vreo stricăciune oarecare a lucrării sau vreo pagubă, măcar o așchie lipsă din lemnul de acolo, va avea de ispășit întregul oraș. Iar când cei de față amintiră că s-ar putea ca revărsarea apelor să pricinuiască vreo pagubă, el le-a răspuns rece, fără să șovăie o clipă, că e ținutul lor, râul lor, și că, prin urmare, va fi tot a lor și paguba pe care ar pricinui-o revărsarea.

Cât a ținut iarna, localnicii păziră construcția și supraveghează lucrările ca pe lumina ochilor. Și odată cu primăvara se ivi iar Abid-aga însoțit de Tosun-efendi, dar împreună cu ei veniră și cioplitorii de piatră din Dalmația, cei cărora poporul le spune „meșteri romani". La început, să tot fi fost vreo treizeci. În fruntea lor se afla un meșter – pe nume Antonie – un creștin din Ulțin, bărbat frumos și înalt, cu ochi mari, cu privirea semeață, cu nasul ca un plisc de vultur, cu păr castaniu care îi cădea până la umeri. Meșterul Antonie purta veșminte alese, după moda apuseană. Mâna lui dreaptă era un negru, un negru adevărat, tânăr și vesel, căruia tot orașul și toată lumea aceea de lucrători îi ziceau Harapul.

Dacă în anul ce trecuse, socotind după stivele de lemne cărate, oamenii crezuseră că Abid-aga avea de gând să ridice un pod din lemn, acuma li se părea tuturor că vrea să înalțe un nou Stambul, aici, pe Drina. Se începu, căratul pietrelor de la cariera care fusese deschisă în munți, lângă Banja, la vreun ceas depărtare de orășel.

În anul următor se ivi lângă podul umblător de la Vișegrad o primăvară ciudată. Pe lângă ce răsare și înflorește în fiecare an în acest anotimp, ieși ca din pământ o îngrămădire întreagă de colibe; apărură drumuri noi și cărări spre apă; începură să mișune carele, trase de boi și de cai, ale cărăușilor. Localnicii din Meidan și din

Okolişte vedeau cum creşte, zi de zi, ca o semănătură, jos, lângă râu, îmbulzeala oamenilor, a vitelor şi materialelor de construcţie de toate felurile.

Pe malul povârnit lucrau meşterii pietrari şi în preajma lor totul căpătase o culoare gălbuie, din pricina pulberii pe care o stârneau. Iar ceva mai departe, în şesul nisipos, stingeau var sărăcanii de prin partea locului, forfotind, zdrenţăroşi şi albiţi de praf, prin pulberea care se înălţa din cuptorul de var. Drumurile se desfundau sub povara carelor peste măsură de încărcate. Podul umblător lucra toată ziua, cărând de pe un mal pe altul materialele, supraveghetorii şi oamenii de muncă. Zăcând până la brâu în apele tulburi şi primăvăratice, meşterii tocmiţi anume înfundau în pământ stâlpii şi bârnele şi umpleau cu lut pălimarele care trebuiau să abată firul apei.

Toate astea le priveau oamenii care până atunci trăiseră netulburaţi, în târguşorul risipit pe povârnişurile muntelui, lângă podul umblător de peste Drina. Şi bine ar fi fost dacă s-ar fi putut numai să privească. Dar lucrările crescuseră într-atât şi luaseră un asemenea avânt încât atrăgeau în vârtejul lor toate fiinţele vii şi toate lucrurile moarte, nu numai din orăşel dar şi din împrejurimi, până hăt-departe. În al doilea an, se strânsese atâta mulţime de oameni la munca podului încât numărul lor aproape că întrecuse numărul bărbaţilor din orăşel. Toate carele, toţi caii şi toţi boii trudeau numai pentru pod. Tot ce putea fi târât sau rostogolit era luat şi înhămat la muncă, pentru pod, uneori cu plată, alteori cu anasâna, la corvadă. Bani se aflau mai mulţi decât înainte, dar scumpetea şi sărăcia creşteau mai repede decât curgeau banii, aşa că, în clipa când ajungeau în mâinile omului, banii se şi aflau pe jumătate mâncaţi. Mai greu decât scumpetea şi sărăcia apăsau pe umerii localnicilor neliniştea, zavistia şi teama care se abăteau acum, drept urmare a uriaşei mulţimi omeneşti, venită de nu se ştie unde. Şi, cu toată asprimea necruţătoare a lui Abid-aga, numeroase erau încăierările dintre lucrători, ca şi furturile de prin grădini şi de prin curţile oamenilor. Femeile musulmane trebuiau să-şi acopere obrazul chiar când ieşeau doar până în ogradă, căci, de pretutindeni, puteau să le ajungă privirile numeroşilor bărbaţi aflaţi la muncă, fie localnici, fie străini; iar musulmanii din orăşel ţineau cu străşnicie îndatoririle religioase ale islamului, cu atât mai mult cu cât aproape toți erau turciți de curând și nu găseai aproape nici unul care să nu-și amintească fie de-un tată, fie de-un bunic creștin sau turcit mai ieri-alaltăieri. Toate astea făceau ca musulmanii mai vârstnici să-și arate nemulțumirea pe față și să întoarcă spatele îngrămădelii haotice de lucrători, de vite de povară, stive de bulumaci, grămezi de pământ și mormane de piatră, care se întindeau și se învălmășeau tot mai mult la ambele capete ale podului și care, tot înaintând, începuseră să atingă ulițele, ogrăzile și grădinile târgului.

La început, se mândriseră toți cu marea ctitorie hărăzită de vizir ținutului lor. Pe atunci încă nu știau ceea ce vedeau acum: nu știau că toate lucrările astea mărețe aduc după ele atâta stricăciune și tulburare, atâta chin și risipă. E frumos lucru, gândeau ei, să fii părtaș al credinței celei drepte și stăpânitoare; e frumos lucru să ai la Stambul un vizir născut pe meleagurile tale și este și mai frumos încă să întrevezi peste râu un pod trainic și de mare preț, dar ce se petrece acum nu mai seamănă a nimic. Târgul s-a preschimbat într-un iad, într-o horă îndrăcită de beleli neînțelese, de fumărie, de praf, de vuiete și de zarvă. Anii trec, lucrările se tot întind și se tot înalță, dar nu li se întrevede nici sfârșitul și nici rostul. Asta seamănă a orice, numai a pod nu.

Așa gândeau proaspeții turciți din orășel și își mărturiseau, între patru ochi, că s-au săturat și că le-a ieșit pe nas și boieria și fala și slava ce va să vină; se lepădau și de pod și de vizir, rugându-l doar pe Allah să-i mântuie de năpastă și să aducă înapoi, pentru ei și pentru vetrele lor, netulburarea de odinioară și tihna traiului cumpătat care dăinuia mai înainte lângă bătrânul pod umblător de la râu.

De toate câte se petreceau li se făcuse lehamite turcilor, ca și creștinilor din ținutul Vișegradului, cu singura deosebire doar că pe aceștia din urmă nu-i întreba nimeni și nici n-aveau putința să-și arate nemulțumirea. Și iată că sosise al treilea an de când lumea trudea la corvada podului celui nou, dăruindu-și munca brațelor, caii și vitele. Iar asta o făceau nu numai gloata creștinilor din Vișegrad, ci și a celor din trei caidale[1] învecinate. Pretutindeni,

1. Orașe sau provincii din imperiul otoman, guvernate de un caid.

străjile călări ale lui Abid-aga înhățau oamenii, târgoveți sau săteni, și-i mânau la pod, pentru muncă. De obicei, cădeau peste ei la vremea somnului și-i prindeau ca pe niște pui de găină. De la un capăt la altul al Bosniei, drumeții, când se întâlneau în calea lor, își dădeau unul altuia povață să nu calce pe meleagurile Drinei, căci care cum trece pe-acolo e prins, fără să-l întrebe nimeni nici cine e, nici încotro se îndreaptă, și e mânat la muncă, un număr de zile. Creștinii de prin târguri se răscumpărau dând mită. Flăcăii de pe la sate încercau să fugă în codri, dar străjile luau de îndată ca zălog pe cineva din casă, adeseori chiar femei, în locul tinerilor fugiți.

Iată cea de-a treia toamnă de când poporul se istovește la corvada podului; dar nu sunt deloc semne că lucrarea înaintează și că se apropie sfârșitul chinului acestuia. Toamna e acum în toiul ei; au picat frunzele, drumurile sunt desfundate de ploi, apele Drinei au venit mari și tulburi și miriștile goale s-au umplut de ciori care se rotesc agale. Dar Abid-aga tot n-a oprit muncile. În lumina săracă a soarelui de noiembrie, sătenii târăsc bușteni și bolovani, își bălăcesc în noroaiele drumului picioarele goale sau încălțate în opinci din piele crudă, din care mai mustește încă sânge; oamenii asudă de osteneală și tremură de frig, își strâng în jurul brâului pantalonii soioși, plini de găuri noi și de petice vechi, și-și înnoadă zdrențele rămase din singura lor cămașă de in, înnegrită și ea de ploaie, de noroi și de fum, pe care însă nu îndrăznesc s-o spele de teamă că, odată vârâtă în apă, n-o să mai rămână decât ițele din ea. Deasupra tuturora atârnă toiagul verde al lui Abid-aga, fiindcă Abid-aga veghează îndeaproape și munca la pietrăria din Banja, și toate lucrările din jurul podului; ba chiar face asta de câteva ori pe zi. Și parcă a turbat și e mânios pe toată lumea din pricină că ziua se scurtează iar treaba nu înaintează cu graba dorită de el. Învelit într-o șubă grea, din blăni rusești, încălțat cu cizme înalte cu carâmbi, roșu la față, Abid-aga se cațără pe schelele ridicate deasupra apei, intră în atelierele fierarilor, prin șatrele și prin colibele oamenilor și-i ocărăște pe toți, de-a rândul, de la cel mai mic până la cel mai mare.

— Zilele sunt scurte. Din ce în ce mai scurte! Ah, pui de cățea, mâncați pâinea de pomană!

Şi urlă de parcă ei ar fi de vină că se luminează târziu şi se înnoptează devreme. Iar înaintea amurgului, al necruţătorului amurg deznădăjduit al Vişegradului, când povârnişurile munţilor par că se strâng în jurul oraşelului şi când coboară grăbită noaptea, grea şi surdă, de parc-ar fi ultima, furia lui Abid-aga ajunge la culme; dar, nemaiavând pe cine să şi-o reverse, omul vizirului se frământă şi se tulbură singur şi nu poate să doarmă, cu gândul la atâtea treburi care aşteaptă şi la atâta popor care stă de pomană şi-şi pierde vremea. Atunci Abid-aga scrâşneşte din dinţi, îi cheamă pe supraveghetori şi face socoteala cum, începând din ziua următoare, timpul ar putea fi mai bine folosit şi braţele de muncă rânduite mai cu chibzuială.

În vremea asta oamenii dorm prin colibe şi prin coşare, se odihnesc şi-şi refac puterile. Dar nu toţi dorm; unii se pricep şi ei să vegheze, pe socoteala şi în felul lor. Într-un coşar încăpător şi uscat arde focul, drept în mijloc, adică, mai bine zis, e pe stinse, fiindcă n-au mai rămas decât tăciunii care pâlpâie, făcând să joace umbrele întunecate ale nopţii. Întreaga încăpere e plină de fum şi de duhoarea grea, acrişoară, a veşmintelor şi opincilor ude şi a sudoarei ieşite din vreo treizeci de trupuri omeneşti. Toţi câţi se află aici sunt oameni de corvadă, ţărani de prin împrejurimi, creştini, sărăcime iobagă. Toţi sunt murdari, uzi, istoviţi şi doborâţi de griji. Îi apasă munca asta silnică, făcută fără plată şi fără nici o nădejde, în timp ce ogoarele lor, colo sus, în sate, aşteaptă zadarnic arăturile de toamnă. Cei mai mulţi dintre ei n-au adormit încă. Îşi usucă obielele la foc, îşi dreg opincile sau doar îşi pironesc privirea în jăratic. Printre ei s-a nimerit un muntenegrean, venit de nu se ştie unde. L-au prins străjerii pe drum şi trage din greu la corvadă, de câteva zile, deşi le spune întruna şi le arată tuturor cât de grea şi de nepotrivită e treaba asta pentru el şi cum cinstea obrazului său nu poate îndura o asemenea ocară înjositoare.

Aproape toţi ţăranii care n-au adormit încă, mai ales cei tineri, s-au strâns acum în jurul lui. Din buzunarul adânc al şubei cenuşii, muntenegreanul scoate încetişor o guzlă, prăpădită şi mică s-o cuprinzi în palmă, şi un arcuş scurt. Unul dintre ţărani iese în faţa coşarului şi veghează, de teamă ca nu cumva să pice vreun turc. Ceilalţi se uită la muntenegrean de parcă acum îl văd pentru prima oară și sorb din ochi guzla care se pierde în palmele lui mari. Muntenegreanul își încovoaie spinarea; are guzla în brațe, și-i strânge capătul cu bărbia, îi unge strunele cu sacâz și suflă peste arcuș. Totul e umed și moale. Și în timp ce îndeplinește treburile astea mărunte, sigur de el și liniștit de parc-ar fi singur pe lume, toți îl privesc țintă. În sfârșit, răsună primul sunet, aspru și răgușit. Fiorul crește. Iar muntenegreanul își drege glasul, începe să cânte pe nas și-și ține isonul cu guzla. Glasul și strunele se armonizează, prevestind o poveste minunată. Și, într-adevăr, peste o clipă, după ce-și potrivește oarecum glasul după strunele guzlei, muntenegreanul își dă capul pe spate cu o zvâcnire plină de mândrie și atât de nestăpânită încât omușorul îi saltă pe gâtul slab iar profilul aspru îi licărește în lumină. Apoi scoate un soi de sunet înăbușit și prelung: Aaaa – aaaaaaa! și începe să cânte de îndată, cu glas limpede și puternic:

În Prizren, târg boieresc,
Bea Ștefan, țarul sârbesc.
Da' lângă el cine-mi sta?
Patru patriarhi bătrâni,
Cu bărbile până-n brâu,
Opt stareți de mănăstiri,
Vreo douăzeci de viziri,
Și boieri sârbi, prea cinstiți,
După cinuri rânduiți.
Da-n cupe cine-mi turna?
Paharnicul Mihail
Fetișoară de copil
Și cerdacu-mi lumina
Soră-sa, Kandosia,
Cu lumini de nestemate
Lângă sânișor purtate...

Țăranii se strâng tot mai aproape, în jurul guzlarului, fără cel mai mic zgomot; nici răsuflarea nu li se aude. Clipesc toți, încântați și uluiți. Îi trec fiori prin tot trupul, spinările li se îndreaptă, piepturile li se umflă, ochii le strălucesc, degetele li se desfac, apoi li se strâng, fălcile li se încleștează. Muntenegreanul își țese și-și împodobește cântecul care se înalță tot mai repede și mai îndrăzneț, iar oamenii, uzi și nemaigândindu-se la somn, fermecați și nesimțitori la toate celelalte, urmăresc cântecul ca pe soarta lor proprie, numai că mai frumoasă și mai luminoasă.

Printre țăranii aceștia silniciți la corvezi se afla și unul Radislav, de la Uniște, un cătun apropiat de tot, chiar deasupra târgului. Mic de stat, negricios la față și cu ochii sclipitori, adus de spate, Radislav umbla de colo-colo cu pași grăbiți, rășchirându-și picioarele și clătinându-și capul și umerii de la stânga la dreapta și de la dreapta la stânga, de parc-ar fi cernut făină. Nu era nici atât de nevoiaș pe cât părea și nici atât de nătâng pe cât voia să pară. Neamul lui, al Herakilor, avea pământ bun și mulți bărbați în casă. Dar, în ultimii patruzeci de ani, se turcise aproape tot satul și ei trăiau din ce în ce mai hărțuiți și mai părăsiți de ceilalți. Mărunt, încovoiat de spate și mișcându-se grăbit, Radislav stârnea oamenii în nopțile astea de toamnă, umblând de la un coșar la altul, strecurându-se ca o zvârlugă printre țărani și vorbindu-i, în șoaptă, fiecăruia. Și, îndeobște, spusele lui sunau cam așa:

— Fraților, am pătimit îndeajuns, e vremea să ne apărăm! Doar vedeți bine că lucrarea asta a podului ne îngroapă și ne mănâncă de vii. Iar copiii noștri vor robi și ei, dacă are să mai rămână vreunul de-ai noștri. Aici se pune la cale pierzania noastră, a tuturor, și nimic altceva. Nu sărăcimea și gloata creștinilor are nevoie de pod, ci turcii; noi nici nu ridicăm oștiri, nici nu facem negoț; iar podul umblător ne împlinește nevoile. De asta, ne-am înțeles vreo câțiva să mergem noaptea, când nu e lună, să dărâmăm și să prăpădim cât om putea ce e gata clădit și să zvonim că zâna apelor dărâmă tot și că nu îngăduie să se facă pod peste Drina. O să vedem noi dacă asta ne-o ajuta la ceva. Fiindcă altă cale n-avem și nu mai putem sta cu mâinile în sân.

Ca totdeauna, s-au găsit câțiva mici la suflet și neîncrezători, care au socotit ca sterp și fără nici un folos imboldul lui Radislav; căci, ziceau ei, turcii sunt puternici și vicleni și n-or să dea înapoi de la hotărârea luată, așa că era mai bine să robească în vecii vecilor și să nu facă din rău, mai rău. Dar s-au găsit și alții care au socotit că orice o fi, tot avea să fie mai bine decât să tragă mereu la jug ca vitele și să aștepte până li s-o scutura ultima zdreanță de veşmânt şi până şi-or pierde şi ultima picătură de vlagă din pricina muncii istovitoare şi a fărâmei de pâine dată de Abid-aga; că trebuia urmat oricine i-ar fi mânat spre scăpare. Aceştia erau mai ales flăcăi tineri, dar se aflau printre ei şi oameni în vârstă, însuraţi, gospodari, care li se alăturaseră fără să se înflăcăreze şi fără să se grăbească, rostind cu grijă în glas:

— Păi, hai să-l dărâmăm, bea-i-aş sângele, până nu ne înghite el pe toţi. Şi dacă nici asta nu ne-o ajuta...

Şi spunând aşa, dădeau din mâini, neîncrezători parcă în hotărârea lor deznădăjduită.

Aşadar, în acele zile de toamnă, s-a împrăştiat zvonul, mai întâi printre cei chinuiţi la corvadă, apoi şi printre cei din târg, că zâna apelor s-ar fi amestecat în treburile de la pod, că dărâmă şi strică peste noapte tot ce se clădeşte ziua, şi că nimic n-o să se aleagă din toată munca. Şi tot atunci au început, într-adevăr, să se ivească la vreme de noapte stricăciuni de neînţeles, prin locurile unde se aflau digurile şi chiar la lucrările de zidărie. Sculele, pe care zidarii le lăsaseră până atunci pe stâlpii abia încropiţi de la capetele podului, începură să piară şi să lipsească, valurile clădite din pământ să se surpe şi să fie duse de apă.

Zvonul că podul nu va putea fi înfăptuit ajunse până departe; îl răspândeau şi turcii şi creştinii şi căpăta, din ce în ce, forma unei credinţe tot mai neîndoielnice. Raiaua creştină şuşotea şi se bucura în ascuns, dar din toată inima. Iar turcii din partea locului, care până atunci priviseră cu mândrie lucrarea vizirului, începură s-o privească şi ei în scârbă şi să dea din umeri. Ba unii dintre turciţii noştri care, după ce-şi schimbaseră credinţa, necăpătând ce aşteptaseră, mâncau tot răbdări prăjite şi umblau tot rupţi în coate, ciuleau urechile şi repetau cu nespusă plăcere poveştile auzite despre marea înfrângere, simţind un fel de mulţumire amară când vedeau că nici vizirii nu pot dobândi şi înfăptui tot ce le trece prin minte. Se şi vorbea că meşterii străini se gătesc de plecare şi că podul nu se va ridica acolo unde nu fusese nicicând şi unde n-ar fi trebuit să fie niciodată început. Toate zvonurile acestea se amestecau între ele şi se răspândeau ca fulgerul printre localnici.

Poporul născoceşte şi împrăştie repede poveşti, iar realitatea se amestecă şi se înlănţuie ciudat de tare cu poveştile astea. Ţăranii care ascultau noaptea glasul guzlarului povesteau că zâna care dărâmă ce se clădește i-a dat de știre lui Abid-aga cum că nu va înceta să dărâme ce ridică el până când nu vor fi zidiți la temeliile podului doi prunci gemeni, un frate și o soră, pe nume Stoia și Ostoia. Și mulți se juraseră că au văzut cu ochii lor cum străjerii caută prin sate perechea de prunci. (De fapt, străjerii băteau satele, într-adevăr, dar nu după prunci: ei, urmând porunca lui Abid-aga, trăgeau cu urechea și căutau să afle de la oameni cine erau necunoscuții care vătămau podul.)

Și s-a nimerit pe atunci ca într-un sătuc, deasupra Vișegradului, să rămână grea o fată slabă de minte și mută, o biată orfană, slugărind la casă străină. Și muta nu voia să arate nici în ruptul capului sau poate nu știa nici ea – cine îi rodise pântecul. Faptul ca o fată – și mai ales una ca asta – să rămână grea și să nu se afle de la cine nu se întâmpla în fiecare zi, ba chiar oamenii nu-și aminteau să se mai fi întâmplat vreodată, așa că i se duse vestea până departe. Și se nimeri ca, tocmai în zilele acelea de toamnă, să nască muta, într-o cocioabă, doi gemeni, dar morți amândoi. Femeile din sat îi dădură o mână de ajutor bietei lăuze care născu în dureri mari și-i îngropară de îndată pruncii într-o livadă de pruni. Dar nefericita, căreia nu-i fusese sortit să fie mamă, se ridică de la așternut chiar a treia zi și începu să cutreiere satul, căutându-și pruncii. Zadarnic o lămuriră oamenii că i-a născut morți și că sunt îngropați. Iar ca să scape de întrebările ei necontenite, îi spuseră, sau mai bine zis îi arătară prin semne că pruncii îi fuseseră duși la târg, acolo unde clădesc turcii podul.

Și așa, firavă și deznădăjduită, porni ea la oraș și începu să dea târcoale schelelor și celorlalte locuri de muncă, să se uite speriată în ochii oamenilor și să-i întrebe prin bâiguieli de neînțeles despre pruncii ei. Oamenii o priveau cu mirare sau o alungau, ca să nu-i stânjenească la lucru. Văzând ea că n-o înțeleg, își desfăcea ia groasă, țărănească, arătându-le sânii dureroși și umflați, cu sfârcurile crăpate și sângerânde din pricina laptelui care dădea năvală. Și nu știa nimeni cum s-o ajute și s-o facă să priceapă că pruncii ei nu sunt zidiți înlăuntrul podului, fiindcă la toate cuvintele și sfaturile bune, la toate ocările și amenințările, ea bâiguia mai departe, și mai trist, scormonind cu priviri neîncrezătoare fiecare ungher.

Până la urmă n-a mai alungat-o nimeni, ci au lăsat-o să rătăcească prin preajma schelelor, ocolind-o fiecare, cu nespusă milă. Bucătarii îi dădeau din mămăliga oamenilor bucățile care se prindeau pe fundul ceaunului. O poreclіră Ilinka nebuna, și, după ei, tot târgul i-a zis așa. Până și Abid-aga însuși trecea pe lângă ea fără să-i spună nimic – întorcându-și doar privirea, superstițios, și poruncind să i se dea câte ceva de pomană. Astfel și-a statornicit Ilinka traiul de nebună pașnică, acolo, lângă pod. Și, odată cu ea, s-a statornicit legenda că turcii i-au zidit pruncii. Iar legenda asta, unii au crezut-o, alții nu, dar toți au repetat-o, făcând-o cunoscută și altora.

Dar stricăciunile se urmau necontenit, când mai însemnate, când mai ușoare, și în aceeași vreme se împrăștia zvonul tot mai stăruitor că zâna apelor nu îngăduie să se facă pod peste Drina.

Abid-aga turba. Îl măcina gândul că, în ciuda asprimii lui necruțătoare de care i se dusese vestea și cu care se mândrea îndeosebi, cineva cuteza să se împotrivească faptelor și gândurilor lui. De asemenea, îl scârbea poporul acesta (și musulmanii, și creștinii deopotrivă), poporul acesta greoi și neîndemânatic la muncă, dar sprinten când era vorba de batjocură și nesupunere și tare priceput la potrivirea cuvintelor de ocară. Abid-aga puse străji pe ambele maluri ale râului. Astfel, dispărură stricăciunile făcute pe uscat, dar urmară, în schimb, cele săvârșite pe apă. Doar în nopțile cu lună plină nu se iveau pagube. Asta îi întări lui Abid-aga, care nu credea deloc în zâne, părerea că zâna cea stricătoare nu era nici de nevăzut și nici nu se cobora din slava cerului. Multă vreme nu voise, nu putuse să-i creadă pe cei care-i spuneau că e vorba de un șiretlic țărănesc, dar acum credea tot mai neclintit că e chiar așa. Și asta îl făcea să turbeze și mai tare. Dar, totodată, Abid-aga știa bine că trebuie să-și păstreze cumpătul și să-și ascundă mânia dacă vrea să-l momească și să-l prindă pe făptaș și să sfarme cât mai grabnic și mai temeinic poveștile despre zâne și despre părăsirea lucrărilor podului, povești care puteau deveni primejdioase. Îl chemă așadar la el pe mai-marele străjilor, un om gălbejit și bolnăvicios, căruia, deși își petrecuse tinerețile la Stambul, i se spunea Plevliak, după numele satului muntenegrean Plevlie, unde se născuse.

Abid-aga şi Plevliak nu se puteau suferi unul pe altul şi, în acelaşi timp, se atrăgeau şi se ciocneau necontenit. Căci între ei se întreţeseau şi vibrau întruna simţăminte nedesluşite de ură, duşmănie, teamă şi neîncredere. Abid-aga, care nu fusese niciodată blând sau omenos cu nimeni, nutrea pentru turcitul ăsta firav şi bolnăvicios o duşmănie făţişă. Tot ce făcea sau spunea Plevliak îl înfuria pe Abid-aga şi îl îndemna să-l ocărască sau să-l umilească. Şi cu cât se umilea mai mult Plevliak şi căuta să-i fie mai pe plac şi mai supus, cu atât se înverşuna scârba lui Abid-aga. Încă din primele zile căpetenia străjilor simţise o teamă superstiţioasă şi groaznică faţă de Abid-aga. Cu timpul, teama aceasta se preschimbase într-un soi de vis urât şi chinuitor, de care nu mai putea scăpa. La fiece pas, la fiece mişcare, de multe ori şi în somn, Plevliak gândea: ce-o să spună Abid-aga despre asta? Zadarnic dădea în brânci să-l slujească şi să-i fie pe plac. Tot ce făcea el nu-i era pe plac lui Abid-aga. Şi ura asta de neînţeles îl încurca şi-l ţintuia pe Plevliak, îmboldindu-l să fie şi mai aspru, şi mai stângaci. Mai-marele străjilor nutrea credinţa nestrămutată că, într-o bună zi, din pricina lui Abid-aga, avea să-şi piardă nu numai pâinea şi cinul, ci şi capul. De aceea trăia într-o nelinişte necurmată, cuprins când de-o deznădejde ucigătoare, când de un zel înfocat şi cumplit. Acuma, Plevliak stătea palid şi ţeapăn în faţa lui Abid-aga, care îi spunea cu glasul înăbuşit de furie:

— Ascultă, cap sec, tu cunoşti turma asta de porci, le cunoşti limba şi vicleşugurile şi, cu toate astea, nu eşti în stare să dai de lepra aia care s-a ridicat să strice lucrările vizirului. Şi asta, fiindcă şi tu eşti o lepră ca şi ei, numai că s-a găsit o lepră şi mai afurisită decât tine ca să te pună căpetenia şi mai-marele străjilor şi nu s-a găsit nimeni care să te răsplătească după cum meriţi. Şi dacă nu s-a găsit nimeni până acum, apăi să ştii că am să fiu eu. Să ştii că am să te fac una cu pământul, că n-o să-ţi mai rămână umbră sub soare nici cât celui mai mic firicel de iarbă. Dacă în trei zile nu se isprăveşte orice pagubă şi stricăciune, dacă nu mi-l prinzi pe vinovat şi nu faci să amuţească toate zvonurile neghioabe despre zâne şi despre încetarea lucrărilor, am să te trag în ţeapă, pe cea mai înaltă schelă, ca să te vadă oamenii, să-i apuce frica şi să-şi bage mințile-n cap. Ți-o jur pe viața mea și pe credință, așa cum rareori mă jur. Uite, azi e joi. Îți dau răgaz până duminică. Și acum, du-te la dracu care mi te-a trimis aici. Hai sictir!

Și fără jurământ ar fi crezut Plevliak în amenințarea lui Abid-aga, căci el și în somn se cutremura închipuindu-și că-i aude glasul sau că-i vede privirea. Acum ieși cuprins de-o groază de nedescris, tremurând tot, și-și începu lucrul, fără zăbavă. Își adună oamenii până la unul, apoi, trecând dintr-odată de la amorțeala ucigătoare care îl cuprinsese la o furie nebunească, se porni să-i înjure.

— Orbilor! Nătărăilor și chiulangiilor! urla Plevliak de parc-ar fi fost tras în țeapă de viu, țintuindu-l cu privirea pe fiecare străjer. Așa se face de strajă și se păzește avuția împărătească? Când e vorba de ciorbă, sunteți sprinteni și ageri la minte cu toții, dar când trebuie să vă mișcați pentru slujbă, vi se leagă picioarele și vi se întunecă mintea. Iar mie îmi crapă obrazul de rușine din pricina voastră. Da' să știți că v-ați găsit beleaua cu mine! O să vă căsăpesc pe toți, o să fac măcelărie de străjeri din schelele astea! Dacă până în două zile nu se isprăvește buclucul și dacă nu-mi puneți mâna și nu mi-i cotonogiți pe tâlhari, unde vă stau picioarele, acolo or să vă stea capetele. Mai aveți de trăit două zile, v-o jur pe sfânta lege a *Coranului*.

Și zbieră așa multă vreme. În sfârșit, nemaiștiind ce să le zică și cum să-i mai amenințe, începu să-i scuipe în obraz pe toți, unul după altul. Dar când isprăvi cu gălăgia și când scăpă de apăsarea fricii (care se ascundea sub înfățișarea turbării acesteia), începu de îndată să lucreze cu o râvnă nemaipomenită. Își petrecu noaptea bătând malurile, de colo-colo, cu oamenii lui. Deodată, i se năzări că aude bocănituri dinspre locul unde schelele pătrundeau cel mai adânc în apă și dădu fuga într-acolo. Auzi cum pârâie o scândură și cum se prăvălesc câteva pietre, iar când ajunse la locul cu pricina, găsi, într-adevăr, schela ruptă și zidul fărâmat, dar nici urmă de vinovați. În fața golului aceluia de neînțeles, străjerii începură să tremure, zgâlțâiți de umezeala nopții și cuprinși de o teamă superstițioasă. Se chemau unii pe alții, își zgâiau ochii în întuneric, învârteau faclele aprinse, dar toate astea, zadarnic... Găsiră stricăciuni, dar pe vinovați nici nu i-au prins, nici nu i-au ucis, de parcă într-adevăr ar fi avut de-a face cu niște năluci.

Noaptea următoare, Plevliak își pregăti mai bine pânda. Trimise și pe celălalt mal câțiva oameni. La căderea nopții, împănă schelele cu străji, fără să uite vreuna, și el însuși, însoțit de doi oameni, se vârî într-o luntre pe care, adăpostit de întuneric, o mână pe malul stâng. De acolo, cu câteva lovituri de vâsle, putea să ajungă lesne la oricare dintre cei doi stâlpi începuți. Și astfel, ca niște păsări de pradă, se pregătiră să-l prindă din amândouă părțile pe vinovatul care nu putea să le mai scape decât dacă ar fi fost o ființă înaripată sau trăitoare în adâncul apelor.

Ceasurile nopții acesteia, parcă fără de sfârșit, Plevliak și le petrecu stând lungit în luntre, cu niște piei de oaie peste el, cu mintea chinuită de gândurile cele mai negre și întrebându-se necontenit: „Oare Abid-aga își va înfăptui cu adevărat amenințarea și îi va lua viața care, oricum, trăită sub poruncile lui, nu mai era viață de om, ci spaimă și frământare?“ Dar pe toată întinderea podului nu se auzi nici cel mai ușor freamăt, în afara plescăitului monoton și a murmurului apei. Și începu să se crape de ziuă, iar Plevliak simți, cu tot trupul lui înțepenit și înfrigurat, cum i se întunecă și i se scurtează viața.

Noaptea următoare, a treia și ultima, aceeași veghe, aceeași pândă plină de spaime... Și trecu miezul nopții... Plevliak simțea cum îl cuprinde o amorțeală de moarte. Dar tocmai atunci se auzi un plescăit ușor, apoi altul ceva mai tare, o lovitură surdă dată în grinzile de stejar înfipte în apă ca să susțină schelele. Dintr-acolo răsună o șuierătură puternică. Dar luntrea lui Plevliak o și pornise. Stând în picioare, căpetenia străjilor scormonea bezna cu privirea, dădea din mâini și urla cu glas răgușit:

— Vâslește, vâslește! Mai repede!

Oamenii, amețiți de nesomn, vâsleau din greu, dar un curent puternic prinse luntrea ceva mai devreme decât ar fi trebuit. În loc să tragă în dreptul schelei, alunecară pe firul apei. Cum nu puteau ține piept vârtejului, ar fi ajuns până cine știe unde dacă, pe neașteptate, nu i-ar fi oprit ceva.

Acolo, în mijlocul vâltorii, unde nu se aflau nici grinzi și nici schele, luntrea se ciocni de ceva greu, făcut din lemn, și răsună înăbușit. Piedica asta îi opri. Abia atunci deslușiră că sus, pe schele, străjile se încăierau cu cineva. Străjerii, niște turciți de pe meleagurile noastre, zbierau și urlau toți odată. Strigătele lor întretăiate și nedeslușite se încrucișau în întunecimea nopții:

— Ține-l, nu-l lăsa!

— Kahrimane, vino-ncoace!

— Eu sunt, eu!

Printre zbieretele astea se auzi limpede zgomotul unui lucru greu sau al unui trup de om căzând în apă.

Câteva clipe, Plevliak rămase buimăcit, nedându-și seama nici unde se afla și nici ce se petrecea în preajma lui, dar de cum își mai veni puțin în fire începu, cu un cârlig de fier prins în vârful unei prăjini, proptindu-se de buștenii cu care se ciocnise, să tragă luntrea de-a lungul apei, tot mai aproape de schele. Ajuns în dreptul grinzilor de stejar și prinzând curaj, strigă cât îl ținea gura:

— Lumină, faceți lumină! Dați-mi funiile!

La început nu-i răspunse nimeni. În sfârșit, după multe strigăte și chemări, în hărmălaia cărora nimeni nu mai asculta nimic și nu se mai puteau înțelege vecin cu vecin, licări sus o făclie nevolnică, pâlpâitoare și sfioasă. Licărirea asta de început tulbură și mai mult vederea străjerilor și amestecă într-o vâltoare încâlcită oamenii și lucrurile, cu umbrele lor și cu reflexele roșii ale apei. Dar se mai aprinse o torță în mâna cuiva. Atunci lumina se statornici, oamenii simțiră că le vine inima la loc și prinseră să se recunoască unii pe alții. În câteva clipe totul deveni limpede și deslușit.

Între luntrea lui Plevliak și schelă se legăna o plută mică, întocmită din vreo trei bușteni, cu o vâslă în partea dinainte, asemănătoare celor pe care le folosesc plutașii, doar ceva mai scurtă și mai puțin trainică. Pluta fusese priponită cu o funie de tei la capătul uneia dintre grinzile de stejar aflate sub schele și ținea piept vâltorii de ape care spumega și o trăgea cu toată tăria spre firul ei. Străjerii de pe schele își ajutară căpetenia să treacă peste plută și să se cațăre până la ei. Gâfâiau toți și se uitau buimaci. Pe scânduri, zăcea legat fedeleș un țăran creștin. Pieptul îi zvâcnea tare și repede, iar ochii lui, larg deschiși, lăsau să li se vadă albul înspăimântător.

Cu tulburare în glas, cel mai vârstnic dintre cei patru străjeri îi arătă cu de-amănuntul lui Plevliak cum pândiseră ei ascunși prin felurite unghere ale schelei. Și cum, auzind în beznă clipocitul vâslei, crezuseră că e luntrea mai-marelui lor, dar avuseseră înțelepciunea să stea neclintiți, așteptând să dibuiască ce s-o ivi. Străjerii văzuseră apoi doi țărani apropiindu-se de grinzi și legându-și, cu multă trudă, pluta. Îi lăsaseră să se cațăre sus și să pătrundă printre ei și apoi se năpustiseră cu securile, doborându-i și legându-i cu funiile. Pe cel doborât cu o lovitură în cap îl legaseră lesne de tot, dar celălalt, care la început se prefăcuse cu atâta viclenie de ai fi jurat că-i mort, alunecase ca un pește și se strecurase printre scânduri, în apă.

Spunând vorbele astea, străjerul amuți, cuprins de groază, iar Plevliak începu să urle:

— Cine l-a făcut scăpat? Spuneți-mi cine l-a făcut scăpat, că altfel vă ciopârțesc pe toți, vă tai în bucăți!

Flăcăii tăceau și clipeau din ochi, la lumina roșie și pâlpâitoare, iar Plevliak se răsucea pe călcâie de parcă ar fi vrut să dea de urma celui scăpat și-i ocăra necontenit, rostind vorbe grele, cum la lumina zilei nu-l auziseră până atunci să rostească. Dar tresări pe neașteptate, se aplecă deasupra țăranului legat, de parcă s-ar fi aplecat spre cine știe ce comoară scumpă, și, tremurând din tot trupul, începu să șuiere printre dinți, cu glas subțire și plângăreț:

— Pe ăsta să-l păziți bine, ca pe ochii din cap! Ah! feciori de târfe, dacă mi-l scăpați, să știți că s-a zis cu voi!

Străjerii se îmbulziră în jurul țăranului; dinspre mal, peste schele, mai veniră fuga încă doi. Plevliak dădea porunci, îi îndemna să lege prinsul mai strâns și să-l țină mai zdravăn. Și așa, îl duseră ca pe un mort, încetișor și cu grijă, până la mal. Plevliak păși în urma lor, fără să se uite unde calcă și fără să-l slăbească din ochi pe cel legat. Și, cu fiecare pas, îi părea că simte cum crește și că abia acum începe să trăiască.

Pe mal, începură să se ivească, să licărească, să se stingă și să mijească alte făclii. Pe țăranul prins îl duseră într-un coșar unde ardea un foc și-l legară de-un stâlp, cu funii și cu lanțuri desprinse de pe vatră.

Omul era Radislav din Uniște, în carne și oase.

Plevliak se mai potoli un pic; nu mai zbiera și nu mai ocăra, dar nu-și găsea locul. Trimitea străjeri de-a lungul malului să-l caute pe celălalt țăran, pe cel ce sărise în apă, deși era limpede că pe-o noapte atât de neagră ca asta, dacă fugarul nu se înecase cumva, nici dracu' nu mai putea să-l ajungă și nici să-l prindă. Mai dădea și alte felurite porunci; ieșea, apoi se întorcea iar, de parcă tulburarea i-ar fi întunecat mințile. Ba chiar începu să-l ia la cercetare pe țăranul legat, dar se lăsă repede păgubaș și de asta. Altminteri, toate câte le făcea n-aveau alt rost decât să-i potolească și să-i ascundă neliniștea; de fapt nu-l stăpânea decât un gând: îl aștepta pe Abid-aga. Și nu mai avea să-l aștepte mult.

După ce-și făcuse primul somn, Abid-aga se trezise îndată după miezul nopții, așa cum îi era obiceiul, și, nemaiputând să doarmă, stătea la geam și căta afară în beznă. Din cerdacul lui, ziua, puteai cuprinde cu ochii valea Drinei și priveliștea lucrărilor, cu toate colibele, movilele, coșarele și toată întinderea frământată și îngrămădită în jurul ei. Acum, pe întuneric, le bănuia pe toate și, cu amărăciune în suflet, cugeta și-și spunea că podul crește prea încet și anevoie și că treaba asta nu se poate să n-ajungă într-o bună zi și la urechile vizirului. Nici vorbă, o să aibă cineva grijă de asta. Dacă nu altul, atunci măcar Tosun-efendi, scârba vicleană, cu mutra lui gălbejită. Și atunci, s-ar putea întâmpla să-l mazilească vizirul. Iată pricina pentru care Abid-aga nu-și găsea somnul; iar când se întâmpla să doarmă, tot îi tremura inima. Era de ajuns să se gândească o clipă doar la mazilirea asta, ca mâncarea să-i pară venin, să-i urască pe oameni și viața să i se pară chin curat. Îi venea în minte mazilirea: „să fii alungat de lângă vizir, să ajungi de râsul dușmanilor (vai, numai asta nu!), să nu mai fii nimeni și nimic, să fii o zdreanță și un golan, nu numai în ochii altora ci și în ai tăi, proprii. Să pierzi avuția dobândită cu atâta trudă sau, chiar dacă o păstrezi, s-o ronțăi pe ascuns, departe de Stambul, undeva în surghiun, în cine știe ce ținut întunecat, uitat de toți, de prisos, caraghios și nefericit. Nu, orice, numai asta nu! Mai bine să nu vezi soarele și să n-ai parte de aerul zilei! E de o sută de ori mai bine să nu fii nimeni și să n-ai nimic!" – Iată gândul care îl roade neîncetat și face, de câteva ori pe zi, să-i zvâcnească sângele în tâmple și-n creștetul capului, și nu-l părăsește o clipă, ci stăruie în străfundurile lui ca o drojdie neagră. Asta ar însemna pentru el o mazilire, iar mazilirea e cu putință să vină în orice zi și la orice ceas, fiindcă totul lucrează pentru venirea-i, numai el i se împotrivește și se apără singur: așadar e singur, împotriva a toate și a tuturora. Și asta ține de vreo cincisprezece ani, de când și-a dobândit faimă și putere, de când vizirul îi încredințează treburile cele mai mari și mai de seamă. Cine ar mai putea oare să îndure atâta chin și frământări? Cine ar mai fi în stare să doarmă și să-și păstreze mintea liniștită?

Deși noaptea de toamnă era rece și umedă, Abid-aga deschisese fereastra și privea în beznă: i se părea că se înăbușă în încăperea lui zăvorâtă. Și atunci, băgă de seamă că pe schele și de-a lungul malului se aprind și se tot mișcă de colo-colo sumedenie de lumini. Iar când văzu că sunt tot mai multe, Abid-aga, bănuind că s-a întâmplat ceva neobișnuit, se îmbrăcă și își trezi sluga. Și astfel, ajunse în fața cocioabei luminate, tocmai când Plevliak nu mai știa nici el cum să mai înjure, cui să-i mai poruncească, adică în ce fel să-și mai scurteze timpul.

Sosirea neașteptată a lui Abid-aga îl zăpăci de tot pe Plevliak. Dorise din toată inima clipa asta, iar acum, când ea venise, nu mai știa s-o folosească așa cum visase. Se bâlbâi de emoție și uită de țăranul legat în lanțuri. Abid-aga privi doar, cu silă, pe deasupra creștetului mai-marelui străjilor și se îndreptă de îndată spre cel prins.

În coșar, focul fusese ințețit și lumina ungherele cele mai depărtate, iar străjerii cărau întruna vreascuri și le aruncau peste vâlvătaie.

Abid-aga stătea în picioare dinaintea țăranului legat. Era mult mai înalt decât acesta. Privea liniștit și îngândurat. Toți îi așteptau cuvântul, iar el se gândea: „Iată la cheremul cui e slujba și soarta mea, iată cu cine trebuie să am a face și să mă lupt, cu Plevliak, vita asta turcită și tâmpită, cu răutatea înrădăcinată și de neînțeles și cu îndărătnicia păduchelui ăstuia de ghiaur". Apoi tresări și începu să dea porunci și să-i pună întrebări țăranului.

Cocioaba se umplu de străjeri. De afară se auzeau glasurile supraveghetorilor și ale oamenilor de corvadă care se treziseră. Abid-aga punea întrebările prin mijlocirea lui Plevliak.

Mai întâi, Radislav spuse că el și cu încă un flăcău se hotărâseră să fugă și că pentru asta își făcuseră o plută ca vai de lume cu care porniseră de-a lungul apei. Când i se arătă însă că-și strică gura degeaba, fiindcă noaptea, pe întuneric, nu-i cu putinţă să pluteşti de-a lungul apelor mari, pline de vârtejuri, de stânci şi grinduri nisipoase şi că fugarii nu se caţără pe schele şi nu fac stricăciuni, el tăcu şi spuse, doar, posomorât:

— Păi totul e în mâinile voastre. Faceţi ce vreţi.

— Ehei, o să vezi tu acuma ce vrem noi, îl repezi Abid-aga.

Străjerii desfăcură lanţurile, descoperind pieptul ţăranului. Le zvârliră apoi în focul care ardea şi aşteptară. Lanţurile, pline de funingine, le murdăriră mâinile şi lăsară dâre negre pretutindeni, pe trupul pe jumătate got al ţăranului ca şi pe straiele lor. Când verigile se înroşiră, veni lângă foc Merdgean, ţiganul, şi cu ajutorul unor cleşti lungi apucă un capăt al lanţului. Un străjer apucă celălalt capăt,

Plevliak tălmăcea cuvintele lui Abid-aga.

— Hai, acum să ne spui adevărul curat.

— Ce să vă spun eu? Domniile-voastre ştiţi şi puteţi tot.

Ţiganul şi străjerul se apropiară cu lanţul încins şi-l lipiră de pieptul lat şi păros al ţăranului. Părul ars începu să sfârâie. Gura i se strâmbă de durere, vinele gâtului i se umflară, coastele îi ieşiră în afară iar muşchii pântecului începură să se strângă şi să tresalte ca atunci când omul varsă. Radislav gemea de durere, întindea să plesnească funia cu care era legat şi căuta zadarnic să se ferească, în aşa fel încât fierul înfierbântat să-i atingă cât mai puţin trupul. Ochii îi clipeau şi-i lăcrimau.

Îndepărtară lanţul.

— Asta n-a fost decât începutul. Nu-i mai bine să vorbeşti nesilit?

Ţăranul trase aer adânc, pe nas, şi tăcu.

— Spune cine era cu tine!

— Unu' pe care îl cheamă Jovan, da' nu-i ştiu nici casa şi nici satul.

Aduseră din nou lanţul înroşit; părul şi pielea arsă sfârâiră iar. Tuşind din pricina fumului şi încovoindu-se din pricina durerilor, ţăranul începu să vorbească, icnind.

Doar ei doi, şi nimeni altul, puseseră la cale stricăciunile. Făceau aşa fiindcă aşa gândeau că trebuie să facă. Nimeni nu le ştia faptele şi nu fusese părtaş la ele. La început, veniseră de pe mal, în felurite locuri, și izbutiseră, dar văzând mai apoi că sunt puse străji și pe schele și pe maluri, s-au gândit să întocmească o plută din trei bușteni legați și să se apropie cu ea, nevăzuți, dinspre râu. Asta se întâmplase cu trei zile în urmă. Dar chiar atunci fusese cât pe-aci să fie prinși. Abia scăpaseră. Iar a doua noapte nu mai ieșiseră deloc. Și când au încercat din nou, în noaptea asta, cu pluta, s-a întâmplat ce s-a întâmplat.

— Asta-i tot. Așa a fost și așa am făcut. Iar domniile-voastre hotărâți acum ce credeți de cuviință.

— A, păi, nu asta voiam să știm: nouă să ne spui cine te-a împins la stricăciuni. Că tot ce-ai îndurat până acum e nimica toată pe lângă ce te așteaptă.

— Apăi faceți și dumneavoastră cum credeți...

Atunci se apropie Merdgean, fierarul, cu cleștele. Îngenunche lângă omul legat și începu să-i smulgă unghiile de la picioarele desculțe. Cu dinții încleștați, țăranul tăcea, dar tremurul ciudat care-i scutura trupul până la brâu, așa legat cum era, arăta cât de cumplită și nemaipomenită îi era durerea. Într-un timp, țăranul lăsă să-i scape printre dinți niște cuvinte nedeslușite. Plevliak, care-i pândea toate șoaptele și toate mișcările și aștepta cu lăcomie orice mărturisire, îi făcu semn țiganului să înceteze și sări de îndată:

— Cum? Ce zici?

— Nimic. Ziceam: de ce oare, Dumnezeule Doamne, de ce mă căzniți și de ce vă pierdeți vremea de pomană?

— Spune cine te-a îndemnat.

— Păi cine să mă îndemne? Șeitan, diavolu...

— Șeitan?

— Apăi, Șeitan, care v-a îndemnat și pe domniile-voastre să veniți aici și să clădiți podul.

Țăranul vorbea încet, dar limpede și cu dârzenie în glas.

„Șeitan!" Vorbă ciudată, rostită cu atâta amărăciune într-o împrejurare atât de neobișnuită. „Șeitan! Într-adevăr, e și diavolul pe-aici", gândea Plevliak, stând acum cu fruntea plecată, de parcă nu el ar fi pus întrebările, ci celălalt. Vorba asta fusese de ajuns ca să-l tulbure și să trezească în el, cât ai clipi, toate neliniștile și toate spaimele, în toată puterea și adâncimea lor, ca și cum n-ar fi fost șterse odată cu prinderea vinovatului: „Poate că, într-adevăr, toate astea, și Abid-aga, și lucrarea podului, și țăranul ăsta smintit nu sunt decât uneltiri de-ale diavolului. Șeitan!“ Poate că numai de el trebuia să se teamă... Înfiorat, Plevliak se trase înapoi. Și tocmai atunci îl trezi vocea puternică și mânioasă a lui Abid-aga.

— Ce-i cu tine? Ți-o fi somn, netrebnicule? strigă Abid-aga, lovindu-și carâmbul cizmei drepte cu biciușca de piele.

Țiganul încremeni în genunchi, cu cleștii în mâini, în vreme ce ochii lui negri și lucioși se îndreptară, umili și temători, spre făptura înaltă a lui Abid-aga. Străjerii ațâțară focul care, oricum, ardea cu vâlvătaie mare. Întreaga încăpere se lumină, se încălzi, luă o înfățișare osebită. Toată cocioaba asta, pe care noaptea o primise în sânul ei săracă și neînsemnată, crescu dintr-odată, se lărgi, păru cu totul alta. În coșar și prin preajma lui se înscăunase un fior neobișnuit, o anume tăcere, așa cum se întâmplă de obicei în preajma locurilor unde se caută a se afla prin cazne adevărul, unde e chinuită o ființă omenească vie, sau sunt înfăptuite lucruri hotărâtoare. Abid-aga, Plevliak și prinsul se mișcau și vorbeau ca la teatru, iar ceilalți călcau în vârfurile picioarelor, cu ochii plecați, nerostind decât cuvintele pe care trebuiau neapărat să le rostească, și încă și pe ele în șoaptă. Fiecare și-ar fi dorit să fie în altă parte, să n-aibă nimic de-a face cu ce se petrecea acolo. Dar fiindcă asta nu se putea, vorbea fiecare cât mai încet, căuta să se miște cât mai puțin, ca măcar așa să se depărteze, pe cât era cu putință, de toate.

Văzând că cercetarea merge anevoie și că nu arată să dea roade, Abid-aga, cu un gest de mânie însoțit de-un șir nesfârșit de sudălmi, ieși din coșar. În urma lui se bățâia Plevliak, după care veneau străjerii.

Afară se crăpa de ziuă. Soarele nu se ivise încă, dar întreaga zare se luminase; departe, între munți, se târau norii, ca niște fâșii violete, lungi și întunecate, iar printre ei cerul limpede și fără pată, aproape verde. Peste pământul umed se întindeau ghemele de negură groasă din care răsăreau frunzișurile pomilor, cu foile îngălbenite. Biciuindu-și întruna carâmbul cizmei, Abid-aga dădea porunci: vinovatul să fie cercetat mai departe, îndeosebi cu privire la cei ce-l ajutaseră întru ticăloșie, dar să nu fie căznit peste măsură ca să nu-și piardă vlaga cu totul din pricina chinurilor; să fie rânduite toate cele trebuitoare pentru ca, astăzi chiar, vinovatul să fie tras de viu în țeapă, pe schela cea mai înaltă, în locul cel mai ridicat, ca să poată fi văzut de tot târgul și de toți cei ce munceau la pod, și de pe un mal și de pe altul al râului. Merdgean să rânduiască lucrurile, iar pristavul să vestească prin toate mahalalele că la prânz poporul va putea să vadă ce pățesc cei care vor să împiedice clădirea podului. Mai porunci ca acolo, pe unul din maluri, să fie adunați toți câți sunt parte bărbătească, și turcii și gloata ghiaurilor, de la copil la bătrân.

Ziua care începea era o duminică. De obicei, duminica se trudea ca și în celelalte zile ale săptămânii, dar de data asta până și supraveghetorilor părea că nu le e mintea la lucru. Abia se lumină de-a binelea că se și împrăștie vestea despre prinderea vinovatului, despre punerea lui la cazne și despre osânda care avea să fie înfăptuită la vremea prânzului. Înfiorarea și tăcerea neobișnuită, solemnă, care domniseră în coșar cuprinseseră toată întinderea din preajma lucrărilor. Cei ce munceau se mișcau tăcuți, ferindu-se să se privească în ochi, văzându-și fiecare de treaba lui, de parcă ea ar fi însemnat începutul și sfârșitul lumii.

Încă de pe la ceasurile unsprezece târgoveții, în cea mai mare parte turci, se adunară pe Meidan, lângă pod. Copiii se cățărară pe blocurile de piatră netăiate încă, îngrămădite pe-acolo. Cei ce munceau la pod forfoteau prin preajma tejghelelor lungi și înguste unde li se dădea fărâma de pâine cu care își țineau zilele. Și tot mestecându-și tainul, tăceau și aruncau priviri rătăcite în jurul lor. Peste câtăva vreme se ivi Abid-aga, însoțit de Tosun-efendi, de meșterul Antonie și de încă vreo câțiva turci mai de vază. Se opriră toți pe o movilă uscată, între pod și coșarul în care se afla osânditul. Abid-aga mai merse o dată până la coșar, unde i se dădu de veste că totul era gata: se afla acolo o țeapă de stejar, lungă de vreo trei metri, ascuțită cum trebuie, cu vârful îmbrăcat în fier subțire și uns din belșug cu seu. Pe schele fuseseră bătute grinzile între care avea să fie înfiptă țeapa și așteptau, puse la îndemână, maiul din lemn, funiile și toate celelalte scule.

Plevliak era buimăcit. Avea obrazul pământiu și ochii i se înroșiseră. Nu putea nici acum să îndure privirea de foc a lui Abid-aga.

— Ascultă aici: dacă n-or să fie toate cum trebuie și dacă mă faci de râs în fața lumii, să nu vă mai arătați niciodată înaintea mea nici tu, nici țiganul ăsta neisprăvit; să știi că vă înec în Drina pe amândoi, ca pe niște cățel orbi.

Apoi, întorcându-se către țiganul care tremura, Abid-aga adăugă mai blând:

— Îți dau șase groși pentru osteneală și încă șase, dacă omul rămâne viu până la asfințit. Vezi, ai grijă!...

Din minaretul geamiei celei mari a târgului se auzi vocea puternică și ascuțită a hogei. Norodul adunat se frământă o clipă. Ușile coșarului fură deschise curând după aceea. Zece străjeri se așezară pe două rânduri, câte cinci de fiecare parte. Între ei se afla Radislav, desculț și cu capul gol: înainta grăbit și rășchirându-și picioarele, ca de obicei, dar nemaipărând că cerne făină din mers. Osânditul umbla cu pași măruntei și ciudați, aproape săltând pe picioarele lui rănite, cu găuri sângerânde în locul unghiilor. Pe umăr ducea o țeapă albă, lungă și ascuțită. După el veneau Merdgean și încă doi țigani care aveau să-l ajute la îndeplinirea osândei. Deodată se ivi, nu se știe de unde, Plevliak, călare pe murgul lui, și se așeză în fruntea alaiului care avea de străbătut cu totul și cu totul vreo sută de pași până la primele schele.

Oamenii își întindeau gâturile și se ridicau pe vârfurile picioarelor ca să-l privească pe cel ce uneltise, se împotrivise puterii sultanului și înfăptuise stricăciunile. Și se mirau toți văzându-l atât de nevolnic și de pirpiriu, când ei și-l închipuiau cu totul altfel. Bineînțeles că nu știa nimeni de ce se saltă atât de caraghios, când pe un picior, când pe altul, și nu-i vedea nimeni urmele lanțurilor încingându-i pieptul ca niște curele; îi erau acoperite de cămașă și de cojoc. Din pricina asta li se părea tuturor prea nevolnic și prea neînsemnat pentru fapta care îl mâna acum la locul de osândă. Doar țeapa albă și lungă dădea întregii priveliști un fel de înfricoșătoare măreție și atrăgea toate privirile. Când alaiul ajunse în dreptul valurilor de pământ ridicate pe mal, Plevliak descălecă și, cu o mișcare măreață și teatrală, dădu hățurile slugii, iar el se pierdu cu ceilalți pe drumul povârnit și noroios care coboară spre apă. Puțin după aceea, lumea putu să-i vadă ivindu-se iar pe schele, în aceeași rânduială, urcându-se încet și cu grijă. În locurile unde grinzile și scândurile îngustau trecerea, străjerii îl încercuiau îndeaproape pe Radislav, ca să nu sară cumva în apă. Și așa înaintară încet și se urcară tot mai sus, până când ajunseră, în sfârșit, la capăt. Acolo, deasupra apei, fusese podit un locșor cam de mărimea unei încăperi mijlocii. Pe locșorul acela se rânduiră, ca pe o scenă înaltă, Radislav, Plevliak și cei trei țigani, în timp ce străjerii se împrăștiară în preajma lor, pe schele.

Oamenii aflați pe Meidan se îmbulzeau și se mutau de colo-colo. Îi despărțeau abia vreo sută de pași de scândurile acelea podite și vedeau fiecare chip și fiecare mișcare; dar nu puteau auzi cuvintele și nu puteau desluși amănuntele. Pe malul stâng, mulțimea adunată și cei ce lucrau la pod se găseau la o depărtare cam de trei ori mai mare de locul osândei și-și dădeau și mai multă osteneală ca să audă și să vadă cât mai bine. Dar nu se putea auzi nimica, iar ceea ce vedeau li se păru la început prea simplu și neatrăgător, iar mai apoi priveliștea deveni atât de groaznică, încât oamenii întoarseră capetele și mulți plecară degrabă acasă, părându-le rău că veniseră.

Când i se porunci lui Radislav să se culce, omul șovăi o clipa, apoi, fără să se uite la străjeri și la țigani, ca și cum ei nici n-ar fi existat, se apropie de Plevliak de parcă ar fi vrut să-i încredințeze ceva, ca unei rude, și-i spuse încet și înăbușit:

— Ascultă-mă, pentru numele lui Dumnezeu, îndură-te și străpunge-mă așa fel încât să nu mă chinui ca un câine.

Plevliak tresări și zbieră la el, ca și cum ar fi vrut să se ferească de felul acesta tainic de-a i se vorbi.

— Sictir, ghiaure! Doar n-o să începi să te bocești ca o muiere, tocmai tu, pehlivanule, care dărâmi ce-i al sultanului! O să se facă după cum s-a dat poruncă și potrivit vredniciei tale.

Radislav își plecă și mai mult capul. Țiganii se apropiară de el și începură să-l dezbrace de cojoc și de cămașă. Pe piept se iviră rănile umflate și roșietice, pricinuite de lanțuri. Fără să scoată un cuvânt, țăranul se culcă așa cum i se poruncise, cu fața la pământ. Țiganii se apropiară de el și-i legară întâi mâinile la spate, apoi îi prinseră câte o funie de fiecare picior, în jurul gleznelor și, trăgând fiecare înspre partea lui, îi desfăcură larg picioarele. În vremea asta Merdgean așeză țeapa pe doi butuci scurți și rotunzi, în așa fel încât vârful ei se potrivi între picioarele țăranului, după care scoase din chimir un cuțit mic și lat, îngenunche lângă osândit, îi tăie pânza pantalonilor la cusătura dintre picioare și lărgi cu tăișul cuțitului gaura trupului prin care avea să pătrundă țeapa. Partea asta, cea mai groaznică din munca gâdelui, trecu, din fericire, neluată în seamă de către cei de față. Oamenii zăriră doar zvâcnind trupul celui legat, la înțepătura scurtă și nevăzută a cuțitului, îl zăriră săltându-se pe jumătate, vrând parcă să se ridice, apoi prăbușindu-se îndată la loc, lovind înăbușit podeaua de scânduri. De cum isprăvi treaba asta, țiganul sări, culese maiul de pe jos și începu să dea cu el, izbind rar și măsurat în capătul neascuțit al țepei. Între două lovituri călăul se oprea puțin, uitându-se mai întâi la trupul în care înfigea țeapa, apoi la cei doi țigani, îndemnându-i să tragă încet și lin. Trupul țăranului, cu picioarele rășchirate, se zvârcolea de la sine la fiecare lovitură de mai; șira spinării i se încovoia și se cocoșa, dar funiile o întindeau și o îndreptau. Pe amândouă malurile râului se lăsă o tăcere atât de adâncă, încât se puteau desluși limpede fiecare lovitură de mai și ecoul ei, răsunând undeva, în povârnișul malului. Cei aflați mai aproape de locul osândei puteau să-l audă pe țăran izbindu-și fruntea în podeaua de scânduri, și, în afară de asta încă un zgomot, cu totul neobișnuit, care nu era nici vaiet, nici geamăt, nici horcăit și nici un alt sunet omenesc. Tot trupul ăsta întins până la sfâșiere și chinuit amarnic lăsa să se audă un soi de scrâșnet și de trosnet, ca un gard pe care îl calci în picioare sau ca un pom pe care îl frângi. La fiecare două lovituri țiganii veneau lângă trupul întins, se plecau deasupra lui, cercetau dacă țeapa mergea pe unde trebuie, și, după ce se încredințau că n-a fost vătămat nici un organ lăuntric mai de seamă, se întorceau la locurile lor și-și vedeau mai departe de treabă.

Toate acestea abia se auzeau, iar de văzut se vedeau și mai puțin de pe mal, dar le tremurau picioarele la toți câți se aflau acolo, li se albeau fețele și simțeau cum le îngheață degetele de la mâini. Timp de o clipă, loviturile încetară. Merdgean văzuse la capătul spetei drepte mușchii întinzându-se și pielea umflându-se. Se apropie, crestă cu tăișul cuțitului locul acela umflat făcând o tăietură în formă de cruce. Sângele porni să curgă, întâi mai puțin, apoi mai mult. Încă două-trei lovituri, date ușor și cu grijă, și în locul crestat începu să se ivească ascuțișul ghintuit al țepei. Călăul mai lovi de câteva ori, până ce vârful ei ajunse la înălțimea urechii drepte a osânditului.

Omul fusese înfipt în țeapă, așa, ca mielul în frigare, doar că ascuțișul vârfului nu-i ieșea prin gură, ci prin spate, și că nu-i fuseseră vătămate mai cu osebire nici stomacul, nici inima și nici plămânii. Atunci Merdgean lăsă maiul și se apropie. Cercetă trupul nemișcat, ocolind sângele scurs din locurile pe unde intra și ieșea țeapa și care făcuse băltoace mici pe podele. Ajutoarele lui Merdgean întoarseră cu fața în sus trupul țeapăn al osânditului și începură să-i lege gleznele de țeapă. Merdgean se uită dacă omul mai trăiește, îi cercetă cu băgare de seamă fața care, dintr-odată, se umflase, părând mai lată și mai mare. Îi cercetă ochii, larg deschiși și înspăimântați, pleoapele nemișcate, gura căscată, buzele înțepenite de durere și dinții strânși care se zăreau printre ele. Osânditul nu-și mai putea stăpâni unii mușchi ai feței; de aceea obrazul lui părea o mască. Dar inima îi bătea înăbușit iar plămânii lui mai lucrau încă, scurt și grăbit. Ajutoarele călăului începură să-l ridice pe osândit așa cum e ridicată oaia pusă la frigare. Merdgean zbiera la ei să fie cu băgare de seamă să nu zguduie trupul și-i ajuta și el. Prinseră împreună partea de jos, mai groasă, a țepei, între două grinzi, și o înțepeniră acolo, cu niște piroane, apoi întăriră totul cu un butuc, așezat în partea dinapoi, la aceeași înălțime, și vârât și el bine între țeapă și o grindă a schelei.

Când sfârșiră treaba asta, țiganii se dădură mai la o parte, lângă cei ce stăteau de strajă; pe podeaua goală rămase singur, înălțat cu peste un metru, drept și gol până la brâu, omul tras în țeapă. De departe abia dacă se zărea că-l străpunge țeapa de care îi erau legate gleznele, pe când brațele îi erau prinse la spate. De aceea oamenilor li se părea că văd o statuie plutind în aer, chiar la marginea schelei, sus de tot, deasupra râului.

Un murmur și o neliniște străbătură mulțimea adunată pe amândouă malurile. Unii coborâră privirile, ca să nu mai vadă, alții plecară grăbiți spre casele lor, fără să se mai uite înapoi. Cei mai mulți cătau înlemniți la forma aceea omenească, plutind parcă în spațiu, nefiresc de țeapănă și de dreaptă. Spaima le îngheța măruntaiele, picioarele li se muiau, dar nu erau în stare nici să se smulgă din fața priveliștii aceleia și nici măcar să-și întoarcă ochii de la ea.

Și, prin mulțimea îngrozită, se strecură Ilinka nebuna: ea se uita în ochii fiecăruia, stăruind să-i prindă privirea și să poată citi și afla din această privire unde îi sunt pruncii jertfiți și îngropați.

Atunci Plevliak, Merdgean și doi străjeri se apropiară din nou de osândit și începură să-l cerceteze îndeaproape. De-a lungul țepei se mai scurgea doar un șuvoi subțire de sânge. Omul era încă viu și în toate mințile. Coapsele i se ridicau și i se coborau, vinele gâtului i se zbăteau, ochii i se roteau încet și necontenit. Printre dinții încleștați abia-i scăpa un scrâșnet prelung în care cu greu se puteau desluși unele cuvinte:

— Turcilor, turcilor, gemea omul din vârful țepei, turcilor de la pod... Să crăpați, cum crapă câinii... Cum pier câinii, să pieriți...

Țiganii își strânseră sculele și porniră laolaltă, odată cu Plevliak și cu străjerii, peste schele, spre mal. Mulțimea se dădu înapoi în fața lor și începu să se împrăștie. Doar copiii cocoțați pe blocurile de piatră și în copacii despuiați de frunze mai așteptau ceva și, nepricepând că se sfârșise și că fiecare își luase partea, se întrebau ce-o să se mai întâmple cu omul acela ciudat care plutea deasupra apei de parc-ar fi încremenit în saltul lui spre râu.

Plevliak se apropie de Abid-aga și-l încunoștință că totul se petrecuse cu bine și se isprăvise după cum fusese orânduit, că osânditul mai era încă viu și că avea să mai trăiască, fiindcă nu-i fusese vătămat totul pe dinlăuntru. Abid-aga nu-i răspunse nimic, nici măcar cu privirea; făcu doar semn cu mâna să i se aducă bidiviul și își luă rămas-bun de la Tosun-efendi și de la meșterul Antonie. Începură cu toții să se împrăștie. Dinspre piață, de-a lungul ulițelor târgului, se auzea glasul pristavului vestind săvârșirea osândei și amenințând cu aceeași pedeapsă – ba chiar cu una și mai groaznică – pe oricine avea să mai aducă stricăciuni podului.

Plevliak se oprise, nehotărât, pe Meidanul care se golise deodată. Sluga îi ținea calul iar străjerii îi așteptau poruncile. Simțea limpede că s-ar fi cuvenit să spună ceva, dar nu putea din pricina adâncii neliniști care abia acum începu să crească în el și să-l umfle parcă. Abia acum îi veneau în minte toate cele petrecute, la care, fiind în dârdora pregătirilor pentru osândă, nu se putuse gândi mai curând. Abia acum își aducea aminte de amenințarea lui Abid-aga, că-l va trage în țeapă de viu dacă n-o să-l prindă pe vinovat. Scăpase de nenorocirea asta, e drept, dar fusese la un deget de ea, până în ultima clipă. Osânditul de colo, de pe schelă, lucrase azi-noapte într-ascuns și din toate puterile ca să abată năpasta asupra lui Plevliak. Și uite că se întâmplase tocmai dimpotrivă. Aruncându-și privirile spre omul încă viu și atârnând așa, înfipt în țeapă, deasupra râului, îl cuprindea groaza aducerii aminte și totodată o bucurie dureroasă la gândul că soarta nu-l lovise pe el și că trupul lui rămăsese liber, putând să se miște în voie. Și gândul ăsta făcea să-i treacă fiori de foc prin piept, prin picioare, prin brațe, îi da ghes să țopăie, să râdă și să vorbească, ca și cum ar fi vrut să se încredințeze pe sine însuși că e teafăr, că se poate mișca cum crede de cuviință, că poate să vorbească, să râdă și să cânte dacă are poftă și nu să mormăie din vârful țepei blesteme neputincioase, așteptând moartea ca singura izbăvire care mai poate veni. Mâinile i se învârteau singure, picioarele îi jucau singure, gura i se căsca, hohotind și lăsând să izbucnească potop de cuvinte, nestăvilite:

— Ha, ha, ha! Radislav, zâna munților, ce-ai încremenit așa, ca un stârv? De ce nu mai faci stricăciuni podului? De ce mormăi și horcăi? Cântă, zână! Hai, zână, joacă!

Străjerii, uimiți și fâstâciți, se uitau cum joacă mai-marele lor, cu brațele deschise larg, cum cântă, cum se înăbușă, hohotind de râs, și cum se îneacă în potopul de cuvinte ciudate, pe când o spumă albă îi năpădea tot mai mult colțurile gurii. Iar murgul lui Plevliak arunca, și el, pieziș, stăpânului său priviri înspăimântate...

IV

Toţi acei care, de pe un mal sau de pe altul, fuseseră de faţă la împlinirea osândei împrăştiară zvonuri înfiorătoare în târg şi prin împrejurimi. O spaimă de nespus îi cuprinse pe târgoveţi şi pe cei ce munceau la pod. Treptat şi cu încetul, în cugetul oamenilor se statornici gândul de neşters al faptelor petrecute acolo, în vecinătatea lor, în ziua aceea scurtă, de noiembrie. Toate vorbele lor se învârteau în jurul omului care, colo, deasupra schelelor, mai trăia încă, tras în ţeapă. Fiecare îşi făgăduia în sinea lui că nu va pomeni de el; dar ce folos, când mintea fuge necontenit într-acolo şi atrage cu sila privirile în acel loc?

Ţăranii care soseau din Banja, unul după altul, aducând piatră în carele trase de boi, îşi plecau ochii în jos şi cu glas blajin îşi îndemnau vitele să se grăbească. De-a lungul malului şi sus, pe schele, cei ce munceau vorbeau în şoapte şi cât mai puţin cu putinţă. Chiar supraveghetorii, cu vergile lor de alun în mâini, erau mai potoliţi şi mai omenoşi. Pietrarii din Dalmaţia lucrau tot timpul întorşi cu spatele la pod, palizi, cu fălcile încleştate, şi loveau mânioşi piatra cu dălţile, încât în liniştea deplină ai fi jurat că s-a strâns prin preajmă un stol de ciocănitori.

Amurgul se lăsă repede şi oamenii grăbiră spre culcuşurile lor, dorind fiecare să se depărteze cât mai mult de schele. Înainte de a se înnopta cu totul, Merdgean şi o slugă de încredere de-a lui Abid-aga se căţărară iar până la Radislav şi văzură, cu ochii lor, fără putinţă de îndoială, că şi acum, la patru ceasuri după tragerea în ţeapă, osânditul mai trăia încă şi nu-şi pierduse cunoştinţa. Scuturat de friguri, el îşi rotea privirile încet şi anevoie, iar când îl zări pe ţigan începu să geamă mai tare. Printre gemetele astea, odată cu care i se ducea şi sufletul, se desluşeau doar câteva cuvinte:

— Turcii... turcii... podul...

Mulțumiți, ei porniră spre Bikavaț, unde-și avea casa Abid-aga, povestindu-le tuturor celor întâlniți în drum că osânditul mai trăiește încă; și pentru că scrâșnea din dinți și mai vorbea încă, limpede și deslușit, se putea trage nădejdea că va trăi până a doua zi, la prânz. Abid-aga se arătă și el mulțumit și porunci să i se dea lui Merdgean răsplata făgăduită.

În noaptea aceea, tot ce era ființă omenească, în târg sau în vecinătatea podului, adormi cu spaima în suflet. La drept vorbind, adormiră numai cei în stare să adoarmă, căci mulți au fost cei care s-au perpelit fără somn.

Ziua următoare, luni, a fost o zi însorită, de noiembrie. Și nici în preajma podului, nici în târg n-a existat ochi să nu fi privit spre podina de grinzi și scânduri grămădite deasupra apei, unde, stând drept și singur, ca la cârma unei corăbii, se deslușea statura omului înfipt în țeapă. Iar mulți dintre cei care, deșteptându-se în zori, gândiseră că au visat cele întâmplate ieri în văzul lumii, pe pod, stăteau acum încremeniți și priveau holbând ochii cum li se prelungește visul chinuit și cum durează, adeverindu-se în lumina soarelui.

La pod, aceeași tăcere ca și ieri, plină de amărăciune și de revoltă. În târg, aceleași șoapte, aceeași uluire. Merdgean și sluga de încredere a lui Abid-aga se cățărară iar pe schele, umblând în jurul osânditului; își tot spuneau ceva, își înălțau capetele și se uitau în sus, la obrajii țăranului; apoi Merdgean îi trase pantalonii. Numai după felul cum coborâră călăii de-a lungul malului și cum trecură, tăcuți, printre cei ce munceau, oamenii pricepură că țăranul își dăduse sufletul. Și toți sârbii simțiră un fel de ușurare, de parcă ar fi câștigat o izbândă tainică.

Priveau acum mai plini de curaj spre schelă și spre osândit. Simțeau toți că, în lupta asta necontenită cu turcii, cumpăna se lăsase de partea lor. Moartea e cea mai mare miză. Gurile până atunci pecetluite de teamă se deschideau singure. Așa, năclăiți de noroi, uzi, bărboși și palizi, rostogolind cu pârghii de brad blocurile uriașe de piatră din Banja, stăteau locului o clipă, ca să-și scuipe în palme, să-și spună unul altuia, cu glas înăbușit:

— Dumnezeu să-l ierte și să-l mântuiască!

— Of! Ca un mucenic a îndurat! Vai de amarul nostru!

Și fiecare, într-ascuns, îl măsura pe sub ochi pe răposatul care se ținea drept de parc-ar fi pășit în fruntea unei oști. Sus, la înălțimea aceea, el nu li se mai părea nici înspăimântător, nici jalnic. Dimpotrivă, toți vedeau limpede acum în câtă slavă se înălțase, și cât crescuse. Pe pământ nu stă, cu mâinile nu se ține de nimic, de înotat nu înoată, de zburat nu zboară; își are punctul de sprijin undeva, în el însuși; eliberat de legăturile și de poverile pământești, el nu se mai chinuiește; nimeni nu-i mai poate face nimic, nici flinta, nici spada, nici gândul rău, nici vorba omenească, nici judecata turcească.

Așa, gol până la brâu, legat de mâini și de picioare, drept, cu capul răsturnat spre țeapă, făptura lui semăna mai curând a statuie ridicată pe-o înălțime, dură și nepieritoare, având să rămână acolo în vecii vecilor, decât a trup de om, care crește și apoi putrezește.

Cei ce trudeau la pod se întorceau și se închinau pe ascuns.

Pe Meidan, femeile străbăteau ogrăzile ducându-se una la alta, să mai șușotească o clipă, două și să bocească împreună, apoi se întorceau în fugă, să nu li se ardă mâncarea. Una dintre ele aprinse candela și numaidecât prin toate casele începură să ardă candele pitite prin colțuri ascunse. Copiii, clipind din ochi în atmosfera asta sărbătorească, priveau lucirea candelei și ascultând frânturile de fraze de neînțeles ale celor vârstnici: „Ferește-ne, Doamne, și ne păzește!“, „Vai, mucenicul, s-a ridicat înaintea lui Dumnezeu de parc-ar fi înălțat cea mai aleasă biserică!“, „Ajută-ne, Doamne bunule, alungă dușmanul și nu-i da puterea vreme îndelungată!“, copiii, așadar, întrebau întruna: ce-i aia mucenic? Cine-nalță o biserică și unde anume? Băieții, mai ales, erau curioși. Iar mamele căutau să-i potolească:

— Taci, sufletelul maichii! Taci, ascult-o pe maica și ferește-te cât oi trăi de turcii blestemați!

Iar înainte ca noaptea să coboare pentru a doua oară, Abid-aga mai făcu o dată ocolul lucrărilor de la pod și, mulțumit de spaima pe care o stârnise pilda lui îngrozitoare, porunci ca țăranul să fie luat de pe schelă.

— Zvârliți-l câinilor pe câinele ăla!

În noaptea aceea, care se lăsă deodată, umedă și călduță, ca o noapte de primăvară, începu o forfotă și o fierbere de neînțeles printre cei ce trudeau la pod. Cei care până mai ieri nici nu voiseră să audă de năruirea podului și de împotrivire erau acum gata să facă orice jertfă și să dea orice. Mortul era acum pentru toți lucrul cel mai de seamă, ceva sfânt. Câteva sute de oameni istoviți, împinși de o pornire înnăscută, sub imboldul milei și al datinilor străvechi, se strânseră laolaltă, pe negândite, și se puseră în mișcare, dorind să dobândească trupul martirului, să-l scape de pângărire și să-l îngroape creștinește. Șușotind între ei, sfătuindu-se în taină prin cocioabe și coșare, cei ce munceau la pod izbutiră să strângă însemnata sumă de șapte groși, hărăziți mituirii lui Merdgean.

Pentru treaba asta aleg trei bărbați, cei mai isteți dintre ei, și iată că aleșii izbutesc să-l găsească pe călău. Cu hainele ude și vlăguiți de muncă, cei trei țărani se tocmesc acum, pe îndelete, cu șiretenie, făcând tot felul de ocolișuri. Cel mai bătrân dintre ei, încruntându-și sprâncenele, scărpinându-se în creștet și bâlbâindu-se dinadins, îi spune țiganului:

— Acu iaca, s-a isprăvit și asta. Așa i-a fost scris. Numai că știi, când se brodește așa, de-o pildă, oricum, tot făptura lui Dumnezeu rămâne, cum s-ar zice, și-ar fi păcat să-l sfâșie fiarele și să-l rupă câinii...

Merdgean, care bănuiește pe bună dreptate că e vorba de câștigat ceva, dă înapoi, mai mult plângăreț decât îndărătnic.

— Asta ioc! Nici să nu mai vorbim! Îmi aprind paie-n cap. Habar n-aveți ce fiară e Abid-aga!

Țăranul suferă și se încruntă zicându-și în gând: „Ființă fără credință și fără suflet, nu ți-l poți face nici cumătru și nici frate. N-are nimic sfânt, nici pe pământ și nici în cer". Și-și ține mâna dreaptă în buzunarul adânc al cojocului, iar în palmă strânge cei șapte groși.

— Apăi, știm noi cum e. Și știm că nici pentru tine, de-o pildă, nu-i lucru ușor. Dar nici treabă n-o să fie, cum s-ar spune, pe degeaba. Iată, am găsit patru groși, ca să te cinstim și, cum s-ar spune, e de ajuns...

— Ioc, ioc... Viața mi-e mai dragă decât toate avuțiile lumii. Și Abid-aga n-o să mă lase viu, că el vede tot, chiar când doarme. Of, mor de frică, numai când mă gândesc...

— Patru, fie și cinci, la urma urmei... O să-i găsim noi pe toți, urmează țăranul, neținând seama de văicăreala țiganului.

— Nu îndrăznesc... Nu îndrăznesc, și pace!

— Bine, ai primit poruncă să zvârli... leșul, să zicem... la câini, și-o să-l zvârli. Ce s-o întâmpla pe urmă nu-i treaba ta și nimeni n-o să-ți ceară socoteală. Și vezi, atunci noi, cum s-ar zice, o să luăm leșul și-o să-l îngropăm după datina noastră, dar pe ascuns, cum s-ar zice, așa că n-o să afle nimeni pe lume. Și tu, mâine, o să spui că, de-o pildă, au luat câinii... leșul. Și nici vorbă, o să capeți ce ți se cuvine...

Țăranul vorbea cu grijă și chibzuință, dar avea o șovăire ciudată în fața cuvântului leș, pe care-l rostea tocmai așa, „leș".

— Credeți că o să-mi pierd eu capul pentru cinci groși? Nu, nu, nuuu!

— Pentru șase, adăugă țăranul, liniștit.

Atunci țiganul se îndreptă din șale, își desfăcu brațele, arătă a cumpăni temeinic lucrurile, luând o înfățișare de o mișcătoare sinceritate, așa cum iau numai oamenii care nu deosebesc minciuna de adevăr, și stătu înaintea țăranului, de parcă el ar fi fost osânditul, iar țăranul călăul.

— Să plătesc cu capul, dacă așa mi-e scris, și să-mi rămână țiganca văduvă și copiii orfani: dați șapte groși, și luați-vă mortul; numai să nu vadă și să nu afle nimeni...

Țăranul clătină din cap cu adâncă părere de rău că trebuia să-i dea tot, până la ultima para. Ai fi zis că țiganul i-a pătruns cu privirea în pumnul strâns, nu alta!

Apoi, puseră la cale amănuntele. Merdgean, de cum va lua mortul de pe schelă, avea să-l ducă pe malul drept al râului și să-l lepede, îndată ce s-o întuneca, pe locul pietros de lângă drum, așa fel ca să fie văzut de slugile lui Abid-aga și de trecători. Într-un tufiș, ceva mai depărtișor, aveau să se ascundă ei trei. Și când s-o face noapte neagră, aveau să ia leșul, să-l ducă și să-l îngroape, dar într-un loc ferit, fără să lase urme, ca să pară pe deplin adevărat că l-au târât și l-au mâncat câinii în timpul nopții. Trei groși îi dădură arvună iar patru rămaseră pentru a doua zi, când fapta avea să fie săvârșită.

Și în aceeași noapte, totul fu îndeplinit, după înțelegere.

La căderea serii, Merdgean cără leșul și-l lepădă pe mal, lângă drum. Acum nu mai semăna cu trupul pe care-l priviseră toți timp de două zile, drept și cu pieptul scos în afară, din pricina țepii; era iar Radislav de mai înainte, mărunt și gârbov, doar că nu mai avea sânge și viață în el. Gâdele trecu, fără să mai zăbovească, împreună cu ajutorul lui, de-a lungul schelei, pe malul celălalt, spre oraș. Țăranii așteptau, ascunși după tufe. Pe drum mai întâlneai din când în când pe câte unul dintre cei ce munceau la pod sau vreun turc întârziat, grăbind spre casă. Apoi, peste toată întinderea învăluită în întuneric, se lăsă liniștea. Se iviră câinii, dulăi jigăriți, flămânzi și speriați, fără adăpost și fără stăpâni. Ascunși în tufe, țăranii zvârliră cu pietre în ei, alungându-i; câinii fugiră cu coada între picioare, dar numai până la vreo douăzeci de pași de leș și rămaseră acolo pândind ce-o să se mai întâmple. În beznă, li se zăreau ochii sclipind...

Când văzură că s-a înnoptat de-a binelea și că nu mai erau semne să se ivească vreun trecător, țăranii ieșiră din ascunzătoare, cărând cu ei un târnăcop și o lopată. Puseră una peste alta două scânduri, pe care le aduseseră de asemenea cu ei, și, așezând mortul deasupra scândurilor, îl purtară sus, pe povârniș. Acolo, într-o viroagă făcută de revărsările șuvoaielor de toamnă și de primăvară năpustite din munte către Drina, înlăturară pietrișul și bolovanii care alcătuiau o pârtie joasă, ca albia unui fluviu uscat dar nesleit, apoi, grăbiți și fără să scoată o vorbă, săpară o groapă unde coborâră trupul țeapăn, rece și chircit.

Țăranul mai vârstnic sări în groapă, scăpără de câteva ori, cu luare-aminte, amnarul de cremene și aprinse mai întâi iasca, apoi o lumânărică subțire, din ceară împletită. Ferind cu amândouă palmele flacăra pâlpâitoare, înfipse lumânărica la căpătâiul celui mort și se închină de trei ori, în grabă și cu glas tare. Sus, în întuneric, ceilalți doi se închinară și ei.

Țăranul din groapă făcu de două ori, cu mâna goală, un semn ca și cum ar fi turnat un vin nevăzut peste trupul mortului și de două ori rosti încet, cu evlavie:

— Veșnica lui pomenire! Doamne Iisuse Hristoase, Dumnezeul nostru, primește sufletul adormitului robului tău...

Mai şopti apoi câteva cuvinte fără legătură între ele şi de neînţeles, dar cuvinte de rugă, atât de solemne şi de grele, încât cei doi rămaşi deasupra gropii se închinau necontenit. Iar când tăcu, îi întinseră de sus scândurile, şi ei le puseră una lângă alta, de-a lungul, peste mort, ca un acoperiş. Pe urmă se mai închină încă o dată, suflă în lumânare şi ieşi din groapă. Apoi începură să arunce toţi trei, cu mare grijă, pământ, bătătorindu-l bine, ca să nu rămână nici urmă de muşuroi deasupra mormântului.

Iar când isprăviră, aşternură din nou bolovanii, aşezându-i asemenea unei albii de râu deasupra pământului proaspăt săpat. Şi, după ce se mai închinară o dată, porniră spre adăposturi, făcând numeroase ocoluri ca să iasă în drum cât mai departe de mormânt.

În aceeaşi noapte căzu o ploaie deasă, liniştită, fără vânt, iar dimineaţa se ivi învăluită într-o ceaţă grea şi lăptoasă; o umezeală călduţă umplu toată valea râului. Judecând după lucirea albă care când creştea, când scădea, se vedea că soarele se luptă pe undeva cu pâcla, neputând s-o străpungă. Totul părea ca o nălucă, nelămurit, nou şi ciudat. Oamenii ieşeau deodată din ceaţă şi piereau pe neaşteptate. Cam la vremea asta, dis-de-dimineaţă, trecu prin piaţa orăşelului o căruţă ducând în ea doi străjeri care îl ţineau legat pe Plevliak, fosta lor căpetenie până în ajun.

De când începuse să ţopăie, cu două zile în urmă, în faţa tuturor, cuprins de furiile unei bucurii neaşteptate fiindcă se vedea în viaţă şi netras în ţeapă, Plevliak nu se mai potolise. Îi zvâcneau toţi muşchii, nu mai putea sta locului, îl chinuia necontenit nevoia atotputernică de a-i convinge pe ceilalţi şi pe el însuşi că e viu şi nevătămat, că e întreg şi că se poate mişca. Uneori îşi amintea de Abid-aga (o umbră neagră peste bucuria lui) şi cădea într-o dureroasă îngândurare. Dar cât timp stătea aşa, i se grămădeau în trup noi puteri, mai presus decât el, care îl împboldeau să se zvârcolească şi să se dezlănţuie ca un turbat. Şi din nou se ridica şi începea să ţopăie, desfăcându-şi braţele, pocnindu-şi degetele, rotindu-şi pântecul ca o dănţuitoare, vrând să dovedească prin mişcări bruşte, însufleţite şi mereu altele, că nu e tras în ţeapă şi gâfâind în ritmul ţopăitului:

— Ia priviţi... şi asta pot, priviţi şi asta... şi asta!

Nu voia să mănânce nimic, oprea orice vorbă începută, începea să țopăie și spunea, ca un copil, după fiecare mișcare:

— Uite, vezi?... Și asta pot... și asta!

În timpul nopții, când cutezară în cele din urmă să-l vestească pe Abid-aga despre starea lui Plevliak, el răspunse rece și scurt:

— Duceți-l pe smintit în satul lui, la Plevlie, și să-l țină legat într-o odaie, ca să nu se prostească pe-afară. Nu era el de treaba asta.

Și așa se făcu. Dar cum căpetenia lor nu putea sta locului, străjerii fură nevoiți să-l lege de căruța în care îl duceau. El plângea și se împotrivea și, atât cât putu să-și miște o părticică a trupului, se zbătu și urlă: Priviți-mă, priviți-mă! În sfârșit, fură nevoiți să-i lege și mâinile și picioarele, iar Plevliak rămase să zacă în căruță, otova, ca un sac de grâu, și înfășurat tot în funii. Acum, când nu se mai putea mișca, îi dădu prin gând că voiau să-l tragă în țeapă și se zvârcolea, și se împotrivea, urlând îngrozitor:

— Nu pe mine! Nu pe mine! Prindeți zâna! Nu, Abid-aga, nu pe mine!

Speriați de urlete, din ultimele case ale târgului ieșiră în fugă oamenii. Dar căruța cu bolnavul și străjerii se pierdu repede pe drumul Dobrunului, în pâcla deasă prin care se bănuia soarele.

Plecarea neașteptată și jalnică a lui Plevliak vârî și mai mult spaima în inimile oamenilor. Începu să se vorbească, pe șoptite, că țăranul osândit fusese nevinovat și că Plevliak ăsta era pricina morții lui. Pe Meidan, sârboaicele povesteau că zânele îngropaseră trupul nefericitului Radislav sub stâncile lui Butko și că noaptea se lasă din cer o lumină bogată pe mormântul lui: mii și mii de lumânărele aprinse licăresc și tremură, într-un șir neîntrerupt, de la cer la pământ. Le-au văzut ele, printre lacrimi.

Toate zvonurile își găseau crezare și zburau, pe șoptite, din gură în gură, dar frica era mai tare ca toate. Munca la pod mergea înainte în grabă și nestingherită, fără întreruperi și piedici. Și s-ar fi terminat Dumnezeu știe când, dacă la începutul lui decembrie nu s-ar fi pornit un ger aspru, împotriva căruia nici Abid-aga, oricât ar fi fost el de puternic, nu putea face nimic.

Ger și viscol ca în zilele acelea nu se mai pomenise. Înghețau pietrele, lipindu-se de țărână, iar pomii trosneau. O zăpadă măruntă și sclipitoare acoperea totul, scule și șoproane întregi, iar peste o zi, vântul plin de toane o căra cine știe unde, învăluind alte locuri. Munca încetă de la sine, iar spaima stârnită de Abid-aga păli și se risipi cu totul. Abid-aga vru să țină piept câteva zile, dar până la urmă se dădu bătut. Îi lăsă pe oameni să plece și opri munca, și în toiul unui viscol turbat plecă el însuși, călare, împreună cu slugile lui. În aceeași zi plecă și Tosun-efendi, după el, într-o sanie țărănească, plină de paie și de pături, plecă și meșterul Antonie, dar în cealaltă parte a zării. Toată mulțimea oamenilor de la pod se risipi prin sate și prin văi adânci, pieri tăcută și nezărită ca apa când o soarbe țărâna. Rămase locului doar podul început, ca o jucărie părăsită.

Înainte de plecare, Abid-aga îi chemă iar pe turcii mai de vază din târg. Era abătut, în neputința lui plină de mânie, și le spuse, ca și în anul trecut, că lasă toate în grija și pe răspunderea lor.

— Eu plec, dar ochiul meu rămâne aici. Luați aminte: mai bine să cadă douăzeci de capete nesupuse, decât să piară un singur cui de-al sultanului. De cum s-o desprimăvăra, am să fiu iar aici și-o să-mi dați socoteală pentru fiecare lucrușor.

Cei chemați făgăduiră ca și cu un an în urmă, și plecară pe la casele lor, îngrijorați și înfofoliți în țoale și în șaluri, mulțumind în gând lui Allah că dăduse lumii iarna și viscolul și că pusese, măcar așa, o stavilă puterii celor mari.

Dar când se ivi primăvara nu mai veni Abid-aga, ci noul om de încredere al vizirului, Arif-bei, însoțit de Tosun-efendi. Pe Abid-aga îl ajunsese năpasta de care se temuse atât. Cineva (cineva care cunoștea bine lucrurile și le văzuse îndeaproape) îi dăduse marelui vizir de știre cu de-amănuntul despre felul cum gospodărise el treburile la podul de la Vișegrad. Vizirul aflase tot adevărul și știa prea bine că vreme de doi ani trudiseră două-trei sute de oameni, zi de zi, fără să primească o para chioară pentru munca lor, hrănindu-se adesea din merindele aduse de-acasă, iar Abid-aga își oprise pentru el banii vizirului. (Până și suma toată însușită de Abid-aga fusese socotită la zi.) Și, cum se întâmplă de multe ori în viață, Abid-aga își ascunsese necinstea, prefăcându-se a fi osebit de supus față de vizir și cumplit cu oamenii, iar poporul din partea locului, nu numai gloata ghiaurilor ci și turcii, în loc să binecuvânteze podul vizirului, blestemau și ceasul când fusese început și pe cel care-l clădea. Mehmet-pașa, care toată viața se luptase împotriva jafului și a necinstei calemgiilor săi, îi porunci netrebnicului să dea înapoi toți banii iar cu restul avuției sale și cu haremul să se mute de îndată într-un cătun din Anatolia și să nu mai audă de el dacă nu vrea să-l ajungă o năpastă și mai cumplită.

Două zile după Arif-bei, sosi și meșterul Antonie din Dalmația, cu cei dintâi pietrari. Tosun-efendi îl înfățișă noului om de încredere al vizirului. În lumina caldă a zilei de aprilie, făcură împreună ocolul podului și hotărâră cum să se desfășoare primele lucrări. După ce Arif-bei îi lăsă singuri pe mal, meșterul Antonie se uită mai cu luare-aminte la chipul lui Tosun-efendi, care, deși ziua era însorită, se zgribulea într-un caftan larg și negru.

— Ăsta e cu totul alt soi de om, slavă Domnului! spuse el. Mă întreb doar cine o fi avut atâta iscusință și îndrăzneală să-l vestească pe marele vizir și să izgonească fiara.

Tosun-efendi privi drept înainte și-i răspunse liniștit:

— Fără îndoială, ăsta e mai bun.

— Trebuie să fi fost cineva care cunoștea îndeaproape treburile lui Abid-aga și avea trecere la vizir. Pesemne că se bucura de încrederea lui.

— De bună seamă, ăsta e mai bun, e un om de ispravă, îi răspunse din nou Tosun-efendi, fără să-și ridice pleoapele și înfășurându-se mai strâns în caftan.

Astfel începură lucrările sub oblăduirea noului împuternicit, Arif-bei.

Acesta era, într-adevăr, cu totul alt soi de om. Înalt peste măsură, puțin adus de spate, spân, cu pomeții obrajilor ieșiți în afară, avea ochi migdalați, negri și zâmbitori. Poporul îl porecli de îndată „Momâia“. Fără strigăte, fără ciomag, fără vorbe mari și fără strădanii vădite, el poruncea și rânduia munca, zâmbitor și nepăsător, ca și cum s-ar fi aflat undeva sus, dar nu-i scăpa și nu pierdea din vedere nimic. Și în jurul lui domnea aceeași zeloasă supunere față de tot ce era porunca și dorința vizirului, dar, spre deosebire de Abid-aga, era liniștit, sănătos și cinstit, nu avea de ce să se teamă și n-avea nimic de ascuns, și prin urmare nu simțea nevoia să vâre groaza și să-i prigonească pe ceilalți. Muncile se desfășurau cu aceeași grabă (fiindcă vizirul dorea graba asta), greșelile erau pedepsite cu aceeași asprime, dar beilicul fusese desființat din prima zi. Toți cei care munceau erau plătiți, primeau ca hrană făină și sare și totul mergea mai bine și mai grabnic decât pe vremea lui Abid-aga. Până și Ilinka, nebuna, pierise; în iarnă se pierduse fără urmă, undeva prin câmp.

Podul creștea și se mărea.

Acuma se putea vedea că ctitoria vizirului avea să cuprindă nu numai podul, ci și un caravanserai, pentru ca drumeții veniți de departe și nevoiți să treacă pe acolo să poată găsi adăpost pentru ei, pentru caii și pentru mărfurile lor, dacă îi prindea cumva noaptea pe meleagurile acelea... După îndrumările lui Arif-bei se începu clădirea caravanseraiului. Chiar la intrarea în târg, cam la două sute de pași de pod, la poala urcușului pe unde trece drumul spre Meidan, se află un loc în care se ținuse până atunci, miercurea, târgul de vite. Pe locul ăsta prinse a se înălța noul han. Munca mergea încet, dar se putea deslușі chiar după cele începute că e vorba de o clădire trainică, bogată, plănuită fără zgârcenie. Oamenii însă nu-și dădeau seama că hanul cel mare, de piatră, creștea încet dar necontenit, fiindcă luarea-aminte le era îndreptată asupra podului.

Ceea ce se făcea acum la pod era atât de încâlcit, toate erau atât de încurcate și te zăpăceau într-atât încât numeroșii gură-cască din orășel, când priveau lucrările de pe mal, le socoteau drept nefirești și nu le puteau urmări cu înțelegere. Se ridicau diguri și șanțuri mereu noi, în felurite direcții, râul fusese tăiat și împărțit în canale și în brațe și mutat dintr-o albie într-alta. Meșterul Antonie adusese cu el, din Dalmația, câțiva frânghieri pricepuți și cumpărase toată cânepa, până și din cătunele învecinate. Stând în niște căsoaie făcute anume pentru ei, frânghierii ăștia împletiră funii nespus de trainice și de groase. Dulgherii greci înălțară, după schițele lui Tosun-efendi, niște macarale uriașe, din lemn, cu scripeți, și le rânduiră pe plute; și astfel, cu funiile, săltară blocurile de piatră cele mai grele și le cărară până la stâlpii care se iveau, unul după altul, din albia râului. Căratul fiecăruia dintre blocurile cele mari de piatră, de la mal până la locurile unde trebuiau puse, dura câte patru zile.

Tot privind lucrările, zi de zi, an de an, oamenii noștri începură să piardă noțiunea timpului și să nu mai știe ce urmăreau să facă de fapt constructorii. Li se părea că treaba stă pe loc, ba se mai și încurcă și se încâlcește din ce în ce mai mult cu niște lucrări ajutătoare, de mică însemnătate, și, cu cât dura mai mult, cu atât semăna mai puțin a ce-ar fi trebuit să fie. Oamenii care nu muncesc și nu fac nimic în viața lor își pierd ușor răbdarea și greșesc atunci când judecă munca altora. Turcii din Vișegrad începură iar să dea din umeri și din mâini cu neîncredere când vorbeau despre pod. Creștinii treceau, dar se uitau la pod cu gânduri tainice și cu o bucurie răutăcioasă, urându-i să n-ajungă până la capăt, așa cum îi urau oricărui lucru început de turci. Cam tot în vremea aceea, starețul mănăstirii Banja, de lângă Priboi, scrise pe ultima filă albă a cărții sale sfințite: „Întru pomenirea veleatului când Mehmet-pașa pornitu-s-a cu înălțarea podului peste Drina, la Vișegrad. Și mare asprime se abătu asupra neamului creștinesc dinspre Agareeni, și amarnice beilicuri. Adus-au meșteri de la mare. Vreme de trei ani clădit-au și risipit-au în deșert avuție multă. Apele râului în două și în trei tăiatu-le-au, dar pod nu izbutiră să întocmească".

Treceau anii, se scurgeau, una după alta, verile și toamnele, iernile și primăverile; oamenii de corvadă și meșterii plecau și se reîntorceau... Acum toată Drina era acoperită de bolți, nu ale podului ci alte schelete de lemn, care semănau cu o încâlcitură anapoda și ciudată, făcută din grinzi și din scânduri de brad. În amândouă părțile se legănau macarale lungi, prinse de plute legate zdravăn. Pe amândouă malurile fumegau focuri în care se topea plumbul turnat apoi în găurile dalelor ca să lege astfel, fără să se vadă, piatră de piatră.

Către sfârșitul celui de al treilea an se întâmplă una din acele nenorociri de care arareori scapă marile zidiri. Se lucra la desăvârșirea stâlpului din mijloc, ceva mai înalt decât ceilalți și mai lățit către vârf, fiindcă pe el trebuia să se sprijine kapia. Tocmai se căra un bloc de piatră, uriaș, când munca se opri, pe neașteptate. Oamenii mișunau în jurul blocului care, legat cu funii groase, le atârna deasupra capetelor. Macaraua nu izbutea să pună piatra chiar pe locul ei. Harapul, ajutorul meșterului Antonie, veni degrabă și, pierzându-și răbdarea, începu să dea porunci, cu strigăte pline de mânie (în limba aceea ciudată și corcită care se născuse în decursul anilor printre oamenii aceştia adunaţi din felurite meleaguri ale lumii). Striga la cei de jos, de pe apă, care mânuiau macaraua. Şi, tocmai atunci, dintr-o pricină de neînţeles, funiile plesniră şi blocul se prăbuşi mai întâi cu o parte, apoi cu toată greutatea lui peste Harapul mânios, care nu se uita deloc deasupra, ci înspre apă. Printr-o ciudată întâmplare, blocul căzu chiar pe locul unde trebuia pus, dar în cădere îl prinse pe Harap, strivindu-i toată partea de jos a trupului. Se iscă mare zarvă, oamenii alergau, strigau... Sosi degrabă şi meşterul Antonie. Flăcăul negru îşi revenise după primul leşin; gemea printre dinţii încleştaţi şi se uita, deznădăjduit şi înspăimântat, în ochii meşterului Antonie. Cu sprâncenele încruntate, alb ca varul, meşterul porunci să fie adunaţi oamenii şi aduse sculele trebuitoare pentru săltarea blocului. Dar toate astea erau zadarnice. Pe neaşteptate, un val de sânge potopi trupul flăcăului, răsuflarea aproape că-i pieri, iar ochii i se înceţoşară. Peste o jumătate de ceas, Harapul îşi dădu duhul, strângând în mâinile lui mâinile meşterului.

Înmormântarea solemnă a Harapului o ţinură minte oamenii multă vreme. Toţi drept-credincioşii musulmani ieşiră să-l petreacă şi să-i poarte câţiva paşi sicriul în care hodinea doar partea de sus a trupului său tânăr, fiindcă jumătate din el rămăsese sub blocul de piatră. Meşterul Antonie îi puse deasupra mormântului lespede cioplită în piatra din care se clădea podul. Îl zguduise moartea flăcăului acestuia scos de el, când era abia un băieţaş, din sărăcie, de la Ulţin. Dar lucrul la pod nu se opri nici o clipă.

Iarna aceea şi iarna următoare s-au nimerit să fie blânde şi s-a muncit până la jumătatea lui decembrie. Se apropia cel de-al cincilea an de când trudeau acolo. Acum, cercul lăbărţat, făcut din lemne, piatră, unelte şi felurite materiale, începu să se strâmteze.

Sus, lângă drumul spre Meidan, se şi înălţase noul han, dezbrăcat de schele. Era o clădire mare, cu un cat, zidită din aceeaşi piatră ca şi podul. Se mai lucra încă la han, şi pe dinăuntru şi pe dinafară, dar, de pe acum, încă din depărtare, oamenii puteau vedea cât se deosebeşte prin mărimea, frumuseţea liniei şi trăinicia construcţiei de tot ce se putuse zidi sau închipui vreodată într-un târg. Clădirea asta de piatră albă-gălbuie, acoperită cu olane de un roşu-întunecat, cu şirul ei de ferestre măiestrit tăiate, li se părea localnicilor un lucru nefiresc, măreț și de necrezut, care, de acum înainte, avea să facă parte pe veci din viața lor de zi cu zi. Ridicată de-un vizir, ea arăta de parcă ar fi fost făcută să adăpostească numai viziri.

Întreaga clădire răsfrângea măreția, gustul ales și belșugul, iar localnicii o priveau ca pe o minunăție.

În același timp, încâlceala de grinzi și de scânduri, încrucișate deasupra râului, începu să se micșoreze și să se rărească și, prin ea, începu să se zărească din ce în ce mai bine și mai limpede adevăratul pod din piatră frumoasă de Banja. Se mai vedea câte un singur om sau câte un grup întreg făcând lucrări care, în ochii localnicilor, păreau fără nici un rost și fără legătură cu celelalte, dar era vădit acum, pentru oricine, că toți clădeau podul după un singur gând și după socoteli fără greș, ce stăteau la temelia fiecărei lucrări, luate în parte. Înainte de toate se arătară arcadele cele mai mici ca înălțime și ca deschidere, și mai apropiate de mal; apoi fură descoperite și celelalte, una după alta, până când ultima își lepădă schelăria, iar podul întreg se ivi sprijinit pe unsprezece bolți puternice, desăvârșit și ciudat în frumusețea lui, ca o priveliște nouă și neobișnuită pentru ochii localnicilor.

Făcuți să nu stea mult pe gânduri nici în fața binelui, nici în fața răului, oamenii din Vișegrad se rușinară de îndoiala și de neîncrederea lor. Acum nici nu mai încercau măcar să-și ascundă admirația și nici să-și stăvilească însuflețirea. Trecerea peste pod nu era încă îngăduită, dar ei se adunau pe amândouă malurile și mai ales pe cel drept, unde se afla piața și cea mai mare parte a orășelului; se uitau cum trec peste pod cei care lucrau și lustruiau piatra parapetului și a băncilor înălțate pe kapia. Turcii din Vișegrad, strânși laolaltă, priveau lucrarea asta făcută de alții, pe cheltuiala altuia, căreia ei, vreme de cinci ani, îi născociseră tot soiul de porecle și îi prorociseră viitorul cel mai nefericit.

— Păi, eu vă spuneam întruna, rostea amețit de bucurie un hoge mărunțel, din Dușce, vă spuneam întruna că sultanul nu lasă nimic din mână și că oamenii ăștia iscusiți au să isprăvească de clădit ce și-au pus în gând; iar voi mereu ziceați: „n-au să-l facă, nu sunt în stare". Și uite că l-au ridicat, și ce mai pod, ce frumusețe și ce minunăție!

Toți îi cântau în strună, deși, la drept vorbind, nu-și amintea nimeni să-l fi auzit rostind asemenea lucruri, ci știau bine că bârfise și el, laolaltă cu toată lumea, și podul, și pe cel ce hotărâse ridicarea lui. Dar acum, cu adevărat încântați, se bucurau din toată inima:

— Oameni buni, hei! oameni buni, ia uitați-vă ce-a răsărit în orășelul nostru!

— Și asta încă nu-i nimica, adăuga hogea cel mărunțel, vesel și vioi, o să fie el și mai frumos. Ia uitați-vă cum îl mai lustruiesc și-l împodobesc, ca pe-un cal de dus la târg!

Astfel se întreceau care mai de care, înflăcărându-se, căutând mereu cuvinte de laudă tot mai noi, mai frumoase și mai mărețe. Doar Ahmet-aga Șeta, un negușător de grâne, bogat, zgârcit și morocănos, se mai uita cu silă și la pod și la cei care îl lăudau. Înalt, gălbejit și uscat, cu ochii negri și pătrunzători, cu buze atât de subțiri de parcă ar fi lipite una de alta, clipește în soarele zilei acesteia frumoase de septembrie și e singurul care nu se leapădă de vechile păreri. (Căci în sufletele unora trăiesc dușmănii fără pricină, care sunt mai mari și mai puternice decât tot ce pot făuri și născoci ceilalți oameni.) Acelora care laudă cu înflăcărare măreția și trăinicia podului, spunând că întrece oricare cetate, Șeta le răspunde cu dispreț în glas:

— Numai dacă nu l-or ajunge apele mari, știi, alea adevărate, cum vin pe la noi, la Vișegrad! Atunci o să vedem noi ce s-o alege din el!

Toți îi resping cu amărăciune vorbele, se împotrivesc spuselor lui și-i laudă pe cei ce-au lucrat la pod, îndeosebi pe Arif-bei, care știe să zâmbească mereu, ca un boier, și a clădit minunăția asta parcă jucându-se. Dar Șeta e hotărât să nu dea înapoi nici cu un pas măcar și să nu recunoască nimic nimănui.

— Ba de n-ar fi fost Abid-aga, cu bâta lui verde, cu asprimea și cu purtarea lui necruțătoare, v-aș întreba dacă eunucul ăsta ar fi putut, zâmbind și stând cu mâinile la spate, să isprăvească podul!

Și ros de înflăcărarea celorlalți ca de-o ocară adusă ființei lui, Șeta pleacă supărat la prăvălie, ca să se așeze la locul obișnuit, de unde nu se vede nici soarele, nici podul, și nu se aude zarva și forfota lumii însuflețite.

Dar numai Şeta era aşa. Bucuria şi încântarea localnicilor creşteau mereu, cuprinzând şi satele dimprejur. În primele zile ale lui octombrie, când podul fu cu desăvârşire gata, Arif-bei puse la cale o mare serbare, care fu bogată şi plină de strălucire.

Supraveghetorii şi cei ce munciseră la pod primiră daruri în bani şi veşminte, şi petrecerea, la care putu să ia parte oricine voia, ţinu două zile încheiate. Se mâncă şi se bău, se cântă şi se jucă în sănătatea vizirului; avură loc întreceri de cai şi alergări pe jos; sărăcimii i se dădu carne şi zaharicale. În piaţa ce leagă podul cu orăşelul se fierbea în cazan halvaua, care era împărţită, aşa, caldă, poporului. Atunci avură prilej să-şi îndulcească gura şi cei ce nu putuseră s-o facă în timpul bairamului. Halvaua ajunse până şi în satele de prin împrejurimi, şi oricine mânca din ea îi ura sănătate vizirului şi viaţă lungă ctitoriilor lui. Printre copii se aflau unii care veniseră de paisprezece ori la cazan, până când îi dibuiseră bucătarii şi-i alungaseră, lovindu-i cu lingurile. Un ţigănuş muri, fiindcă se îndopase cu prea multă halva caldă.

Asemenea lucruri anevoie sunt uitate şi oamenii le istorisesc multă vreme, laolaltă cu poveştile despre naşterea podului, cu atât mai mult cu cât vizirii mărinimoşi şi căpeteniile cinstite au pierit, pare-se, în veacurile următoare, iar serbările de soiul acesteia s-au tot rărit, apoi au devenit cu desăvârşire necunoscute şi, până la urmă, au intrat în rândul basmelor.

Cât a ţinut serbarea şi în primele zile de după ea, oamenii trecură întruna peste pod, de nenumărate ori, de la un mal la altul. Copiii îl străbăteau în fugă, iar cei vârstnici mergeau încet, vorbind sau privind din fiecare punct priveliştile cu totul noi care li se deschideau de pe pod. Neputincioşii, schilozii, ologii şi paraliticii erau aduşi pe tărgi, fiindcă nimeni nu voia să piardă serbarea sau să nu-şi ia partea cuvenită din asemenea minunăţie. Până şi cel mai neînsemnat dintre târgoveţi îşi simţea mintea mai luminată şi puterile înzecite, ca şi cum cine ştie ce faptă miraculoasă şi supraomenească ar fi fost adusă la măsura puterilor lui şi la hotarul vieţii lui obişnuite; ca şi cum, pe lângă elementele cunoscute până atunci, pământ, apă şi cer, s-ar mai fi descoperit, pe neaşteptate, încă unul; ca şi cum, prin strădania binevoitoare a cuiva, s-ar fi înfăptuit deodată, pentru toți și pentru fiecare în parte, una din dorințele cele mai adânci, străvechiul vis al omenirii: să calce peste ape și să stăpânească nemărginirea.

Flăcăii turci începură o horă în jurul cazanului cu halva, apoi o întinseră peste pod, fiindcă acolo li se părea că zboară, fără să atingă pământul, apoi jucară hora înăuntrul kapiei, tropăind și lovind cu picioarele în lespezile noi, de parcă ar fi vrut să încerce trăinicia podului. În jurul cercului strâns și rotund, făcut din trupurile tinere ce țopăiau mereu cu același pas, copiii jucau și ei, se strecurau în goană printre picioarele flăcăilor avântați în joc, ca printr-un gard mișcător, zăboveau în mijlocul horei, fericiți că se află, pentru prima oară în viața lor, pe podul despre care se vorbise ani și ani – ba încă pe kapia, unde, după cum se spunea, era zidit nefericitul Harap, a cărui nălucă se ivea noaptea.

Bucurându-se din plin de hora flăcăilor, ei tremurau totodată de spaima pe care Harapul, încă de pe când trăise și lucrase la pod, o vârâse în sufletele copiilor din orășel. Pe podul acesta, înalt, nou și nemaipomenit, își închipuiau că-și părăsiseră de multă vreme mama și căsuța natală și că se rătăciseră prin țara oamenilor negri, a clădirilor ciudate și a dansurilor neobișnuite. Tremurau, dar nu puteau să-și ia gândul de la Harap, nici să se smulgă din hora care se învârtea pe kapia cea minunată. Doar vreo altă minune i-ar fi putut îndepărta de-acolo.

Deodată unul, pe nume Murat, zis Mutu, din neamul lui aga Turkovici, de la Nezuke, un flăcău prostănac de care adeseori râdea tot târgul, de la un capăt la altul, se cățără pe parapetul de piatră al podului. Copiii începură să țipe, se auziră strigătele uimite și înspăimântate ale celor mai vârstnici, dar nătângul, cu brațele larg desfăcute și cu capul dat pe spate, mergea ca vrăjit pe lespezile înguste, pășind când cu un picior când cu celălalt, de parcă n-ar fi atârnat deasupra apei și a adâncului, ci ar fi dănțuit cel mai frumos dans. În rând cu el mergea pe pod întreaga gloată de puști și de pierde-vară care îl îmboldea. Iar la celălalt capăt al podului îl aștepta frate-său, Ali-aga, care îl biciui ca pe un copil mic.

Mulți coborau de-a lungul râului, departe, cale de o jumătate de oră, până la Kalata sau la Mezalin, și de acolo priveau podul care se ivea, alb și gingaș, cu cele unsprezece arcade ale lui, de mărimi diferite, ca o înflorityră ciudată, pe apa verde, între munții întunecoși.

Tot în zilele acelea a fost adusă și marea lespede albă, cu inscripția săpată în ea, și a fost zidită pe kapia, în peretele de piatră roșcată care se înălța cu aproape un metru și jumătate deasupra podului. Și vreme îndelungată se tot adunau oamenii în jurul inscripției, și o priveau, până ce se afla prin preajmă vreun învățăcel turc, cunoscător al Coranului, sau vreun știutor de carte care, cu mai multă sau mai puțină pricepere, în schimbul unei cafele, al unei felii de pepene sau doar ca să facă o faptă plăcută lui Allah, le citea inscripția, cum putea și el.

În zilele acelea au fost silabisite de sute de ori stihurile inscripției, făcute de-un stihuitor din Țarigrad pe nume Badi. Stihurile arătau numele, locul de baștină și cinul celui ce ridicase podul, precum și fericitul an 979 de la Egiră[1], adică 1571 după socoteala creștinească, an când fuseseră încheiate lucrările. Acest Badi scria pentru bani grei stihuri ușoare și plăcute auzului și se pricepea de minune să le facă cerute de către puternicii zilei când înălțau sau dregeau temeinic ctitorii însemnate. Cei ce-l cunoșteau (și îl pizmuiau puțin) spuneau în batjocură că bolta cerului e singura zidire pe care nu se află încă o inscripție ieșită din pana lui Badi. Dar el, în ciuda câștigurilor ăstora frumoase, era un biet calic flămând, veșnic în luptă cu sărăcia și cu lipsurile acelea care, adeseori, îi însoțesc pe poeți ca un blestem anume pentru ei și nici un fel de bani și de câștiguri nu le pot înlătura.

Datorită neștiinței de carte, căpățânii tari și închipuirii vii a oamenilor noștri, fiecare dintre „învățații" târgului citea și deslușea în felul lui stihurile lui Badi de pe lespedea de piatră, stihuri care, ca orice lucru scris, odată scoase la iveală, rămân acolo, în veci, pe piatra fără moarte, spuse pentru totdeauna și fără putința de a fi luat înapoi privirilor și răstălmăcirilor tuturor oamenilor, înțelepți sau smintiți, binevoitori sau răuvoitori. Și fiecare dintre ascultători ținea minte numai stihurile care îi sunau mai bine la ureche sau

1. Data de la care începe calendarul mahomedan, luându-se ca punct de plecare anul fugii lui Mahomed de la Mecca la Medina (622 î.Hr.).

i se potriveau firii sale. Astfel, ceea ce sta acolo, în văzul întregii lumi, cioplit în piatra tare, se repeta din gură în gură, în diferite feluri, de multe ori preschimbat și fără putință de recunoscut.

Pe piatră sta scris:

Iată, Mehmet-pașa, fruntea învățaților și a mai-marilor din vremea sa,
Înfăptuit-a îndemnul inimii sale și prin grija și truda lui dură pod peste râul Drina.
Peste apa aceasta adâncă și repede curgătoare
Înaintașii lui nimic n-au izbutit a ridica.
Nădăjduiesc, prin mila lui Allah, că podul vizirului Mehmet fi-va trainic,
Și că el își va petrece vacul întru fericire, fără să încerce vreodată amărăciunea tristeții,
Căci, cât a trăit, aur și argint dăruit-a pentru ctitoriile sale,
Și nimeni nu poate spune că e risipită o avuție cheltuită întru asemenea rosturi.
Badi, care-a văzut acestea, când podul a fost gata, alcătuit-a stihurile de față.
Allah să binecuvânteze ctitoria lui Mehmet-pașa, podul acesta minunat de frumos!

Până la urmă poporul se sătură să tot privească cu nesaț podul, să tot treacă peste el și să tot asculte stihurile inscripției. Minunea zilelor dintâi deveni lucru obișnuit și oamenii începură să pășească peste pod grăbiți, nepăsători, îngrijorați, cu gândul aiurea; asemenea apelor zgomotoase care curgeau pe sub el, ca și cum podul ar fi fost unul dintre nenumăratele drumuri bătătorite cu picioarele de vișegrădeni și de vitele lor. Iar lespedea pe care se aflau stihurile amuți, sus în perete, așa cum amuțește orice piatră de felul ei.

Acum, drumul de pe malul stâng e legat de-a dreptul cu bucata de drum aflată pe podișul de pe celălalt mal. A pierit negrul pod umblător mâncat de cari, și podarii ieșiți parcă din basme. Adâncite sub ultimele arcade ale podului, au mai rămas doar stâncile nisipoase și malurile povârnite pe care altădată urcai și coborai la fel de anevoie, și unde așteptai cu atâta amar și chemai zadarnic de pe un mal pe celălalt. Toate astea, laolaltă cu râul nestăvilit, au fost învinse ca prin farmec. Sus, deasupra lor, se merge acum de parcă ai avea aripi, de-a dreptul de la un mal la altul, peste podul lat și lung, trainic, neclintit ca un munte și răsunând sub copita calului, de-ai zice că-i făcut în întregime dintr-o singură lespejoară subțire.

Au pierit și morile și cocioabele din lemn, unde se adăposteau drumeții, la nevoie. În locul lor se înalță un caravanserai arătos și încăpător care primește drumeți din zi în zi mai numeroși. În han se intră printr-o poartă largă, măiestrit tăiată. De-o parte și de alta a porții se află două ferestre mari, cu gratii, dar nu din fier, ci dăltuite în piatră de calcar, fiecare dintr-o bucată. În ograda mare și pătrată e loc berechet pentru mărfuri și calabalâc, iar de jur împrejur se înșiră ușile celor treizeci și șase de odăi. În fund, sub munte, se află grajdurile; spre mirarea tuturor sunt și ele clădite din piatră, făcute parcă pentru hergheliile sultanului. Un han ca ăsta nu mai găsești de la Sarajevo și până la Adrianopole. Aici, fiecare drumeț poate zăbovi o zi și o noapte și primește, fără să dea o para, adăpost, foc și apă pentru el, pentru slugile și pentru caii lui.

Toate astea, ca podul însuși, sunt dania pioasă a marelui vizir Mehmet-pașa, născut, cu peste șaizeci de ani în urmă, pe-aici, dincolo de munții ăștia, în satul cățărat tocmai sus, la Sokolovici, Mehmet-pașa care, în copilărie, împreună cu gloata țărănușilor sârbi, a fost dus la Țarigrad ca „bir de sânge". Caravanseraiul se ține din dania Vakuf[1], întemeiată de Mehmet-pașa cu marile avuții prădate în ținuturile de curând cotropite ale Ungariei.

Astfel, odată cu ridicarea podului și a hanului, au pierit, după cum se vede, multe suferințe și necazuri. S-ar fi cuvenit, poate, să piară și durerea neobișnuită pe care vizirul, în copilăria lui, o adusese de pe podul umblător de la Vișegrad, din Bosnia: tăiș negru, ascuțit, care, din când în când, despică pieptul în două. Dar lui Mehmet-pașa nu i-a fost dat să trăiască fără durerea asta și nici să se bucure mult la gândul ctitoriei lui din Vișegrad. Curând după sfârșitul ultimelor lucrări, când abia începuse caravanseraiul să fie folosit cu adevărat și podul să fie cunoscut în lume, Mehmet-pașa simți încă o dată durerea „tăișului negru" în piept. Și asta, pentru ultima oară.

---

1. Fundație „filantropică", instituită de Mehmet-pașa.

Într-o vineri, pe când intra în geamie laolaltă cu însoțitorii lui, s-a apropiat de el un derviș zdrențăros și pe jumătate nebun, cu palma stângă întinsă după pomană. Vizirul s-a întors, poruncindu-i unui om de-al lui să-l miluiască; în vremea asta dervișul a scos din mâneca dreaptă un satâr de măcelar, ascuțit și greu, și l-a izbit cu el pe vizir, cât a putut de tare, între coaste. Oamenii lui Mehmet-pașa l-au ciopârțit pe derviș. Vizirul și ucigașul lui și-au dat sufletul în aceeași clipă. Pe lespezile sure, în fața geamiei, au zăcut amândoi câteva clipe, așa, culcați unul lângă altul. Ucigașul, mort, mătăhălos, plin de sânge, cu mâinile și picioarele rășchirate, de parcă l-ar fi mânat încă avântul furios al loviturii lui nebunești. Iar lângă el, marele vizir, cu caftanul descheiat la piept, și cu turbanul aruncat cât colo. În ultimii ani ai vieții, vizirul slăbise și se cocârjase, obrajii i se înnegriseră întrucâtva și trăsăturile i se înăspriseră. Și cum zăcea așa, cu pieptul dezgolit, cu capul descoperit, năclăit de sânge, încovoiat și chircit, părea mai degrabă un țăran din Sokolovici, îmbătrânit și ucis în bătaie, decât marele demnitar doborât, care, cu câteva clipe mai înainte, se afla în fruntea împărăției turcești.

Trecură luni și luni până când vestea morții vizirului să ajungă la Vișegrad, și nu ca fapt neîndoios și limpede, ci ca zvon ascuns, care poate să fie și poate să nu fie adevărat. Căci în împărăția turcească nu era îngăduit să fie răspândite și povestite din om în om veștile rele și întâmplările nefericite, nici când se petreceau în vreo țară învecinată, darămite când era vorba de o nenorocire întâmplată chiar acolo. De altfel, în împrejurarea asta, nu prea îi venea nimănui la socoteală să se vorbească mult și îndelung despre moartea vizirului. Partida dușmanilor săi, care izbutise, în sfârșit, să-l înfrângă, își dădea toată osteneala ca, făcându-i o înmormântare cât mai măreață, să îngroape totodată și orice amintire mai vie despre el. Iar rudele, oamenii de încredere și partizanii din Stambul ai lui Mehmet-pașa doreau și ei să fie cât mai puțin pomenit marele vizir de odinioară, fiindcă astfel le creștea și lor putința de-a deveni plăcuți noilor căpetenii și de a li se ierta trecutul.

Dar cele două frumoase ctitorii de pe Drina începură să-și dea roadele în ce privește negoțul și cărăușia, atât în orășel cât și în împrejurimi; și însemnătatea lor creștea, fără să țină seamă de vii și de morți, de cei ce se ridică sau cad. Târgul începu repede să se coboare din munte către apă, să se mărească, să crească și să se strângă tot mai mult în jurul podului sau al caravanseraiului căruia poporul îi zicea „hanul de piatră".

Așa s-a născut podul cu kapia lui și așa a crescut, în preajma lui, orășelul. După asta, vreme de trei veacuri, locul podului în dezvoltarea orășelului și însemnătatea lui în viața localnicilor au fost așa cum le-am arătat, pe scurt, mai înainte. Iar rostul și esența existenței îi stăteau, pe cât se pare, în veșnicia lui. Linia lui luminoasă, înălțându-se deasupra orășelului, nu s-a schimbat, după cum nu s-au schimbat nici crestele, profilate pe cer, ale munților din împrejurimi. Crugul lunii s-a scurs mai departe și generațiile de oameni s-au urmat una după alta, dar el a rămas același, ca și apa care îi trece pe sub arcade. A îmbătrânit, firește, dar pe o scară a timpului mai largă – depășind nu numai viața unui om ci și durata unui șir întreg de generații – așa că îmbătrânirea lui n-a putut fi văzută cu ochii. Viața podului, deși e muritoare, se aseamănă veșniciei, căci sfârșitul ei nu poate fi întrezărit.

V

Trecu primul veac. El păru nesfârşit şi fu aducător de moarte oamenilor şi multora din lucrările durate de ei, dar se scurse fără să lase urme asupra marilor construcţii făcute chibzuit şi temeinic, iar podul, kapia şi caravanseraiul de alături rămaseră în picioare şi îşi urmară rostul lor, ca în prima zi. Şi tot aşa ar fi trecut peste ele şi-al doilea veac, cu anotimpurile urmându-se unul după altul şi ridicându-se noi generaţii omeneşti, iar zidirile ar fi dăinuit fără schimbare. Dar ceea ce nu putea face timpul, au făcut întâlnirile nesigure şi de neprevăzut ale unor împrejurări îndepărtate.

Pe vremea aceea, la sfârşitul celui de al XVII-lea veac, prin Bosnia, se pomenea adeseori în cântece, în vorbele schimbate între oameni, cu glas tare şi în şoaptă, despre Ungaria, pe care armata turcă, după ce o cotropise timp de un veac, începuse să o părăsească.[1]

Mulţi boieri bosnieci, apărându-şi cu armele în mâini moşiile ungureşti, îşi lăsară oasele, în timpul retragerii, pe pământul Ungariei. Aceştia au fost cei mai fericiţi, s-ar putea zice, căci mulţi alţi boieri se reîntoarseră mai săraci ca Iov în vechea lor patrie bosniacă, unde îi aştepta un pământ neroditor, o viaţă searbădă şi plină de lipsuri, după viaţa de îmbelşugat huzur cunoscută pe moşiile din Ungaria. Ecoul depărtat şi slab al întâmplărilor răzbătea până la Vişegrad, dar nimeni nu s-ar fi gândit că Ungaria asta, ţara din cântece, ar fi putut să aibă vreo legătură cu viaţa adevărată şi zilnică a oraşelului. Şi totuşi, aşa s-a întâmplat. Odată cu retragerea turcilor din Ungaria, au fost pierdute şi lăsate în afara graniţelor

1. În 1526, după bătălia de la Mohács, Ungaria a căzut sub stăpânirea turcească. În 1687, în urma înfrângerii Turciei, stăpânirea ei ia sfârşit.

împărăției, pe lângă alte bunuri, și cele de pe urma cărora era întreținut caravanseraiul din Vișegrad.

Localnicii și drumeții, care de-un veac trăgeau la hanul de piatră, se obișnuiseră cu el și nu se gândiseră niciodată din ce mijloace trăia, cum se născuseră ele și de unde izvorau. Toți se slujeau de el, îl foloseau ca pe un pom binecuvântat, plin de roade și așezat lângă drum, un pom care e al nimănuia și al tuturora. Spuneau, din obișnuință, „Allah să-l odihnească pe vizir", dar nu gândeau deloc că vizirul murise cu un veac în urmă și nici nu se întrebau cine păzește și apără acum ținuturile împărătești și bunurile rânduite pentru danii. Cine-și putea închipui măcar că lucrurile lumii acesteia sunt atât de legate unele de altele și au asemenea urmări unele asupra altora, chiar când se află la mari depărtări? De aceea, la început nici nu se observă în orășel că veniturile au secat. Argații trebăluiau mai departe la han, și hanul primea drumeți, ca și înainte. Se credea că banii trebuitori pentru întreținere au întârziat, așa cum se întâmplase și în alte dăți. Totuși, trecură luni și ani, dar banii nu mai soseau. Argații plecară din slujba hanului. Mânuitorul de pe atunci al bunurilor Vakuf, Daud-hogea Mutevelici[1] (așa îl poreclise lumea, și porecla îi rămăsese nume), trimise jalbe în toate părțile, dar nu primi nici un răspuns. Drumeții făceau ce ar fi trebuit să facă argații și curățau hanul numai atâta cât aveau nevoie pentru ei și pentru vitele lor; dar care cum pleca lăsa în urmă bălegar și neorânduială, ca să le curețe cei ce aveau să vină, așa cum și el curățase și rânduise ce găsise murdar și nelalocul lui. Iar după fiecare rămânea totdeauna mai multă murdărie decât fusese înainte.

Daud-hogea făcu totul ca să salveze hanul și să-l mențină pe picioare. Mai întâi, cheltui din buzunarul lui, apoi începu să se îndatoreze pe la rude. Așa, an după an, cârpi și îngriji clădirea costisitoare. Celor care îl mustrau că sărăcește păstrând ceea ce nu putea fi păstrat le răspundea că își pune bine banii, fiindcă îi dă cu împrumut lui Allah și că el, mânuitorul bunurilor Vakuf, era ultimul care s-ar fi cuvenit să dea uitării dania pioasă lăsată, după câte se părea, în voia soartei.

---

1. „Muteveli" înseamnă în limba turcă epitrop al unei fundații filantropice.

Omul acesta înțelept și cucernic, încăpățânat și dârz, pe care localnicii îl ținură minte multă vreme, nu s-a lăsat abătut de nimeni și nimic de la truda lui, deși vedea bine că e zadarnică. Muncind cu râvnă, el se împăcase de mult cu gândul că soarta noastră pe pământ înseamnă luptă împotriva stricăciunilor de tot felul, a morții și a sfârșitului, și că omul e dator să nu dea înapoi în lupta asta nici atunci când vede bine că nu există cale de scăpare. Și stând în fața hanului care se destrăma sub ochii lui, el le răspundea celor ce încercau să-i abată hotărârea sau îi plângeau de milă:

— Nu e nevoie să mă plângeți. Căci noi toți murim doar o dată, pe când oamenii de seamă mor de două ori: o dată când își dau sufletul, și a doua oară când li se nimicește ceea ce au ctitorit.

Când nu mai putu să plătească argați, el singur, bătrân cum era, plivi bălăriile din jurul hanului și făcu cârpelile mai mici ale clădirii. Așa l-a prins și moartea, într-o bună zi, când se cățărase pe acoperiș ca să dreagă un olan pe jumătate crăpat. Se înțelege că un biet hoge dintr-un orășel n-a putut întreține ctitoria unui mare vizir, căreia roata istoriei îi hotărâse pieirea.

După moartea lui Daud-hogea, hanul începu să se părăginească brusc. Primele semne ale decăderii se iviră pretutindeni. Canalele de scurgere se înfundară și începură să miroasă urât; prin acoperiș pătrundea ploaia; vântul intra prin uși și prin ferestre; grajdurile se umpluseră de bălegar și de buruieni. Dar pe dinafară, clădirea de piatră, minunat întocmită, părea tot neschimbată și de neclintit în pașnica ei frumusețe. Marile ferestre boltite de la catul de jos, cu zăbrelele gingașe de parcă ar fi fost făcute din cele mai alese împletituri, tăiate într-un singur bloc de piatră moale, priveau netulburate lumea. Dar la ferestrele neîmpodobite, de deasupra, se și iviseră semnele sărăciei, ale delăsării și ale neorânduielii care domneau înăuntru.

Încetul cu încetul, lumea începu să ocolească hanul sau să înnopteze la hanul lui Ustamuici, unde trebuiau să plătească. Drumeții călcau tot mai rar pe la caravanserai, deși aci, în loc de plată, nu trebuia decât să te rogi ca sufletul vizirului să odihnească în pace. În cele din urmă, când era limpede că banii nu vor mai sosi și că nu se găsea nimeni care să ia asupra lui dania vizirului, toți, până și noul mânuitor al bunurilor, se lepădară de grija pentru clădire, iar caravanseraiul rămase mut și pustiu, începu să se dărăpănească și să se dărâme, ca toate clădirile în care nu trăiește și pe care nu le îngrijește nimeni.

În jurul lui creșteau buruienile, mărăcinii și ciulinii. Pe acoperiș începură să-și facă cuib și să se adune ciorile și coțofenele, în stoluri negre și gălăgioase.

Astfel, părăsit înainte de vreme și pe neașteptate (toate lucrurile de felul acesta par că vin pe neașteptate!), hanul de piatră al vizirului începu să decadă și să se ruineze.

Dar dacă, din pricina unor împrejurări neobișnuite, caravanseraiul nu și-a mai putut îndeplini rostul și s-a dărăpănat înainte de vreme, podul, care nu cerea nici îngrijire, nici supraveghere, rămase, neclintit și neschimbat, să lege malurile despărțite și să-și arunce dintr-un loc în altul poverile vii și moarte, la fel ca în primele zile.

În zidurile lui se cuibăreau păsările, prin crăpăturile nevăzute pe care vremea le săpase în piatră creșteau smocuri subțiri de iarbă. Piatra gălbuie și poroasă din care fusese construit se învârtoșase și se strânsese din pricină că o năpădeau, rând pe rând, când umezeala rece, când căldura; și veșnic bătută de vântul care sufla din două părți în valea râului, spălată de ploi și uscată în arșița arzătoare a soarelui, piatra asta se albise cu timpul, căpătând o culoare mată, ca a pergamentului, și lucea în întuneric de parcă ar fi fost luminată dinlăuntru. Năvalnicele și desele revărsări ale apelor, năpastă grea și neîntreruptă pentru orășel, podului nu puteau să-i facă nimic. Ele reveneau an de an, primăvara și toamna, dar nu erau totdeauna la fel de primejdioase și de amarnice pentru orășelul de lângă pod. În fiecare an, o dată sau de două ori, Drina se umflă, se tulbură și, cu zgomot mare, cară pe sub bolțile podului pari smulși din îngrăditurile de pe câmp, bușteni dezrădăcinați și mâluri roșcate, amestecate cu tufele și cu crengile rupte de prin pădurile de pe mal. În orășel sunt păgubite ogrăzile, grădinile și șurile caselor mai apropiate de apă. Și la asta se mărginește totul.

Dar la răstimpuri neegale, cam între douăzeci și treizeci de ani, se abat revărsările cele mari care sunt ținute minte după aceea ca răzmerițele sau ca războaiele și sunt luate vreme îndelungată drept date pentru măsurarea timpului și a vechimii clădirilor și pentru durata vieții omenești. („Cu cinci-șase ani înainte de revărsarea cea mare“, „când cu revărsarea cea mare“.)

După o asemenea revărsare rămânea mai nimica din tot ce e clădire în jumătatea Vișegradului așezată în câmpie, pe mica limbă de nisip dintre Drina și Rzav. O revărsare din asta aruncă orășelul cu câțiva ani înapoi. Și generația din vremea ei își petrece restul zilelor cârpind pagubele și îndreptând nenorocirile pe care le-a lăsat în urmă „revărsarea cea mare“. Până la sfârșitul vieții oamenii pomenesc despre grozăvia nopții aceleia de toamnă când, sub o ploaie înghețată și un vânt ca de iad, la lumina câtorva felinare, și-au scos mărfurile, golindu-și fiecare dugheana, și le-au cărat sus, pe Meidan, prin casele și dughenele altora. Când a doua zi, în lumina tulbure a dimineții, priveau de sus, de pe munte, orășelul din vale – pe care îl iubeau, fără să-și dea seama de ce, ca pe ochii din cap – și se uitau la apa tulbure și spumoasă năpustită pe uliță până la acoperișuri și la acoperișurile smulse de apă fâșie cu fâșie, încercau să ghicească a cui o fi casa rămasă încă în picioare.

La sărbătorile în cinstea sfântului care ocrotea vreo familie, de Crăciun sau în nopțile Ramazanului, gospodarii cu părul cărunt, apăsați de poverile vieții și plini de griji, se însuflețeau și deveneau vorbăreți de îndată ce se pomenea despre încercarea cea mare și grea a vieții lor, despre „revărsare“. După cincisprezece-douăzeci de ani, în care timp mai economiseau câte ceva și-și dregeau casele, venea iar „revărsarea“, ca un lucru de temut și măreț, dar drag și apropiat în același timp; ea făcea legătura nemijlocită între oamenii, încă vii dar din ce în ce mai rari, ai acestei generații, căci nimic nu-i unește mai mult pe oameni decât o năpastă trăită, îndurată laolaltă și înfrântă cu bine. Și oamenii se simțeau strâns legați prin amintirea năpastei trecute. De asta iubeau atâta amintirea încercării celei mai grele care-i lovise vreodată în viață și găseau în ea mulțumiri de neînțeles pentru cei tineri. Amintirile le erau nesecătuite și se arătau neobosiți când era vorba să le evoce; în discuții, se completau unul pe altul; se priveau unul pe altul în ochii îmbătrâniți, cu albul măcinat și îngălbenit, și vedeau ceea ce tinerii nici nu puteau să bănuiască măcar; se îmbătau de propriile lor cuvinte și își înecau grijile zilei de azi în amintirea necazurilor mai grele, dar înfrânte demult și cu bine.

Stând în odăile bine încălzite ale caselor năpădite cândva de potopul apelor, își povesteau, pentru a suta oară, cu plăcere deosebită, unele întâmplări duioase sau tragice. Și cu cât amintirea era mai grea și mai chinuitoare, cu atât mai mare era plăcerea povestirii. Privite prin fumul de tutun sau printr-un păhăruț cu rachiu, întâmplările acestea erau uneori schimbate, exagerate sau înfrumusețate de imaginație și de trecerea îndelungată a timpului, dar asta n-o observa nimeni și ar fi putut să jure fiecare că se întâmplaseră întocmai așa, fiindcă, fără să-și dea seama, fiecare dintre ei își avea partea la înfrumusețarea asta.

Astfel, se găseau totdeauna câțiva bătrâni care să-și amintească de ultima „revărsare" și să vorbească întruna între ei despre ea, spunându-le celor tineri că acum nu mai sunt nenorociri ca pe vremuri, dar nici traiul tihnit și binecuvântat de altădată.

Una din cele mai grozave revărsări din câte au fost vreodată, întâmplată în ultimul an al veacului al XVIII-lea, a rămas multă vreme neuitată și a fost povestită și răspovestită.

Pe atunci, după cum istoriseau mai târziu bătrânii, nu mai trăia, de fapt, nimeni care să-și fi amintit bine ultimele mari revărsări. Totuși, în zilele acelea ploioase de toamnă stăteau toți cu sufletul la gură, știind că „apa e un dușman". Goliseră șoproanele cele mai apropiate de râu și făceau de pază noaptea, pe mal, cu felinarele în mâini, trăgând cu urechea la vuietul apei, fiindcă bătrânii spuneau că după un anume vuiet al râului se poate cunoaște dacă potopul va fi una din revărsările obișnuite, care se abătea în fiecare an asupra orășelului și nu aducea pagube însemnate, sau dacă va fi o năpastă dintre acelea, din fericire rare, care îneacă și podul și orășelul și cară tot ce nu-i zidit trainic și nu se reazemă pe temelii de neclintit. Noaptea următoare, văzând că Drina nu mai crește, tot Vișegradul s-a cufundat într-un somn adânc, fiindcă oamenii erau istoviți de nedormire și de spaimele nopții din ajun. Așa s-a făcut de i-a înșelat apa. În noaptea aceea, Rzavul a crescut pe neașteptate, atât de mult cum nu mai crescuse niciodată și, roșu de mâl, a umplut și a înfundat apele Drinei, acolo unde se întâlnește cu ea. Și astfel, cele două râuri și-au amestecat șuvoaiele pe deasupra orășelului.

Pe atunci, Suli-aga Osmanagici, unul dintre cei mai bogați turci din Vișegrad, avea un roib arăbesc, un pursânge, de mare preț și frumusețe. De îndată ce apele Drinei, împinse de pragul Rzavului, începură să crească, cam cu două ceasuri înainte de-a potopi ulițele, roibul prinse să necheze și nu se potoli până ce nu-i trezi pe argați și pe stăpânul casei și până ce nu fu scos din grajdul aflat chiar lângă râu. Așa, au fost treziți din somn cei mai mulți dintre localnici. Sub ploaia rece și sub vântul turbat al întunecoasei nopți de octombrie, începu fuga și încercarea de a scăpa ceea ce putea fi scăpat. Oamenii, aproape goi, se bălăceau până la genunchi în apă, cărând în spinare copiii, care, treziți din somn, plângeau de ți se rupea inima. Vitele mugeau înspăimântate. În fiece clipă se auzeau bubuituri înăbușite: trunchiurile copacilor și buștenii smulși de Drina din pădurile înecate izbeau în stâlpii podului de piatră.

Sus, pe Meidan, unde apa nu poate niciodată și în nici un fel să ajungă, toate ferestrele sunt luminate și felinarele pâlpâitoare se leagănă întruna și se mișcă prin beznă. Toate casele sunt deschise și-i primesc pe năpăstuiții uzi și înfricoșați, cu copiii sau cu lucrurile cele mai trebuitoare în brațe. Iar prin ogrăzi ard focuri lângă care se usucă cei care n-au încăput în case.

Cei mai cu vază locuitori din mahalaua negustorească, după ce i-au rânduit pe năpăstuiți prin case – turcii în casele turcești, creștinii și evreii în casele creștinești – s-au adunat în odaia cea mare, de jos, a casei lui hagi Ristanov. Au venit aici starostii și fruntașii tuturor mahalalelor orășelului, istoviți și uzi până la piele, după ce i-au trezit și i-au dus la adăpost sigur pe toți locuitorii de pe ulițele lor. Sunt de față turci, creștini și evrei, amestecați laolaltă. Puterea stihiei și povara nenorocirii obștești i-au apropiat pe toți și au aruncat o punte, măcar de data asta, peste prăpastia care desparte o credință de alta, și-i desparte mai ales pe turci de creștini. S-au adunat aici Suli-aga Osmanagici, bogătanul Petar Bogdanovici, Mordo Papo, popa Mihailo, un zdrahon de popă, tăcut, dar cu minte ageră, grăsunul și seriosul Mula Ismet, hogea din Vișegrad, și Elias Levi, zis și hagi Liacio, rabinul căruia i s-a dus vestea până departe, în afara orășelului, pentru judecata sănătoasă și firea lui deschisă. Se mai găsesc aici vreo zece gospodari din toate trei religiile, amestecați. Toți sunt uzi leoarcă, palizi, cu fălcile încleștate, dar liniștiți, după câte par. Șed, fumează și vorbesc despre ce s-a făcut pentru a scăpa de nenorocire și despre ce s-ar mai putea face. În fiecare clipă intră în odaie flăcăi, cu apa șiroind pe ei, dând de veste că tot ce-i ființă vie a fost adusă pe Meidan și îndărătul cetățuii și adăpostită în casele turcești și creștine și că, devale, apele cresc mereu, înecând uliță după uliță.

Pe măsură ce noaptea înaintează – dar ea înaintează încet și pare uriașă și se umflă și crește neîncetat, ca și apa din vale – gospodarii și fruntașii încep să se încălzească, tot bând la cafele și la rachiu. S-a înjghebat un cerc de prieteni, cald și strâns, ca o viață nouă, zămislit din realitate și totuși ireal, care nu e ce a fost ieri și nici ce va fi mâine; ceva ca o insulă trecătoare în potopul vremurilor. Discuția crește, e tot mai însuflețită și, parcă printr-o înțelegere mută, își schimbă cursul. Cei de față se feresc să vorbească chiar și despre revărsările de mai înainte, cunoscute doar din auzite; vorbesc despre lucruri care n-au nici o legătură cu apa și cu năpasta abătută acum.

Oamenii aceștia deznădăjduiți se silesc pe cât pot să pară liniștiți și nepăsători, aproape fără nici o grijă. Datorită unei înțelegeri mute și superstițioase și potrivit unor legi nescrise, dar consfințite, de bună-cuviință și de purtare aleasă, legi care domnesc din vremuri străvechi, fiecare socotește că e de datoria lui să se stăpânească și, în clipa aceea, măcar de ochii lumii, să-și ascundă grijile și temerile, iar în fața nenorocirii împotriva căreia nu se poate face nimic, să vorbească pe-un ton glumeț despre lucruri de mult trecute.

Dar tocmai când oamenii începuseră să se mai liniștească stând de vorbă și să găsească în sporovăiala lor o clipă de uitare și, în ea, răgazul și puterea de care aveau să aibă atâta nevoie a doua zi, sosiră câțiva necunoscuți, aducându-l cu ei pe Kosta Baranaț. Gospodarul ăsta, om încă tânăr, era ud până la piele, plin de noroi până-n genunchi și cu hainele atârnându-i ca vai de lume. Buimăcit de lumină și de mulțimea celor de față, el privea în jos, ca în somn, ștergându-și cu amândouă palmele apa care îi șiroia pe obraji. I se făcu loc și i se întinse un pahar de rachiu, pe care nu izbuti să-l ducă la gură. Tremura din tot trupul. Un zvon străbătu pe șoptite încăperea: Kosta voise să se arunce în apa întunecată care se revărsase acum peste malul nisipos, tocmai pe locul unde își avusese hambarele și șurile.

Era un om în floarea vârstei, nou-venit în orășel, cu vreo douăzeci de ani în urmă, ca ucenic, unde se însurase mai apoi cu o fată dintr-o familie înstărită, prinzând cheag el însuși, repede. Fiu de țăran, se îmbogățise în câțiva ani prin lovituri îndrăznețe și necruțătoare, întrecând astfel, dintr-odată, o mulțime de familii avute. Dar nu se obișnuise să piardă și nu știa să îndure năpasta. Iar în toamna aceea, se nimerise să cumpere cantități mari de nuci și de prune, cu mult mai mult decât i-ar fi îngăduit puterile proprii, socotind că iarna el va hotărî prețul prunelor uscate și al nucilor și că, astfel, va scăpa de datorii și va câștiga din gros, așa cum se întâmplase și cu un an în urmă. Acum, era la pământ.

Trebui să treacă o vreme până când se risipi tulburarea pricinuită tuturor de omul acesta pierdut. Căci toți, unul mai mult, altul mai puțin, fuseseră loviți de revărsarea apelor și numai datorită bunei lor cuviințe înnăscute se stăpâneau mai bine decât îmbogățitul acesta.

Cei mai bătrâni și mai cu vază abătură din nou discuția spre lucruri neînsemnate. Începură iar cu poveștile lungi, din timpuri străvechi, fără nici o legătură cu pacostea care îi adunase aici și-i îngrămădea din toate părțile.

Băură rachiu fiert. Poveștile făceau să reînvie chipuri ciudate, din vremile trecute, amintiri despre unii oameni cam într-o doagă, trăitori odinioară în orășelul lor, felurite întâmplări caraghioase și neobișnuite.

Popa Mihailo și hagi Liacio îi întrecură pe toți cu povestirile lor. Iar dacă discuția aluneca din nou, fără voie, la revărsările de mai înainte, erau pomenite doar lucrurile neînsemnate și hazlii sau ceea ce părea așa, după trecerea atâtor ani, ca și cum ar fi făcut farmece ca să-i ferească de revărsarea apelor. Îl pomeniră pe popa Iovan, despre care, pe vremuri, când păstorise în Vișegrad, poporenii spuneau că ar fi om cumsecade, dar că „n-are mână bună“ și că rugile lui nu prea au trecere la Dumnezeu.

Vara, în vremuri de mare secetă, când bucatele erau adeseori amenințate să piară, popa Iovan ieșea, de obicei zadarnic, cu sfintele moaște în câmp și citea degeaba rugăciuni pentru ploaie, fiindcă după aceea seceta și arșița erau și mai cumplite. Și după o vară din asta secetoasă, într-o toamnă, când începură să crească apele Drinei și să amenințe cu potopul lor, popa Iovan merse pe mal, adună oamenii și începu să citească rugăciunea pentru oprirea ploilor și pentru retragerea apelor. Atunci, unul, Iokici, un bețiv și un pierde-vară, socotind că Dumnezeu dădea de obicei tocmai pe dos decât cerea popa Iovan, îi strigă în gura mare:

— N-o citi pe asta, taică părinte, zi-o p-aia de secetă, că ea o să ajute să scadă apele.

Ismet-efendi, cel dolofan, vorbi și el despre înaintașii lui și despre felul cum se împotriviseră revărsărilor. Astfel, cu multă vreme în urmă, odată, când veniseră apele mari, se apucară doi hogi din Vișegrad să rostească rugi împotriva năpastei. Unul dintre ei avea casa în mahalaua de jos a târgului, cea amenințată de ape, iar celălalt sus, pe colină, unde apele nu puteau ajunge. Întâi a rostit rugăciunea hogea de pe colină, dar, cum apa nu dădea semne că s-ar retrage, un țigan, a cărui casă și începuse să se înece, țipă cât îl ținea gura:

— Măi, oameni buni, aduceți-l pe hogea din târg, care are casa înecată, cum sunt și ale noastre. Nu vedeți că ăsta de pe deal citește cu jumăta' de gură?

Hagi Liacio, rumen la față și zâmbitor, cu zulufii deși ai părului său alb ieșindu-i pe sub tichia-i nemaipomenit de turtită, făcu haz de cele auzite și strigă către popă și către hoge:

— Nu mai tot vorbiți despre rugăciunile împotriva revărsărilor, că s-ar putea să-și amintească ai noștri de trecut și să ne scoată afară pe toți trei, silindu-ne, pe ploaia asta, să slujim pentru izgonirea apelor.

Și așa, poveștile urmau una după alta, neînsemnate de fapt, și de neînțeles pentru alții, neputând să aibă rost decât pentru ei și pentru cei de vârsta lor: numai amintiri nevinovate, intime și cunoscute doar lor, amintiri care evocau viața monotonă, frumoasă și grea a orășelului, viața aceea care era a lor. Dar toate astea se petrecuseră hăt, de mult, rămânând strâns legate cu ei și totuși foarte depărtate de drama nocturnă care îi adunase laolaltă, fără voie, în cercul acesta fantastic.

Astfel, oamenii aceştia de vază, căliţi şi deprinşi din copilărie cu tot soiul de nenorociri, căutau să înfrângă noaptea „revărsării celei mari" şi găseau în ei destulă putere ca să facă haz în faţa năpastei ce îi pândea, înşelând nenorocirea de care nu se puteau feri.

Dar în sufletele lor erau toţi peste măsură de îngrijoraţi şi fiecare, glumind şi făcând haz de necaz, parcă pe sub mască, sucea şi răsucea în minte gândul înfricoşător şi ciulea neîncetat urechile spre urletul apei şi al vântului, spre vuietul care se înălţa de jos, din orăşel, unde-şi lăsaseră tot avutul. Iar a doua zi dimineaţa, după ce-şi petrecură astfel noaptea, putură să-şi vadă de pe Meidan jos, în vale, casele înecate, unele până la jumătate, altele până la acoperiş. Atunci, pentru prima şi ultima oară în viaţa lor, văzură şi orăşelul fără pod. Apa se ridicase cu vreo zece metri, atât cât să acopere arcadele înalte şi largi, iar râul curgea pe deasupra podului, care pierise sub valuri. Doar partea mai înaltă, unde se afla kapia, răsărea din apele tulburi, iscând un soi de vâltoare.

Peste două zile apele scăzură pe neaşteptate, cerul se însenină şi se ivi soarele cald şi bogat, aşa cum poate fi doar în unele zile ale lui octombrie pe meleagurile acestea mănoase. Orăşelul, în ziua aceea însorită, arăta jalnic. Cocioabele ţiganilor şi ale calicimii de pe malul râului se plecaseră spre apă, multe fără acoperiş, cu văruiala şi lutul căzute, lăsând să se vadă împletitura neagră a nuielelor de salcie, aidoma unor schelete.

În ogrăzile fără uluci, casele celor mai cu dare de mână îşi căscau ferestrele prăpădite: pe fiecare dintre ele, o dâră de nămol roşcat arăta până unde le înecase apa. Multe grajduri fuseseră luate de şuvoi, multe hambare răsturnate. Prin dughenele joase ale negustorilor, mâlul ajungea până la genunchi şi în el zăceau toate mărfurile care nu putuseră fi cărate la timp. Uliţele erau înţesate cu copaci întregi căraţi de ape, cine ştie de pe unde, şi de stârvurile umflate ale vitelor înecate.

Aşa era orăşelul lor, în care trebuiau să coboare şi să-şi urmeze viaţa. Şi între malurile năboite, pe deasupra apei care se rostogolea cu mare zgomot, mereu tulbure şi vijelioasă, se înălţa în soare podul, alb şi neschimbat. Apa îi ajungea până la jumătatea stâlpilor şi părea intrat într-un alt râu, mai adânc decât cel ce curgea de obicei pe sub el. De-a lungul parapetului se întindeau straturile de nămol care acum se uscau și crăpau la soare: pe kapia se adunaseră sumedenie de vreascuri, rămășițe și mâl, dar toate astea nu schimbau cu nimic înfățișarea podului, care, el singur, trecuse prin potop fără pagube, iar mai apoi ieșise deasupra neschimbat.

Toți vișegrădenii se grăbiră la muncă spre a-și drege stricăciunile, și nimeni n-avu răgaz să se gândească ce însemnătate și ce rost avea podul acesta învingător; dar, mergând la treburile lor, în orășelul nenorocos în care apa strica sau cel puțin schimba totul, fără deosebire, fiecare știu că în viața lor e ceva în stare să înfrunte orice stihii și care, datorită uimitoarei potriviri a formelor și puterii nevăzute și bine chibzuite a temeliilor sale, ieșea nevătămat și neschimbat din toate încercările.

Iarna care urmă fu nespus de grea. Toate produsele, rânduite cu grijă prin ogrăzi și prin hambare, adică lemnul, grâul, fânul, fuseseră luate de ape; trebuiau cârpite casele, grajdurile și îngrăditurile, trebuia cerută pe datorie marfă nouă, în locul celei prăpădite prin prăvălii și dughene. Kosta Baranaț, care fusese cel mai crunt lovit din pricina negustoriei prea îndrăznețe cu prunele uscate, nu apucă sfârșitul iernii aceleia; muri de inimă rea și de rușine. În urma lui rămaseră câțiva prunci muritori de foame și câteva datorii mărunte, împrăștiate prin toate satele. Rămase de asemenea și pilda unui om care se întinsese mai mult decât îl țineau puterile.

Dar chiar din vara următoare, amintirea revărsării celei mari începu să pălească în mintea bătrânilor, unde avea să dăinuiască totuși încă multă vreme, pe când tinerii, cântând și tăifăsuind, ședeau pe kapia cea albă și netedă, deasupra apei care curgea pe dedesubt, la mare adâncime, și le îngâna, cu vuietul ei, cântecele. Uitarea are leac pentru orice, însă cântecul e cel mai frumos mijloc de-a trece peste toate, căci în cântec omul nu-și amintește decât ce-i dorește inima.

Astfel, pe kapia, între cer, râu și munți, generație după generație se deprindea să nu ofteze prea mult după cele răpite de apele tulburi ale Drinei. Prin asta, ele împărtășeau filosofia inconștientă a orășelului: viața e o minunăție de neînțeles, fiindcă se macină și se subțiază fără încetare și totuși dăinuie și rămâne tare „ca podul de pe Drina“.

VI

În afara revărsărilor au mai fost și alte izbeliști îndreptate împotriva podului și a kapiei lui; ele au fost stârnite de desfășurarea evenimentelor și de neînțelegerile dintre oameni; dar n-au fost în stare nici cât năpasta apei să dăuneze cu ceva podului sau să-i pricinuiască vreo schimbare mai de durată.

La începutul veacului trecut, a izbucnit în Serbia o răscoală. Orășelul ăsta, așezat chiar la granița dintre Bosnia și Serbia, a fost totdeauna în legătură nemijlocită și neîntreruptă cu toate întâmplările însemnate din Serbia, apropiat de ea „ca unghia de carne". Tot ce se ivea pe meleagurile Vișegradului – secetă, molimă, asuprire sau răzmeriță – nu putea să-i lase nepăsători pe cei din Ujițe, și invers. Numai că, la început, lucrurile păreau că se petrec undeva, foarte departe, și că sunt neînsemnate; păreau că se petrec foarte departe, fiindcă se desfășurau la celălalt capăt al pașalâcului Belgradului, iar neînsemnate păreau fiindcă veștile despre răzmerițe nu erau deloc noutăți. De când exista împărăție, existau și răscoalele astea, căci nu e stăpânire fără răscoală și fără uneltiri, după cum nu există nici avuție fără griji și fără pagube. Dar, cu vremea, răzmerița din Serbia începu să pătrundă tot mai mult în viața întregului pașalâc al Bosniei și mai ales în viața orășelului acestuia aflat cale de un ceas de graniță.

Și pe măsură ce răscoala din Serbia creștea, turcilor din Bosnia li se cerea să dea tot mai mulți oameni pentru oaste și să contribuie tot mai mult la echiparea și aprovizionarea lor. Oastea și manutanțele trimise în Serbia treceau, în mare parte, prin orășel, iar trecerea aducea după sine cheltuieli, necazuri și primejdii pentru turci și mai cu seamă pentru sârbi, care în anii aceia erau bănuiți, prigoniți și puși la amenzi grele, mai mult ca oricând. În cele din urmă, într-o vară, răscoala coborî și pe meleagurile Vișegradului.

Ocolind Ujiţe, răsculaţii ajunseră la două ceasuri depărtare de orăşel. Acolo, la Veletovo, ei dărâmară cu tunul turnul lui Lutvibei, iar în satul Târnce dădură foc caselor turceşti.

Existau în orăşel şi turci şi sârbi care susţineau că auziseră cu urechile lor bubuitul „tunului lui Karageorge"[1] (fireşte, simţămintele unora nu se potriveau deloc cu ale celorlalţi). Dar dacă putea fi pus la îndoială faptul că bubuitul tunului răsculaţilor sârbi se auzea până în orăşel, fiindcă de multe ori omului i se năzare că aude tocmai ceea ce îi stârneşte temeri sau îi trezeşte speranţe, oricine putea să vadă focurile aprinse de răsculaţi, noaptea, pe Panos, creasta povârnită şi golaşă dintre Veletovo şi Gostilie, creastă pe care poţi să numeri cu ochiul liber, din orăşel, brazii uriaşi şi singuratici. Şi turcii şi sârbii vedeau limpede focurile astea şi le priveau cu luare-aminte, prefăcându-se însă, şi unii, şi alţii, că nu le iau în seamă. Ascunşi pe după ferestre sau în bezna grădinilor pline de tufe, şi unii, şi alţii urmăreau cum se aprind focurile, apoi vâlvătăile şi stingerea lor. (Sârboaicele se închinau în întuneric şi plângeau, pradă unui fior de neînţeles, iar în lacrimi vedeau oglindindu-se focurile răsculaţilor).

Văpăile astea tremurătoare şi inegale, împrăştiate pe fundalul întunecat al nopţii de vară, cu bolta cerului asemenea unui munte, li se păreau sârbilor o constelaţie nouă, în care citeau cu nesaţ preziceri îndrăzneţe şi, înfiorându-se, îşi ghiceau soarta şi întâmplările viitoare. Pentru turci, ele însemnau primele talazuri ale unei mări în flăcări, talazuri care, după ce năpădiseră Serbia, iată, se revărsau acum şi pe înălţimile de deasupra orăşelului. În nopţile acelea de vară, dorinţele şi rugăciunile, şi ale unora şi ale altora, gravitau în jurul focurilor de pe Panos, îndreptându-se însă fiecare într-altă parte. Sârbii îl rugau pe Dumnezeu ca flacăra mântuitoare, aidoma flăcării purtate de totdeauna şi ascunse cu grijă în sufletele lor, să se întindă şi pe-aici, prin munţii noştri, pe când turcii îl rugau pe Allah s-o oprească, s-o înăbuşe şi s-o stingă, ca să zădărnicească gândurile tâlhăreşti ale ghiaurilor şi să aducă iar vechea rânduială a lucrurilor şi pacea bună, reazem al dreptei credinţe.

1. George Petrovici, zis Karageorge (George cel negru) (1752-1817), conducătorul răscoalei sârbeşti împotriva jugului turcesc (1804-1813).

Nopţile erau atunci pline de şoapte tainice şi pătimaşe, din care se împrăştiau valurile nevăzute ale dorinţelor şi ale viselor celor mai îndrăzneţe. Gândurile şi planurile cele mai de necrezut se încrucişau, se ciocneau şi se frângeau în beznele albastre de deasupra orăşelului. Iar a doua zi, când se iveau zorile, turcii şi sârbii porneau la treburile lor, se întâlneau, cu ochii stinşi şi cu feţe nepăsătoare, se salutau şi vorbeau între ei, folosind sutele de formule obişnuite ale bunei-cuviinţe provinciale, care sunt ştiute de când lumea prin orăşel şi trec de la unul la altul ca banii calpi, făcând totuşi posibile şi uşurând legăturile dintre oameni.

Iar când, cam după Sfântul Ilie, pieriră focurile de pe Panos şi când se stinse răscoala de pe meleagurile din Ujiţe, nici unii şi nici ceilalţi nu-şi dădură pe faţă simţămintele şi cu greu s-ar fi putut spune că ele fuseseră adevărate şi la unii, şi la alţii. Turcii erau mulţumiţi că răscoala se depărtase şi nădăjduiau s-o vadă stingându-se cu totul şi pierind acolo unde pier toate încercările necredincioşilor şi ale răilor. Şi totuşi, mulţumirea asta era înjumătăţită şi întunecată, fiindcă anevoie se putea uita o primejdie atât de apropiată. Mulţi dintre ei, chiar după trecerea anilor, aveau să mai vadă încă în vis focurile fantastice ale răsculaţilor, asemănătoare unui roi de scântei, pe înălţimile orăşelului, sau să audă tunul lui Karageorge, nu ca pe un ecou înăbuşit şi depărtat, ci ca pe o canonadă zguduitoare şi nimicitoare.

Sârbii, cum e şi firesc, se simţiră dezamăgiţi şi înşelaţi în dorinţele lor, după ce focurile de pe Panos pieriră, dar în străfundul inimii, în cel mai adânc şi mai tainic străfund al inimii, veşnic ascuns faţă de oricine, stăruia amintirea celor petrecute şi gândul că faptul întâmplat odată putea oricând să se ivească din nou. Şi păstrară nădejdea, acea nebunească nădejde care scaldă cu bogăţia ei inimile asupriţilor. Căci cei ce stăpânesc, şi trebuie să asuprească pentru a stăpâni, sunt osândiţi să lucreze cu multă chibzuinţă. Iar dacă, mânaţi de patimă sau siliţi de duşmani, trec dincolo de acţiuni cugetate, atunci înseamnă că pornesc pe-o cale tare alunecoasă şi că şi-au hotărât chiar din clipa aceea pieirea; pe când asupriţii şi exploataţii se pot sluji lesne de judecata sănătoasă, pe care o pot folosi în lupta dusă necurmat, când ascunsă, când făţişă, împotriva asupritorului.

În vremea aceea, crescu grozav de mult însemnătatea podului, ca singura cale de legătură sigură între paşalâcul Bosniei şi Serbia. În orăşel se afla acum o garnizoană permanentă pentru paza podului, garnizoană care n-a fost desfiinţată nici mai apoi, când domnea cea mai netulburată pace. Ca să poată împlini paza cât mai bine şi cu cât mai puţină bătaie de cap, ostaşii se apucaseră să ridice un soi de redută din lemn, în mijlocul podului, o adevărată blestemăţie, caraghioasă prin forma, aşezarea ei şi materialul din care era făcută. (Dar mai toate oştile din lume ridică, numai pentru scopurile şi pentru folosinţa lor trecătoare, asemenea blestemăţii de construcţii care mai apoi, privite din punct de vedere al vieţii obişnuite şi al nevoilor păcii, par absurde şi de neînţeles). Era o câtamai căsoaia cu un cat, greoaie, înjghebată din scânduri groase şi din grinzi şi având pe sub ea o trecere asemănătoare cu un tunel. Reduta fusese ridicată sus şi rezemată pe bulumaci zdraveni, în aşa fel încât părea că încalecă podul, şi nu se sprijinea decât la cele două capete ale ei pe kapia. Pe sub ea se afla un drum liber pentru căruţe, vite şi călători; dar de sus, de la catul unde dormeau ostaşii şi unde se ajungea pe o scară cu trepte din lemn de pin, aşezată pe dinafară, oricine trecea podul putea fi supravegheat, i se puteau cerceta oricând actele şi lucrurile, iar, la nevoie, i se putea închide trecerea.

Reduta asta schimba, cu adevărat, înfăţişarea podului. Frumoasa kapie dispăruse sub căsoaia de lemn care, sprijinită pe grinzi, părea că îi stă deasupra ca o pasăre gigantică şi îngrozitoare.

În ziua terminării ei, reduta mai păstra încă mirosul puternic al lemnului de pin, iar paşii celor ce-i călcau podeaua răsunau a gol. Ostaşii de pază se aşezară de îndată în ea. Şi chiar în prima dimineaţă, când abia se crăpa de ziuă, reduta, ca o capcană, îşi prinsese primele victime.

În lumina rubinie a soarelui abia ivit în zare, dis-de-dimineaţă, se aflau grămădiţi sub redută ostaşii de pază şi câţiva localnici înarmaţi, turci, dintre cei care patrulau noaptea pe izlazurile orăşelului, ajutând astfel oştirea. În mijlocul mulţimii acesteia şedea pe o grindă comandantul gărzii, iar în faţa lui, în picioare, se afla un bătrânel, un soi de vagabond cucernic, semănând şi a călugăr, şi a cerşetor totodată, dar blând şi liniştit, curăţel şi plăcut în sărăcia lui, sprinten încă și voios, deși avea părul cărunt și obrazul zbârcit. Pe bătrânelul ăsta ciudat îl chema Ielisie și era de felul lui din Ceainice. De ani de zile, blând, solemn și zâmbitor, umbla pe la biserici și pe la mănăstiri, venea pe la adunările și pe la ospețele credincioșilor, se ruga lui Dumnezeu, bătea mătănii și postea. Doar că, mai înainte, stăpânirea turcească nu-l luase în seamă și-l lăsase să umble de colo-colo, socotindu-l slab de minte și om al lui Dumnezeu, îngăduindu-i să meargă unde vrea și să spună ce vrea. Acum însă, după răscoala din Serbia, veniseră alte timpuri, aducând cu ele măsuri mai aspre. În orășel sosiseră din Serbia câteva familii de turci ale căror gospodării fuseseră arse de răsculați; oamenii ăștia propovăduiau ura și cereau răzbunare. Pretutindeni în jurul orășelului se aflau patrule și gărzi și paza fusese întărită, dar turcii de prin partea locului rămăseseră tot cu grija în suflet, înrăiți și pizmași, uitându-se la toți ceilalți cu ochi bănuitori și sângeroși.

Bătrânul venise pe drumul dinspre Rogatița și, spre nenorocirea lui, se nimerise să fie primul drumeț din ziua în care fusese terminată reduta și așezată în ea prima pază. E drept, picase prost, la ceasul când nu se luminase încă de-a binelea, și ținea în mână, așa cum se ține o lumânare aprinsă, un toiag gros, brăzdat cu semne și cu litere ciudate. Reduta îl înghițise cum înghite păianjenul flămând o muscă. I se luă un scurt interogatoriu. Îi cerură să spună cine era, din ce loc, și să lămurească înfloriturile și literele de pe toiag; iar el începu să răspundă și la întrebările care nu i se puneau, nesilit și deschis, de parcă s-ar fi aflat în fața Judecății de Apoi, și nu a turcilor răi. Spunea că e nimeni și nimic, un biet călător pe pământ, un trecător în clipa trecătoare, o umbră sub soare, și că-și petrece zilele scurte și puține, câte i-au mai rămas, în rugăciuni, colindând din mănăstire în mănăstire, și-o să colinde tot așa până ce-o călca prin toate locurile sfinte, prin toate ctitoriile și pe toate mormintele țarilor și ale mai-marilor sârbi. Iar semnele și literele care-i împodobeau toiagul înfățișau feluritele vremuri de libertate și de măreție ale sârbilor, din trecut și din viitor. Căci, spunea bătrânelul, zâmbind modest și sfios, vremea Învierii s-a apropiat; ba, socotind după cele scrise prin cărți și după câte se pot vedea pe pământ și în ceruri, s-a apropiat foarte, împărăția cerească reînvie, răscumpărată prin suferințe și întemeiată pe adevăr și dreptate.

— Eu știu, cinstite fețe, că spusele mele nu vă sunt plăcute auzului și că nu s-ar fi cuvenit să fac în fața domniilor-voastre asemenea mărturisiri, dar m-ați oprit și mi-ați cerut să vă spun întregul adevăr, și altă cale n-am. Dumnezeu e adevărul, Dumnezeu e unul! Iar acum, lăsați-mă, rogu-vă, să plec, fiindcă trebuie să ajung încă în noaptea asta la Banja, la mănăstirea Sfintei Treimi.

Tălmaciul Șefko traducea, străduindu-se zadarnic să găsească, în puținele vorbe turcești pe care le știa, expresii pentru cuvintele abstracte ale bătrânelului. Comandantul pazei, un om bolnăvicios de prin Anatolia, asculta, pe jumătate adormit, bâlbâiala încâlcită și nelegată a tălmaciului și, din când în când, se uita la bătrânelul care, fără teamă și cu inima curată ca lacrima, îl privea, aprobând din ochi tot ce spunea tălmaciul, deși nu știa o iotă turcește. Undeva, în conștiința comandantului licări limpede ideea că are în față un soi de derviș ghiaur, un smintit blând și neprimejdios. Ostașii tăiaseră în mai multe locuri toiagul ciudat al moșului, crezându-l gol înăuntru și cu scrisori ascunse în el, dar nu găsiră nimic. În tălmăcirea lui Șefko, însă, cuvintele bătrânelului păreau suspecte, miroseau a politică și trădau gânduri primejdioase. Comandantul, dacă ar fi fost după el, i-ar fi îngăduit bietului calic, bătrân și slab de minte, să-și vadă de drum, dar se aflau de față ostașii, ca și ceilalți oameni de pază, care ascultaseră cercetarea. Se mai afla aici subofițerul, un anume Tahir, om câinos la suflet, viclean și prefăcut, care îl mai pârâse de câteva ori la mai-marii lui, bârfindu-l și învinovățindu-l de ușurință în slujbă și de slăbiciune. Și chiar Șefko ăsta, tălmaciul, sucea cu dinadinsul cuvintele cum era mai rău pentru capul smintit al bătrânului, și îi plăcea să-și vâre nasul pretutindeni, să pârască chiar și când n-avea dovezi, să născocească sau să întărească cine știe ce vorbe scornite pe seama cuiva. Mai erau turcii din oraș, volintirii, care, încruntați și încrezuți, fac de veghe în jurul orașului, opresc drumeții suspecți și se amestecă, fără să fie nevoie, în treburile lui. Toți s-au adunat aici. Și în zilele astea parcă sunt toți beți de amărăciune, cu gândul numai la răzbunări, la osândiri și la ucideri. Neputând să ucidă pe cine vor, ar vrea să ucidă pe cine pot. Comandantul nu-i înțelege și nu crede ca ei, dar vede că toţi abia aşteaptă ca reduta să-şi aibă victima chiar din prima zi şi se teme, pricepând cât sunt de înrăiţi, să n-o păţească dacă nu le îndeplineşte dorinţa. Gândul că ar putea să aibă supărări din pricina bătrânului ăstuia smintit i se pare de neîndurat. Oricum, bătrânul, cu pălăvrăgeala lui despre împărăţia sârbească, n-ar ajunge prea departe, printre turcii de pe aici, mai furioşi decât albinele unui stup răsturnat. Aşa că, să-l ia vâltoarea apelor, aşa cum l-a adus...

Abia îl legaseră pe bătrânel, iar comandantul se gândea să plece în oraş, ca să nu fie de faţă când l-or căzni, că se şi iviră câţiva ostaşi şi câţiva turci, aducând cu ei un flăcău sârb, îmbrăcat ca vai de el. Veşmintele îi erau zdrenţuite, obrajii şi mâinile jupuite. Flăcăul, un anume Mile, orfan din satul Lieska, era argat la o moară de apă, în Osoiniţa. Să tot fi avut vreo nouăsprezece ani şi era sănătos, voinic şi plin de viaţă.

De cu zori, Mile turnase în coşul morii ovăzul care trebuia măcinat, pornise apa iazului şi se afundase apoi în crângul de deasupra casei, ca să taie nişte lemne. Îşi avânta securea şi tăia crengile moi ale aninilor, de parcă tăia fire de paie. Îl bucurau răcoarea zorilor şi uşurinţa cu care picau lemnele sub secure. Îi erau dragi mişcările lui, iar sub tăişul ca de brici al securii, lemnul plăpând se arăta prea slab pentru vlaga pe care o simţea el. Ceva lăuntric îl îndemna şi-l îmboldea să chiuie la fiecare mişcare. Chiotele erau tot mai dese şi se legau unul de altul. Mile, ca şi toţi cei din Lieska, nu se pricepea deloc la cântat şi totuşi acum cânta, sau urla, în desişul umbros şi stufos. Fără să se gândească la nimic, uitând unde se află, doinea cum îi auzise şi pe alţii doinind.

Pe atunci, în vremea răscoalei sârbeşti, din străvechiul cântec popular:

> Când Ali-bei tânăr era,
> O fată steagul i-l purta...

poporul făcuse unul nou:

> Când George tânăr era,
> O fată steagul i-l purta.

În decursul luptei aceleia mari și ciudate care se ducea de veacuri în Bosnia între două credințe, și, la adăpostul credinței, pentru pământ și pentru putere, pentru un anumit fel de trai și o rânduială anumită a lumii, potrivnicii își smulseseră unii altora nu numai femeile, bidiviii și armele, ci și cântecele și multe viersuri trecuseră astfel de la unii la alții, ca o pradă de preț.

Acesta era așadar cântecul pe care îl doineau în ultima vreme sârbii, dar cu băgare de seamă și pe ascuns, ferindu-se de urechile turcești, cu ușile încuiate, la praznice sau pe plaiuri depărtate, unde nu călcau turcii nici măcar o dată pe an și unde omul, în schimbul singurătății și al sărăciei duse pe meleaguri sălbatice, trăiește cum vrea și cântă ce poftește. Și iată că tocmai viersul ăsta se găsise să-l cânte Mile, argatul morarului, în crâng, chiar deasupra drumului pe unde trec turcii din Oluiak și Orakovak, spre orășel, ca să-și facă târguielile.

Zorile abia scaldă cu o geană de lumină crestele munților; aici, în preajma lui, în poiana umbroasă, ai zice că-i tot noapte. Mile e ud de rouă din cap până-n picioare, dar, încălzit de somnul zdravăn de azi-noapte și de pâinea proaspătă, își avântă securea și lovește lângă rădăcină aninul subțire, iar capacul se încovoaie ușor și se pleacă asemeni unei tinere mirese când vrea să-i sărute mâna nănașului. Aninul îl stropește cu rouă rece, ca o ploaie măruntă, și rămâne așa, aplecat, între ierburile pământului, prea dese ca să-l lase să pice. Atunci Mile îi smulge crengile tinere cu o mână, de parcă s-ar juca. Și făcând asta, cântă cât îl ține gura, rostind cu nespusă plăcere unele cuvinte, ca de pildă *George*, care e pentru el ceva nedeslușit, dar măreț și plin de îndrăzneală, *fată* și *steag*, lucruri necunoscute și ele, dar potrivindu-i-se, oarecum, viselor celor mai dragi: să-și aibă și el fata lui, și ea să poarte un steag. Zău, grozav e de bine să rostești cuvintele astea! Și toată vlaga din el îi dă ghes să le strige cât îl ține gura și de nenumărate ori, dar, pe măsură ce le rostește, parcă se simte tot mai puternic și parcă îi vine să cânte și mai tare.

Așa cânta Mile în zorii zilei, tăind și despicând crengile pentru care se dusese în crâng. Apoi coborî de-a lungul povârnișului umed, târând după el povara legată. În fața morii, turcii. Și-au legat caii și așteaptă ceva. Sunt vreo zece. Mile se pomeni iar cum fusese când pornise după lemne, adică sfios, zdrențuit și stânjenit, fără nici un *George* în fața ochilor, fără nici o *fată* și fără nici un *steag* lângă el. Turcii așteptară să-și lase jos securea, apoi se năpustiră la el, din patru părți, și, după o luptă scurtă, îl legară burduf cu o funie lungă, de ștreang, și-l porniră spre orășel. În drum, îl loviră cu ciomegele în spinare și cu picioarele în șezut, întrebându-l unde îi e acum *George* și înjurându-i *steagul* și *fata*.

Sub reduta de pe kapia, unde tocmai îl legaseră pe bătrânelul cel smintit, se și strânseseră, pe lângă ostași, o mulțime de pierde-vară din orășel, deși abia se crăpa de ziuă. Printre ei se aflau de asemenea și câțiva turci alungați de pârjolul din Serbia. Erau toți înarmați până-n dinți și-aveau un aer solemn, de parcă s-ar fi întâmplat cine știe ce, sau ar fi așteptat o luptă pe viață și pe moarte. Emoția le creștea din ce în ce, pe măsură ce se înălța soarele. Iar soarele se înălța repede, însoțit de-o boare străvezie și trandafirie, colo, în fundul zării, deasupra Goleșului. Pe Mile strânsura aceea de oameni îl primi de-ai fi zis că e căpetenia răsculaților, deși era zdrențăros și calic și fusese adus dinspre malul stâng al Drinei, unde nici pomeneală nu era de răscoală.

Turcii din Orakovak și din Oluiak, scoși din sărite de îndrăzneala trufașă a flăcăului, pe care n-o credeau nici în ruptul capului datorită neștiinței, depuseră mărturie că el cântase dinadins, chiar lângă drum, cântece despre Karageorge și despre luptătorii ghiauri. La drept vorbind, flăcăul nu semăna deloc a erou și nici a căpetenie primejdioasă de ceată: părea înspăimântat, sfâșiat, doborât, în zdrențele lui ude. Era palid și, cu o privire piezișă din pricina spaimei, se uita la comandant, așteptând parcă de la el scăparea. Fiindcă nu prea călca prin târg, habar n-avea că fusese ridicată o redută pe pod. De aceea totul i se părea și mai ciudat și mai nefiresc, ca și cum s-ar fi rătăcit, în vis, printr-un oraș străin, printre oameni răi, în care nu te puteai încrede. Bâlbâindu-se și plecându-și ochii în jos, se jura că nu cântase nimic, că nu-și bătuse în viața lui joc de turci, că e un biet argat de la moară, că tăia lemne și că nu pricepea de ce fusese adus aici. Tremura de frică și, într-adevăr, nu izbutea să înțeleagă ce pățise și cum, după bucuria sărbătorească pe care o încercase lângă pârâul răcoros, se pomenise pe neașteptate legat și bătut, aici la kapia, cu toți ochii pe el, în fața mulțimii ăsteia de oameni cărora trebuia acum să le răspundă. Și chiar de l-ai fi picat cu ceară nu și-ar mai fi adus aminte că a cântat în viața lui vreun cântec, chiar cel mai nevinovat.

Dar turcii o țineau morțiș cu ale lor: cântase cântece de-ale răsculaților tocmai când treceau ei, și se împotrivise când voiseră să-l lege. Și asta o spunea fiecare dintre ei, cu jurământ, comandantului care îi întreba:

— Juri pe Allah?

— Jur!

— Ai jurat drept?

— Am jurat drept!

Și așa de trei ori. Apoi îl puseră pe flăcău lângă Ielisie și se duseră să-l trezească pe călăul care, după cum se vedea, avea somnul tare greu. Bătrânelul se uita cum flăcăul, buimăcit, fâstâcit, rușinat, clipea din ochi, nefiind obișnuit să stea așa, la o parte, ziua în amiaza mare, în mijlocul podului, printre atâția oameni.

— Cum te cheamă? îl întrebă el.

— Mile, spuse flăcăul, temător de parcă le-ar fi răspuns tot turcilor.

— Mile, fiule, hai să ne îmbrățișăm. Și bătrânelul își rezemă capul cărunt de umărul flăcăului. Să ne îmbrățișăm și să ne închinăm. În numele Tatălui, și al Fiului și al Sfântului Duh, în numele Tatălui, și al Fiului și al Sfântului Duh. Amin!

Se închină și-l binecuvântă pe flăcău, doar prin cuvinte, fiindcă avea mâinile legate, și se grăbi s-o facă fiindcă se apropiase călăul de ei.

Călăul, unul dintre ostași, își termină repede treaba, și primii trecători care se coborâră din munte - căci era zi de târg - și care călcară pe pod dădură cu ochii de cele două capete înfipte în pari noi și cioturoși, lângă redută. Locul însângerat de pe pod, unde fuseseră tăiate capetele osândiților, fusese acoperit cu pietriș și bătătorit.

Astfel începu „să lucreze" reduta.

Din ziua aceea fură aduși pe kapia cei care, bănuiți sau vinovați cu adevărat, fuseseră înhățați fie pe pod, fie undeva la graniță, sub cuvânt că au legături cu răsculații. Iar cei odată aduși legați și cercetați sub redută arareori se mai reîntorceau vii. Acolo se tăiau capetele răsculaților sau ale nefericiților nevinovați și capetele astea erau înfipte în pari, de jur împrejurul redutei. Cât despre trupurile lor, erau zvârlite de sus, de pe pod, în Drina, dacă nu se înfățișa nimeni să răscumpere și să îngroape leșul decapitat.

Răscoala, întretăiată când și când de răgazuri liniștite, mai mult sau mai puțin îndelungate, ținu multă vreme și mare a fost, în decursul anilor, numărul celor aruncați în apă „ca să meargă să-și caute alt cap, mai bun și mai deștept". Întâmplarea a vrut ca alaiul nefericiților să fie deschis de două ființe simple, doi oameni sărmani și nevinovați, luați din gloata neștiutorilor de carte, fiindcă adeseori victime de felul acesta sunt prinse de vârtejul marilor întâmplări, și pe ei vârtejul îi atrage fără putință de împotrivire și-i înghite. Așadar, flăcăul Mile și bătrânul Ielisie, uciși în aceeași clipă, în același loc, uniți ca frații, împodobiră cu capetele lor reduta ostașilor de pe kapia, redută căreia, mai apoi, cât a ținut răscoala, nu i-au lipsit niciodată asemenea podoabe. Și așa, pieirea celor doi nefericiți, care până în clipa morții nu se cunoscuseră și nu se mai văzuseră niciodată, a rămas multă vreme în amintirea oamenilor, mult mai bine întipărită și mai îndelung decât a altor victime, cu faimă.

Astfel, kapia dispăru sub reduta hulită și însângerată și, odată cu ea, pieriră adunările de oameni, taifasul, cântecele și petrecerile. Până și turcii treceau pe-acolo cu silă; iar dintre sârbi, nu străbăteau podul decât cei nevoiți să-l treacă și o făceau plecând capetele și zorind pașii.

În jurul redutei de lemn, ale cărei scânduri se făcuseră, cu timpul, cenușii, apoi negre, se născu repede atmosfera aceea ce înconjoară de obicei clădirile aflate în seama armatei. Pe grinzi se uscau rufe de ostași, de la fereastră erau zvârlite în Drina gunoiul, lăturile, toate scursorile și toate murdăriile legate de viața cazărmilor. Din pricina asta, de-a lungul stâlpului alb din mijlocul podului, se săpaseră dâre lungi de murdărie care se vedeau de departe.

Cu munca de călău se îndeletnici multă vreme unul și același ostaș, unul din Anatolia, gras și țigănos, cu ochi galbeni și tulburi și cu buze ca de harap într-o față grasă, puhavă și pământie, care părea mereu că zâmbește, cu zâmbetul acela al oamenilor bine hrăniți și binedispuși. Îl chema Hairudin și i se dusese repede vestea în orăşel şi până departe, de-a lungul graniţei. Hairudin îşi făcea meseria cu plăcere şi mândrie; în orice caz, lucra repede şi cu pricepere. Localnicii spuneau că are mâna mai uşoară decât Muşan, bărbierul târgului. Îl cunoşteau şi bătrânii şi tinerii, măcar după nume, iar numele lui trezea totodată şi curiozitatea, şi fiorii spaimei. În zilele de arşiţă, Hairudin zăcea toată ziua pe pod, la umbră, sub reduta de lemn. Din când în când, făcea ocolul capetelor înfipte în pari şi le cerceta, aşa cum îşi cercetează grădinarul pepenii, apoi se tolănea iar pe podea, la răcoare, căscând şi întinzându-se, greoi, burduhănos şi blând, ca un dulău flocos, îmbătrânit pe lângă stână. La capătul podului, pe după zid, se adunau copiii, privindu-l cu teamă şi curiozitate.

Dar când era vorba de lucru, Hairudin se arăta a fi sprinten şi inimos ca nimeni altul. Nu-i plăcea să se amestece careva în treburile lui. Şi asta se întâmpla din ce în ce mai des, pe măsură ce se înteţea răscoala. Când răsculaţii puseră foc satelor de deasupra orăşelului, furia turcilor din partea locului deveni de nestăvilit. Nu numai că iscoadele îi înhăţau pe răsculaţi sau pe cei doar bănuiţi ca atare şi că-i aduceau comandantului pe pod, dar, în întărâtarea lor, voiau să se amestece şi în îndeplinirea osândei.

Acolo se ivi într-o bună zi şi capul popii din Vişegrad, acelaşi popă Mihailo care, în vremea revărsării celei mari, găsise puterea să glumească laolaltă cu hogea şi cu rabinul. În furia care-i cuprinsese pe turci împotriva sârbilor, popa Mihailo pieri nevinovat.

Iar când, pe neaşteptate, călăul cel burduhănos muri, doborât de dalac, un nou călău, mai puţin îndemânatic, e drept, îi luă locul şi, timp de câţiva ani, cât a ţinut nepotolită răscoala din Serbia, pe kapia rânjiră mereu câte două-trei ţeste. Oamenii, cărora asprimea vremurilor le împietrise inimile, deveniră în curând atât de nesimţitori şi de nepăsători şi se obişnuiră într-atâta cu priveliştea aceasta, încât treceau fără s-o mai vadă şi nu băgară de seamă numaidecât atunci când se isprăvi cu ea.

Iar când răscoala începu să se stingă în Serbia şi la graniţă, reduta îşi pierdu însemnătatea şi rostul. Dar ostaşii continuară să doarmă acolo, deşi trecerea peste pod era de mult liberă, fără să mai vegheze nimeni asupra ei. În orice oaste lucrurile merg încet, dar în oastea turcească ele mergeau mai încet decât în oricare alta.

Şi lucrurile ar fi rămas aşa Dumnezeu ştie cât, dacă într-o noapte nu s-ar fi abătut un foc, stârnit de la o lumânare aprinsă. Reduta, cu scândurile ei încinse de arşiţa zilei, arse până la temelie, adică până la lespezile de piatră aşternute pe pod şi pe kapia.

În orăşel oamenii priveau înfioraţi vâlvătaia uriaşă care lumina puternic nu numai podul alb, ci şi munţii de prin împrejurimi şi se oglindea, cu sclipiri tulburi şi roşii, pe luciul apei. Iar când se lumină de ziuă, podul se ivi în forma lui dintru început, scăpat de apăsarea redutei greoaie care, ani de zile, îi ascunsese kapia. Lespezile albe se înnegriseră şi se afumaseră, dar ploile şi zăpezile le-au spălat destul de repede. Astfel, din redută şi din întâmplările sângeroase legate de ea n-a mai rămas altă urmă decât câteva amintiri grele, care se şterseră încetul cu încetul şi ele şi pieriră odată cu generaţia de pe atunci, şi o singură grindă de stejar, care nu arsese fiindcă fusese bine înfiptă în treptele scării, pe kapia.

Iar kapia deveni iar pentru orăşel ceea ce fusese de totdeauna. Pe terasa din stânga, cum vii dinspre oraş, cafegiul îşi aprinse din nou tăciunii şi-şi înşiră din nou uneltele. Numai fântâna a rămas ciuntită, capul balaurului din care curgea apa fiindu-i zdrobit. Oamenii începură iar să zăbovească pe sofa şi să-şi petreacă acolo timpul, tăifăsuind, punându-şi treburile la cale, sau moţăind. În nopţile de vară, flăcăii începură iar să cânte, adunaţi în cete; şi tot acolo se aşezau cei singuratici, înăbuşindu-şi mâhnirea şi dragostea inimilor tinereşti sau dorul chinuitor şi nedesluşit pentru plecări şi vieţi trăite departe, pentru isprăvi şi aventuri neobişnuite, care îi frământă adesea pe tinerii crescuţi în medii înguste şi mărginite.

Iar la vreo douăzeci de ani după toate întâmplările astea se şi ivise o generaţie nouă, care cânta şi glumea pe pod şi nu-şi mai amintea nimic despre carapacea redutei butucănoase şi urâte, nici despre strigătele răguşite ale străjilor care opreau noaptea trecătorii, nici despre Hairudin, nici despre capetele înfipte în pari, tăiate de el cu deosebită îndemânare.

Doar babele, fugărind ştrengarii veniţi să le fure piersicile, blestemau cu glas tare şi mânios:

— Face-ţi-ar Dumnezeu parte de-un Hairudin, ca să-ţi mai reteze puţin din chică! Dar-ar Dumnezeu să nu te mai recunoască maică-ta, înfipt pe kapia!

Băieţandrii, însă, gonind prin ogrăzi de le sfârâiau călcâiele, nu puteau să priceapă adevăratul înţeles al blestemelor acestora: dar ştiau, fireşte, că ele nu înseamnă nimic bun şi nici priincios lor.

Aşa se năştea şi pierea o generaţie după alta, în preajma podului, iar el îşi scutura, ca pe o pulbere, orice urmă lăsată de toanele şi de nevoile trecătoare ale oamenilor şi rămânea, după toate, neschimbat şi neschimbător.

VII

Timpul se scurgea peste pod și peste orășel cu anii și cu zecile de ani. Treceau deceniile acelea de pe la mijlocul celui de al XIX-lea veac, când împărăția turcească se apropia de sfârșit, roasă de boli încete și nevăzute. În ochii contemporanilor, anii aceștia păreau oarecum liniștiți și fericiți, deși ascundeau în ei destule pricini de îngrijorări și de temeri, deși cunoscură secete și revărsări de ape, molime primejdioase și tot soiul de tulburări. Numai că toate astea veneau cu încetul, treptat, cu zguduiri scurte în mijlocul unor îndelungate răgazuri de tihnă.

Hotarul dintre pașalâcul bosniac și cel al Belgradului, care șerpuia chiar pe-aici, pe deasupra orășelului, începu în anii aceștia să se facă simțit tot mai mult și să ia înfățișarea și însemnătatea unei granițe dintre state. Iar situația aceasta schimba felul de trai al întregului ținut și al orășelului, influența negoțul, cărăușia, starea de spirit generală și legăturile reciproce dintre turci și sârbi.

Turcii bătrâni se încruntau, clipeau din ochi, nevoind să creadă în schimbările ivite, se mâniau, amenințau, țineau sfaturi, ca să uite apoi de toate, cu lunile, până când cumplita realitate venea să le amintească iar și să-i frământe din nou.

Astfel se întâmplă că, într-o zi de primăvară, un turc din Veletovo, coborât de la graniță, se așeză pe kapia și, tremurând de emoție, le povesti turcilor mai cu vază, adunați în jurul lui, ce se petrecuse la Veletovo.

Astă-iarnă, povesti cel din Veletovo, pică lângă satul nostru blestematul de Iovan Micici, serdarul[1] din Ruian, venind din Aril împreună cu o ceată de oameni înarmați, și începu să cerceteze și să măsoare granița. Când îl întrebară ce are de gând și ce face

1. Comandant de oaste, mai ales de călărime.

acolo, el răspunse înfipt că n-are de dat socoteală nimănui și mai cu seamă unor bosniaci turciți, dar, dacă țineau cu tot dinadinsul să știe, zisese, atunci să afle toți că e trimis de prințul Miloș[1] ca să vadă pe unde o să treacă granița și până unde o să se întindă Serbia.

Noi credeam, povesti mai departe cel din Veletovo, c-o fi ghiaurul beat și nu și-o fi dând seama ce spune, mai ales că-l știam de mult ce fel de pramatie și de ticălos e. Și l-am luat la goană, apoi am uitat de el. Când colo, nu trec nici două luni, și hop că vine iar, de data asta cu o ceată întreagă de seimeni[2] de-ai lui Miloș și cu un trimis de-al sultanului, un om din Stambul, cu fața stinsă și blajină. Nouă nu ne venea să credem ochilor. Dar trimisul împărătesc adeveri că e întocmai așa. Plecă ochii de rușine, dar adeveri. „E poruncă împărătească, zise el, ca Miloș să domnească peste Serbia, spre cinstirea sultanului, iar granița să fie măsurată, ca să se știe până unde i se întinde stăpânirea." Când oamenii trimisului începură să înfigă țărușii de-a lungul povârnișului de sub Terebrițe, unde mi se repede Micici și începe să smulgă țărușii din pământ și să-i arunce cât colo! Ghiaurul turbat (mânca-l-ar câinii să-l mănânce!) se năpustește la trimisul împărătesc și începe să zbiere la el ca la o slugă și să-l amenințe cu moartea. „Nu e asta granița, zice el, granița a fost hotărâtă de sultan și de Țarul Rusiei[3], care i-au dat și firman pentru ea prințului Miloș; ea trece acum de-a lungul râului Lim, cade de-a dreptul pe podul de la Vișegrad și de acolo merge de-a lungul Drinei: toate meleagurile astea sunt ale Serbiei. Și asta, zice, numai până una-alta, fiindcă mai târziu granița o să fie mutată și mai departe". Trimisul împărătesc abia a izbutit să-l mai potolească, și-atunci au pus granița deasupra satului Veletovo. Și lucrurile au rămas, până una-alta, așa. Numai

---

1. Miloș Obrenovici (1780-1860), domnitor al Serbiei între 1815-1839 și între 1858-1860.
2. Soldat din corpul de infanterie, folosit mai ales pentru paza curții domnitorului.
3. În urma războiului ruso-turc care s-a încheiat în 1812, prin pacea de la București, Turcia a fost silită să acorde Serbiei dreptul de autonomie. Totuși, în 1813, turcii au impus iar Serbiei jugul lor. În urma unei noi răscoale, pornite în 1815 și conduse de Miloș Obrenovici, Serbia a obținut, cu sprijinul Rusiei, statutul de principat autonom (1833).

că, de-atunci, ne-au intrat în suflet o bănuială și o temere, și nu mai știm nici ce să facem și nici încotro să ne întoarcem. Ne-am sfătuit cu cei din Ujițe, dar nici ei habar n-au ce-o să se mai întâmple și unde o să ajungem. Iar bătrânul hagi Zuko, cel care a fost de două ori în hagialâc la Mecca, și are mai bine de nouăzeci de ani, zice că n-are să treacă mult și granița turcească o să se tragă departe, la Marea Neagră, la cincisprezece poște de-aici.

Turcii mai cu vază din Vișegrad îl ascultă pe omul din Veletovo. Dacă te uiți la ei par liniștiți, dar sufletul li-i frământat și zbuciumat. Din pricina celor auzite, abia mai pot sta locului și mâinile li se încleștează pe lespezile băncilor, de parcă un șuvoi puternic și nevăzut ar izbi pe undeva și-ar clătina podul de sub ei. Stăpânindu-se, ei caută cuvinte ca să micșoreze și să scadă însemnătatea faptelor petrecute.

Veștile rele nu le plac, nici gândurile grele și nici discuțiile serioase și pline de îngrijorare, dar văd singuri că toate câte le-au aflat nu prevestesc nimic bun. De crezut, trebuie să-i dea crezare omului din Veletovo, și nu știu bine cum ar face să-i mai ușureze mâhnirea și să-l mai împace. De aceea, abia așteaptă ca țăranul să plece înapoi, sus, la Veletovo, și să-și ia cu el veștile proaste pe care le-a adus. Așa, firește, necazul n-o să fie mai mic, dar măcar o să se cărăbănească de-aici. Și când omul plecă, într-adevăr, ei se simțiră fericiți văzând că se pot întoarce iar la tabieturile lor și că pot sta mai departe, în tihnă, pe kapia, fără vorbe care îi amărăsc viața omului și-i arată viitorul în negru, lăsând timpului grija de-a mai îmblânzi și de-a mai micșora greutatea întâmplărilor desfășurate pe după munți.

Și timpul a făcut ce știa el. Viața se scurse mai departe, părând neschimbată. Trecură peste treizeci de ani de la vorbele schimbate atunci, pe kapia. Dar, în vremea asta, țărușii răsădiți pe graniță de trimisul împărătesc și de serdar începură a prinde rădăcini și, după ce se îngroșară puțin, porniră, încetul cu încetul, să dea roade târzii, dar nespus de amare pentru turci: ei se văzură siliți să părăsească până și ultimele cătune din Serbia. Și, într-o zi de vară, podul de la Vișegrad se umplu de jalnicul alai al refugiaților din Ujițe.

Erau zile călduroase, cu amurguri prelungi și plăcute de petrecut pe kapia, când turcii vin din mahalalele târgului și umplu terasele de deasupra apei. În asemenea zile, pepenii sunt cărați în samare, pe spinările asinilor, și aduși pe pod. Cât e ziua de mare, harbujii și zămoșii, bine copți, sunt răciți în butoaie cu apă, iar spre seară vin cetele de pierde-vară să-i cumpere și să-i mănânce pe sofa. De obicei, câte doi fac prinsoare: pepenele are miezul roșu, sau e boșar? Apoi, îl taie, cel ce pierde plătește, și mănâncă toți laolaltă, sporovăind și glumind în gura mare.

Pe terasele de piatră mai dogorește încă arșița fierbinte a zilei; dar dinspre apă urcă o boare răcoroasă, însoțind amurgul. Mijlocul râului strălucește, lângă maluri, însă, pe sub sălcii și răchite, fața lui e umbrită și bate în verde-întunecat. Cât vezi cu ochii, crestele și văile munților sunt purpurii, unele arzând parcă, altele abia atinse ușor de vraja luminii. Deasupra crestelor, pe toată jumătatea dinspre sud-vest a priveliștii ce se deschide de pe kapia, se întind norii de vară, a căror culoare se schimbă necontenit. Norii aceștia sunt una din marile frumuseți dăruite de kapia, vara. De cum se face ziuă și soarele saltă pe cer, ei se ivesc de după munți ca o spumă deasă, albă, argintie și cenușie, în forme fantastice, asemănătoare cupolelor felurite și multicolore ce se înalță deasupra palatelor somptuoase. Și, după ce cresc o vreme, norii rămân așa ziua întreagă, nemișcați și grei, peste înălțimile din jurul orășelului pârjolit de soare. Iar turcii care, când amurgește, vin să stea pe kapia au mereu în fața ochilor norii ca niște corturi împărătești, țesute din mătase albă; și norii ăștia le trezesc în minte imagini și scene din cine știe ce iureșuri de bătălie și închipuiri de o bogăție ciudată și nemărginită. Apoi, de îndată ce întunericul stinge și risipește norii de vară din preajma orășelului, luna și stelele deschid pe cer noi priveliști fermecate.

Nicicând frumusețea stranie și cu totul deosebită a kapiei nu poate fi mai bine simțită decât în zilele acestea de vară, decât la acel ceas. Omului i se pare că se află într-un leagăn fermecat: străbate pământul, plutește pe ape, zboară prin văzduh și, totuși, se știe legat temeinic și sigur de orășel și de căsuța lui albă, așezată mai la o parte, cu grădinița și cu livada ei de pruni. Aici, pe kapia, tot sorbind la cafea și trăgând din ciubuc, mulți dintre târgoveții ăștia neînsemnați, care n-au mai mult decât o căsuță și-un pic de dugheană în mahalaua negustorească, gustă la ceasurile acestea bogăția lumii și nemărginirea darurilor lăsate de Allah. O zidire măreață le poate dărui oamenilor, și le dăruiește, veacuri de-a rândul, toate astea, dacă e frumoasă și puternică, plănuită într-un ceas bun, înălțată unde trebuie și clădită cum se cuvine.

Și iată-ne într-unul din amurgurile acestea, când taifasurile nu contenesc, și nici râsetele și glumele pe care localnicii le schimbă între ei sau le aruncă trecătorilor.

Cel asupra căruia se abat glumele cele mai însuflețite și mai gălăgioase e un flăcău mărunțel, voinic și cu o înfățișare ciudată. E Salko, Ciorkan, Chioru.

Chioru e feciorul unei țigănci și al vreunui ostaș sau al vreunui ofițer de prin Anatolia, venit cu slujba în orășel și plecat încă înainte de a i se naște fiul nedorit. Curând după naștere a murit și mumă-sa, iar copilul a crescut de capul lui. Era hrănit de întregul orășel; era al tuturora și al nimănui. Muncea prin prăvălii și prin case, împlinind treburi pe care nimeni altul n-ar fi primit să le facă, curățind gropile și șanțurile de scurgere, îngropând mortăciunile sau stârvurile aduse de ape. Chioru n-a avut niciodată un acoperiș al lui, nici un nume și nici o meserie anumită. Mânca pe unde se nimerea, stând în picioare sau din mers, dormea prin podurile caselor, se îmbrăca în zdrențe bălțate pe care i le dădeau alții. Ochiul stâng și-l pierduse de pe când era copil. Ciudat, cinstit din fire, glumeț și mare bețiv, el le era tot pe atât de folositor localnicilor, dându-le prilej de glumă și de batjocură, pe cât le era când muncea pentru ei.

În jurul Chiorului se adunaseră câțiva tinerei, feciori de negustori, făcând haz pe socoteala lui și aruncându-i glume grosolane.

În văzduh plutea mireasma de pepene copt și de cafea prăjită. Din lespezile de piatră, încinse încă de arșița zilei, stropite cu apă și măturate bine, se ridica mirosul călduț, îmbălsămat și caracteristic kapiei, miros care alungă grijile din suflet și îmboldește la visare și trândăvie. Soarele scăpătase, dar nu se vedea încă steaua aceea mare care, de obicei, strălucește deasupra satului Molievnik. Într-un asemenea ceas, când și lucrurile cele mai obișnuite pot fura înfățișarea unor viziuni pline de măreție, de teamă și de însemnătate deosebită, se iviră pe pod primii băjenari din Ujițe.

Cei mai mulți dintre bărbați mergeau pe jos, prăfuiți și cocârjați, în timp ce pe căluții mărunți se clătinau femeile, zgâindu-și ochii îndărătul vălurilor ce le acopereau fețele, sau copiii, legați între boccele ori cocoțați pe cufere. Din când în când trecea câte un om mai înstărit, călare pe-un cal mai bun, dar cu pas de înmormântare și cu capul plecat, în așa fel încât vădea și mai mult jalea ce-l împinsese încoace. Erau și unii care n-aveau decât o capră și-o duceau legată de funie. Alții duceau câte un miel în brațe. Tăceau toți, nu plângeau nici copiii măcar. Nu se auzea decât tropotul copitelor și al pașilor și zăngănitul monoton al lucrurilor de lemn și de aramă înghesuite pe caii gemând sub poveri.

Ivirea oamenilor acestora istoviți și fără adăpost stinse deodată însuflețirea de pe kapia. Bătrânii rămaseră pe băncile de piatră. Cei tineri se ridicară unul după altul și alcătuiră, de fiecare parte a kapiei, câte un zid viu; alaiul trecu prin mijlocul lor. Unii localnici se mulțumeau să-i privească pe refugiați cu milă și să tacă, alții le urau bun venit și încercau să-i oprească, dăruindu-le câte ceva, dar ei nici măcar nu întorceau capul ca să vadă ce li se dăruiește și abia dacă răspundeau la urările cu care erau întâmpinați. Atâta știau: că trebuie să ajungă, până nu se întunecă, la Okoliște, și că trebuie să se grăbească.

Să fi fost, cu totul, vreo sută douăzeci de familii. Ceva mai mult de o sută de familii mergeau la Sarajevo, unde pesemne că aveau să fie adăpostiți; vreo cincisprezece familii rămaseră aici, în orășel; cei mai mulți dintre ei aveau vreo rudă sau vreun prieten în Vișegrad.

Unul singur, din toți oamenii aceștia istoviți, după câte se părea sărman și fără nimeni pe lume, zăbovi o clipă pe kapia, bău apă din belșug și primi țigara dăruită. Era albit de praf, ochii îi sticleau de parcă l-ar fi scuturat frigurile și nu putea să-și ațintească privirea pe-un singur lucru. Tot sorbind cu nesaț fumul țigării, își rotea căutătura aprinsă, neplăcută și nu răspundea o vorbă la întrebările sfioase și cuviincioase ale câte unuia. Își șterse doar mustățile, mulțumi scurt și, cu amărăciunea lăsată în om de oboseală și de simțământul singurătății, rosti câteva vorbe, privindu-i pe toți cu ochii aceia care păreau că nu văd nimic:

— Voi stați aici la taifas, și faceți haz, și nu știți ce urgie vine dinspre Stanișevaț. Iată că noi pribegim în țara turcească, dar unde o să mai pribegiți voi, dimpreună cu noi, când o veni rândul țării ăsteia? Nimeni n-are habar și nici unul din voi nu se gândește la asta.

Omul tăcu apoi, pe neașteptate. Ceea ce spusese era totodată și prea mult pentru oamenii aceștia lipsiți de griji până mai adineauri, și prea puțin pentru amărăciunea lui, care nu-i îngăduia să tacă și nici nu-l lăsa să vorbească mai limpede. Întrerupse el însuși tăcerea chinuitoare, luându-și rămas-bun, mulțumind și dând fuga să ajungă din urmă convoiul. Atunci se ridicară toți ca să-i strige cu glas tare urări de bine.

În seara aceea, pieri voia bună de pe kapia. Oamenii rămaseră încruntați și tăcuți. Până și Chioru stătea jos, fără să scoată o vorbă, fără să se miște, pe una din treptele de piatră. În jurul lui se îngrămădeau cojile pepenilor câștigați pe prinsoare și mâncați. Chioru își ținea fruntea în palme, trist, și privea în pământ, dus pe gânduri, de parcă n-ar fi avut o lespede în fața lui, ci o zare depărtată, pe care o vedea aievea. Oamenii se împrăștiară pe la casele lor, mai devreme decât de obicei.

Dar, chiar de-a doua zi, fu iarăși ca mai înainte, căci locuitorii Vișegradului nu vor să țină minte nenorocirile și nici s-o ia înaintea necazurilor; în adâncul sufletului, ei se gândeau că viața cea adevărată e alcătuită din răgazurile astea liniștite și că ar fi nebunie zadarnică să-și tulbure clipele de tihnă, atât de rare, căutând o altă viață, mai trainică și mai temeinică, așa cum nu există.

În acești douăzeci și cinci de ani de la mijlocul veacului al XIX-lea, la Sarajevo bântui de două ori ciuma și o dată holera. Cei din Vișegrad se supuseră atunci preceptelor pe care, după tradiție, le-a dat chiar Mohamed credincioșilor săi, ca să știe cum să se poarte la caz de molimă: „Când molima bântuie într-un loc, nu mergeți acolo, fiindcă-i cu putință a vă molipsi, iar dacă vă aflați tocmai în locul unde bântuie molima, nu mergeți în altă parte, fiindcă îi puteți molipsi pe alții". Și cum oamenii nu se supun nici învățămintelor celor mai sănătoase, chiar când sunt date de trimisul lui Allah, până când nu sunt siliți s-o facă „prin forța stăpânirii", stăpânirea, cu prilejul fiecărei „molime", restrângea sau oprea cu totul trecerea călătorilor și a poștei. Și atunci, viața de pe kapia își schimba și ea înfățișarea. Localnicii, oameni cu treburi sau simpli gură-cască, îngândurați sau veseli, dispărură și pe sofaua pustie se așezară iar, ca pe vremea răscoalelor și a războaielor, câțiva oameni de strajă. Ei îi opreau pe călătorii veniți dinspre Sarajevo, trimițându-i înapoi, amenințându-i cu puștile și strigând cât îi ținea gura. Poșta o primeau tot ei, de la călăreți, luând toate măsurile trebuincioase: aprindeau pe kapia un foc mic, din „lemn aromat", care împrăștia un fum alb și îmbelșugat. Paznicii apucau scrisorile cu un clește, una câte una, și le treceau prin fumul acela. Și scrisorile, abia după ce erau astfel dezinfectate, puteau fi trimise mai departe. Mărfurile nu erau primite deloc. Dar grija lor cea mai de seamă nu erau scrisorile, ci oamenii. Zilnic, soseau câte unii, călători, neguțători, purtători de mărfuri, vagabonzi. Chiar la intrarea podului îi aștepta paza și, de cum îi zărea de departe, le făcea semn că nu-i voie să se apropie mai mult. Călătorii se opreau, dar începeau să discute, să se certe și să lămurească treburile care-i mânau într-acolo, și fiecare socotea că trebuie neapărat să fie lăsat să intre în orășel, și fiecare se jura că e sănătos tun și că n-are nici o legătură cu holera – „ducă-se pe pustii!" – care bântuie undeva, la Sarajevo. Și tot explicând, călătorii ajungeau până aproape de jumătatea podului și se apropiau de kapia. Aici, se amestecau în vorbă și ceilalți paznici și, cum discutau, de la o depărtare de câțiva pași, strigau toți, în gura mare, și dădeau din mâini. Și mai aveau o pricină să strige așa: cât stăteau pe pod, toată ziulica, străjerii se îndopau cu rachiu și cu usturoi; slujba le dădea dreptul s-o facă fiindcă se credea că și rachiul și usturoiul sunt bune împotriva molimei; iar ei foloseau din belșug dreptul acesta.

Se întâmpla ca mulți călători, obosind să-i tot roage pe paznici, să se întoarcă înspre Okoliște cu treburile neisprăvite. Dar erau și unii îndărătnici și stăruitori, și ei rămâneau ore și ore pe kapia, pândind o clipă de slăbiciune sau de neatenție, ori așteptând cine știe ce prilej fericit. Dar dacă se întâmpla să dea pe-acolo Salko Hedo, ajutorul ispravnicului, atunci pierea orice nădejde pentru călători. Hedo e omul stăpânirii, așa cum scrie la carte: nu-l vede și nu-l aude pe cel cu care stă de vorbă, și nu-l ia în seamă decât cât e nevoie ca să-i dea locul ce i se cuvine după ordonanțele și regulamentele existente. În timpul slujbei, Hedo e orb și surd, iar după aceea, devine și mut pe deasupra. Degeaba îl roagă călătorul și încearcă să-l ducă cu vorba:

— Salik-aga, sunt sănătos...

— Apoi du-te sănătos de unde ai venit! Hai, cară-te, lua-te-ar dracu!

Cu Hedo nu-i nimic de făcut. Dar dacă nimerești peste cei mai mici ca el, atunci se schimbă treaba. Călătorul mai zăbovește puțin pe pod, mai strigă, mai se ceartă cu ei, mai intră în vorbă și le povestește necazurile care l-au mânat la drum și toate pacostele care l-au lovit în viața lui, și atunci el devine oarecum mai apropiat, mai cunoscut, și seamănă tot mai puțin cu omul bolnav de holeră. Până la urmă, vreunul din paznici se arată gata să vorbească în orășel cu cine are treabă călătorul și să-i spună ce are de spus. Ăsta e primul pas. Dar călătorul știe că treburile lui nu pot fi împlinite prin mijlocitori și că paznicii, așa cum sunt acum, veșnic mahmuri sau pe jumătate beți din pricina gargariselii cu rachiu, nu prea țin minte și duc vorbele tocmai pe dos. De aceea mai lungește vorba, mai se roagă, mai face cu ochiul, arătând bacșișul, mai amintește de Allah și de omenie. Și tot așa, până când paznicul care i s-a părut lui mai înțelegător rămâne singur pe kapia. Atunci treaba e ca și făcută. Străjerul, milos, întoarce capul spre zidul mai ridicat, făcându-se că citește inscripția străveche săpată acolo, își pune mâinile la spate și întinde palma dreaptă. Călătorul care nu s-a dat bătut strecoară în palma omului suma de bani făgăduită, se uită în dreapta și-n stânga, și-o întinde peste cealaltă jumătate a podului, pierzându-se apoi în orășel. Paznicul se întoarce iar la locul lui, strivește un usturoi alb și-l udă cu rachiu. Asta îl face să simtă un fel de hotărâre, voioasă și lipsită de griji și-i dă puterea să vegheze și să apere orășelul împotriva holerei.

Dar necazurile nu sunt veșnice (și, prin asta, ele seamănă leit cu bucuriile), ci se duc sau măcar iau altă înfățișare și se pierd în uitare. Viața pe kapia se înnoiește mereu, în ciuda tuturor întâmplărilor, dar podul nu se schimbă nici cu anii, nici cu veacurile, nici cu prefacerile relațiilor dintre oameni. Toate astea trec peste el, ca apa care i se scurge tulbure pe sub arcadele netede și desăvârșite.

VIII

Dar nu numai războaiele, ciumele și restriștile vremurilor acelora au lovit în pod și au întrerupt viața pe kapia. Și alte întâmplări, cu totul deosebite, au dat numele lor anului când s-au petrecut și au fost multă vreme pomenite și ținute minte.

În stânga și în dreapta kapiei, de fiecare parte, parapetul de piatră al podului e netezit de mult și are o culoare ceva mai închisă decât în alte locuri. De sute de ani țăranii își pun aici poverile, când vor să se mai odihnească în drumul lor peste pod; și tot aici orășenii ieșiți la plimbare își reazemă spinările sau își proptesc coatele, când stau la taifas ori așteaptă pe câte cineva, sau când, singuratici și sprijinindu-se în mâini, privesc șuvoiul adânc din fața lor cum curge, spumos și năvalnic, mereu altul și mereu același.

Dar niciodată ca atunci nu s-au rezemat de parapet și nu s-au uitat în apele râului, de parcă ar fi vrut să citească în ele, atâta mulțime de pierde-vară și de curioși ca în ultimele zile ale lui august din acel an. Apa era tulburată de ploi, deși încă nu venise toamna. În vârtejuri, la picioarele podului, se grămădea spuma albă, învârtindu-se laolaltă cu așchiile, cu rămurelele și cu paiele putrede cărate de ape. Dar sus, lângă zid, curioșii, sprijiniți în coate nu priveau de fapt râul pe care îl cunoșteau de când lumea și nu mai avea ce să le spună; ei căutau un răspuns la propriile lor gânduri, căutau parcă urma vie încă a unui destin nedeslușit și crud, care, în zilele acelea, îi uimise și-i zdruncinase pe toți.

Pe atunci, se petrecuse acolo, pe kapia, o întâmplare cu totul deosebită, cum nu se mai pomenise vreodată și cum pesemne că n-o să se mai pomenească în veci, cât or mai fi un pod și-un orășel pe Drina. Întâmplarea a tulburat și a zguduit orășelul, și vestea despre ea s-a dus până departe, pe alte meleaguri și tărâmuri, așa cum se duc basmele care colindă lumea.

De fapt, e povestea a două cătune de lângă Vişegrad, pe nume Veli Lug şi Nezuke. Amândouă cătunele sunt aşezate la un capăt şi la celălalt al amfiteatrului alcătuit în jurul oraşului de poalele castanii şi verzi ale munţilor.

Chiar lângă oraş, în nord-vestul văii se află Strajişte, un sat mai răsărit. Casele, ogoarele şi grădinile lui sunt risipite pe câteva colnice şi încleştate în văile care le despart. Pe coasta rotunjită a uneia din înălţimile acestea se află vreo cincisprezece case pierdute în livezi de pruni şi împrejmuite de ogoare. Acolo, sus, e cătunul Veli Lug, aşezare turcească, paşnică, frumoasă şi îmbelşugată. Cătunul face parte din comuna Strajişte, dar e mai aproape de orăşel decât de comună, căci oamenii care coboară din Veli Lug ajung într-o jumătate de ceas în mahalaua negustorească, unde ţin dughene şi fac afaceri, la fel cu ceilalţi locuitori ai orăşelului. Între ei şi adevăraţii localnici din Vişegrad nu-i nici o deosebire, în afară, poate, de faptul că averile lor sunt mai trainice şi mai sigure, fiind aşezate pe pământ sănătos, la soare, şi ferite de înecul apelor, iar oamenii sunt mai cumpătaţi, trăiesc mai singuratici, fără obiceiurile rele ale târgoveţilor. Veli Lug are pământ bun, apă curată şi oameni chipeşi.

Acolo trăieşte o parte a neamului Osmanagicilor din Vişegrad. Şi, cu toate că cei din orăşel sunt mai numeroşi şi mai bogaţi, poporul socoteşte că ei au „coborât" şi că adevăraţii Osmanagici sunt cei din Veli Lug, leagănul familiei. Osmanagicii sunt un neam de oameni frumoşi, inimoşi şi mândri de originea lor. Casa aceea albă, cea mai răsărită din partea locului, care se vede pe coastă, îndreptată către sud-vest, mereu văruită, acoperită cu şindrilă neagră şi având paisprezece ferestre cu geamuri, e a lor. Se zăreşte de departe, şi e primul lucru de care dă călătorul cu ochii când coboară spre Vişegrad sau când pleacă, îndepărtându-se de orăşel. Ultimele raze ale soarelui, în drumul lui înainte de a se culca pe după creasta de la Lieştani, se opresc şi se răsfrâng pe faţa albă şi strălucitoare a acestei case. Şi orăşenii au, de multă vreme, obiceiul să privească, spre seară, cum se oglindeşte amurgul în ferestrele Osmanagicilor, cum, după aceea, ferestrele se sting una câte una, şi cum, adeseori, după ce apune soarele şi orăşelul rămâne în umbră, una din ferestre se aprinde în lumina ultimei raze pierdute printre nori și mai sclipește câteva clipe, ca o stea mare și roșie deasupra orașului întunecat.

La fel de cunoscut, e și Avd-aga Osmanagici, stăpânul casei, om cu vază în orășel, harnic și aprig în viață, ca și în afaceri. El are o prăvălie, un „depozit" în mahalaua negustorească, o încăpere scundă și întunecoasă, unde, pe scânduri și pe rogojini, stau împrăștiate porumbul, prunele uscate și gogoșile de pin. Avd-aga vinde numai cu ridicata, de aceea prăvălia lui nu e deschisă totdeauna, ci numai în zilele de târg, iar în restul săptămânii doar când e nevoie. În prăvălie, se află veșnic vreunul din feciorii lui Avd-aga, în vreme ce bătrânul stă de obicei pe-o bancă, în fața dughenei. Acolo, discută cu mușteriii sau cu prietenii. Avd-aga e un bărbat înalt și spătos, falnic și roșcovan, dar cu barba și mustățile albe ca neaua. Glasul îi e răgușit și înăbușit. De ani de zile îl chinuie o astmă afurisită. Și când, în timpul vreunui schimb de cuvinte, se mânie și se aprinde – ceea ce se întâmplă destul de des – o tuse grea îl îneacă deodată, vinele gâtului i se umflă, fața i se înroșește, ochii i se umplu de lacrimi și pieptul îi geme, îi șuieră și-i răsună ca o furtună în munți. Când i se potolește tusea, Avd-aga își revine de îndată; trage aer în piept, adânc, și reia discuția de unde s-a oprit, doar că vocea îi e schimbată și subțirică. În orășel, și prin împrejurimi, Avd-aga e cunoscut ca om tăios la vorbă, dar cu mâna largă și inima cutezătoare. Așa e în toate, și-n negoț, uneori spre paguba lui. Adesea, cu un cuvânt mai îndrăzneț, ridică sau scade prețul prunelor și al porumbului, chiar când nu trage nici un folos din asta, doar ca să înfrunte vreun țăran care tremură pentru paraua lui sau vreun negutător lacom de câștig. De obicei, cuvântul lui are greutate în lumea negustorească și i se cere părerea, deși oamenii îi cunosc meteahna și știu că de multe ori e repezit și părtinitor în judecățile lui. Iar când Avd-aga coboară din Veli Lug și se așază în fața prăvăliei, arareori rămâne singur, fiindcă vecinilor le e plăcut să tăifăsuiască cu el și sunt dornici să-i audă părerea. Bătrânul e deschis la inimă și vioi, oricând gata să dea pe față și să apere ceea ce alții socotesc că e mai bine să treci sub tăcere. Astma și tusea îl silesc să se oprească mereu, dar, lucru de mirare, nu în dauna spuselor lui, ci, dimpotrivă, pentru a le face și mai convingătoare și pentru a da felului său de a vorbi un fel de demnitate gravă și dureroasă, căreia cu greu i se poate împotrivi cineva.

Avd-aga are cinci feciori însurați și o singură fiică, ultima născută, tocmai bună de măritat. Despre fiica lui Avd-aga, Fatima, se știe că e grozav de frumoasă, leită taică-său. Măritișul ei frământă întregul orășel și, puțin câte puțin, întreaga împrejurime. De când lumea, așa e obiceiul la noi: în fiecare generație e câte-o fată care intră în cântece și-n basme cu frumusețea și cu hărnicia ei. Și atunci, vreme de câțiva ani, ea devine ținta tuturor dorințelor și pildă cu neputință de ajuns. La auzul numelui ei, închipuirea își ia zborul, stârnind înflăcărarea bărbaților și țesând gelozia femeilor. Fetele acestea sunt ființe deosebite, pe care natura le alege și le înalță până la culmi primejdioase.

Fiica lui Avd-aga semăna cu taică-său nu numai la chip și boi, dar și la vorbă și la agerimea minții.

Asta o știau mai bine ca oricine flăcăii care, la nunți sau la șezători, încercau, prin lingușiri ieftine sau prin glume îndrăznețe, să-i moaie inima și s-o sărute. Iscusința ei la vorbă nu-i era cu nimic mai prejos decât frumusețea. De aceea, viersul despre Fatima, fiica lui Avd-aga (despre ființele atât de alese, cântecele izvorăsc de nu se știe unde și de la sine), spunea:

Înțeleaptă ești, frumoasă ești,
Tu, Fatma a lui Avd-aga!...

Așa se cânta și se vorbea în orășel și prin împrejurimi, dar puțini erau cei care cutezau să ceară mâna fetei din Veli Lug. Iar când și aceștia fură, unul după altul, respinși, fata începu să stârnească în jurul ei admirație, ură și pizmă, și acele dorințe nemărturisite și așteptări răuvoitoare, care înconjură de obicei ființele cu însușiri alese și cu o soartă deosebită. Ființele astea, care sunt slăvite în cântece și despre care lumea vorbește, sunt răpite grabnic de soarta lor neobișnuită, și, după ele, în locul unei vieți împlinite, trăiesc cântecul sau basmul.

Pe-aici, pe la noi, se întâmplă adeseori ca tocmai fata despre care se vorbește cel mai mult să rămână, din pricina asta, fără pețitori, să rămână „fată bătrână", în timp ce altele, care nu-i ajung nici până la călcâi, se mărită repede și ușor. Asemenea supărare nu i s-a întâmplat Fatimei, fiindcă s-a aflat un bărbat s-o ceară, destul de îndrăzneț ca să și-o dorească pentru el și destul de iscusit și de dârz ca să-și atingă ținta.

În rotundul nedesăvârșit pe care îl formează valea adâncă a Vișegradului, chiar în partea opusă așezării de la Veli Lug, se află cătunul Nezuke.

Deasupra podului, la mai puțin de o oră de mers de-a lungul apei, tocmai în mijlocul îngrămădirii de munți abrupți dintre care, ca dintr-un zid întunecat, izvorăște Drina făcând un cot brusc, se află o fâșie îngustă de pământ roditor, pe malul stâncos al râului. La temelia ei stau mâlurile cărate de râu și de șuvoaiele năpustite din stâncile lui Butko. Pe această fâșie se întind ogoare și grădini, iar spre margine, pășuni povârnite cu iarba fragedă, care mai sus se pierd în râpele pietroase și în desișurile negre. Întregul cătun e în stăpânirea beilor Hamzici, cărora li se mai spune și Turkovici. O jumătate a cătunului e locuită de cinci sau șase familii de iobagi, iar în cealaltă jumătate se află casele beilor, ale fraților Hamzici, cu Mustai-bei Hamzici în frunte.

Cătunul e așezat deoparte și spre miazănoapte, fără soare dar și fără vânt, mai bogat în fructe și în fânețe decât în grâu. Împrejmuit și strâns din toate părțile de munți înalți și abrupți, el stă aproape toată ziua în umbră și în veșnică tăcere, așa că orice chemare de-a ciobanilor și orice clătinare mai puternică a vreunei tălăngi stârnesc un ecou viu și prelung, dus din creastă în creastă. Până la cătun urcă un singur drum din Vișegrad. Când treci podul, ieșind din orășel, și lași șleaul cel mare care o ia spre dreapta, și mergi de-a lungul râului, coborând până la mal, dai de-o potecă îngustă și pietroasă ce cotește prin stânga podului, străbate o fâșie de pământ stâncoasă și stearpă și șerpuiește de-a lungul Drinei, chiar pe lângă ea, ca o șuviță albă la poalele povârnișului întunecat și repezit spre râu. De sus, de pe pod, călărețul sau drumețul care urcă poteca asta par că pășesc pe-o bârnă îngustă, zvârlită între apă și stâncă; iar chipurile lor se oglindesc neîncetat, tot timpul cât merg, în apa liniștită și verde a râului.

Acesta e drumul care duce de la orășel la Nezuke; iar de la Nezuke nu există drum mai departe, fiindcă nu mai poți merge nicăieri și nu mai e nimeni care să vrea să călătorească. Altceva nu se mai află, decât panta abruptă de deasupra caselor, acoperită de-o pădure rară și brăzdată de două șanțuri adânci și albe, pe unde se cațără ciobanii când se duc la stâne, în munți.

Aici se înalță casa mare și albă a celui mai vârstnic dintre Hamzici, Mustai-bei. Casa lui e la fel de arătoasă ca și a lui Osmanagici din Veli Lug, numai că, spre deosebire de aceasta, e ascunsă cu totul vederii în adâncitura și-n desișul de lângă Drina. De jur împrejurul ei, cresc unsprezece plopi înalți, care, cu foșnetul și cu mișcarea lor, însuflețesc necontenit coclaurii aceștia închiși din toate părțile și anevoie de atins. Chiar sub ea se află casele celorlalți doi frați Hamzici, ceva mai scunde și mai micuțe. Toți Hamzicii au sumedenie de copii și toți sunt lungi, slabi, cu fețe palide, tăcuți și singuratici, dar uniți și harnici la muncă, deprinși să prețuiască și să-și apere avutul. Ca și oamenii mai înstăriți din Veli Lug, își au și ei în orășel dughenele lor, unde-și duc recolta de la Nezuke. În fiecare anotimp al anului, ei și argații lor mișună și cară ca niște furnici, pe poteca aceea îngustă de lângă Drina; unii duc marfă la oraș, alții se întorc, cu paralele la chimir, în sătucul lor nevăzut din munți.

În casa încăpătoare și albă a lui Mustai-bei Hamzici, care îl întâmpină pe om la capătul potecii pietroase ca un dar plăcut și neașteptat, trăiesc cele patru fiice ale beiului și singurul lui fecior, Nail. Acest Nail-bei din Nezuke, singurul fecior al lui Mustai-bei, fusese printre primii care-și puseseră ochii pe Fatima din Veli Lug. La o nuntă, nu se mai sătura privindu-i frumusețea chipului prin crăpătura unei uși, unde se înghesuia și se agăța un ciorchine întreg de flăcăi, fermecați de ce văd. Altă dată, când o văzu din nou printre prietenele ei, îi aruncă o glumă îndrăzneață:

— Facă Allah ca Mustai-bei din Nezuke să-ți zică noră! Fata chicoti. Să nu râzi, îi spuse, prin crăpătura îngustă a ușii, flăcăul ațâțat, minunea asta o să se întâmple și ea într-o bună zi.

— O să se întâmple atunci când Veli Lug s-o coborî la Nezuke, îi răspunse fata, chicotind iar și mlădiindu-și cu mândrie trupul, așa cum numai femeile de felul ei și numai la anii ei sunt în stare, spunând prin mlădierea asta mai mult decât spusese cu vorba sau cu râsul.

Așa își mânie soarta, adeseori, trufașe și nechibzuite, ființele cu însușiri atât de alese! Răspunsul ei către Hamzici se răspândi și trecu din gură în gură, ca tot ce făcea și spunea ea de altfel.

Hamzicii nu sunt oameni care să se oprească din drum și să se descumpănească în fața primei greutăți. Chiar când e vorba de alte lucruri, mai neînsemnate, nu dau buzna ei să le isprăvească și nu se grăbesc, darămite acum! O încercare, întreprinsă prin mijlocirea unor rude din orășel, se dovedi și ea zadarnică. Și atunci bătrânul Mustai-bei Hamzici se hotărî să pună el la cale căsătoria feciorului său. Avusese de totdeauna legături de negoț cu Avd-aga. Din pricina firii lui năvalnice și trufașe, Avd-aga suferise în ultima vreme pierderi însemnate și, până una-alta, cu greu mai putea face față creditorilor. Mustai-bei îl ajutase și-l sprijinise, așa cum numai oamenii de treabă din mahalaua negustorească se ajută unii pe alții când sunt la aman: simplu, firesc și fără multă vorbă.

Prin dughenele întunecate și răcoroase și pe băncile de piatră lustruită din fața lor nu se pun la cale numai treburi bănești și negustorești, ci și destine omenești. Ce s-a petrecut între Avd-aga Osmanagici și Mustai-bei Hamzici, cum a cerut-o Mustai-bei pe Fatima pentru singurul său fecior, Nail, și cum de „i-a dat-o" trufașul și încăpățânatul Avd-aga? Asta n-o s-o știe nimeni, niciodată! Și, tot așa, nu s-a putut afla cum s-au petrecut lucrurile sus, la Veli Lug, între tată și frumoasa și singura lui fiică. De vreo împotrivire din partea ei, firește, nu putea fi vorba. O privire plină de uimire îndurerată și mlădierea aceea îndărătnică și mândră a întregului ei trup, apoi supunerea mută și oarbă față de dorința tatălui său, cum a fost pretutindeni la noi, de totdeauna, și cum mai e încă și astăzi. Ca în vis, ea a început să-și scoată la aer, să-și întregească și să-și rânduiască zestrea.

Nici din Nezuke n-a răzbătut nici o vorbă în lume. Hamzicii, prevăzători, nu doreau ca lumea să le țină răbojul izbânzilor, trăncănind de pomană. Căpătaseră ce voiau și, ca totdeauna, se mulțumiseră cu asta. N-aveau nevoie ca alții să se bucure alături de ei, după cum niciodată nu căutau să-i deplângă cineva la pagube sau la nenorociri.

Și totuși, lumea vorbea mult, pe larg și fără socoteală, așa cum vorbește de totdeauna. În orășel și prin împrejurimi se povestea cum căpătaseră Hamzicii ce doriseră; cum frumoasa, mândra și înțeleapta fiică a lui Avd-aga, care în toată Bosnia nu socotise nici un mire pe măsura ei, își găsise nașul și fusese îmblânzită; cum, totuși, „Veli Lug avea să coboare la Nezuke", deși Fatima spusese în fața lumii că asta n-o să se întâmple niciodată. Căci oamenilor le place să vorbească vrute și nevrute despre prăbușirea celor ce se înalță și zboară prea sus.

O lună încheiată nu mai tăcură oamenii, clătindu-și parcă gura, în pălăvrăgeala lor, cu siropul apropiatei umiliri a Fatimei. O lună încheiată ținură pregătirile de nuntă la Nezuke și la Veli Lug.

O lună încheiată, Fatima lucră, împreună cu prietenele ei, cu neamurile și cu femei luate cu ziua, la zestre. Fetele cântau. Cânta și ea. Găsea putere până și pentru asta. Și se asculta singură cum cântă, urmându-și în același timp firul gândurilor. Căci, cu fiecare împunsătură de ac, Fatima știa (și și-o spunea singură) că nici ea, nici cusătura n-au să ajungă vreodată la Nezuke. Ea nu uita asta nici o clipă. Dar lucrând și cântând așa, i se părea că de la Veli Lug și până la Nezuke e cale lungă și că o lună de zile e timp berechet. Noaptea la fel făcea. Noaptea, când, spunând că mai are de isprăvit câte ceva, rămânea singură, noaptea, când i se deschidea în față o lume bogată, strălucitoare, plină de schimbări îmbucurătoare, la nesfârșit.

În Veli Lug, nopțile sunt calde, și totuși răcoroase. Stelele sunt joase și neliniștite, legate toate parcă printr-un luciu tremurător. Stând la fereastră, Fatima privește noaptea. Poartă în toată ființa ei o forță calmă, neînfrântă și dulce, și-și simte fiecare parte a trupului ca pe-un izvor de forță și de încântare: picioarele, coapsele, brațele, gâtul și mai ales pieptul. Sânii ei plini, grei și totuși învolți ating cu sfârcurile oblonul de lemn al ferestrei. Și, în locul acela, ea simte cum toată colina, cu tot ce se află pe ea, case, acareturi, pășuni, respiră cald, adânc, egal, și se înalță și se coboară, laolaltă cu cerul luminos și cu întinderea aceea întunecată. Împins de respirația aceasta, oblonul de lemn coboară și urcă, urcă și coboară, îi atinge sfârcurile sânilor, îi lasă și se duce undeva, departe, se reîntoarce și-i atinge iar, apoi coboară și, din nou, se depărtează; și tot mereu așa, rând pe rând.

Da, lumea e mare, lumea e uriașă, și tot așa e și ziua, când valea Vișegradului freamătă de arșiță și când aproape că auzi cum se coc grânele care o acoperă, când orășelul e pe de-a-ntregul alb, împrăștiat în jurul râului verde și împrejmuit de linia dreaptă a podului și de crestele negre ale munților. Dar noaptea, numai noaptea, când bolta cerului învie și se învăpăiază, ies la iveală nemărginirea și puterea uriașă a lumii ăsteia în care omul viu se pierde și nu mai poate ști nici despre sine, nici despre ținta către care a plecat, nici ce vrea și nici ce trebuie să facă. Doar atunci se trăiește adevărat, senin și îndelung; atunci nu există cuvinte care să te lege din greu pe toată viața, nici făgăduieli aducătoare de moarte, nici fapte fără ieșire, cu soroc apropiat, care se scurge și se irosește nemilos, având moartea sau rușinea la capăt, ca singură scăpare. Da, atunci nu e ca în viața de ziuă în care ce-ai spus odată rămâne de neschimbat și ce-ai făgăduit trebuie îndeplinit. Aici totul e liber, nemărginit, fără nume și mut.

Apoi se aude, de undeva, de jos, venind, ca din depărtare, o voce grea, adâncă și înecată:

— Aaah, kh, kh, kh! Aaah, khkhkh!

E Avd-aga, care, în odaia lui, se luptă cu tusea de noapte.

Iar Fatima nu numai că-i recunoaște vocea, dar îl și vede aievea pe tatăl ei cum stă și fumează, chinuit de tuse și nesomn. I se pare că-i vede ochii mari, întunecați, cunoscuți ca un locșor drag, ochi aidoma cu ai ei, doar ceva mai umbriți de bătrânețe și scăldați de-un luciu înlăcrimat și zâmbitor, ochi în care a citit pentru prima oară că soarta ei este fără scăpare, în ziua când i s-a spus că fusese făgăduită lui Hamzici și că trebuie să se pregătească până într-o lună de zile.

— Kkha, kha, kha, kha!

Încântarea pe care o simțea adineauri în fața frumuseții nopții și a măreției lumii s-a stins. Respirația îmbălsămată a pământului s-a oprit. Sânii fetei s-au crispat, ca într-o încleștare neașteptată. Stelele și spațiul pier. N-a mai rămas decât soarta, soarta ei fără scăpare, năprasnică, în ajunul împlinirii, înfăptuindu-se odată cu scurgerea timpului, în tăcerea, în neclintirea și în golul care rămâne după toate lucrurile.

De jos, tusea lui Avd-aga răsună înfundat.

Da, şi Fatima îl aude şi-l vede de parcă ar fi aici, în faţa ei.

E dragul, unicul, puternicul ei tată, de care se simte legată, de nedespărţit, de când se ştie pe lume. Şi chiar tusea asta grea, zguduitoare, o simte în pieptu-i. Nici vorbă, gura lui a spus da la ceea ce Fatima spusese nu. Dar în toate fata e una cu el, chiar şi în asta. Şi da-ul lui îl simte ca pe al ei (la fel ca pe nu-ul ei). De aceea soarta îi e năpraznică, neobişnuită, în ajun de-a se îndeplini şi dacă Fatima nu vede nici o scăpare e fiindcă scăpare nu există. Din pricina da-ului rostit de tată, care o leagă la fel ca propriul ei nu, Fatima va trebui să treacă prin faţa cadiului, cu fiul lui Mustai-bei, fiindcă nu se poate ca Avd-aga să-şi calce făgăduiala. Dar ea ştie de asemenea, la fel de bine şi de sigur, că, după aceea, nu poate să pună piciorul la Nezuke, căci altfel ar însemna că-şi calcă ea cuvântul. Şi e cu neputinţă, fiindcă şi cuvântul ei e al unuia din neamul Osmanagicilor. Acolo, la punctul mort dintre nu-ul ei şi da-ul tatălui, între Veli Lug şi Nezuke, la punctul cel mai de nedezlegat, trebuie găsită dezlegarea. Acolo se gândeşte Fatima acum. Nu la întinderile lumii ăsteia largi şi bogate, nici măcar la întregul drum dintre Veli Lug şi Nezuke, ci la bucăţica de drum îngrozitoare dintre locul unde cadiul o va cununa cu fiul lui Mustai-bei, şi capătul podului, unde povârnişul pietros coboară pe poteca îngustă dinspre Nezuke, pe care ea nu va pune piciorul, în privinţa asta nu încape îndoială. Fâşia asta de drum, gândul ei o străbate neîncetat, de la un capăt la altul, aşa cum fuge suveica prin ţesătură. De la cadiu, străbătând jumătate din centrul oraşelului, apoi piaţa, până la capătul podului; iar de acolo, ca şi cum ar fi dat cu ochii de prăpastie, se reîntoarce îndată pe pod, prin piaţă, străbate centrul oraşului, până la cadiu. Şi mereu aşa: când înainte, când înapoi! Acolo i se ţese soarta.

Şi gândul, care nici nu şi-l putea opri, nici nu găsea scăpare, îi zăboveşte cel mai adesea pe kapia, pe sofaua de piatră frumoasă şi luminoasă, unde oamenii stau la taifas şi flăcăii cântă, sofaua sub care vuieşte râul verde, năvalnic şi adânc. Apoi, îngrozită de scăparea astfel întrezărită, mintea îi zboară din nou, ca împinsă de blestem, de la un capăt al drumului la celălalt, şi, negăsind altă ieşire, se opreşte din nou pe kapia. Noapte de noapte, închipuirea i se opreşte tot mai des aici şi zăboveşte tot mai mult. Şi numai gândul la ziua când va trebui cu adevărat să străbată drumul acela, nu doar așa, în minte, gândul la ziua când va trebui să găsească o scăpare înainte de a ajunge la capătul podului cuprinde în el toată grozăvia morții, toată josnicia unei vieți veștejite de rușine. Așa, neputincioasă și părăsită cum e, i se pare că însăși grozăvia acestei idei ar trebui să îndepărteze sau măcar să amâne ziua aceea.

Dar zilele trec, nici repede și nici încet, ci egale și de neînlăturat, și cu ele sosește și ziua nunții.

În ultima joi a lunii august (ziua hotărâtă) Hamzicii veniră, călare, să ia mireasa. Acoperită de feregeaua nouă și grea, asemenea unui scut, Fatima fu așezată pe-un cal și pornită spre orășel. În același timp, în ogradă se încărcau lăzile cu zestrea fetei. La judecătorie, cadiul săvârși legământul căsătoriei. Astfel, a fost respectat cuvântul prin care Avd-aga își dăduse fiica după fiul lui Mustai-bei. Apoi alaiul porni pe drumul spre Nezuke, unde fusese pregătită petrecerea de nuntă.

Străbătură jumătate din piața orășelului, adică o parte din drumul acela fără scăpare pe care Fatima îl străbătuse de-atâtea ori în gând. Drumul e, ca de obicei, așa cum îl știe, aproape mai ușor de trecut decât în gând. Nici stele, nici întinderi, nici tusea înăbușită a tatălui, nici dorința ca timpul să se scurgă mai repede sau mai încet. Când ajunseră la pod, Fatima își simți, o dată mai mult, ca în nopțile acelea, de vară, când sta la fereastră, fiecare părticică a trupului ei, puternic și distinct, mai ales pieptul, ușor crispat, ca într-o carapace. Iată. Ajunseră pe kapia. Așa cum făcuse de-atâtea ori în nopțile dinainte, mireasa se aplecă și-i ceru în șoaptă celui mai tânăr dintre frații ei, care călărea alături, să-i scurteze puțin scările șeii, fiindcă se apropiau de povârnișul unde cobori de pe pod ca să apuci pe drumul pietros ce duce la Nezuke. Mai întâi se opriră ei doi, apoi, ceva mai departe, și ceilalți nuntași, călări.

Popasul n-avea în el nimic neobișnuit. Nu era nici pentru prima, nici pentru ultima oară când alaiul unei nunți se oprea pe kapia. Până ce fratele să descalece, să dea ocol bidiviului și să-și înfășoare dârlogii pe braț, Fatima își mână calul ei până la marginea podului, puse piciorul drept pe parapetul de piatră, și se înălță în șa; ușoară ca o pasăre înaripată, trecu pe deasupra parapetului și se zvârli, de sus, în apele care vâjâiau sub pod. Frate-său se repezi după ea și se întinse cât era de lung pe parapet, atinse cu mâna, din zbor, feregeaua desfăcută, dar nu putu s-o oprească. Ceilalți nuntași săriră și ei de pe cai, scoțând cele mai neauzite strigăte de uimire și rămaseră de-a lungul parapetului de piatră, în atitudini ciudate, ca încremeniți.

În aceeași zi, către seară, căzu o ploaie năvalnică și neobișnuit de rece pentru luna lui august. Drina se umflă și se tulbură. A doua zi, vâltoarea gălbuie zvârli trupul mort al Fatimei în vadul de lângă Kalata. Acolo îl zări un pescar și plecă de îndată să dea de veste *mulazimului*[1]. Peste puțin timp, sosiră la fața locului mulazimul împreună cu *muktarul*[2] și cu Salko Chioru. Fiindcă de la asemenea întâmplări Chioru nu lipsește niciodată.

Trupul miresei zăcea în nisipul moale și jilav. Valurile îl udau și, din când în când, îl acopereau de tot cu apa lor tulbure. Feregeaua nouă, din țesătură neagră, pe care apa nu izbutise s-o fure, se răsucise și i se trăsese peste cap; astfel, amestecată cu părul des și lung, alcătuia o grămăjoară ciudată și neagră, lângă trupul alb și minunat al fetei, de pe care vâltoarea sfâșiase și smulsese rochia subțire de mireasă. Încruntați, cu fălcile strânse, Chiorul și pescarul intrară în vad, prinseră fata goală și, cu mare grijă și sfială, de parc-ar fi fost vie, o scoaseră din nisipul îmbibat de apă în care începuse să se afunde, o duseră pe mal și o acoperiră de îndată cu feregeaua udă și plină de mâl.

În aceeași zi, înecata fu îngropată în cimitirul turcesc cel mai apropiat, pe malul înalt, la poalele colinei pe care se ridică Veli Lug. Iar către seară, sumedenie de pierde-vară se strânseră la cafenea, în jurul pescarului și al Chiorului, mânați de aceeași curiozitate bolnăvicioasă și dezgustătoare ce-i stăpânește îndeosebi pe oamenii a căror viață e goală, lipsită de orice frumusețe și săracă în emoții și întâmplări. Zadarnic însă îi îndopară pe cei doi cu rachiu și le dăruiră tutun, cu nădejdea să afle ceva de la ei despre trupul moartei și despre înmormântare. Zadarnic! Nici chiar rachiul nu putu să le dezlege limbile. Și nici măcar Chioru nu suflă o vorbă. Fuma întruna și se uita cu singurul lui ochi, holbat și strălucitor, la fumul

1. Ispravnic (turc.).
2. Starostele mahalalei (turc.).

pe care, suflându-l puternic, îl alunga cât mai departe cu putință. Ei doi, Chioru și pescarul, cătau din când în când unul la altul, își ridicau tăcuți cinzecile, amândoi odată, ca și cum ar fi ciocnit pe nevăzute, și le sorbeau, pe nerăsuflate.

Așa s-a petrecut pe kapia întâmplarea aceasta neobișnuită și nemaipomenită. Veli Lug n-a coborât la Nezuke, și Fatima, fiica lui Avd-aga, n-a devenit nevasta lui Hamzici.

Avd-aga Osmanagici nu s-a mai coborât de-atunci în orășel. A murit în iarna aceluiași an, înecat de tuse, fără să rostească nicicodată și în fața nimănui vreun cuvânt despre jalea care îl ucidea.

În primăvara următoare, Mustai-bei Hamzici și-a însurat feciorul cu o altă fată, de la Brankovici.

Oamenii au mai vorbit un timp despre întâmplare, apoi au început s-o uite. Și n-a rămas decât un cântec, despre Fatima, a cărei frumusețe și înțelepciune străluceau mai presus de toate, de parcă ar fi fost nemuritoare.

IX

La vreo şaptezeci de ani după răscoala lui Karageorge se porni iar război în Serbia şi ţinuturile de la graniţă răspunseră de îndată cu o răscoală.

Şi iar fură arse casele turceşti şi sârbeşti pe înălţimile de la Jlieb, Gostilie, Ţrncici şi Veletovo. Pentru prima oară după atâţia ani se iviră iar pe kapia, în zorii zilei, capetele tăiate ale sârbilor ucişi. Erau capete de ţărani, slăbănoage, cu părul tuns scurt şi cu cefele turtite, cu feţe osoase şi mustăţi lungi; ai fi jurat că sunt aceleaşi care zăcuseră în pari cu şaptezeci de ani în urmă. Dar toate acestea nu durară mult. De cum luă sfârşit războiul dintre Turcia şi Serbia[1], oamenii se potoliră. Adevărat, era o amăgire de pace, o pace sub care se ascundeau numeroase temeri, glasuri mânioase şi şoapte îngrijorate. Se vorbea din ce în ce mai sigur şi mai deschis despre intrarea oştirii austriece în Bosnia. La începutul verii lui 1878, trecură prin orăşel unităţi ale armatei turceşti, în marş de la Sarajevo la Priboi. Atunci se statornici ideea că sultanul avea să predea Bosnia fără împotrivire. Câteva familii se pregătiră să se refugieze în Sandjak[2]. Printre ele, erau unele care cu treisprezece ani în urmă se refugiaseră de la Ujiţe, nevrând să trăiască sub stăpânirea sârbă, şi acum se pregăteau din nou să fugă, de-o altă stăpânire creştină. Dar cei mai mulţi rămaseră, aşteptând desfăşurarea evenimentelor, pradă unei nedumeriri chinuitoare şi prefăcându-se nepăsători.

---

1. Războiul ruso-turc din 1876-1877 a izbucnit ca urmare a avântului mişcării de eliberare naţională şi a ascuţirii contradicţiilor internaţionale în Orientul Apropiat. La acest război a participat şi ţara noastră, şi Serbia; ambele au dobândit independenţa.
2. Ţinut din sud-vestul Iugoslaviei, care după războiul din 1877 a rămas încă sub dominaţia otomană.

Pe la începutul lui iulie sosi muftiul din Plevlie, însoțit doar de câțiva oameni, dar cu hotărârea neclintită de-a pune la cale în Bosnia rezistența împotriva austriecilor. Înalta față bisericească, om serios, bălan la chip și liniștit la înfățișare, dar cu o fire înflăcărată, se așeză pe kapia și-i adună acolo, în minunata zi de vară, pe cei mai de vază turci din orășel, străduindu-se să-i însuflețească la lupta împotriva austriecilor. Îi încredința că grosul oștirii turcești, la nevoie chiar nedând ascultare ordinelor oficiale, avea să rămână locului și să lupte laolaltă cu poporul împotriva noului năvălitor, și-i chema pe toți tinerii să se alăture de îndată lui și să-i trimită cât mai multe merinde la Sarajevo. Muftiul știa bine că locuitorilor din Vișegrad nu le mersese niciodată faima de războinici înflăcărați și că le plăcea mai mult să trăiască nebunește decât să moară nebunește, dar îl uimi, totuși, răceala și chiar nepăsarea de care se izbi. Neputând rămâne mai mult, muftiul îi amenință cu judecata poporului și cu mânia cerească, și-l lăsă pe ajutorul său, Osman Karamanlâi-efendi, să le arate mai departe turcilor din Vișegrad că spre binele lor trebuiau să ia parte la răscoala generală.

În timpul discuțiilor cu muftiul, cel mai îndărătnic dintre toți se arătă a fi Ali-hogea Mutevelici. Familia lui era una dintre cele mai vechi și mai de vază din orășel. Mutevelicilor le mersese faima nu pentru avuția lor, ci pentru cinstea și firea lor deschisă. De totdeauna ei trecuseră drept oameni încăpățânați, dar dușmani ai corupției, ai fricii, ai lingușirii și ai tuturor celorlalte mijloace și imbolduri josnice. Mai bine de două sute de ani, cel mai în vârstă din familia Mutevelicilor fusese îngrijitorul, păzitorul și mânuitorul daniilor pioase lăsate de Mehmet-pașa orășelului. Ei avuseseră în grijă, de asemenea, vestitul caravanserai din piatră, aflat lângă pod. Am văzut cum, după pierderea Ungariei, hanul fusese văduvit de veniturile care-i îngăduiau să se întrețină și cum, datorită împrejurărilor de mai apoi, devenise o ruină, rămânând din ctitoria vizirului doar podul, ca un bun pentru folosința tuturor, fără nevoie de întreținere și neaducător de venituri. Iar numele de familie al Mutevelicilor le-a rămas ca un fel de cinstire pentru funcția pe care au avut-o atâta amar de vreme. Slujba lor, de fapt, n-o mai îndeplineau încă de pe când Daud-hogea fusese învins în lupta pentru păstrarea hanului; dar le rămăsese mândria și, odată cu ea, obiceiul înnăscut de a se socoti pe ei, pe cei din familia Mutevelici, înaintea oricui pe lume, chemați să aibă grijă de pod și răspunzători oarecum de soarta lui, fiindcă podul, măcar din punct de vedere arhitectural, făcuse parte integrantă din marea și frumoasa danie în fruntea căreia se aflau ei și care se năruise și pierise atât de jalnic. Și se mai păstra în familia lor un obicei, din vremuri străvechi: la fiecare generație, cel puțin unul dintre Mutevelici învăța carte și devenea față bisericească. Acum, îl aveau din neamul lor pe Ali-hogea. Altminteri Mutevelicii se împuținaseră de tot și ca număr, și ca avere. Mai stăpâneau doar câțiva iobagi și o dugheană pe care o țineau din moși-strămoși în târg, la locul cel mai bun, chiar în piața de lângă pod. Doi dintre frații mai mari ai lui Ali-hogea muriseră în războaie, unul în Rusia, celălalt în Muntenegru.

Ali-hogea era încă tânăr, vioi, zâmbitor și plin de vlagă. Ca un adevărat Mutevelici ce se afla, își avea totdeauna, în toate problemele, o părere a lui pe care și-o apăra cu dârzenie și încăpățânare, până la capăt. Din pricina firii lui deschise și a încăpățânării dovedite cu orice prilej, se certa adeseori cu fețele bisericești din orășel și cu mai-marii lui. Ali-hogea avea numele și cinul de hoge, dar nu îndeplinea nici o funcție, și titlul nu-i aducea nici un venit. Ca să poată fi cât mai puțin la cheremul altora, își vedea singur de dugheana rămasă de la taică-său.

Ali-hogea, asemenea celor mai mulți musulmani din Vișegrad, era împotriva ideii unei împotriviri armate. În ce-l privea, nu putea fi vorba nici de frică, nici de slăbire a credinței. Și el ura tot atât pe cât ura muftiul sau oricare altul dintre răsculați stăpânirea străină și creștină care venea, și tot ce putea să aducă ea. Dar, văzând că sultanul lasă cu adevărat Bosnia în mâinile nemților și, cunoscându-și compatrioții, era împotriva unei rezistențe populare neorganizate, care nu putea să fie urmată decât de înfrângerea și năpasta cea mai îngrozitoare. Iar odată ce-și statornici în minte gândul acesta, îl înfățișă fără ocol și îl apără din toate puterile. Și de data aceasta, el puse tot soiul de întrebări meșteșugite și făcu observații pline de finețe, care, îndeosebi, îl descumpăniră pe muftiu. Astfel, fără să vrea, Ali-hogea întreținea printre locuitorii Vișegradului, care oricum nu erau prea grăbiți să pornească la luptă și nici prea înclinați pentru jertfă, spiritul unei împotriviri deschise față de gândurile războinice ale muftiului.

Când Osman Karamanlâi-efendi rămase ca să ducă mai departe discuțiile cu turcii din Vișegrad, se lovi și el de împotrivirea lui Ali-hogea. Iar cei câțiva bei și agale care își înghițeau cuvintele și-și măsurau frazele – deși în sinea lor erau pe deplin încredințați că Ali-hogea are dreptate – îl lăsau pe cinstitul și înflăcăratul hoge să-și spună părerea și să se certe cu Karamanlâi.

Turcii cei mai de vază din Vișegrad ședeau roată, către seară, pe kapia, cu picioarele ghemuite sub ei, orânduiți după cinul fiecăruia. Iată-l pe Osman-efendi, înalt și palid. Fiecare mușchi de pe fața lui e nefiresc de întins, ochii îi licăresc, fruntea și obrajii îi sunt plini de cicatrice, ca la epileptici. Față în față cu el stă în picioare Ali-hogea, rumen, mărunțel și totuși impunător. Cu capul înfierbântat și cu vocea șuierătoare, el pune mereu alte întrebări. Care sunt forțele? Ce obiectiv au? Ce-o să se întâmple în caz de înfrângere? Pedanteria rece, aproape răutăcioasă, cu care discută hogea ascunde doar îngrijorarea și amărăciunea pricinuite de superioritatea creștinilor și de slăbiciunea vădită și talmeș-balmeșul care domnesc la turci. Dar înflăcăratul și sumbrul Osman-efendi nu e omul care să poată observa și înțelege asemenea lucruri. Fire nestăpânită și brutală, fanatic cu nervi bolnavi, el își pierde ușor răbdarea și cumpătul și se repede la fiecare semn de îndoială sau de șovăire de parc-ar avea în față un neamț. Hogea ăsta îl scoate din sărite, așa că-i răspunde cu mânie stăpânită, doar prin generalități și vorbe mari. Ostașii se duc încotro trebuie și cu ce mijloace au. Lucrul de căpetenie e ca dușmanul să nu fie lăsat să intre în țară, fără luptă, și cine pune multe întrebări întârzie izbânda și-l ajută pe dușman. Până la urmă, peste măsură de înfuriat, Osman-efendi răspunde cu un dispreț aproape vădit la fiecare întrebare pusă de hoge: „A venit vremea să murim", „Vrem să ne dăm capetele", „Vom pieri toți, până la unul".

— Vasăzică așa! îl întrerupse hogea. Și eu care credeam că vreți să-i goniți pe nemți din Bosnia și că de-aia ne adunați! Păi, dacă e vorba să murim, știm și noi să murim, efendi, chiar și fără tine. Nimic nu-i mai ușor decât să mori.

— Văd că tu nu prea ai chef să mori, i-o reteză scurt Karamanlâi.

— Eu, în schimb, văd că tu ai chef, îi răspunse hogea, răspicat, numai că nu pricep de ce-ţi cauţi tovarăşi pentru sminteala asta.

Apoi ajunseră de la vorbe liniştite la ceartă adevărată, şi Osman-efendi îl făcu pe Ali-hogea ghiaur spurcat şi trădător, dintre cei cărora trebuie să li se reteze scăfârliile, ca şi ghiaurilor spurcaţi, aici, pe kapia, iar hogea nu conteni în a despica firul în patru şi a cere aprig lămuriri şi dovezi, ca şi cum nu i-ar fi auzit ameninţările şi ocara.

Zău, cu greu s-ar fi găsit doi oameni mai nepotriviţi şi făcuţi să se înţeleagă mai anevoie! Nu te puteai aştepta de la ei decât să încâlcească şi mai rău treburile şi să stârnească şi mai mare vrajbă. Dureros lucru, fireşte, dar de neschimbat, fiindcă în clipele când o mulţime omenească e zguduită şi când se iscă prefaceri mari şi de neînlăturat, oamenii de felul ăsta ies uneori în frunte şi conduc treburile de-a-ndoaselea, ori pe un drum greşit. De altminteri, ăsta e un semn al vremurilor tulburi.

Totuşi, beilor şi agalelor cearta le-a prins bine, fiindcă aşa participarea lor la răscoală n-a fost hotărâtă, şi nici n-au fost siliţi să-şi spună neîntârziat părerea. Fierbând de mânie şi ameninţând în gura mare, Osman-efendi a plecat a doua zi cu câţiva dintre oamenii lui, pe urmele muftiului, spre Sarajevo.

Veştile care sosiră în luna aceea îi întăreau tot mai mult pe bei şi pe agale în părerea lor, că lucrul cel mai bun e să-ţi păzeşti oraşelul şi casa ta.

Pe la jumătatea lui august, austriecii intrară în Sarajevo. Puţin după aceea avu loc nefericita luptă de la Glasinaţ. Ea a însemnat totodată şi sfârşitul oricărui fel de împotrivire. De-a lungul drumului stâncos de pe Lieska, prin Okolişte, începură să coboare în oraşel resturile detaşamentelor turceşti, învinse. Veneau de-a valma ostaşi din armata regulată care, în ciuda ordinului sultanului, luaseră parte, pe pielea lor, la lupta de rezistenţă, şi răsculaţi de prin partea locului. Ostaşii se mulţumeau doar să ceară pâine şi apă şi să întrebe încotro e drumul spre Uvaţ, dar răsculaţii erau oameni îndârjiţi şi războinici, nepotoliţi de înfrângere. Înnegriţi, prăfuiţi şi rupţi, ei răspundeau răstit la întrebările turcilor paşnici din Vişegrad şi se pregăteau să sape tranşee şi să apere trecerea Drinei şi podul.

Și, o dată mai mult, a dovedit Ali-hogea ce poate: neîncetat și neținând seama de nimeni, el arăta că orășelul nu e în stare să se apere și că apărarea n-avea nici un rost de vreme ce neamțul a și încercuit Bosnia de la un capăt la altul. Răsculații știau și ei asta, dar nu voiau s-o recunoască, fiindcă îi scoteau din sărite și-i înfuriau oamenii aceștia curățel îmbrăcați, bine hrăniți, care își păstraseră neatinse casele și ogoarele, ferindu-se cu istețime și cu lașitate de răscoală și de luptă. Tocmai atunci se ivi din nou Osman Karamanlâi-efendi, ca un ieșit din minți, și mai palid, și mai slab, și mai bătăios, și mai năvalnic decât înainte. Osman-efendi era unul din oamenii pentru care nu există înfrângere. Nu vorbea decât de rezistență, pretutindeni și cu orice preț, și-i da zor cu nevoia de a muri. În fața râvnei lui turbate, toți se fereau și se trăgeau deoparte, în afară de Ali-hogea. El îi dovedi bătăiosului Osman-efendi, fără pic de răutate, rece și fățiș, că răscoalei i se întâmplase ce-i prorocise el, cu o lună în urmă, chiar pe kapia. Îl sfătui să plece cât mai repede cu putință, împreună cu oamenii lui, spre Plevlie, ca să nu facă din rău mai rău. Hogea era acum mai puțin certăreț și se purta cu grijă îndurerată și cu înduioșare față de Karamanlâi, de parcă l-ar fi crezut bolnav. Căci, în adâncul sufletului, deși părea plin de-atâta vigoare, hogea era adânc mâhnit din pricina apropiatei năpaste. Era nenorocit și întristat așa cum poate fi numai un musulman adevărat când vede cum se apropie fără milă o putere străină căreia, știe el, bătrâna rânduială islamică n-o să i se poată împotrivi multă vreme. În vorbele lui răzbătea, fără voie, această mâhnire tainică.

La toate ocările lui Osman Karamanlâi, el răspundea aproape cu tristețe.

— Crezi tu, efendi, că mie îmi e ușor să stau aici, viu, și să-l văd pe neamț în țara mea? Parcă noi n-am înțelege ce ne așteaptă și ce vremuri vin... Știm și noi ce ne doare și ce pierdem; o știm prea bine. Dacă ai de gând să ne-o mai spui și tu, apăi nu era nevoie să mai vii încă o dată și, pe Allah, degeaba te-ai mai pornit din Plevlie încoace. Căci socotelile astea nu le pricepi, văd eu bine. Dacă le-ai pricepe, n-ai fi făcut ce-ai făcut și n-ai vorbi așa cum vorbești. E o năpastă mai mare decât îți închipui tu, efendi dragă; leacul eu nu îl cunosc, dar știu că nu se află în povețele tale.

Osman-efendi însă era surd la tot ce nu răspundea patimii sale adânci și sincere de a lupta, și-l ura pe hogea ăsta ca pe neamțul împotriva căruia se ridicase. Așa se întâmplă câteodată: când dușmanul, mai puternic și mai numeros, se apropie, în ajunul marilor înfrângeri, în poporul osândit se iscă uri fratricide și tulburări lăuntrice. Nemaigăsind cuvinte de ocară noi, Osman-efendi îl numea întruna pe Ali-hogea trădător și-l sfătuia în batjocură să se boteze, până nu vin nemții.

— Nu mi s-au botezat nici strămoșii, și nici eu n-o să mă botez. Eu, efendi, nu vreau să mă las botezat de-un neamț, nici să mă las târât în luptă de-un neghiob, îi răspunse hogea liniștit.

Toți turcii mai cu vază din Vișegrad erau de aceeași părere cu Ali-hogea, dar nu toți găseau nimerit s-o spună, sau, în orice caz, n-ar fi spus-o atât de nemilos și de fățiș. Se temeau ei de austriecii care veneau, dar se temeau și de Karamanlâi, care, cu oamenii săi, pusese stăpânire pe orășel. De aceea se închideau în case ori se retrăgeau pe moșioarele din afara orașului, și când nu se puteau feri de întâlnirea cu Karamanlâi și cu oamenii lui, atunci priveau într-o parte și vorbeau cu două înțelesuri, căutând mijlocul cel mai nimerit și calea cea mai potrivită să scape.

Pe micul podiș din fața ruinelor caravanseraiului, Karamanlâi ținea adunări nesfârșite, de dimineață până seara. Aici sosea și de-aici pleca întruna o mulțime pestriță: oameni de-ai lui Karamanlâi, sau alții care veneau, întâmplător, să-l roage ceva pe noul stăpân al orășelului, sau trecători pe care cei răsculați îi aduceau mai mult sau mai puțin cu sila ca să-l asculte pe mai-marele lor. Iar Karamanlâi vorbea și vorbea, neîncetat. Și când îi spunea câte ceva unuia, țipa de parcă le-ar fi vorbit la sute de oameni. Era și mai palid, își rotea necontenit ochii al căror alb bătea din ce în ce mai mult în galben, iar în colțurile gurii i se îngrămădea o spumă albă. Unul dintre localnici îi vorbi despre credința populară musulmană privitoare la șeicul Turkania, mort aici în vremuri străvechi, pe când oprea oștirile ghiaure să treacă Drina și care acum se odihnește în mormântul lui, pe malul celălalt, chiar deasupra podului, dar el se va scula, fără îndoială, în clipa când primul ostaș ghiaur va pune piciorul pe pod. Karamanlâi se legă imediat, cu patimă, nebunește, de credința aceasta, înfățișând-o oamenilor ca pe un ajutor neașteptat și adevărat:

— Fraților, podul ăsta este dania pioasă a vizirului. E scris că puterea ghiaură nu poate să-l treacă. Nu-l apărăm numai noi, ci și „el“, pe care nici plumbul nu-l atinge, nici sabia nu-l taie. La venirea dușmanului, el se va ridica din mormânt, va sta drept în mijlocul podului și-și va desface brațele, iar nemților, când îl vor vedea, li se vor muia genunchii, li se va veșteji inima în ei fără de veste și se vor îngrozi într-atât, încât nici nu vor mai putea să fugă. Fraților turci, nu vă împrăștiați, veniți cu mine pe pod!

Așa striga Karamanlâi în fața mulțimii adunate. Țeapăn, în minteanul lui negru și învechit, cu brațele desfăcute larg, arăta cum va sta „el“, și semăna cu o cruce înaltă, neagră și subțire, cu un fes în vârf.

Toate astea le știau turcii din Vișegrad mai bine chiar decât Karamanlâi, fiindcă fiecare dintre ei auzise și istorisise în copilărie de nenumărate ori povestea despre șeicul Turkania, dar nu vădeau nici cea mai mică dorință să-și amestece viața cu poveștile și să pună temei pe ajutorul morților acolo unde nici o ființă vie nu-i mai putea scăpa. Ali-hogea, care nu se îndepărta de lângă dugheana lui, dar afla de la oameni tot ce se vorbește și se întâmplă în fața hanului de piatră, clătina doar, trist și compătimitor, din cap.

— Știam eu că neghiobul ăsta n-o să-i lase în pace nici pe vii și nici pe morți. *Allah selamed olsun* - Allah să ne-ajute!

Iar Karamanlâi, neputincios față de dușmanul real, își revărsa mânia pe Ali-hogea. Amenința, zbiera și se jura că înainte de-a fi silit să părăsească orășelul îl va țintui pe căpățânosul de hoge pe kapia, ca pe un viezure, să-i aștepte așa pe nemții împotriva cărora n-a vrut să lupte și nici pe alții nu i-a lăsat s-o facă.

Toată cearta asta au întrerupt-o austriecii, când s-au ivit la poalele muntelui Lieska. Se văzu atunci că, într-adevăr, orășelul nu se putea apăra. Karamanlâi părăsi ultimul Vișegradul, lăsând pe micul podiș din fața caravanseraiului amândouă tunurile de tuci pe care le cărase până acolo. Dar, înainte de-a se retrage, își duse la îndeplinire amenințarea: porunci unuia dintre oamenii săi, un potcovar înalt cât un munte și cu creier de păsărică, să-l lege pe Ali-hogea, și așa, legat, să-i țintuiască urechea dreaptă de grinda de stejar care mai rămăsese din reduta de odinioară, prinsă între două trepte de piatră, pe kapia.

În învălmășeala și spaima care năpădiseră piața orășelului, auziră cu toții porunca asta rostită cu glas tare, dar nu-i trăsni prin minte nimănui că va trebui dusă la îndeplinire întocmai cum fusese dată. Câte nu se spun, și câte vorbe mari și ocări usturătoare nu se aud în astfel de împrejurări! Așa și acum. Mai întâi de toate, lucrul părea de necrezut. Mai degrabă trebuia socotit drept o amenințare, o jignire, sau ceva de soiul ăsta. Nici Ali-hogea nu-l luă în serios. Și fierarul însuși, căruia i se poruncise să-l îndeplinească și care meșterea ceva la tunuri, părea că șovăie și că stă pe gânduri. Dar vorba că hogea trebuia țintuit pe kapia fusese aruncată și mințile acestea tulburate și amărâte cântăreau acum sorții și putința înfăptuirii sau neînfăptuirii unei asemenea crime. O să se înfăptuiască... n-o să se înfăptuiască... Mai întâi, porunca li se păru celor mai mulți așa cum și era de fapt, adică fără nici un rost, mârșavă și cu neputință de îndeplinit. Dar în clipele acelea de neliniște, ceva trebuia înfăptuit, ceva mare, neobișnuit, și ăsta era singurul lucru care putea fi făcut. N-o să fie înfăptuit... O să fie înfăptuit! Gândul ăsta prindea tot mai mult temei și devenea, cu fiecare clipă, cu fiecare mișcare, tot mai cu putință și mai firesc. De ce să nu fie? Doi inși l-au și apucat pe hogea, care de altfel nici nu prea se apără. Îi leagă mâinile la spate. Toate astea sunt încă departe de actul atât de groaznic și de nebunesc. Dar se apropie, din ce în ce mai mult. Potcovarul, ca și cum s-ar fi rușinat deodată de slăbiciunea și de șovăiala lui, își scoate, nu se știe de unde, ciocanul cu care a meșterit până mai adineauri la tunuri. Gândul că nemții și ajunseseră acolo, că se aflau doar la o jumătate de oră de mers îi dădu potcovarului tăria și curajul să îndeplinească porunca până la capăt. Și tot din gândul ăsta chinuitor își trăgea hogea nepăsarea sfidătoare față de orice și chiar față de osânda nedreaptă, nebunească și mârșavă la care era supus.

Și astfel, în câteva clipe, se întâmplă ceea ce în fiecare dintre clipele acelea, luate în parte, părea cu neputință și de necrezut. Nimeni nu socoti fapta drept bună sau cu putință de săvârșit, și totuși, fiecare, cât de puțin, luă parte la ducerea lui Ali-hogea pe pod și la țintuirea urechii lui drepte în rămășița de grindă de pe kapia. Iar când se risipiră cu toții în fața nemților care coborau spre orășel, hogea rămase în poziția aceea neobișnuită, chinuitoare și caraghioasă, osândit să stea în genunchi, fără să se clintească, fiindcă cea mai mică mișcare îi pricinuia dureri și amenința să-i smulgă urechea, care i se părea grea și mare cât un munte. Țipa, dar nu se găsea nimeni să-l audă și să-l scape din starea aceea cumplită, căci tot ce era suflet viu se pitise prin case sau se risipise prin sate de teama și a nemților care soseau, și a răsculaților care băteau în retragere. Orașul părea fără viață și podul pustiu, ca și cum moartea ar fi șters totul. Nu mai e nimeni să-l ajute: Ali-hogea stă singur, nemișcat și ghemuit, pe kapia, cu obrazul lipit de grindă, gemând de durere. Dar chiar în starea asta își frământă mintea și caută noi dovezi împotriva lui Karamanlâi.

Austriecii se apropiau încet. Avangărzile lor văzură, de pe celălalt mal, în fața caravanseraiului, lângă pod, cele două tunuri și se opriră de îndată ca să-și aștepte tunurile lor de munte. Spre prânz, zvârliră dintr-o pădurice asupra caravanseraiului părăsit câteva obuze, pricinuind pagube hanului care și așa abia se mai ținea pe temeliile lui, și sparseră zăbrelele acelea neobișnuit de frumoase, așezate la ferestre și tăiate dintr-o singură bucată de piatră moale. Abia când nimeriră și dădură peste cap amândouă tunurile turcești, văzând că sunt lăsate în voia soartei și că nimeni nu răspunde, nemții încetară focul și începură să se apropie, cu mare grijă, de pod și de orășel.

Niște honvezi unguri ajunseră pe kapia, pășind încet și ținând puștile în poziție de tragere. Dar se opriră uluiți când dădură cu ochii de hogea ghemuit acolo. Iar bietul hoge, de teama obuzelor care îi treceau șuierând pe deasupra capului, uitase pentru o clipă durerea ce i-o pricinuia urechea țintuită. Când îi văzu pe ostașii dușmani cu puștile ațintite înainte, hogea începu să geamă dureros și prelung, socotind că limba asta o înțelege oricine. Auzind vaietele, honvezii se feriră să tragă; și pe când unii dintre ei înaintau pas cu pas pe pod, alții rămaseră lângă hoge, privindu-l îndeaproape și neputând să priceapă ce-i cu el. Abia după sosirea unui sanitar găsiră niște clești și-i scoaseră cu grijă cuiul, un cui dintre acelea cu care se potcovesc caii, și-l eliberară pe osândit. Ali-hogea era atât de înțepenit și de istovit, încât se prăbuși pe treptele de piatră, gemând și văietându-se întruna. Sanitarul îi unse urechea cu un lichid usturător. Printre lacrimi, hogea vedea, ca într-un vis, pe brațul stâng al ostașului o bandă lată și albă și pe ea o cruce mare, din postav roșu. Numai atunci când te scutură frigurile poți avea coșmaruri atât de groaznice și de înspăimântătoare! Crucea îi înota și i se oglindea în lacrimi ca un spectru uriaș, acoperind totul în jur. Apoi ostașul îi pansă rana și peste pansament îi puse *akhmedia*[1] sa. Astfel, cu capul bandajat, cu șalele frânte, hogea se ridică și rămase câteva clipe rezemat de parapetul de piatră al podului. Se liniștea și își revenea greu.

În fața lui, pe partea cealaltă a kapiei, chiar sub inscripția turcă săpată în piatră, un ostaș lipea un afiș mare, alb. Deși îi vuia capul de durere, hogea nu putu să-și învingă curiozitatea lui înnăscută și să nu se uite pe afișul alb. Era proclamația generalului Filipovici, în limbile sârbă și turcă, adresată locuitorilor Bosniei și Herțegovinei cu prilejul intrării armatei austriece în Bosnia. Astupându-și ochiul drept, Ali-hogea silabisi textul turcesc, alegând numai frazele tipărite cu litere mai mari și mai groase:

„Locuitori ai Bosniei și Herțegovinei!

Armata împăratului Austriei – rege al Ungariei – a trecut granița țării voastre. Ea nu vine ca un dușman, să cucerească țara cu forța. Vine ca prieten, pentru a pune capăt tulburărilor care de ani de zile neliniștesc nu numai Bosnia și Herțegovina, ci și zonele de frontieră ale Austro-Ungariei.

Împăratul-Rege nu putea privi multă vreme cum forța brutală și dezordinea domnesc în vecinătatea ținuturilor Lui, cum sărăcia și jalea bat la granițele țărilor Lui.

El a atras atenția puterilor străine asupra situației voastre și un consiliu al națiunilor a hotărât în unanimitate ca Austro-Ungaria să vă redea pacea și bunăstarea pe care de multă vreme le-ați pierdut.

Majestatea-Sa Sultanul, a cărei inimă vă dorește binele, s-a simțit îndemnat a încredința ocrotirea voastră puternicului său prieten Împăratul-Rege.

Împăratul-Rege ordonă ca toți fiii acestei țări să se bucure de aceleași drepturi după lege, iar viața, credința și bunurile tuturor să fie apărate.

1. Fes dintr-o țesătură albă, purtat de hoge.

Locuitori ai Bosniei şi Herţegovinei! Puneţi-vă cu încredere sub ocrotirea glorioaselor stindarde austro-ungare. Întâmpinaţi-i pe ostaşii noştri ca pe nişte prieteni, supuneţi-vă autorităţilor, reîntoarceţi-vă la treburile voastre, roadele muncii vă vor fi ocrotite".

Hogea citea cu glas tare, frază după frază, întrerupându-se mereu; nu înţelegea toate cuvintele, dar toate îi pricinuiau durere; era o durere deosebită, cu totul alta decât aceea pe care o simţea la urechea rănită sau în cap şi în şale. Abia acum, din cuvintele astea, „cuvintele Împăratului", înţelese limpede că s-a isprăvit cu el, cu toţi ai lui şi cu tot ce era al lor, că s-a isprăvit o dată pentru totdeauna, dar într-un fel ciudat: ochii văd, gura vorbeşte, omul trăieşte mai departe, dar viaţă, viaţă adevărată nu mai există. Un împărat străin a pus mâna pe ei şi o credinţă străină i-a supus. Asta reiese limpede din vorbele mari şi din ordonanţele încâlcite şi face şi mai limpede durerea grea din piept, mai grea şi mai cumplită decât toate durerile câte se pot închipui. Iar miile de neghiobi, ca Osman Karamanlâi-efendi, nu sunt în stare de nimic şi nu pot schimba nimic. (Aşa continua să se certe hogea, în sinea lui.) „O să pierim cu toţii! Să pierim!" La ce bun zbuciumul, când, iată, a venit pentru om vremea unei astfel de prăbuşiri, încât nici nu poate pieri, nici nu poate trăi, ci putrezeşte ca un bulumac în pământ şi e al tuturor, numai al lui nu. Asta e adevărata, marea năpastă, pe care toţi Karamanlâii de rând nici n-o văd şi nici n-o înţeleg, şi-o fac, prin neînţelegerea lor, şi mai grea, şi mai ticăloasă.

Cufundat în aceste gânduri, Ali-hogea porneşte încetişor pe pod. Nici nu observă măcar că-l însoţeşte sanitarul. Urechea îl doare mai puţin decât ghiuleaua aceea de plumb şi de jale care deodată, după citirea „cuvintelor Împăratului", i s-a cuibărit în mijlocul pieptului. Hogea păşeşte încetişor şi i se pare că n-o să mai treacă niciodată pe malul celălalt şi că podul ăsta, care e mândria orăşelului, şi care, de când a fost ridicat, e strâns legat de familia lui, podul unde a crescut şi unde îşi petrecea viaţa, podul ăsta s-a frânt deodată de la mijloc, acolo, lângă kapia; că afişul mare şi alb, cu proclamaţia austriacă, l-a rupt la mijloc ca o explozie tăcută, şi că acum se află acolo o prăpastie fără fund; că stâlpii singuratici se mai înalţă şi acum la stânga şi la dreapta rupturii acesteia, dar că nu mai există trecere, fiindcă podul nu mai leagă malurile, și fiecare trebuie să rămână veșnic pe partea unde s-a găsit în clipa aceea.

Ali-hogea pășește încetișor, cufundat în gândurile lui amare, și se clatină ca un om greu rănit, iar ochii i se umplu neîncetat de lacrimi. Pășește călcând cu șovăială, ca un cerșetor bolnav care ar străbate podul pentru prima oară ca să intre într-un oraș străin și necunoscut. Niște glasuri îl fac să tresară. Pe lângă el trec câțiva ostași, și printre ei zărește din nou chipul dolofan și zâmbitor al soldatului cu crucea roșie pe braț, care l-a scos de la osândă. Zâmbind mereu, soldatul îi arată pansamentul și-l întreabă ceva, într-o limbă de neînțeles. Hogea se gândește că vrea din nou să-l ajute și, de îndată, își înțepenește spinarea și se încruntă.

— Pot eu și singur, pot eu... N-am nevoie de nimeni.

Și, cu un pas mai viu, mai hotărât, pornește spre casă.

X

Intrarea solemnă și oficială a trupelor austriece avu loc abia a doua zi.

De când exista pe lume, orășelul nu mai cunoscuse o asemenea tăcere. Nici măcar prăvăliile nu fuseseră deschise și, în căldura zilei aceleia însorite, de august, ușile și ferestrele caselor erau zăvorâte. Ulițele erau pustii, ogrăzile și grădinile păreau moarte. În casele turcești domneau deznădejdea și buimăceala, în cele creștine, bănuiala și neîncrederea. Dar pretutindeni se înscăunase teama. Nemților care intrau în oraș le era frică să nu li se întindă curse; turcii se temeau de nemți, și sârbii se temeau de nemți și de turci. Cât despre evrei, ei se temeau de toți. În urechile tuturora mai stăruia încă ecoul canonadei din ajun. Iar dacă oamenii n-ar fi ascultat decât de teama lor, în ziua aceea nimeni nu și-ar mai fi scos nasul pe afară. Dar omul mai are și alți stăpâni. Detașamentul austriac care intrase cu o zi înainte în oraș îi dibuise pe mulazim și pe oamenii lui. Ofițerul care comanda detașamentul îi lăsă mulazimului sabia și-i dădu poruncă să-și facă slujba mai departe și să păstreze ordinea în orășel. Îi mai spuse, de asemenea, că în ziua următoare, cu o oră înaintea prânzului, avea să sosească colonelul-comandant și că localnicii cei mai de vază, adică reprezentanții celor trei credințe, trebuiau să-l întâmpine la intrarea în orășel. Cărunt și resemnat, mulazimul trimise de îndată să-i cheme la el pe Mula Ibrahim, pe Husein-aga, *muderisul*[1], pe popa Nikola și pe rabinul David Levi, și le aduse la cunoștință că ei „ca reprezentanți ai credinței, și ca oameni de vază" trebuie să-l întâmpine mâine, înainte de ora prânzului, pe kapia, pe comandantul austriac, să-i ureze bun venit și să-l însoțească până în piața orășelului.

---

1. Superiorul seminarului, la musulmani.

Cu mult înainte de ora hotărâtă, cei patru „reprezentanți ai credinței" se întâlniră în piața pustie și porniră agale pe drumul spre kapia. Acolo, Salko Hedo, ajutorul ispravnicului, împreună cu un polițai, așternuse un covor turcesc, lung și în culori vii, acoperind treptele și mijlocul jilțului de piatră, unde avea să șadă comandantul austriac. Ei rămaseră pe kapia, un timp, solemni și tăcuți, apoi, nevăzând nici urmă de comandant de-a lungul drumului alb care coboară dinspre Okoliște, se priviră țintă și, ca la o vorbă, se așezară pe partea neacoperită a sofalei de piatră. Popa Nikola își scoase punga lui de tutun și le-o întinse și celorlalți.

Stăteau pe sofa, ca pe vremuri, când, tineri și fără griji, își petreceau timpul pe pod, așa cum făceau toți tinerii. Doar că acum îmbătrâniseră, unul mai mult, altul mai puțin. Popa Nikola și Mula Ibrahim erau bătrâni, iar muderisul și rabinul, oameni în puterea vârstei. Cum stăteau așa, înveșmântați de sărbătoare, nu se gândea fiecare decât la sine și la ai săi. Sub soarele puternic de vară, se priviră îndelung și îndeaproape și fiecăruia i se păru că ceilalți sunt prea îmbătrâniți pentru vârsta lor și prea dărâmați. Fiecare dintre ei își revedea în gând vecinii, așa cum fuseseră în tinerețe sau în copilărie, crescând pe lângă pod, fiecare cu generația lui, mlădiță verde din care nu se știa ce avea să iasă...

Fumau, vorbeau despre una și se gândeau la alta, uitându-se mereu spre Okoliște, spre Okoliște de unde trebuie să se arate comandantul, stăpânitorul lor de-acuma, și care putea să aducă pentru ei, pentru lumea lor, pentru întregul orășel, și binele, și răul, și liniște, și primejdii noi.

Dintre toți patru, popa Nikola era cel mai netulburat, cel mai stăpân pe sine – așa părea cel puțin. Trecuse de șaptezeci de ani, dar era tot ager și voinic. Fecior al vestitului popă Mihailo, căruia îi retezaseră turcii capul chiar aici, pe pod, popa Nikola avusese o tinerețe zbuciumată. Fugise de mai multe ori în Serbia ca să se pună la adăpost de ura și de răzbunarea unor turci. Cu firea lui neîmblânzită și cu purtarea lui, stârnise ura și dorința de răzbunare. Dar anii cei furtunoși trecură și feciorul popii Mihailo se așeză în parohia tatălui său, se însură și se potoli. Vremurile acelea trecuseră de mult și erau uitate („e mult de când mi s-a schimbat firea și de când turcii noștri s-au domolit", spunea în glumă popa Nikola).

De cincizeci de ani își păstorea popa Nikola parohia lui grea și risipită pe graniță. O păstorea cu liniște, și parohia nu cunoscuse alte frământări sau alte năpaste decât cele pe care viața le poartă în ea însăși.

Toată lumea îi spunea „bunicul". Pentru întregul orășel și pentru întreaga regiune, popa Nikola întruchipa biserica sârbă și tot ce poporul numește și socotește drept creștinism.

Popa Nikola era un om înalt și neobișnuit de voinic, fără multă învățătură de carte, dar cu inimă mare, cu mintea sănătoasă și cu sufletul senin și curajos. Zâmbetul lui potolea, liniștea și încuraja, zâmbetul de nedescris și de neprețuit al omului puternic și mărinimos, care trăiește împăcat cu sine însuși și cu toți cei din preajmă. Ochii lui mari și verzi se îngustau câteodată până ajungeau ca un firișor negru din care izbucneau scântei aurii. Astfel rămăsese popa Nikola până la bătrânețe. Așa, înfășurat în scurteica lui din blană de vulpe, cu fața aureolată de barba roșcovană, pe care anii abia dacă i-o argintaseră și care îi acoperea tot pieptul, cu potcapul lui uriaș sub care se răsucea, spre spate, coada împletită și deasă a părului bogat, el străbătea târgul de parcă ar fi fost păstorul orășelului de lângă pod și al întregului ținut muntos nu numai de cincizeci de ani și nu numai al ortodocșilor, ci de la zidirea lumii, când feluritele credințe și feluritele biserici de astăzi nu-i despărțiseră încă pe oameni. Din dughenele de pe o parte și de alta a uliței târgului, negustorii, oricare le-ar fi fost religia, îl salutau. Femeile se dădeau la o parte și, cu fruntea plecată, așteptau ca „bunicul" să treacă. Copiii se opreau din joacă și nu mai strigau, iar cei mai răsăriți dintre ei, temători și solemni, se apropiau de mâna uriașă și grea a „bunicului" ca să simtă o clipă, deasupra capetelor tunse și obrajilor îmbujorați de joc, glasul puternic și voios:

— Să te țină Dumnezeu! Să te țină Dumnezeu, puiule!

Semnul acesta de respect față de „bunic" devenise un obicei străvechi, oarecum moștenit, căci generațiile de localnici îl aveau parcă înnăscut.

Dar o umbră întunecase și viața popii Nikola: n-avea copii. Fără îndoială că asta îl chinuise amarnic, dar nimeni nu-și amintea să fi auzit, fie din gura lui, fie din a preotesei, vreun cuvânt de plângere sau să-i fi citit în ochi vreo licărire de amărăciune. În casa lui se aflau totdeauna cel puțin doi copii înfiați, de-ai rudelor de la țară. Pe copiii ăștia îi țineau până la însurătoare, apoi își luau alții.

Lângă popa Nikola stătea Mula Ibrahim. Înalt, slab și uscat, cu barba rară și cu mustața pleoștită, Mula Ibrahim era de-o vârstă cu popa Nikola. Avea familie numeroasă și avere frumoasă, moștenită de la taică-său, dar era atât de neîngrijit, de prăpădit și de sfios, cu ochii lui ca de copil, albaștri și limpezi, încât semăna mai mult a pustnic sau a derviș rătăcitor, sărac lipit pământului, decât a hoge de Vișegrad, coborâtor din neam mare. Pe Mula Ibrahim îl necăjea o meteahnă: se bâlbâia când vorbea. („Trebuie să nu mai ai nimic de făcut dacă ai de gând să stai de vorbă cu Mula Ibrahim", spuneau localnicii.) Totuși, Mula Ibrahim era vestit cale de șapte poște pentru bunătatea și mărinimia lui. Întreaga lui ființă împrăștia blândețe și seninătate și, de cum îl cunoșteai, îi uitai și înfățișarea, și bâlbâiala. Mula Ibrahim îi atrăgea spre el, ca printr-un farmec, pe toți cei năpăstuiți de boli, de sărăcie sau de alte rele. Lumea venea din cătunele cele mai depărtate ca să-i ceară sfatul. În fața casei lui se aflau totdeauna oameni care îl așteptau. Bărbații și femeile care căutau la el îndemn sau ajutor îl opreau adeseori pe stradă. El nu izgonea niciodată pe nimeni, și nici nu vindea înscrisuri și amulete scumpe, cum făceau alți hogi. Se așeza, de îndată, undeva, pe-aproape, la umbră sau pe-o piatră, mai la o parte; omul îi povestea pe șoptite necazurile lui; Mula Ibrahim îl asculta cu luare-aminte și cu milă; apoi îi spunea câteva vorbe bune, arătându-i totdeauna calea cea mai nimerită de urmat, sau își înfunda mâna slăbănoagă în buzunarul adânc al anteriului și, încredințându-se că nu-l vede nimeni, îi punea în palmă câțiva bani. Când era vorba să ajute vreun musulman, nimic nu i se părea greu, nici respingător, nici cu neputință. Pentru asta, avea totdeauna timp și găsea totdeauna bani. Și atunci nici gângăveala nu-l mai necăjea, căci, tot șușotind cu credinciosul lui aflat la nevoie, uita până și să se bâlbâie. Dacă nu toți oamenii plecau de la el împăcați pe deplin, cel puțin fiecare se simțea pentru o clipă despovărat prin faptul că cineva îi împărtășește necazul de parcă ar fi fost al lui. Prins necontenit de grijile și nevoile fiecăruia, negândindu-se niciodată la el însuși, Mula Ibrahim trăise – așa cel puțin i se părea lui – o viață întreagă sănătos, fericit și în îmbelșugare.

Muderisul din Vișegrad, Husein-efendi, era un om scund și plinuț, încă tânăr, îmbrăcat frumos și curat. Barba lui neagră și scurtă, tunsă cu grijă, îi încadra într-un oval regulat fața albă și trandafirie, cu ochii ca tăciunele, rotunzi. Fiind cărturar, știa multe lucruri și trecea drept un mare învățat, dar el însuși se socotea și mai învățat decât era. Îi plăcea să vorbească și să fie ascultat. Încredințat fiind că are darul vorbirii, îi plăcea să se audă. Își rostea frazele meșteșugit și afectat, cu gesturi studiate, ridicându-și puțin brațele, amândouă la aceeași înălțime, și răsucindu-și întruna pălmuțele albe, îngrijite, cu unghii trandafirii, umbrite de pufușor des, scurt și negru. Și vorbind, se mișca de parcă ar fi fost în fața oglinzii. Muderisul avea cea mai mare bibliotecă din orășel, un lădoi legat în fier, bine încuiat, și plin de cărți, moștenire de la învățătorul lui, vestitul Arap-hogea; iar Husein-efendi nu numai că îngrijea cărțile, ferindu-le de praf și de molii, ci le și citea numai arareori și cu zgârcenie mare. Dar faptul că avea atâtea cărți de preț îl înălța în ochii oamenilor care habar n-aveau ce e o carte și-l ridica în propriii săi ochi. Se știa că el scrie hronicul întâmplărilor celor mai de seamă din orășel. Și asta îl făcea să treacă în fața localnicilor drept un om învățat și ales, fiindcă oamenii socoteau că în felul acesta faima orașului și a fiecărui locuitor în parte se află în mâinile lui. De fapt, cronica nu era nici amănunțită, nici prea primejdioasă. De vreo cinci-șase ani, de când începuse s-o alcătuiască, muderisul abia dacă umpluse vreo patru file dintr-un caiețel; căci socotise că mare parte a faptelor petrecute în orășel nu se cuvenea să intre în hronicul lui, nefiind îndeajuns de interesante și de însemnate. Iată pricina pentru care biata cronică rămăsese la fel de stearpă, la fel de seacă, la fel de goală ca o fată bătrână și încrezută.

Al patrulea dintre „reprezentanții credinței" era David Levi, rabinul din Vișegrad, nepotul vestitului rabin, al bătrânului hagi Liacio, care-i lăsase ca moștenire numele, enoria și averea, dar nimic din înțelepciunea și din măreția lui.

Rabinul Levi era tânăr, mărunțel și palid, cu ochi negri, catifelați și cu privirea tristă, sfios și tăcut din cale-afară. Abia fusese făcut rabin, că se și însurase. Ca să pară mai impunător și mai voinic purta un veșmânt larg și bogat, dintr-o țesătură groasă; fața îi era umbrită de barbă și de mustăți; dar sub toată găteala asta se ghicea un trup plăpând și friguros, iar prin barba neagră și rară se zărea ovalul unui obraz tinerel și bolnăvicios. Rabinul suferea îngrozitor ori de câte ori trebuia să iasă în lume și să ia parte la discuții și la hotărâri, fiindcă se simțea mereu mic, slab și neînsemnat.

Acum, ședeau toți patru la soare și asudau din pricina veșmintelor de ceremonie, mai emoționați și mai îngrijorați decât ar fi vrut să pară.

— Apăi, hai să mai aprindem câte una, doar timp e berechet, fir-ar să fie! Că doar omul ăsta n-o fi pasăre, să se așeze din zbor pe pod, vorbi popa Nikola, ca unul care a învățat de mult să-și ascundă cu o glumă îngrijorarea și gândurile adevărate, ale lui și ale altora.

Se uitară toți spre drum, către Okoliște, apoi începură să fumeze. Discuția se desfășura încet și cu grijă, învârtindu-se mereu în jurul problemei primirii comandantului. Toți erau de părere că popa Nikola e cel care trebuie să-l salute și să-i ureze bun venit. Tăcut, popa Nikola îi privea pe toți trei, îndelung și cu luare-aminte, încruntându-și sprâncenele și strângându-și pleoapele în așa fel încât ochii-i păreau două șuvițe subțiri din care țâșnea un zâmbet de scântei aurii.

Rabinul cel tânăr murea de frică. Nu mai avea putere nici măcar să împrăștie fumul care i se rotea încetișor și îndelung în barbă și în mustăți. Și muderisul era speriat. Toată priceperea lui de a vorbi frumos, toată demnitatea lui de om învățat îl părăsiseră deodată în dimineața aceea. Și nu-și dădea seama nici pe departe cât e de buimăcit și de înspăimântat, căci înalta părere pe care o avea despre sine îl împiedica s-o vadă. Încerca să țină una din savantele lui cuvântări, cu gesturi măsurate, care lămureau tot, dar pălmuțele lui frumușele îi cădeau în poală, și cuvintele i se încâlceau și i se întrerupeau. Iar el se mira că i-a pierit obișnuita demnitate și se căznea mereu să și-o regăsească, zadarnic însă, ca pe un lucru cu care te-ai deprins și nu-l mai poți dobândi tocmai când ai nevoie de el.

Mula Ibrahim, ceva mai palid decât de obicei, era liniștit, își păstra cumpătul. Din când în când, privirea lui se încrucișa cu a popii Nikola, ca și cum asta ar fi fost pentru ei doi un mijloc de-a se înțelege. Erau amândoi cunoștințe vechi și prieteni din copilărie. Când, în tinerețea lui, popa Nikola avusese necazuri cu turcii din Vișegrad și fusese nevoit să se ascundă și să pribegească, Mula Ibrahim, al cărui tată era atotputernic în oraș, îl ajutase într-o anumită măsură. Mai târziu, când veniseră vremuri mai liniștite pentru orășel, legăturile dintre cele două credințe fiind și ele mai omenești, cei doi, ajunși la vârsta maturității, se împrieteniseră. Își spuneau unul altuia, în glumă, „vecine", căci locuințele lor se aflau la capetele opuse ale orașului. În vremuri de secetă, de revărsări, de molime sau când vreo altă năpastă se abătea asupra localnicilor, ei se străduiau laolaltă, fiecare pentru credincioșii lui. Iar când, în alte împrejurări, se întâlneau pe Meidan sau la Okoliște, ei își urau ziua bună așa cum nicăieri nu o fac un popă și un hoge. În asemenea împrejurări, arătând cu ciubucul în jos, spre orășelul răsfirat de-a lungul râului, popa Nikola găsea adeseori prilejul să spună:

— Pentru toată suflarea ce se târăște și vorbește cu grai omenesc, acolo, jos, răspundem noi doi, eu și cu tine.

— Apăi chiar așa, vecine, recunoștea Mula Ibrahim bâlbâindu-se, cu adevărat răspundem.

(Iar localnicii, care găseau totdeauna prilej să-și râdă de toate, spuneau despre cei ce trăiau în prietenie și bună înțelegere: „se iubesc ca popa cu hogea". Și vorba asta ajunsese zicală.)

Acum, deși nu scoseseră o vorbă, cei doi se înțelegeau de minune. Popa Nikola știa cât îi e de greu lui Mula Ibrahim, iar Mula Ibrahim știa că popii nu-i e ușor deloc. Și se uitau unul la altul, așa cum mai făcuseră de multe ori în viață, de nenumărate ori și cu felurite prilejuri: ca doi oameni care poartă răspunderea tuturor locuitorilor trăitori în orășel, unul al celor ce-și făceau semnul crucii, iar celălalt al celor care se prosternau.

În clipa aceea se auzi tropotul unui cal și răsări un străjer gonind pe-o mârțoagă măruntă. Omul, gâfâind speriat, striga de departe, ca un crainic:

— Iată comandantul! Iată-l, pe calul său alb!

Atunci se ivi de undeva și mulazimul, tot liniștit, plin de bunăvoință și tăcut, ca de obicei.

Dinspre Okolişte se ridica o trâmbă de praf.

Oamenii aceştia, născuţi şi crescuţi în vremurile decăderii turceşti din al XIX-lea veac, nu avuseseră, fireşte, niciodată prilejul să vadă o armată adevărată, puternică şi bine organizată, a unui mare stat. Tot ce putuseră vedea până atunci erau unităţile în neorânduială ale oştirii sultanului, prost hrănite, îmbrăcate ca vai de lume şi plătite din an în Paşte sau, mai rău încă, başbuzuci bosniaci, înrolaţi cu de-a sila, nedisciplinaţi şi fără pic de entuziasm în ei. Şi acum, pentru prima oară, li se arăta în faţă adevărata „putere şi ordine" a unei împărăţii, victorioasă, strălucitoare şi sigură pe sine. O asemenea armată trebuia să le ia ochii şi să le taie glasul. La prima privire aruncată pe harnaşamentele cailor şi pe nasturii de la tunica fiecărui soldat, bănuiai, în spatele husarilor şi al vânătorilor ăstora gătiţi în mare ţinută, reazemul unei ţări puternice, forţa, ordinea şi bunăstarea unei alte lumi. Mare era uimirea, şi adâncă impresia!

În frunte, călăreau doi gornişti, pe cai suri, dolofani. Venea apoi un detaşament de husari, pe cai negri. Bidiviii luceau de curăţenie şi păşeau ca fetele, mărunt şi reţinut. Husarii, cu chipie roşii, fără cozoroace, şi cu piepturile pline de brandenburguri galbene, toţi flăcăi cu feţe rumenite de soare, cu mustăţi în furculiţă, păreau proaspeţi şi odihniţi de parcă abia atunci ieşiseră din cazarmă. În urma lor călărea un grup de şase ofiţeri, cu colonelul în frunte. Toate privirile se aţintiră asupra lui. Colonelul avea un cal mai înalt decât al celorlalţi, musculos şi subţire, cu un gât neobişnuit de lung şi de arcuit. La oarecare depărtare în urma ofiţerilor venea o companie de infanterişti, vânători în uniforme verzi, cu pene la chipiele de piele şi cu centuri albe peste piept. Ei închideau zarea şi păreau o pădure în mişcare.

Gorniştii şi husarii defilară călare pe dinaintea feţelor bisericeşti şi a mulazimului şi se opriră în piaţa târgului, rânduindu-se de o parte şi de alta.

Cei patru aşteptau, palizi de emoţie, pe kapia, în mijlocul podului, cu feţele întoarse spre ofiţerii care soseau. Un ofiţer mai tinerel îşi mână calul spre colonel şi-i spuse ceva. Călăreţii îşi încetiniră mersul. Ajuns la câţiva paşi de „reprezentanţii credinţei", colonelul se opri, deodată, şi descălecă. Ca la un semn, ceilalţi ofiţeri descălecară şi ei. Câţiva ostaşi veniră în fugă să ia caii şi să-i ducă mai la o parte.

De cum atinse pământul cu piciorul, colonelul păru altul. Era mărunt, neînsemnat, istovit, neplăcut la înfăţişare şi fioros. Ai fi putut jura că, dintre toţi, el singur se războise şi pentru ceilalţi.

Acum, putea fi văzut aşa cum era în realitate, îmbrăcat simplu, nu prea îngrijit, ba chiar neglijent în comparaţie cu ofiţerii lui, cu obraji ca de lapte şi cu mijlocul încorsetat în tunică. Era imaginea vie a omului care se istoveşte fără socoteală şi se chinuie singur; avea faţa pârlită de soare, năpădită de barbă, ochii tulburi şi neliniştiţi, chipiul înalt, pus cam pe-o ureche, uniforma boţită şi prea largă pentru trupu-i slăbănog, picioarele vârâte în cizme de călărie cu carâmbi scurţi şi moi, nelustruiţi. Călcând crăcănat şi răsucindu-şi cravaşa, el se apropie câţiva paşi. Unul dintre ofiţeri îi dă raportul, arătându-i oamenii aliniaţi în faţa lui. Colonelul îi priveşte scurt, cu ochii lui negri şi mânioşi, cu căutătura pătrunzătoare a unuia care e întruna împovărat de treburi grele şi înconjurat de primejdii mari. Şi, de îndată, se văzu limpede că nici nu ştia să privească altfel.

În clipa aceea începu să vorbească popa Nikola, cu glas liniştit şi adânc. Colonelul săltă capul şi-şi aţinti ochii pe faţa omului acestuia impunător, înveşmântat în sutană neagră. Chipul mare şi paşnic, de patriarh biblic, îi opri o clipă atenţia. Poate că nu înţelegea sau se prefăcea că nu înţelege vorbele bătrânului, dar chipul nu putea să nu i-l vadă. Iar popa Nikola vorbea curgător şi firesc, adresându-se mai mult ofiţeraşului, care trebuia să-i traducă spusele, decât colonelului. În numele feţelor bisericeşti de toate credinţele, aflate acolo, îi aducea mărturie colonelului că ei, laolaltă cu poporul, doreau să se supună de bunăvoie celor acum sosiţi şi să facă tot ce s-o putea ca să păstreze pacea şi ordinea cerute de noua stăpânire. Iar ei cereau ca oştirea să-i ocrotească pe ei şi familiile lor şi să le îngăduie să trăiască în tihnă şi să muncească cinstit.

Popa Nikola vorbi puţin şi încheie brusc. Colonelul, nervos, n-avu când să-şi piardă răbdarea. Dar, în schimb, nu aşteptă până la capăt tălmăcirea ofiţeraşului. Răsucindu-şi cravaşa, îl întrerupse cu o voce tăioasă şi inegală:

— Bine, bine! Vor fi ocrotiţi toţi cei ce se vor purta cum se cuvine. Dar ordinea şi pacea trebuie menţinute pretutindeni. Altfel nu se poate, chiar dacă nu vor ei!

După asta, îşi scutură capul şi porni înainte fără o vorbă de bun găsit, fără o privire. Preoţii se traseră mai la o parte. Colonelul trecu prin faţa lor, urmat de ofiţeri şi de ordonanţele care duceau caii. Nu se mai sinchisi nimeni de „reprezentanţii credinţei", care rămaseră singuri, pe kapia.

Aceştia erau toţi dezamăgiţi; căci şi dimineaţa şi noaptea trecută, când fiecare abia dacă apucase să închidă ochii, se întrebaseră de o sută de ori cum o să arate clipa asta petrecută pe kapia, clipa întâmpinării comandantului oştirii împărăteşti. Şi-o închipuiseră în mii de feluri, fiecare după mintea şi firea lui, şi se pregătiseră la gândul că îi aşteaptă tot ce poate fi mai rău. Unii dintre ei se şi văzuseră surghiuniţi în Germania aceea depărtată, despărţiţi pe veci de casă şi de familie. Alţii îşi aduseseră aminte cele povestite despre Hairudin, care, odinioară, tăia capete chiar aici, pe kapia. Îşi închipuiseră lucrurile în toate felurile, numai aşa cum se desfăşuraseră nu, cu ofiţerul ăsta mărunt dar tăios şi pornit să se mânie din te miri ce, care nu trăia decât pentru război, nu se gândea la el şi nici la alţii, nu privea oamenii şi ţările din preajma lui decât ca pe nişte lucruri sau ca pe nişte mijloace de luptă şi de război; şi se purta ca şi cum s-ar fi războit pe socoteala şi în numele lui. Stăteau aşa, cătând unul la altul, zăpăciţi. Şi fiecare privire părea o întrebare mută: „Mai suntem oare vii? A trecut ceasul cel rău? Ce ne mai aşteaptă? Ce e de făcut?"

Mulazimul şi popa Nikola îşi veniră primii în fire. Hotărâră că „reprezentanţii credinţei" îşi făcuseră datoria şi că nu le mai rămânea decât să se întoarcă la casele lor şi să-i îndemne pe oameni să n-aibă teamă şi să nu fugă, ci să cugete bine la tot ce săvârşesc. Ceilalţi, cu feţele palide şi cu capetele golite de gânduri, primiră hotărârea asta aşa cum ar fi primit oricare altă hotărâre, căci nu mai erau în stare de nimic.

Mulazimul, care nu putea fi clintit din calmul lui obişnuit, porni să-şi vadă de treburi. Poliţaiul strânse covorul cel lung şi multicolor, căruia nu-i fusese hărăzit să primească un comandant. Lângă el stătea Salko Hedo, nesimțitor și rece ca „destinul" însuși. Între timp, „reprezentanții credinței" se despărțiră, fiecare în felul lui și fiecare pe drumul lui. Rabinul porni cu pași măruntei și repezi, dornic să ajungă cât mai repede acasă și să simtă tihna și căldura căminului unde îi trăiau mama și soția. Muderisul se mișca ceva mai agale, adâncit în gânduri. Acum, când trecuse totul, și încă atât de ușor, i se arăta limpede că nu există pricină de spaimă și i se părea că în viața lui, până astăzi, nu se temuse de nimic. Se întreba doar ce însemnătate putea să aibă evenimentul acesta în cronica lui și cât loc să-i dea: vreo douăzeci de rânduri ar ajunge, ba poate că cincisprezece sau chiar mai puține. Și, cu cât se apropia mai mult de casă, cu atât scădea numărul rândurilor. Cu fiecare rând cruțat avea impresia că vede totul în preajmă pierzându-și însemnătatea și micșorându-se, pe când el, muderisul, căpăta mai mult preț și creștea în propriii săi ochi.

Mula Ibrahim și popa Nikola merseră împreună până sub Meidan. Tăceau amândoi, mirați și amărâți de înfățișarea și de purtările colonelului din armata imperială. Se grăbeau amândoi să ajungă cât mai curând acasă și să-i revadă pe-ai lor. În locul unde drumurile li se despărțeau, se opriră o clipă și se priviră în tăcere. Mula Ibrahim își holba ochii și-și mișca buzele de parcă ar fi rumegat mereu același cuvânt pe care nu izbutea să-l rostească. Popa Nikola își regăsi zâmbetul împodobit cu scântei aurii și asta avu darul să-i dea curaj și lui și hogei. Și atunci își rosti gândul, care era și al turcului:

— Sângeroasă treabă și oștirea asta, Mula Ibrahime!

— Bbbbine zici, ssssângeroasă, se bâlbâi Mula Ibrahim, ridicând amândouă brațele; după asta, cu o mișcare a capului și o strâmbătură a feței, își luă rămas-bun de la prietenul său.

Iar popa Nikola, cu pas greoi și târât, ajunse la casa lui, lângă biserică. Nevasta îl întâmpină fără să-l întrebe nimic. Popa se grăbi să-și scoată cizmele, să-și lepede sutana și să-și libereze de sub potcap coada deasă și asudată a părului său roșcovan și cărunt. Apoi se așeză pe-un divan mic și scund. Pe marginea de lemn a divanului, preoteasa îi și pusese un pahar cu apă și o bucățică de zahăr. După ce se răcori, popa aprinse o ţigară şi închise ochii. Dar, în faţa privirii lăuntrice, i se ivea întruna colonelul cel repezit, ca un fulger care te uluieşte şi-ţi ia toată zarea, încât nu-l mai vezi decât pe el, deşi nu-i poţi deosebi chipul. Oftând, popa suflă departe fumul, zicându-şi încetişor, pentru sine:

— Of, ce mai lighioană!... Of, lua-te-ar...!

Din orăşel, răzbăteau până aici, pe-o melodie neobişnuită şi nouă, răpăitul tobelor şi sunetul pătrunzător şi voios al trompetelor detaşamentului de vânători.

XI

Astfel, marea schimbare în viața orășelului de lângă pod se înfăptui fără ca nimeni să fi avut de suferit, în afară de Ali-hogea. După câteva zile, viața își reluă desfășurarea obișnuită și păru, în esență, aceeași. Ali-hogea însuși își reveni și, ca și ceilalți negustori, își deschise iar prăvălia de lângă pod; doar că de-atunci începu să-și poarte turbanul plecat puțin spre dreapta, ca să nu i se vadă cicatricea de la ureche. „Ghiuleaua de plumb“, care i se pusese pe piept când văzuse crucea roșie de pe brațul soldatului austriac și când citise printre lacrimi „cuvintele Împăratului“, de fapt nu-i dispăruse, dar se făcuse mică, abia cât o boabă de mătanie, așa că putea trăi cu această durere. Și-apoi nu era singurul care să-și aibă „ghiuleaua“ în inimă.

Astfel începură vremurile noi, sub ocupația pe care lumea, neputând s-o împiedice, o socotea vremelnică. Câte n-au trecut peste pod în acești primi ani de ocupație! Furgoane militare, vopsite în galben, îl străbăteau în șiruri lungi, huruitoare, cărând hrană, îmbrăcăminte, mobile, unelte și echipamente necunoscute până atunci.

La început, localnicii nu văzură decât armata. Ca apa din pământ, așa izvorau soldații, de după fiecare colț și din fiecare tufiș. Piața era plină de ei și-i găseai pretutindeni, prin toate ungherele orașului. În fiece clipă răsuna țipătul vreunei femei speriate care, în ogradă sau în livadă, dăduse pe neașteptate peste vreun soldat. Arși de soarele a două luni de marșuri și de lupte, fericiți că mai sunt în viață, dornici de odihnă și de plăceri, ei hoinăreau în uniformele lor albastre prin orășel și prin împrejurimi. Pe pod îi găseai la orice oră din zi. Puțini localnici se mai duceau pe kapia, căci era mereu plină de soldați. Acolo stăteau, cântau în felurite limbi, glumeau, cumpărau fructe în chipiele lor albastre cu cozoroace de piele și cu stemă de tinichea galbenă în care erau tăiate inițialele imperiale ale lui Franz Joseph: F.J.I.

Dar, odată cu venirea toamnei, soldații începură să plece. Treptat și pe neobservate, se răreau din ce în ce. Rămaseră doar detașamentele de jandarmerie. Ei își luară în primire locuințele și se pregătiră să rămână pentru totdeauna. În același timp începură să sosească funcționari mai mari sau mai mici cu familiile și cu slugile lor și, după ei, meșteșugari și cunoscători ai unor lucrări și meserii neștiute până atunci la noi. Veniră cehi, polonezi, croați, unguri și nemți.

La început, păreau că sosesc întâmplător, ca și cum i-ar fi adus vântul, ca și cum ar fi venit doar vremelnic, ca să trăiască laolaltă, cu noi, într-un fel sau altul, viața care fusese de totdeauna trăită aici, ca și cum autoritățile civile ar mai fi trebuit să prelungească doar puțin ocupația începută de armată. Cu fiecare lună însă, numărul străinilor creștea. Dar ceea ce îi mira mai mult pe localnici și-i umplea de neîncredere nu era atât numărul lor, cât planurile lor uriașe și de neînțeles, hărnicia lor neistovită și străduința cu care își duceau până la capăt treburile. Oamenii ăștia nu stăteau o clipă liniștiți și nu îngăduiau nimănui să stea; s-ar fi zis că se hotărâseră ca prin rețeaua lor nevăzută, dar din ce în ce mai simțită, rețea alcătuită din legi, regulamente și ordonanțe, să cuprindă toată viața, oamenii, animalele, lucrurile, și să schimbe și să răstoarne totul în preajma lor, înfățișarea exterioară a orășelului, obiceiurile și moravurile localnicilor, de la leagăn până la mormânt. Și toate astea le făceau liniștiți, fără vorbă multă, fără să silească sau să provoace, așa că nimeni nu li se putea pune împotrivă. Dacă, din întâmplare, se loveau de neînțelegerea sau de îndărătnicia cuiva, se opreau de îndată, se sfătuiau undeva, nevăzuți, schimbau numai direcția și metoda de lucru, și duceau mai departe, cu orice chip, ceea ce hotărâseră să facă. Tot ce începeau părea nevinovat, ba chiar fără nici un rost. Măsurau vreun ogor înțelenit, însemnau niște copaci în pădure, cercetau canalele și closetele, cătau la dinții cailor și ai vacilor, verificau măsurile și greutățile, voiau să afle bolile de care suferă poporul, numărul și numele pomilor fructiferi, rasele de oi sau de păsări. (Ai fi zis că se joacă. Toate treburile astea treceau în ochii poporului drept lucruri de neînțeles, ușuratice și zadarnice.) Apoi, deodată, tot ce înfăptuiseră cu atâta râvnă și luare-aminte pierea pe undeva fără să lase urme, de parcă ar fi fost nimicit pentru totdeauna. Dar, peste vreo câteva luni, adeseori chiar după un an întreg, când oamenii uitaseră cu totul lucrul acela, ieșea pe neașteptate la lumina zilei rostul măsurătorilor care păruseră fără nici o noimă și fuseseră uitate de mult. Starostii mahalalelor erau chemați la primărie și li se comunica noua ordonanță cu privire la tăiatul pădurilor, la combaterea tifosului, la felul de vânzare al fructelor și al dulciurilor, la pășunatul vitelor. Și așa, cu fiecare zi venea o nouă legiuire. Și cu fiecare legiuire, fiecare om vedea restrângându-se o părticică din libertatea lui individuală sau lărgindu-i-se obligațiile, dar viața orășelului, a satelor și a tuturor locuitorilor laolaltă era din ce în ce mai cuprinzătoare.

În case însă, și nu numai în cele turcești, ci și în cele sârbești, nu se schimbă nimic. Oamenii trăiau, munceau și petreceau acolo, la fel ca înainte; pâinea era frământată în copaie, cafeaua era prăjită pe vatră, rufele se fierbeau în cazane și se spălau cu leșia care mânca și rănea degetele femeilor; se țesea și se broda la războaie și pe gherghefuri. Datinile vechi ale sărbătorilor și ale nunților se păstrară neștirbite; iar despre obiceiurile noi aduse de străini, localnicii șușoteau ca despre niște lucruri de necrezut și de departe. Într-un cuvânt, în cele mai multe case se muncea și se trăia ca de totdeauna și cum avea să se mai muncească și să se mai trăiască încă vreo cincisprezece-douăzeci de ani după sosirea ocupanților.

Pe de altă parte însă, înfățișarea orășelului se schimba văzând cu ochii. Și, aceiași oameni care în casele lor păstrau vechile obiceiuri și nu se gândeau să le schimbe se împăcau destul de ușor cu răsturnările petrecute în oraș și le primeau, după ce mârâiau și se mirau, mai mult sau mai puțin. Firește, cum se întâmplă pretutindeni în asemenea împrejurări, noul fel de trai însemna, de fapt, un amestec între vechi și nou. Vechile concepții și vechile valori se ciocneau, se împotriveau celor noi, se amestecau sau viețuiau laolaltă, ca și cum ar fi așteptat să vadă care dintre ele va dăinui. Oamenii făceau socoteli la fel de bine în fiorini și în creițari ca și în groși și în parale, măsurau în arșici, în ocale și în dramuri, ca și în metri, în kilograme și în grame, fixau termenele de plăți și livrări după noul calendar, dar mai adesea după obiceiurile vechi: de Sfântul Gheorghe și de Sfântul Dumitru. Potrivit unei legi firești, oamenii se împotriveau unui lucru nou, dar împotrivirea aceasta nu era dusă până la capăt, căci, pentru cei mai mulți, viața are mai multă însemnătate și preț decât forma pe care o îmbracă. Doar cei cu totul deosebiți erau cu adevărat frământați de drama profundă a luptei între învechit și modern. Pentru ei, felul de trai era strâns legat, sudat chiar, cu viața însăși.

Un asemenea om era Șemsi-bei Brankovici din Țărnce, unul dintre beii cei mai înstăriți și mai cu vază din oraș. Avea șase fii, dintre care patru se și însuraseră. Casele lor alcătuiau un cătun întreg, împrejmuit de ogoare, livezi și crânguri. Șemsi-bei era capul recunoscut, ursuz și aspru, al acestei mari comunități. Înalt, încovoiat de ani, purtând un uriaș turban alb țesut cu fir, el cobora în orășel doar vinerea, ca să-și facă rugăciunile la geamie. Din prima zi a ocupației, nu se mai oprea nicăieri în orășel, nu mai vorbea cu nimeni și nu arunca nici măcar o privire în preajmă. În casa lui Brankovici nu cuteza nimeni să aducă cea mai neînsemnată parte de îmbrăcăminte sau încălțăminte nouă, cea mai neînsemnată unealtă sau cuvânt nou. Nici unuia dintre fiii lui, Brankovici nu-i îngăduia să facă ceva care ar fi avut vreo legătură cu noua stăpânire, nici unuia dintre nepoți nu-i îngăduia să meargă la școală. Din pricina asta, întreaga familie suferea. Printre fiii săi se simțea nemulțumirea pricinuită de încăpățânarea bătrânului, dar nimeni nu îndrăznea, nimeni nu putea spune o vorbă sau nu se putea împotrivi măcar cu o privire. Turcii din mahalaua negustorilor, cei care aveau legături de negoț cu cei nou-veniți și se amestecau cu ei, îl salutau pe Șemsi-bei când trecea prin târg cu un respect mut, în care intra și teamă, și admirație, și frământări ale conștiinței. Cei mai bătrâni și mai neînduplecați turci din oraș se duceau la Țărnce adeseori, ca în pelerinaj, ca să se așeze lângă Șemsi-bei și să se sfătuiască cu el. Acolo era locul de întâlnire al celor care, hotărâți să stăruie până la capăt în împotrivirea lor, nu voiau cu nici un preț să se plece în fața realității. De fapt, acolo se țineau consfătuiri îndelungi, cu vorbe puține și care se încheiau fără concluzii practice.

Șemsi-bei, înfofolit și încheiat până-n gât, vara ca și iarna, ședea pe-un covoraș mic și roșu și fuma, înconjurat de musafiri. De obicei, discuția se desfășura, cu multă bună-cuviință, în jurul vreunei noi măsuri de neînțeles și de neîndurat de-a ocupanților sau în jurul turcilor care se împăcau din ce în ce mai mult cu noua stare de lucruri. În fața omului acestuia aspru și demn, simțeau toți nevoia să-și arate amărăciunile, temerile și uimirea. Și fiecare discuție se sfârșea cu întrebarea: „Unde o să ne ducă asta și unde are să se oprească? Cine sunt și ce vor străinii ăștia care par că nu cunosc nici odihnă, nici răgaz, nici măsură, nici hotare? Cu ce scopuri au venit? De unde scot atâtea nevoi, că parcă s-ar naște una din alta, și ce-au să facă cu toate? Ce-i frământarea asta care îi întărâtă ca un blestem și-i îmboldește la toate treburile și lucrările noi, cărora nu li se întrezărește sfârșitul?“

Șemsi-bei îi privea doar și tăcea aproape tot timpul. Fața îi era întunecată, nu de dogoarea soarelui, ci fiindcă i-o întunecau gândurile dinlăuntru. Căutătura îi era aspră, dar pierdută în gol, iar ochii lui tulburi aveau negrul pupilelor încercuit cu dungi alb-cenușii, ca la vulturii bătrâni. Gura lui, mare, cu buze subțiri ca niște fire și strânse tare, se mișca încet, de parcă ar fi cumpănit mereu un același cuvânt pe care nu apuca niciodată să-l rostească.

Și totuși, oamenii plecau de la el mai ușurați parcă, nici mângâiați sufletește, nici domoliți, ci mișcați și înflăcărați de pilduitoarea lui neînduplecare, dârză și deznădăjduită.

Iar când Șemsi-bei cobora iar, vinerea următoare, în târg, îl aștepta o nouă schimbare a oamenilor sau a clădirilor, care nu existase vinerea trecută. Ca să nu fie silit să le privească, el își pleca ochii în pământ, dar și acolo, în noroiul uscat al uliței, vedea urmele copitelor de cai și observa că pe lângă potcoavele rotunjite și pline ale cailor turcești se iveau tot mai des potcoavele îndoite ale cailor nemțești, cu vârfuri ascuțite la capete. Astfel, și acolo, în noroi, privirea lui citea aceeași osândă nemiloasă pe care o vedea pretutindeni, pe chipurile și pe lucrurile din preajmă, osânda vremurilor care nu pot fi oprite în loc.

Dându-și seama că nu mai avea unde să-și ațintească nici privirile, Șemsi-bei încetă să mai calce prin târg. Se retrase cu totul la Țărnce, unde sălășluia ca un cap de familie, tăcut dar aspru și neînduplecat, cumplit față de toți, dar mai cu seamă față de el însuși. Turcii mai bătrâni și mai cu vază din orășel veneau și acum să-l vadă, ca pe niște sfinte moaște aflate în viață. (Iar printre ei, venea mai ales Ali-hogea Mutevelici). Și, în al treilea an de ocupație, muri Șemsi-bei, fără să zacă de boală. Își dădu sufletul fără să rostească vreodată cuvântul acela amar pe care îl cumpănise mereu în gura lui bătrânească și fără să mai pună piciorul în mahalaua negustorească unde totul pornise pe drumuri noi.

Într-adevăr, orășelul își schimba repede înfățișarea, fiindcă străinii doborau copacii, îi sădeau rar, în alte locuri, dregeau drumurile, întocmeau altele noi, săpau șanțuri, ridicau clădiri publice. Din primii ani, ei dărâmară dughenele nealiniate la marginea pavajului, dughene care, la drept vorbind, nu stătuseră niciodată în calea nimănui. Și-n locul dughenelor vechi, cu obloane de lemn, ridicară prăvălii noi, trainice, cu acoperișuri de tablă sau de olane și cu obloane de fier la uși. (Și dugheana lui Ali-hogea ar fi trebuit să cadă jertfă măsurilor acestora, dar hogea se împotrivi cu atâta dârzenie, merse la judecăți și făcu tot ce se putea face, că până la urmă izbuti ca dugheana lui să rămână așa cum era și la locul unde se afla.) Piața târgului fu lărgită și nivelată. Se ridică un nou *konak*, clădire mare în care trebuia să se instaleze judecătoria și administrația ținutului. Cât privește armata, ea lucra pe seama ei, și mai repede și mai fără cruțare decât autoritățile civile. Se ridicau barăci, se desțeleneau, se plantau și se schimbau la înfățișare coline întregi.

Bătrânii din oraș nu se puteau obișnui și nu mai conteneau cu mirarea. Și tocmai când își închipuiau că avântul de neînțeles se apropie de sfârșit, străinii începeau o nouă lucrare și mai ciudată. Localnicii se opreau și priveau lucrările astea, însă nu cum fac copiii cărora le place să se uite la munca oamenilor mari, ci, dimpotrivă, ca niște oameni mari care se opresc o clipă ca să arunce o privire la jocurile copiilor. Dar nevoia neîncetată a străinilor de-a tot face și desface, de-a tot săpa și zidi, de-a întocmi și de-a schimba, dorința lor neîncetată de-a preîntâmpina acțiunea forțelor naturii, de-a scăpa său de a se feri de ele, asta nimeni de-aici n-o înțelegea nici în ruptul capului și nu știa s-o prețuiască. Dimpotrivă, toți vișegrădenii, și mai cu seamă bătrânii, o socoteau drept ceva nesănătos și vedeau în ea un semn rău prevestitor. Orașul, după a lor părere, trebuia să păstreze neschimbată înfățișarea tuturor orășelelor orientale: ce se strica să se dreagă, ce se prăbușea să se sprijine; dar înainte și în afară de asta, nimeni, fără să fie silit, și cu planuri sau cu tot soiul de întocmeli, să nu înceapă lucrări, să nu se atingă de temeliile clădirilor și nici să schimbe înfățișarea pe care Dumnezeu o lăsase orășelului.

Străinii însă își duceau cu bine lucrările la capăt, una după alta, cu grabă, și stăruință, după planuri necunoscute și bine chibzuite, spre uimirea din ce în ce mai mare a vișegrădenilor.

Astfel, într-un chip cu totul neașteptat pentru oamenii noștri, veni și rândul caravanseraiului lăsat în plata Domnului și dărăpănat, și care, cu trei veacuri în urmă, alcătuia un tot cu podul. La drept vorbind, ceea ce se numea „hanul de piatră" ajunsese de mult o ruină. Porțile îi putreziseră, zăbrelele dantelate, tăiate în piatră moale și așezate la ferestre, erau acum sparte, acoperișul se prăbușise înlăuntrul clădirii; din el creștea un salcâm cât toate zilele și o grămadă de tufe și de buruieni fără nume; dar zidurile din afară rămăseseră încă întregi și-și înălțau dreptunghiul lor de piatră albă, armonios clădită. În ochii localnicilor, de când se nășteau și până mureau, astea nu întruchipau ruine obișnuite, ci, ca o împlinire a podului, trup din trupul orășelului, asemeni caselor în care se născuseră ei, și niciodată nu-i trăsnise nimănui prin gând, nici chiar în vis, că s-ar putea atinge cineva de hanul cel vechi și că ar trebui schimbat acolo ce nu schimbase vremea și natura. Dar într-o bună zi veni și rândul hanului. Mai întâi, inginerii măsurară și iar măsurară în preajma ruinelor, apoi se iviră meșterii și salahorii care începură să scoată piatră după piatră, speriind și gonind păsările de toate soiurile și animalele mărunte care se cuibăriseră acolo. În câteva zile, pe platoul pleșuv de deasupra pieței nu se mai vedea nici urmă de ziduri, iar din han nu mai rămase decât un morman de pietre puse una peste alta.

Iar peste un an și ceva, în locul caravanseraiului de piatră albă de odinioară se ridică o cazarmă cu un cat, înaltă și greoaie, văruită în albastru-deschis, acoperită cu tablă cenușie și împrejmuită cu metereze. Pe platoul lărgit, soldații făceau instrucție cât era ziua de mare și, ca niște mucenici, la comenzile tunătoare ale caprarilor, își desfăceau mâinile și picioarele și cădeau cu gura în praf, ca nenorociții. Iar seara, prin numeroasele ferestre ale clădirii ăsteia urâte răsunau silabele cântecelor războinice și de neînțeles, însoțite de acordurile armonicii. Și o țineau așa, până ce sunetul ascuțit al trompetei, care, cu melodia ei tristă, făcea să urle toți câinii din orășel, punea capăt hărmălăii din cazarmă și ultimelor lumini de la ferestre. Astfel pieri frumoasa danie pioasă a vizirului și tot astfel cazarma, căreia oamenii, credincioși tradiției, îi spuneau „hanul de piatră", își începu viața pe platoul de lângă pod, nepotrivindu-se nici cât negru sub unghie cu tot ce o împrejmuia.

Podul era acum izolat pe de-a-ntregul.

La drept vorbind, pe pod se petrecuseră lucrurile care făcuseră să se ciocnească obiceiurile neschimbate ale oamenilor din partea locului cu noutățile aduse de străini și de orânduirea lor; iar în ciocnirile astea, se întâmplase că tot ce era vechi, tot ce era băștinaș se văzuse mereu osândit să dea înapoi și să se adapteze.

În ce-i privește pe oamenii noștri, viața pe pod se scurgea mai departe, mereu aceeași. Se putea vedea doar că acum sârbii și evreii veneau din ce în ce mai nestânjeniți pe kapia, din ce în ce mai mulți și la orice oră, fără să țină seama, ca pe vremuri, de turci, de tabieturile și de privilegiile lor. Altminteri, toate mergeau după vechile obiceiuri. În timpul zilei stăteau acolo precupeții și oamenii de afaceri care ieșeau în întâmpinarea țăranilor și cumpărau lână, păsări și ouă; pe lângă ei se învârteau o droaie de pierde-vară care se mutau, odată cu soarele, de la un capăt la altul al orășelului. Spre seară, ceilalți orășeni veneau de la treburile lor ca să mai stea puțin de vorbă sau să privească în tăcere nesfârșitul râu verde, mărginit de sălcii pitice și de grămăjoare de nisip. Iar noaptea podul era al flăcăilor și al bețivanilor care nu știuseră niciodată și nu știau nici acum cât se cuvine să stai și cum se cuvine să te porți.

Viața de noapte suferise, cel puțin la început, unele schimbări, care iscaseră nemulțumiri. Noua stăpânire introdusese în orășel iluminatul permanent. Încă din primii ani, pe ulițele principale și la răspântii fuseseră puși niște stâlpi verzi, cu felinare, în care ardeau lămpi cu petrol. (Felinarele le ștergea, le umplea și le aprindea Ferhat-lunganul, un biet calic, cu o casă plină de copii; Ferhat fusese mai înainte slugă la primărie, având în grijă aprinderea artificiilor la sărbătoarea Ramazanului și alte asemenea treburi, fără leafă sigură și fixă). Podul fu astfel luminat în mai multe locuri și chiar pe kapia. Stâlpul care ținea felinarul acolo era prins în grinda de stejar rămasă din reduta de altădată. Felinarul de pe kapia trebuise să se războiască multă vreme cu obiceiurile chefliilor și ale celor cărora le plăcea să cânte, să fumeze și să stea la taifas pe întuneric, ca și cu pornirile sălbatice ale tinerilor la care se amestecau și se ciocneau aleanul dragostei, singurătatea și rachiul. Pe ei, lumina asta pâlpâitoare îi supăra și de nenumărate ori felinarul și lampa cădeau în țăndări. Felinarul de pe kapia pricinuise multe amenzi și pedepse. La un moment dat, un polițai fusese pus anume să-l păzească. Și astfel, oaspeții nocturni de pe kapia se pomeniră cu un martor viu, cu mult mai supărător decât felinarul. Dar vremea învinse; generațiile noi se obișnuiră treptat și se împăcară atât de bine cu lumina încât își dădură frâu liber simțămintelor nocturne sub slaba pâlpâire a felinarului și nu mai aruncară în el, de fiecare dată, cu pietre, cu bețe sau cu ce le cădea sub mână. Această adaptare se săvârși mai ușor și datorită faptului că în nopțile cu lună plină, când kapia era cu osebire căutată, de obicei nu se aprindeau felinarele.

Doar o dată pe an era silit podul să îndure o iluminație măreață. În ajunul zilei de 18 august, în fiecare an, pentru aniversarea nașterii împăratului, autoritățile împodobeau podul cu ghirlande de frunze și cu șiraguri de brazi tineri, iar la căderea nopții erau aprinse mănunchiuri întregi de felinare și de lampioane: sute de cutii de conserve militare din tinichea, umplute cu seu și cu stearină, așezate în șiruri lungi, aruncau flăcări pe fiecare parte a podului. Ele luminau mijlocul podului, în timp ce marginile și stâlpii de care era sprijinit zăceau în beznă, astfel încât partea luminată părea că plutește în aer. Dar nici o lampă nu arde o veșnicie și orice zi de sărbătoare are un sfârșit. Chiar de-a doua zi, podul devenea iar cum fusese mai înainte. Nu le rămânea copiilor din generația de-atunci decât priveliștea nouă și neobișnuită a podului scăldat în jocul trecător al luminilor, priveliște însuflețită și impresionantă, dar scurtă și fugară ca un vis.

În afară de iluminarea permanentă, noua stăpânire mai adusese pe kapia și curățenia, adică, mai bine zis, un soi de curățenie într-adevăr deosebit și potrivit cu concepțiile ei. Cojile de fructe, semințele de pepeni și cojile de alune și de nuci nu mai zăceau acum cu zilele de-a lungul lespezilor, până se îndura să le care ploaia sau vântul. Totul era măturat în fiecare dimineață de un măturător pus anume pentru treaba asta, și, până la urmă, nu se supărase nimeni, fiindcă oamenii se împacă și cu păstrarea curățeniei, chiar când nu-i născută din nevoile și din deprinderile lor, cu singura condiție, firește, să nu fie ei nevoiți s-o facă.

Și mai era o noutate adusă de ocupație: pentru prima dată de când exista kapia, începură să vină aici femei. Nevestele și fiicele funcționarilor, slujnicele și doicile zăboveau ca să pălăvrăgească sau se așezau acolo, în zilele de sărbătoare, însoțite de cavaleri militari sau civili. Asta nu se întâmpla prea des, dar era de ajuns ca să-i necăjească pe bătrânii veniți acolo, deasupra apei, ca să-și fumeze ciubucul în tihnă și-n tăcere, și ca să-i zăpăcească și să le dea fiori celor tineri.

Existase, firește, dintotdeauna, o anumită legătură între kapia și partea femeiască din orășel, dar legătura asta se mărginea la faptul că tinerii aruncau câte o vorbă măgulitoare fetelor care treceau peste pod, sau își dădeau glas înflăcărării și necazurilor inimii, sau se luau la harță pentru vreo femeie, sau spuneau ce au împotriva lor, căutând să se lecuiască de ele. Nenumărați erau singuraticii care ședeau aici cu orele și cu zilele, cântând încetișor („numai pentru sufletelul lor"), fumând, sau, pur și simplu, privind, muți, apele repezi, plătind astfel obolul înflăcărării aceleia căreia îi cădem pradă cu toții și doar puțini scăpăm de ea. Acolo s-au hotărât și s-au pus la cale destinele multor potrivnici din rândurile tinerilor; acolo au fost zămislite multe urzeli de dragoste. Patimi fără număr s-au aprins pe kapia și tot atât de multe s-au stins. Oricum însă, niciodată femeile, ca atare, nu se opriseră și nu se așezaseră pe kapia, nici creștinele și cu atât mai puțin musulmanele. Acum, totul se schimbase.

Duminicile și în zilele de sărbătoare, puteau fi văzute pe kapia bucătărese cu fețe dolofane, strânse în talie, cu cocoloașe de grăsime revărsate peste și pe sub corsetul care le tăia respirația. Lângă ele stăteau sergenții, în uniformele lor bine periate, cu nasturi de metal strălucitori, cu găitane roșii și cu eghileți de tiraliori pe piept. Iar în zilele de lucru, mai spre seară, funcționarii și ofițerii cu soţiile lor ieşeau la plimbare, se opreau pe kapia, discutau în limbajul lor de neînţeles, râdeau tare şi se mişcau în voie.

Femeile acestea, care nu trebuiau să muncească şi care se mişcau libere şi voioase, înfăţişau o privelişte mai mult sau mai puţin ciudată pentru toată lumea. Localnicii se mirară şi strâmbară din nas un timp, apoi începură să se obişnuiască şi cu asta, aşa cum se obişnuiseră cu atâtea altele, deşi nu se învoiseră cu ele.

În genere, se poate spune că toate schimbările petrecute pe pod erau neînsemnate, nu mergeau în adânc şi erau de scurtă durată. Numeroasele prefaceri importante pătrunse în spiritul şi în obiceiurile localnicilor şi în aspectul exterior al orăşelului parcă trecuseră pe lângă pod fără să-l atingă. Părea că bătrânul pod alb, peste care se scurseseră fără să lase urme sau cicatrice trei veacuri de-a rândul, rămânea acelaşi, chiar sub noul împărat, şi că avea să învingă şi iureşul acesta de noutăţi şi de schimbări, aşa cum învinsese de totdeauna cele mai mari revărsări, ieşind de fiecare dată nepătat şi alb, ca un prunc nou-născut, din puhoiul întunecat al apelor care îl năpădiseră.

XII

Astfel, viața pe kapia devenise și mai însuflețită și mai felurită. Acum, tot timpul zilei și chiar la anumite ore din noapte, mulțimea asta numeroasă și pestriță, localnicii și străinii, tinerii și bătrânii ședeau acolo. Fiecare nu se sinchisea decât de grijile lui și era prins cu totul de gândurile, de plăcerile și de patimile care îl mânau într-acolo. De aceea, nimeni nu dădea atenție trecătorilor care, aduși de alte gânduri și de alte griji, străbăteau podul, cu capetele plecate și cu ochii în gol, fără să se uite nici la dreapta nici la stânga, fără să țină seamă de cei așezați pe kapia.

Printre acești trecători se număra, firește, și Milan Glasincianin, din Okoliște, un om înalt, slab, palid și adus de spate. Întregul lui trup părea străveziu și fără greutate, dar prins în călcâie de plumb. Din pricina asta Milan se clătina în mers și se încovoia ca o lumânare ținută în mână de un copil care însoțește o procesiune. Părul și mustața le avea cărunte, ca de bătrân; ochii îi ținea mereu plecați în jos. Astfel trecea el pe-acolo, pășind ca un lunatic. Habar n-avea că se schimbase ceva pe kapia și în purtările oamenilor și că el însuși nu e luat în seamă de cei veniți aici să șadă, să viseze, să cânte, să vândă, să discute sau să-și piardă timpul. Bătrânii îl uitaseră, cei tineri nu-și mai aminteau de el, iar străinii nu-l cunoșteau deloc. Și, cu toate astea, soarta lui fusese strâns legată de kapia, dacă judecăm cel puțin după câte povesteau în orășel și după câte se șușotiseră despre el cu vreo zece-doisprezece ani în urmă.

Tatăl lui Milan, bătrânul Nikola Glasincianin, venise în orășel cam pe vremea când răscoala din Serbia era în toi și cumpărase o proprietate frumoasă, la Okoliște. Se crezuse întotdeauna că bătrânul Nikola fugise de undeva cu parale grele, dobândite pe căi nu prea cinstite. Dar cum nu existau dovezi, lucrurile erau crezute doar pe jumătate; totuși, nimeni nu îndepărta cu totul părerea asta. Nikola se însurase de două ori, fără să aibă noroc la copii. Nu-i rămăsese în viață decât un singur fiu, Milan, și-i lăsase moștenire tot avutul lui, și cele aflate la vedere și cele ascunse. Iar Milan n-avea decât un copil, pe Petru. Averea moștenită i-ar fi fost de ajuns și prea de ajuns dacă nu l-ar fi ros o singură și atotputernică patimă: jocurile de noroc.

Vișegrădenii de baștină, prin firea lor, nu sunt jucători. După cum am văzut, patimile lor sunt de-un soi cu totul diferit: dragostea nemărginită pentru femei, înclinare către băutură, cântec, hoinăreală sau visare leneșă pe malul râului. Dar și în privința asta puterile omului sunt întru totul limitate; de aceea patimile se ciocnesc în el, se îmbrâncesc de multe ori și, adesea, se înlătură unele pe altele. Asta nu înseamnă că nu erau în orășel oameni căzuți pradă patimii jocului, dar numărul lor era într-adevăr neînsemnat față de numărul jucătorilor din alte orașe și cea mai mare parte dintre ei erau străini, sau nou-veniți. Oricum, Milan Glasincianin făcea parte dintre aceștia. Din cea mai fragedă tinerețe, el se dăruise trup și suflet jocurilor de noroc. Când nu-și afla în orășel tovarăși de joc, se ducea până în comuna vecină de unde se înapoia plin de bani, ca un negustor întors de la târg, sau cu buzunarele goale, fără ceas, ba chiar fără lanț, fără tabacheră și inel, dar în orice caz palid și fără vlagă, de parcă ar fi zăcut.

Altminteri, locul lui obișnuit se afla la hanul lui Ustamuici, în marginea mahalalei negustorești din Vișegrad. Acolo exista o cămăruță îngustă, fără ferestre, în care ardea, chiar și în timpul zilei, o lumânare și unde se găseau totdeauna trei-patru oameni cărora jocul de noroc le era mai scump decât orice pe lume. Închiși acolo, îmbâcsindu-se în fumul de tutun și în aerul stătut, cu ochii injectați de sânge, cu gâtlejul uscat și cu mâinile tremurătoare, ei se adunau adeseori ziua și noaptea, jertfindu-se patimii ca niște mucenici. În odăița asta își cheltuise Milan o bună parte din tinerețe și-și lăsase o bună parte din puteri și din avuție. Și abia dacă împlinise treizeci de ani când s-a petrecut în el o prefacere bruscă și de neînțeles pentru majoritatea oamenilor, prefacere care trebuia să-l lecuiască pentru totdeauna de patimă, dar, în același timp, să-i răstoarne viața și să-l schimbe cu totul.

Într-o toamnă, să tot fi trecut vreo paisprezece ani de atunci, sosi la han un străin. Omul ăsta nu era nici tânăr, nici bătrân, nici frumos, nici urât; era de vârstă mijlocie și de statură mijlocie, vorbea puțin și zâmbea doar cu ochii. Om de afaceri, cu gândul numai la treburile pentru care venise, străinul înnoptă la han și, spre seară, nimeri în odăița unde încă de la amiază se zăvorâseră jucătorii. Îl primiră cu neîncredere, dar străinul se purtă atât de liniștit și de cuviincios încât nici nu băgară de seamă când începu și el să mizeze, câțiva bănuți acolo, pe câte o carte. Mai mult pierdea decât câștiga; tulburat, își încrunta sprâncenele și, cu o mână nesigură, scotea piese de argint din buzunarele de dinăuntru. Și, fiindcă pierduse cam multișor, trebuiră să-i dea și lui să împartă cărțile. La început, el le împărți încet și cu grijă, apoi din ce în ce mai cu însuflețire și mai îndemânatic. Juca, nu numai fără emoție, dar și plin de îndrăzneală, până la capăt. Grămada de arginți creștea mereu în fața lui. Jucătorii începură, unul după altul, să se lase păgubași. Unul dintre ei își miză lanțul de aur pe-o carte, dar străinul îl refuză, spunând că nu joacă decât pe bani.

Spre ziuă, jocul se întrerupse, fiindcă nimeni nu mai avea bani în buzunare. Milan Glasincianin rămăsese ultimul, dar până la urmă trebuise și el să se dea bătut. Străinul își luă rămas-bun, cuviincios, și se duse în odaia lui.

A doua zi jucară iar, și din nou străinul pierdu și câștigă, rând pe rând, câștigând totdeauna mai mult decât pierdea, așa că mușteriii din oraș rămaseră iar fără o para. Îi priveau mâinile, îi cercetau mânecile, îl pândeau din toate părțile, aduceau cărți noi, își schimbau locurile pe bancă, dar degeaba. Jucară *otuz biru*[1], joc ușor, dar cu faimă proastă, pe care îl știau toți, din copilărie; și totuși, nu putură dibui felul de-a proceda al străinului care, când trăgea până la douăzeci și nouă sau treizeci, când rămânea la douăzeci și cinci. Primea orice miză, fie ea cât de mică sau cât de mare, și trecea cu vederea micile coțcării ale jucătorilor, de parcă nici nu le-ar fi observat, iar pe cele mari le dădea pe față, rece și fără vorbă multă.

---

1. Treizeci și unu (turc.).

Pe Milan Glasincianin prezența străinului acestuia la han îl chinuia și-l ațâța. În zilele acelea, el se simțea mai arțăgos și mai istovit parcă. Jura că nu mai joacă, dar juca întruna și pierdea tot, până la ultima para, apoi se întorcea acasă plin de venin și de rușine. A patra sau a cincea seară, izbuti să se stăpânească și rămase acasă. Își pregătise banii și se îmbrăcase, dar nu-și schimbase, totuși, hotărârea dintâi. Îi vâjâia capul și respira greu. Cină grăbit, în doi timpi și trei mișcări, fără să știe măcar ce îmbucă. Apoi ieși de mai multe ori prin fața casei, fumă, se plimbă și privi orășelul adormit care i se așternea la picioare, în noaptea senină de toamnă. Într-un târziu – era multă vreme de când se tot plimba – zări deodată pe drum o umbră nedeslușită care mergea agale și își încetinise pasul lângă uluca lui.

— Seara bună, vecine! îi strigă necunoscutul.

Milan îi recunoscu glasul: era străinul de la han. Omul, se vedea bine, îl căuta pe el și voia să-i spună ceva. Milan se apropie de ulucă.

— Nu vii astă-seară la han? îl întrebă străinul domol și nepăsător, de parcă ar fi vorbit așa, într-o doară.

— Astăzi nu prea am chef. Sunt ceilalți acolo.

— Nu mai e nimeni. Au plecat toți, mai devreme decât de obicei. Hai să mergem amândoi.

— Pe legea mea, e târziu, și nici n-avem unde merge...

— Hai să ne așezăm jos, pe kapia. Acu o să răsară luna.

— Păi nu e încă timpul ei, încercă să se apere Milan, dar gura i se încleștă și cuvintele i se părură străine, de parcă nu le rostise el.

Străinul stătea mai la o parte și aștepta, ca și cum nici nu i-ar fi trecut prin minte că s-ar putea să fie altfel decât cum spune el. Și într-adevăr, Milan deschise poarta grădinii și porni împreună cu omul acela, în ciuda împotrivirii și a dezgustului față de străin, deși prin cuvinte, prin gânduri și prin ultimele tresăriri ale voinței mai încerca să scape de forța asta vicleană care îl atrăgea și căreia nu-i putea rezista.

Coborâră grăbiți povârnișul dinspre Okoliște. Luna, mare dar nu plină, răsărea, într-adevăr, de după Stanișevaț. Podul părea fără sfârșit și ca în basme, deoarece capetele lui se pierdeau într-o negură lăptoasă, iar stâlpii, jos, îi pieriseră, înghițiți de beznă. Câte o parte a fiecărui stâlp și a fiecărei arcade era puternic luminată, pe când cealaltă parte zăcea cu totul în umbră. Suprafețele astea luminate și întunecate se frângeau și se tăiau în linii ascuțite, astfel că întregul pod părea un arabesc ciudat, născut din jocul trecător al luminii și al întunericului.

Pe kapia nu se afla țipenie de om. Se așezară. Străinul scoase cărțile. Milan încercă să spună că nu-i e la-ndemână, că nu prea se văd cărțile și nici banii nu se deslușesc ca lumea, dar străinul nici nu se uită la el. Jocul se porni.

La început, mai schimbară câteva cuvinte, dar pe măsură ce jocul se însufleți, tăcură cu desăvârșire. Își răsuceau doar țigări și le aprindeau, unul de la altul. Cărțile trecură de mai multe ori din mâinile unuia în ale celuilalt, dar până la urmă se statorniciră la străin. Banii picau fără zgomot pe lespedea învăluită într-o pojghiță subțire, de rouă. Veni și clipa, clipa aceea pe care Milan o cunoștea atât de bine, când străinul, având douăzeci și nouă, trăgea un doi, sau având treizeci, trăgea un as. Lui Milan parcă îi stătea un nod în gât și i se încețoșa privirea. Iar chipul străinului, scăldat în lumina lunii, părea și mai liniștit decât de obicei. În mai puțin de o oră, Milan rămase fără un ban. Străinul se arătă gata să-l însoțească până acasă, să-și ia alții. Plecară, se întoarseră, și jucară mai departe. Glasincianin juca de parcă ar fi fost mut și orb; ghicea cartea și prin semne spunea ce avea de spus. De fapt, se părea că între ei doi cărțile deveniseră doar un fel de unealtă neînsemnată sau o pricină pentru lupta lor disperată și necontenită. Când Milan rămase din nou fără bani, străinul îi porunci să meargă acasă și să-și aducă alții, iar el îl așteptă pe kapia, fumând. Nu socotise că ar fi nevoie să-l mai însoțească, fiindcă, nu era de închipuit că Milan nu i se va supune sau îl va înșela, rămânând acasă. Și Milan i se supuse, plecă fără vorbă și tot așa se întoarse. Apoi norocul se schimbă, pe neașteptate. Milan câștigă iar ce pierduse. De emoție, nodul care i se pusese în gât îl strângea din ce în ce mai tare. Străinul începu să dubleze miza, apoi s-o tripleze. Jocul deveni din ce în ce mai fulgerător și mai tare. Între ei doi, cartea șuiera și țesea o urzeală de argint și de aur. Tăceau amândoi. Doar Milan răsufla greu, simțea, rând pe rând, cum îl cuprind când frigul, când fierbințelile, în noaptea asta blândă, la lumina lunii. Juca, împărțea, și-și acoperea cărțile nu fiindcă i-ar fi făcut plăcere, ci fiindcă nu putea altfel. I se părea că străinul nu-i soarbe numai banii, ducat cu ducat, ci și măduva din oase și sângele din vine, picătură cu picătură și că, la fiecare pierdere nouă, îl părăseau puterile, îl părăsea voința. Din când în când, se uita cu coada ochiului la străin. Se aștepta să vadă un chip drăcesc, cu dinți rânjiți și ochi de jar, dar, dimpotrivă, străinul - cu aceeași față obișnuită - își păstra expresia încordată a omului care-și face munca de fiecare zi și care se grăbește să-și termine treaba începută, nici prea ușoară, nici prea plăcută.

Din nou, Milan își pierdu la repezeală toți banii. Străinul îi propuse să joace pe vite, pe case și pe pământ.

— Pun patru galbeni turcești, sunători și grei, pentru murgul tău, cu șa cu tot. Primești?

— Primesc.

Așa se duse murgul, urmat de încă doi cai de povară, apoi vacile și vițeii. Ca un negustor grijuliu și cu sânge rece, străinul înșira pe rând vitele din grajdul lui Milan și prețuia fiecare cap la valoarea lui, de parcă s-ar fi născut și-ar fi crescut în casa aceea.

— Uite, pun unsprezece ducați dacă-ți pui și tu locul căruia i se zice „Sălcușa". Primești?

— Primesc.

Străinul dădu cărțile. În cele cinci ale lui, Milan avea în total douăzeci și opt de puncte.

— Mai vrei? întrebă străinul, liniștit.

— Încă una, șopti Milan, abia auzit, și tot sângele i se năpusti spre inimă.

Străinul întoarse liniștit cartea. Era un doi, carte salvatoare. Milan, nepăsător, lăsă să-i scape printre dinți:

— Mi-ajunge!

Își strânse cărțile, tremurând, și le acoperi cu palma. Se căznea să-și facă glasul și chipul cât mai nepăsătoare, ca să nu ghicească celălalt la câte puncte s-a oprit.

Atunci străinul începu să tragă cărți pentru el, pe față. Când ajunse la douăzeci și șapte, se opri, îl privi calm pe Milan în ochi, dar acesta coborî pleoapele. Străinul mai întoarse o carte. Era un doi. Oftă scurt și de-abia auzit. Părea că se va opri la douăzeci și nouă. În aşteptarea bucuriei şi a victoriei, Milan simţea cum i se urcă sângele în cap. Dar străinul tresări, îşi umflă pieptul, îşi dădu capul pe spate, aşa fel încât fruntea şi ochii îi luciră în bătaia lunii, şi mai întoarse o carte. Era tot un doi. Părea de necrezut ca trei de „doi" să poată urma unul după altul, şi totuşi, aşa se nimerise. Pe cartea întoarsă, Milan îşi văzu locul, primăvara, când, arat şi grăpat, avea cea mai frumoasă înfăţişare. Brazdele se învârteau în jurul lui ca şi cum l-ar fi doborât leşinul, dar glasul liniştit al străinului îl făcu să-şi vină în fire:

— *Otuz biru!* Locul e-al meu!

Apoi fu rândul altor ogoare, al celor două case, al crângului de stejari de la Osoiniţa. În privinţa preţului, se înţelegeau de minune. Din când în când Milan câştiga şi strângea cu lăcomie banii. Speranţa lucea ca aurul, dar după două sau trei „mâini" nenorocite, rămânea iar fără bani şi-şi miza averea.

Când jocul, ca un şuvoi de munte, luă totul, cei doi jucători se opriră o clipă, nu ca să-şi dreagă răsuflarea, fiindcă s-ar fi zis că amândoi se temeau de asta, ci ca să se gândească pe ce ar mai putea miza. Străinul îşi păstra cumpătul şi părea un lucrător grijuliu, care se odihneşte după ce şi-a terminat jumătate din muncă, dar e grăbit să treacă la cealaltă jumătate. Milan sta înţepenit şi buimac; sângele îi zvâcnea în urechi şi i se părea că banca de piatră de sub el se înalţă şi se scufundă. Apoi străinul vorbi cu glasul lui monoton, plicticos şi puţin fonfăit:

— Ştii ce, prietene? Să mai dăm o dată cărţile, dar de data asta să jucăm totul pentru tot. Eu pun tot ce-am câştigat astă-seară iar tu să-ţi pui viaţa. Dacă câştigi, al tău e totul, ca şi mai înainte, banii, vitele şi pământul. Dacă pierzi, să te arunci în Drina, de pe kapia.

Şi spuse asta cum le spusese toate până atunci, scurt, cu vocea unui negustor, ca şi cum ar fi fost vorba de tocmeala cea mai obişnuită dintre doi jucători, cufundaţi în joc.

Milan gândea că a sosit clipa să-şi piardă sau să-şi mântuie sufletul, şi se căznea să se ridice, ca să se smulgă din vârtejul de neînţeles care îi răpise totul şi acum îl atrăgea şi pe el, dar cu o unică privire, una singură, străinul îl ţintui iar la locul lui. Şi, ca şi cum ar fi jucat la han, pe-o biată miză de trei-patru groşi, el îşi plecă fruntea şi întinse mâna.

Tăiară amândoi cărțile. Străinului îi veni un patru, iar lui Milan un zece. Era rândul lui să împartă cărțile. Asta îl umplu de speranțe. Dădea, și străinul cerea mereu cărți noi.

— Mai dă! Încă una! Încă una!

Omul luă cinci cărți și abia după aceea spuse: „ajunge!" Acum trăgea Milan. Ajuns la douăzeci și opt, el se opri o clipă, privi cărțile strânse ale străinului și chipul lui de nepătruns. Nu putea să ghicească câte puncte are, dar era mai mult ca sigur că trecea de douăzeci și opt; mai întâi fiindcă toată noaptea nu se oprise niciodată la un punctaj mai mic și apoi fiindcă avea cinci cărți în mână. Și, adunându-și ultimele puteri, Milan mai întoarse o carte. Era un patru. În totul: treizeci și doi, deci pierduse.

Privea cărțile, fără să-și creadă ochilor. I se părea cu neputință să piardă totul, dintr-odată. Ceva arzător și zgomotos îi străbătu tot trupul, din tălpi până-n creștet. Și deodată, văzu limpede: prețul vieții, valoarea omului, și ce însemna blestemata și inexplicabila lui patimă de-a juca cu ai săi și cu străinii, ba chiar și singur, sau cu oricine din preajma lui. Totul era luminos și clar, ca și cum s-ar fi făcut ziuă și ca și cum ar fi visat că jucase și că pierduse, dar, în același timp, era adevărat, de neschimbat și de neînlăturat. Voi să spună ceva, să geamă, să cheme în ajutor, să ofteze, dar nu găsi nici atâta putere măcar.

Lângă el, străinul aștepta.

Și atunci, undeva, pe mal, răsună cucurigul unui cocoș, subțire și puternic, o dată, apoi încă o dată! Cocoșul părea că e atât de aproape, încât i se auzeau și bătăile aripilor. Și, în aceeași clipă, cărțile risipite zburară, ca prinse de-un vârtej, banii se împrăștiară și întreaga kapie se clătină până în temelii. Înspăimântat, Milan închise ochii și se gândi că-i sosise ceasul de pe urmă. Când își desfăcu iar pleoapele, văzu că e singur. Adversarul lui se topise ca un balon de spumă și, odată cu el, cărțile și banii aflați pe lespede.

Luna, tulbure și portocalie, plutea în fundul zării. Se pornise o adiere răcoroasă. Vuietul apei din adânc deveni tot mai puternic. Milan pipăi cu luare-aminte piatra pe care ședea, străduindu-se să afle unde se găsește și să știe ce i se întâmplase, apoi se ridică, cu greu, și porni spre casa lui de la Okoliște, umblând parcă pe picioare străine.

Gemând și clătinându-se, abia izbuti să ajungă până în fața pragului, unde se prăbuși ca un rănit, izbindu-se de ușă. Ai casei, treziți din somn, îl duseră în pat.

Două luni zăcu Milan, aiurând, pradă fierbințelilor. Se credea că n-o să mai scape. Popa Nikola veni și-i dădu împărtășania de pe urmă. Totuși, el se înzdrăveni și se ridică din pat, dar nu mai era același. Părea acum un om îmbătrânit înainte de vreme și cu o fire ciudată, care trăia retras, vorbea puțin și se ferea pe cât putea de lume. Pe chipul lui, de unde pierise zâmbetul, se citea neîncetat un fel de atenție dureroasă și încordată peste măsură. Milan își vedea numai de casa și de treburile lui, de parcă n-ar fi știut niciodată ce-i petrecerea și jocul de cărți.

În timpul bolii, el îi povestise popii Nikola tot ce i se întâmplase în noaptea aceea, pe kapia, iar mai târziu le istorisi încă la doi prieteni buni, căci simțea că n-ar fi putut trăi cu taina în suflet. Lumea află câte ceva dar, ca și cum cele întâmplate în realitate ar fi fost prea puțin, mai adăugă și mai înflori întreaga poveste; mai apoi însă, așa cum are ea obicei să facă, își îndreptă atenția asupra sorții altuia și uită cu totul de Milan și de pățania lui. Iar omul care nu mai era decât umbra lui Milan Glasincianin de odinioară trăia, muncea și se învârtea printre locuitorii orășelului. Tinerii îl știau doar așa cum arăta acum și nu bănuiau că ar fi fost altfel pe vremuri. Și el însuși se purta de parcă ar fi uitat totul. Iar când pleca de-acasă și cobora spre orășel, străbătea podul cu pași grei și înceți, de lunatic, și trecea pe lângă kapia fără să se tulbure deloc, ba chiar fără să-și aducă aminte. Nici nu-i dădea prin gând măcar că sofaua asta gătită cu bănci de piatră albă, pe care ședeau oameni nepăsători, ar fi avut vreo legătură cu locul acela groaznic, de undeva, de la capătul lumii, unde, într-o noapte, el își jucase ultimul joc, punând pe-o carte înșelătoare tot ce avea, pe sine însuși, propria lui viață în lumea aceasta și-n lumea de apoi.

Adeseori, Milan se întreba dacă întâmplarea din noaptea petrecută pe kapia nu fusese mai degrabă un vis urât, visat când leșinase în fața ușii, mai curând urmarea decât pricina bolii. La drept vorbind, și popa Nikola și cei doi prieteni cărora li se destăinuise înclinau mai mult să ia povestea lui Milan drept o închipuire, o nălucire, năzărită pe când îl scuturau frigurile. Căci, într-adevăr, nici unul dintre ei nu putea să creadă că diavolul juca *otuz birul* și că-i momea pe kapia pe cei cărora le voia pieirea. Dar întâmplările prin care trecem sunt adeseori atât de încâlcite, atât de nedeslușite, încât nu e de mirare că oamenii văd în ele amestecul Satanei, căznindu-se astfel să le explice sau măcar să le facă de îndurat.

Oricum o fi fost, cu sau fără ajutorul diavolului, în vis sau în realitate, un lucru e sigur: că Milan Glasincianin, după ce, într-o noapte, își pierduse sănătatea, tinerețea și o groază de parale, a scăpat pentru totdeauna, ca prin minune, de patima lui. Și asta nu-i tot! La povestea lui Milan Glasincianin se adaugă, strâns legată de ea, încă o soartă de om, iar firul ei pornește tot de la kapia.

Ziua care a urmat după noaptea când Milan Glasincianin (în vis sau în realitate) jucase ultimul și îngrozitorul lui joc pe kapia a fost o zi însorită de toamnă. Era sâmbătă. Și, ca în toate sâmbetele, evreii din Vișegrad se adunară pe kapia, negustorii și băieții lor. Gravi și stând degeaba, înveșmântați în pantaloni de atlaz și în caftane de lână, cu fesurile roșii turtite puse pe cap, ei sărbătoreau cuviincioși ziua Domnului, plimbându-se de-a lungul râului de parcă ar fi căutat ceva în apele lui. Dar cea mai mare parte din timp și-o petreceau pe kapia și discutau însuflețit și gălăgios în spaniolă, rostind în sârbește numai înjurăturile.

Printre primii sosiți în dimineața aceea pe kapia era și Bukus Gaon, fiul mai mare al evlaviosului bărbier Abraham Gaon, un bătrân cinstit și sărac. Bukus avea șaisprezece ani și nu-și găsise încă nici de lucru, nici o meserie anume. Tânărul, spre osebire de toți ceilalți Gaoni, era cam țicnit, din care pricină nu se putea așeza și începe vreo muncă mai cu rost. De asta era veșnic îndemnat să caute, în toate, câte ceva mai de soi și mai de folos pentru el. Când vru să se așeze, Bukus se aplecă să vadă dacă banca de piatră era curată. Și atunci dădu cu ochii de-un firișor galben, care lucea în crăpătura dintre două lespezi. Firișorul avea strălucirea aurului, atât de plăcută ochiului omenesc. Bukus se uită mai cu luare-aminte. Nici o îndoială: acolo căzuse un ducat. Tânărul se uită în preajmă, să vadă dacă nu-l observă cineva și să caute ceva ca să poată scoate ducatul care îi zâmbea din crăpătură. Dar își aduse aminte îndată că e sâmbătă și că ar fi mare păcat și rușine dacă ar face vreo muncă oarecare. Tulburat și stingherit, Bukus se așeză acolo și nu se mai ridică până la amiază. Când se făcu ora prânzului și când toți evreii, bătrâni și tineri, plecară spre casele lor, Bukus apucă un pai de ovăz ceva mai groscior și, uitând de păcat și de ziua sfântă, scoase cu grijă ducatul dintre lespezi. Era un galben bun, turcesc, subțire și ușor ca o frunză uscată. Bukus ajunse târziu acasă. Și așezându-se la masa sărăcăcioasă – în jurul ei ședeau roată treisprezece ființe (unsprezece copii, tata și mama) – nici nu luă în seamă mustrările tatălui care îl făcea haimana și pierde-vară și-l certa că nu e în stare nici măcar să nu întârzie de la masă. Urechile îi vâjâiau și ochii îi pluteau ca în ceață. Visul de totdeauna, visul unei vieți fără seamăn de îmbelșugate, i se deschidea în față. I se părea că poartă soarele în buzunar.

A doua zi, fără să stea prea mult pe gânduri, Bukus dădu fuga la hanul lui Ustamuici și intră în odăița unde zi și noapte se învârteau cărțile. Asta visase el întotdeauna, dar n-avusese niciodată destui bani ca să îndrăznească să intre și să-și încerce norocul. Acum, visul i se împlinea.

Petrecu acolo câteva ceasuri pline de spaimă și de neliniști. Mai întâi, fu primit cu dispreț și neîncredere. Când îl văzură schimbând ducatul, ceilalți se gândiră imediat că îl șterpelise de undeva, dar îl lăsară să mizeze. (Căci dacă jucătorii s-ar pune să cerceteze de unde vin banii fiecăruia dintre ei, nu s-ar mai putea juca niciodată.) Pentru începător se iviră atunci noi încercări. Când câștiga i se ridica sângele în cap și ochii i se încețoșau din pricina fierbințelii și a năduşelii. Iar când pierdea ceva mai multișor, i se părea că i se taie suflarea și că i se oprește inima în piept. Dar, după toate chinurile astea, care i se păreau fără scăpare, Bukus ieși totuși din han, în seara aceea, cu patru ducați în buzunar. Și, deși era istovit și înfrigurat din pricina emoției, de parcă l-ar fi bătut cineva cu vergi încinse în foc, mergea ținându-se drept și mândru. În ochii lui ca de tăciune se deschideau perspective depărtate și strălucitoare, care îi acopereau cu luciul lor sărăcia de-acasă și măturau orașul până în temelii. Și Bukus pășea astfel, ca beat, cu pași solemni. Pentru prima dată în viață simțea nu numai strălucirea și zăngănitul aurului, ci și greutatea lui.

În aceeași toamnă, Bukus, deși tânăr și nepriceput, ajunsese haimana și jucător de meserie și părăsi casa părintească. Bătrânul

Gaon muri de durere și de rușine din pricina fiului său cel mare; întreaga obște evreiască resimți nenorocirea aceasta ca pe-o nenorocire a ei. Mai târziu, Bukus plecă din oraș ca să-și poarte în lume trista lui soartă de jucător. De-atunci, cu toate că s-au scurs paisprezece ani, nimeni n-a mai auzit niciodată vorbindu-se despre el. Și pricina tuturor relelor ăstora a fost – după cum se spune – „ducatul diavolului", găsit pe kapia, și scos în ziua de Sabat.

XIII

Veni și al patrulea an de ocupație. Într-o oarecare măsură părea că totul se liniștește și se netezește. Iar dacă dulcea tihnă din vremea turcilor nu se mai reîntorcea – lucru cu neputință de altfel – cel puțin începuse să se statornicească ordinea, după noile concepții. Dar tocmai atunci se iviră iar tulburări în țară. Trupe noi sosiră pe neașteptate în orășel și, din nou, pe kapia se iviră soldați de strajă. Lucrurile s-au petrecut în felul următor:

În anul acela, noua stăpânire începu recrutarea pentru oaste în Bosnia și în Herțegovina și asta iscă mari frământări în popor, mai ales printre turci. Cu cincisprezece ani în urmă, când sultanul hotărâse înjghebarea unei armate regulate, îmbrăcate, instruite și echipate europenește, turcii de pe aici ridicaseră steagul răscoalei și duseseră adevărate războaie, mici dar sângeroase, căci nu voiau nici în ruptul capului să poarte uniforma ghiaurilor și să-și lege pe ei curelele care, încrucișându-se pe piept, închipuiau scârbavnicul semn al crucii. Iar acum, se vedeau nevoiți să îmbrace aceleași „haine strâmte"; și unde mai pui că trebuiau s-o facă în slujba unui împărat străin, de altă credință.

Din primii ani ai ocupației, când stăpânirea începuse să pună numere la case și să facă recensământul populației, măsurile acestea ațâțară printre turci sentimente de neîncredere și treziră în ei temeri nelămurite, dar adânci.

Ca totdeauna în astfel de împrejurări, turcii din orășel, cei mai cu vază și mai învățați, se adunară fără știrea autorităților, ca să chibzuiască împreună ce rost aveau noile măsuri și cum să răspundă la ele.

Într-o zi de mai se întâlni pe kapia, ca din întâmplare, „fruntea" orășelului și se așeză pe sofa. Sorbind liniștiți cafelele și privind drept înainte, oamenii vorbiră, aproape în șoaptă, despre noile măsuri suspecte luate de autorități. Pe toți, măsurile astea îi nemulțumeau. Prin însăși natura lor, ele erau potrivnice tuturor concepțiilor și tuturor obiceiurilor turcești, și fiecare turc simțea ca o umilire zadarnică și de neînțeles amestecul acesta al stăpânirii în treburile lor personale și în viața lor de familie. Dar nu se pricepea nimeni să arate adevăratul rost al recensământului și nici să spună în ce fel să i se pună piedici. Printre cei adunați se afla și Ali-hogea, care altminteri venea rareori pe kapia fiindcă simțea o mâncărime dureroasă în urechi ori de câte ori dădea cu ochii de treptele de piatră ce duceau la sofa.

Muderisul din Vișegrad, Husein-aga, om învățat și vorbăreț, își spunea părerea, ca unul îndreptățit s-o facă, despre ce ar putea să însemne punerea numerelor pe case și recensământul copiilor și al adulților.

— După câte se pare, ăsta e un obicei de-al ghiaurilor, de când lumea. Acum vreo treizeci de ani, dacă nu și mai mult, trăia la Travnik vestitul vizir Tahir-pașa din Stambul. Era el turcit, dar, prefăcut și viclean, în sufletul lui rămăsese ghiaur, așa cum fusese de totdeauna. Oamenii povestesc că avea lângă el un clopoțel și când voia să-și cheme vreo slugă suna clopoțelul, ca un popă creștinesc, până ce sluga îi răspundea. Și tocmai Tahir-pașa a fost cel dintâi care s-a găsit să numeroteze casele din Travnik și să prindă pe fiecare câte o scândură cu un număr. (Din pricina asta îl și porecliseră „scândurarul".) Dar poporul s-a răsculat, a strâns toate scândurelele de pe la case, le-a adunat într-un loc și le-a dat foc. Era cât pe-aci să se întâmple vărsare de sânge. Dar, din fericire, s-a dus vestea până la Stambul și Tahir-pașa n-a mai fost lăsat în Bosnia. Pierde-i-s-ar urma să i se piardă! Și acum se petrece ceva asemănător. Neamțul vrea să le aibă pe toate la catastif, până și capetele noastre.

Priveau toți drept înainte și-l ascultau pe muderisul care era cunoscut pentru obiceiul lui de-a trăncăni despre amintirile altora în loc să-și spună scurt și limpede părerile proprii despre cele întâmplate în ziua aceea.

Ca întotdeauna, cel dintâi își pierdu răbdarea Ali-hogea.

— Astea n-au nimic de-a face cu credința nemților, ci cu ceea ce țintesc, muderis-efendi. Nu se joacă ei și nu-și risipesc ei vremea nici măcar în somn, ci urmăresc o socoteală. Acum n-o putem vedea încă, dar o s-o vedem peste câteva luni sau peste vreun an. Căci multă dreptate mai avea răposatul Șemsi-bei Brankovici când spunea: „Ghiuleaua neamțului are fitil lung". Numărătoarea asta a caselor și a oamenilor, după câte cred eu, le trebuiește pentru vreun bir nou sau poate că or fi gândind să strângă oamenii pentru corvadă sau pentru armată. Ba, te pomenești că e și pentru una și pentru alta. Și, dacă mă întrebați cum s-o scoatem la capăt, uite ce gândesc eu: ca să ne răsculăm de îndată, n-avem oștire în stare de asta. Și Allah o vede și oamenii o știu. Dar nu trebuie să ne supunem la tot ce ni se poruncește. Nimeni nu trebuie nici să-și păstreze numărul nici să-și spună data nașterii. Las' să ghicească ei când s-a născut fiecare. Dacă întrec măsura și se ating de copiii și de fericirea noastră, atunci să nu ne dăm bătuți, să ne apărăm, și Allah cu mila!

Mai chibzuiră ei multă vreme despre hotărârile nesuferite ale stăpânirii, dar, în general, rămaseră la propunerea lui Ali-hogea: să se împotrivească pe tăcute. Bărbații să-și ascundă vârsta sau să dea date greșite, punând vina pe neștiința lor de carte. Cât despre femei, nimeni nu cuteză să le pună vreo întrebare, fiindcă asta ar fi însemnat o ocară sângeroasă. Tăblițele cu numerele caselor, în ciuda instrucțiunilor și amenințărilor stăpânirii, le bătură în locuri unde nu puteau fi văzute sau le puseră cu josul în sus. Ba, pe deasupra, începu chiar atunci văruitul caselor și, ca din întâmplare, oamenii mâzgăliră cu var și tăblițele.

Văzând că împotrivirea este adâncă și adevărată, deși ascunsă, stăpânirea se arătă înțelegătoare, ferindu-se de a aplica cu asprime legea și de toate urmările și conflictele care s-ar fi iscat neapărat de pe urma acestor asprimi.

De atunci trecuseră doi ani. Neliniștea stârnită de recensământ fusese uitată, când începu cu adevărat recrutarea tinerilor, fără deosebire de credință și de stare socială. În Herțegovina răsăriteană oamenii se răsculară pe față și, de data aceasta, sârbii se uniră cu turcii. Capii răsculaților căutau să ia legătură cu străinătatea, mai ales cu Turcia, spunând că puterea ocupantă depășise împuternicirile încredințate ei de către Congresul de la Berlin și că n-avea dreptul să facă recrutări în ținuturile ocupate, aflate tot sub suveranitatea turcească. În Bosnia n-a existat o rezistență înarmată, dar, prin Focea și Gorajda, răzmerița se întinse până în împrejurimile ținutului vișegrădean. Unii răsculați, singuri sau strânși în rămășițe de-ale cetelor înfrânte, încercară luptând să se refugieze în Sandjak sau în Serbia, trecând peste podul de la Vișegrad. Și, ca totdeauna în astfel de împrejurări, alături de răscoală începu să înflorească haiducia.

Atunci, după atâta amar de ani, pe kapia se făcea din nou de strajă. Deși era în toiul iernii și căzuse zăpadă cu nemiluita, doi jandarmi stăteau acolo zi și noapte. Ei opreau trecătorii necunoscuți și suspecți, îi cercetau și-i percheziționau.

După două săptămâni, sosi în orășel un detașament de *Streifkorps*[1], și luă locul jandarmilor, pe kapia. *Streifkorps*-ul fusese înființat de îndată ce răscoala din Herțegovina începuse să ia proporții mai serioase. Era format din elemente de șoc, foarte mobile, alese și echipate pentru acțiuni pe terenuri anevoioase, alcătuite din voluntari bine plătiți. Printre ei se aflau foști soldați, veniți ca rezerve odată cu trupele de ocupație, și care, nemaivrând să se întoarcă la vetrele lor, se înrolaseră în *Streifkorps*. Mai erau și alții, mutați din jandarmerie în gărzile mobile, și, în sfârșit, se mai aflau printre ei și un număr de localnici, care serveau ca oameni de încredere și ca tălmaci.

Cât a ținut iarna aceea, care nici ușoară și nici scurtă n-a fost, un post de doi oameni din *Streifkorps* făcu de pază pe kapia. De obicei, stăteau câte doi odată, un străin și un localnic. Nu clădiseră redută, ca turcii pe vremea răscoalei lui Karageorge, din Serbia. Nu se pomeneau nici ucideri, nici capete retezate. Totuși, și de data aceasta, ca totdeauna când kapia era închisă, se petrecură întâmplări neobișnuite, care lăsară urme în orășel. Căci vremurile grele nu pot trece fără să aducă nenorocirea unora.

Printre ostașii din *Streifkorps* care făceau de pază pe kapia, se afla și un flăcău, un rus din Galiția răsăriteană, pe nume Grigorie Fedun. Flăcăul ăsta de douăzeci și trei de ani avea un trup de uriaș și-un suflet de copil. Era puternic ca un urs și rușinos ca o fată mare. Pe când își făcea stagiul militar, regimentul lui fusese mânat

1. Gărzi mobile (germ.).

spre Bosnia. Aici, luase parte la luptele de la Maglai și de la Glasinaț. Apoi își petrecuse un an și jumătate prin felurite garnizoane din Bosnia răsăriteană. Iar când veni vremea să se elibereze, lui Fedun îi fu greu să se întoarcă în orașul lui galițian, Kolomeia, în casa părintească plină de copii și goală de toate celelalte. Grigorie se mai afla încă la Budapesta, la regiment, când apăru apelul către voluntari, chemându-i să se înroleze în *Streifkorps*. Dat fiind că luptase în Bosnia timp de câteva luni, Fedun fu primit imediat. Iar el se bucură din toată inima gândindu-se că va revedea poienile și orășelele bosniece unde petrecuse și zile grele, și zile voioase, de care îl legau acum amintiri, iar în aceste amintiri zilele grele străluceau mai frumos și mai viu decât cele voioase. Se topea de plăcere și se umfla de mândrie închipuindu-și fețele părinților, ale fraților și ale surorilor când vor primi cei dintâi fiorini de argint trimiși de el, din solda lui de voluntar. Și unde mai pui că avea norocul să fie repartizat nu în Herțegovina răsăriteană, unde luptele cu răsculații erau istovitoare și, adeseori, foarte primejdioase, ci într-un orășel, pe Drina, unde n-aveai altceva de făcut decât să patrulezi și să stai de pază.

Aici, pe kapia, își petrecu Fedun iarna, tropăind de frig și suflându-și în degete ore întregi în timpul nopților senine și înghețate, când crapă pietrele de ger și când pălește cerul deasupra orășelului, iar stelele mari ale toamnei ajung cât niște păcătoase de lumânărele. Aici, pe kapia, așteptă el venirea primăverii și aici i se arătară primele semne: trosniturile greoaie și înfundate ale ghețurilor de pe Drina, cu bubuiri care-i pătrund omului până în rărunchi, și vuietul năprasnic al unui vânt nou urlând cât e noaptea de lungă prin pădurile dezgolite ale munților ghemuiți deasupra podului.

Flăcăul făcea de pază când îi venea rândul, dându-și seama cum primăvara, ale cărei semne se iveau pe pământ și ape, pătrundea cu încetul în el, cum îl năpădea și cum îi tulbura toate simțurile, îmbătându-l și încâlcindu-i gândurile. Și, stând de pază, cânta cântecele maloruse, de prin țara lui. Iar când cânta i se năzărea din ce în ce mai mult, cu fiece zi de primăvară, că are întâlnire cu cineva, aici, în locul ăsta neadăpostit și bătut de vânt.

Pe la începutul lui martie, comandamentul trimise o înştiinţare către detaşamentul de pază al podului, încunoştinţându-l să-şi sporească atenţia, căci, după ştiri demne de crezare, binecunoscutul haiduc Jakov Cekârlia se repezise din Herţegovina în Bosnia şi se ascundea acum pe undeva prin împrejurimile Vişegradului, de unde aproape sigur că va încerca să ajungă la graniţa sârbă sau turcă. Voluntarii din *Streifkorps* primiră semnalmentele lui Cekârlia, cu menţiunea că e vorba de-un haiduc care, deşi mic de stat şi nearătos, era voinic, îndrăzneţ şi deosebit de şiret, căci izbutise până atunci, de mai multe ori, să ducă de nas patrulele, când îl încercuiseră, şi să le scape.

La raport, auzi şi Fedun înştiinţarea şi-o luă în serios, ca pe toate comunicările oficiale. La drept vorbind, i se părea cam prea din cale-afară, căci nu-şi putea închipui cum ar izbuti cineva să se strecoare neobservat într-un spaţiu de zece paşi, cât era lărgimea podului. Liniştit şi fără grijă, el petrecu pe kapia câteva ore din zi şi din noapte. Îşi spori, ce e drept, atenţia, dar nu îndreptând-o spre eventuala apariţie a numitului haiduc Jakov, despre care nici nu se ştia pe unde se află, ci absorbit cu totul de numeroasele semne şi fenomene ale naturii prin care, pe kapia, se vestea primăvara.

Nu e uşor să-ţi îndrepţi toată luarea-aminte asupra unui singur lucru, când ai douăzeci şi trei de ani, când simţi cum îţi furnică sângele în vine, semn de putere şi de viaţă, şi când, în jurul tău, de pretutindeni, primăvara foşneşte, străluceşte şi împrăştie miresme. Neaua se topeşte prin vâlcele, apele râului curg repezite, cenuşii ca sticla afumată, vântul dinspre nord-est aduce mirosul zăpezilor din munţi şi al primilor boboci din vale. Toate astea îl îmbată şi-l încântă pe Fedun care măsoară locul de la o terasă la alta, sau, dacă face de pază noaptea, se reazemă de zid şi cântă, laolaltă cu vântul, cântecele lui maloruse. Şi ziua, ca şi noaptea, nu-i dă răgaz simţământul că aşteaptă pe cineva, un simţământ care, pare-se, îşi găseşte adeverire în tot ce se întâmplă pe ape, pe pământ şi în văzduh.

Şi într-o bună zi, cam pe la vremea prânzului, trecu pe lângă pază o fetişcană turcă. Era la vârsta când turcoaicele nu poartă încă vălul, dar nici nu umblă cu totul descoperite, ci se înfăşoară cu un şal mare şi subţire, care le ascunde tot trupul, braţele, părul, bărbia şi fruntea, lăsând însă descoperită o parte a feţei: ochii, nasul, gura şi obrajii. Era la vârsta când, în scurtul răstimp dintre copilărie şi adolescenţă, fetele musulmane îşi arată cu nevinovăţie şi plăcere farmecele feţei, copilăreşti încă şi totuşi feminine, pe care mâine poate că le va acoperi pentru totdeauna feregeaua.

Pe kapia nu se afla ţipenie de om. Cu Fedun făcea de gardă un oarecare Stevan din Pracea, unul dintre ţăranii înrolaţi în *Streifkorps*. Omul ăsta mai bătrâior, căruia îi era drag rachiul, moţăia, stând, în ciuda regulamentului, pe sofaua de piatră.

Fedun se uita cu luare-aminte şi sfios la fată. În jurul ei flutura şalul multicolor, unduindu-se şi sclipind în soare ca argintul viu, în bătaia vântului şi în ritmul paşilor ei legănaţi. Chipul liniştit şi frumos îi era strâns ca într-un chenar în ţesătura întinsă a şalului. Ochii, plecaţi în jos, dar tremurători. Astfel, trecu pe lângă el şi pieri, coborând spre târg.

Flăcăul îşi văzu mai departe de pază, călcând cu mai multă însufleţire de la o terasă la alta şi cătând mereu cu privirea spre târg. I se părea acum că într-adevăr are pe cine să aştepte. După o jumătate de ceas – pe pod mai dăinuia încă liniştea amiezii – fetişcana se reîntoarse din târg şi trecu iar pe lângă flăcăul tulburat. Acum, el o privi mai îndelung şi cu mai multă îndrăzneală, şi, lucru ciudat, îl privi şi ea, scurt, pieziş, dar fără teamă, zâmbindu-i cu oarecare şiretenie, dar şiretenie din aceea plină de nevinovăţie, ca a copiilor când se păcălesc unii pe alţii, în joacă. Şi iar pieri, cu mersul ei legănat, cu pasul ei rar, şi totuşi depărtându-se repede, cu miile de cute şi unduiri ale şalului ei larg care îi înfăşura trupul tânăr, dar voinic. Podoabele orientale şi culorile vii ale şalului ei se iviră încă multă vreme printre căsuţele de pe malul celălalt.

Abia atunci îşi reveni flăcăul. Stătea în acelaşi loc şi în aceeaşi poziţie, aşa cum se afla în clipa când fata trecuse pe lângă el. Trezindu-se, îşi pipăi puşca şi se uită împrejur, cu simţământul că lăsase să-i scape ceva. Stevan moţăia în soarele înşelător, de martie. Flăcăului i se păru că amândoi sunt vinovaţi şi că ar fi putut să se strecoare pe lângă ei un pluton întreg în răgazul acela de timp, de-a cărui lungime şi însemnătate pentru restul lumii nici el nu-şi mai putea da seama. Ruşinat, îl trezi pe Stevan cu mai multă râvnă decât s-ar fi cuvenit şi continuară amândoi să stea de pază până la venirea schimbului.

Toată ziua aceea, şi în ceasurile de repaus, şi cât făcu de gardă, fetişcana turcă îi trecu, de nenumărate ori, ca o nălucă, prin gând. Iar a doua zi, tot cam către amiază, când pe pod şi în târg nu prea e lume, ea străbătu din nou, aievea, podul. Ca într-un joc ale cărui reguli nu le cunoştea decât pe jumătate, Fedun îi privi din nou obrajii închenăruiţi de ţesătura multicoloră a şalului. Totul se petrecu aidoma ca în ajun. Doar privirile fură ceva mai lungi, zâmbetele mai vii şi mai îndrăzneţe. Ca şi cum ar fi luat şi el, în felul lui, parte la joc, Stevan moţăi ca de obicei, apoi se jură, tot ca de obicei, că nu dormise şi că nici noaptea, în pat, nu putea să închidă ochii. La întoarcere, fata aproape că se opri, ţintindu-l drept în ochi pe soldat, iar el bâlbâi vreo două vorbe, încâlcite şi fără nici o noimă, simţind cum îl trec fiori şi i se moaie picioarele şi uitând cu desăvârşire locul unde se afla.

Asemenea îndrăzneală nu putem avea decât în vis. Când fata pieri din nou, pe celălalt mal, flăcăul se cutremură de spaimă. Era de necrezut ca o turcoaică să cuteze a se uita la un soldat neamţ. Un lucru atât de uluitor şi de nemaipomenit nu se putea întâmpla decât în vis, sau primăvara, pe kapia. Şi apoi, el ştia, ştia prea bine că nimic nu-i mai de ocară şi mai primejdios, în ţara asta şi în situaţia lui, decât să se atingă de-o turcoaică. Despre asta li se vorbise şi în armată şi acum, în *Streifkorps*. Pentru asemenea păcate existau pedepse grele. Unii le plătiseră cu viaţa, ucişi de turcii mânioşi care suferiseră ocara. Toate astea, Fedun le ştia şi ar fi dorit din toată inima să nu se abată de la ordine şi de la litera regulamentelor, şi totuşi, păcătuia tocmai împotriva lor. Piaza rea a năpăstuiţilor e tocmai faptul că lucrurile la care oricum nu pot ajunge şi le sunt oprite devin, pentru o clipă, cu putinţă şi uşor de atins (sau, cel puţin, par aşa) şi că, de îndată ce încep să le dorească cu tot dinadinsul, ele se arată din nou aşa cum sunt: cu neputinţă de ajuns şi oprite, cu toate urmările lor pentru cei ce le râvnesc şi întind mâna spre ele, în ciuda opreliştii.

A treia zi, către amiază, fetişcana trecu iar. Şi cum în vise totul se rânduieşte după dorinţa omului, singura realitate, stăpână peste toate celelalte, Stevan moțăia din nou, convins și oricând gata să-i convingă și pe alții că nu închidea un ochi măcar. Pe kapia, nici țipenie de om. Flăcăul bâlbâi iar câteva cuvinte, fata își încetini pasul și-i răspunse cu teamă câteva vorbe la fel de nedeslușite.

Jocul acesta, primejdios și de necrezut, continuă. A patra zi, fata, în treacăt, pândind clipa când nu se afla nimeni pe kapia, îl întrebă în șoaptă pe flăcăul înflăcărat când îi mai vine rândul să stea de pază. Iar el îi răspunse că va fi din nou pe kapia către amurg, cam pe la ceasul celei de-a patra rugăciuni a turcilor.

— Am s-o duc pe bunica în târg, ca să doarmă acolo, și-am să vin înapoi singură, îi șopti fata, fără să se oprească din mers și fără să-și întoarcă măcar o clipă capul, dar privindu-l pieziș și grăitor.

Și, din fiecare vorbă de-a ei, răsuna bucuria tainică a gândului că are să-l revadă.

Șase ore mai târziu, Fedun se afla din nou pe kapia, împreună cu adormitul de Stevan. După ploaie, se lăsă un amurg proaspăt, care i se părea plin de făgăduințe. Trecătorii se răreau din ce în ce. Și atunci, pe drumul dinspre Osoinița, se ivi fetișcana turcă, înfășurată în șalul căruia înserarea îi stinsese culorile. Alături de ea, pășea o turcoaică bătrână și gheboșată, învelită într-o feregea groasă și neagră. Bunica era atât de încovoiată încât aproape că atingea pământul cu fruntea și-și sprijinea mâna dreaptă de-un toiag, iar stânga de brațul fetei.

Și așa trecură amândouă pe lângă Fedun. Fata își încetini pasul și-l potrivi după mersul anevoios al bătrânei pe care o însoțea. Iar ochii, măriți de umbrele întunericului timpuriu, și-i aținti acum fără teamă și cu bucurie în ochii flăcăului, de parcă nu-i mai venea să se despartă de ei. Când turcoaicele pieriră în târg, pe Fedun îl trecură fiori. Flăcăul începu să umble grăbit, de pe o terasă pe alta, ca și cum ar fi vrut să recapete ceea ce pierduse. Cuprins de-o tulburare asemănătoare cu teama, el aștepta acum reîntoarcerea fetei. Stevan moțăia.

— Ce-o să-mi spună, când o trece iar? chibzuia flăcăul. Și eu ce am să-i spun? Poate o să mă cheme, să ne găsim pe undeva, noaptea, la loc ferit?

Și tremura gândindu-se la plăcerile și la primejdia cuprinse în întâlnirea aceasta.

Trecu un ceas întreg de așteptare, apoi încă o jumătate, și fata nu mai venea. Dar chiar și așteptarea asta își avea farmecul ei. Și farmecul îi crescu, pe măsură ce se lăsa noaptea. În sfârșit, în locul fetei se ivi schimbul. De data asta, însă, nu veniră numai cei doi care trebuiau să facă de gardă, ci sosi, odată cu ei, *Wachtmeister*[1]-ul Drajenovici în persoană. Omul ăsta aspru, cu barbă scurtă și neagră, le ordonă lui Fedun și lui Stevan, cu glas răutăcios și țipător, să intre în dormitor de îndată ce ajung la cazarmă și să nu plece de-acolo până la noi dispozițiuni. Simțământul unei vinovății nedeslușite făcu să i se urce sângele în cap lui Fedun.

Dormitorul, mare și rece, cu cele douăsprezece paturi aliniate perfect, era pustiu. Ostașii se aflau în oraș sau la masă. Fedun și Stevan așteptară neliniștiți și nerăbdători, gândindu-se și căutând zadarnic să ghicească de ce îi pedepsise *Wachtmeister*-ul cu atâta severitate și așa, din senin. Cam peste vreun ceas, când primii soldați începuseră să vină la culcare, intră un afurisit de caporal, cu sprâncenele încruntate, și le strigă, cu glas tare și ascuțit, să-l urmeze. După toate semnele astea, Fedun și Stevan simțiră că asprimea față de ei creștea și că ea nu prevestea nimic bun. De îndată ce ieșiră din dormitor fură despărțiți și interogați pe rând.

Se făcuse târziu. Se apropia, încetul cu încetul, ora când în orășel se sting ultimele lămpi, dar ferestrele cazărmii erau tot luminate. Din când în când se auzea clopotul de la poartă, zornăit de chei și bufniturile grele ale ușilor. Ștafetele veneau și plecau, grăbindu-se să străbată orășelul întunecat și adormit, făcând naveta între cazarmă și clădirea comandamentului, unde, la primul etaj, luminile erau de asemenea aprinse. Numai semnele acestea erau de ajuns să-ți poți da seama că în orășel se petrecea ceva neobișnuit.

Când, pe la unsprezece noaptea, îl duseră în cancelaria *Rittmeister*[2]-ului, lui Fedun i se păru că se scurseseră zile, ba chiar săptămâni întregi, de la cele petrecute pe kapia. Pe masă ardea o lampă cu petrol, făcută din metal, cu un abajur de porțelan

---

1. Grad inferior în armata austro-ungară, corespunzător sergentului major sau vagmistrului.
2. Grad ofițeresc în armata austro-ungară, corespunzător căpitanului de cavalerie.

verde. La masă ședea *Rittmeister*-ul Cârcimar. Mâinile îi erau luminate până la coate de lumina lămpii, iar capul și pieptul îi erau umbrite de abajurul verde. Flăcăul cunoștea chipul dolofan și palid al *Rittmeister*-ului, obrajii spâni, femeiești, mustăcioara aproape invizibilă, cearcănele vinete care îi făceau cercuri în jurul ochilor cenușii. Soldații se temeau ca de foc de ofițerul acesta burduhănos și domol, care tărăgăna cuvintele și se mișca greoi. Puțini oameni erau în stare să nu se tulbure în fața privirii ochilor lui mari și cenușii și să nu se bâlbâie când răspundeau la întrebările *Rittmeister*-ului care rostea fiecare cuvânt încetișor, dar despărțit, limpede, distinct, de la prima și până la ultima silabă, ca la școală sau ca pe scenă. Ceva mai încolo, stătea *Wachtmeister*-ul Drajenovici. Și el avea capul și pieptul ascunse în umbră. Nu i se vedeau decât mâinile, puternic luminate, mâini păroase, atârnând molatice în jos. La unul din degetele *Wachtmeister*-ului, lucea un inel.

Drajenovici începu interogatoriul.

— Spune-ne cum ți-ai petrecut timpul între cinci și șapte, când ai fost de gardă pe kapia, împreună cu soldatul auxiliar Stevan Kalațan?

Fedun simți că-i năvălește sângele în obraji. Fiecare își petrece timpul cât poate mai bine și cum înțelege el, dar nimănui nu-i dă prin minte că va trebui mai târziu să stea în fața unui tribunal sever și să răspundă de tot ce s-a întâmplat, până la cele mai mici amănunte, până la gândurile cele mai tainice și până la ultima clipă. Nimănui, și mai cu seamă unui flăcău de douăzeci și trei de ani, care, primăvara, și-a petrecut vremea pe kapia. Ce să răspundă? Cele două ore de gardă le făcuse ca totdeauna, ca ieri, ca alaltăieri... Dar, în clipa aceea, îi fu cu neputință să-și amintească vreun lucru care i se întâmpla zilnic, vreun lucru obișnuit, ca să-l folosească drept răspuns. I se perindau prin minte numai lucruri lăturalnice sau oprite, pe care le fac toți dar nu le destăinuiesc superiorilor, de pildă faptul că Stevan, ca de obicei, a tras un pui de somn, iar el, Fedun, a schimbat câteva cuvinte cu o fetișcană, o turcoaică, și că, mai apoi, la căderea nopții, îngânase încetișor, dar cu foc, toate cântecele din țara lui, așteptând reîntoarcerea fetei, reîntoarcere care trebuia să aducă odată cu ea ceva tulburător și neobișnuit. Vai, ce greu e să răspunzi! Și nu se poate să spui totul, și nu se cade să ascunzi unele amănunte! Dar trebuie să te grăbești, căci vremea trece și nu face decât să-ți sporească încurcătura și stânjeneala. Oare de cât timp durează tăcerea asta a lui?

— Ei? se auzi glasul *Rittmeister*-ului.

Îi cunoșteau toți „ei"-ul ăsta, clar, sonor, puternic, ca sunetul unui mecanism viguros, complex și bine uns.

Și Fedun începu să se bâlbâie și să se încurce, chiar de la început, ca un vinovat.

Ceasurile nopții treceau; dar lămpile nu se stinseră nici în cazarmă și nici la comandament. Interogatoriile, procesele-verbale și confruntările urmau unele după altele. Mai fură anchetați și alții dintre cei care, în aceeași zi, făcuseră de gardă pe kapia. Anchetatorii descoperiră și chiar aduseră în fața lor câțiva dintre trecători. Dar era vădit că cercul se strângea tot mai mult în jurul lui Fedun, al lui Stevan, și al cercetării lor cu privire la turcoaica bătrână însoțită de-o fetișcană.

Flăcăului i se părea că i s-au prăvălit pe cap toate păcatele drăcești și de neclintit ale viselor lui. Țăranul clipea din ochi cu șiretenie și vorbea prefăcut, cu un glas subțirel, spunând mereu că-i un biet neștiutor de carte și punându-se la adăpost după „domnul Fedun", cum îl numea întruna pe camaradul lui de gardă.

„Așa trebuie să răspunzi", gândea în sinea lui flăcăul, în timp ce îi chiorăiau mațele de foame și tremura tot de emoție, deși încă nu-și dădea limpede seama despre ce e vorba și care e, la urma urmei, greșeala sau vina lui. Dar dimineața se lămuriră toate.

Cât ținu noaptea, se învârti întruna hora aceasta de neînchipuit, în mijlocul căreia se afla *Rittmeister*-ul, rece și fără milă. Neclintit și mut, *Rittmeister*-ul nu îngăduia nimănui să stea liniștit și să tacă. Prin purtarea și prin înfățișarea lui, nu semăna nicidecum a ființă omenească, ci părea întruchiparea datoriei, preotul neînduplecat al justiției, în afara tuturor slăbiciunilor și sentimentelor, înzestrat cu o putere nefirească, scutit chiar de nevoile omenești ale hranei, somnului și odihnei. Iar când se lumină de ziuă, Fedun fu adus, pentru a doua oară, în fața *Rittmeister*-ului. Acolo, în afară de *Rittmeister* și de Drajenovici, se mai afla un jandarm înarmat și o făptură femeiască, o arătare, după cum i se păru în prima clipă flăcăului. Lampa fusese stinsă. Odaia, cu ferestrele spre miazănoapte, era rece și aproape întunecată. Flăcăul își vedea cu uimire visul încâlcit din timpul nopții, continuându-se și nevrând să pălească și să piară, nici măcar la lumina zilei.

— Ăsta era de gardă? o întrebă *Rittmeister*-ul pe femeie.

Făcând o sforțare dureroasă, Fedun o privi abia atunci cu luare-aminte. Era fetișcana turcoaică din ajun, dar fără șal, cu capul descoperit, cu două cozi castanii și grele care abia îi stăteau pe cap. Purta niște șalvari turcești, pestriți, dar restul veșmintelor, ia, brâul și ilicul îi erau la fel ca ale fetelor de sârbi din cătunele muntenești de deasupra orășelului. Fără șal, părea mai vârstnică și mai trupeșă. Fața i se schimbase cu totul: avea gura mare și rea, pleoapele înroșite, iar ochii îi erau limpezi și luminoși de parcă zburaseră din ei umbrele tainice din seara trecută.

— El e, răspunse femeia cu un glas aspru și nepăsător, care lui Fedun i se păru la fel de nou și de ciudat ca și întreaga ei apariție.

Drajenovici continuă să pună întrebări: cum și de câte ori, în totul, trecuse peste pod, ce-i spusese ea lui Fedun și ce-i spusese Fedun ei? În general, ea răspundea exact, dar nepăsătoare și dârză.

— Elenka, ce ți-a zis el, ultima dată când ai trecut podul?

— A zis ceva, dar nu mai știu bine ce, fiindcă nu-l ascultam, că doar mă gândeam cum să fac să-l trec pe Iakov.

— La asta te gândeai?

— La asta, răspunse în silă femeia, care se vedea cât de colo că era istovită și că nu voia să vorbească mai mult decât trebuia.

Dar *Wachtmeister*-ul stărui. Cu o voce în care se simțea amenințarea și care trăda obișnuința de-a i se răspunde imediat, el îi ceru femeii să mai repete o dată tot ce spusese la primul interogatoriu de la comandament.

Elenka se apăra, prescurta și sărea anumite părți din prima mărturie, dar el o întrerupea mereu și, cu întrebări aspre și iscusite, o silea să revină la cele declarate.

Încetul cu încetul ieși la iveală întregul adevăr. Pe femeie o chema Elenka și era din neamul Tasicilor, din Lieska de Sus. Toamna trecută poposise acolo haiducul Iakov Cekârlia și iernase, ascuns într-o șură, ceva mai sus de satul lor. Ai ei îi duceau de mâncare și primeneli. De cele mai multe ori, ea făcuse treaba asta! Și așa, se îndrăgiseră amândoi și se făgăduiseră unul altuia. Și când începu zăpada să se topească iar *Streifkorps*-ul să-l încolţească, Iakov hotărî să treacă în Serbia cu orice chip. La vremea asta e anevoie să răzbaţi peste Drina, chiar când nu e păzită, şi acum pe pod se aflau mereu ostaşi. Iakov îşi puse în gând să treacă peste pod şi născoci un vicleşug ca să înşele paza. Elenka se hotărî să meargă cu el, să-l ajute, fie ce-o fi, chiar dacă ar costa-o viaţa. Coborâră mai întâi pe Lieska, apoi, printr-o viroagă, mai sus de Okolişte. Încă demult, pe când se afla la Glasinaţ, Iakov îşi făcuse rost de la nişte ţigani de veşminte femeieşti, cum poartă turcoaicele: feregea, şalvari şi un şal. Apoi, după învăţătura lui, ea începu să treacă peste pod, la ceasurile când nu sunt turci mulţi pe-acolo, ca să nu se întrebe vreunul dintre ei a cui e fetişcana asta necunoscută şi ca să se deprindă paza cu ea. Aşa că, timp de trei zile la rând, femeia străbătu podul şi se hotărî să-l strecoare pe Iakov.

— Şi de ce l-ai trecut tocmai când era ostaşul ăsta de gardă?

— Fiindcă el mi s-a părut mai slab de înger.

— De-asta?

— De-asta.

La stăruinţele *Wachtmeister*-ului, femeia povesti mai departe. După ce a pus astfel totul la cale, Iakov s-a înfăşurat în feregeaua lui şi ea, cum s-a lăsat amurgul, l-a trecut, dându-l drept bunică-sa, pe lângă cei doi paznici care n-au băgat de seamă nimic fiindcă flăcăul, adică Fedun, se uita la fetişcană şi nu la bătrână, iar celălalt se lungise pe sofa şi părea că doarme.

Ajunşi în târg, voiseră să fie prevăzători şi să n-o ia de-a dreptul prin mijlocul oraşului, ci ocoliră, prin uliţele lăturalnice. Asta i-a pierdut. S-au rătăcit prin uliţe necunoscute şi, în loc să dea de podul de pe Rzav şi să ajungă astfel la drumul care duce la amândouă graniţele, s-au pomenit în faţa unei cafenele turceşti de unde tocmai ieşeau câţiva oameni. Printre ei se afla şi-un jandarm, un turc, chiar din oraş. Jandarmul a bănuit că nu-i lucru curat cu bătrâna înfofolită şi cu fetişcana, pe care nu le mai văzuse până atunci. Şi a prins să le urmărească. Le-a urmărit aşa, până la Rzav. Acolo, s-a apropiat de ele şi le-a întrebat cine sunt şi încotro se duc. Iakov, care prin vălul feregelei nu slăbea o clipă din ochi mişcările jandarmului, socoti că sosise clipa să fugă. Îşi azvârlise feregeaua şi o îmbrâncise pe Elenka înspre jandarm, cu atâta putere, încât căzură amândoi („că el e subțirel și mic de stat, dar tare ca piatra și are o inimă cum n-au alți oameni!“). Fata, după cum mărturisea singură, liniștită și fără să se abată de la adevăr, îl apucase pe jandarm de picioare. Până când să scape jandarmul de ea, Iakov și trecuse Rzavul ca pe-o băltoacă, deși apa îi ajungea până peste genunchi, și se mistuise de partea cealaltă, printre răchiți. Pe ea o duseseră mai apoi la comandament, și-o bătuseră, și-o amenințaseră, dar ea n-avea nimic de spus și nu voia să spună nimic.

Degeaba se căzni *Wachtmeister*-ul, cu întrebări ocolite, cu lingușeli și amenințări, să scoată de la Elenka ceva mai mult, ca să afle tăinuitorii și ajutoarele lui Iakov sau gândurile lui viitoare. Toate încercările n-avură nici o urmare asupra femeii. Despre ce voia să vorbească, ea povestea mai mult decât ar fi fost nevoie, dar despre ce nu voia să vorbească, era cu neputință să-i smulgă un singur cuvânt, cu toate strădaniile lui Drajenovici.

— Mai bine să ne mărturisești tu, de pe acuma, tot ce știi, decât să-l cerceteze și să-l chinuiască pe Iakov, care până acum sigur că a fost prins la graniță.

— Cine să fie prins? El? Ha!

Și fata se uita cu atâta milă la *Wachtmeister* de parcă ar fi avut dinaintea ochilor un om care nu știe ce spune, iar colțul buzei de sus i se ridică, disprețuitor. (În genere, zvâcnirile buzei ăsteia de sus, asemănătoare cu zvârcolirile unei lipitori, arătau simțămintele ei de mânie, de silă sau de ură, ori de câte ori ele deveneau mai puternice decât cuvintele pe care Elenka le folosea.)

Zvâcnirea buzei dădea pentru o clipă o înfățișare chinuită și urâtă întregului ei chip care, altminteri, era frumos și cu trăsături regulate. Și, cu o expresie pe de-a-ntregul copilărească și visătoare, deloc potrivită cu strâmbătura aceea urâtă a buzei de sus, ea se uita pe geam, așa cum se uită țăranul la fâșia de ogor când vrea să cântărească în ce fel a înrâurit starea timpului asupra semănăturilor.

— Domnul cu voi! Iată că s-a făcut ziuă. De ieri seara și până acum ar fi putut să străbată toată Bosnia, cât e ea de mare, nu numai să treacă granița, care e abia la un ceas sau două de mers de-aici. Asta o știu eu. Pe mine puteți să mă bateți și să mă ucideți; de-asta m-am dus cu el. Da' pe el n-o să-l mai vedeți în veci. Să vă mutați gândul. Ha!

Și buza de sus i se strânse și i se ridică spre partea dreaptă și toată fața părea dintr-odată mult mai îmbătrânită, mai coaptă, mai dârză și mai urâtă. Iar când buza i se destinse și se lăsă în jos, fața femeii își recăpătă deodată expresia copilărească, plină de-o drăgălașă și nechibzuită îndrăzneală.

Nemaiștiind cum s-o scoată la capăt, Drajenovici se uita la *Rittmeister*; acesta îi făcu semn s-o ia pe fată de-acolo. Și reîncepură iar interogarea lui Fedun, care nu mai putea fi nici grea și nici îndelungă. Flăcăul recunoscu tot și nu putu să aducă nimic întru apărarea lui, nici măcar ce-i strecura cu dinadinsul Drajenovici în întrebările puse. Nici măcar cuvintele *Rittmeister*-ului – exprimând o condamnare fără apel și fără milă, în toată gravitatea ei, dar din care, totuși, reieșea o părere de rău, pricinuită tocmai de temeinicia faptelor – nu putură să-l trezească pe Fedun din amorțeala lui.

— Te socoteam, Fedun, un tânăr serios, conștient de datoria și de scopul tău în viață, începu Cârcimar, în limba germană. Și credeam că într-o bună zi o să iasă din dumneata un ostaș desăvârșit, o mândrie a detașamentului nostru. Iar dumneata ți-ai pierdut mințile, te-ai îndrăgostit de prima muiere care ți-a trecut pe dinaintea nasului. Te-ai purtat ca o ființă slabă, ca un om căruia nu-i poate fi încredințată o treabă serioasă. Trebuie să te înaintez tribunalului. Dar, orice osândă vei primi, pentru dumneata cea mai mare pedeapsă va rămâne faptul că nu te-ai arătat demn de încrederea acordată și că n-ai putut să rămâi la postul dumitale ca un bărbat și ca un ostaș adevărat, atunci când a fost nevoie. Și acum, pleacă.

Nici cuvintele acestea, rostite grav, tăios, sacadat, n-au fost în stare să trezească nimic nou în mintea flăcăului. Le avusese, pe toate, în el. Ivirea și vorbele femeii, țiitoarea haiducului, purtarea lui Stevan și toată desfășurarea anchetei îi înfățișaseră, deodată, în adevărata lui lumină, jocul ușuratic de pe kapia, jocul nechibzuit, naiv și de neiertat. Cuvintele *Rittmeister*-ului nu făceau decât să pună o pecete oficială peste toate; ele îi erau mai necesare *Rittmeister*-ului – pentru satisfacerea unor cerințe nescrise, dar veșnice, ale ordinii și legii – decât lui Fedun însuși. Ca în fața unei priveliști de-o măreție copleșitoare, flăcăul stătea dinaintea unui adevăr de necuprins: ce pot însemna câteva clipe de uitare într-un ceas rău și într-un loc primejdios. Dacă ar fi fost trăite acolo, pe kapia, și dacă ar fi rămas necunoscute, clipele astea n-ar fi avut nici o însemnătate: mici întâmplări, de flăcău, care se povestesc apoi între camarazi, noaptea, în timpul patrulărilor plicticoase. Dar așa, cântărite în lumina răspunderilor adevărate, ele prețuiau mai mult decât orice pe lume. Mai mult decât moartea. De-acum nu mai era cu putință o dezvinovățire întreagă și dreaptă nici în fața lui însuși, nici în fața altora. De-acum se isprăvise cu scrisorile din Kolomeia, cu fotografiile celor de-acasă, cu mandatele poștale pe care le trimitea atât de mândru. Sfârșitul unui om care s-a înșelat și a îngăduit să fie înșelat.

Din pricina asta, nu găsise nici un cuvânt să-i răspundă *Rittmeister*-ului.

Paza lui Fedun n-a fost deosebit de severă. I s-a adus gustarea de dimineață pe care el a mâncat-o, ca să zic așa, cu o gură străină parcă. Apoi i s-a ordonat să-și pregătească lucrurile personale, să predea armele și efectele de serviciu. La zece, trebuia să pornească, însoțit de-un jandarm, cu trăsura poștei, spre Sarajevo, ca să fie înaintat tribunalului garnizoanei.

Pe când flăcăul își strângea lucrurile de pe polița de deasupra patului, câțiva camarazi de-ai lui, aflați încă în dormitor, ieșiră în vârfurile picioarelor, închizând ușa în urma lor, cu grijă și fără zgomot. În jurul lui Fedun se lărgea mereu cercul singurătății și al tăcerii grele, care îl împrejmuiește întotdeauna pe cel lovit de năpastă, ca pe o vită bolnavă. Mai întâi el scoase cuiul tăbliței negre pe care se aflau zugrăvite, cu vopsea, în limba germană, numele, gradul, numărul detașamentului și al unității din care făcea parte, și o puse pe genunchi, cu partea scrisă în jos. Pe dosul negru al tăbliței, Fedun scrise repede și mărunt, cu o bucățică de cretă: „Rog să trimiteți tot ce rămâne de pe urma mea tatei, la Kolomeia. Îi salut pe toți camarazii și-i rog pe mai-marii mei să mă ierte. – G. FEDUN.“

Apoi mai aruncă o ultimă privire spre fereastră și îmbrățișă cu ochii tot ce putu vedea din lume într-o clipă și dintr-un loc atât de mărginit. Își luă după aceea pușca și o încărcă cu un cartuș greu, plin de unsoare. Se descălță, își spintecă ciorapul, cu un briceag, la degetul mare de la piciorul drept, se lungi pe pat, strânse pușca în mâini și între genunchi, așa fel încât vârful țevii să i se înfunde adânc în bărbie, puse piciorul astfel ca gaura ciorapului să agațe trăgaciul și trase. Detunătura făcu să răsune toată cazarma.

După o hotărâre mare, totul devine ușor și simplu. Sosi medicul. Moartea fu constatată oficial. Un proces-verbal, în copie, fu adăugat actelor cu privire la interogarea lui Fedun.

Apoi începură să se îngrijească de înmormântare. Drajenovici primi ordin să meargă la popa Nikola și să stea de vorbă cu el: putea fi îngropat Fedun în cimitir, deși își luase singur zilele? Voia popa Nikola să citească slujba pentru un răposat de credința unitariană?

De un an de zile, popa Nikola îmbătrânise brusc și începuse să-și simtă picioarele slăbite rău; de aceea, își luase ca ajutor, pentru parohia lui întinsă, pe popa Iosa, un om tăcut și cuprins de neastâmpăr, slab și negru ca un tăciune. În ultimele luni, popa Iosa își trecuse asupra lui aproape toate treburile bisericești și slujbele religioase, în oraș și prin sate; iar popa Nikola, care se mișca din ce în ce mai anevoie, nu făcea de obicei decât ce putea face fără să iasă din casă, precum și slujbele din biserica aflată alături de casă.

Potrivit ordinului *Rittmeister*-ului, Drajenovici se duse la popa Nikola. Bătrânul îl primi culcat pe o canapea unde-și făcea siesta; lângă el stătea popa Iosa. Când Drajenovici le înfățișă chestiunea morții lui Fedun și a înmormântării, cei doi popi tăcură o clipă. Văzând că popa Nikola nu scoate o vorbă, Iosa începu el să-și arate părerea, cu o voce șovăielnică și temătoare; era vorba, spunea el, de-o treabă cu totul neobișnuită; existau oprelişti și în canoanele bisericești și în obiceiurile lumești; doar dacă s-ar dovedi că răposatul nu se aflase în toate mințile lui în clipa când își luase zilele, s-ar mai găsi poate vreo cale...

Atunci de pe canapeaua lui tare și îngustă, acoperită cu un covor vechi și decolorat, se săltă popa Nikola. Trupul lui își recăpătă iar înfățișarea de statuie pe care o avusese totdeauna pe vremea când trecea prin mijlocul orașului și oamenii îl salutau de-o parte și de alta a drumului. Primul cuvânt rostit îi lumină fața largă, încă rumenă, cu mustăți uriașe, pierdute în barbă, cu sprâncenele roşcovane, aproape sure, ţepoase şi zburlite, faţă de om care, de când se afla pe lume, învăţase să gândească aşa cum socotea el, să-şi spună părerea cinstit şi să şi-o apere cu toată hotărârea.

Fără multă şovăire, şi fără vorbe mari, el le răspunse direct şi popii şi *Wachtmeister*-ului:

— După ce a căzut năpasta pe om, nu mai ai ce dovedi. Cine oare, în toate minţile fiind, şi-ar lua singur zilele? Şi cine şi-ar face păcatul să-l îngroape ca pe-un păgân, după vreo ulucă şi fără popă? Hai, domnule, fii sănătos, şi porunceşte să se rânduiască toate, ca să-l îngropăm cât mai repede cu putinţă. Şi în cimitir, nu altundeva. O să-i slujesc eu. Şi-apoi, dacă s-o afla vreodată vreun popă de credinţa lui, să adauge şi să îndrepte el ce-o socoti că n-a fost făcut cum se cuvine. Iar după ce plecă Drajenovici, se mai întoarse o dată spre popa Iosa, care stătea ruşinat şi mirat: Cum să nu primeşti un creştin în cimitir? Şi de ce să nu-i slujeşti? Nu e oare de ajuns că n-a avut parte de noroc în viaţă? Lasă, pe lumea cealaltă au să-l întrebe de păcate cei ce ne vor întreba şi pe noi de păcatele noastre.

Şi astfel, flăcăul care săvârşise o greşeală pe kapia rămase pentru totdeauna în orăşel. Îl înmormântară în dimineaţa următoare, fiind prohodit de popa Nikola şi de ţârcovnicul Dimitrie.

Unul câte unul, soldaţii din *Streifkorps* trecură pe dinaintea gropii şi-i zvârliră câte un bulgăre negru de ţărână. Iar când cei doi gropari îşi începură grăbiţi munca, ei mai zăboviră câteva clipe în jurul mormântului, ca şi cum ar fi aşteptat vreo comandă, privind ţintă spre malul celălalt al râului, lângă cazarmă, unde se ridica o dâră de fum, albă şi dreaptă. Pe pajiştea înverzită din faţa cazărmii ardeau paiele din salteaua lui Fedun, plină de sânge.

Soarta necruţătoare a flăcăului din *Streifkorps*, căruia nimeni nu-i mai ştia numele şi care plătise cu viaţa câteva clipe de uitare şi de visare primăvăratică pe kapia, îşi găsi loc printre întâmplările multă vreme şi cu drag ţinute minte şi povestite de localnici. Amintirea flăcăului cu inimă simţitoare şi lovit de năpastă dură mai multă vreme decât garda de pe kapia.

Chiar din toamna următoare, răscoala începu să se stingă în Herţegovina. Câteva căpetenii mai de frunte, musulmani şi sârbi, fugiră fie în Muntenegru, fie în Turcia. Pe meleagurile acestea mai rămaseră doar câţiva haiduci care, de fapt, n-aveau nimic de-a face cu răscoala şi haiduceau pe socoteala lor. Apoi, fură şi ei prinşi sau împrăştiaţi, unul după altul. Herţegovina se linişti. Bosnia dădu ostaşi fără împotrivire.

Dar plecarea primilor recruţi n-a fost nici uşoară şi nici simplă. Nu fuseseră luaţi decât vreo sută, din tot contingentul, dar în ziua când se adunară în faţa comandamentului, ţăranii cu desagii şi târgoveţii cu lădiţele lor de lemn, ai fi zis că a izbucnit în orăşel şi molima, şi răscoala. Mulţi dintre recruţi băuseră vârtos încă din zori, amestecând băuturile. Ţăranii purtau cămăşi albe, curate ca lacrima. Puţinii dintre ei care nu băuseră stăteau în picioare, lângă boarfele lor, rezemaţi de perete, şi moţăiau. Cei mai mulţi erau înfierbântaţi, roşii de băutură şi asudaţi de arşiţa zilei. Câte o ceată de patru-cinci flăcăi din acelaşi sat se luau de gât, îşi uneau capetele şi, clătinându-se ca nişte copaci vii, se văicăreau, prelung şi răguşit, de parcă ar fi fost singuri pe lume.

— Ooof, mândruţo! Of!

Făceau ei gălăgie şi zaveră, ce e drept, dar şi mai multă decât ei făceau femeile, mamele, surorile şi neamurile flăcăilor, venite de prin sate depărtate ca să-i însoţească, să-i mai privească o dată, să-i plângă şi să-i bocească, să le mai dea, pe drum, o ultimă mângâiere, un ultim semn de dragoste. Piaţa de lângă pod gemea de neamul ăsta femeiesc. Ele şedeau acolo, ca împietrite, aşteptând parcă citirea unei osânde. Vorbeau între ele şi, din când în când, îşi ştergeau lacrimile cu colţurile basmalelor. Degeaba li se explicase mai înainte, prin sate, că flăcăii nu mergeau nici la război nici în robie, ci la Viena, ca să-l slujească pe împărat, că vor fi bine hrăniţi, îmbrăcaţi şi încălţaţi, şi că, după doi ani de slujbă, aveau să se întoarcă la casele lor; că flăcăii din celelalte părţi ale împărăţiei făceau şi ei armata, vreme de trei ani. Toate lămuririle astea trecuseră pe lângă ele ca vântul, ca nişte lucruri străine şi de neînţeles. Femeile nu-şi ascultau decât pornirile şi se conduceau numai după imboldul lor. Iar pornirile acestea străvechi şi moştenite de la mamă la fiică le împingeau lacrimi în ochi şi gemete în piept, le îndemnau să-i însoţească până unde or putea, cu toată râvna, şi să cate cu o ultimă privire spre cei mai scumpi decât viaţa şi pe care un împărat necunoscut îi mâna într-o ţară necunoscută, spre încercări și munci necunoscute. Zadarnic forfoteau acum printre ele jandarmii și slujbașii de la comandament și le spuneau că jalea lor n-are nici un rost, sfătuindu-le să nu încurce trecerea, să nu alerge pe drum după recruți și să nu stârnească zarvă și neorânduială, că au să se reîntoarcă toți la casele lor, vii și teferi. Toate astea erau zadarnice. Femeile îi ascultau, dădeau din cap, supuse și parcă neînstare să înțeleagă ceva, apoi, de îndată, izbucneau în lacrimi și se împrăștiau bocind cu jale de nespus. Ai fi putut jura că le erau la fel de dragi lacrimile și bocetele pe cât le erau cei pe care îi boceau.

Iar când veni clipa plecării și când recruții se aliniară, cum e obiceiul, în rânduri de câte patru și porniră peste pod, se iscă o îmbulzeală și-un iureș în care și jandarmii cei mai domoli abia putură să-și păstreze firea. Femeile alergau, smulgându-se din mâinile jandarmilor, voind fiecare să ajungă lângă cel drag, se înghesuiau și se îmbrânceau. Bocetele lor se amestecau cu țipetele, cu rugămințile și cu ultimele sfaturi. Unele alergară până în fața convoiului de recruți, unde mergeau în rând patru jandarmi, se aruncară la picioarele lor, își loviră piepturile dezgolite și strigară, cu deznădejde în glas:

— Peste trupul meu! O să trebuiască să mă călcați în picioare, nenorocita de mine!

Bărbații le ridicau anevoie, descurcându-și cu grijă cizmele și pintenii din părul lor despletit și din fustele lor încâlcite.

Unii recruți, rușinați, îndemnau chiar ei, cu gesturi mânioase, femeile, sfătuindu-le să se întoarcă acasă. Dar cea mai mare parte dintre flăcăi cântau sau chiuiau, și asta sporea și mai mult zarva. Câțiva vișegrădeni, galbeni de emoție, cântau la unison, ca la oraș:

Bosnia și Sarajevo,
Maică, plângi, îndurerată,
Că feciorul ți-l răpește
Împăratul la armată.

Cântecul dezlănțui și mai multe vaiete.

Când, cu chiu, cu vai, trecură până la urmă podul, pe care întregul alai părea că se înțepenise, și când porniră pe drumul către Sarajevo, pe amândouă părţile îi aşteptau înşiruiţi locuitorii orăşelului, ieşiţi să-şi ia rămas-bun de la recruţi şi să-i plângă de parcă ar fi fost duşi la împuşcare. Şi se aflau şi-acolo destule femei ca să bocească laolaltă, fără excepţie, deşi nu era nici unul de-ai lor printre cei ce plecau. Căci fiecare are pricini destule ca să verse lacrimi şi e mai plăcut să plângi pentru jalea altuia.

Dar, încetul cu încetul, şirurile acestea de pe margine se răriră. Ţărăncile, una după alta, rămâneau în urmă. Cele mai îndârjite se arătau a fi mamele, care alergau în preajma convoiului de parcă ar fi avut cincisprezece ani, săreau şanţul din marginea drumului, de pe o parte pe alta, şi încercau să-i înşele pe jandarmi, ca să stea cât mai mult cu putinţă lângă feciorii lor. Văzându-le, chiar flăcăii, albi de emoţie şi cu glas stânjenit, se întorceau spre ele şi strigau:

— Du-te acasă, dacă-ţi spun!

Dar mamele mai mergeau după ei multă vreme, ca orbite, nemaivăzând nimic în afară de copiii lor şi neascultând altceva decât propriile bocete.

Trecură şi zilele acestea tulburi. Oamenii se împrăştiară pe la sate şi orăşelul se potoli. Iar când începură să sosească de la Viena scrisorile şi primele fotografii ale recruţilor, totul deveni mai uşor şi mai cu putinţă de îndurat. Femeile vărsară şiroaie de lacrimi peste scrisorile şi peste fotografiile primite, dar cu inima mai împăcată şi mai domolită.

Streifkorps-ul fu desfiinţat şi părăsi orăşelul. Pe kapia nu mai era de multă vreme pază şi oamenii stăteau acolo vara, aşa cum stătuseră şi pe vremuri.

Cei doi ani trecură repede. Şi în toamna aceea, într-adevăr, se reîntoarseră primii recruţi, curaţi şi tunşi. Oamenii se adunau în jurul lor, iar ei povesteau despre viaţa ostăşească şi despre măreţia oraşelor pe care le văzuseră, amestecând în vorbele lor nume necunoscute şi vorbe străine. La plecarea contingentului următor, lacrimile şi bocetele se împuţinară vădit.

În totul, viaţa deveni mai obişnuită. Crescură tinerii care n-aveau prea multe amintiri puternice şi vii de pe vremea turcilor şi, în multe privinţe, se deprinseseră cu noul fel de trai. Dar pe kapia se trăia tot după vechile obiceiuri ale orăşelului. Fără să ţină seama de noile modele de îmbrăcăminte, de noile meserii și de noul fel de negoț, acolo ei deveniră iarăși, cu toții, locuitori ai orașului, asemeni celor ce fuseseră pe-aici de când lumea și pământul; și păstrară obișnuința taifasurilor care le fusese de totdeauna și le rămăsese și acum o adevărată nevoie a inimii și a închipuirii.

Recruții se duc la armată fără zarvă și fără îmbulzeală. Despre haiduci nu se mai pomenește decât în povestirile bătrânilor. Garda din *Streifkorps* a fost dată uitării, ca și vechea strajă de pe vremea turcilor, când se clădise o redută pe kapia...

XIV

Traiul în orășelul de lângă pod părea tot mai viu, mai rânduit, și căpăta acel echilibru către care tinde viața pretutindeni și de totdeauna și la care nu ajunge decât arareori, în parte și doar pentru câtăva vreme.

În orașele depărtate și necunoscute de noi, de unde se stăpânea și se conducea și țara asta, se statornicise pe-atunci – în ultimul pătrar al secolului al XIX-lea – tocmai una din acalmiile acelea rare și scurte în relațiile omenești și în evenimentele sociale. O frântură din acalmia aceasta se simțea puțin și pe meleagurile noastre pierdute, așa cum imensa liniște a mării se simte până în golfurile cele mai depărtate.

Astfel au fost cele trei decade de bunăstare relativă și de pace aparentă – *à la* Franz Joseph – în timpul cărora mulți europeni crezură că au găsit formula fără greș pentru împlinirea visului secular al dezvoltării complete și armonioase a individului în libertate universală și în progres. Secolul al XIX-lea își scotea la iveală în fața milioanelor de oameni binefacerile multiple și iluzorii și-și crea mirajul lui de trai bun, de securitate și de fericire pentru toți și pentru fiecare în parte, cu ajutorul prețurilor scăzute și al vânzărilor în rate. Dar în orășelul pierdut din Bosnia nu ajungeau, despre toată viața asta a secolului al XIX-lea, decât ecouri înăbușite, și acestea numai în măsura și în forma în care mediul nostru oriental, înapoiat, le putea primi, înțelegându-le și aplicându-le în felul său.

După primii ani de neîncredere, de bătut pasul pe loc, de șovăială și de sentiment al provizoratului, orășelul începu să-și dibuie locul în noua stare a lucrurilor. Oamenii păreau a găsi ordine, câștig și securitate. Și atât era de ajuns pentru ca viața, viața exterioară, să pornească și aici pe calea „perfecționării și a progresului". Toate celelalte erau împinse în adâncul conștiinței.

După primele neînțelegeri și primele ciocniri, noua stăpânire li se păru oamenilor cu adevărat trainică și puternică. (Ea însăși era pătrunsă de iluzia asta.) Exercitându-se indirect, era, în felul acesta, mult mai ușor de îndurat decât vechea stăpânire turcească. Tot ce avea în ea cumplit și hrăpăreț era ascuns sub o spoială de demnitate, lustru și forme consfințite de tradiție. Oamenii se temeau de stăpânire, dar așa cum te-ai teme de moarte sau de boală și nu cum tremuri în fața răutății, a nenorocirii și a violenței. Reprezentanții noii stăpâniri, atât militarii, cât și civilii, erau în marea lor majoritate străini de țară și nu cunoșteau poporul. Ei înșiși păreau neînsemnați; dar simțeai la fiecare pas că sunt rotițele minuscule ale unui mecanism uriaș și că în spatele fiecăruia se află un șir nesfârșit de grade nenumărate, de oameni puternici și de instituții mai mari. Asta le dădea o autoritate care le depășea cu mult propria personalitate și o influență magică în fața căreia te supuneai ușor. Prin funcțiile lor, părând atât de importante aici, prin calmul și obiceiurile lor europenești, inspirau poporului, de care erau atât de diferiți, încredere și respect, și nu stârneau nici pizmă și nici pricini de a-i bârfi, deși nici nu le erau pe plac oamenilor și nici nu-i iubeau.

Pe de altă parte, după câtva timp, străinii aceștia nu putură nici ei să scape cu totul de influența ciudatului mediu oriental în care trebuiau să trăiască. Copiii lor le aduceau copiilor din orășel expresii și nume străine, jucau jocuri noi pe kapia și le arătau jucării necunoscute pentru ai noștri, dar primeau și ei, la fel de ușor, de la copiii din partea locului, cântecele noastre, felul nostru de-a vorbi, de-a se hârjoni, și străvechile noastre jocuri, capra etc. La fel și cei vârstnici. Aduceau o nouă orânduire, cu expresii și cu obiceiuri noi, dar, în același timp, luau zilnic, în limbajul sau în felul lor de trai, câte ceva de la localnici. Adevărul e că oamenii noștri, mai ales creștinii și evreii, începură să semene din ce în ce mai mult la îmbrăcăminte și la purtări cu străinii aduși de ocupație; dar nici străinii nu scăpau de influența și de atingerea mediului în care trebuiau să trăiască. Pe mulți dintre funcționarii aceștia, maghiari energici sau polonezi cu aere de noblețe, îi vedeai călcând cu teamă peste pod și pășind cu dezgust în orășel, unde, la început, se ținură deoparte, ca picăturile de untdelemn în apă. Dar, peste câțiva ani, îi găseai stând ore întregi pe kapia, trăgând din țigarete groase, de chihlimbar, și, asemeni localnicilor, privind cum se împrăștie și piere fumul sub cerul albastru, în aerul încremenit al amurgului; sau așteptând căderea serii, laolaltă cu localnicii mai de vază și cu beii noștri, pe vreo pajiște verde, cu o tufă de busuioc dinainte și, pe când tăifăsuiau agale, fără să dea greutate și sens anumit cuvintelor rostite, îi vedeai sorbind tacticos și luând din când în când câte o îmbucătură, așa cum numai cei din Vișegrad se pricep s-o facă. Iar printre străinii aceștia au fost și unii funcționari sau meseriași care s-au însurat în orășelul nostru, hotărâți să nu-l mai părăsească niciodată.

Pentru nici unul dintre localnici viața asta nouă nu însemna realizarea a ceea ce aveau în sânge și-și doriseră din tot sufletul, de totdeauna; dimpotrivă, toți, și musulmanii și creștinii, intrau în această viață cu nenumărate temeri adânc înrădăcinate. Dar reticențele lor erau tainice și ascunse, iar viața era deschisă înaintea oricui și puternică, plină de posibilități noi, care păreau nemăsurat de mari. Și, după șovăieli mai mult sau mai puțin îndelungate, cei mai mulți dintre ei se lăsau duși de noul curent, vindeau și cumpărau, trăiau după noile idei și după noile purtări care dădeau mai mult avânt și ofereau mai multe posibilități fiecăruia în parte.

Noul fel de trai nu era deloc mai puțin legat de anumite condiții și mai puțin îngrădit decât cel vechi, din vremea turcilor; atâta doar că era mai ușor și mai omenos, iar condițiile și legăturile erau acum hotărâte de departe și cu atâta iscusință, încât individul nu le simțea direct. Și de asta i se părea fiecăruia că totul din jurul lui devenise mai larg, mai luminos, mai felurit și mai bogat.

Noul stat, cu aparatul lui administrativ bine pus la punct, reușea fără brutalități și fără zguduiri să scoată din buzunarele oamenilor birurile și poverile pe care stăpânirea turcească le storsese prin mijloace grosolane și nechibzuite, uneori chiar prin jaf; noul stat izbutea să capete tot atâția bani, ba chiar și mai mulți, cu mult mai repede și mai sigur.

Precum, la vremea lor, după armată veniseră jandarmii, iar după jandarmi funcționarii, tot așa după funcționari se iviră negustorii. Se începu tăierea pădurii și sosiră antreprenorii străini, ingineri și lucrători, aducând prilejuri felurite de câștig pentru negustorași ori pentru negustorii mai mari, iar pentru popor obiceiuri noi, schimbări în îmbrăcăminte și în vorbire. Se construi primul hotel. (Despre el vom mai vorbi, peste câtăva vreme.) Începură să iasă ca din pământ cantine și dughene necunoscute până atunci. Pe lângă evreii spanioli, numiți sefarzi, care viețuiau aici de secole, căci se statorniciseră în orășel cam pe vremea clădirii podului de peste Drina, sosiră acum și evreii din Galiția, așa-numiții așkenazi.

Ca un sânge proaspăt, banii începură să circule prin țară în cantități nemaivăzute până atunci și, ceea ce e și mai important, începură să circule în mod public, fără sfială și pe față. La focul iureșului acestuia de aur, argint și bancnote, fiecare putea să-și încălzească mâinile sau măcar să-și mângâie ochii, căci până și la cei mai săraci se năștea iluzia că sărăcia e vremelnică și, deci, ușor de îndurat.

Bani și oameni bogați existaseră și înainte, nici vorbă; dar pe-atunci nu găseai bogătași la tot pasul, căci cei avuți își ascundeau avuția cum își ascunde șopârla picioarele, și boieria și-o purtau, și-o arătau doar ca pe un mijloc de a se ține tari și de-a se apăra, copleșitoare și pentru ei și pentru cei din jurul lor. Iar acum bogăția, sau ceea ce era privit ca atare și se numea astfel, era publică și se înfățișa, tot mai mult sub forma plăcerilor și a mulțumirilor personale; iată pentru ce majoritatea oamenilor putea să aibă ceva din strălucirea ei sau din cioburile strălucirii acesteia.

La fel era și cu toate celelalte. Plăcerile, care până atunci fuseseră gustate pe ascuns și pe furiș, acum puteau fi cumpărate și arătate pe față, și asta, făcându-le și mai atrăgătoare, sporea numărul celor ce le căutau. Ceea ce părea altădată de neatins, depărtat, scump, oprit de legi sau de pricini atotputernice deveni, în multe cazuri, posibil și la îndemâna oricui era destul de pricopsit sau de isteț. Numeroase patimi, pofte și dorințe tăinuite până atunci în locuri ferite, sau rămase cu totul de neîmplinit, puteau acum izbucni și încercau pe față izbânda deplină sau cel puțin parțială. De fapt, opreliștile, ordinea și disciplina legală erau mai strașnice decât înainte vreme; păcatele se pedepseau, iar plăcerile se plăteau mai scump și mai anevoie decât înainte; doar că legile și mijloacele erau altele și lăsau oamenilor și în privința asta, ca și în toate celelalte, iluzia că, dintr-odată, viața devenise mai largă, mai luxoasă și mai liberă.

Nu existau mai multe plăceri adevărate decât existaseră pe vremuri, și nici, mai ales, nu exista, mai multă fericire; dar fără doar și poate că plăcerile puteau fi mai ușor împlinite și se părea că e loc pretutindeni pentru norocul fiecăruia. Vechea înclinație înnăscută a vișegrădenilor pentru o viață lipsită de griji, o viață de huzur, își găsea acum imbold și putință de realizare în noile obiceiuri și în noile forme de negoț și câștig ale străinilor pripășiți de curând.

După cazarma clădită acolo unde odinioară era hanul de piatră, fusese ridicată, cu pietrele rămase de la vechea clădire, o construcție nouă, și în ea se instalase administrația ținutului și judecătoria. După ele, cea mai mare casă din orășel era hotelul lui Zaler, ce se înălța pe mal, chiar lângă pod. Locul unde se afla hotelul, pe dreapta râului, era întărit cu un zid vechi, care sprijinea malul la amândouă capetele podului și fusese construit odată cu podul. Astfel, la dreapta și la stânga podului se întindeau două platouri, ca două terase deasupra apei. Pe maidanele astea, numite de localnici musale sau câmpuri de curse, se jucaseră copiii vișegrădenilor, generație după generație. Acum autoritățile comunale, ocupând maidanul din stânga, împrejmuindu-l și sădind pe el pomi fructiferi și tufe, făcuseră din el un soi de pepinieră.

Pe maidanul din dreapta fusese clădit hotelul. Până atunci, prima clădire când intrai în târgul orașului era hanul lui Zarie, așezat la vad bun, fiindcă drumețul ostenit și însetat, venind peste pod în orășel, trebuia să se izbească de el. Acum era cu totul umbrit de marea clădire a noului hotel. Vechiul han, cu zidurile lui scunde și bătrâne, arăta din zi în zi tot mai pleoștit și mai umilit, de parcă s-ar fi înfundat în pământ.

Oficial, noul hotel purta numele podului lângă care fusese clădit. Dar poporul le botează pe toate după felul lui de-a judeca lucrurile și după semnificația reală dată fiecăruia. Deasupra intrării hotelului lui Zaler, firma cu inscripția nemțească *Hotel zur Brücke*[1],

1. Hotelul Podului (germ.).

zugrăvită cu litere groase și în culori de apă de către un soldat priceput la asemenea treburi, pălise curând. Oamenii îi spuseseră de la bun început *Hotelul Lotikăi* și numele ăsta-i rămăsese. Căci, dacă hotelul era ținut de Zaler, un evreu gras și mototol, care avea o nevastă bolnăvicioasă, Debora, și două fiice, Mina și Irena, adevărata stăpână și sufletul întreprinderii era cumnata lui Zaler, Lotika, o femeie tânără și de-o frumusețe desăvârșită, o văduvă isteață la vorbă, ca un bărbat de aprigă.

La catul de sus al hotelului se aflau șase odăi curate și bine orânduite, pentru mușterii, iar jos, două încăperi, una mare și alta mică. În cea mare venea lume mai sărăcuță și mai de rând, subofițeri și meseriași. Sala mică era despărțită de cea mare printr-o ușă de sticlă mată, cu două canaturi: pe o parte a ușii era scris cuvântul EXTRA, iar pe cealaltă, cuvântul ZIMMER[1]. Aici, în încăperea asta, se afla centrul vieții sociale pentru funcționarii, ofițerii și bogătașii din orășel. La Lotika se bea, se jucau cărți, se cânta, se mânca bine, se dormea în așternuturi curate. Se întâmpla adeseori ca aceeași societate de bei, negustori și funcționari să rămână acolo peste noapte și să chefuiască mai departe toată ziua următoare, până ce picau doborâți de alcool sau de somn și atât de istoviți din pricina jocului de cărți, încât nu mai vedeau în fața ochilor. (Acum nu se mai juca pe ascuns și în taină în odăița întunecoasă și înăbușitoare de la birtul lui Ustamuici.) Și Lotika îi dădea afară, politicos, pe cei ce băuseră prea mult sau pierduseră tot la joc, și-i întâmpina pe nou-veniți, treji încă și poftitori de cărți și de rachiu.

Nimeni nu știa și nimeni nu se întreba când se odihnește femeia asta, când doarme, când mănâncă sau când își găsește timp să se îmbrace și să-și îngrijească frumusețea. Căci ea se afla totdeauna (sau cel puțin așa părea) la dispoziția clienților, amabilă cu toată lumea, egală cu toți și la fel de îndrăzneață și de pricepută.

Bine făcută, trupeșă, cu pielea ca fildeșul, cu părul ca smoala, cu ochi arzători, ea știa să se poarte cu o stăpânire de sine desăvârșită față de mușteriii care lăsau bani cu nemiluita la hotel, dar, împinși de băutură, deveneau uneori agresivi și obraznici. Cu toată

---

1. Odaie specială (germ.).

lumea Lotika avea un fel de a vorbi dulceag, îndrăzneț, isteț, înțepător, mângâietor și împăciuitor. (Glasul îl avea răgușit și inegal, dar, uneori, se preschimba într-un soi de gungurit adânc și alintător. Și vorbea cu greșeli, căci nu învățase bine limba sârbească; folosea un grai plăcut la auz și plin de pitoresc, în care cazurile nu erau niciodată la locul lor, iar substantivele nu erau niciodată sigure, dar care, cu toate acestea, prin ton și prin sens, se potrivea întru totul felului popular de vorbire.)

Fiecare client profita de prezența ei, și, pentru banii și timpul risipiți la hotel, îi făcea curte și-o urmărea cu dorințele lui. Dar numai două lucruri – risipa de bani și de timp – erau singurele neîndoielnice și de durată. Restul părea doar că există, fără să aibă însă o existență sigură. Pentru două generații de cheflii, bogătași sau bei, Lotika fu un fel de miraj, o apariție strălucitoare, costisitoare și rece, care se juca doar cu simțurile lor. În anecdotele lor, erau pomeniți vreo câțiva rari indivizi care se bucuraseră de grațiile Lotikăi, dar nici ei înșiși n-ar fi putut spune exact de ce anume se bucuraseră și în ce măsură.

Nu era nici simplu și nici ușor să lupți cu bărbații ăștia bogați și beți, în care se trezeau adesea instincte neașteptate și brutale. Dar Lotika, neostenită, dibace, cu simțuri reci, cu mintea ageră și cu inima bărbătească, potolea orice furie, domolea fiecare poftă a clienților dezlănțuiți, cu mlădierile misterioase ale trupului ei desăvârșit, cu adânca ei istețime și cu îndrăzneala ei la fel de mare; și reușea totdeauna, și cu fiecare, să păstreze între el și ea distanța cuvenită care înflăcăra și mai mult dorințele și-o făcea și mai prețuită. Cu bărbații ăștia dezlănțuiți, ea se juca în clipele lor cele mai grosolane și mai primejdioase, de beție și de furie, așa cum se joacă toreadorul cu taurul, căci le deprinsese repede felul de-a fi și găsise ușor cheia tuturor poftelor, în aparență atât de complexe. Cunoștea toate părțile slabe ale bărbaților ăstora sentimentali, cruzi și senzuali. Le oferea totul, le făgăduia totul, dar le dădea puțin, sau mai bine zis nimic, căci dorințele, prin însăși natura lor, erau de nepotolit și, până la urmă, ei trebuiau să se mulțumească cu puțin. Față de cei mai mulți dintre clienți ea se purta de parcă ar fi avut de-a face cu niște bolnavi, cu niște oameni apucați din când în când de crize și de tulburări. În general, se putea spune despre Lotika, în ciuda meseriei ei care, bineînțeles, nu putea fi nici frumoasă, nici foarte cinstită, că era o femeie cu bun-simț, bună la inimă și bună din fire și că știa să-i mângâie și să-i ajute pe cei ce cheltuiau pe băutură mai mult decât s-ar fi cuvenit sau pierdeau la cărți mai mult decât ar fi trebuit. Ea îi înnebunea fiindcă erau de felul lor nebuni, îi înșela pentru că ei doreau să fie înșelați și, în sfârșit, nu le lua decât ce era oricum sortit să fie risipit și pierdut. Câștiga mult, e drept, dar își păzea banul și, astfel, din primii ani, strânsese o întreagă avere. Dar știa la fel de bine să șteargă o datorie sau să uite o pierdere, cu mărinimie și fără multe vorbe. Dăruia cerșetorilor și bolnavilor, și, cu multă pricepere și băgare de seamă, pe neobservate și cu delicatețe, ajuta fostele familii de bogătași ajunse la sapă de lemn, orfanii și văduvele din familiile cele mai de vază, toată calicimea rușinoasă, care nu e în stare să ceară, se simte stingherită și șovăie când e vorba să primească o pomană.

Și făcea asta cu aceeași dibăcie cu care își administra hotelul și-i ținea la distanță pe clienții beți, desfrânați și obraznici, luându-le tot ce putea fără să le dea nimic în schimb, dar nerespingându-i niciodată pentru totdeauna și cu totul.

Cei ce cunoșteau lumea și citiseră cărți de istorie își spuneau adeseori că soarta a greșit hărăzindu-i femeii acesteia un câmp de acțiune atât de îngust și de josnic. Dacă n-ar fi fost ce era și în locul unde se afla, cine știe ce-ar fi ajuns și ce-ar fi dat femeia asta deșteaptă și omenoasă, care nu se gândea la ea și care, lacomă și dezinteresată în același timp, frumoasă și seducătoare, dar, de asemenea, castă și rece, conducea un hotel de provincie și golea buzunarele chefliilor din orășel. Ea ar fi devenit poate una dintre femeile ilustre pomenite în istorie și care conduc destinele marilor familii și ale curților.

Pe vremea aceea, cam prin 1885, când Lotika era în plină putere, existau fii de bogătași care își petreceau și zilele și nopțile la hotel, în *Extrazimmer*-ul cu uși de sticlă opace și albicioase. Acolo, către seară, lângă sobă, ei moțăiau cu pleoapele grele și mahmuri, netreziți încă din noaptea trecută, uitând, în oboseala și în somnolența lor, unde se află și ce așteaptă. Profitând de acalmia aceasta, Lotika se retrăgea la primul cat, într-o odăiță pentru slugi, unde își instalase biroul și nu lăsa pe nimeni să intre. În odăița asta erau înghesuite tot felul de mobile, de fotografii și de obiecte de aur, argint și cristal. Acolo, după o perdea, se afla ascunsă casa de bani a Lotikăi, din oțel vopsit în verde, ca și biroușul ei încărcat cu hârtii, invitații, chitanțe, socoteli, ziare nemțești, tăieturi din gazete indicând cursurile la bursă și listele biletelor câștigătoare la loterie.

În odăița asta îngustă, înghesuită și înăbușitoare, a cărei singură fereastră, mult mai mică decât celelalte, dădea direct spre prima și cea mai subțire arcadă a podului, Lotika își petrecea clipele de răgaz și trăia o a doua parte a vieții, partea tainică, aparținându-i numai ei.

Acolo, în clipele de libertate furate muncii, citea ea noutățile bursei, studia prospectele, își punea la punct socotelile, răspundea scrisorilor primite de la bănci, lua hotărâri, dădea ordine, stabilea destinația banilor depuși și trimitea noi sume. Acolo se desfășura acea parte a muncii Lotikăi necunoscută celor de jos ca și întregii lumi, partea nevăzută și adevărată a vieții ei. Acolo, își lepăda masca zâmbitoare și fața îi devenea dură, privirea, aspră și întunecată. Din odăița aceea scria Lotika scrisori către numeroasele ei rubedenii, către familia Apfelmayer din Tărnovo, către frații, către surorile măritate, către neamurile de tot felul, bieți evrei săraci din Galiția orientală, împrăștiați prin Galiția, Austria și Ungaria. Ea conducea destinele a vreo douăsprezece familii evreiești, pătrundea în cele mai mici amănunte ale vieții lor, le punea la cale căsătoriile, îndruma copiii la școli sau la meserie, îi trimitea pe bolnavi să-și caute de sănătate, îi certa pe cei trândavi și risipitori, îi lăuda pe cei cumpătați și pe cei harnici. Le potolea certurile familiale, dădea sfaturi când se iveau neînțelegeri sau nedumeriri, îi îmboldea pe toți să ducă o viață mai chibzuită, mai bună și mai demnă, și totodată le înlesnea și le ușura calea spre o astfel de viață. Căci fiecare scrisoare de-a ei era urmată de-un mandat care făcea cu putință să-i fie ascultat sfatul, să i se urmeze povața, să fie împlinită vreo nevoie sufletească sau trupească și să fie înlăturat vreun necaz.

(În săltarea aceasta a întregii familii și în înlesnirea drumului fiecărei rude în parte, ea își găsea unica plăcere adevărată și răsplata pentru toate poverile şi renunţările din viaţa ei. Cu fiecare fată sau băiat din familia Apfelmayer care se ridica măcar cu o treaptă pe scara socială, Lotika se ridica şi ea, găsind în asta răsplată pentru munca ei grea şi puteri noi pentru strădaniile viitoare.)

Se întâmpla uneori să urce în odăiţă, de jos, din *Extrazimmer* atât de istovită sau de scârbită încât să nu mai aibă putere nici să-şi citească, nici să-şi scrie scrisorile şi socotelile; atunci se ducea de-a dreptul la fereastră ca să-şi umple plămânii cu aer proaspăt, venit dinspre râu, un aer cu totul deosebit de cel din local. Privirea îi cădea atunci pe arcada de piatră puternică şi zveltă, care acoperea întreaga zare, şi pe apa vijelioasă de sub ea. În plină lumină a soarelui, în amurg sau în zori, în bătaia lunii, iarna, sau în lucirea blândă a stelelor, arcada era mereu aceeaşi. Amândouă laturile ei se întindeau una spre alta întâlnindu-se într-un vârf ascuţit şi susţinându-se reciproc într-un echilibru desăvârşit şi de neclintit. Cu trecerea anilor, arcada devenise pentru Lotika orizontul obişnuit, martorul mut căruia i se adresa în clipele când căuta odihnă şi înviorare şi când ajungea la un punct mort sau la impas în afacerile şi în grijile familiei totdeauna rezolvate de ea singură.

Dar clipele de răgaz nu ţineau niciodată mult: le întrerupea, chiar când erau mai plăcute, gălăgia de jos, din cafenea. Şi gălăgie făceau fie clienţii noi, cerând s-o vadă pe Lotika, fie vreun beţiv trezit şi dezmeticit, care poruncea să i se aducă iar băutură, voia să se aprindă lămpile, să fie chemaţi lăutarii şi o striga pe Lotika. Atunci ea îşi părăsea ascunzişul şi, încuind cu o cheie specială uşa odăiţei, cobora să-şi întâmpine clienţii sau să-l domolească pe beţiv cu zâmbetul şi cu felul ei de-a vorbi, ca pe-un copil ce s-a deşteptat din somn, şi să-l aşeze la o masă ca să-şi urmeze mai departe cheful, discuţia, băutura, cântecul şi cheltuiala.

Căci jos, cât lipseşte ea, toate merg anapoda. Clienţii s-au luat la ceartă. Un bei din Ţărnce, tinerel, palid, cu privirea rătăcită, azvârle pe jos băuturile care i se aduc, găseşte cusururi la toate, caută ceartă cu lumânarea, şi clienţilor, şi celor ce servesc. Lăsând la o parte scurtele răgazuri, de câteva zile el bea întruna la hotel şi oftează după Lotika, dar bea în aşa fel, încât se vede că-l împinge un amar mult mai greu – necunoscut chiar şi lui însuşi – un amar care depăşeşte dragostea lui nerăsplătită şi gelozia fără rost pentru frumoasa evreică din Tărnovo.

Lotika se apropie de bei fără teamă, uşor şi firesc.

— Ce s-a întâmplat, Eiub? De ce strigi, dragul meu?

— Unde erai? Vreau să ştiu unde erai, bâlbâie tinerelul beat, cu glasul mai domolit; şi, clipind din ochi, o priveşte ca pe-o arătare. Mi se dă să beau otravă aici. Vor să mă otrăvească; dar habar n-au că eu, dacă...

— Şed, şed liniştit, spune femeia, ca să-l potolească, jucându-se cu mâinile ei albe şi parfumate lângă obrazul beiului. Ramui aici. Pentru tine am să faci tot ce se poate, am să găseşti şi lapte de pasăr, dacă e nevoie. Caut eu băutur pentru tine.

Lotika îl cheamă pe chelner şi-i comandă ceva, în nemţeşte.

— Nu vorbi în faţa mea ce nu înţeleg, nu ciripi *firţen-fufţen* că... mă ştii cine sunt.

— Te ştii, te ştii, Eiub; nu cunoşti mai bun ca tine, dar pe tine te ştii...

— Hm! Cu cine ai fost? Spune!

Şi discuţia între tinerelul beat şi femeia cu mintea trează continuă la nesfârşit, fără sens, fără rezultat, lângă vreo sticlă cu vin scump şi lângă două pahare: unul pentru Lotika, mereu plin, şi altul pentru Eiub, golit şi umplut mereu.

Şi pe când tânărul pierde-vară morfoleşte cuvintele şi trăncăneşte, cu limba împleticită de alcool, tot soiul de palavre despre durerea dragostei fără leac, despre moarte şi despre altele asemenea, pe care Lotika le ştie pe dinafară, căci fiecare dintre beţivii de-aici spune aceleaşi lucruri şi cu aceleaşi vorbe, ea se ridică, se apropie de alte mese unde stau alţi clienţi, dintre cei ce vin în fiecare zi, spre seară, să se întâlnească la hotel.

La o masă sunt câţiva tineri, feciori de bani gata, care abia acum ies în lume şi se deprind cu băutura; snobilor ăstora de provincie birtul lui Zarie a început să li se pară lipsit de eleganţă şi plictisitor, dar nici la hotel nu se simt încă în apele lor. La o altă masă stau funcţionarii, străini, şi vreun ofiţer care a părăsit astăzi cazinoul ofiţeresc şi s-a coborât până la hotelul civililor, fiindcă are de gând să-i ceară Lotikăi un împrumut urgent. La o a treia masă stau inginerii care construiesc prin pădure linia ferată pentru exploatarea lemnului.

Retraşi, cu totul într-un colţ, şed Pavle Rankovici, unul dintre proprietarii cei mai tineri dar şi cei mai bogaţi, şi un austriac, un antreprenor care lucrează pentru calea ferată. Pavle e îmbrăcat turceşte şi poartă un fes roşu pe care nu-l scoate nici chiar în cafenea. Are ochii mici, ca două crăpături luminoase, negre şi oblice, tăiate pe faţa lată şi palidă; dar crăpăturile astea se pot lărgi nespus de mult şi pot deveni mari, strălucitoare şi al naibii de vesele în rarele clipe de bucurie şi de triumf. Antreprenorul poartă un costum cenuşiu, sport, şi cizme înalte, galbene, cu şireturi până la genunchi. El scrie cu un creion aurit, prins într-un lănţişor de argint, pe când Pavle are un capăt de plaivaz bont, uitat acum vreo cinci ani în prăvălia lui de-un dulgher, meşter-militar, venit acolo să târguiască nişte cuie şi nişte balamale. Pavle şi antreprenorul fac o învoială cu privire la hrănirea celor ce muncesc la calea ferată. Adânciţi în treaba asta, înmulţesc amândoi, împart şi adună de zor, înşiră cifrele, unele vizibile, pe hârtie, cu ajutorul cărora trebuie să se convingă şi să se înşele unul pe altul, şi altele invizibile, în minte, cu ajutorul cărora socotesc, atent şi repede, fiecare pentru sine, posibilităţile ascunse şi profiturile.

Pentru fiecare client în parte, Lotika găseşte un cuvânt potrivit, un zâmbet mărinimos sau numai o privire mută, plină de înţelegere. Apoi, din nou, ea se întoarce la beiul cel tinerel care a început iar să fie turbulent şi plin de arţag.

În timpul nopţii şi al beţiilor, printre frazele furtunoase, exaltate, plângătoare sau brutale pe care le cunoaşte atât de bine, Lotika va mai găsi o clipă de răgaz să se urce în odăiţa ei şi să-şi continue, la lumina lăptoasă a lămpii de porţelan, odihna sau corespondenţa, până ce iar se încurcă lucrurile jos şi iar e nevoită să coboare.

Şi, a doua zi, se repetă aceeaşi poveste, cu acelaşi bei chefliu, beat şi plin de toane, sau cu altul; pentru Lotika, încep iar aceleaşi griji duse cu zâmbetul pe buze şi aceeaşi muncă, asemănătoare unui joc uşor şi neînfrânat.

Pare de neînţeles cum de putea Lotika să se descurce şi să se menţină printre sutele de treburi de toate soiurile care îi umpleau zilele și nopțile și-i cereau mai multă viclenie decât poate avea o femeie și mai multă putere decât poate cheltui un bărbat. Și totuși, ea o scotea la capăt, fără să se vaiete vreodată, fără să destăinuie nimic, nimănui, fără să vorbească atunci când punea la cale vreo afacere, fără să spună ce făcuse până atunci și ce-o aștepta în viitor. Și, în ciuda tuturor lucrurilor acestora, ea își împărțea în așa fel timpul încât găsea în fiecare zi cel puțin o oră pentru Ali-bei Pașici.

Ali-bei e singurul bărbat din oraș despre care se zice că a izbutit să-i fie drag Lotikăi, cu-adevărat și în afară de orice socoteli. Dar e, totodată, și bărbatul cel mai închis în sine și mai tăcut din oraș. Întâiul născut dintre cei patru frați Pașici, el nu se însurase (în oraș se credea că și asta se trăgea tot din pricina Lotikăi), nu făcea afaceri și nu se amesteca în viața orășelului. Nu bea și nu-și pierdea niciodată nopțile cu cei de vârsta lui. Era mereu același, la fel de blând și la fel de rezervat față de toți, fără deosebire. Liniștit și închis în sine, nu fugea nici de oameni, nici de discuții și, totuși, nimeni nu-și aducea aminte de vreo părere de-a lui și nu i se repetau nicăieri cuvintele. Îi era suficientă propria lui persoană și se mulțumea pe deplin cu ceea ce era și cu ce însemna în ochii altora. Nu simțea de loc nevoia să fie sau să pară altceva și nimeni nu aștepta de la el și nu-i cerea nimic mai mult. Era unul dintre bărbații aceia care își poartă noblețea ca pe o povară grea și demnă, destulă ca să umple o viață, o mare noblețe înnăscută, respectabilă, justificându-se prin ea însăși și neputând fi nici explicată, nici tăgăduită și nici imitată.

Cu mușteriii din sala mare, Lotika nu prea se amestecă. Acolo lucrează Malcika, chelnerița, și Gustav, oberchelnerul. Pe Malcika o știe tot orașul: o unguroaică trupeșă – ai jura că-i nevasta vreunui îmblânzitor de fiare. Gustav e un neamț din Boemia, un roșcovan mărunt și certăreț din fire, cu ochii injectați de sânge, cu picioarele crăcănate și plate. Și Malcika și Gustav cunosc toată clientela, ba chiar pe toți localnicii; știu cine plătește cum trebuie, știu cum arată fiecare la beție, știu cine trebuie primit fără multă prietenie, cine trebuie întâmpinat din toată inima și cine nu trebuie lăsat nici măcar să intre, nefiind „pentru hotel". Ei veghează să se bea mult și să se plătească cinstit, dar și să se termine totul cuviincios și cum trebuie, fiindcă Lotika are deviza: *Nur kein Skandal!*[1]. Iar dacă se întâmplă câteodată, în mod excepțional, să facă vreunul urât la beție sau, după ce a băut prin alte localuri mai de mâna a doua, să pătrundă cu forța în hotel, atunci își face apariția un argat, Milan, un flăcău înalt, lat în spete și ciolănos. Născut la Lika, Milan e un munte de om, tăcut dar bun la toate treburile. E îmbrăcat totdeauna ca un servitor de hotel (căci Lotika are grijă de toate): nu poartă niciodată haină, ci o vestă cafenie, o cămașă albă și un șorț lung, de postav verde. Din mânecile cămășii suflecate, și vara și iarna, până la coate, i se văd brațele uriașe, păroase și negre, ca două perii enorme. Și are o mustăcioară cu vârfurile răsucite și-un păr negru, năclăit cu pomadă mirositoare, soldățească. Milan e cel ce înăbușă din fașă orice scandal.

Pentru treaba asta neplăcută și nedorită mai există o tactică, pusă la punct și consfințită de multă vreme. Gustav îl distrează pe clientul agresiv și beat până ce vine Milan, care se apropie pe la spate. Apoi oberchelnerul se dă deodată la o parte, iar flăcăul îl înșfacă pe bețiv, proptindu-i o mână în brâu și alta în guler. Lucrurile sunt făcute cu atâta îndemânare și atât de repede încât nimeni, niciodată, n-a putut să înțeleagă în ce constă „figura" lui Milan. Iar bețivul cel mai voinic zboară spre ușă, ca un manechin umplut cu paie. Malcika deschide ușa cât ai clipi, și tocmai când trebuie, în așa fel încât chefliul se pomenește drept în stradă. În același timp, Gustav aruncă după el șapca sau bastonul sau ce a mai lăsat în local, iar Milan se proptește cu toată greutatea și trage oblonul de la ușă. Toate astea se săvârșesc într-o clipă, în deplină înțelegere și unire; până când să bage de seamă ceilalți clienți, chefliul nedorit se și află în stradă și nu poate, dacă și-a pierdut mințile cu totul, decât să lovească de câteva ori cu vreo piatră sau cu vreun cuțit în oblon, așa cum arată anumite urme. Dar atunci înseamnă că nu e scandal în local, și asta e treaba polițaiului care e totdeauna prin apropiere.

Milan nu pățește niciodată ce pățesc alții care lucrează prin cafenele, adică să se întâmple ca mușteriul zvârlit afară să târască după el și să doboare mese și scaune sau să se înțepenească în ușă

1. Numai să nu iasă scandal! (germ.)

cu mâinile și cu picioarele și să nu-l mai poți scoate nici cu o pereche de boi. Milan nu depune în munca asta mai multă râvnă sau mai multă supărare decât e nevoie, nici înflăcărare de luptător sau mândrie personală; de asta izbutește atât de bine și de repede. Și imediat ce a zvârlit afară clientul scandalagiu, el se și întoarce la post, în bucătărie, sau la magazie, ca și cum nu s-ar fi petrecut nimic.

Doar Gustav trece, ca din întâmplare, prin *Extrazimmer* și, privind spre Lotika, așezată la masa vreunui client mai de soi, clipește cu amândoi ochii odată, ceea ce înseamnă că a fost ceva, dar că toate s-au terminat cu bine. Atunci Lotika, fără să-și întrerupă conversația și zâmbetul, clipește și ea repede, pe neobservate, cu amândoi ochii împreună; asta înseamnă: „Bine. Îți mulțumesc și ai grijă până la capăt!"

Mai rămâne doar problema băuturii consumate, sau a lucrurilor sparte de clientul alungat. De suma asta îl descarcă Lotika pe Gustav, când fac socotelile, noaptea, târziu, după un paravan roșu.

XV

Sunt mai multe mijloace prin care muşteriul scandalagiu, dat afară cu atâta îndemânare, să-şi poată veni în fire şi să se poată linişti după neplăcerile îndurate – dacă nu este cumva dus chiar din faţa hotelului direct la închisoare. El poate să pornească, împleticindu-se, spre kapia, şi să se răcorească acolo, în aerul rece pe care-l aduce vântul venind dinspre ape şi din munţii de prin împrejurimi. Şi mai poate să schimbe localul, ducându-se la Zarie, al cărui birt se află ceva mai încolo, în Piaţa comunală. La Zarie poate să scrâşnească din dinţi cât vrea şi cât îi pofteşte inima, poate să ameninţe şi să înjure ceasuri întregi mâna invizibilă, care, cu atâta vicleşug şi putere, l-a aruncat afară din hotel.

La Zarie, de cum începe să se lase amurgul, de cum se împrăştie capii de familie şi oamenii harnici veniţi aici numai să-şi bea porţia de rachiu, nu există şi nu poate să existe scandal, căci fiecare bea cât vrea şi cât poate plăti şi vorbeşte cum îi dă inima ghes. Aici nu li se cere muşteriilor să-şi cheltuiască banii şi să se îmbete purtându-se ca şi cum n-ar fi băut. În sfârşit, dacă vreunul întrece măsura, aici se află Zarie, greoi şi tăcut, potolindu-i şi cuminţindu-i doar cu înfăţişarea lui cruntă şi ameninţătoare pe beţivii şi pe certăreţii cei mai înrăiţi. El îi domoleşte mişcându-şi încet mâna greoaie şi spunându-le cu vocea lui groasă:

— Hai, lasă-te! Nu te juca cu focul! Lasă-te de prostii!

Şi chiar în birtul ăsta străvechi, unde nu există odăi separate, nici chelneri, şi unde serveşte totdeauna vreun băieţandru de prin Sandjak, în straie ţărăneşti, moravurile vechi se amestecă într-un mod ciudat cu cele noi.

Retraşi în colţurile mai întunecoase, băutorii de rachiu cei mai cunoscuţi şi mai înrăiţi tac. Aceştia nu pot suferi zgomotul şi învălmăşeala. Lor le place umbra şi liniştea colţului ăstuia unde s-au așezat în fața paharului de rachiu ca-n fața unui lucru sfințit. Cu stomacul ars, cu ficații roși, cu nervii măcinați, bețivii, nebărbieriți și îmbrăcați ca vai de ei, nepăsători față de orice pe lume, dezgustați de ei înșiși, stau așa și beau, și tot bând așteaptă să li se reverse în suflet lumina vrăjită pe care o aprinde băutura în cei ce i se dăruie ei cu totul, lumina asta pentru care e plăcut să te chinui, să cazi și să mori, deși, din păcate, unora li se ivește tot mai rar și mai stinsă, pe măsură ce trec anii.

Mai vorbăreți și mai gălăgioși sunt începătorii, îndeosebi feciorii de bogătași, tineri la vârsta primejdioasă, care fac primii pași pe calea pierzaniei, dând astfel tributul plătit de toți patimilor băuturii și trândăviei, unii pentru un timp anumit, alții pentru vreme îndelungată. Dar cei mai mulți dintre ei nu rămân cine știe cât pe calea asta, ci o părăsesc, întemeiază o familie, se dedau câștigului și muncii, vieții obișnuite, cu vicii tăinuite și cu patimi de mâna a doua. Și doar câțiva, osândiți din născare, merg fără abatere, alegând în locul vieții alcoolul care, în traiul nostru scurt și amăgitor, reprezintă iluzia cea mai vremelnică și mai mincinoasă; ei trăiesc pentru rachiu și ard de dragul lui până devin posomorâți, buimaci și buhăiți, asemeni celor așezați în birtul lui Zarie la mesele de prin colțuri.

De când cu înscăunarea obiceiurilor noi - viață fără rânduială și chibzuință, negoț mai însuflețit, câștiguri mai mari - alături de Sumbo, țiganul, care de vreo treizeci de ani însoțește cu sunetele flautului său toate petrecerile din oraș, vine acum destul de des pe la birtul lui Zarie și Franz Furlan cu armonica lui. Slăbănog și roșcovan, cu un cercel de aur în urechea dreaptă, Furlan e dulgher de meserie, dar îi sunt tare dragi muzica și vinul. Soldații și muncitorii străini îl ascultă cu mare plăcere.

De multe ori, se nimerește prin cârciumă și câte un guzlar, de obicei vreun muntenegrean, slab ca un mucenic, îmbrăcat sărăcăcios, dar cu fruntea sus și cu privirea senină, flămând dar retras, mândru și totuși silit să trăiască din pomeni. El sade câtăva vreme într-un colț, ferindu-se vădit; nu cere nici de băut, nici de mâncat și privește drept înainte, prefăcându-se că nu știe nimic și că puțin îi pasă de toate. Și totuși, se vede cât de colo că are alte gânduri și alte intenții decât cele pe care i le arată înfățișarea. În el se înfruntă, fără s-o arate, mulțime de simțăminte potrivnice și de neîmpăcat, și mai ales măreția a ceea ce poartă în suflet cu sărăcia și slăbiciunea a ceea ce poate să arate și să exprime în fața altora. De asta e el puțin încurcat și stingherit când se află între oameni. Mândru și răbdător, guzlarul așteaptă să-i ceară cineva un cântec și chiar și atunci își scoate șovăind guzla din tolbă, suflă în ea, se uită dacă nu cumva umezeala i-a destins arcușul, își acordează instrumentul, și le face pe toate dorind parcă să atragă cât mai puțin atenția asupra pregătirilor lui. Când trece pentru prima dată cu arcușul peste strună, nu se aude încă decât un sunet tremurat și inegal, ca un drum năpădit de ploaie. Apoi, cu gura închisă, cântând pe nas, începe să însoțească încet sunetul guzlei, pe care îl desăvârșește cu propriul lui glas. Și când cele două glasuri se contopesc pe de-a-ntregul, într-un sunet tânguitor și monoton care-i țes cântecului o urzeală întunecată, atunci săracul ăsta, ca prin farmec, devine altul: sfiala chinuitoare îi piere, toată frământarea lăuntrică i se potolește și i se stinge, toate necazurile lumii din afară sunt uitate. Guzlarul își saltă capul deodată, ca un om care își leapădă masca modestiei, nemaiavând nevoie să ascundă cine e și ce face, și începe, cu glas neașteptat de puternic, aproape strigând, primele versuri:

Busuiocul mărunțel se tânguia:
Rouă dragă, cum nu cazi pe mine?

Mușteriii, care până atunci vorbeau între ei, prefăcându-se că nu-l iau în seamă, tac până la unul. De la primele viersuri, un același fior îi străbate pe toți, și pe turci, și pe creștini, dorință nedeslușită și sete după aceeași rouă care trăiește în cântec așa cum trăiește în ei, fără deosebire, fără alegere.

Dar când, de îndată, guzlarul urmează, mai încet:

Ăsta n-a fost busuiocul mărunțel...

și, ridicând vălul metaforei, începe să înșire dorințele și destinele reale, turcești sau sârbești, care se ascund în viersurile despre rouă și despre busuioc, simțămintele ascultătorilor se împart și iau drumuri diferite, după ceea ce poartă fiecare în sine, după ce dorește și ce crede fiecare. Totuși, potrivit unei legi nescrise, toți îi ascultă cântecul în tăcere, până la capăt, răbdători și reținuți, fără să-și dea gândurile pe față. Doar că se uită în pahare, zărind prin limpezimea rachiului izbânzile râvnite, și își închipuiesc lupte, eroi, glorii și străluciri care nu există nicăieri în lume.

Când negustorii tineri și fiii bogătașilor rămân mai mult să bea, în cârciumă e mare însuflețire. Atunci și Sumbo și Franz Furlan și Chioru și Șaha, țiganca, au de lucru.

Șaha e o țigancă sașie, o muiere bărbătoasă și neobrăzată, care bea cu oricine poate să-i plătească, dar nu se îmbată niciodată. Fără ea și fără glumele ei deocheate nu se poate închipui nici un chef.

Oamenii care petrec pe socoteala lor se schimbă, dar Chioru, Sumbo și Șaha rămân mereu aceiași. Ei trăiesc din muzică, din glume și din rachiu. Munca lor e pierderea de timp a altora, câștigul – risipa de bani a altora; iar adevărata lor viață se desfășoară noaptea, exact la ceasurile când oamenii sănătoși și fericiți dorm, când rachiul și patimile, stăpânite până atunci, iscă o stare sufletească furtunoasă și strălucitoare și avânturi neașteptate – mereu aceleași, însă părând mereu noi și mai frumoase ca totdeauna. Ei sunt martorii tăcuți și plătiți, în fața cărora oricine îndrăznește să se arate așa cum este (sau, după cum spun sârbii și croații „să-și arate sângele de sub piele"), fără să fie nevoiți mai apoi nici să se căiască, nici să se rușineze; cu ei și în fața lor e îngăduit tot ce ar fi socotit necuviință în fața lumii sau păcat și lucru neîngăduit în familie. La adăpostul numelui și pe socoteala hazliilor ăstora, tații și fiii, oameni înstăriți, cu vază, din familii respectabile, pot să fie pentru o clipă așa cum n-ar cuteza să se arate nimănui, dar așa cum sunt, măcar din când în când, și cu o singură parte a ființei lor adevărate. Pe ei, brutele îi pot batjocori și îi pot bate, fricoșii îi pot înjura, darnicii îi pot umple de daruri, vanitoșii le pot cumpăra lingușirile, melancolicii și capricioșii glumele și năzbâtiile, desfrânații îndrăzneala sau serviciile. Ei sunt o necesitate veșnică și nerecunoscută a localnicilor a căror viață sufletească e îngustă și deformată. Ei sunt, oarecum, ca niște artiști într-un mediu în care arta e necunoscută. De bărbați și femei de soiul ăsta, cântăreți, glumeți, trăsniți și bufoni, nu duce niciodată lipsă orășelul. Când vreunul dintre ei îmbătrânește și moare, un altul îi ia locul, căci alături de cei cunoscuți și vestiți se dezvoltă și cresc alții noi, care vor face să treacă timpul și vor înveseli viața noilor generații. Dar o să se scurgă multă vreme până s-o mai ivi vreun om ca Salko Chioru.

După ocupație, când a sosit în oraș primul circ, Chioru s-a îndrăgostit de-o fată care juca pe sârmă și, din pricina ei, a făcut atâtea prostii și năzbâtii încât a intrat la pușcărie și a fost bătut, iar bogătașii fără inimă care îi zăpăciseră mințile și-l împinseseră să se poarte așa au fost nevoiți să plătească amenzi mari de tot.

De atunci au trecut câțiva ani, oamenii s-au deprins cu multe, și sosirea cântăreților, acrobaților și a scamatorilor străini nu mai stârnește o senzație generală și molipsitoare, cum s-a întâmplat la sosirea primului circ, dar se mai pomenește încă despre dragostea Chiorului pentru dansatoare.

De multă vreme se zbate el așa, slujind ziua oricui și la orice treabă, iar noaptea bogătașilor și beilor, pentru a-i face să petreacă la beție glumind pe socoteala lui. Și asta din generație în generație. Când unora le trece cheful de ștrengării și se căpătuiesc, se însoară, se potolesc, vin alții, mai tineri, gata să pornească pe același drum. Acum, Chioru e istovit și îmbătrânit înainte de vreme: îl găsești mai mult în cârciumă decât la lucru, și trăiește mai mult din pomenile, băuturile și resturile de la mesele bogătașilor decât din câștigul lui.

În nopțile ploioase de toamnă, oamenii adunați în cârciuma lui Zarie mor de plictiseală. La o masă, șed câțiva bogătași. Mintea judecă anevoie, învârtindu-se mereu în jurul acelorași lucruri triste și neplăcute; glasul le e greu și certăreț și sună dogit; au privirile reci, pierdute și neîncrezătoare. Nici rachiul nu mai e în stare să-i învioreze și să-i însuflețească. Pe o bancă, într-un colț al cârciumii, moțăie Chioru. L-au doborât somnul, căldura umedă și primele pahare de rachiu. Astăzi, l-a udat ploaia până la piele pe când căra niște lucruri tocmai la Okoliște.

Ca din întâmplare, unul dintre mușteriii posomorâți de la masa bogătașilor pomenește despre dansatoarea de la circ și despre dragostea nefericită a Chiorului. Toți își întorc privirile spre colțul unde șade Chioru, dar el stă nemișcat și se preface că moțăie mai departe. N-au decât să spună ce vor; el a hotărât – şi asta chiar azi-dimineaţă, când îl chinuiau ameţelile – să nu mai răspundă la ocările şi la batjocurile lor şi să nu le mai îngăduie să-i joace feste atât de crude, cum i-au jucat bogătaşii cu o seară înainte, chiar aici, în cârciumă.

— Eu cred că tot îşi mai scriu, începe unul.

— Ia te uită! Feciorul ăsta de târfă îi trimite scrisori de dragoste unei femei şi ţine alta aici, lângă el, adăugă altul.

Chioru se căzneşte să rămână nemişcat, dar vorbele astea îl ating şi-l muşcă de parcă i-ar gâdila soarele obrazul. Singurul lui ochi se cască fără voie şi toţi muşchii feţei i se destind într-un zâmbet fericit. Nu mai poate rămâne tăcut şi înţepenit pe locul lui. Face la început un gest de nepăsare, cu mâna, dar până la urmă tot spune:

— Asta s-a dus de mult.

— Aha! S-a dus? Adevărat? Măi, oameni buni, afurisită haimana mai e şi Chioru ăsta! Una se ofileşte, la mama dracului, de dorul lui, şi alta înnebuneşte după el, aici. Ce-a fost s-a dus, o să se ducă şi-asta, şi-o să vină o a treia. Unde-o să-ţi ajungă sufletul, ticălosule, dacă le zăpăceşti aşa, una după alta?

Chioru s-a şi sculat în picioare şi se apropie de masa lor. A uitat şi de somn, şi de oboseală, şi că a hotărât azi-dimineaţă să nu se mai amestece în nici o discuţie. Cu mâna pe inimă, el se jură în faţa bogătaşilor că nu e nici crai şi nici nu suceşte minţile fetelor, cum se spune despre el. Hainele îi sunt încă ude şi obrajii îi sunt mânjiţi (fiindcă din fesul lui roşu, un fes de doi bani, se scurge vopseaua), dar l-a năpădit un zâmbet de fericire înduioşătoare. Şi se aşază lângă masa bogătaşilor.

— Adu un rom pentru Chioru, strigă Santo Papo, un evreu dolofan şi vioi, fiul lui Mento şi nepotul lui Mordo Papo, cunoscuţi negustori de fierărie.

Căci, de câtava vreme, Chioru, de câte ori are prilejul, bea rom în loc de rachiu. Băutura asta nouă pare făcută – ca să zicem aşa – pentru oameni ca el: e mai tare, se urcă mai repede la cap, e mai plăcută şi mai altfel decât rachiul. Se vinde în sticluţe de câte două sute de grame, cu etichetă pe care se află chipul unei mulatre tinere, cu buze cărnoase şi ochi focoşi, cu o pălărie de paie cât toate zilele pe cap, cu nişte cercei mari, de aur, în urechi, şi dedesubt cu o inscripţie în litere roşii: *Jamaica*. (Soiul ăsta de exotism pentru bosniacii în ultimul grad de alcoolism, nu departe de *delirium tremens*, e fabricat la Slavonski Brod, de către Eiser, Sirowatka et Comp.) De cum dă cu ochii de chipul mulatrei, Chioru simte de îndată focul şi aroma noii băuturi şi se gândeşte că, dacă ar fi murit numai cu un an înainte, n-ar fi cunoscut fericirea asta pământească. („Şi câte fericiri din astea n-or mai fi pe lume!") La gândul ăsta, se înduioşează; de asta rămâne câteva clipe să chibzuiască, de câte ori destupă o sticluţă de rom. Iar după plăcerea izvorâtă din gândul acesta urmează plăcerea băuturii înseşi.

Şi acum, Chioru ţine în faţa obrazului sticluţa îngustă şi parcă i-ar spune vorbe dezmierdătoare, fără să-l audă nimeni. Iar cel care a început şi-a izbutit să-l tragă în discuţie îl întreabă, cu asprime în glas:

— Ce-ai de gând să faci cu fata asta, nenorocitule? Vrei s-o iei de nevastă sau doar te joci cu ea, cum te-ai jucat şi cu altele?

E vorba de una, Paşa, din Duşce, fata cea mai frumoasă din orăşel. Orfană de tată, ea lucrează broderii, ca şi maică-sa.

În timpul nenumăratelor plimbări şi chefuri din vara trecută, tinerii vorbeau adeseori şi cântau mereu despre Paşa şi despre frumuseţea ei de care nu te puteai apropia. Încetul cu încetul şi pe nesimţite Chioru se înflăcărase şi el odată cu ei, fără să-şi dea seama cum şi de ce. Aşa începuseră glumele pe socoteala lui.

Într-o vineri, ca să mai petreacă, tinerii îl duseră într-o mahala, unde, înapoia porţilor şi a ulucilor dese, puteau fi auzite chicotelile înăbuşite şi şoaptele unor fete invizibile. Dintr-o curte, în care se afla Paşa cu prietenele ei, i se aruncă Chiorului la picioare un buchet de calapăr[1]. Chioru se opri, mişcat, să nu calce cumva pe flori şi neîndrăznind să ridice buchetul. Tinerii care îl aduseseră cu ei începură să-l bată pe umeri şi să-l felicite pentru norocul lui: printre atâţia alţii, Paşa îl alesese tocmai pe el arătându-i – vorba vine – o atenţie pe care nimeni n-o dobândise din partea ei.

În noaptea aceea se bău la Mezalin, pe malul râului, sub nuci, până la ziuă. Chioru stătea lângă foc, ţeapăn şi solemn, când visător

1. Calomfir.

și vesel, când neclintit și îngândurat. În noaptea aceea nu-i îngăduiră să-i slujească, nici să-și facă de lucru cu cafelele și gustările.

— Știi tu, nenorocitule, ce înseamnă un buchet de calapăr zvârlit de mâna unei fete? îl întrebă unul dintre cheflii. Înseamnă că Pașa zice: „Mă ofilesc de dorul tău, ca frunza asta ruptă; iar tu nici nu mă ceri de nevastă, nici nu mă lași să mă mărit cu altul!"

Și îi vorbesc toți despre Pașa, fata fără pereche pe lume, cu pielea bălană și cu mișcări mlădioase ca ale viței ce se cațără pe ziduri și așteaptă mâna celui ce-i va culege roadele; iar cel așteptat e Chioru, în persoană.

Bogătașii se prefac că sunt amărâți și se văicăresc cu glas tare: cum naiba de și-a pus ochii tocmai pe el? Alții îl apără. Și Chioru bea. Uneori, crede și el în minunea asta, alteori se apără de gluma chefliilor, încearcă să-i convingă că dragostea asta nu-i pentru el, un biet nenorocit, îmbătrânit și urâțit; dar în clipele de tăcere visează la Pașa, la frumusețea și la fericirea pe care ea o poate dărui, fără să se mai întrebe dacă e sau nu pentru el. În noaptea fermecată de vară, pe care focul aprins în iarbă, cântecele și rachiul o fac să pară nesfârșită, totul e cu putință; nimic nu e aievea, dar nimic nu e de necrezut și nici peste puteri de înfăptuit. Chefliii glumesc și-și bat joc de el, Salko știe asta; domnii nu pot trăi fără să râdă, trebuie să necăjească pe cineva, să facă din el caraghiosul lor; așa a fost de când lumea și așa e și acum.

Dar dacă toate astea sunt doar o glumă, nu e deloc glumă femeia minunată și dragostea cu neputință de atins, la care a visat întotdeauna și mai visează încă și acum. Nu sunt glume cântecele în care dragostea e și reală și ireală totodată, iar femeia e când aproape, când departe, ca în visele lui. Pentru cheflii, totul, până și asta, e glumă; dar pentru el e adevăr, e lucru sfințit, purtat de totdeauna în inimă și existând în realitate, fără legătură cu petrecerile bogătașilor, cu băutura și cu cântecele, fără legătură cu nimic, nici chiar cu Pașa însăși.

Toate astea el le știe bine și le uită pe toate, la fel de bine. Fiindcă sufletul i se topește și mintea i se împrăștie ca apa.

Și astfel, Chioru, la trei ani după marea lui iubire și după nemaipomenita poveste cu nemțoaica aceea care juca pe sârmă, căzu într-o nouă vrajă de dragoste: și astfel, bogătașii și chefliii găsiră un joc nou, destul de crud și de ațâțător ca să-i înveselească nopți și ani de-a rândul.

Toate astea se întâmplaseră pe la mijlocul verii. Trecu toamna, sosi iarna, și glumele lor despre dragostea Chiorului pentru frumoasa Pașa umpleau serile și făceau să pară mai scurte zilele petrecăreților. Chiorului nu i se mai spunea decât „mirele“ sau „ibovnicul“. Ziua, când, mahmur și adormit, Chioru trebăluiește prin dughene, dregând și cărând felurite lucruri, se miră singur și se necăjește că i se spune așa, mulțumindu-se doar să ridice din umeri. Dar cum cade noaptea, la cârciuma lui Zarie se aprind lămpile și cineva strigă: „un rom pentru Chioru!“ iar un altul începe să cânte încetișor și ca din întâmplare:

> *Acșam geldi*, apune soarele
> Și nu mai strălucește pe obrazul tău...

Atunci, dintr-odată, totul se schimbă. Nu mai există poveri și nici nu mai ridică din umeri, nu mai există nici orășelul, nici cârciuma, nici Chioru, așa cum e, înghețat până în măduva oaselor, neras, învelit în zdrențe și în haine lepădate de alții. Există doar un pridvor înalt, luminat de soarele amurgului și împodobit cu corzi de viță, și o fată care privește, așteptându-și iubitul ca să-i arunce un buchet de calapăr. Nici vorbă, mai există în jurul lui și râsete gălăgioase, și vorbe de tot soiul, și glume grosolane; dar toate astea sunt departe ca într-o ceață, pe când cel care cântă e lângă el, aici, lângă urechea lui:

> Of, de-aș putea să mă-ncălzesc
> La soare, lângă tine...

Și el se încălzește la soarele ăsta apus, cum nu s-a încălzit în viața lui la soarele cel adevărat, care se înalță și apune zi de zi deasupra orășelului.

— Un rom pentru Chioru!

Așa trecură nopțile de iarnă. Iar către sfârșitul ei, se întâmplă să se mărite Pașa. Pe biata cusătoreasă din Dușce, cu frumusețea și cu cei nouăsprezece ani neîmpliniți ai ei, o luă, ca a doua nevastă de harem, hagi Omer, de dincolo de cetățuie, un turc bogat și cu vază, om de vreo cincizeci și cinci de ani.

Hagi Omer e însurat de peste treizeci de ani. Nevastă-sa e de neam și e vestită pentru deșteptăciunea și îndemânarea ei. Moșioara lor de dincolo de cetățuie e un adevărat cătun, înfloritor și îmbelșugat; prăvăliile lor din târg sunt trainic zidite și le aduc câștiguri mari și sigure. Și toate astea se datoresc mai puțin pașnicului și greoiului hagi Omer, care se mulțumește doar să treacă de două ori pe zi, călare, de la cetățuie în oraș și din oraș la cetățuie, cât mai ales harnicei lui neveste, deșteaptă și mereu cu zâmbetul pe buze. Pentru toate turcoaicele din oraș și de prin împrejurimi, părerea ei, în tot soiul de necazuri, e cea mai de seamă măsură și ultimul cuvânt.

Familia lor e în toate privințele cea mai bună și cea mai respectată, dar oamenii ăștia doi, îmbătrâniți acum, nu au copii. Multă vreme au tras nădejde că vor avea. Hagi Omer s-a dus chiar la Mecca. Nevastă-sa a împărțit pomeni la săraci și la mănăstirile musulmane. Și anii au trecut, avuțiile au sporit, dar în ce-i durea mai mult nu s-a arătat milostenie cerească. Hagi Omer și nevastă-sa, care e femeie deșteaptă, și-au îndurat cu înțelepciune și răbdare nenorocul. Acum, însă, nu mai puteau trage nădejde de urmaș. Femeia împlinise patruzeci și cinci de ani.

Bogata moștenire a lui hagi Omer se afla, așadar, în joc. Problema asta dădea de gândit și numeroaselor rude ale hagiului și ale nevestei sale, cât și întregului orășel. Unii ar fi dorit ca din căsătoria asta să nu iasă niciodată copii; alții socoteau că e păcat ca un asemenea om să moară fără moștenitori, iar avuția lui să fie împărțită și risipită de rude, și de aceea stăruiau să-și ia încă o nevastă, tânără, cât mai e vreme și cât mai există speranță de moștenitori. În privința asta, turcii din orășel se împărțiseră în două tabere. Dar tot nevasta cea stearpă a lui hagi Omer a dat lucrurilor de capăt. Deschis, hotărât și sincer, cum le făcea pe toate, ea îi spuse într-o bună zi șovăielnicului ei bărbat:

— Milostivul Allah ne-a dăruit de toate, fie-i numele lăudat; ne-a dăruit bună înțelegere, sănătate și îmbelșugare, dar nu ne-a bucurat cu ce are fiecare sărac: să ne vedem copilașul nostru și să știm cui o să-i rămână averea, când n-om mai fi. Dar dacă, după voia lui Allah, eu sunt nevoită să-mi îndur soarta păcătoasă, tu nu trebuie s-o faci. Văd că orășelul ne poartă de grijă și și-a pus în gând să te însoare. De! dacă vor ei să te însoare, mai bine s-o fac eu, că doar îți sunt omul cel mai apropiat.

Și îi dezvălui ce chibzuise: fiindcă nu mai era nici un fel de nădejde ca ei doi să mai aibă copii, trebuie ca el să-și mai aducă, pe lângă ea, încă o nevastă, una tânără, de la care să poată avea urmași. Legea îi îngăduie s-o facă. Iar ea, bineînțeles, o să rămână mai departe în casă, ca nevastă mai bătrână, și o să vegheze ca lucrurile să meargă bine.

Hagi Omer se împotrivi multă vreme, spunând că nu-și dorește o soață mai bună ca ea, că el n-are nevoie de-o femeie mai tânără, dar hagi Omeroaia nu numai că stărui în planurile ei, dar îi spuse și ce femeie i-a ales. Dacă e vorba să se însoare ca să aibă copii, cel mai bine e să aleagă o fată zdravănă, tânără și săracă, în stare să-i dăruiască prunci sănătoși și să mulțumească sorții cât o trăi pe lume. Alegerea ei se opri la frumoasa Pașa, fata cusătoresei din Dușce.

Și chiar așa s-a făcut. După voia nevestei bătrâne și cu ajutorul ei, hagi Omer se însură cu frumoasa Pașa. Iar peste unsprezece luni, Pașa născu un băiețel de mai mare dragul. Astfel se isprăvi cu frământările în privința urmașului lui hagi Omer, astfel fură spulberate numeroasele nădejdi ale rudelor, astfel fu închisă gura oamenilor din orășel. Pașa era fericită, nevasta bătrână era mulțumită, și trăiau amândouă în bună înțelegere, ca o mamă cu fiica ei.

Sfârșitul acesta fu pentru Chioru începutul marilor suferințe. În iarna aceea, îndurerarea lui pricinuită de măritișul Pașei a fost distracția cea mai căutată a chefliilor din cârciuma lui Zarie. „Ibovnicul" nefericit bea ca niciodată până atunci; bogătașii îi plăteau băutura și, pe banii dați, fiecare putea să râdă cu lacrimi. Șolticii îi născoceau vorbe trimise de Pașa, ziceau că fata plânge zi și noapte, că se topește de dorul lui, fără să spună nimănui ce suferință o mistuie. Iar Chioru, înnebunit, cânta, plângea, răspundea serios și cu de-amănuntul la toate întrebările, se tânguia de soarta lui care îl făcuse atât de prăpădit și de sărac.

— Ia ascultă, Chiorule, cu câți ani ești tu mai tânăr decât hagi Omer? începea vorba vreun bogătaș.

— Habar n-am. Și la ce-mi folosește că sunt mai tânăr? răspundea Chioru, cu obidă.

— Ehei, dacă ar fi după inimă și după dragoste, n-ar mai avea hagi Omer ce are și nici Chioru n-ar mai fi unde este, adăuga altul de-alături.

Dar Chiorului nu-i trebuia mai mult ca să se întristeze și să se înduioșeze. I se turna rom după rom, și-l convingeau că el nu-i doar mai tânăr, mai frumos și mai potrivit cu Pașa „după inimă", dar că, la urma urmei, nici nu e așa de sărac după cum se crede și pe cât se pare. În nopțile lungi, stând cu paharele de rachiu dinainte, chefliii născociră o întreagă poveste. Cică taică-său fusese un ofițer turc, necunoscut, pe care el nu-l văzuse niciodată. Și ofițerul ăsta cică ar fi lăsat în Anatolia avuții nenumărate pentru copilul lui din flori, născut la Vișegrad, socotit ca singurul moștenitor; dar rudele de-acolo împiedică îndeplinirea testamentului. Ar fi însă de ajuns ca Chioru să se înfățișeze el însuși în îndepărtatul și bogatul oraș Brusa, ca să zdrobească uneltirile și vicleniile falșilor moștenitori și să ia ce-i al lui. Atunci ar putea să-l cumpere până și pe hagi Omer, cu toată avuția lui, numai cu firimiturile căzute de la masă.

Chioru îi ascultă, bea și se mulțumește doar să ofteze. Toate astea îl mâhnesc, dar, în același timp, îi e și plăcut să se simtă și să se poarte ca un om înșelat și jefuit aici, în orășel, și acolo, undeva, prin îndepărtatele și frumoasele meleaguri de unde venise taică-său cel necunoscut. Și iată că oamenii din preajmă îi pun la cale așa-zisa plecare către Brusa. Glumele sunt nesfârșite, cumplite și plănuite până în cele mai mici amănunte.

Într-o noapte ei aduc un pașaport fals, gata pentru călătorie, îl împing, pe Chioru în mijlocul cârciumii, îl învârtesc și-l sucesc și-i scriu în pașaport semnalmentele, făcând glume grosolane și grohăind de râs. Altă dată fac socoteala câți bani i-ar trebui ca să ajungă până la Brusa, cum ar călători și unde și-ar găsi sălaș să poposească. Și cu asta petrec iarna, o bună parte din nopțile care li se par prea lungi.

Cât timp e treaz, Chioru se apără; crede și nu prea crede tot ce i se spune. Mai mult se îndoiește decât crede. Adică, de fapt, când e treaz, nu crede o iotă. Dar de îndată ce se îmbată, se poartă ca și cum ar crede. Când îi ia rachiul mințile, nu se mai întreabă ce-i adevărat, ce-i glumă și ce e minciună. Realitatea e că, după a doua sticluță de rom, simte un vânt înmiresmat venind dinspre Brusa depărtată, și vede, vede cu ochii lui grădinile verzi și clădirile albe. La urma urmei, a fost înșelat, nenorocit de la naștere, în toate, și-n privința familiei, și a bogăției, și a dragostei; a fost nedreptățit, atât de nedreptățit, încât și Allah și oamenii i-au rămas datori. Nici vorbă că el nu e ceea ce pare, nici ceea ce îl socotesc oamenii. Și, după fiecare păhărel, îl chinuie și mai mult nevoia de-a le-o spune celor din jurul lui, deși își dă singur seama cât e de greu să dovedești un adevăr care ție ți se vădește limpede ca lumina zilei, dar împotriva căruia se ridică tot ce e în tine și în preajma ta. Și totuși, după primele păhărele de rachiu, el explică asta, fiecăruia, cât e noaptea de lungă, vorbind printre sughițuri, cu gesturi caraghioase, cu ochii înecați în lacrimi de bețiv. Și cu cât explică mai mult, cu atât mai vârtos cei din jurul lui râd și-l batjocoresc. Ei hohotesc atâta și cu atâta poftă încât li se umflă coastele și le trosnesc fălcile din pricina râsului ăstuia molipsitor, de nestăpânit, mai plăcut decât toate mâncărurile și decât toate băuturile. Făcând haz, își uită plictisul nopților de iarnă și, pe lângă Chioru, beau și ei de rup pământul.

— Omoară-te! îi spune Meh-aga Saraci, care, cu felul lui de-a fi, rece și serios, izbutește cel mai bine să-l stârnească și să-l scoată din minți pe Chioru. Fiindcă tot n-ai fost în stare s-o iei pe Pașa de la boșorogul de hagi Omer, nu mai meriți să trăiești. Omoară-te, Chiorule, ăsta e sfatul meu.

— De! omoară-te, omoară-te, se văietă Chioru. Tu crezi că eu nu m-am gândit la asta? De-o sută de ori m-am dus să mă arunc în Drina, de pe kapia, și de-o sută de ori ceva m-a făcut să mă întorc.

— Ce te-a făcut să te întorci? Frica te-a făcut să te întorci. Ți-e turul pantalonilor plin de ea, Chiorule!

— Da de unde! Nu de frică, pe legea mea că nu de frică!

În grohăitul și în râsul tuturor, Chioru sare, se izbește cu pumnul în piept, smulge o bucată din pâinea aflată în fața lui și o întinde spre obrazul neclintit și rece al lui Meh-aga.

—Vezi asta? Îți jur pe pâine și pe îndestulare că nu de frică, ci...

Tocmai atunci, se pornește cineva să cânte, pe neașteptate, cu glas subțirel:

...apune soarele
Și nu mai strălucește pe obrazul tău...

Și toți îngână cântecul, laolaltă, acoperindu-i glasul lui Meh-aga care îi strigă Chiorului:

— O-moa-ră-te!

Și cântând așa, cad ei înșiși în starea în care voiau să-l aducă pe bietul nenorocit, până când, în cele din urmă, totul se preschimbă într-o beție cruntă.

Într-una din nopțile de februarie, au stat așa până în zori, scoși din minți în același timp cu victima lor și victime ei înșiși ale propriei lor nebunii. Se lumina de ziuă când ieșiră, toți o dată, din cârciumă, înfierbântați, cu mintea pierdută, cu vinele umflate de băutură, se îndreptară spre podul pustiu și acoperit cu polei.

Chiuind cât îi ținea gura și hohotind de râs, fără să se uite la rarii trecători porniți cu noaptea-n cap de-acasă, chefliii făcură rămășaguri: cine poate să treacă podul, mergând peste parapetul îngust de piatră care strălucea sub gheața subțire.

— Chioru poate să-l treacă, strigă unul dintre bețivani.

— Chioru? Aiurea...

— Cine nu poate? Eu? O să-ți arăt, nenorocitule, că eu pot ce nu poate nici un om pe lume, urlă Chioru, bătându-se cu pumnii în piept.

— N-ai curaj! Să te vedem, dacă ai curaj!

— Ba am, mă jur pe ce vreți!

— Chioru are curaj! Are!

— Ba n-are! Minte!

Așa se întreceau în urlete și-n cuvinte de laudă bețivii ăștia, deși ei înșiși abia se țineau pe picioare, călcând pe podul larg, și se clătinau, se poticneau, se țineau unul de altul...

Nici nu-și dădură seama când se urcă Chioru pe parapetul de piatră. Îl văzură, deodată, legănându-se deasupra lor, beat și dezmățat, încercând să-și țină echilibrul și să pășească de-a lungul lespezilor.

Parapetul de piatră nu e mai larg de două-trei palme. Chioru calcă plecându-se când spre dreapta, când spre stânga. La stânga e podul și pe pod, aici, la picioarele lui, se îmbulzesc oamenii beți care îi însoțesc fiecare pas și-i strigă cuvinte abia deslușite, stârnind un soi de murmur neînțeles.

Dar la dreapta e prăpastia și în prăpastie, jos, undeva, în adâncuri, vuietul apelor nevăzute; dinspre ele urcă aburul gros, ca un fum alb care se înalță în zorile de gheață.

Rarii trecători se opresc, înspăimântați și, cu ochii larg deschiși, se uită la omul beat care, în loc să calce pe pod, umblă pe parapetul îngust și alunecos, deasupra hăului, dând cu disperare din mâini ca să-și păstreze echilibrul. Și în șleahta de cheflii, câte unii, mai puțin beți, cu un rest de minte în cap, rămân încremeniți locului, de parcă s-ar trezi dintr-un vis, vineți de spaimă, privind jocul periculos al Chiorului. Ceilalți, neînțelegând primejdia, merg de-a lungul parapetului, însoțindu-l cu strigătele lor pe bețivul care se clatină și, căutându-și echilibrul, joacă deasupra abisului.

În poziția asta atât de primejdioasă, Chioru se pomenește, deodată, despărțit de șleahta lui. Pare acum un monstru uriaș, înălțat deasupra celorlalți. Primii pași îi face cu grijă și încet. Bocancii lui greoi alunecă întruna pe lespezile acoperite cu polei. I se pare că picioarele îi fug singure sub el, că hăul de dedesubt îl atrage, oricât ar încerca să se împotrivească; i se pare că se prăbușește, că s-a prăbușit chiar.

Dar poziția neobișnuită în care se găsește și apropierea unei primejdii atât de mari îi dau forțe noi și puteri necunoscute până atunci. Luptându-se să-și păstreze echilibrul, el face salturi mici, din ce în ce mai însuflețite, și se încovoaie tot mai mult de la brâu și de la genunchi. În loc să meargă, începe, fără să știe nici el cum, să joace cu pași mărunți, fără grijă, de parcă s-ar afla pe-o pajiște largă și verde și nu pe parapetul îngust, acoperit de polei. Pe neașteptate, devine ușor și mlădios, așa cum se întâmplă uneori, în vis. Trupul lui greoi și istovit și-a pierdut acum greutatea. Chioru, beat, dansează și zboară pe deasupra abisului, de parcă ar avea aripi, în timp ce muzica în ale cărei sunete joacă pare o forță veselă, dătătoare de încredere în sine și de echilibru. Dansul îl duce acolo unde mersul nu l-ar fi dus niciodată. Și, fără să se mai gândească la primejdie sau la posibilitatea de a cădea, Chioru saltă de pe un picior pe altul și cântă, cu brațele desfăcute larg, de parcă s-ar însoți singur cu tambura.

—Tiridam, tiridam, tiridiridiridiridiridam, tiridam... hi, hai, haihi!

Cântă Chioru și-și bate el singur măsura după care străbate drumul periculos, fără teamă, și jucând. Își îndoaie genunchii și-și clatină capul, când la dreapta, când la stânga.

— Tiridam, tiridam... hiha!...

În poziția asta cu totul neobișnuită și înfricoșătoare, înălțat deasupra tuturor, el nu mai e Salko zis Chioru, batjocura orașului și a cârciumii; sub el nu mai e parapetul de piatră, îngust și alunecos, al podului cunoscut pe care, de mii de ori, și-a mestecat pâinea și, cu gândul la o moarte plăcută, în valuri, a moțăit la umbra kapiei.

Nu! Asta e călătoria depărtată și irealizabilă, despre care i se vorbește în fiecare seară la cafenea, cu glume grosolane și cu râsete batjocoritoare. Iată-l pornit! E calea cea luminoasă și mult dorită a marilor îndrăzneli. Iar acolo, jos, la capătul căii acesteia, se află cetatea împărătească a Brusei, cu bogățiile ei adevărate și cu moștenirea lui, cuvenită pe drept, se află soarele care a apus și frumoasa Pașa cu pruncul, nevasta și copilul lui.

Jucând așa, ca în vis, el străbate partea proeminentă a parapetului, care înconjoară sofaua, apoi cealaltă jumătate a podului. Ajuns la capăt, sare jos și, înduioșat, se uită în preajmă, mâhnit că aventura s-a sfârșit astfel și mirat că se află iarăși pe drumul bine cunoscut al Vișegradului. Ceata, care îl însoțise până atunci cu urletele, încurajările și glumele ei, îl întâmpină, cât ai clipi. Vin, de asemenea, în fuga mare, și cei ce se opriseră înspăimântați. Încep să-l îmbrățișeze, să-l bată pe umeri și pe fesul decolorat Și toți strigă într-un glas:

— Aferim, Chiorule, pui de șoim!

— Aferim, biruitorule!

— Un rom pentru Chioru, urlă Santo Papo cu glas răgușit, cu accent spaniol, crezându-se la cârciumă și desfăcându-și larg brațele.

În mijlocul îmbulzelii și al zarvei, cineva dădu ideea să nu se despartă, să nu se ducă pe la casele lor, ci să bea mai departe, în cinstea isprăvii Chiorului.

Copiii care aveau pe atunci vreo opt sau nouă ani și, în dimineața aceea, grăbeau spre școala depărtată trecând peste podul acoperit de polei, se opriră și priviră scena asta neobișnuită. De uimire își căscau gurițele din care se înălțau aburii albi. Așa, mărunței, înfofoliți, cu tăblițele și cu cărțile sub braț, nu puteau pricepe jocul ăsta al oamenilor mari; dar el le-a rămas în ochi pentru toată viața, împreună cu silueta podului și cu imaginea Chiorului, a omului atât de bine cunoscut, care, metamorfozat și sprinten, făcea salturi îndrăznețe și vesel, vrăjit parcă, mergea pe unde nu e voie să mergi și pe unde, în mod obișnuit, nu calcă nimeni.

XVI

Trecuseră douăzeci de ani de când primele furgoane militare austriece, vopsite în galben, străbătuseră podul. Douăzeci de ani sub ocupație înseamnă un lung șir de zile și de luni. Fiecare dintre zilele și lunile astea, luate în parte, părea nesigură și vremelnică, dar toate laolaltă alcătuiau, oarecum, cel mai lung răgaz de pace și de propășire materială din câte își aducea aminte orășelul și cuprindeau cea mai mare parte din viața generației ajunsă la maturitate în momentul ocupației.

Au fost ani de bunăstare vădită și de câștiguri sigure, deși adeseori, neînsemnate, ani în timpul cărora mamele, vorbind despre fiul lor, spuneau:

— Să-i dea Dumnezeu viață, sănătate și pâine ușoară!

În anii aceștia, până și nevasta lui Ferhat, lunganul cel veșnic sărac, a lui Ferhat care aprindea felinarele pe ulițe și care primea pentru asta douăzeci de fiorini pe lună, spunea cu mândrie:

— Slavă Domnului, și Ferhat al meu e slujbaș la primărie.

Așa se scurseră ultimii ani ai veacului al XIX-lea, ani fără emoții și fără evenimente mari, asemănători unui râu liniștit care se revarsă înainte de a ajunge la gurile lui necunoscute. Judecând după mersul tihnit al vremii, ai fi zis că din viața popoarelor europene dispăruseră clipele tragice, așa cum dispăruseră și din orășelul de lângă pod, sau că nu ajungeau până la noi, ori ni se păreau depărtate și de neînțeles.

Și așa, într-o zi de vară, după ani și ani, se ivi din nou pe kapia un comunicat oficial, tipărit pe hârtie albă. Era scurt, de data asta cu un chenar gros și negru, și anunța că majestatea-sa împărăteasa Elisabeta[1] a murit la Geneva, victimă a unui atentat mârșav, răpusă

1. Împărăteasa Elisabeta a Austro-Ungariei (1837-1898), soția lui Franz Joseph.

de mâna anarhistului italian Luccheni. Comunicatul arăta apoi dezgustul și adânca mâhnire a tuturor popoarelor din marea monarhie austro-ungară și le cerea să se unească și mai strâns în dragostea lor pentru tron, fiind astfel mângâiere pentru suveranul pe care soarta îl lovise atât de dureros.

Comunicatul fusese lipit pe lespedea albă cu inscripția turcească, acolo unde odinioară fusese lipită și proclamația generalului Filipovici vestind ocuparea țării; și oamenii îl citiră cu emoție, căci era vorba în el despre o împărăteasă și o femeie, dar fără prea multă înțelegere și fără prea adâncă părere de rău.

Timp de câteva seri, nici nu se cântă nici nu se făcură petreceri zgomotoase pe kapia, fiindcă așa poruncise stăpânirea.

Un singur om din orășel fu greu lovit de vestea aceasta: Pietro Sola, unicul italian din Vișegrad, antreprenor și zidar, cioplitor în piatră și pictor, sau, pe scurt, omul priceput la toate și specialistul orășelului nostru. Meșterul Pero – cum îi spuneau toți – venise pe vremea ocupației și se statornicise aici, însurându-se cu o oarecare Stana, fată săracă și cu faimă nu prea bună. Roșcovană, voinică, de două ori mai înaltă decât el, Stana era socotită drept o femeie cu limba ascuțită și cu palma grea, cu care nu e bine să te iei la harță. Iar meșterul Pero era un om mărunțel, cocârjat, blajin, cu ochi albaștri, blânzi, și cu mustăți pleoștite. Lucra bine și câștiga mult. Cu timpul, devenise un adevărat localnic al Vișegradului; doar limba și rostirea ei nu izbutea – ca și Lotika – să le învețe. Din pricina mâinilor lui de aur și a firii blânde, îl iubea tot orașul; iar nevastă-sa, cu înfățișarea ei de luptător, îl mâna în viață ținându-l din scurt și îngrijindu-l cum își îngrijește o mamă copilul.

Când, întorcându-se de la lucru, plin de praful pietrelor cioplite și mânjit de vopsele, meșterul Pero citi comunicatul, își înfundă pălăria pe ochi și-și mușcă luleaua pe care o ținea veșnic între dinți. Și pe toți oamenii mai de vază și mai serioși întâlniți în cale îi opri și le dovedi că el, deși e italian, n-are nici o legătură cu Luccheni ăsta și cu mârșăvia crimei săvârșite. Oamenii îl ascultau, îl linișteau și-l asigurau că îl credeau și că, de altminteri, nici nu le-ar fi trăsnit prin minte un asemenea lucru. Dar el continua să-i explice fiecăruia că îi e rușine să mai trăiască și că, în viața lui, nu ucisese măcar un pui de găină, darămite o ființă omenească și mai ales o femeie, o ființă atât de sus-pusă.

Până la urmă, teama i se preschimbă în adevărată manie. Oamenii începură să râdă de grija și de râvna cu care le explica meșterul Pero că n-are nici o legătură cu ucigașii și cu anarhiștii. Dar copiii născociră imediat un joc cumplit. Ascunși pe după uluci, îi strigau, de câte ori trecea:

— Luccheni!

Și bietul om se apăra de strigătele lor ca de niște viespi invizibile, își înfunda pălăria pe ochi și fugea acasă unde se văicărea și plângea în poalele largi ale neveste-sii:

— Mi-e rușine! Mi-e rușine! gemea nefericitul. Mi-e rușine să mă mai uit în ochii oamenilor.

— Hai, prostule, de ce ți-e rușine? Că a omorât-o un italian pe împărăteasa? Păi să-i fie rușine regelui Italiei, nu ție. Cine ești tu și de ce să-ți fie rușine?

— Uite, mi-e rușine că mai trăiesc, se văieta meșterul Pero către nevastă-sa care îl scutura și se străduia să-i dea curaj și încredere, și-l învăța să treacă prin centrul orașului cu fruntea sus, nestingherit, și să nu plece ochii în fața nimănui.

În vremea aceea, pe kapia ședeau oamenii mai în vârstă, cu chipurile neclintite și cu privirile lăsate în jos, ascultând știrile scoase de prin ziare despre uciderea împărătesei Austriei. De fapt, știrile astea nu erau decât motive pentru discuții generale despre soarta capetelor încoronate și a personalităților de seamă. Într-un cerc de turci înstăriți, oameni curioși dar neștiutori din mahalaua negustorească, Husein-efendi, muderisul din Vișegrad, explică ce sunt și cine sunt anarhiștii ăștia.

Muderisul e la fel de solemn și de bățos, la fel de curat și de pus la punct ca odinioară, cu vreo douăzeci de ani în urmă, când tot aici, pe kapia, îi întâmpinase pe primii nemți, împreună cu Mula Ibrahim și cu popa Nikola, care de multă vreme se odihnesc în mormintele lor.

Acum barba îi e căruntă, dar tăiată și rotunjită la fel de îngrijit; fața îi e calmă și senină, căci oamenii cu minte ageră și inimă tare îmbătrânesc anevoie, înalta părere pe care a avut-o întotdeauna despre sine a sporit și mai mult în acești douăzeci de ani din urmă. În treacăt fie zis, cufărul plin de cărți, pe care i se bizuie în bună parte faima de om învățat, e tot neatins și necitit, iar cronica orăşelului nostru a crescut în aceşti douăzeci de ani doar cu patru file, căci, pe măsură ce îmbătrâneşte, muderisul preţuieşte din ce în ce mai mult cronica şi pe sine însuşi, socotind din ce în ce mai neînsemnate evenimentele desfăşurate în jurul său.

Acum, el glăsuieşte cu voce înceată, rostind cuvintele rar, de parcă ar descifra vreun hrisov nedesluşit, dar e măreţ, solemn şi sever, luând soarta împărătesei ghiaure doar ca prilej de vorbă şi neamestecând-o cu nimic în adevăratul tâlc al cuvintelor lui. După câte spune (iar spusele nu sunt ale lui, ci găsite prin înţeleptele cărţi vechi, moştenite de la învăţătorul de odinioară, vestitul Arap-hogea), cei cărora li se zice acum anarhişti au existat de totdeauna şi vor exista cât lumea şi pământul. Că aşa e rânduită viaţa omenească – după voinţa lui Allah, unicul – ca lângă fiecare fărâmă de bine să fie şi două fărâme de rău, ca pe lumea asta să nu poată exista bunătate fără ură, nici mărire fără pizmă, după cum lucruşorul cel mai mărunt nu poate exista fără umbra lui. Şi asta e adevărat mai cu seamă pentru oamenii deosebit de mari, de cucernici şi de vestiţi. Lângă fiecare dintre ei, odată cu slava lui, călăul pândeşte prilejul şi-l înhaţă, uneori mai devreme, alteori mai târziu.

— Iată, de pildă, cel de-un neam cu noi, Mehmet-paşa, care de multă vreme se află în rai, spune muderisul, arătând cu degetul spre lespedea cu inscripţie turcească, Mehmet-paşa, care a slujit sub trei sultani, a fost mai înţelept decât Asaf[1] şi a clădit piatra asta pe care şedem noi acum din mila şi puterea lui, şi tot a pierit de cuţitul anarhiştilor. Oricât a fost el de puternic şi de înţelept, nu şi-a putut ocoli clipa. Cei cărora vizirul le stătea în cale – adunaţi într-un partid mare şi puternic – au găsit un mijloc să armeze şi să tocmească un derviş nebun, ca să-l ucidă, şi asta tocmai când se ducea să-şi facă rugăciunea de vineri după-amiază. Cu mantia lui roasă pe umeri şi cu mătăniile în mână, dervişul a stat pe unde trebuia să treacă alaiul vizirului şi a cerut pomană, prefăcându-se cu vicleană umilinţă, iar când vizirul şi-a vârât mâna în buzunar, ca să-l miluiască, l-a străpuns. Şi astfel, ca un martir, pierit-a Mehmet-paşa.

---

1. Nume dat în legendele musulmane unui personaj socotit primul vizir al lui Solomon şi considerat tipul dregătorului desăvârşit.

Oamenii ascultă și, trăgând din țigară, se uită când la lespedea de piatră scrisă turcește, când la afișul alb cu chenar negru. Ascultă atenți, deși nu prea înțeleg tot ce spune muderisul. Dar, tot urmărind cum se spulberă în văzduh fumul țigărilor, dincolo de inscripție și de afiș, bănuiesc pe undeva, prin lume, o altă viață, felurită de-a lor, o viață de înălțări și de prăbușiri adânci, în care măreția se amestecă cu tragicul, în contrast cu existența lor vegetativă, existența asta calmă și monotonă, de pe kapia.

Și au trecut și zilele acelea cum trecuseră toate celelalte. Pe kapia s-a reîntors vechea rânduială, cu obișnuita vorbărie gălăgioasă, cu glumele și cântecele ei.

Discuțiile despre anarhiști au încetat. Afișul care anunța moartea împărătesei străine și puțin cunoscute localnicilor a pălit din pricina soarelui, a ploilor și a prafului, până când, mai apoi, l-a sfâșiat vântul și l-a împrăștiat, fâșie cu fâșie, de-a lungul apei, pe lângă mal.

Un timp, ștrengarii din orășel au mai strigat după meșterul Pero „Luccheni!", fără să știe nici ei ce însemna vorba asta și nici de ce-o strigau, ci doar așa, din nevoia copiilor de-a întărâta și de-a chinui ființele slabe și simțitoare. Strigară, apoi încetară să mai strige, fiindcă își găsiseră altă joacă. La schimbarea asta a pus umărul și Stana de pe Meidan, bătându-i crunt pe doi dintre ștrengarii cei mai îndrăzneți.

Peste o lună sau două nu mai pomenea nimeni nici despre împărăteasă, nici despre anarhiști. Viața asta, de sfârșit de veac, părea îmblânzită și domesticită pentru totdeauna; ea cuprindea totul în matca ei largă și monotonă, lăsându-le oamenilor simțământul că se află în pragul unei ere de muncă tihnită, privind către un viitor depărtat și cu neputință de întrezărit.

Activitatea neîncetată și neobosită la care părea osândită stăpânirea străină și cu care oamenii se împăcaseră atât de anevoie schimbă, în decurs de douăzeci de ani, mult din înfățișarea orășelului, din portul și din obiceiurile localnicilor. Și era firesc să nu se oprească în fața podului cu înfățișarea lui veșnic aceeași.

Veni anul 1900, sfârșitul veacului acestuia și începutul unui veac nou, care, potrivit părerilor și simțămintelor unora, trebuia să fie fericit. Atunci se iviră din nou inginerii care începură cercetarea podului. Lumea se și obișnuise cu ei, iar copiii știau ce rost are sosirea oamenilor ăstora cu haine de piele, cu buzunarele pline de creioane felurit colorate, și ce înseamnează când încep să dea târcoale vreunui munte sau vreunei construcții. Ceva trebuia clădit, dărâmat, străpuns sau schimbat. Doar că nimănui nu-i trecea prin gând ce s-ar fi putut face cu podul, care pentru toți oamenii din orășel înfățișa un lucru veșnic și de neschimbat, asemeni pământului pe care călcau și cerului de deasupra lor.

Inginerii dădură, așadar, târcoale; măsurară, notară, apoi se duseră și fură uitați. Dar prin miezul verii, când apele sunt mai scăzute, veniră iar meșterii și lucrătorii și începură să ridice barăci provizorii, pentru adăpostitul sculelor. Abia se răspândi zvonul despre repararea podului că se și încolăciră schele în jurul stâlpilor, iar pe pod fură aduse macarale cu scripeți; cu ajutorul lor, muncitorii se mișcau de-a lungul stâlpilor de parcă ar fi stat în niște balconașe de lemn, și se opreau la locurile unde se aflau crăpături sau smocuri de iarbă crescute printre lespezi.

Fiecare crăpătură fu umplută, iarba smulsă, cuiburile de păsări înlăturate. Iar când isprăviră treaba asta, începură să repare temeliile mâncate de apă. Râul fu zăgăzuit și întors, așa fel încât se vedea piatra înnegrită și învechită și câteva grinzi de stejar, roase, dar pietrificate în apa unde fuseseră așezate cu trei sute treizeci de ani în urmă. Macaralele coborau întruna ciment și pietriș, ladă după ladă; cei trei stâlpi centrali, mai expuși curentului repede al râului, fură umpluți la temelie, ca niște dinți roși la rădăcină.

În vara aceea n-a mai stat nimeni pe kapia și nici nu s-a desfășurat viața obișnuită din preajma podului. Totul era ticsit de cai și de căruțe pline cu ciment și nisip. De pretutindeni se auzeau strigătele muncitorilor și poruncile maiștrilor. Și chiar pe kapia se ridică o magazie pentru adăpostitul scândurilor.

Oamenii priveau lucrările desfășurate la podul cel mare, se minunau și rămâneau nedumeriți. Unii se mulțumeau să glumească, alții să dea disprețuitori din mâini și să plece mai departe, dar tuturor li se părea că străinii o fac și pe asta cum le făceau pe toate, numai ca să nu stea locului, fiindcă altfel n-ar mai fi putut trăi. N-o spunea nimeni, dar o simțeau toți.

Cei obişnuiţi să-şi piardă vremea pe kapia zăbovesc acum în faţa hotelului Lotikăi, a birtului lui Zarie sau în faţa obloanelor de lemn ale dughenelor aflate în vecinătatea podului. Acolo beau cafele şi discută, aşteptând să fie liberată kapia şi să treacă iureşul acesta împotriva podului, aşa cum aştepţi sfârşitul unei ploi repezi de vară sau al cine ştie căror alte ceasuri neplăcute.

În faţa prăvăliei lui Ali-hogea, înghesuită între hanul de piatră şi birtul lui Zarie, aşa fel încât podul se zăreşte pieziş, stau de dis-de-dimineaţă doi turci, doi pierde-vară, care trăncănesc despre toate şi mai ales despre pod.

Ali-hogea îi ascultă şi tace, posomorât, uitându-se îngrijorat la podul pe care mişună muncitorii, ca furnicile.

În ăştia douăzeci de ani, Ali-hogea s-a însurat de trei ori, are acum o nevastă cu mult mai tânără decât el şi gurile rele din mahalaua negustorească spun că, din pricina asta, înaintea prânzului, e totdeauna posomorât. De la cele trei neveste, Ali-hogea are paisprezece copii în viaţă. Cât e ziulica de mare, copiii fac o zarvă în casă de-i vuiesc urechile şi, în mahalaua negustorească, umblă gluma că hogea nu-şi cunoaşte toate odraslele după nume. Ba chiar s-a născocit povestea că şi-ar fi întâlnit pe uliţă unul din plozi şi, când acesta i-a sărutat mâna, hogea l-ar fi mângâiat pe cap şi i-ar fi zis:

— Să trăieşti, să trăieşti! Dar ia spune, al cui eşti tu?

Ca înfăţişare, hogea nu s-a schimbat prea mult. E doar ceva mai plin şi obrajii nu-i mai sunt atât de roşii. Nici nu mai calcă sprinten, ca odinioară, şi uneori urcă agale spre Meidan, căci, de la o vreme, se înăbuşă, chiar în somn. Din pricina asta s-a dus să-l vadă medicul oraşului, doctorul Marovski, singurul dintre nou-veniţi pe care îl recunoaşte şi-l stimează. Doctorul i-a dat nişte picături care nu vindecă boala, dar îi ajută omului s-o rabde. Tot de la el, hogea a aflat şi numele latinesc al bolii: *angina pectoris.*

Ali-hogea e unul din puţinii turci care n-a primit nici una din noutăţile şi schimbările aduse de străini, nici în felul de-a se îmbrăca, nici în felul de-a gândi, nici în felul de-a vorbi, nici în negustorie şi în afaceri. Cu aceeaşi asprime şi încăpăţânare cu care se ridicase odinioară împotriva unei rezistenţe fără sorţi de izbândă, el s-a împotrivit de-a lungul anilor la tot ce e nemţesc şi străin şi la tot ce, în preajma lui, a luat un avânt zi de zi mai nestăvilit. De asta s-a certat de multe ori cu lumea și a fost nevoit să plătească amenzi la poliție. Acum, e nițel obosit și dezamăgit. De fapt, are aceeași fire ca atunci când se tocmea cu Karamanlâi, pe kapia: e un încăpățânat și un om cu păreri deosebite de-ale altora, totdeauna și în toate. Doar că sinceritatea lui proverbială se preschimbă într-un soi de asprime, de mânie și de amărăciune și atunci nu-i mai sunt de ajuns cuvintele cele mai tari și nu se potolește decât în tăcere și în singurătate.

Cu vremea, hogea stăruie tot mai mult într-un fel de cugetare domoală, în care n-are nevoie de nimeni și-l stingherește oricine, fie că e vreun pierde-vară din mahalaua negustorească, fie că e vreun mușteriu sau că e nevastă-sa cea tânără sau vreunul din liota de copii care fac să-i răsune casa. Încă înainte de-a răsări soarele, hogea fuge la prăvălie și deschide mai devreme decât toți ceilalți negustori. Acolo își face rugăciunea. Acolo i se aduce până și prânzul. Iar peste zi, când e sătul de vorbe, de trecători sau de treburi, închide oblonul și se retrage într-un soi de firidă, în spatele prăvăliei. Firidei ăsteia, hogea îi spune „coșciugul“. E un ungher ascuns, îngust, scund și întunecos. Când intră înăuntru, hogea abia se mai poate mișca. Acolo se află un scăunel de lemn, acoperit cu un covor, pe care se poate așeza trăgându-și picioarele sub el. Și mai sunt câteva rafturi cu grămezi de cutii goale, cu greutăți vechi și cu tot soiul de mărunțișuri care n-au mai încăput în prăvălie. Din încăperea asta îngustă și întunecoasă, hogea ascultă, prin peretele subțire al prăvăliei, zvonurile vieții din mahalaua negustorească, tropotul cailor, strigătele vânzătorilor. Și toate ajung până la el ca dintr-o altă lume. Aude chiar cum unii trecători se opresc în fața prăvăliei închise ca să-l bârfească și să râdă pe socoteala lui. Dar îi ascultă liniștit, fiindcă pentru el oamenii ăștia sunt niște morți care nu și-au găsit încă odihna: cum îi aude, îi și uită. Căci, la adăpostul câtorva scânduri, gândurile îl apără cu străşnicie pe hogea împotriva a tot ce-i poate aduce viața asta pe care o socotește stricată de multă vreme și pornită pe-o cale greșită. Aici, hogea se regăsește pe sine însuși, își regăsește gândurile despre soarta lumii și despre mersul treburilor omenești și, în același timp, uită de tot restul: uită mahalaua negustorească, grijile pricinuite de datorii și de țăranii care îi muncesc pământul, uită rău-platnicii, o uită pe nevastă-sa prea tânără, a cărei frumusețe și tinerețe se preface deodată într-o pacoste neghioabă și afurisită, uită de liota copiilor lui, care ar fi o povară și pentru vistieria sultanului și la care nu se gândește decât cu groază.

După ce s-a recules și s-a odihnit îndeajuns, hogea ridică iar oblonul și deschide prăvălia, de parcă s-ar întoarce de cine știe unde.

Așa se face că acum ascultă trăncăneala celor doi vecini.

— Vezi ce înseamnă vremea și ce dă Allah! Până și piatra se roade, ca un călcâi de ciorap frecat de pantof. Dar neamțul n-o lasă, și-o drege imediat ce se crapă, filosofează unul dintre ei, un pierde-vară bine cunoscut în mahalaua negustorească, în timp ce soarbe din cafeaua lui Ali-hogea.

— Ce vorbești, săracu' de tine! Cât o fi Drina Drină, și podul o să fie pod. Chiar dacă nu s-ar fi atins de el, ar fi durat atât cât îi e scris, spune celălalt, care se ocupă cu aceleași treburi ca și cel dintâi.

Și-ar fi pălăvrăgit ei așa, mult și bine, dacă nu i-ar fi întrerupt Ali-hogea.

— Iar eu vă spun că nu-i bine că se ating de pod; și-o să vedeți că n-o să iasă nimic bun din reparația asta. Așa cum îl dreg astăzi, au să-l dărâme mâine. Răposatul Mula Ibrahim mi-a povestit că a aflat din cărți, cum că e mare păcat să te atingi de apa vie, s-o întorci din matca ei și să-i schimbi cursul, fie numai pentru o zi sau pentru un ceas. Dar neamțul nu simte că trăiește dacă nu ciocănește și nu meșterește câte ceva. Și-ar vârî mâna până și-n ochi! Ar întoarce și pământul, dacă ar putea.

Unul dintre cei doi pierde-vară arată că, la urma urmelor, nu e prea rău că nemții dreg podul. Oricum, dacă nu-i prelungesc viața, nici n-o să-i strice.

— Și de unde știi tu că n-o să-i strice? se amestecă hogea mânios. Cine ți-a spus? Știi tu că e de ajuns un cuvânt ca să dărâmi orașe întregi? Păi atunci cum să nu strice atâta gălăgie câtă e aici. Pe un cuvânt a clădit Allah toată lumea. Dacă ai ști să scrii și să citești, dacă ai fi învățat, cum nu ești, ai cunoaște că podul nu e o clădire ca oricare alta, ci una ridicată pentru dragostea lui Allah și din voința lui Allah: o anumită vreme și anumiți oameni clădesc, și alte vremuri și alți oameni strică. Știi ce povesteau bătrânii despre hanul de piatră: nu mai era altul ca el în toată împărăția. Și, totuși, cine l-a dărâmat? Dacă era după trăinicia și după meșteșugul clădirii, ar fi durat și o mie de ani; și uite, s-a topit de parcă ar fi fost din ceară, iar acum, pe locul hanului, grohăie porcii și sună trompetele nemților.

— Apăi, cum spuneam, eu socotesc că... se apără celălalt.

— Greșești, i-o reteză hogea. După o minte ca a ta, n-o să se mai clădească și n-o să se mai dărâme nimic. Asta nu-ți intră ție în cap. Eu atâta vă spun, că toate astea nu sunt bune și nu vestesc nimic bun, nici pentru pod, nici pentru oraș, nici pentru noi care le privim cu ochii.

— Da, așa e. Hogea știe mai bine ca oricine ce înseamnă un pod, lăsă să-i scape celălalt, răutăcios, amintind chinurile îndurate odinioară de Ali-hogea pe kapia.

— Să nu-ți închipui că nu știu, spuse hogea convins, și începu, liniștit, dintr-odată, să istorisească una din poveștile lui, de care oamenii își râd, dar le place să le asculte de mai multe ori. Pe vremuri, răposatul taică-meu a auzit de la șeicul Dedie, și mi-a povestit și mie, când eram copil, de unde vin podurile pe lumea asta și cum a fost făcut cel dintâi dintre ele. Când Allah, atotputernicul, a zămislit lumea, pământul era întins și neted, ca un blid frumos încrustat. Asta nu i-a fost pe plac Satanei, care îl pizmuia pe om pentru dumnezeiescul dar. Și, pe când pământul mai era așa cum ieșise din mâinile lui Allah, adică jilav și moale ca aluatul, diavolul s-a furișat și, cu ghearele, a zgâriat fața pământului lui Allah, cât a putut mai în afund. Și, așa cum spune povestea, s-au născut râurile adânci și prăpăstiile care despart țările și oamenii, și-i împiedică pe aceștia din urmă să umble pe pământul dăruit de Allah ca o grădină pentru hrana și traiul lor. Allah se mâhni când văzu fapta necuratului, căci nu mai putea să înceapă iar un lucru murdărit de diavol și-i trimise pe îngeri să-i ajute și să-i mai despovăreze pe oameni de treburile lor. Când văzură îngerii că bieții oameni nu puteau să treacă peste râpele și hăurile acelea, nici să-și ducă muncile la capăt, când văzură că se chinuiesc și se uită degeaba și se strigă de pe un mal pe altul, își întinseră aripile pe-acolo și astfel oamenii putură să treacă, peste aripile îngerilor. Așa învățară oamenii, de la îngerii lui Allah, cum să întocmească un pod. Și iată de ce, după fântâni, cel mai mare bine e să faci un pod și cel mai mare păcat e să te atingi de el, căci orice pod, oricum ar fi el, de la bârna întinsă peste șuvoiul de munte până la minunăția asta ridicată de Mehmet-pașa, are un înger care îl păzește și-l ocrotește, atâta vreme câtă i-a hărăzit Allah să nu fie dărâmat.

— Măi, măi! se minunară cei doi mușterii, politicoși.

Așa își trec ei vremea, stând la taifas, în timp ce ziua se duce și munca înaintează la podul de unde răzbate scârțâitul roabelor și zgomotul mașinii care amestecă cimentul și nisipul.

Ca întotdeauna, și în discuția asta hogea și-a păstrat ultimul cuvânt, căci nimeni nu vrea și nici nu poate s-o scoată la capăt cu el, darămite pierde-vară ăștia doi, cu căpățânile lor seci, care îi beau cafeaua și știu că mâine își vor petrece o parte din zi în prăvălia lui.

Astfel le vorbea Ali-hogea tuturor celor ce-i călcau pe dinaintea dughenei, cu treburi sau numai așa, în treacăt, și se apropiau de obloanele lui de lemn. Îl ascultau toți cu un fel de curiozitate ironică și cu o atenție prefăcută, dar nimeni din oraș nu-i împărtășea părerile și nu-i înțelegea nici pesimismul, nici presimțirile negre, pe care nici el nu și le putea explica și nu găsea dovezi ca să le întărească. Altminteri, de multă vreme se deprinseseră toți să-l socotească pe hogea drept un om încăpățânat și cam într-o ureche, care acum, din pricina vârstei, a împrejurărilor grele și a nevestei tinere, le vede pe toate în negru și le găsește înțelesuri tainice și rău prevestitoare.

Cei mai mulți dintre locuitorii orășelului erau nepăsători față de ceea ce se petrecea pe pod, ca și față de tot ce făceau de ani de zile străinii în orășel și prin împrejurimi. Mulți dintre ei își câștigau pâinea cărând nisip, lemne sau mâncare pentru lucrători. Numai copiii se simțiră dezamăgiți când îi văzură pe lucrători pătrunzând, peste schelele de lemn, în firida neagră a stâlpului din mijloc, în „încăperea“ unde, după credința generală a celor mici, trăia Harapul. Din firida aceea, lucrătorii scoaseră și aruncară în râu numeroase coșuri cu gunoi de pasăre. Și atâta tot. Harapul nu se ivea. Degeaba întârziau copiii la școală, zăbovind ore întregi pe mal în așteptarea clipei când va ieși omul negru din beznele lui și-l va izbi în piept pe primul întâlnit, cu atâta putere încât îl va face să zboare de pe schela mișcătoare, printr-un salt larg, până jos în râu. Mânioși că nu se petrecuse ceea ce așteptau, mulți copii, dintre cei mai mici, încercară să spună că lucrurile se petrecuseră aievea, dar spusele lor sunau neconvingător. Băieții mai mărișori râdeau de ei și jurămintele nu ajutau la nimic!

De cum se termină repararea podului, începură lucrările de aducerea apei. Până atunci, în orășel nu existaseră decât fântâni de lemn, dintre care numai două, așezate pe Meidan, aveau apă de izvor. Toate celelalte se aflau în vale și apele lor veneau din cele două râuri, din Drina sau Rzav. Ele se tulburau de îndată ce se tulburau râurile și secau tocmai când arșița verii e în toi, iar apele râurilor scad. Inginerii găsiră acum că apa asta era nesănătoasă. Apa cea nouă fu adusă de departe, din munte, de deasupra Kabernikului, de pe cealaltă parte a Drinei, iar conducta avu nevoie de pod ca să ajungă în orășel.

Și iar începu frământarea și zgomotul pe pod. Se ridicară lespezi și se săpară șanțuri pentru conductă. Fură aprinse focuri în care fierbea catranul și se topea plumbul. Oamenii priveau și lucrările astea neîncredere și curiozitate, așa cum le priviseră și pe cele de mai înainte. Ali-hogea își încrunta sprâncenele din pricina fumului care răzbătea peste târg, până la prăvălia lui, și vorbea cu dispreț despre noua apă „ghiaură", trecută prin țevi de fier și cu neputință de folosit pentru băut sau pentru spălatul ritual, apă din care nici caii nu s-ar adăpa dacă s-ar mai găsi cai de rasă bună, cum erau pe vremuri. Hogea râdea de Lotika, fiindcă ea își trăsese apă în hotel. Și tuturor câți voiau să-l asculte le dovedea că aducerea apei nu-i altceva decât un semn prevestitor al relelor nevăzute care, mai curând sau mai târziu, aveau să lovească orașul.

Cu toate astea, în vara anului următor conductele se aflau instalate, așa cum toate lucrările de până atunci fuseseră duse la capăt și terminate la timp. Din cișmele noi, de fier, curgea belșug de apă curată, fără legătură cu seceta, nici cu revărsările. Mulți localnici își traseră apa în curte, ba unii chiar în casă.

În toamna aceluiași an începu construirea unei căi ferate. Era o lucrare de lungă durată și de mare însemnătate. E drept, la prima vedere ea n-avea nici o legătură cu podul, dar asta numai în aparență.

Calea aceasta ferată, cu linie îngustă, era cea numită prin ziare și în corespondența oficială „calea ferată răsăriteană". Ea trebuia să lege Sarajevo de granița Serbiei, la Vardiște, și de granița Sandjakului turcesc de la Novi-Pazar, la Uvaț. Linia urma să străbată Vișegradul, care devenea astfel stația cea mai importantă de pe tot parcursul.

Se scrisese și se vorbise mult, în întreaga lume, despre importanța politică și strategică a liniei acesteia, despre anexarea iminentă a Bosniei și Herțegovinei, despre viitoarele planuri ale Austro-Ungariei de-a se îndrepta, prin Sandjak, spre Salonic, și despre toate problemele încâlcite în legătură cu ele. Dar aici, în orășel, totul avea încă o înfățișare nevinovată, ba chiar atrăgătoare: meșteri noi, cete noi de lucrători, izvoare noi de câștiguri pentru mulți.

De data asta, totul se făcea pe scară mare. Construirea liniei pe o distanță de o sută șaizeci și șase de kilometri, cu sute de poduri și de viaducte și cu aproape o sută treizeci de tuneluri, costă statul șaptezeci și patru de milioane de coroane și dură patru ani. Oamenii rosteau cifrele acestea mari și se uitau în gol, undeva, în zare, ca și cum s-ar fi căznit zadarnic să vadă acolo muntele ăsta de aur care întrecea orice calcule și orice închipuiri. „Șaptezeci și patru de milioane!" repetau mulți vișegrădeni, ca niște cunoscători, de parcă ar fi avut banii în palmă și i-ar fi numărat. Căci până și în orășelul acesta pierdut în lume, unde două treimi din manifestările vieții erau încă pe deplin orientale, oamenii începuseră să fie robi ai cifrelor și să creadă în statistici. „Șaptezeci și patru de milioane", „ceva mai puțin decât o jumătate de milion, exact patru sute patruzeci și cinci de mii șapte sute optzeci și două de coroane, pe kilometru". Așa își clătea lumea gura cu cifre uriașe, dar nu devenea nici mai bogată și nici mai înțeleaptă.

Cât timp a durat construirea căii ferate, oamenii simțiră pentru prima dată că nu mai era vorba de câștigurile ușoare, sigure și lipsite de griji din primii ani ai ocupației. Încă de câțiva ani, prețurile mărfurilor și ale alimentelor de primă necesitate făcuseră câteva salturi. Ele creşteau, nu scădeau niciodată, apoi, după un răgaz mai mult sau mai puţin îndelung, făceau noi salturi. Fără îndoială, bani se câştigau şi zilele de lucru se plăteau bine, dar salariile erau totdeauna cu cel puţin douăzeci la sută mai scăzute decât necesităţile reale. Se desfăşura un fel de joc nebunesc şi viclean ce învenina viaţa unui număr tot mai mare de oameni dar care nu putea fi oprit, căci îşi avea izvorul undeva, departe, pe aceleaşi coclauri nepătrunse şi necunoscute de unde veniseră binefacerile primilor ani. Mulţi dintre bogătaşii care făcuseră avere îndată după ocupaţie, cu cincisprezece-douăzeci de ani în urmă, erau acum săraci, iar copiii lor munceau la alţii. Nici vorbă că se aflau şi nou-veniţi care făcuseră avere, dar şi în mâinile lor banul sărea ca argintul viu, ca într-o scamatorie, şi omul se putea pomeni lesne cu mâinile goale şi cu cinstea murdărită.

Se vădea din ce în ce mai limpede că viaţa uşoară şi câştigurile care aduc acest soi de viaţă îşi au şi partea lor rea, că banii şi cel ce-i are nu sunt decât nişte mize într-un joc ciudat căruia nimeni nu-i cunoaşte toate regulile şi nu-i poate prevedea sfârşitul. Şi, fără să ne dăm seama, jucăm cu toţii jocul ăsta, unii cu o miză mai mare, alţii cu o miză mai mică, dar toţi cu risc neîntrerupt.

În vara celui de-al patrulea an, primul tren, împodobit cu ramuri verzi şi cu steaguri, străbătu orăşelul. Ziua aceea a însemnat o mare sărbătoare pentru toată lumea. Muncitorilor li s-au dat la masă butoaie pline cu bere. Inginerii s-au fotografiat în jurul primei locomotive. În ziua aceea, călătoria cu trenul a fost gratuită. („O zi de pomană şi toată viaţa pe bani", îi batjocori Ali-hogea pe cei ce folosiră trenul gratuit.)

Abia mai apoi, când calea ferată, gata construită, începu să funcţioneze, înţeleseră oamenii ce însemna asta pentru pod, pentru rolul lui în viaţa orăşelului şi pentru soarta lui, în general. Linia urca de-a lungul Drinei, pe povârnişul de sub Meidan; săpată în munte, ea înconjura oraşul, lăsându-se apoi la vale pe lângă ultimele case, pe malul Rzavului. Acolo se afla gara. Pentru oameni, ca şi pentru mărfuri, toate legăturile cu Sarajevo şi, prin Sarajevo, cu restul lumii apusene, se mutaseră pe malul drept al Drinei. Malul stâng şi, odată cu el, podul se pomeniră scoase cu totul din uz. Nu mai treceau peste pod decât oamenii venind dinspre satele de pe stânga râului, țăranii cu căluții lor de-o șchioapă împovărați peste măsură și carele trase de boi sau cele ce duceau lemne din fundul pădurilor la gară.

Drumul care, începând de la pod, urca peste înălțimile de la Lieska, spre Semeci și, de-acolo, prin Glasinaț și Romania, ducea la Sarajevo, drumul ăsta care, pe vremuri, răsuna de cântecele surugiilor și de clopoțeii cailor de cărăușie începu să se acopere cu iarbă și cu mușchiul verde și subțirel, vestitor al morții încete pentru unele drumuri și clădiri. Podul nu mai era folosit pentru călătorii, nimeni nu mai era însoțit, nimeni nu-și mai lua rămas-bun de la drumeți, nimeni nu-l mai străbătea și nu mai bea nimeni, de-a călare, rachiul dinaintea plecării.

Cărăușii, carele, căruțele cu coviltire și trăsuricile demodate cu care se călătorea pe vremuri la Sarajevo rămaseră fără lucru. Călătoria nu mai dura, ca mai înainte, câte două zile, cu popas pentru odihnă și pentru înnoptat la Rogatița, ci numai două ore. Și cifrele astea le dădeau de gândit oamenilor. Îi vedeai pe mulți socotind, cu emoție, toate binefacerile și economiile pe care viteza le aduce omului. Primii vișegrădeni plecați la Sarajevo ca să-și pună la cale treburile și reîntorși acasă în seara aceleiași zile erau priviți ca niște minunății.

Doar Ali-hogea făcea excepție, Ali-hogea, neîncrezătorul, încăpățânatul, prevăzătorul, Ali-hogea gândind mereu altfel decât restul lumii, și acum ca și în alte dăți. Celor ce se mândreau vorbind despre viteza cu care își duceau acum afacerile la capăt și socoteau timpul, banii și osteneala economisite, el le răspundea îmbufnat că lucrul cel mai de seamă nu e cât timp economisește omul ci cum își folosește acest timp economisit: dacă-l întrebuințează ca să facă rău, ar fi mai bine să nu-l aibă. Și încerca să dovedească limpede că principalul nu-i să meargă omul repede, ci să știe încotro se duce și ce treburi are acolo și că, deci, viteza nu înseamnă totdeauna folos.

— Dacă te duci spre iad, e mai bine să mergi încet, îi spunea el, cu amărăciune în glas, unui negustoraș. Ești neghiob de-ți închipui cumva că nemții au cheltuit atâta grămadă de parale și au vârât mașinăria asta numai ca să poți tu călători și să-ți isprăvești treburile mai degrabă. Tu vezi numai că te miști de ici, colo, dar nu te întrebi ce cară mașinăria cu ea, în afară de tine și de semenii tăi. Asta n-o poți înțelege. Călătorește, bre, călătorește unde vrei, dar tare mă tem ca, într-o bună zi, să nu-ți iasă pe nas călătoria asta. O să vină vremea când neamțul o să te care cu trenul și acolo unde n-ai vrea să te duci și unde nici nu-ți dă prin minte că ai să te duci vreodată.

De câte ori auzea șuieratul locomotivei care trecea de-a curmezișul pantei de dincolo de hanul de piatră, Ali-hogea încrunta sprâncenele, mormăia cuvinte de neînțeles și, privind prin oblonul lui de lemn podul de piatră, văzut, ca totdeauna, pieziș, își depăna mai departe vechiul gând: cele mai mari construcții s-au ridicat doar la un singur cuvânt, iar pacea și viața unui oraș întreg și a locuitorilor lui depind poate numai de-o șuierătură. Cel puțin așa i se părea omului ăstuia neputincios, care văzuse multe în viața lui și îmbătrânise pe neașteptate.

Dar și aici, ca și în toate celelalte, Ali-hogea era singur. Lumea îl socotea cam într-o ureche și sucit. La drept vorbind, și țăranii se deprindeau anevoie cu drumul de fier. Îl foloseau ei, dar nu izbuteau să-i priceapă și nici să-i ghicească firea și obiceiurile. În zori, se coborau de la munte, pătrundeau în oraș odată cu soarele și, de cum ajungeau la primele dughene, îi întrebau, cu grijă în glas, pe primii întâlniți:

— A plecat mașinăria?

— Să fii tu sănătos, bre, săracu' de tine, că ea a plecat de mult, le răspundeau din ușă negustorii fără treabă, mincinoși și răi la inimă.

— Oare așa o fi?

— Lasă, că o să ai mâine alta.

Și țăranii întreabă întruna, așa, din mers, grăbindu-se mai departe și zorindu-și femeile și copiii rămași în urmă.

Și ajung la gară, în goană. Acolo, un slujbaș îi liniștește, le spune că au fost păcăliți și că mai sunt încă trei ore întregi până la plecarea trenului. Atunci ei răsuflă mai pe îndelete, se așază de-a lungul zidului gării, își desfac desagii, mănâncă, stau de vorbă sau se vaietă, dar sunt mereu cu urechile ciulite și cum aud vreo locomotivă de marfar șuierând pe undeva, sar unul după altul, își strâng lucrurile împrăștiate și strigă unul la altul:

— Scoală, bre, că pleacă maşinăria!

Pe peron, impiegatul îi opreşte şi-i împinge afară.

— Nu v-am spus, bre, că mai sunt trei ceasuri până la plecarea trenului? Unde vă repeziţi aşa? Aţi căpiat?

Ţăranii se întorc la locurile de mai înainte, se aşază din nou, dar bănuiala şi neîncrederea nu-i slăbeşte o clipă. Şi la primul şuierat sau la primul zgomot mai suspect, sar din nou în picioare şi dau năvală pe peron, ca să fie din nou daţi afară şi poftiţi să aştepte cu răbdare şi să asculte cu luare-aminte. Căci poţi să le vorbeşti până te-o durea gura, în străfundul sufletului lor ei tot au să-şi închipuie „maşinăria" asta ca pe-o şurubărie iute ca vântul, vicleană şi tainică, născocită de nemţi, şi care, cât ai clipi, îţi scapă, dacă n-o pândeşti. Că ea, una ştie: să-l înşele pe ţăranul pornit la drum şi să plece fără el.

Numai că toate astea erau fleacuri, şi neghiobiile ţăranilor şi mormăielile şi încruntarea lui Ali-hogea. Oamenii făceau haz de ele, dar, în acelaşi timp, se deprindeau repede cu drumul de fier, cum se deprinseseră cu toate născocirile moderne, mai lesnicioase şi mai plăcute. Se duceau şi acuma pe pod şi se aşezau pe kapia, aşa cum făcuseră de totdeauna, treceau peste el pentru cine ştie ce nevoi, dar călătoreau în direcţia şi în felul dictat de timpurile noi. Şi se obişnuiseră degrabă şi uşor cu ideea că drumul peste pod nu mai duce în lumea largă şi că nici podul însuşi nu mai e ce fusese pe vremuri: o legătură între Răsărit şi Apus. Mai bine zis, oamenii nici nu se mai gândeau la asta. Iar podul se înălţa mai departe, aşa cum se înălţase dintotdeauna, cu veşnica lui tinereţe, caracteristică unei concepţii desăvârşite şi înfăptuirilor omeneşti mari şi bune, care nu ştiu ce înseamnă îmbătrânirea şi schimbarea şi nu împărtăşesc - cel puţin în aparenţă - soarta lucrurilor trecătoare ale lumii acesteia.

XVII

Dar aici, lângă pod, în orășelul de care îl legase destinul, se pârguiau roadele vremurilor noi. Veni anul 1908 și, odată cu el, o mare neliniște și o tainică amenințare, care n-a mai încetat de-atunci să apese asupra orășelului.

De fapt, schimbarea începuse cu mult înainte: cam pe vremea construirii căii ferate și în primii ani ai veacului celui nou. Odată cu creșterea prețurilor și cu jocul de neînțeles, dar smintit, al urcării și scăderii valorii bancnotelor, al dividendelor și al banilor, începu să se vorbească din ce în ce mai mult despre politică.

Până atunci, vișegrădenii se ocupaseră numai cu ceea ce îi privea îndeaproape și le era cunoscut: câștigurile, petrecerile, în general problemele privitoare la familiile și la mahalalele lor sau privitoare la orășel și la comunitățile religioase; și totdeauna într-un fel direct și mărginit, fără să se uite prea mult nici înainte și nici înapoi. Acum însă își făceau loc în discuții, din ce în ce mai des, chestiuni care depășeau orizontul lor obișnuit și ieșeau din cercul preocupărilor lor. La Sarajevo se înființară partide și organizații religioase și naționale, sârbești și musulmane, și, imediat după aceea, ele înjghebară subcomitete la Vișegrad. În orășel începură să sosească noile ziare apărute la Sarajevo. Se creară săli de lectură și societăți corale. Mai întâi societatea sârbilor, apoi a musulmanilor și, în sfârșit, a evreilor. Elevii de liceu și studenții de la universitățile din Viena și Praga veneau să-și petreacă vacanțele acasă și aduceau cu ei cărți noi, broșuri și un nou fel de-a se exprima. Prin exemplul lor, ei arătau vișegrădenilor mai tineri că nu trebuie să-și țină întruna gura închisă și ideile în cap, așa cum credeau și susțineau cei mai în vârstă. Răsăriră nume noi de organizații, religioase și naționale, pe baze mai largi, cu obiective mai îndrăznețe, și organizații muncitorești. Atunci fu auzit rostindu-se pentru prima dată în orășel cuvântul „grevă". Calfele tinere începură să ia o înfățișare mai serioasă. Seara, pe kapia, purtau între ei discuții de neînțeles pentru alții și schimbau broșurele fără coperte, intitulate: „Ce este socialismul? Opt ore de muncă, opt ore de odihnă, opt ore de cultură. Țelurile și calea proletariatului mondial."

Țăranilor li se vorbea despre problema agrară, despre relațiile de iobăgie, despre pământurile beilor. Și ei ascultau, uitându-se puțin pe de lături, mișcându-și abia zărit mustățile și încruntându-și frunțile, trudindu-se parcă să nu uite nimic din ce aud; apoi chibzuiau singuri sau discutau cu ai lor.

Se găseau destui oameni care continuau să-și țină gura, prudenți, sau să se împotrivească noutăților și îndrăznelilor gândirii și limbii. Dar și mai mulți, îndeosebi printre cei tineri, săraci și fără ocupație, le primeau ca pe niște mesaje prielnice, răspunzând unor cerințe lăuntrice, până atunci tăcute și înăbușite, și își împlineau viața cu acel ceva măreț și înflăcărat care le lipsise până atunci. La citirea discursurilor și a articolelor, a protestelor și a memorandumurilor lansate de organizațiile religioase sau de partide, fiecare dintre ei avea impresia că i se descătușează ceva în inimă, că i se lărgește orizontul, că i se eliberează ideile și că forțele i se unesc cu ale altor oameni și cu alte forțe, depărtate, la care nu se gândise până atunci. Și începeau să se privească unii pe alții într-un fel cum nu se priviseră înainte. Pe scurt, li se părea, chiar prin asta, că viața devine mai largă, mai bogată, că granițele a ceea ce nu e îngăduit și a ceea ce e cu neputință se depărtează și că se deschid perspective și posibilități cum nu mai existaseră, chiar pentru cei care, până atunci, nu le avuseseră deloc.

De fapt, ei nu căpătau nimic nou și nici nu vedeau nimic mai bine, dar puteau să arunce o privire dincolo de viața obișnuită a orășelului, puteau să aibă o iluzie tulburătoare de lărgime și de forță. Obiceiurile nu li se schimbau, felul de trai și formele legăturilor dintre ei rămâneau aceleași, doar că în vechiul ritual după care își sorbeau, trândăvind, cafeaua, tabacul și rachiul se iveau idei, cuvinte îndrăznețe și un nou fel de a discuta. Oamenii începeau să se împartă și să se grupeze, să se respingă și să se atragă după criterii noi și pe baze noi.

Şi tot atunci, evenimentele din afară începură să-şi găsească ecouri în orăşel. Se petrecu o schimbare de domnie în Serbia în 1903, şi apoi o schimbare de regim în Turcia[1]. Vişegradul, aflat chiar la graniţa Serbiei şi nu departe de graniţa turcească, având cu amândouă aceste ţări legături adânci şi invizibile, resimţea schimbările, le trăia şi le tălmăcea, deşi nimeni nu spunea pe faţă ce gândea şi ce simţea.

În orăşel începu să se facă tot mai vie activitatea şi presiunea autorităţilor, mai întâi a celor civile şi apoi a celor militare. Şi asta într-o formă cu totul nouă: înainte, omul era urmărit după faptele şi purtările lui; acum se luau informaţii despre ce gândea şi cum vorbea fiecare. Numărul jandarmilor sporea mereu în satele din vecinătatea graniţei. La comenduirea Pieţei sosi un ofiţer din Serviciul Special de Informaţii; ofiţerul era, de felul lui, din Lika. Poliţia îi închidea şi-i amenda pe tineri pentru declaraţii nechibzuite sau pentru cântece sârbeşti interzise. Străinii suspecţi erau expulzaţi; iar localnicii ajungeau la certuri şi la bătăi, din pricina părerilor deosebite.

După construirea căii ferate, călătoriile durau mai puţin şi mărfurile se transportau mai uşor; dar, în acelaşi timp, şi evenimentele îşi grăbiră cursul. Vişegrădenii nu-şi dădeau seama de asta, căci accelerarea era treptată şi-i cuprinsese şi pe ei. Oamenii se obişnuiau cu tot ce era neobişnuit; ştirile senzaţionale nu mai erau rarităţi şi nici excepţii, ci hrană zilnică şi o adevărată nevoie. Întreaga viaţă gonea către ceva, se năpustea pe neaşteptate, cum îşi năpusteşte apele un râu de munte înainte de a se sparge, de-a se prăvăli de-a lungul stâncilor povârnite şi de-a se preschimba în cascadă.

Trecuseră abia patru ani de la plecarea primului tren din orăşel, când, într-o dimineaţă de octombrie, fu lipit de kapia, chiar sub lespedea cu inscripţia turcească, un afiş mare, alb. Îl pusese un slujbaş de-al administraţiei comunale, unul, Drago. Mai întâi se

1. În Serbia, după ce Alexandru Obrenovici şi regina Draga sunt asasinaţi la Belgrad de către un grup de ofiţeri, se urcă pe tron Petru I Karageorgevici. În Turcia, Junii turci se răscoală împotriva sultanului Abdul Hamid şi-l detronează. Junii turci aveau drept scop modernizarea Imperiului Otoman.

adunară copiii și cei care n-aveau ce face, apoi începură să sosească și alții. Știutorii de carte citeau cu glas tare, silabisind și oprindu-se la expresiile și la cuvintele străine. Ceilalți ascultau în tăcere, cu ochii în jos, și, după ce auzeau tot și mai zăboveau câteva clipe, porneau tot cu ochii în jos, trecându-și mâna prin bărbi și prin mustăți, de parcă și-ar fi șters un cuvânt pe care erau cât pe-aci să-l rostească.

Terminându-și rugăciunea de amiază, sosi și Ali-hogea, după ce se mulțumise să pună un par de-a latul ușii prăvăliei, ca semn că a închis. De data asta proclamația nu era tipărită și în turcește, iar hogea nu știa să citească sârbește. Un tinerel o citea cu glas tare, într-un fel cu totul mecanic, ca la școală:

„PROCLAMAȚIE

Către poporul din Bosnia și Herțegovina.

Noi, Franz Joseph, împărat al Austriei, Rege al Boemiei etc. și Rege Apo-Apostolic al Ungariei, către locuitorii Bosniei și Herțegovinei: Când, acum o ge-generație, armata Noastră a trecut granițele țării Voastre...“

Ali-hogea simți că începe să-l mănânce urechea dreaptă, pe sub turbanul alb și, ca și cum ar fi fost ieri, i se ivi în fața ochilor cearta cu Karamanlâi, silnicia săvârșită atunci împotriva lui, i se ivi crucea roșie, plutindu-i printre ochii plini de lacrimi, până ce un soldat neamț l-a scos din cui, cu băgare de seamă; i se ivi și afișul alb, adresat atunci poporului.

Tinerelul citi mai departe:

...„Vi s-a dat a-a-asigurarea că noi n-am venit ca dușmani, ci ca prietenii Voștri, cu voința fermă de a înlătura toate relele care, ani de-a rândul, au apăsat pa-pa-patria Voastră.
Cuvântul acesta, care v-a fost dat în cli-cli-pa aceea se-serioasă...“

Toți cei de față începură să-l îngâne pe cititorul neîndemânatic. El, zăpăcit și roșu, se pierdu în mulțime și fu înlocuit de-un necunoscut în haină de piele, care părea că pândise prilejul acesta și începu să citească repede și curgător, de parcă ar fi spus o rugăciune învățată pe dinafară.

„Cuvântul acesta, care V-a fost dat în clipa aceea serioasă, a fost ținut cu cinste. Guvernul Nostru s-a străduit întotdeauna, muncind cu râvnă, în pace și legalitate, să făurească un viitor mai fericit patriei Voastre.
Și, spre marea Noastră bucurie, putem spune deschis: sămânța care a fost aruncată în brazdele unui pământ răscolit a dat rod îmbelșugat. Iar Voi trebuie de asemenea să resimțiți lucrul acesta ca pe o binecuvântare: că în locul silniciei și al tiraniei s-a ivit ordinea și siguranța; că munca și viața se află într-o dezvoltare necontenită; că pecetea înnobilatoare a unei culturi multiple s-a ivit și ea, și că, sub ocrotirea unei administrații bine organizate, fiecare se poate bucura de roadele muncii lui.
Este datoria Noastră, a tuturora, să pășim neobosiți pe această cale. Având acest țel în fața ochilor, socotim că a venit clipa să dăm locuitorilor celor două țări o nouă dovadă a încrederii Noastre în maturitatea lor politică. Ca să ridicăm Bosnia și Herțegovina pe o treaptă de viață politică superioară, am hotărât să acordăm celor două țări instituțiuni constituționale – corespunzătoare și condițiilor în care ele se găsesc, și intereselor comune ale ambelor țări și să creăm în felul acesta o bază legală reprezentării dorințelor și intereselor lor.
Să fie auzit și glasul Vostru când vor fi luate, pe viitor, hotărâri privind patria Voastră, care va avea, ca și până acum, conducerea ei separată.
Dar prima condiție absolut necesară pentru introducerea acestor constituții naționale este definirea situației juridice, clară și neîndoielnică, a celor două țări. Pornind de la acest principiu și păstrând amintirea legăturilor care au existat în vremuri mai vechi între glorioșii Noștri înaintași pe tronul Ungariei și aceste țări, Ne extindem drepturile Noastre de suveranitate asupra Bosniei și Herțegovinei și vrem să se aplice și asupra acestor țări dreptul de succesiune, valabil pentru casa Noastră.
Așadar, locuitorii celor două țări vor primi partea lor din binefacerile pe care le poate asigura o întărire trainică a legăturilor Noastre de până acum. Noua orânduire va fi o chezășie că bunăstarea și cultura își vor găsi un lăcaș sigur în patria Voastră.
Locuitori ai Bosniei și Herțegovinei!
Printre numeroasele griji care Ne înconjoară tronul, grija Noastră pentru prosperitatea Voastră morală și materială nu va fi cea de pe urmă. Marea idee a egalității tuturor în fața legii, participarea la

întocmirea legilor și la conducerea țării, ocrotirea egală a tuturor religiilor, a tuturor limbilor și a tuturor particularităților naționale – de toate aceste mari bunuri Vă veți bucura din plin.
Libertatea individuală și binele colectivității vor fi steaua călăuzitoare a domniei Noastre pentru ambele țări..."

Cu gura puțin căscată și cu capul plecat, Ali-hogea asculta cuvintele citite, în mare parte neobișnuite și necunoscute, și pe acelea care, luate în sine, nu-i erau străine, dar aveau pentru el, în proclamația asta, ceva ciudat și de neînțeles: „Sămânța... aruncată în brazdele unui pământ răscolit...", „condiția absolut necesară pentru introducerea acestor constituții naționale... definirea situației juridice, clară și neîndoielnică...", „steaua călăuzitoare a domniei Noastre...". Da, iată din nou „cuvintele împăratului". Și la fiecare dintre ele, luat în parte, în fața privirii lăuntrice a lui Ali-hogea, când se deschide o perspectivă depărtată, extraordinară și primejdioasă, când se lasă ceva ca o perdea neagră și plumburie, care-i cade exact în fața pupilelor. Astfel, rând pe rând, sau nu vede nimic, sau vede ceva de neînțeles și care nu prevestește nimic bun. În viața asta se poate întâmpla orice și e cu putință oricare minune. Se poate întâmpla ca un om să asculte atent și să nu înțeleagă amănuntele, dar să simtă și să priceapă despre ce e vorba, în general. Sămânța asta, steaua asta, grijile astea ale tronului pot fi ele rostite într-o limbă străină, și totuși hogea e în stare, după cum socoate, să priceapă ce vor să spună și unde vor să ajungă cei ce le folosesc. Fiindcă împărații de mai bine de treizeci de ani aruncă chemări peste țări și orașe, pe deasupra capetelor popoarelor. Și fiecare cuvânt, din fiecare proclamație a fiecărui împărat, are urmări grele. Căci țările sunt fărâmițate și în ele capetele zboară din pricina cuvintelor împărătești. Astfel, dacă se spune: „sămânță... stea... grijile tronului..." e ca să nu li se dea lucrurilor adevăratul lor nume și să nu se arate ce se petrece, de fapt: adică țările și provinciile și, odată cu ele, oamenii vii trec din mână în mână, ca banii mărunți, iar un om de bună-credință și cu gânduri cinstite nu-și mai află pacea pe pământ, după cum nu poate dobândi nici măcar cât îi trebuie ca să-și țină zilele în scurta lui viață, iar starea și bunurile i se schimbă, independent de el și împotriva dorințelor și celor mai bune intenții ale sale.

Ascultă Ali-hogea, și are mereu impresia că sunt aceleași cuvinte pe care le-a auzit acum treizeci de ani, aceeași greutate de plumb în piept, aceeași veste că s-a isprăvit cu vremurile turcilor, că „făclia turcească a ars până la capăt“, doar că toate astea trebuie să le fie repetate, căci ei nu vor nici să le înțeleagă, nici să vadă cum stau lucrurile, că se înșală singuri și fac pe neștiutorii.

„În schimb, Voi Vă Veți arăta, neîndoielnic, demni de încrederea ce Vi se acordă, pentru ca nobila armonie dintre suveran și popor, chezășia cea mai prețioasă a progresului și a statului, să însoțească mereu munca noastră comună.
Dat în capitala și reședința Noastră regală,
Budapesta.

FRANZ JOSEPH.“

Astfel își încheie cele citite omul cu haina de piele și, deodată, strigă pe neașteptate și în gura mare:

— Trăiască majestatea-sa împăratul nostru!

— Trăiascăăă! strigă ca la comandă Ferhat, lampagiul comunal.

Toți ceilalți se împrăștiară, în aceeași clipă, tăcuți.

Nici nu se înnoptase bine în ziua aceea, că proclamația albă și fusese sfâșiată și zvârlită în Drina. A doua zi autoritățile arestară câțiva tineri sârbi, bănuiți că ar fi rupt-o, lipiră o nouă proclamație și puseră lângă ea un polițai, de pază.

De îndată ce stăpânirea simte nevoia să le făgăduiască oamenilor, prin afișe, pacea și bunăstarea, trebuie să iei seama și să te aștepți că o să fie tocmai dimpotrivă. Pe la sfârșitul lui octombrie, armata începu firește să sosească, nu numai cu trenul, ci și pe drumul cel vechi, lăsat în părăsire. Așa cum făcuseră cu treizeci de ani în urmă, soldații coborau povârnișurile drumului dinspre Sarajevo și pătrundeau în orășel, trecând peste pod cu armele și cu echipamentul lor. Se aflau ostași de toate felurile, în afară de cavaleriști. Toate cazărmile se umpluseră. Unii stăteau în corturi. Și soseau întruna noi unități care zăboveau câteva zile în orășel, apoi se împrăștiau prin sate de-a lungul graniței, către Serbia. Cei mai mulți dintre soldați erau rezerviști, de diferite neamuri și cu destule parale. Ei târguiau de prin prăvălii lucrușoarele de care aveau nevoie și cumpărau fructe sau zaharicale de pe la colțurile ulițelor. Prețurile se urcau. Fânul și ovăzul ajunseseră de negăsit. Pe înălțimile din jurul orășelului se începu construirea fortificațiilor. Și chiar pe pod se porni o lucrare ciudată. În mijloc, imediat după kapia, cum vii dinspre oraș ca să treci pe malul stâng al Drinei, niște lucrători aduși special începură să cioplească într-un stâlp o firidă de vreun metru pătrat. Locul unde se făcea lucrarea era acoperit cu un cort verde, sub care se auzeau bocăniturі neîncetate, din ce în ce mai în adâncime. Piatra scoasă era aruncată în râu, peste parapet. Oricât de bine fusese ascunsă lucrarea, tot orașul aflase că se minează podul, adică se știa că se sapă o firidă adâncă printr-un stâlp, până la temelia lui, și că, în fundul firidei acesteia va fi pusă pulbere explozivă, pentru cazul când se va face război și va fi necesară distrugerea podului. Prin firida săpată, lucrătorii lăsară niște scări lungi, de fier și, când totul fu gata, acoperiră gura firidei cu un capac de fier. Iar, după câteva zile, capacul de fier nu se mai deosebea dintre pietre și praf și peste el treceau căruțele, călcau caii și grăbeau oamenii spre treburile lor, fără să se mai gândească nici la mină, nici la pulberea explozivă. Doar băieții, când se duceau la școală, se opreau acolo, izbeau curioși în capacul de fier și căutau să ghicească ce se ascunde sub el, închipuindu-și un nou Harap ascuns în stâlp; ba chiar se luau la ceartă discutând despre ce e pulberea explozivă, cum lucrează ea și dacă o construcție atât de mare putea fi distrusă în întregime.

Dintre cei vârstnici, numai Ali-hogea Mutevelici dădu târcoale pe-acolo și cercetă, posomorât și neîncrezător, mai întâi cortul verde, pus în timpul lucrărilor, apoi capacul de fier, rămas pe pod. Asculta ce se vorbea și ce se șoptea: că în stâlp fusese scobită o gură, ca de fântână, și că în ea fusese așezată pulberea, legată de țărm printr-un fir electric, în așa fel încât comandantul putea, la orice oră din zi și din noapte, să distrugă podul chiar de la mijloc, ca și cum ar fi fost făcut din zahăr și nu din piatră. Asculta hogea, întorcea capul și chibzuia și ziua, când se retrăgea în „coșciugul" lui, și noaptea, în pat, când venea vremea de dormit. Ba credea, ba respingea o atare posibilitate, socotind-o prea nebunească și pângăritoare, dar se gândea necontenit la ea; de aceea până și în vis îi vedea venind la el pe înaintaşi, epitropi ai bunurilor daniei lui Mehmet-paşa; şi ei îl întrebau, cu asprime în glas, ce se întâmplase şi ce avea de gând să facă cu podul? Îşi frământa singur grija asta în cap. Nu voia să întrebe pe nici unul din localnici, socotind că, de multă vreme, omul înţelept n-are cui să-i ceară sfat şi nici cu cine să stea de vorbă în orăşelul ăsta, fiindcă toţi ori şi-au pierdut obrazul şi mintea, ori sunt şi ei la fel de tulburaţi şi de mâniaţi ca şi el.

Şi totuşi, într-o bună zi, i se ivi prilejul să afle cum stau lucrurile. Unul din familia beilor Brankovici, de la Ţârnce, Mohamed, îşi făcuse armata la Viena şi rămăsese acolo ca reangajat, ajungând până la gradul de sergent-major. (Mohamed ăsta era nepotul acelui Şemsi-bei, care, după ocupaţie, se înfundase la Ţârnce şi murise de inimă rea şi care e pomenit şi astăzi de către turcii bătrâni ca o pildă măreaţă de înălţare morală şi de statornicie în fapte). În anul acela, Mohamed-bei venise în concediu. Era un bărbat roşcovan, înalt şi gras, într-o uniformă albastră, ca turnată pe el, cu fireturi galbene, cu steluţe argintii la guler, cu mănuşi de piele albă ca zăpada în mâini şi cu un fes roşu pe cap. Spilcuit, zâmbitor, curat de mai mare dragul şi cu o ţinută desăvârşită, el se plimba prin mahalaua negustorească, lovindu-şi încetişor sabia lungă de caldarâm, arătându-se binevoitor şi încrezător faţă de toată lumea, ca omul care mănâncă pâinea împăratului, e sigur de sine şi n-are a se teme de alţii.

Când Mohamed-bei ăsta veni şi la hogea în prăvălie, întrebându-l de sănătate şi aşezându-se să bea cafeaua, Ali-hogea folosi prilejul ca să-i ceară – ca unui om al împăratului, trăitor departe de Vişegrad – lămuriri cu privire la grija care îl frământa. Îi arătase despre ce e vorba, ce se întâmplase pe pod, ce se povestea în oraş şi-l rugă să-i spună dacă e cu putinţă un lucru atât de uluitor: să se pregătească, după un plan făcut dinainte, nimicirea unei danii pioase, de interes public, aşa cum era podul.

Cum auzi despre ce e vorba, Mohamed-bei deveni, dintr-odată, serios. Zâmbetul larg îi dispăru iar faţa lui roşcovană, rasă, căpătă o expresie închisă, de parcă s-ar fi aflat la paradă în clipa când se comandă: drepţi! După ce tăcu o clipă, încurcat, glăsui încet:

— E ceva adevărat în toate astea, dar, dacă vrei să mă asculți, cred că ar fi mai bine să nu pui întrebări și să nu vorbești, căci astea fac parte din pregătirile de război, sunt secrete militare etc., etc.

Hogea nu putea să sufere expresiile noi și mai ales acest „etc.". Nu numai fiindcă cuvântul îl scotea din sărite, dar și pentru că simțea limpede că „etc." ținea, în felul de-a vorbi al străinilor, locul adevărului trecut sub tăcere, ca și cum tot ce fusese până atunci n-avea nici o însemnătate.

— Ei, bată-te norocul, nu mă lua pe mine cu „etc."-uri de-astea de-ale lor, ci spune-mi și lămurește-mă, dacă poți, ce-au de gând cu podul? Că secret nu poate să fie. Ce fel de secret e dacă îl știu și copiii? vorbi hogea, mânios. Ei, bată-te să te bată, ce-are a face podul cu războiul lor?

— Ba are, Ali-hogea, și încă cum! zise Brankovici, din nou zâmbitor.

Și îi explică, binevoitor și vorbind cam de sus, așa cum li se vorbește copiilor, că toate astea erau prevăzute în regulamentele militare, că existau pionieri și pontonieri ca să le îndeplinească și că, în armata împărătească, fiecare își cunoaște numai munca lui și n-are de ce să ducă grija sau să se amestece în „specialitatea" altuia.

Ascultă hogea, ascultă și privește, dar nu înțelege mare lucru și nu se mai poate stăpâni.

— De, de! toate astea or fi ele frumoase, bre omule, dar știu ei că podul e dania vizirului? Știu ei că a fost clădit pentru mântuirea unui suflet și din dragoste față de Allah? Știu ei că păcătuiești dacă-i clintești măcar o piatră?

Brankovici, fără să mai scoată o vorbă, își îndepărtează brațele, ridică din umeri, își strânge buzele și închide ochii. Pe față i se așterne o expresie vicleană și politicoasă, neclintită, fixă, oarbă, surdă, cum pot căpăta oamenii doar după ani îndelungați petrecuți în străvechile ocârmuiri putrede, în care discreția a degenerat, de multă vreme, în nesimțire și supunerea în lașitate. O foaie de hârtie albă, nescrisă, și tot ar fi fost mai grăitoare decât fața omului ăstuia. Și, numaidecât, omul împăratului deschide ochii, lasă brațele în jos, își alungă cutele de pe față și-și reia înfățișarea de totdeauna, seninătatea încrezătoare, zâmbitoare, în care voioșia vieneză și politețea turcească se întâlnesc și se îmbină ca două ape. Și, după ce schimbă firul discuției și-l laudă pe hogea, cu vorbe alese, pentru sănătatea și înfățișarea lui tinerească, își ia rămas-bun cu aceeași bunăvoință nesecată pe care o avea la venire. Iar hogea rămâne descumpănit și zguduit în sinea lui, dar la fel de îngrijorat ca și mai înainte. Pierdut în gândurile lui amare el privește, din pragul prăvăliei, frumusețea strălucitoare a primei zile de martie. În fața ochilor, pieziș, se înalță podul cel veșnic, pururi neschimbat; printre arcadele albe se întrezărește fața verde, luminată și vijelioasă, a Drinei, ca un șirag ciudat, cu două culori licărind în soare.

XVIII

Încordarea cunoscută în lume sub numele de „criza anexiunii"[1] şi care îşi întindea umbra ei nefastă şi aici, pe pod, şi în orăşelul de lângă el, slăbi pe neaşteptate. Undeva, în corespondenţa diplomatică şi în negocierile dintre capitalele interesate, i se găsise o soluţie paşnică.

Graniţa, atât de uşor inflamabilă dintotdeauna, de data aceasta nu luă foc. Trupele numeroase, care umpluseră orăşelul şi satele din vecinătatea graniţei, începură să se retragă şi să se împuţineze odată cu primele zile ale primăverii. Dar, cum se întâmplă mereu, schimbările aduse de criza aceasta au dăinuit şi după ea. Garnizoana permanentă instalată în oraş e mai mare decât altă dată. Podul e tot minat. La asta nu se mai gândeşte nimeni, în afară de Ali-hogea Mutevelici. Terenul situat pe platoul din stânga podului, deasupra zidului străvechi, unde se află grădina comunală, a încăput pe mâna autorităţilor militare. Pomii din mijlocul grădinii au fost tăiaţi şi în locul lor s-a ridicat o casă frumoasă, cu un etaj. Acolo e noul cazinou ofiţeresc; cel vechi, aflat într-o căsuţă fără etaj, sus, pe Bikavaţ, a devenit neîncăpător pentru numărul mare al ofiţerilor.

Astfel, pe partea dreaptă a podului e hotelul Lotikăi, iar pe partea stângă cazinoul ofiţeresc, două clădiri albe, aproape identice; între ele e piaţa, înconjurată de prăvălii; iar deasupra pieţei, pe un

1. Prin tratatul de la San Stefano, încheiat în 1878, pentru a se pune capăt războiului ruso-turc, regiunile slave Bosnia şi Herţegovina, aflate sub jugul turcesc, au obţinut autonomia. Nemulţumite de clauzele acestui tratat, Anglia şi Austro-Ungaria au convocat Congresul de la Berlin (1878). Drept urmare, Bosnia şi Herţegovina au trecut sub ocupaţia Austro-Ungariei, pentru ca în 1908 să fie anexate Imperiului Austro-Ungar.

platou, stă cazarma cea mare, căreia oamenii îi spun hanul de piatră, în amintirea caravanseraiului lui Mehmet-paşa, ce se înălţa cândva acolo şi care a dispărut acum fără urme.

Preţurile, ridicate astă-toamnă din pricina numărului mare de militari, au rămas neschimbate, dar mai mult cu tendinţa de a se urca mai departe decât de-a se reîntoarce la vechiul lor nivel. În acelaşi an s-au deschis două bănci noi, una sârbească şi una musulmană. Oamenii folosesc poliţele ca pe nişte leacuri. Acum, fiecare se îndatorează mai uşor. Dar cu cât ai bani mai mulţi, cu atât ai şi trebuinţe mai multe. Doar celor ce cheltuiesc fără socoteală, peste ceea ce câştigă, viaţa li se mai pare încă aproape uşoară şi frumoasă. Negustorii însă şi oamenii de afaceri sunt îngrijoraţi. Scadenţele datoriilor pentru plata mărfurilor devin tot mai scurte; clienţii siguri sunt tot mai rari. Numărul mărfurilor care, prin preţurile lor, depăşesc puterea de cumpărare a majorităţii oamenilor se înmulţeşte mereu. Se cumpără cu bucata şi se caută din ce în ce mai mult mărfuri ieftine. Doar platnicii îndoielnici cumpără încă din gros. Singura afacere bună şi sigură sunt furniturile pentru armată sau pentru vreo instituţie de stat, dar de asta nu se poate bucura oricine. Impozitele şi taxele comunale sunt din ce în ce mai grele şi mai numeroase: asprimea, când e vorba de încasarea lor, a sporit mult. Se simte de departe instabilitatea bolnăvicioasă a bursei valorilor. Beneficiile rezultate din situaţia aceasta ajung în mâini invizibile, în timp ce pierderile ating regiunile cele mai îndepărtate ale monarhiei şi lovesc în comerţul mărunt, păgubindu-i şi pe micii comercianţi, şi pe consumatori.

Starea de spirit generală nu este nici mai senină, nici mai liniştită. Destinderea venită pe neaşteptate nu i-a potolit nici pe sârbii, nici pe turcii din orăşel. Le-a lăsat doar un fel de dezamăgire ascunsă unora, iar altora simţăminte de neîncredere şi de teamă pentru viitor. Aşteptarea marilor evenimente reîncepe să crească, fără pricină vădită şi directă. Lumea speră ceva şi se teme de ceva (la drept vorbind, unii speră şi alţii se tem), întâmpină şi cercetează din acest unghi de vedere şi în legătură cu această aşteptare toate lucrurile. Inima omului e bântuită de nelinişte, chiar la neştiutorii de carte, la ignoranţi, la cei mai naivi şi mai ales la cei tineri. Nimeni nu-şi mai găseşte mulţumirea în viaţa monotonă, târâită de ani de zile. Bătrânii mai regretă încă „dulcea tihnă“, socotită pe vremea turcilor ca scopul ultim și forma cea mai desăvârșită a vieții publice și particulare, tihnă care mai dăinuia încă în primele decenii ale stăpânirii austriece. Dar ei sunt puțini. Toți ceilalți vor o viață însuflețită, zgomotoasă, agitată și frământată. Vor senzații, sau ecoul senzațiilor, sau măcar o viață plină de vuiete și neastâmpăr care dă iluzia senzației. Dorința aceasta preschimbă nu numai starea de spirit, ci și înfățișarea orașului. Până și viața veche, obișnuită, pe kapia, viața de taifasuri potolite și de meditații calme, de glume nevinovate și de cântece de dragoste, între apă, cer și munți, până și viața asta începe să devină alta.

Cafegiul și-a făcut rost de-un gramofon, o cutie greoaie de lemn, cu o goarnă de tinichea cât toate zilele, în formă de floare albastră. Fiu-său schimbă plăcile și acele și întoarce întruna aparatul ăsta care urlă de răsună kapia și-și trimite ecourile pe amândouă malurile. A trebuit să-l cumpere, ca să nu rămână în urma concurenților, fiindcă gramofoanele cântă nu numai la adunările asociațiilor și în sălile de lectură, ci până și în cele mai nenorocite cârciumi unde, pe vremuri, se stătea sub tei, pe iarbă sau pe prispă, în bătaia soarelui și se vorbea cu glas încet și cu vorbe puține. Oriîncotro te uiți, gramofoanele scârțâie și scrâșnesc marșuri turcești, melodii patriotice sârbești sau arii din operetele vieneze, după felul mușteriilor pentru care cântă. Căci lumea nu se duce și nu târguiește decât de-acolo unde e gălăgie, lux și mișcare.

Ziarele sunt citite cu lăcomie, dar în treacăt și pe apucate. Toți caută numai ziare pe-a căror primă pagină sunt înșirate, cu litere groase, titluri senzaționale. Articolele tipărite prin colțuri și cu litere mici nu găsesc cititori. Tot ce se întâmplă e însoțit de zgomotul și de spoiala vorbelor mari. Tinerii consideră că n-au trăit dacă seara, înainte de-a adormi, nu le țiuie urechile și nu le strălucesc ochii de cele auzite și văzute în timpul zilei.

Pe kapia, vin agale și efendii din orășel, serioși și făcând pe nepăsătorii, ca să asculte știrile din ziare despre cele petrecute în războiul turco-italian din Tripolitania[1]. Și ascultă cu lăcomie ce

1. În 1911-1912 a avut loc un război între Italia și Turcia, după care aceasta din urmă a pierdut Libia și Dodecanezul.

scriu ziarele despre tânărul și eroicul ofițer turc Enver-bei[1], care-i bate pe italieni și apără țara sultanului de parcă s-ar trage din Sokolovici sau din Kiupriulici. Se încruntă beii și agalele când aud muzica zgomotoasă a gramofonului care le împiedică gândurile să se desfășoare în tihnă, și, fără să lase să se vadă, le tremură inima, sincer și profund, pentru soarta îndepărtatei provincii turcești din Africa.

Și iată că, tocmai atunci, întorcându-se de la lucru, trece peste pod Pietro italianul, meșterul Pero, în hainele lui albite de pulbere și pătate cu vopsele și terebentină. Meșterul Pero a îmbătrânit și e mai încovoiat, mai modest și mai fricos ca odinioară. Ca și pe vremea atentatului săvârșit de Luccheni împotriva împărătesei, conform unei logici care pentru el rămâne de neînțeles, meșterul se simte iar vinovat de vreo crimă săvârșită undeva, pe planetă, de compatrioții lui italieni, cu care de mult nu mai are nici o legătură. Unul din turcii tineri îi strigă:

— Vrei Tripolitania, târfă? Na, na, na!...

Și strigând așa după el, își bălăngăne brațul, făcând gestul obscen „de la pumn la cot".

Meșterul Pero, obosit și încovoiat, cu sculele la subsuoară, se mulțumește să-și înfunde pălăria pe ochi, să-și strângă și mai tare pipa între dinți și să grăbească pasul spre casa lui de pe Meidan.

Acolo îl așteaptă Stana, care a îmbătrânit și nu mai are atâta putere ca înainte, dar e tot guralivă și colțoasă. Zidarul i se plânge amarnic că tinerii îi aruncă vorbe necuviincioase și-i cer lui Tripolitania, despre care până mai deunăzi habar n-avea dacă există sau nu. Iar Stana – ca totdeauna – nu vrea nici să-l înțeleagă, nici să-l compătimească, ci, dimpotrivă, mai și spune că el e de vină și că merită să i se strige vorbe de ocară.

— Păi dacă ai fi cu adevărat bărbat, așa cum nu ești, le-ai pocni câte una cu dalta sau cu ciocanul în scăfârlie și nu le-ar mai da prin minte leprelor ăstora să te batjocorească, ci s-ar scula în picioare când ai trece podul.

— Ah, Stano, Stano, îi răspunde trist și potolit meșterul Pero, cum ar putea un om să dea cu ciocanul în scăfârlia aproapelui său?

---

1. Enver-Pașa (1881-1922), politician reacționar turc.

Așa s-au scurs toți anii aceia, printre emoții mărunte și mari, și într-o necontenită nevoie de senzații. Și așa veni toamna anului 1912, apoi anul 1913, cu războaiele balcanice și cu victoriile sârbești. Și, printr-o ciudată întâmplare, tocmai lucrurile acestea deosebit de importante pentru soarta podului, a orășelului și a celor ce trăiau în el, se iviră în tăcere și aproape neluate în seamă.

Rumene în zori și-n amurg, aurite la amiază, trecură și zilele de octombrie peste orășelul care aștepta culesul porumbului și rachiul nou. Era încă plăcut să stai pe kapia, după-masă, la soare. Timpul părea că-și oprise adierile deasupra orașului. Și tocmai atunci s-au întâmplat lucrurile astea.

Mai înainte ca știutorii de carte să fi putut înțelege ceva din veștile contradictorii date de ziare, războiul dintre Turcia și cele patru state balcanice izbucnise și pornise de-a lungul străvechilor drumuri, prin Balcani. Și, mai înainte ca lumea să fi înțeles scopul exact și să fi măsurat însemnătatea războiului ăstuia, el se terminase cu adevărat, prin izbânda armatelor sârbești. Toate se petrecuseră, departe de Vișegrad, fără împușcături și bubuit de tunuri la graniță, fără capete retezate pe kapia. La fel ca atunci când e vorba de bani și de negoț, și evenimentele acestea mari se petrec și ele departe, și necrezut de repede.

Dar dacă orășelul păstra o înfățișare liniștită și neschimbată, evenimentele petrecute stârniră în sufletele oamenilor adevărate furtuni, cea mai avântată înflăcărare și cea mai adâncă deznădejde. Ca tot ce se întâmpla pe lume în ultimii ani, și faptele acestea fură primite în orășel cu simțăminte cu totul opuse la sârbi și la musulmani, simțămintele unora și ale altora neasemuindu-se decât prin adâncime și tărie. Cele petrecute depășiseră toate speranțele unora și dovediseră celorlalți că temerile lor păreau îndreptățite. Dorințele care, de veacuri, zburau înaintea mersului istoriei nu mai puteau acum să țină pas cu ea, nici s-o ajungă în zborul ei fantastic, pe drumul realizărilor celor mai îndrăznețe.

Tot ce putea să vadă și să simtă orășelul din războiul acesta fatidic se petrecea cu viteza unei săgeți în zbor și cu o simplitate neobișnuită.

La Uvaț, unde granița dintre Austro-Ungaria și Turcia merge de-a lungul râulețului numit de asemenea Uvaț și unde un pod de lemn desparte cazarma austriacă de postul de gardă turcesc, un ofițer turc, însoțit de-o mică escortă, trecu la austrieci. Acolo, cu un gest teatral, el își frânse sabia de parapetul podului și se predă jandarmilor austrieci. În clipa aceea, infanteria sârbă, în uniforme cenușii, cobora dinspre munte. Ea înlocui trupele turcești cu echipamentul lor străvechi, de-a lungul întregii frontiere dintre Bosnia și Sandjak. Punctul de întâlnire al granițelor Austriei, Turciei și Serbiei dispăru. Granița turcească, aflată până mai ieri la vreo cincisprezece kilometri de Vișegrad, fu dată, deodată, înapoi, cu peste o mie de kilometri, undeva, dincolo de Iedrene[1].

Schimbări atât de multe și de mari, înfăptuite într-un răstimp atât de scurt, zguduiră orășelul până în temelii.

Pentru podul de peste Drina, zguduirea aceasta fu hotărâtoare. După cum am văzut, legătura feroviară cu Sarajevo îi nimicise toate legăturile cu Occidentul și acum, cât ai clipi, i se tăiară și legăturile cu Orientul, căci tocmai Orientul care îl creașe și care până mai ieri se afla aici, clătinat și lovit, e drept, dar permanent și real, totuși, ca pământul și cerul, Orientul acesta pierise acum ca o nălucă. De-acum înainte, podul n-avea să mai lege decât jumătățile orășelului și cele vreo douăzeci de sate de pe malul stâng și de pe malul drept al Drinei.

Marele pod de piatră care, după chibzuiala și după cucernica hotărâre a vizirului din Sokolovici, trebuia să unească cele două părți ale împărăției și „din dragoste pentru Allah", să înlesnească trecerea Răsăritului către Apus și a Apusului către Răsărit, se afla acum, în realitate, rupt și de Orient și de Occident și lăsat în voia sorții, ca vasele naufragiate și lăcașurile de închinăciune uitate. Timp de trei veacuri întregi el îndurase totul, supraviețuise tuturor și, neschimbat, își făcuse cu cinste slujba; dar nevoile omenești sunt altele și lucrurile s-au schimbat în lume; acum slujba lui nu-și mai are rostul. Judecind după mărimea, trăinicia și frumusețea lui, oștile ar mai putea să-l folosească veacuri multe de acum înainte, dar iată că, prin jocul veșnic și neprevăzut al legăturilor omenești, dania pioasă a vizirului s-a pomenit deodată părăsită și zvârlită parcă în afara șuvoiului principal al vieții. Rostul de-acum al podului

1. Denumirea turcă a orașului Adrianopole.

nu se mai potrivește în nici un chip cu înfățișarea lui veșnic tânără și cu proporțiile lui uriașe, dar armonioase. El se înalță, încă, așa cum l-a văzut cu privirea lăuntrică vizirul, când își închidea ochii, și așa cum l-au înfăptuit meșterii lui: măreț, frumos și trainic, nesupus nici unei schimbări.

A fost nevoie de timp și de eforturi pentru ca vișegrădenii să priceapă tot ce e arătat aici în câteva rânduri și ce s-a întâmplat, cu adevărat, în câteva luni. Nici chiar în vis granițele nu se mută atât de repede și atât de departe.

Simțămintele adormite în oameni, străvechi ca podul și mute și neclintite ca el, se însuflețiră deodată și începură să aibă altă înrâurire asupra vieții de zi cu zi, asupra stării de spirit generale și asupra destinului fiecărui om în parte.

Primele zile ale verii lui 1913 sunt ploioase și călduțe. Pe kapia stau turcii din orășel, amărâți și posomorâți. Vreo zece dintre ei, mai bătrâni, s-au strâns în jurul unui tânăr care citește ziarele, le traduce expresiile străine, le tălmăcește cuvintele neobișnuite și le dă explicații geografice. Fumează toți, liniștiți, și privesc netulburați în zare, dar nu-și pot ascunde pe deplin grijile și amărăciunea. Stăpânindu-și zbuciumul, ei se apleacă peste harta pe care e desenată viitoarea împărțire a Peninsulei Balcanice. Privesc hârtia și nu deslușesc nimic în liniile astea șerpuitoare, dar știu și înțeleg totul, fiindcă au geografia în sânge și simt biologic imaginea lumii.

— Al cui o să fie Ușciupul[1]? întreabă un bătrân, adresându-se cu un aer nepăsător tânărului care citește.

— Al Serbiei.

— Of!

— Și Selanicul[2]?

— Al Greciei.

— Of! Of!

— Și Iedrene?

— Pesemne al Bulgariei.

— Of! Of! Of!

1. Denumirea turcă a orașului Skopje.
2. Denumirea turcă a orașului Salonic.

Astea nu sunt vaiete gălăgioase și triste, ca ale femeilor și ale ființelor slabe, ci oftaturi înăbușite și adânci, care se pierd odată cu fumul tutunului printre mustățile stufoase, în văzduhul verii. Mulți din bătrânii adunați aici au peste șaptezeci de ani. În copilăria lor, puterea Islamului se întindea de la Lika și Kordun până la Stambul și de la Stambul până la granițele nehotărâte și deșarte ale Arabiei îndepărtate și de nestrăbătut. (Iar „puterea Islamului" este marea comunitate, strâns legată și nepieritoare, a celor ce cred în Mahomed, întreaga întindere a pământului unde glasul muezinului cheamă credincioșii la rugăciune.) Asta și-o amintesc ei bine, dar mai țin minte cum, mai apoi, în zilele vieții lor, puterea Islamului s-a retras din Serbia în Bosnia, apoi din Bosnia în Sandjak. Și acum, iată, sub ochii lor, puterea asta, ca un reflux fantastic, a pierit dintr-odată și s-a retras undeva dincolo de zare, lăsându-i aici, ca pe niște ierburi de mare zvârlite pe uscat, înșelați și amenințați, părăsiți în voia lor și a sorții amarnice. Totul de la Allah vine și, fără îndoială, așa a fost scris în poruncile sfinte ale Destinului, dar, oricum, omului îi e greu să priceapă: lui i se taie răsuflarea, i se tulbură mintea și, totodată, simte cum, de sub tălpi, îi fuge pământul, ca un covor înșelător, și cum granițele, care ar trebui să fie trainice și neclintite, devin mișcătoare și schimbătoare, depărtându-se și pierzându-se ca pârâiașele zburdalnice, primăvara.

Cu astfel de simțăminte și gânduri șed bătrânii pe kapia și ascultă, fără prea multă atenție, veștile de prin ziare. Ei ascultă în tăcere, deși cuvintele folosite de ziare pentru a vorbi despre împărății și state li se par neobrăzate, smintite și nelalocul lor, iar întregul fel de a scrie li se pare pângăritor, potrivnic legilor veșnice și logicii vieții, ceva care „n-o să fie niciodată bun" și cu care un om cinstit și înțelept nu se poate împăca. Pe deasupra capetelor li se încolăcește fumul tutunului. Sus, în înălțimi, plutesc norii albi, zdrențuiți, ai verii ploioase, târându-și peste pământ umbrele repezi și largi.

Iar noaptea, până la ceasuri târzii, pe-aceeași kapia stau tinerii din familiile sârbești. Ei cântă cu glas tare și sfidător cântece despre tunul sârbesc, și nu-i amendează și nu-i pedepsește nimeni. Printre ei sunt văzuți adesea studenți și elevi de liceu. Cei mai mulți dintre ei sunt flăcăiandri, palizi și slabi, cu plete lungi, cu pălării negre, pleoștite, și cu boruri largi. În toamna asta ei se adună mereu, deși s-au deschis școlile. Vin cu trenul de la Sarajevo, aduc îndrumări și lozinci, își petrec noaptea aici, pe kapia, dar nu așteaptă să-i prindă zorile în orășel, căci tinerii din Vișegrad îi trec în Serbia pe drumuri tăinuite.

În lunile de vară, când începe vacanța, orășelul și kapia se însuflețesc prin sosirea elevilor și a studenților din partea locului, veniți pe la casele lor. Și ei influențează atunci întreaga viață a orășelului.

Pe la sfârșitul lui iunie sosesc în grup liceenii din Sarajevo și până în prima jumătate a lui iulie vin, unul câte unul, studenții în drept, mediciniștii și filosofii de la Universitățile din Viena, Praga, Graz și Zagreb. Odată cu venirea lor, chiar și înfățișarea orașului e alta. În mahalaua negustorească și pe kapia li se văd siluetele tinere, schimbate și străine; prin ținuta, felul de a vorbi și veșmintele lor, ei se deosebesc de obiceiurile statornicite și de portul veșnic același al localnicilor. Îi vezi în haine de culoare închisă, croite după ultima modă, cu tăietura în *Glockenfaçon*[1], socotită în Europa Centrală drept ultimul strigăt al modei și culmea bunului-gust. Pe cap au pălării de paie moale, panamale cu boruri lăsate în jos și împodobite cu panglici în șase culori discrete. Sunt încălțați cu pantofi americani, largi, cu vârfuri bombate. Și cei mai mulți dintre ei poartă bastonașe de bambus de-o grosime neobișnuită. La reverul hainei au prinsă insigna de metal a sokolilor[2] sau a vreunei asociații studențești.

Studenții aduc totodată cuvintele și glumele noi, cântecele noi, dansurile noi de la balurile din iarna trecută, și, mai ales, cărțile și broșurile noi, sârbești, cehești și germane.

Și mai demult, în primii douăzeci de ani ai ocupației austriece, se întâmpla să plece tinerii din orășel la studii, dar niciodată nu fuseseră atât de numeroși și nici nu-i însuflețeau asemenea gânduri. În primii douăzeci de ani, vreo câțiva urmaseră Școala

1. Cloș (germ.).
2. Asociație sportivă cehă înființată în 1862. Studenții sârbi care studiau în Cehia făceau și ei parte din această asociație.

Normală la Sarajevo, vreo doi sau trei urmaseră dreptul sau literele la Viena, dar fuseseră niște excepții, rare de tot, niște tineri modești, care, după ce-și luaseră examenele, pe neobservate și fără să facă nici un fel de vâlvă, se pierduseră în marea armată cenușie a funcționarilor de stat. De câtăva vreme însă, numărul studenților din oraș a sporit mult de tot. Cu sprijinul asociațiilor cultural-naționale, pleacă acum să-și facă studiile la universități și fii de țărani și odrasle de mici meseriași. Iar spiritul și firea studenților sunt și mai schimbate.

Nu mai sunt studenții de pe vremuri, studenții din primii ani ai ocupației, tineri sfioși și naivi absorbiți de studiile lor în înțelesul cel mai deplin al cuvântului. Și nu mai găsești nici obișnuiții cheflii, nici desfrânații de pe vremuri, viitori patroni și negustori care, într-o anumită epocă a vieții, își iroseau pe kapia prisosul de energie și de tinerețe și despre care neamurile spuneau „să-l însurăm, ca să-i vină mintea la cap". Cei de acum sunt altfel de tineri, care învață și-și fac educația în orașe diferite, în țări diferite și sub influențe diferite. Din marile orașe, din universitățile și liceele unde studiază, tinerii ăștia se reîntorc orbiți de simțământul îndrăznelii trufașe pe care i-l dă, la început, omului tânăr învățătura nedesăvârșită, și înflăcărați de idei asupra drepturilor popoarelor la libertate și asupra drepturilor individului la bucurie și la demnitate. În fiecare vacanță de vară ei aduc concepțiile liberale asupra problemelor sociale și religioase și avântul unui sentiment național renăscut care, în acești ultimi ani, mai ales după victoriile sârbilor în războaiele balcanice, a devenit un crez comun, iar pentru numeroși tineri o dorință fanatică de acțiune și de sacrificiu personal.

Kapia e principalul lor loc de întâlnire. Aici îi vezi adunându-se după masa de seară. Și, pe întuneric, sub stele sau la lumina lunii, în liniștea nopții, deasupra râului gălăgios, răsună cântecele, glumele, discuțiile însuflețite și nesfârșite, noi, îndrăznețe, naive, sincere și neînfrânte.

Cu studenții se mai adună aici, în mod obișnuit, și foștii lor prieteni din copilărie, cei care au făcut odată cu ei clasele primare și au rămas apoi în orășel ca ucenici, băieți de prăvălie, conțopiști mărunței pe la primărie sau funcționărași la vreo întreprindere.

Aceştia sunt de două soiuri. Unii sunt mulţumiţi de soarta şi de viaţa în orăşelul unde vor rămâne cât vor trăi. Ei se uită plini de curiozitate şi de simpatie la foştii lor colegi care au umblat pe la şcoli, îi admiră, fără să se compare niciodată cu ei şi, fără pic de invidie, iau parte la dezvoltarea şi la formarea lor. Ceilalţi nu s-au împăcat cu viaţa la care împrejurările i-au osândit în orăşel: ei doresc ceva socotit mai înalt şi mai bun, ceva care le-a scăpat şi care, pentru ei, pe zi ce trece, se depărtează tot mai mult şi devine tot mai de neatins.

Deşi rămân prieteni cu studenţii, tinerii ăştia stau de obicei mai deoparte şi ori fac glume grosolane, ori păstrează o tăcere duşmănoasă. Nu pot participa la discuţii pe picior de egalitate şi, din pricina asta, chinuiţi mereu de simţământul inferiorităţii, în timpul discuţiilor, manifestă faţă de foştii lor colegi – mai fericiţi – o nesinceritate exagerată, arătându-se fie mai grosolani şi mai ignoranţi decât sunt, fie bătându-şi joc de toate, cu amărăciune în suflet. Şi într-un caz şi în altul, invidia răzbate din ei cu o forţă aproape vădită şi care se face lesne simţită. Dar tinerii îndură uşor prezenţa instinctelor celor mai rele, mişcându-se şi trăind liberi şi fără griji printre aceste porniri.

Au mai fost şi vor mai fi nopţi înstelate deasupra oraşului, cu bogăţie de constelaţii şi cu clar de lună, dar n-au mai fost şi numai Dumnezeu ştie dacă vor mai fi tineri ca ăştia, să vegheze pe kapia, în astfel de discuţii, cu asemenea gânduri şi simţăminte. Ei sunt o generaţie de îngeri răzvrătiţi, în scurta clipă când mai au încă întreaga putere şi toate drepturile îngerilor, ca şi mândria înflăcărată a răzvrătiţilor. Feciorii ăştia de ţărani, de negustori şi de meseriaşi dintr-un orăşel bosniac pierdut în lume căpătaseră de la soartă, fără să facă nici o sforţare anume, o poartă spre omenire şi o mare iluzie a libertăţii. Cu însuşirile înnăscute, specifice provinciei lor, ei plecau în lume şi-şi alegeau, mai mult sau mai puţin singuri, după înclinări, după dorinţă sau după cum se nimerea, obiectul studiilor, felul distracţiilor, cercul de cunoştinţe şi prietenii. Cei mai mulţi dintre ei nu puteau şi nu ştiau nici să prindă, nici să scoată mare lucru din câte vedeau, dar nu găseai nici unul măcar să n-aibă simţământul că poate să îmbrăţişeze ce vrea şi că tot ce atinge cu mâna e al lui. Viaţa (cuvântul acesta revenea deseori în discuţiile lor, ca şi în literatura şi politica epocii, unde era scris cu litere mari), viaţa le stătea în faţă ca un câmp de acţiune pentru instinctele lor eliberate, pentru curiozităţile lor intelectuale şi pentru îndrăznelile lor sentimentale, care nu cunoşteau graniţe. În faţa lor, toate drumurile se deschideau, la nesfârşit; pe cele mai multe dintre drumurile astea ei nu puneau piciorul, şi, totuşi, beţia vrăjită a vieţii consta în faptul că puteau (măcar teoretic) să-şi aleagă liberi calea voită şi să se mute de pe un drum pe altul. Tot ceea ce alţi oameni, alte neamuri, în alte ţări şi în alte timpuri, izbutiseră să creeze şi să dobândească, generaţie după generaţie, după cazne de veacuri, cu preţul vieţii sau al renunţărilor şi al jertfelor mai mari şi mai scumpe decât viaţa, toate acestea se aflau aşternute dinaintea lor ca o moştenire întâmplătoare şi un dar primejdios al destinului. Asta părea fantastic şi de necrezut şi, totuşi, era adevărat: ei puteau face, cu tinereţea lor, tot ce voiau, într-o lume în care legile moralei sociale şi individuale, până la graniţa depărtată a crimei, se aflau, tocmai în anii aceştia, în plină criză, erau liber interpretate, primite sau respinse de fiecare grup şi de fiecare individ. Ei puteau gândi cum voiau, puteau gândi nestingheriţi şi fără limite; îndrăzneau să spună tot ce voiau şi, pentru mulţi dintre ei, cuvintele acestea însemnau fapte, împlinindu-le nevoile atavice de eroism şi de glorie, de violenţă şi de distrugere, dar neaducând după ele obligaţia de a le înfăptui şi nici vreo responsabilitate vădită pentru cele rostite. Cei mai înzestraţi dintre ei dispreţuiau ceea ce erau nevoiţi să înveţe şi îşi subapreciau puterile, dar se lăudau cu ce nu ştiau şi se înflăcărau pentru ce îi depăşea.

Cu greu se poate închipui un fel mai primejdios de-a pătrunde în viaţă şi un drum mai sigur spre fapte deosebite sau spre o distrugere totală. Doar cei mai buni şi mai puternici dintre ei se aruncau într-adevăr, cu un fanatism de fachir, în acţiune şi-şi ardeau aripile ca musculiţele, pentru a fi de îndată glorificaţi de către contemporani ca nişte martiri şi sfinţi (căci nu exista generaţie care să nu-şi fi avut sfinţii ei) şi ridicaţi la înălţimea pildelor de neatins.

Fiecare generaţie omenească îşi are propriile iluzii în ce priveşte civilizaţia, unii închipuindu-şi că iau parte la avântul ei, alţii că-i sunt martori ai prăbuşirii. De fapt, ea arde, mocneşte sau se stinge, în funcție de locul unde ne aflăm când o privim. Generația care acum, pe kapia, sub stele, deasupra apelor, discută probleme filosofice, sociale și politice e doar mai bogată în iluzii; altminteri, ea e întru totul asemănătoare celorlalte. Și ea își închipuie că aprinde făclia unei civilizații noi și că stinge ultimele pâlpâiri ale unei alte civilizații care piere. S-ar putea spune cu deosebire despre ea numai atât: de multă vreme n-a mai fost generație care să fi visat și să fi vorbit cu mai multă îndrăzneală despre viață, despre plăcere, despre libertate, și care să fi primit mai puțin de la viață, să fi pătimit mai mult și să fi îndurat o robie mai grea.

Dar, în vara lui 1913, lucrurile acestea nu erau încă vădite, deși puteau fi bănuite. Totul părea un joc nou și emoționant pe vechiul pod care, în lumina lunii, în nopțile de iulie, apărea alb, zvelt, tânăr și neschimbat, de-o desăvârșită frumusețe și trăinicie, mai trainic decât tot ce putea să aducă timpul, mai tare decât tot ce puteau să gândească sau să înfăptuiască oamenii.

XIX

După cum o noapte călduroasă de august se aseamănă cu o altă noapte de august, tot așa și discuțiile elevilor și studenților acestora sunt mereu aceleași sau măcar se aseamănă între ele.

Imediat după o cină înghițită în grabă și cu poftă (căci și-au petrecut ziua cu băile și cu prăjitul la soare) ei sosesc, unul câte unul, pe kapia. Iată-l, mai întâi, pe Ianko Stikovici, fiul unui abagiu de pe Meidan. Ianko Stikovici, care de patru semestre studiază științele naturale la Graz, e un tânăr slab, cu trăsături pronunțate, cu păr negru și lins; e vanitos, sensibil, nemulțumit de propria lui persoană, dar și mai nemulțumit de tot ce-l înconjoară. Citește mult și scrie articole, sub un pseudonim destul de cunoscut, în ziarele tineretului și în foile revoluționare care apar la Praga și la Zagreb. Dar scrie și poezii, semnate cu un alt pseudonim. Și-a și pregătit o culegere pe care trebuie să i-o publice *Zorile* (editura cărților naționaliste). În afară de asta, e un bun orator și vorbește cu înflăcărare la întrunirile studențești. Iată-l pe Velimir Stevanovici, un tânăr sănătos și robust, copil adoptiv despre ai cărui părinți nu se știe nimic precis; e ironic, realist, econom și harnic. Își termină medicina la Praga. Iată-l pe Iakov Herak, fiul popularului și blajinului factor poștal din Vișegrad. E student în drept: negricios, mărunt, cu privirea pătrunzătoare și repezit la vorbă, socialist, spirit polemic, el se rușinează de inima bună pe care o are și-și ascunde cu grijă toate sentimentele. Ranko Mihailovici e un tânăr tăcut și blând, student în drept la Zagreb; el se gândește de pe acum la cariera lui de funcționar. Abia dacă ia cuvântul când prietenii se ceartă discutând despre dragoste și despre politică sau când își spun părerile despre viață și despre orânduirea socială. După mamă, Ranko e strănepotul popii Mihailo, al cărui cap, cu o țigară în gură, a fost înfipt în par și așezat chiar aici, pe kapia.

Mai sunt, de asemenea, câţiva liceeni din Sarajevo. Ei ascultă cu nesaţ vorbele colegilor mai vârstnici şi povestirile lor despre viaţa în marile oraşe şi, datorită imaginaţiei care îmboldeşte vanitatea băieţilor şi dorinţele lor tainice, îşi închipuiesc totul cu mult mai mare şi mai frumos decât este şi decât poate fi. Mai e şi Nikola Glasincianin, tânărul palid şi ţeapăn care, din pricina sărăciei, a sănătăţii şubrede şi a slabelor roade la învăţătură, a fost nevoit să părăsească liceul după ce a urmat patru clase, să se reîntoarcă la Vişegrad şi să intre slujbaş la o firmă germană exportatoare de lemn. El e urmaşul unei familii de bogătaşi, ruinate, din Okolişte. Bunică-su, Milan Glasincianin, a murit, curând după ocupaţie, într-un balamuc, la Sarajevo, după ce-şi risipise la jocul de cărţi, încă din tinereţe, aproape toată averea. În acelaşi an a murit şi tatăl lui Nikola, Petro Glasincianin, un om bolnăvicios, lipsit de voinţă, fără vlagă şi care nu se prea bucura de consideraţie din partea oamenilor. Acum, Nikola îşi petrece ziua pe malul râului, printre muncitorii care rostogolesc şi fac plute din trunchiurile mari de brazi; el notează sterii de lemn gata măsuraţi şi apoi, în birou, adună cantităţile şi le trece în registru. Munca asta monotonă, printre oameni mărunţi, muncă fără avânt şi fără perspective, el o îndură ca pe un chin şi ca pe-o umilinţă; lipsa oricărei speranţe de a-şi schimba sau de a-şi îmbunătăţi starea socială a făcut din tânărul acesta sensibil un om îmbătrânit înainte de vreme, ursuz şi taciturn. Citeşte şi el, mult, în orele de răgaz, dar hrana spirituală a cărţilor nici nu-l înviorează, nici nu-l înalţă, fiindcă toate i se par fără rost. Soarta rea, singurătatea, suferinţele i-au deschis ochii şi i-au ascuţit mintea în multe privinţe, dar cele mai frumoase idei şi cele mai preţioase cunoştinţe nu pot decât să-l descurajeze şi să-l, amărască şi mai mult, căci ele îl fac să-şi simtă şi mai tare prăbuşirea şi viaţa fără perspective, trăită în oraşel.

Mai e, în sfârşit, Vlado Marici, de meserie lăcătuş, băiat vesel şi cumsecade, pe care prietenii din şcolile superioare îl iubesc şi-l poftesc la întâlnirile lor, fiindcă are un glas puternic şi frumos, de bariton, şi o inimă prietenoasă, cinstită şi bună. Flăcăul ăsta viguros, cu şapca lui de lăcătuş, e unul dintre oamenii modeşti, care nu se măsoară şi nu se compară cu nimeni, primesc liniştiţi ceea ce le oferă viaţa şi dau fără multe vorbe tot ce au şi tot ce pot da.

Și mai sunt două învățătoare, Zorka și Zagorka, amândouă născute în Vișegrad. Toți tinerii aceștia se întrec să le placă și – în fața lor și în preajma lor – joacă jocul dragostei, naiv, complicat, luminos, chinuitor. În fața lor, ei se întrec în discuții, așa cum se întreceau la mânuirea armelor cavalerii din veacurile trecute în fața domnițelor. Din pricina lor, ei se așază apoi pe kapia și fumează în beznă și singurătate sau cântă laolaltă cu unii care până atunci au băut cine știe pe unde; din pricina lor, există între ei dușmănii tainice, gelozii ascunse cu stângăcie și conflicte vădite. Pe la zece, învățătoarele se duc acasă. Tinerii mai rămân încă multă vreme, dar voioșia care domnea pe kapia dispare, iar focul cuvintelor slăbește.

În seara asta, Stikovici, care de obicei are rolul principal în discuții, tace și fumează. E tulburat și ros de o nemulțumire lăuntrică, dar ascunde lucrul acesta așa cum își ascunde întotdeauna sentimentele adevărate, fără să izbutească niciodată să facă acest lucru pe deplin. Astăzi după-amiază a avut prima întâlnire de dragoste cu învățătoarea Zorka, o fată interesantă, cu forme pline, cu chip palid și ochi de foc. La stăruințele neîncetate ale lui Stikovici, au făcut amândoi lucrul cel mai greu de înfăptuit într-un orășel, pentru o fată și-un băiat: s-au întâlnit într-un loc ferit, fără să-i vadă și fără să-i afle nimeni. S-au întâlnit în școala ei care acum, în timpul vacanțelor, e cu totul pustie. El a intrat printr-o uliță, pe lângă grădină, iar ea printr-o altă uliță, pe poarta principală. S-au întâlnit într-o odăiță întunecoasă, prăfuită, plină cu bănci înghesuite până în tavan. Patima dragostei e nevoită, de multe ori, să-și caute adăposturi tainice și urâte. N-au putut nici să se așeze, nici să se culce. Erau amândoi tulburați și stingheriți. Prea dornici și prea pătimași, s-au îmbrățișat și s-au înlănțuit pe una din băncile acelea vechi, pe care le cunoșteau atât de bine, și n-au mai văzut nimic în jurul lor. El s-a dezmeticit primul și, brutal, fără să-i lase vreun răgaz, a început să-și netezească hainele și să-și ia rămas-bun. Zorka a început să plângă. Se simțeau amândoi dezamăgiți. După ce a mai liniștit-o oarecum, Stikovici a plecat, aproape fugind, prin ușa dinspre grădină. Acasă, l-a găsit pe poștaș care îi adusese o revistă de-a tineretului, cu articolul lui *Balcanii, Serbia și Bosnia-Herțegovina*. Recitirea articolului i-a îndepărtat gândurile de la proaspăta aventură, dar a găsit în el noi pricini de nemulţumire. În articol existau greşeli de tipar şi unele fraze i se părură ridicole. Acum, când nu se mai putea schimba nimic, vedea bine că multe lucruri ar fi putut fi spuse mai frumos, mai limpede şi mai concis.

Şi iată că în seara asta tinerii adunaţi pe kapia, în faţa aceleiaşi Zorka, discută întruna despre articolul lui. Principalul adversar e vorbăreţul şi agresivul Herak, care priveşte şi critică totul prin perspectiva social-democraţiei. Ceilalţi nu se amestecă în discuţie decât din când în când. Iar cele două învăţătoare stau tăcute şi pregătesc o cunună invizibilă pentru învingător. Stikovici abia se apără, mai întâi fiindcă acum, deodată, vede el însuşi multe slăbiciuni şi lipsă de logică în articolul lui, deşi n-ar recunoaşte asta în faţa nimănui; şi apoi, fiindcă îl chinuie amintirea după-amiezii petrecute în clasa prăfuită şi neaerisită, îl chinuie amintirea scenelor care acum i se par caraghioase şi urâte, dorite cu patimă atâta vreme şi pentru care a stăruit cu atâta foc pe lângă frumoasa învăţătoare. (Acum ea stă aici, în întunericul nopţii de vară, şi-l priveşte cu ochi strălucitori.) Stikovici se simte dator şi vinovat şi ar da mult să nu se fi dus după-amiază la şcoală şi ea să nu se afle, acum, aici.

În starea lui sufletească, Herak ăsta i se pare o viespe agresivă, împotriva căreia e greu să te aperi. Stikovici are impresia că trebuie să răspundă nu numai pentru articol, dar şi pentru cele petrecute în după-amiaza aceea, la şcoală. Mai mult ca orice, ar dori acum să fie singur, undeva, departe de-aici, şi să se poată gândi la ceva care să nu fie nici articolul lui, nici fata. Dar amorul propriu îl îmboldeşte să se apere. Stikovici i-a citit pe Ţviici[1] şi pe Strossmayer[2], iar Herak pe Kautski[3] şi pe Bebel[4].

1. Iovan Ţviici, geograf şi etnograf sârb, reprezentant al naţionalismului sârb dinainte de 1914.
2. Episcop şi partizan al unirii slavilor de Sud.
3. Karl Kautsky (1854-1938), unul din liderii social-democraţiei şi ai Internaţionalei a II-a, mentor ideologic şi precursor al socialiştilor de dreapta.
4. August Bebel (1840-1913), cunoscut militant al mişcării muncitoreşti germane şi internaţionale, unul dintre întemeietorii Partidului Social-Democrat din Germania şi al Internaţionalei a II-a.

— Dumneata pui carul înaintea oiştii, strigă Herak, analizând articolul lui Stikovici. Nu e cu putinţă ca ţăranii din Balcani, roşi de mizerie şi de toate nenorocirile din lume, să întemeieze, oriunde şi în orice împrejurări, o formaţie politică trainică şi puternică. Numai o eliberare economică, prealabilă, a claselor exploatate, a ţăranilor şi a muncitorilor, şi prin urmare a majorităţii covârşitoare a poporului poate crea condiţii reale pentru formarea statelor independente. Acesta e procesul firesc şi calea pe care trebuie să se meargă, şi nu cea inversă. Iată de ce eliberarea şi unirea naţională trebuie realizate în spiritul eliberării şi al reînnoirii sociale. Altfel, ţăranul, muncitorul şi micul-burghez vor aduce în noile formaţii politice, ca pe o boală molipsitoare şi mortală, sărăcia lor şi conştiinţa lor de sclavi, iar exploatatorii, puţini la număr, îşi vor impune mentalitatea lor de paraziţi şi de reacţionari şi toate instinctele lor antisociale. Ca urmare, deci, nu vor putea exista nici state durabile, nici orânduiri sănătoase.

— Tot ce spui e deşteptăciune străină şi scoasă din cărţi, dragul meu, răspunse Stikovici, deşteptăciune care piere în faţa avântului viu al forţelor naţionale trezite, mai întâi la sârbi, şi apoi la croaţi şi sloveni, forţe tinzând toate către un acelaşi ţel. Evenimentele merg în deplin acord cu sensul adânc al istoriei noastre şi cu chemarea neamului nostru. De la apelul lui Karageorge: „Fiecare să-şi ucidă jandarmul lui turc“, problemele sociale se rezolvă în Balcani pe calea luptelor şi a războaielor de eliberare naţională. Şi totul decurge după o logică perfectă: de la mic la mare, de la regiune şi de la trib la naţiune şi la stat. Oare victoriile noastre de la Kumanovo şi Bregalniţa[1] n-au însemnat, totodată, cele mai de seamă izbânzi ale gândirii progresiste şi ale dreptăţii sociale?

— Asta rămâne de văzut, îi răspunse Herak.

— Cine nu vede acum n-o să vadă niciodată. Noi credem...

— Voi credeţi, iar noi, noi nu credem nimic, ci vrem să fim convinşi prin dovezi şi fapte reale, stăruie Herak.

— Oare decăderea turcilor şi slăbirea Austro-Ungariei, ca prima treaptă a dispariţiei ei, nu sunt de fapt victorii ale micilor popoare

1. La Kumanovo, sârbii i-au învins pe turci în anul 1912, iar pe râul Bregalniţa în 1913.

democrate și ale claselor subjugate, în năzuința lor spre cucerirea unui loc sub soare? își continuă Stikovici ideile.

— Dacă înfăptuirea năzuințelor naționaliste ar aduce și înfăptuirea dreptății sociale, atunci n-ar mai trebui să existe nici mari probleme sociale, nici mișcări, nici conflicte în marile state ale Europei apusene, care, în majoritatea lor, și-au înfăptuit idealurile naționale și sunt satisfăcute sub acest aspect. Dar vedem că nu-i deloc așa, ba, dimpotrivă...

— Iar eu îți repet, răspunse Stikovici, cam plictisit, îți repet că fără crearea statelor independente, pe baza unității naționale, și fără înfăptuirea ideilor contemporane despre libertatea individuală și socială, nici vorbă nu poate fi despre „eliberare socială". Căci, așa cum a spus un francez, mai întâi politica...

— Mai întâi stomacul, îl întrerupse Herak.

Aici începură să strige și ceilalți. Naiva discuție studențească se preschimbă în ceartă de tineri care vorbesc toți odată și se întrerup unii pe alții, ceartă care, la primele glume, se împrăștie și se pierde printre râsete și strigăte.

Pentru Stikovici, lucrul acesta fu un prilej nimerit ca să încheie vorba și să tacă, fără să lase impresia că a fost înfrânt și că a dat înapoi.

După Zorka și Zagorka, învățătoarele care, pe la zece, au plecat spre casă, însoțite de Velimir și de Ranko, începură să se împrăștie și ceilalți. Până la urmă, n-au mai rămas decât Stikovici și Nikola Glasincianin.

Amândoi sunt de aceeași vârstă. Odinioară, au învățat la același liceu și au locuit împreună la Sarajevo. Se cunosc unul pe altul până în fundul sufletului, și de-asta nici nu se pot prețui la justa valoare, nici nu se pot iubi cu adevărat. Trecerea anilor a săpat între ei o prăpastie firească, din ce în ce mai adâncă, din ce în ce mai neplăcută. În fiecare vacanță, se regăsesc aici, în orășel, se măsoară unul pe altul și se socotesc colegi-dușmani, de nedespărțit. Acum, pe deasupra, s-a mai ivit între ei și Zorka, frumoasa și neliniștita învățătoare. Căci, în lunile cele lungi ale iernii trecute, ea s-a împrietenit cu Glasincianin și acesta nu ascundea și nici nu putea să ascundă cât îi era de dragă. El se avântase în dragostea asta cu toată înflăcărarea de care sunt în stare cei amărâți și nemulțumiți. Dar, de cum a venit vara și și-au făcut apariția studenții, sensibilului Glasincianin nu i-a putut scăpa atenția arătată de Zorka lui Stikovici. Din pricina asta, încordarea existentă de multă vreme între ei, deși ascunsă în fața lumii, a sporit în ultima vreme. În tot timpul vacanței însă, nu li s-a întâmplat să rămână așa ca de astă dată numai ei singuri.

Acum, când jocul destinului i-a pus față în față, se gândesc și unul și altul, în primul rând, cum să se despartă mai repede fără să înceapă o discuție care n-ar putea fi decât neplăcută. Dar un fel de simțământ fără nici un rost, pe care numai tinerețea îl cunoaște, nu le îngăduie să-și împlinească dorința. În încurcătura asta, o întâmplare le vine în ajutor, sau, cel puțin, le ușurează tăcerea grea și apăsătoare. În beznă, se aud vocile a doi trecători care merg agale și se opresc lângă kapia, după colțul parapetului, în așa fel încât Stikovici și Glasincianin, așezați pe sofa, nu-i pot vedea și nu pot fi văzuți. Dar aud amândoi fiecare cuvânt și glasurile le cunosc bine. Nou-veniții sunt doi dintre băieții mai tineri, Thomas Galus și Fehim Bahtiarevici. Ei nu prea se amestecă în grupul format în majoritate din liceeni și studenți, care, seară de seară, se adună pe kapia în jurul lui Stikovici și al lui Herak, căci, deși mai tânăr, Galus este, ca poet și orator naționalist, rivalul lui Stikovici. Pe Stikovici el nici nu-l iubește, nici nu-l apreciază. Iar Bahtiarevici e nemaipomenit de tăcut, de mândru și de sălbatic, ca un adevărat nepot de bei.

Thomas Galus e un băiat înalt, cu obrajii rumeni și cu ochii albaștri. Taică-său, Alban Galus (Alban von Gallus), ultimul vlăstar al unei vechi familii din Burgenland[1], a venit în orășel ca funcționar imediat după ocupație. Aici, a fost vreme de douăzeci de ani director al „apelor și pădurilor“, iar acum trăiește ca pensionar. De cum a venit, s-a însurat în Vișegrad cu fiica unuia dintre cei mai avuți bogătași, hagi Toma Stankovici, o fată cam trecută de vârsta măritișului, voinică, oacheșă la față și cu voință dârză. A avut cu ea două fete și un băiat, botezați toți după credința sârbească și crescuți ca niște adevărați copii din Vișegrad și ca niște

1. Regiune din estul Austriei.

adevărați nepoți ai lui hagi Toma. Bătrânul Galus, un bărbat înalt și frumos pe vremuri, cu un zâmbet blând și cu un păr bogat, acum încărunțit cu totul, a devenit de mult vișegrădean în toată puterea cuvântului. El e „domnu Albo" și generațiilor mai tinere nici nu le trece măcar prin minte că ar putea fi străin sau venit din altă parte. Albo Galus e stăpânit de două patimi, nesupărătoare pentru nimeni: vânătoarea și luleaua. În tot ținutul are prieteni vechi și buni, atât printre sârbi, cât și printre țăranii musulmani, de care îl leagă patima pentru vânătoare. Și-a însușit pe deplin multe din apucăturile lor, de parcă s-ar fi născut și-ar fi crescut cu ei laolaltă, căpătând mai ales deprinderile de-a păstra o tăcere voioasă și de-a discuta domol, caracteristice fumătorilor pătimași și celor ce iubesc vânătoarea, pădurea și viața în aer liber.

Anul ăsta, tânărul Galus și-a luat bacalaureatul la liceul din Sarajevo și, la toamnă, trebuie să plece la Viena, să-și facă studiile. În privința studiilor lui, există o nepotrivire de păreri în familie. Tatăl vrea ca fiul să urmeze științele tehnice sau silvicultura, dar fiul vrea să se înscrie la filosofie. Fiindcă Thomas Galus nu seamănă cu taică-său decât la înfățișare: înclinările lui înnăscute merg spre drumuri cu totul potrivnice. El este unul dintre elevii buni, sârguincioși, dați de exemplu, unul dintre elevii care își iau examenele fără multă bătaie de cap, jucându-se parcă, dar nu sunt preocupați cu adevărat și sincer decât să-și satisfacă preocupările spirituale, cam ciudate și confuze, preocupări depășind cadrul școlii și al programelor oficiale. Asemenea elevi au inima simplă și senină, dar mintea frământată și curioasă. Lor le sunt aproape necunoscute crizele grele și primejdioase ale vieții senzuale și sentimentale, prin care trec atâția alții la vârsta lor, dar, în schimb, își potolesc anevoie frământările intelectuale și rămân, foarte adesea pentru toată viața, niște oameni care își vâră nasul pretutindeni, niște originali ciudați, fără ocupație sigură și fără cale determinată. Cum fiecare tânăr trebuie nu numai să se supună veșnicelor cerințe firești ale tinereții și maturității, ci, pe lângă asta, să mai și plătească tribut curentelor spirituale contemporane, modei și obiceiurilor vremii, care stăpânesc tineretul la un moment dat, Galus scrie și el versuri și e membru activ în organizațiile naționaliste ale tineretului. În afară de asta, timp de cinci ani a învățat franceza, ca materie neobligatorie, la şcoală, s-a ocupat de literatură şi mai ales de filosofie. A citit cu patimă şi necontenit. Pentru lectura în limbi străine, elevii de pe atunci ai liceului din Sarajevo aveau la îndemână mai ales lucrările tipărite de-o editură germană, cunoscută şi importantă, *Reclam Universal-Bibliothek*. Broşurelele acestea ieftine, cu coperte galbene şi cu litere deosebit de mărunte, formau principala hrană sufletească a elevilor; din ele puteau să cunoască nu numai literatura germană, ci şi toate operele de seamă ale literaturii universale, traduse în limba germană. Prin broşurile acestea făcuse Galus cunoştinţă cu filosofii germani moderni, mai ales cu Nietzsche şi cu Stirner[1] şi putuse să lege, în timpul plimbărilor de-a lungul râului Miliascika[2], discuţii interminabile despre ei, cu pasiune rece şi voioasă, neamestecându-şi, pentru nimic în lume, cunoştinţele căpătate cu viaţa personală, aşa cum fac tinerii, de cele mai multe ori. Acest tip de bacalaureat, copt prea devreme şi încărcat cu tot soiul de cunoştinţe, numeroase, dar confuze, nu era deloc rar printre liceenii timpului. Tânăr neprihănit şi elev sârguitor, Galus nu cunoştea libertatea şi dezlănţuirile tinereşti decât din îndrăznelile gândirii şi din exagerările lecturii.

Fehim Bahtiarevici nu e vişegrădean decât după mamă. Taică-său s-a născut la Rogatiţa, unde, în momentul de faţă, e cadiu, dar maică-sa e dintr-o familie mare, de-aici: din familia Osmanagicilor. Din cea mai fragedă copilărie, Fehim îşi petrece, împreună cu maică-sa, o parte a vacanţei de vară la neamurile din Vişegrad. E un flăcăiaş sprinten, cu forme graţioase şi prelungi, cu încheieturi fine, dar puternice. La Fehim, totul e cumpănit, potolit, înăbuşit. Ovalul fin al feţei îi e parcă ars de soare; pielea oacheşă are uşoare nuanţe albăstrui; mişcările îi sunt scurte şi rare, ochii negri, cu pupilele umbrite de firicele albăstrui. Privirea îi e arzătoare, dar fără luciu. Are sprâncenele groase, îmbinate, şi un pui de mustăcioară, subţire, peste buzele frumos arcuite. Asemenea chipuri de om pot fi văzute în miniaturile persane.

1. Max Stirner (1806-1856), pseudonim al filosofului german Kaspar Schmidt, ideolog al anarho-individualismului, în perioada apariţiei acestuia.
2. Râu care străbate oraşul Sarajevo.

Şi el şi-a luat bacalaureatul, tot în vara asta, şi acum aşteaptă o bursă de stat ca să meargă la Viena, pentru studiul limbilor orientale.

Cei doi tineri continuă o discuţie începută mai de mult. E vorba despre ceea ce urmează să studieze Bahtiarevici. Galus vrea să-i dovedească greşeala pe care o face alegând orientalismul. De obicei, Galus vorbeşte mai mult şi mai înflăcărat decât prietenul său, căci e deprins să fie ascultat şi-i place să ţină discursuri, pe când Bahtiarevici vorbeşte puţin şi pe scurt, ca unul care-şi are convingerile lui şi nu simte nevoia să-i mai convingă şi pe alţii. Galus vorbeşte aşa cum vorbesc cea mai mare parte a tinerilor instruiţi, ascultându-şi cu plăcere naivă cuvintele, expresiile şi comparaţiile pitoreşti, înclinând spre generalizări. Iar Bahtiarevici vorbeşte sec, scurt, aproape cu nepăsare.

Ascunşi în umbră, prăbuşiţi pe scaunele de piatră, Stikovici şi Glasincianin tac de parcă s-ar fi înţeles din priviri să asculte, nevăzuţi, ceea ce-şi spun pe pod cei doi prieteni.

Încheind discuţia despre alegerea studiilor, Galus vorbeşte cu foc:

— În privinţa asta, voi, musulmanii, fiii de bei, greşiţi adeseori. Zăpăciţi de timpurile noi, nu vă mai simţiţi locul adevărat şi deplin în lume. Dragostea voastră pentru tot ce este oriental nu e decât expresia contemporană a „voinţei de putere". Pentru voi, modurile orientale de viaţă şi de gândire sunt prea strâns legate de orânduirea socială şi juridică aflate odinioară la temelia stăpânirii voastre de veacuri. Şi asta e de înţeles. Dar nu înseamnă deloc că voi aveţi simţul orientalismului, ca ştiinţă. Sunteţi orientali, dar vă înşelaţi când credeţi că sunteţi chemaţi să fiţi şi orientalişti. În general, n-aveţi nici chemare adevărată şi nici înclinare adevărată pentru ştiinţă.

— Aşa crezi tu!

— Nu, nu aveţi. Când vorbesc aşa, nu spun un lucru de ocară sau neplăcut. Dimpotrivă. Voi sunteţi singurii boieri din ţara asta, sau măcar voi aţi fost singurii. V-aţi mărit, v-aţi întărit şi v-aţi apărat stăpânirea, de-a lungul veacurilor, cu spada şi cu cartea, sub aspect juridic, religios şi militar. Asta a făcut din voi un tip de războinic, de cârmuitor şi de om de stat. Un asemenea om nu cultivă, nicăieri în lume, științele abstracte. El le lasă în seama celor care n-au altă chemare și nu pot avea alta. Pentru voi e studiul dreptului și al economiei politice, căci voi sunteți oamenii datelor concrete. Așa sunt, totdeauna și pretutindeni, cei din clasa stăpânitoare.

— Asta înseamnă că noi trebuie să rămânem inculți.

— Nu, ci înseamnă că trebuie să rămâneți ceea ce sunteți, sau, dacă vrei, ceea ce ați fost. Și sunteți nevoiți s-o faceți, fiindcă nimeni nu poate fi contrariul a ceea ce este.

— Dar astăzi noi nu mai suntem clasa stăpânitoare. Astăzi toți sunt egali, îl întrerupse Bahtiarevici cu o ușoară ironie, în care răsună și amărăciunea, și orgoliul.

— Nu mai sunteți, se înțelege că nu mai sunteți. Împrejurările care au făcut din voi, cândva, ceea ce sunteți s-au schimbat de mult, dar asta nu înseamnă că și voi v-ați putut schimba la fel de repede. Nu e nici pentru prima și nici pentru ultima dată când o clasă socială își pierde temelia, dar ea rămâne aceeași. Condițiile de viață i se schimbă, dar o clasă de oameni rămâne ceea ce este, căci numai rămânând așa poate trăi mai departe și, de asemenea, numai rămânând așa poate pieri.

Discuția celor doi tineri invizibili se întrerupse o clipă, stinsă de tăcerea lui Bahtiarevici.

Pe cerul senin, deasupra munților negri din fundul zării, s-a ivit o lună știrbită și parcă scăpată dintr-un naufragiu. Lespedea albă de pe parapetul mai înalt, cu inscripția turcească pe ea, luci deodată, ca o fereastră slab luminată, în bezna albastră.

Bahtiarevici spune ceva, dar atât de încet încât numai câteva cuvinte izolate, fără nici o legătură între ele și de neînțeles, ajung până la Stikovici și Glasincianin. Așa cum se întâmplă mai totdeauna în discuțiile tinerilor, în care asociațiile de idei sunt îndrăznețe și rapide, cei doi vorbesc acum despre altceva. De la studiul limbilor orientale, au trecut la inscripția albă din fața lor și vorbesc despre pod și despre cel ce l-a construit.

Vocea lui Galus e mult mai puternică și mai expresivă. Recunoscând că Bahtiarevici e îndreptățit să-l laude pe Mehmet-pașa Sokolovici și stăpânirea turcească de pe vremuri, care a ridicat o asemenea construcție, el își dezvoltă acum cu însuflețire părerile naţionaliste despre trecutul şi viitorul poporului sârb, despre cultura şi civilizaţia lui. (Căci în discuţiile acestea studenţeşti, fiecare îşi urmează firul propriilor gânduri.)

— Ai dreptate, spune Galus, paşa trebuie să fi fost un om de geniu. El nu e nici primul şi nici ultimul din neamul nostru care să-şi fi câştigat faimă slujind o împărăţie străină. Am dat sute de asemenea oameni valoroşi, oameni de stat, conducători de armate, artişti, către Ţarigrad, Roma şi Viena. Sensul unirii noastre într-un mare şi puternic stat naţional modern constă tocmai în faptul că, odată cu realizarea ei, forţele noastre vor rămâne în ţară, dezvoltându-se aici şi aducându-şi contribuţia la cultura universală, sub propriul nostru nume, şi nu pornind din centre străine.

— Şi crezi cumva că „centrele" străine s-au născut din întâmplare şi că pot fi create iar, după dorinţă, când vrei şi unde vrei?

— Din întâmplare sau nu, întrebarea asta nu se mai pune astăzi. Puţin importă cum au început; dar important este faptul că ele astăzi pier, se veştejesc, degenerează, că trebuie să cedeze altora, noi, prin care să se poată exprima nemijlocit popoarele tinere, libere, ivite pe scena istoriei.

— Şi-ţi închipui că Mehmet-paşa Sokolovici, dacă ar fi rămas un pui de ţăran, sus, la Sokolovici, ar fi devenit cine a fost şi, printre altele, ar fi ridicat şi podul ăsta pe care stăm noi de vorbă acum?

— Pe-atunci, fireşte că nu. Dar, la urma urmelor, nu-i era prea greu Ţarigradului să înalţe asemenea construcţii când stăpânirea turcească ne lua, şi nouă şi altor popoare subjugate, nu numai bunurile şi rodul muncii, dar şi forţele cele mai alese şi sângele cel mai curat. Dacă te gândeşti la valoarea şi la însemnătatea a ceea ce ni s-a luat veacuri de-a rândul, toate construcţiile astea par o nimica toată. Dar când, într-o bună zi, vom dobândi libertatea naţională şi independenţa politică a poporului nostru, banii, sângele vor fi bunuri ale noastre şi ne vor rămâne nouă. Totul va sluji numai şi numai pentru întemeierea culturii naţionale care va purta pecetea şi numele nostru şi va avea în vedere fericirea şi bunăstarea păturilor celor mai largi ale poporului.

Bahtiarevici tăcea, şi tăcerea lui, ca o împotrivire dintre cele mai vii şi mai grăitoare, îl aţâţa pe Galus şi-l îmboldea să-şi ridice glasul, aproape să strige. Cu însufleţirea proprie lui şi cu vocabularul folosit pe atunci în literatura naționalistă, el înfățișă planurile și sarcinile tineretului,

— Toate forțele vii ale neamului se vor trezi și se vor pune în mișcare. Sub loviturile lor, monarhia austro-ungară, temnița aceasta a popoarelor, se va prăbuși, după cum s-a prăbușit și Turcia europeană. Toate forțele antinaționale și retrograde care, astăzi, împiedică, dezbină și adorm avântul nostru național vor fi învinse și nimicite. Va fi înfăptuit totul, căci spiritul vremurilor noastre ne e cel mai bun aliat iar strădaniile celorlalte popoare mici și înrobite se îndreaptă pe același drum ca și noi. Naționalismul contemporan va triumfa asupra deosebirilor religioase și a prejudecăților învechite, va elibera poporul de influențele și de exploatarea străină. Și atunci se va naște un stat național.

Apoi, Galus începu să descrie foloasele și frumusețile acestui nou stat național care va grupa în jurul Serbiei, ca în jurul Piemontului[1] toți slavii de sud, pe baza respectării drepturilor naționalităților componente, a toleranței religioase și a egalității cetățenilor. În spusele lui se amestecau unele cuvinte îndrăznețe și încă nedeslușite bine ca sens cu altele care arătau exact necesitățile vieții contemporane: dorințele cele mai adânci ale unui neam, despre care se crezuse întotdeauna că sunt menite să rămână dorințe, și cerințele justificate și realizabile ale vieții de toate zilele; marile adevăruri care se coc de-a lungul generațiilor, dar pe care numai tineretul poate să le simtă dinainte și să îndrăznească să le exprime, iar, pe de altă parte, veșnicele iluzii, niciodată stinse și niciodată înfăptuite, căci fiecare generație de tineri le trece altei generații, ca pe făclia mitologică. În spusele tânărului existau, bineînțeles, multe afirmații care n-ar fi putut rezista criticii și multe ipoteze poate fără nici o temeinicie în fața probei experiențelor, dar exista și un suflu proaspăt, o sevă prețioasă, grație căreia se menține și se reîntinerește tulpina arborelui omenirii.

Bahtiarevici tăcea.

— Ai să vezi, Fehime, stărui Galus, înflăcărat, căutând să-și convingă prietenul, ca și cum toate aveau să se adeverească în noaptea aceea sau mâine – ai să vezi! Statul înfăptuit de noi va fi

---

1. Centrul mișcării pentru unitatea Italiei, realizată între 1859-1870.

contribuția cea mai prețioasă la progresul omenirii; în acest stat va fi o binecuvântare fiecare efort, fiecare jertfă un lucru sfânt, fiecare idee originală o vor rosti buzele noastre, fiecare faptă va fi însemnată cu pecetea numelui nostru. Atunci vom înfăptui opere care vor fi rod al muncii noastre libere și expresia geniului neamului nostru, opere față de care tot ce-a fost creat timp de veacuri sub stăpânirea străină va părea o grămăjoară de jucării ieftine. Vom întinde poduri peste cele mai late ape și peste cele mai adânci prăpăstii. Vom construi poduri noi, mai mari și mai frumoase, nu ca să lege centrele străine cu ținuturile înrobite, ci ca să unească între ele meleagurile noastre și statul nostru cu restul lumii, căci, în privința asta, nu mai încape nici o îndoială, nouă ne este dat să înfăptuim tot ce au visat înaintașii noștri: un stat, născut în libertate și întemeiat pe dreptate, ca o fărâmă din gândirea divină, înfăptuită pe pământ.

Bahtiarevici nu scotea o vorbă. Vocea lui Galus începuse și ea să scadă. Cu cât i se înălțau gândurile mai sus, cu atât vocea i se făcea mai joasă și mai răgușită, preschimbându-se într-un murmur puternic și pasionat și pierzându-se, până la urmă, în liniștea deplină a nopții. Apoi, amândoi tinerii tăcură. Și totuși, în noapte stăruia tăcerea grea și îndărătnică a lui Bahtiarevici. Ea se înălța în bezne, sensibilă și reală, ca un zid de nestrăbătut și, prin însăși greutatea existenței ei, tăgăduia cu hotărâre toate cuvintele lui Galus și-i exprima gândul mut, limpede și nestrămutat.

„Bazele lumii și temeliile vieții și legăturile dintre oameni sunt de neclintit, secole de-a rândul. Asta nu înseamnă că nu se schimbă, dar, măsurate după durata vieții omenești, ele par veșnice. Raportul între durata lor și lungimea unei vieți omenești e același ca raportul dintre suprafața frământată, mișcătoare și fugară a unui râu și adâncul stabil și trainic, ale cărui schimbări sunt lente și imperceptibile. Și însăși ideea acestor «centre» e nesănătoasă și irealizabilă. E ca și cum ai vrea să schimbi și să muți din loc izvoarele marilor fluvii și temeliile munților. Dorința de schimbări bruște și ideea realizării lor prin forță se ivește adeseori printre oameni, și ia avânt, de cele mai multe ori, în capetele tinerilor. Numai că aceste capete nu gândesc cum trebuie; până la urmă și de obicei ele nu duc la nimic și, cel mai adesea, nu sunt prea trainice. Căci nu dorința omenească hotărăște și duce la îndeplinire treburile lumii. Dorința e ca vântul, stârnește praful și-l mută dintr-un loc într-altul, întunecând uneori toată zarea, dar, în cele din urmă, se potolește și cade și lasă după el vechea înfățișare veșnică a lumii. Omul nu-i decât o unealtă oarbă și supusă. O lucrare născută din dorință, din dorință omenească, sau nu se înfăptuiește, sau nu e trainică: în orice caz, nu e bună. Toate dorințele acestea năvalnice și toate cuvintele acestea îndrăznețe, rostite sub cerul nopții, pe kapia, nu vor schimba temelia nici unui lucru; ele vor trece pe deasupra marilor și trainicelor realități ale lumii și se vor duce să piară, acolo unde se potolesc dorințele, unde se domolește vântul. Și, cu adevărat, oamenii mari ca și construcțiile mari răsar și vor răsări în locurile hotărâte lor de gândirea divină, independent de dorințele deșarte și trecătoare și de vanitatea omenească."

Dar Bahtiarevici n-a rostit nici unul din cuvintele acestea. Cei care, asemeni tânărului nepot de bei, își poartă filosofia în sânge, trăiesc și mor cu ea, dar nici nu se pricep s-o exprime prin cuvinte, nici nu simt nevoia s-o facă. După o tăcere destul de îndelungată, Stikovici și Glasincianin văzură cum unul dintre cei doi trecători invizibili care se opriseră dincolo de parapetul unde se aflau ei își aruncă în apă țigara terminată și cum ea, ca o scânteie, cade de pe pod în Drina, descriind o dâră arcuită. Apoi pieri și ecoul pașilor celor doi trecători.

Rămași din nou singuri, Stikovici și Glasincianin se treziră tresărind și uitându-se unul la altul, de parcă abia atunci s-ar fi întâlnit.

În lumina slabă a lunii, pe fețele lor se ivesc pete luminoase și întunecate care se frâng și se întretaie. Amândoi par mult mai bătrâni decât sunt. Vârfurile țigărilor au căpătat o lucire fosforescentă. Amândoi sunt abătuți. Pricinile sunt cu totul altele, dar amărăciunea e aceeași. Amândoi au o singură dorință: să se ridice și să plece acasă. Dar amândoi sunt parcă țintuiți pe banca de piatră încălzită încă de soarele din timpul zilei. Vorbele schimbate de cei doi colegi mai tineri, la care au asistat din întâmplare și fără să fie văzuți, le-au fost bine-venite, ca o amânare a discuției și a explicației ce trebuia să aibă loc între ei. Dar acum, explicația nu mai putea fi evitată.

— L-ai auzit pe Herak și argumentarea lui? începe mai întâi Stikovici, revenind la discuția din timpul serii și dându-și seama de îndată de slăbiciunea poziției sale. Glasincianin care, chemat să fie judecător, își simte pentru o clipă superioritatea poziției, nu răspunde imediat. Mă rog, continuă Stikovici, nerăbdător, să vorbești în ziua de azi despre lupta de clasă, când și ultimul dintre oamenii noștri vede clar că unirea și eliberarea națională, înfăptuite prin mijloace revoluționare, sunt sarcinile cele mai urgente ale poporului! Caraghios lucru!

În glasul lui Stikovici sunt întrebări și invitații la discuție. Dar Glasincianin nu-i răspunde. În calmul tăcerii acesteia răzbunătoare și dușmănoase ajunge până la ei un cântec, pornit dinspre cazinoul ofițerilor, de pe mal. La parter, ferestrele cazinoului sunt luminate și deschise larg. Acolo cântă o vioară, acompaniată de-un pian. Cântă doctorul Balaș, medic militar, *Regimentsarzt*, iar doamna colonel Bauer, soția comandantului regimentului, îl acompaniază. (Studiază împreună partea a doua a unei sonatine pentru pian și vioară, de Schubert. Pornesc bine, în deplin acord, dar înainte să ajungă la jumătatea bucății, pianul o ia razna. Vioara își întrerupe cântecul. După o tăcere de câteva minute, în care timp cântăreții pesemne că discută despre partea aceasta mai grea a bucății, încep iar.) Așa exersează ei, seară de seară, și cântă până târziu, noaptea, în timp ce colonelul, într-o altă încăpere, joacă partide interminabile de *préférence*[1] sau moțăie, pur și simplu, cu un pahar de vin de Mostar[2] în față sau fumează o țigară austriacă, pe când ofițerii mai tineri glumesc între ei pe socoteala muzicienilor îndrăgostiți.

Între doamna Bauer și tânărul medic se țese, într-adevăr, de luni de zile, o poveste complicată și dificilă. Chiar cei mai isteți dintre ofițeri nu izbutesc să priceapă adevărata natură a legăturilor lor. Unii susțin că e vorba doar de ceva platonic (și râd, firește), iar alții pretind că în toate astea își are și trupul partea care i se cuvine. Oricum, cele două ființe sunt nedespărțite, cu deplinul și părintescul consimțământ al colonelului, un bărbat de zahăr, îndobitocit de pe acum de slujbă, vârstă, vin și tutun.

1. Joc de cărți.
2. Localitate în Herțegovina, renumită pentru vinurile ei.

Pe cei doi, tot orășelul îi cunoaște ca fiind o pereche. Altminteri, toată societatea ofițerească trăiește izolată de ceilalți, cu viața ei proprie, fără nici o legătură nu numai cu localnicii, dar chiar nici cu funcționarii străini. La intrarea în parcurile lor pline de straturi tăiate rotund sau în formă de stea și cu flori rare, scrie, într-adevăr, pe-o aceeași tăbliță, că accesul câinilor și al civililor este interzis. Petrecerile, ca și preocupările lor sunt cu totul inaccesibile pentru cine nu poartă uniformă. Întreaga lor viață este, fără îndoială, viața unei caste gigantice, închisă în sine și cultivându-și exclusivismul ca pe cea mai importantă parte a puterii. Sub înfățișarea aceasta strălucitoare și țeapănă, ei ascund în sufletele lor tot ce, altminteri, viața le dăruiește și celorlalți oameni: măreție și nenorocire, dulceață și amărăciune...

Dar există lucruri care, prin însăși natura lor, nu pot rămâne ascunse și sparg orice îngrădire, fie ea cât de trainică, străbat orice graniță, fie ea cât de bine păzită. („Trei lucruri nu pot fi ascunse, spuneau osmanlâii: dragostea, tusea și sărăcia.“) Așa și cu perechea de îndrăgostiți. Nu există în orășel bătrân sau copil, femeie sau bărbat, care să nu-i fi întâlnit în vreuna din plimbările lor, când, adânciți în discuții, orbi și surzi la tot ce-i înconjoară, merg pe potecile singuratice din preajma Vișegradului. Ciobanii s-au deprins cu ei, cum s-au deprins cu perechile acelea de gândaci pe care le vezi adeseori în luna mai, pe sub frunzișuri, de-a lungul drumului, totdeauna doi câte doi, lipiți strâns unul de altul. Medicul și doamna colonel erau văzuți pretutindeni: în preajma Drinei și a Rzavului, sub ruinele vechii cetățui, pe drumul care duce afară din oraș, pe lângă Strajiște, la orice oră din zi, căci, pentru îndrăgostiți, vremea e totdeauna prea scurtă și nici o potecă nu e destul de lungă. Mergeau călare, mânau trăsuri ușoare, dar cel mai adesea umblau pe jos, cu înfățișarea unor ființe care există numai una pentru alta, cu pasul acela caracteristic, care prin el însuși arată că totul în lume le este indiferent, în afară de ceea ce au să-și spună unul altuia.

El e slovac maghiarizat, fiul unui funcționar sărac, ținut la școală pe cheltuiala statului, tânăr și muzician adevărat, ambițios, prea sensibil, mai ales din pricina originii care îl împiedică să se socotească pe deplin egal cu ofițerii nemți sau unguri, bogați și de neam ales. Ea e o femeie de vreo patruzeci de ani, cu opt ani mai în vârstă decât el, înaltă și blondă, puțin cam trecută, dar cu pielea de-un alb-roz desăvârșit, și cu ochi mari, lucitori. Prin aerul și prin ținuta ei seamănă cu portretele acelea de regine, care le încântă pe fetele tinere.

Fiecare din ființele astea două își are pricinile ei personale, reale sau închipuite, dar adânci, să fie nemulțumite de viață. Printre altele, au un puternic motiv comun: se simt nefericiți, se simt exilați parcă în orășelul acesta și în societatea ofițerilor, oameni ușuratici și nuli, în cea mai mare parte. Iată de ce se țin convulsiv unul de altul, ca doi naufragiați. Se prăbușesc unul în altul, se pierd și se adâncesc în discuții nesfârșite sau, ca acum, în muzică.

Așa arăta perechea invizibilă a cărei muzică umplea tăcerea stânjenitoare dintre cei doi tineri.

La un moment dat, muzica revărsată în liniștea nopții se încurcă iar și se întrerupe pentru câtva timp. În tăcerea care urmă, Glasincianin începu să vorbească, țeapăn, răspunzând ultimelor cuvinte ale lui Stikovici.

— Caraghios? Dacă am sta să judecăm drept, multe lucruri caraghioase au mai fost în discuția asta!...

Stikovici își scoase brusc țigara din gură, pe când Glasincianin continua încet, dar cu hotărâre, să-și exprime ideea care, vădit, nu se născuse în seara asta, ci îl chinuia de multă vreme.

— Eu ascult cu atenție toate discuțiile, și pe voi doi, și pe alți oameni cu carte din oraș. Citesc ziarele, citesc revistele. Și cu cât vă ascult mai mult, cu atât mă conving că, în cea mai mare parte, discuțiile sau articolele voastre n-au nici o legătură cu viața, cu cerințele și cu problemele ei reale. Căci viața, viața adevărată, o privesc cât pot mai îndeaproape, o văd la alții și o simt în mine însumi. Poate că mă înșel și nu știu să mă exprim bine, dar adeseori mă stăpânește gândul că progresul tehnic și pacea relativă în lume au creat un fel de acalmie, o atmosferă anumită, artificială și ireală, în care o categorie de oameni, așa-numiții intelectuali, pot să se dedea, în liniște, unui joc ușuratic și să se distreze cu ideile și cu „privirile asupra vieții și lumii". S-a creat un soi de seră a spiritului, cu un climat artificial și cu o floră exotică, dar fără nici o legătură cu pământul, temelia reală și tare pe care se mișcă mulțimile de oameni vii. Voi credeți că discutați despre destinul acestor mulțimi și despre folosirea lor în luptele ce urmează să se desfășoare pentru atingerea unor scopuri înalte, pe care tot voi le stabiliți, dar, de fapt, roțile care vi se învârtesc în cap n-au nici o legătură cu viața mulțimilor și nici cu viața, în general. Aici, jocul vostru devine primejdios, sau, cel puțin, poate să devină, și pentru ceilalți, și pentru voi înșivă.

Glasincianin se opri. Pe Stikovici îl ului într-atâta expunerea lui lungă și chibzuită încât nici nu se gândi să-l întrerupă sau să-i răspundă. Abia atunci când auzi cuvântul „primejdios" făcu un gest ironic, cu mâna. Asta îl înfurie pe Glasincianin, care continuă și mai însuflețit:

— Bineînțeles că, stând și ascultându-vă, omul ar putea să-și închipuie că toate problemele sunt rezolvate în mod fericit, că toate pericolele sunt înlăturate pentru totdeauna, că toate drumurile sunt netezite și larg deschise și că n-are altceva de făcut decât să pășească pe ele. În viață însă, nimic nu-i rezolvat și nimic nu poate fi rezolvat cu ușurință; și nu există speranța nici unei rezolvări desăvârșite, ci totul e greu și complicat, plătit scump și legat de primejdii nespus de mari față de scopul propus. Nu există nicăieri nici urmă din speranțele avântate ale lui Herak și nici din marile tale perspective. Omul se chinuiește toată viața, și n-are nici ce-i trebuie, nici ce-și dorește. Cu teorii ca ale voastre, abia dacă își poate satisface veșnica lui nevoie de joacă, abia dacă își poate măguli vanitatea. El nu face decât să se înșele singur și să-i înșele pe ceilalți. Iată adevărul, cel puțin așa cum îl văd eu.

— N-ai dreptate. E de ajuns doar să compari câteva epoci ale istoriei ca să vezi progresul și sensul luptei omenirii, și, prin urmare, să vezi și teoriile care direcționează lupta aceasta.

Glasincianin se gândi imediat că Stikovici face aluzie la studiile lui întrerupte și, ca totdeauna în asemenea ocazii, îl trecură fiori.

— Eu nu studiez istoria, începu el.

— Păi vezi? Dacă ai studia-o...

— Dar nici tu n-o studiezi.

— Cum? Adică... ba da, o studiez.

— Pe lângă științele naturale?

Vocea îi tremură, răutăcios. Stikovici se încurcă o clipă, apoi continuă cu glasul stins:

— Dacă ții cu tot dinadinsul să știi, află că, pe lângă științele naturale, mă ocup și de problemele politice, istorice și sociale.

— E bine dacă ai timp pentru toate. Fiindcă, după câte știu, mai ești, printre altele, și orator, și agitator, și poet, și amorez...

Stikovici surâse, stânjenit. După-amiaza petrecută în clasa pustie îi trecu prin minte ca un lucru depărtat dar penibil și chiar atunci își aminti că, înainte de sosirea lui în orășel, Glasincianin și Zorka erau în dragoste. Omul care nu iubește nu e în stare să simtă cât e de mare dragostea altora, nici puterea geloziei și nici pericolul ascuns în ea.

Și discuția celor doi tineri se preschimbă într-o ceartă personală, îndârjită, o ceartă care de la început plutise în aer. Tinerii nu se feresc de ceartă, așa cum animalele tinere încep lesne să se hărțuiască, în joacă, cu brutalitate și furie.

— La urma urmei, ce sunt eu și cu ce mă ocup nu interesează pe nimeni. Eu nu te întreb pe tine nici de sterii nici de buștenii tăi...

Fiorul dureros care îl cuprindea pe Glasincianin, ori de câte ori cineva pomenea despre situația lui, îl chinui acum în chip deosebit.

— Ia lasă sterii mei în pace! Eu trăiesc din ei; dar nu-i folosesc nici să mă laud, nici să înșel și nici să sucesc mințile nimănui.

— Cui i-am sucit eu mințile? se dădu de gol Stikovici.

— Cui se lasă...

— Nu-i adevărat.

— Ba da. Știi și tu că e adevărat. Și fiindcă m-ai provocat, am să-ți spun.

— Nu sunt deloc curios să aflu.

— Dar eu vreau să-ți spun, căci tot sărind toată ziulica pe deasupra buștenilor, poți să vezi și să înveți, să gândești și să simți. Vreau să-ți spun părerea mea despre numeroasele tale ocupații și priceperi, și despre teoriile tale îndrăznețe, și despre versurile și despre amorurile tale.

Stikovici făcu o mișcare ca și cum ar fi vrut să se ridice, dar rămase locului. La cazinoul ofițeresc, vioara și pianul reîncepuseră de mult să cânte (a treia parte a sonatinei, cea veselă și vioaie) și sunetele lor se pierdeau în noapte, în vuietul apei.

— Mulţumesc, i-am auzit şi pe alţii, mai deştepţi decât tine.

— Nu, nu. Alţii sau nu te cunosc, sau te mint, sau cred ce cred şi eu, dar tac. Toate teoriile tale, toate numeroasele tale ocupaţii spirituale, ca şi toate amorurile şi prieteniile tale se trag din ambiţia ta. Iar ambiţia ta e mincinoasă şi nesănătoasă, fiindcă e născută din orgoliu, numai şi numai din orgoliu.

— Ha, ha!

— Da. Şi ideea asta naţionalistă, pe care o predici acum cu atâta înflăcărare, nu e nici ea altceva decât tot o faţă a orgoliului tău. Căci tu nu-ţi poţi iubi nici mama, nici surorile, nici pe propriul tău frate, darămite o idee, şi numai din orgoliu ai putea fi bun, mărinimos, devotat. Fiindcă orgoliul e principala forţă care te îmboldeşte, singurul tău lucru sfânt pe lume, singurul lucru pe care îl iubeşti mai mult decât pe tine însuţi. Cine nu te cunoaşte s-ar putea înşela uşor văzându-ţi activitatea, înflăcărarea în luptă, devotamentul pentru idealul naţionalist, pentru ştiinţă, pentru poezie sau pentru orice ţel înalt, care îţi depăşeşte personalitatea. Dar tu nu poţi sluji multă vreme un lucru şi nu poţi rămâne multă vreme alături de cineva, căci orgoliul nu te lasă. Şi din clipa când nu-ţi mai e în joc orgoliul, toate îţi devin atât de străine şi de depărtate încât n-ai mai mişca un deget pentru ele. Şi-o să te trădezi singur, din pricina lui, căci tu însuţi nu eşti decât un rob al orgoliului tău. Habar n-ai cât eşti de orgolios. Te cunosc însă, până în fundul inimii, şi numai eu ştiu ce monstru de îngâmfare eşti.

Stikovici nu răspundea nimic. În prima clipă, îl surprinseseră vorbele apăsate şi pătimaşe ale prietenului său care i se înfăţişa dintr-odată într-un rol neaşteptat şi sub o lumină nouă. Apoi cuvintele lui muşcătoare, rostite pe un ton egal, cuvintele care la început îl jigniseră şi-l mâniaseră începură să i se pară interesante, aproape plăcute. Unele, ce e drept, îl loviseră în inimă şi-l duruseră, dar toate laolaltă – pătrunderea aceasta ascuţită şi profundă în caracterul lui – îl măguleau şi-i plăceau într-o oarecare măsură. Căci a-i spune unui tânăr ca el că e un monstru înseamnă numai să-i zgândări neruşinarea şi egoismul. De fapt, el dorea ca Glasincianin să prelungească răscolirea furioasă a fiinţei lui lăuntrice, scoaterea la lumină a personalităţii lui ascunse, găsind în asta doar o nouă dovadă a calităților excepționale și a superiorității sale. Și Stikovici își aținti privirea încruntată pe placa albă de pe zidul din față, care, în bătaia lunii, ieșea în relief pe lespezile roșii.

Privea țintă inscripția aceasta turcească, de neînțeles, ca și cum ar fi citit-o și-ar fi căutat să deslușească în ea sensul adânc și adevărat al cuvintelor tânărului de alături, rostite cu multă și pătrunzătoare asprime.

— Tu ești nepăsător față de toate și, la drept vorbind, nici nu iubești, nici nu urăști, căci și pentru una și pentru alta e nevoie, măcar pentru o clipă, să-ți ieși din tine, să te expui, să te uiți, să te depășești, să-ți învingi orgoliul. Și astea tu nu le poți face și nu există lucru pentru care le-ai face, chiar dacă ai putea. Mizeria altuia nu te atinge și nici gând să te doară; ba nici propria ta mizerie, în afară de cazul când îți gâdilă orgoliul. Nu dorești nimic și nu te bucuri de nimic. Nu ești nici măcar invidios, nu din bunătate ci din pricina unui egoism nemăsurat, căci nu vezi norocul altuia, așa cum nu-i vezi nici nenorocirea. Nimic nu te poate înduioșa și nu te poate pune în mișcare. Nimic nu te sperie, nu fiindcă ai fi curajos, ci fiindcă instinctele bune ți s-au ofilit în trup; pentru tine, în afară de orgoliu, nu există nici legături de sânge, nici sentimente înnăscute, nici Dumnezeu, nici lume, nici familie, nici prieteni. Nu-ți prețuiești nici măcar însușirile proprii. Singură vanitatea rănită - în locul conștiinței - te poate durea, căci numai ea, totdeauna și în toate, vorbește prin gura ta și-ți dictează ce să faci.

— Spui toate astea din cauza Zorkăi? îl întrerupse deodată Stikovici.

— Hai, dacă vrei să vorbim și despre ea. Da, din cauza Zorkăi. Nu țineai la ea, nici măcar atâtica. Te-a împins doar neputința ta de-a te stăpâni și de-a te opri în fața unui lucru, oricare ar fi el, când ți se oferă pentru o clipă, întâmplător, și când îți mângâie orgoliul. Da, tu-i sucești capul bietei învățătoare, tulburate și naive, așa cum îți scrii articolele și poemele, așa cum îți faci discursurile și conferințele. Și nici n-ai dobândit-o pe deplin că te și apasă, vanitatea ta cască de plictiseală și caută cu nesaț altceva, mai departe. Ăsta e blestemul tău: să nu te poți opri nicăieri și niciodată, să nu te poți sătura, să nu poți fi mulțumit. Supui totul orgoliului tău, dar tu îi ești primul sclav și cel mai chinuit martir. Poate că vei mai avea izbânzi și victorii, victorii mult mai mari decât înfrângerea slăbiciunii femeilor înșelate, dar în nici una dintre ele n-o să-ți găsești satisfacția, căci vanitatea ta te mână tot mai departe, înghițind totul, chiar și cele mai mari victorii, și uitând totul imediat; dar de cea mai ușoară înfrângere, de orice jignire, chiar de cea mai neînsemnată, ea își amintește pe veci. Și când totul în jurul tău va fi sfărâmat, spart, murdărit, înjosit, împrăștiat sau nimicit, atunci ai să rămâi singur, în pustietate, față în față cu orgoliul, și n-o să mai ai ce să-i dai, și-ai să te rozi singur, dar asta n-o să te ajute la nimic, căci orgoliul tău, obișnuit cu o hrană mai de soi, n-o să te placă și-o să te lepede. Iată cum ești, deși pari altfel în ochii majorității oamenilor și tu singur te crezi altfel. Dar eu te cunosc.

Aici, Glasincianin tăcu, brusc.

Pe kapia începuse să se simtă răcoarea nopții și se întindea liniștea însoțită de veșnicul vuiet al apei. Ei nu observaseră că muzica venită dinspre mal încetase. Cei doi tineri uitaseră cu totul unde se aflau și ce făceau, furat fiecare de gândurile lui, așa cum numai tinerețea se poate lăsa furată. Gelos și nefericit, „cel care măsura steri" vorbise despre un lucru la care se gândise de atâtea ori cu patimă, adânc și intens, dar nu izbutise niciodată să găsească expresiile și cuvintele potrivite. De data asta vorbise cu ușurință, cu amărăciune și cu exaltare. Stikovici ascultase nemișcat, privind placa albă cu inscripția turcească de parcă ar fi privit un ecran. Fiecare cuvânt al lui Glasincianin își nimerise ținta. Stikovici simțise fiecare aluzie, dar în spusele omului invizibil, așezat alături, nu văzuse nimic insultător, nu găsise nimic primejdios. Dimpotrivă, la fiecare cuvânt al lui Glasincianin i se părea că crește și zboară pe aripi nevăzute, fără zgomot, repede, avântat și înfiorat, că plutește cu mult deasupra oamenilor rămași pe pământ, deasupra legăturilor, a legilor și a sentimentelor, singur, mândru și mare și fericit (sau ca și cum ar fi fost fericit). I se părea că zboară deasupra a toate și a tot. Vocea asta, cuvintele astea ale adversarului său erau una cu murmurul apelor și cu zgomotul lumii invizibile, aflate undeva pe sub el, în adânc. Puțin îi păsa ce-i lumea, ce gândește și ce spune, căci el zbura pe deasupra, ca pasărea.

Tăcerea de-o clipă a lui Glasincianin păru că-i trezeşte pe amândoi. Nu îndrăzneau să se uite unul la altul. Dumnezeu ştie unde i-ar mai fi dus cearta dacă pe pod, venind dinspre piaţă, nu s-ar fi ivit nişte beţivi, cântând alandala şi zbierând în gura mare. Mai tare decât toţi urla un tenor, cântând, prea sus, fragmente dintr-un cântec de demult:

Înţeleaptă eşti, frumoasă eşti,
Tu, Fatma a lui Avd-aga!...

După voci, ei recunoscură de departe pe câţiva fii de negustori şi de bogătaşi. Unii mergeau drept şi agale, alţii se clătinau şi se poticneau. Din glumele lor făcute cu glas tare se putea înţelege că vin de la localul cunoscut sub numele de „sub plopi".

În povestirea de mai-nainte, am uitat să amintesc despre încă o noutate introdusă în orăşel. (De bună seamă, aţi observat şi dumneavoastră că omul uită uşor ce nu-i place să spună.)

Cu vreo cincisprezece ani în urmă, ceva mai înainte chiar de construirea căii ferate, se stabilise la Vişegrad un ungur, cu nevastă-sa. Pe el, după numele de familie, îl chema Terdik, iar pe nevastă-sa, Julka; ea ştia sârbeşte, fiind născută la Novisad. Se află îndată că veniseră cu gând să deschidă în oraş un local pentru care nu există nume în popor. Şi-l deschiseră, într-adevăr, la marginea oraşului, sub plopii uriaşi ce cresc la poalele înălţimilor dinspre Strajişte, într-o casă veche, a unor bei, transformată în întregime.

Acolo se afla locul rău famat al orăşelului. Toată ziua ferestrele clădirii stăteau închise şi perdelele trase. Dar de cum se înnopta, la uşă se aprindea lumina albă a unei lămpi cu carbid care ardea toată noaptea. De la parter răsunau cântecele şi sunetele unui pian mecanic. Printre tineri şi printre desfrânaţi se rosteau numele fetelor aduse de Terdik în localul lui. La început erau patru: Irma, Ilona, Frieda şi Aranka.

„Fetele Julkăi" puteau fi văzute în fiecare vineri, ducându-se cu două trăsuri la spital pentru vizita săptămânală. Ele se pudrau şi se boiau, purtau pălării cu flori şi umbreluţe lungi, cu volănaşe de dantelă fâifâitoare. La trecerea trăsurilor, femeile din orăşel îşi ascundeau fetiţele şi întorceau capul cu scârbă amestecată cu milă şi ruşine.

Când începură lucrările căii ferate și se revărsă un val de bani și de bărbați, numărul fetelor spori. Terdik ridică lângă vechea casă turcească o clădire nouă „după un plan", cu acoperiș de țiglă roșie, care se vedea de departe. În ea, făcu trei despărțituri: o sală comună, un *Extrazimmer* și un *Offizier-salon*. Fiecare dintre categoriile acestea își avea prețul ei și primea clienți diferiți. Acolo, „sub plopi", cum se zicea în oraș, puteau să-și irosească banii moșteniți sau câștigați fiii și nepoții celor care, pe vremuri, chefuiseră la cârciuma lui Zarie, și, mai apoi, la Lotika. Acolo se făceau glumele cele mai grase și aveau loc încăierările cele mai vestite, beții pătimașe și drame sentimentale. Acolo își aveau rădăcinile numeroase nenorociri personale și familiale ale orășelului.

Personajul principal al societății acesteia de bețivi care își petrecuse prima jumătate a nopții „sub plopi" și venise acum să se răcorească pe kapia era un anume Nikola Pețikoza sau „Frige-capră", un tânăr bleguț și cumsecade căruia fiii de bogătași îi dădeau să bea ca să-și râdă de el.

Înainte de-a ajunge pe kapia, chefliii se opriră lângă parapet. Li se auzea cearta, gălăgioasă, de bețivi, Nikola Frige-capră punea rămășag pe doi litri de vin că o să meargă de-a lungul parapetului de piatră până la capătul podului. După ce făcură târgul, tânărul se cățără pe parapet și porni, cu brațele desfăcute larg, călcând, cu băgare de seamă, pas după pas, ca un lunatic. Când ajunse la kapia, dădu cu ochii de cei doi tineri întârziați, dar își urmă drumul periculos, în timp ce veselii lui însoțitori veneau după el. La lumina slabă a lunii, umbra lui Nikola dansa de-a lungul podului și se frângea de parapet, pe partea cealaltă.

Bețivii trecură, într-o hărmălaie de țipete deșănțate și de vorbe fără rost. Cei doi tineri se ridicară atunci și, fără să-și ia rămas-bun, porniră, fiecare, spre casa lui.

Glasincianin pieri în beznă, pe malul stâng al Drinei, unde se afla drumul spre casa lui din Okoliște. Stikovici se îndreptă cu pași rari în cealaltă direcție, spre piață. Mergea încet și nehotărât. Nu prea avea chef să se despartă de locul acesta unde era mai multă lumină și răcoare decât în orășel. Se opri lângă parapetul podului. Simțea nevoia să se țină, să se rezeme de ceva.

Luna se culcase pe după muntele Vid. Sprijinit de parapet, la capătul podului, tânărul privi vreme îndelungată luminile rare și umbrele mari ale orașului natal, de parcă atunci le-ar fi văzut pentru prima dată. La cazinoul ofițeresc mai erau luminate doar două ferestre. Muzica nu se mai auzea. Poate că perechea de nefericiți, doctorul și coloneleasa, vorbea despre muzică sau despre dragoste, sau despre destinele lor care nu se mai îmblânzeau, pentru fiecare în parte, și nu se acordau unul cu altul.

De pe pod, unde se afla Stikovici acum, se mai putea vedea o fereastră luminată, la hotelul Lotikăi. Tânărul privi ferestrele acestea luminate la cele două capete ale podului, de parcă ar fi așteptat ceva de la ele. Era istovit și trist. Plimbarea periculoasă a smintitului de Frige-capră îi amintise deodată vremea depărtată a copilăriei, când, în drum spre școală, privise prin ceața unei dimineți de iarnă cum juca Chioru, pe același parapet. Fiecare amintire din copilărie îl mâhnea și-l tulbura. Simțământul măreției fatale și seducătoare, a zborului universal pe deasupra tuturor și a fiecăruia, iscat în el de cuvintele înflăcărate și aspre ale lui Glasincianin, pierise. I se părea că s-a coborât brusc din înălțimi și că se târăște cu greu, ca și ceilalți oameni, pe pământul întunecat. Îl chinuia, de asemenea, amintirea celor întâmplate cu învățătoarea și care n-ar fi trebuit să fie așa (ca și cum altul s-ar fi întâlnit cu ea, în numele lui); îl chinuia amintirea articolului publicat în revistă, care i se părea slab și plin de greșeli (ca și cum un altul l-ar fi scris în locul lui și l-ar fi publicat, împotriva voinței sale, semnându-l); îl chinuia amintirea nesfârșitei convorbiri cu Glasincianin, care i se părea acum, deodată, plină de răutate și de ură, de jigniri sângeroase și de primejdii reale.

Apoi se cutremură, străbătut de-un fior lăuntric și de răcoarea venită dinspre râu. Ca și cum s-ar fi trezit, observă doar că lumina de la amândouă ferestrele cazinoului se stinsese. Din clădire ieșeau ultimii întârziați. De-a lungul pieței întunecate se auzi zăngănit de săbii și răsunară cuvinte zgomotoase și artificiale. Atunci tânărul se despărți cu părere de rău de parapet și, mai privind o dată fereastra luminată a hotelului ca pe ultima lumină a orășelului adormit, porni agale spre locuința lui sărăcăcioasă, colo, sus, pe Meidan.

XX

Singura fereastră luminată a hotelului, rămasă ca un ultim semn de viață al orașului în noaptea asta, e gemulețul de la primul etaj, unde se află odăița Lotikăi. Ea stă și acum la măsuța plină de mărunțișuri, cum stătea și pe vremuri, cu douăzeci și ceva de ani în urmă, când intra aici ca să se mai odihnească măcar o clipă de vuietul și de aglomerația din hotel.

Pe la zece, Lotika s-a retras în odaia ei și s-a pregătit de culcare. Înainte de-a se vârî în pat, s-a mai apropiat o dată de geam, ca să respire răcoarea venită dinspre râu și a mai aruncat o privire spre ultima arcadă a podului, care lucește în lumina palidă a lunii, unica priveliște veșnic aceeași, văzută de la geamul ei. Pe urmă, și-a adus aminte de cine știe ce socoteală veche și s-a așezat la măsuță s-o caute. Dar de cum a început să răsfoiască chitanțele, nu s-a mai gândit la altceva și a uitat și ora înaintată și nevoia de a dormi și a zăbovit mai bine de două ceasuri la măsuță.

A trecut de mult miezul nopții, dar Lotika, pierzându-și somnul, adună cifră cu cifră și întoarce filă după filă.

Lotika e istovită. Ziua, în discuții și la treabă, e încă vioaie, ageră și vorbăreață, dar, noaptea, când rămâne singură, simte povara anilor și a oboselii. Și-a pierdut puterile. Din frumusețea de pe vremuri nu i-au mai rămas decât urmele. E slabă și galbenă la față; părul, fără luciu acum, i s-a rărit în creștet; iar dinții, dinții ei strălucitori odinioară și tari ca piatra, s-au îngălbenit și-au căpătat goluri între ei. Privirea ochilor negri, tot luminoși și-acum, e aspră și uneori tristă.

Lotika e obosită, dar nu simte oboseala aceea binecuvântată și dulce care o cuprindea după o muncă intensă sau după vreun câștig mare și-o împingea, odinioară, să-și caute în odăița asta o clipă de tihnă și de răgaz. A sosit bătrânețea și-au venit vremuri grele.

Ea n-ar găsi vorbe să spună și nici n-ar putea să-și explice singură, dar simte, la fiecare pas, că vremurile s-au întors pe dos, cel puțin pentru cei care nu țintesc decât la câștigul lor și la binele familiei. Când a venit în Bosnia, acum treizeci de ani, și când și-a început negustoria, viața i se părea dintr-o bucată. Toți mergeau pe același drum pe care pornise și ea: munca și familia. Fiecare era la locul lui și se găsea loc pentru fiecare. Iar pe deasupra tuturor, domnea o ordine și o lege, o ordine bine stabilită și o lege aspră. Așa părea lumea pentru Lotika. Dar astăzi toate s-au schimbat și s-au întors pe dos. Oamenii se împart și se despart, după câte se pare, fără nici o noimă. Legea profitului și a pierderii, legea asta minunată care a rânduit de totdeauna faptele oamenilor ca ea, pare că nu mai e valabilă, căci mulți fac, spun și scriu lucruri cărora ea nu le mai vede nici scopul și nici înțelesul și din care nu poți trage decât necazuri și pagubă. Viața se frânge, se fărâmițează și se destramă. În genere, s-ar părea că generația actuală dă mai multă importanță concepției despre viață decât vieții înseși. Nebunesc lucru și cu totul de neînțeles, dar așa este. Și, din pricina asta, viața își pierde prețul și se irosește în cuvinte. Asta, Lotika o vede limpede și-o simte la fiecare pas.

Afacerile, care pe vremuri îi jucau pe dinaintea ochilor ca o turmă de mielușei voioși, zac acum, moarte și neclintite, ca lespezile cele grele de pe mormintele evreiești. Încă de-acum vreo zece ani, hotelul a început să meargă tot mai prost. A fost tăiată pădurea din jurul orășelului, loviturile de secure s-au depărtat tot mai mult și, odată cu ele, s-a dus cea mai mare parte a clienților hotelului și a câștigurilor. Bădăranul de Terdik, neobrăzat și fără pic de rușine, și-a deschis „localul" de sub plopi, luându-i o mulțime de clienți, fiindcă le-a pus la îndemână ușor și imediat ceea ce cu nici un preț n-ar fi putut căpăta în hotelul ei. Lotika a fost multă vreme revoltată împotriva concurenței acesteia necinstite și rușinoase. Spunea întruna că sosise vremea de pe urmă, când n-avea să mai existe nici ordine, nici lege, nici putința de câștig cinstit. Odată, la început, în mâhnirea ei, îl făcuse pe Terdik „codoș". El o dăduse în judecată și Lotika fusese condamnată pentru defăimare și trebuise să plătească amendă. Nici acum ea nu-i spune altfel, dar e atentă în fața cui vorbește.

Noul cazinou al ofițerilor are restaurant, pivniță cu băuturi alese și camere pentru primirea străinilor de vază. Gustav, tăcutul și ursuzul, dar îndemânaticul și credinciosul Gustav, după atâția ani, a părăsit hotelul ca să-și deschidă o cafenea proprie în centrul orășelului, în vadul cel mai bun, și, din colaborator, i-a devenit concurent fără rușine. Societățile corale și diferitele săli de lectură, după cum am văzut, și-au făcut în ultimii ani cafenelele lor și atrag o mulțime de clienți.

În sala cea mai mare a hotelului, nu mai e însuflețirea de altădată, iar în *Extrazimmer* e și mai rău. Acum, câțiva funcționari neînsurați iau masa acolo, citesc ziarele și beau cafele. Zilnic, în fiecare după-amiază, vine Ali-bei Pașici, tăcutul și pasionatul prieten din tinerețe al Lotikăi. E tot retras și măsurat în vorbe și gesturi; e un bărbat îngrijit și bine îmbrăcat, dar s-a îngrășat și i-a încărunțit părul. Din pricina diabetului de care suferă de ani de zile, i se dă cafeaua cu zaharină. Ali-bei fumează în tihnă, fără să scoată o vorbă, după cum îi e obiceiul, și-o ascultă pe Lotika povestind. Iar când se face ora de plecare, se ridică, la fel de liniștit și de tăcut, și se îndreaptă spre locuința lui din Țârnce.

Vecinul Lotikăi, bogătașul Pavle Rankovici, vine și el, zilnic. Nu mai poartă de mult costum național și se îmbracă în haine croite orășenește: nu și-a mai păstrat decât fesul, roșu și turtit. Are totdeauna o cămașă cu piepți scrobiți, guler tare și manșete rotunde pe care își notează, uneori, cifrele și socotelile. E multă vreme de când a izbutit să devină cel mai de seamă negustor din Vișegrad. Acum, situația lui e temeinic stabilită, dar nici el nu e cruțat de greutăți și de griji.

Ca pe toți oamenii în vârstă și cu oarecare avere, l-au păcălit și pe el avalanșa nestăvilită a ideilor noi și noile moduri de viață, de gândire și de exprimare. Pentru el, totul e cuprins într-un singur cuvânt: „politica". Și politica asta îl frământă și-l necăjește și-i înveninează anii care ar trebui să fie ani de tihnă și de mulțumire, după atâția ani de muncă, de economie și de renunțări. Căci el nu vrea cu nici un chip să se rupă sau să se despartă de majoritatea compatrioților săi, dar nici nu vrea să intre în conflict cu autoritățile cu care ar dori să trăiască în pace, măcar aparent. Și asta e greu, aproape cu neputință de realizat. Nici cu propriii lui fii nu se mai înțelege cum trebuie.

Aceștia din urmă sunt pentru el, ca și toți ceilalți tineri din orășel, de-a dreptul de neînțeles, îl zăpăcesc. (Totuși, mulți dintre cei vârstnici urmează tineretul, de nevoie sau din slăbiciune.) Prin purtarea, prin apucăturile și prin toate faptele lor, tinerii trec drept răzvrătiți în ochii lui Pavle Rankovici; parcă nici nu se gândesc că merită să trăiești și să mori în orânduirea asta a lucrurilor și le-ar plăcea mai mult să-și facă veacul prin munți, ca haiducii. Tinerii nu-și cumpănesc vorbele, nu iau aminte la fapte, nu le pasă cât cheltuiesc, de muncit le pasă și mai puțin, mănâncă pâinea fără să întrebe de unde le vine și vorbesc, vorbesc, vorbesc, „latră la stele", cum spune Pavle când se ia la harță cu băieții lui.

Ideile astea fără limită, vorbele astea fără măsură și viața asta nesăbuită, potrivnică oricărei chibzuințe, îl înfurie și-l duce la disperare pe el, care de când se știe a muncit făcând socoteli și conducându-se după socoteli. Când îi ascultă și îi privește, îl apucă groaza, i se pare că ei se ating cu nerușinare și în mod ușuratic de temeliile vieții, de ce-i mai scump și mai sfânt pe lume. Iar când le cere lămuriri, care să-l convingă și să-l potolească, ei îi răspund cu dispreț, vorbindu-i de sus, cu vorbe mari și încâlcite: libertate, viitor, istorie, știință, glorie, măreție. Cuvintele astea abstracte fac să i se zburlească părul în cap.

În schimb, lui Pavle îi place să zăbovească și să bea o cafeluță la Lotika, fiindcă pot vorbi împreună despre afaceri și despre evenimente, sprijinindu-se totdeauna pe cifre sigure și admise de toată lumea, departe de „politică" și de marile cuvinte primejdioase care nu lămuresc și nu spun nimic. Tot vorbind, el scoate uneori creionașul (nu-l mai are pe cel de-acum douăzeci și cinci de ani, ci altul, la fel de mărunt și de tocit). Tot ce se spune e trecut prin proba sigură, a cifrelor. Lotika și cu el reînvie, în povestirile lor, vreo întâmplare de pe vremuri sau vreo glumă ai căror făptași au răposat de mult; apoi Pavle, gârbov și grijuliu, trece strada spre prăvălia lui din piață, iar Lotika rămâne singură cu necazurile și cu socotelile ei.

Speculațiile, în anul acesta, merg la fel de slab ca și câștigurile hotelului. În primii ani ai ocupației ajungea să cumperi orice fel de acțiuni, ale oricărei întreprinderi, și erai sigur că ți-ai plasat bine banii, nemaiavând altă grijă decât să vezi cât de mare va fi câștigul. Dar pe atunci hotelul abia fusese deschis și Lotika n-avea destui bani lichizi și nici creditul pe care l-a dobândit apoi. Iar când a avut banii și creditul, situația pieței se schimbase. Una din cele mai mari crize ciclice de la sfârșitul secolului al XIX-lea și începutul celui de al XX-lea veac lovise monarhia austro-ungară. Acțiunile Lotikăi începuseră să joace ca praful în bătaia vântului. Ea plângea de furie citind în fiecare duminică *Mercurul vienez* cu ultimele cursuri ale acțiunilor. Toate veniturile hotelului, care, pe atunci, producea încă bine, erau departe de-a ajunge să umple golurile ivite după căderea generală a tuturor valorilor. Lotika se îmbolnăvise de nervi și boala ținuse vreme de doi ani întregi. Era înnebunită de durere. Vorbea cu oamenii fără să-i asculte și fără să se gândească la ce spune ea însăși. Îi privea drept în față, dar nu-i vedea pe ei, ci coloanele mărunte ale *Mercurului* care trebuiau să-i aducă norocul sau nenorocul. Atunci începu să cumpere bilete de loterie. Dacă totul nu-i decât o loterie, un joc al întâmplării, cel puțin să meargă până la capăt. Pe-atunci, cumpăra tot felul de lozuri, din toate țările. Reușise chiar să-și facă rost de-un sfert de loz la loteria spaniolă de Crăciun, al cărui câștig principal însuma cincisprezece milioane de pesetas. Și Lotika tremura înaintea fiecărei trageri și plângea citind listele numerelor câștigătoare. În rugăciunile ei îi cerea lui Dumnezeu să facă o minune și să câștige ea lozul cel mare. Dar nu câștigase niciodată.

Cu șapte ani în urmă, Zaler, cumnatul Lotikăi, se asociase cu doi bătrâni bogați și înființase în orășel „Cooperativa modernă de lăptărie". Lotika le dăduse trei cincimi din capitalul de bază. Afacerea fusese plănuită în stil mare. Își făcuseră socoteala că, după primele câștiguri, care trebuiau să vină neapărat, aveau să-i atragă nu numai pe capitaliștii din afara orășelului, ci chiar din afara Bosniei. Dar tocmai în momentul când întreprinderea se afla în acest stadiu de trecere, adică tocmai când era mai greu, începu criza de anexiune. Toate speranțele pentru atragerea de noi capitaluri se prăbușiră. Regiunile acestea de graniță deveniseră atât de nesigure încât începură să fugă și capitalurile gata investite. Cooperativa fu lichidată peste doi ani, cu pierderea netă a întregului capital investit. Ca să acopere deficitul, Lotika se văzu silită să-și înstrăineze valorile cele mai bune și mai sigure, cum erau, de pildă, acțiunile „Berăriei Sarajevo S.A." și ale „Fabricii de sodă Solvay" din Tuzla.

Odată cu pagubele astea bănești, și parcă legate de ele, veneau grijile și necazurile familiale. E drept că una din fetele lui Zaler, Irena, se măritase foarte bine. (Zestrea i-o dăduse Lotika.) Dar fata cea mare, Mina, a rămas nemăritată. Ea n-a avut noroc la logodnici și, amărâtă de măritișul surorii mai mici, a devenit înainte de vreme o fată bătrână, acră și răutăcioasă, făcând viața în casă și munca în hotel mai grele și mai de neîndurat decât erau. Zaler, care n-a fost niciodată nici prea vioi și nici prea îndemânatic, e acum și mai greoi și mai nehotărât și trăiește în casă ca un musafir mut și blajin. Nevastă-sa, Debora, deși femeie în vârstă și bolnăvicioasă, a născut un băiețaș, iar copilul e infirm și nu crește. Are acum zece ani și încă nu știe să vorbească, nici să umble. Scoate niște sunete nedeslușite și se târăște prin casă, în patru labe. Dar e atât de bună și de înduioșătoare ființa asta nefericită și se agață cu atâta disperare de mătușă-sa, pe care o iubește mai mult decât pe maică-sa, încât Lotika, cu toate necazurile și munca ei, mai are grijă și de el: îl hrănește, îl îmbracă, îl adoarme, și tot uitându-se la stârpitura asta de copil, i se strânge inima la gândul că afacerile nu-i merg mai bine și că n-o să aibă destui bani ca să-l trimită la Viena, la doctori mari, în vreun sanatoriu – sau la gândul că nu există minuni și că schilozii nu sunt lecuiți prin voința Domnului, ca urmare a faptelor bune și a rugăciunilor omenești.

Și cei ocrotiți de ea în Galiția, pe care i-a ținut la școli și i-a căsătorit în anii de prosperitate, îi fac griji și-i pricinuiesc dezamăgiri. Unii dintre ei și-au întemeiat familii, și-au dezvoltat negoțul și au dobândit o oarecare stare. De la ei, Lotika primește mereu felicitări și scrisori pline de respect și de recunoștință și vești despre familiile lor. Dar Apfelmayerii, pe care i-a ajutat să iasă la liman, cărora le-a plătit școlile și i-a căpătuit, nu ajută și nu înlesnesc cu nimic viața noilor rude sărace care se nasc și cresc în Galiția. Odată ajunși în orașe străine, n-au grijă decât de ei și de copiii lor. Ai crede că, pentru ei, cel mai mare succes înseamnă să uiți pe vecie și cât mai repede cu putință Tărnovo și mediul lui îngust și mizer, unde se născuseră și de unde, din fericire, scăpaseră. Iar Lotika, singură, nu mai putea să pună bani deoparte, cum făcuse pe vremuri, și să-i scoată din greu pe nefericiții din Tărnovo. Și niciodată ea nu se culca și nu se trezea fără s-o străpungă ca un junghi gândul că, în clipa aceea chiar, la Tărnovo, vreunul dintre ai ei se cufundă pentru totdeauna în neștiință și murdărie, în mizeria rușinoasă pe care ea o cunoștea bine și împotriva căreia luptase toată viața.

Dar și cu cei pe care îi căpătuise existau destule pricini de mâhnire și de nemulțumire. Tocmai cei care păreau mai buni călcaseră strâmb și se poticniseră, după ce cunoscuseră primele succese sau dăduseră cele mai îndreptățite speranțe. O nepoată, pianistă de talent, care prin ajutorul și stăruința Lotikăi terminase conservatorul la Viena, s-a otrăvit, acum câțiva ani, pe vremea primelor și celor mai frumoase succese ale ei. Și nimeni n-a aflat vreodată de ce s-a sinucis.

Unul din nepoți, Albert, nădejdea familiei și mândria Lotikăi, își terminase în mod strălucit studiile, mai întâi la liceu și apoi la facultate. Și numai fiindcă era evreu nu primise nici „diplomă regală", nici „inel imperial"[1], așa cum spera Lotika, în inima ei. Totuși, ea și-l închipui măcar avocat cu faimă, la Viena, căci fiind evreu nu putea să ajungă funcționar superior, lucru care i-ar fi mulțumit și mai mult ambițiile Lotikăi. În visele ei, asta era răsplata pentru toate sacrificiile făcute ca să-l țină la învățătură. Dar mătușa avea să cunoască o dezamăgire adâncă. Tânărul doctor în drept începu să se ocupe de ziaristică și deveni membru al partidului socialist; ba, pe deasupra, deveni membru al aripii stângi a partidului despre care s-a vorbit atâta cu prilejul grevei generale de la Viena, în anul 1906. Și Lotika trebui să citească, cu propriii ei ochi, în ziarele vieneze, cum, cu ocazia acțiunii care îndepărtase din capitală elementele străine și subversive, doctorul Albert Apfelmayer a fost expulzat, după ce a ispășit o condamnare de douăzeci

1. În Austro-Ungaria, cei mai buni studenți primeau, la terminarea studiilor, un „inel imperial" de briliante cu o inscripție și o „diplomă regală".

de zile închisoare. Asta însemna, pe limba Vişegradului, că se făcuse „haiduc". Peste câteva luni, Lotika primise de la dragul ei Albert o scrisoare din Buenos Aires, prin care îi dădea de veste că emigrase.

În zilele acelea nefericite, ea nu şi-a mai găsit liniştea nici în odăiţa ei măcar. Cu scrisoarea în mână, se ducea mereu la soră-sa şi la cumnatu-său; deznădăjduită, înnebunită, se repezea la soră-sa Debora, care nu ştia decât să plângă, şi-i striga, furioasă:

— Ce-o să ne facem? Te întreb ce-o să ne facem, când nimeni nu mai e în stare să se ridice şi să umble singur. Cum îl laşi din braţe, cade. Ce-o să ne facem? Suntem blestemaţi, asta e!

— *Gott, Gott, Gott!*[1] suspina biata Debora, vărsând şiroaie de lacrimi şi neputând să răspundă o vorbă la întrebarea soră-sii. Lotika nu găsea nici ea răspuns, ci îşi împreuna mâinile şi-şi înălţa ochii la cer, nu lăcrimaţi şi îngroziţi ca ai Deborei, ci mânioşi şi disperaţi.

— S-a făcut socialist! So-cia-list! Nu-i de ajuns că suntem evrei; mai trebuia şi asta, pe deasupra! Of, Dumnezeule mare şi puternic, ce ţi-am greşit ca să mă pedepseşti aşa? Socialist!

Îl boci pe Albert ca pe un mort, şi nu mai pomeni niciodată de el.

Trei ani mai târziu, una dintre nepoate, o soră de-a aceluiaşi Albert, se mărită foarte bine, la Pesta. Lotika se îngriji de zestrea fetei şi jucă rolul hotărâtor în criza morală pe care nunta această o dezlănţuise în marea familie a Apfelmayerilor din Tărnovo, a cărei singură avere erau copiii şi tradiţia religioasă cea mai nepătată. Bărbatul cu care trebuia să se mărite nepoata aceasta era un om de afaceri, bogat, dar creştin, calvinist, şi pusese condiţia ca fata să îmbrăţişeze religia lui. Părinţii se împotriviseră, dar Lotika, negândindu-se decât la interesul familiei în întregul ei, spuse că e greu să navighezi fără abateri şi fără ocoluri când ai atâta lume la bord şi că, pentru salvarea tuturor, mai trebuie din când în când să arunci în mare o parte din încărcătură. Ea o sprijini pe fată şi cuvintele ei fură hotărâtoare. Fata se boteză şi se mărită. Lotika spera că, prin acest nepot, va reuşi să-şi introducă printre oamenii

1. Doamne, Doamne, Doamne! (germ.)

de afaceri din Pesta măcar pe una din rubedeniile ei, care se făcuse mare. Dar ghinionul voi ca afaceristul cel bogat din Pesta să moară în primul an de căsătorie. Durerea tulbură minţile tinerei sale neveste. Treceau lunile, dar ea rămânea la fel de abătută. Şi iată că sunt patru ani de când tânăra văduvă locuieşte la Pesta, pradă mâhnirii ei patologice, asemănătoare unei blânde nebunii. Şi-a îmbrăcat în văluri negre locuinţa cea mare şi îmbelşugată. Şi în fiecare zi se duce la cimitir, se aşază lângă mormântul soţului şi-i citeşte încetişor şi cu grijă, de la un capăt la altul, cursul bursei din ziua aceea. La toate încercările de-a o smulge din deprinderea asta şi din letargia în care a căzut, ea răspunde cu blândeţe că pentru răposatul asta era cea mai plăcută muzică din câte cunoştea.

Astfel, în odăiţa cea mică s-au îngrămădit destine felurite şi numeroase. Multe conturi, multe poliţe îndoielnice, multe poziţii bifate şi şterse pentru totdeauna din contabilitatea importantă şi ramificată a Lotikăi. Dar principiul muncii a rămas acelaşi. Lotika e obosită, dar nu şi-a pierdut curajul. După fiecare pagubă şi după fiecare nereuşită, ea îşi adună puterile, strânge din dinţi şi luptă mai departe. Toată munca ei din aceşti ultimi ani înseamnă de fapt o apărare, dar ea se apără având acelaşi ţel în faţa ochilor şi aceeaşi încăpăţânare cu ajutorul căreia s-a îmbogăţit şi s-a ridicat cândva. În hotel, ea e „bărbatul", iar pentru restul orăşelului e „mătuşa Lotika". Mai sunt destui, şi aici, şi în lumea largă, care-i aşteaptă ajutorul şi sfaturile sau măcar o vorbă bună şi care nu se întreabă şi nu se gândesc dacă Lotika nu e obosită. Totuşi, ea e într-adevăr obosită; mai obosită decât s-ar putea bănui şi mai obosită decât crede ea însăşi.

Pendula de lemn, atârnată de perete, bate ora unu. Lotika se ridică anevoie, ţinându-se de şale. Stinge cu grijă lampa cea mare, verde, de pe măsuţă, şi cu paşi mărunţi, de bătrânică, paşi pe care îi face numai în odăiţa ei şi numai înainte de a merge la culcare, ea se îndreaptă spre pat.

Deasupra orăşelului adormit se întinde bezna, pretutindeni aceeaşi.

XXI

Iată, în sfârşit, şi anul 1914, ultimul din cronica podului de peste Drina. El a venit ca şi ceilalţi ani de mai înainte, cu paşi înceţi, cum vin toate pe lumea asta, dar plin de vuietul înăbuşit al evenimentelor, tot mai noi şi mai neobişnuite, care tălăzuiau asemenea valurilor mării.

Atâția ani au trecut peste orăşelul de lângă pod şi atâția vor mai trece încă! Au trecut şi vor mai trece de tot felul, dar anul 1914 va rămâne totdeauna deosebit de ceilalţi. Aşa cel puţin cred cei care l-au trăit. Lor li se pare că, oricât s-ar povesti şi s-ar scrie, nu va fi cu putinţă, sau nu va cuteza nimeni să spună ce-a văzut atunci în străfundul soartei omului, ascuns de timp şi de evenimente. Cine ar fi în stare să exprime şi să redea (cel puţin aşa se crede) fiorii colectivi care au zguduit deodată mulţimile şi au trecut de la fiinţele vii la lucrurile neînsufleţite, la ţări şi la clădiri? Cum să descrii vârtejul acesta colectiv, de la spaima animalică şi mută la nebunia sinuciderii, de la cele mai josnice instincte sângeroase şi de la jafurile perfide până la cele mai nobile şi mai sfinte jertfiri în care omul se depăşeşte pe sine şi atinge pentru o clipă sfera înaltă a unor alte lumi, unde domnesc alte legi? Niciodată lucrurile acestea nu vor putea fi spuse, căci cel ce le vede şi rămâne în viaţă îşi pierde graiul, iar morţii, oricum, nu pot vorbi. Despre asemenea lucruri nu se vorbeşte; ele se uită. Căci, dacă n-ar fi uitate, cum ar mai putea ele să se repete?

În vara anului 1914, când stăpânii destinelor omeneşti au mânat omenirea europeană din teatrul dreptului la vot universal în arena serviciului militar obligatoriu, pregătită dinainte, Vişegradul arătă, modest dar grăitor, primele simptome ale unei boli care, cu timpul, avea să devină europeană şi apoi mondială. În pragul acela dintre două epoci ale istoriei omenirii se vedea mult mai limpede sfârşitul vremurilor pe ducă decât se întrezărea începutul acelora care își deschideau porțile. Pe atunci, se mai căutau încă justificări pentru violență, iar sălbăticiei i se mai găsea vreun nume, împrumutat din comoara spirituală a veacurilor trecute. Tot ce se întâmpla mai avea încă aparența demnității și farmecul noutății, farmecul acela înspăimântător, vremelnic și cu neputință de exprimat, care mai târziu a pălit într-atâta încât nici cei care l-au simțit din plin nu-l mai pot evoca în amintirea lor.

Dar toate acestea, noi le pomenim doar în treacăt, în vreme ce poeții și savanții timpurilor viitoare le vor cerceta, le vor interpreta și le vor reînvia cu mijloace și metode nebănuite încă de noi și cu o seninătate, o libertate și o îndrăzneală a minții cu mult mai presus decât a noastră. Ei vor izbuti, de bună seamă, să explice anul acesta neobișnuit și să-i dea locul cuvenit în istoria lumii și în dezvoltarea omenirii. Aici, în paginile de față, el e pentru noi, înainte de toate, anul de năpastă al podului de peste Drina.

Vara anului 1914 va rămâne, în amintirea celor care au trăit-o aici, vara cea mai luminoasă și mai frumoasă din câte se țin minte, căci în conștiința lor ea strălucește și împrăștie lumină peste întreaga zare întunecată și uriașă a chinurilor și nenorocirilor, întinsă la nesfârșit.

Vara aceasta începuse într-adevăr bine, cu mult mai bine decât cele dinaintea ei. Prunii rodiseră mai îmbelșugat ca oricând și grânele făgăduiau o recoltă bogată. După zece ani de frământări și zguduiri, lumea nădăjduia, fără să știe de ce, tihnă și ani buni care să-i răsplătească pentru toate necazurile și pagubele anilor trecuți. (Cea mai jalnică și mai tragică dintre slăbiciunile omului este, fără doar și poate, neputința totală de a prevedea, neputință aflată în adâncă contradicție cu atâtea daruri, însușiri, cunoștințe și talente pe care le are.)

Se întâmplă să vină, uneori, câte un an excepțional, ca acesta, când, laolaltă, căldura soarelui și umezeala pământului sunt nespus de prielnice, când întinsa vale a Vișegradului freamătă de belșug și de vlagă și sub imboldul nevoii de a rodi. Pământul se umflă și tot ce-i viață în el încolțește, înmugurește, dă frunză și floare și rod însutit. Și poți vedea sufletul tremurător al fertilității ca un abur cald și albăstrui înălțându-se din fiecare brazdă, din fiecare bulgăre. Vacile și caprele umblă cu picioarele dindărăt depărtate unul de altul, călcând greoi din pricina ugerelor pline și umflate. Obleții care, la începutul fiecărei veri, coboară în stoluri de-a lungul Rzavului ca să-și depună icrele în limanul lui sunt atât de numeroși, încât copiii îi adună cu găleata de prin vadurile mai puțin adânci și-i aruncă pe mal. Iar piatra poroasă a podului se face mai moale la pipăit și, ca și cum ar fi vie, se umflă de vlaga și belșugul țâșnit ca din pământ și plutind pe deasupra orășelului ca niște adieri voioase și înmiresmate, în care totul respiră mai repede și crește mai din plin.

Veri de felul acesta nu prea se abat multe în valea Vișegradului, dar când vine vreuna din ele, oamenii uită de zilele grele care ar putea să se reîntoarcă oricând și trăiesc viața de trei ori mai intensă a văii unde s-a pogorât rodnicia binecuvântată, făcând ei înșiși parte din jocul acesta al umezelii, al căldurii și al sevei nestăvilite.

Iar țăranul, care găsește întotdeauna pricină să se plângă de ceva, e nevoit să spună că anul a început bine, dar adaugă după fiecare cuvânt de laudă: „Numai de-ar ține așa..." Negustorii mai mărunți se dau peste cap după afaceri și se adâncesc în ele cu patimă, ca albinele și ca bondarii în sânul florilor. Se risipesc prin satele din preajma orășelului ca să arvunească grâul în spic și prunele în floare. Țăranul, tulburat de năvala mușteriilor șireți și de recolta neobișnuită, stă lângă pomii încovoiați de greutatea fructelor sau lângă lanul unduind în soare și nu poate să fie îndeajuns de prevăzător și de chibzuit față de orășanul care și-a dat osteneala să vină până la el. Prevederea și chibzuiala asta îl fac să pară încordat și îngrijorat, iar fața lui să semene cu o mască aidoma aceleia pline de mâhnire pe care o poartă chipurile țăranilor în anii cu recoltă proastă.

Când e vorba însă de bogătașii mai de seamă și mai puternici, aceștia rămân locului și vin țăranii la ei. În zilele de târg, prăvălia lui Pavle Rankovici e plină de țăranii care au nevoie de bani. La fel e și în prăvălia lui Santo Papo, socotit, de multă vreme, cel mai cu vază evreu din Vișegrad. (Fiindcă, deși există încă de mult și bănci, și posibilități de credit pe ipotecă, țăranilor, mai ales celor bătrâni, le place să se împrumute, ca pe vremuri, de la bogătașii din oraș, de unde cumpără mărfuri și de unde se împrumutau și părinții lor.)

Prăvălia lui Santo e una dintre cele mai mari și mai cu cheag din mahalaua negustorească a Vișegradului. E clădită din piatră tare, cu ziduri solide și cu podele de lespezi. Are uși grele și obloane făcute din fier forjat, iar la geamurile înalte și înguste stau înfipte zăbrele groase și dese.

În față sunt mărfurile mai ușoare. De-a lungul pereților, pe rafturi adânci, stau grămadă vasele smălțuite. De tavanul care e atât de înalt încât se pierde în întuneric, sunt agățate felinare de toate mărimile, râșnițe, colivii, curse de șoareci și alte obiecte din sârmă împletită. Ele atârnă, legate în ciorchini. Pe lângă tejgheaua lunguiață zac îngrămădite lăzile de cuie, sacii cu ciment, cu ipsos, bidoanele cu vopsele și tot soiul de hârlețe, târnăcoape, lopeți, fără coadă, înșirate pe sârmă, ca niște salbe grele. În colțuri se văd butoiașele de tinichea cu petrol, terebentină și lacuri. Aici e răcoare în miezul verii și întuneric în miezul zilei.

Dar cele mai multe mărfuri se găsesc în încăperile din dosul prăvăliei, unde se intră printr-o boltă joasă, cu ușă de fier. Acolo e marfa grea: sobe de tuci, șine de fier, brăzdare, răngi, cazmale și alte scule, rânduite în stive înalte, așa fel că rămân doar niște poteci înguste printre mărfurile care par niște ziduri. Aici domnește întunericul veșnic și nu poți pătrunde fără felinar.

Din zidurile groase, din lespezile pardoselii și din grămezile de fierărie răzbate suflul înghețat și aspru al pietrei și al metalului pe care nimic nu-l poate nici împrăștia, nici încălzi. În câțiva ani, suflul ăsta preschimbă vânzătorii vioi și cu obrajii rumeni în slujbași posomorâți, palizi și buhăiți, dar iscusiți și economi câte zile trăiesc. El este, fără îndoială, dăunător și generațiilor de patroni, dar, în același timp, le este plăcut și drag ca simțământul proprietății, ca gândul câștigului și ca izvorul bogăției.

Omul așezat acum la o măsuță, în prăvălia rece și întunecoasă, lângă casa de bani făcută din oțel, cu marca Wertheim pe ea, nu mai seamănă deloc cu vioiul și zburdalnicul Santo de-acum vreo treizeci de ani, care se pricepea atât de bine să strige: „Un rom pentru Chioru!". L-au schimbat anii de muncă în prăvălie. E gras și greoi, galben la față, cu cearcăne vinețíi care i se coboară până la jumătatea feței; vederea i-a slăbit; ochii negri, holbați pe după ochelarii cu sticle groase și rame de metal, au o privire sperioasă și aspră. Are și acum pe cap fesul vișiniu, ultima rămășiță a portului turcesc de altădată. Taică-său, Mento Papo, un bătrân mărunțel și cărunt, în vârstă de peste optzeci de ani, se ține încă bine, dar l-a lăsat vederea. Mai vine și el prin prăvălie, în zilele însorite. Cu ochii lui lăcrimoși, care, pe după ochelarii cu lentile groase, par că se topesc, se uită cum stă fiu-său lângă casa de bani și nepotu-său lângă tejghea; bătrânul mai trage în piept aerul prăvăliei și pornește agale spre casă, rezemându-se cu mâna dreaptă de umărul strănepotului, care împlinește zece ani.

Santo are șase fete și cinci băieți, majoritatea măritate sau însurați. Fiu-său Rafo, întâiul născut, are copii mari și-l ajută pe taică-său în prăvălie. Unul dintre copiii lui Rafo, care poartă numele bunicului, învață la liceul din Sarajevo. E un băiat palid, miop și plăpând. De la vârsta de opt ani el știe să recite perfect, la serbările școlare, versurile lui Zmaj[1]; altminteri învață prost, nu-i place să meargă la sinagogă și nici să-l ajute pe taică-său în prăvălia bunicului, în timpul vacanțelor. Băiatul spune că o să se facă actor sau că o să devină celebru prin vreo faptă neobișnuită.

Santo șade aplecat peste registrul lui cu socoteli, murdărit și pătat de grăsime (registrul are un index alfabetic), iar lângă el, ghemuit pe o ladă de cuie, goală, e așezat țăranul Ibro Cemalovici, din Uzavnița. Santo socotește cât îi datorează Ibro și, deci, cât și în ce condiții ar mai putea să-i dea acum.

— *Cincuenta, cincuenta i ocho, sesenta i tres*[2]... șușotește Santo, numărând spaniolește.

Iar țăranul îl privește îngrijorat, de parcă ar fi vorba de-o vrăjitorie, și nu de-o socoteală pe care o știe până la ultima para și n-o uită nici în somn. După ce Santo face adunarea și spune totalul datoriei și al dobânzilor, țăranul șoptește printre dinți: „Așa o fi?“ numai ca să aibă răgaz să vadă dacă socoteala lui se potrivește cu socoteala făcută de Santo.

---

1. Iovan Iovanovici Zmaj (1833-1904), poet sârb.
2. Cincizeci, cincizeci și opt, șaizeci și trei (sp.).

— Așa e, Ibr-aga, și nu altfel, răspunde Santo, cu formula lui consacrată, pe care o folosește în asemenea ocazii.

După ce se înțeleg prietenește în privința datoriei vechi, mai trebuie ca țăranul să ceară un nou împrumut și Santo să-i explice posibilitățile și condițiile lui. Dar asta nu se face nici repede și nici ușor. Între ei se încinge o discuție care seamănă leit cu discuțiile duse, tot aici, acum cincizeci de ani, tot înaintea recoltei, de către tatăl lui Ibro din Uzavnița, și Mento, tatăl lui Santo. Adevăratul și principalul subiect al discuției trebuie să vină însoțit de șuvoiul cuvintelor care, luate în ele însele, nu spun nimic și par cu totul fără rost, ba chiar lipsite de sens. Cine nu-i cunoaște și-i privește și-i ascultă ar putea să creadă, adeseori, că nu-i vorba de-un împrumut și de niște bani. Așa cel puțin i s-ar părea pentru moment.

— Prunii au legat bine și au fructe din belșug, cum nu se mai văd prin alte părți, spune Santo. O să avem un an cum n-a mai fost de mult.

— Da, slavă Domnului, o să fie recoltă bună; și, cu voia lui Allah, o să avem și poame și pâine. Nu pot să zic că n-o să fie. Numai că poți să știi ce preț au să aibă? spune țăranul îngrijorat, frecându-și degetul mare de cusătura pantalonilor croiți din postav verde, gros și uitându-se pe sub sprâncene la Santo.

— Acum nu se știe prețul, dar când ai să le aduci la Vișegrad o să se știe. Cunoști zicala: prețul e în mâna proprietarului.

— Așa e, dacă le ține Allah și le-ajută să se coacă, adaugă țăranul prevăzător.

— Păi, fără voia lui Dumnezeu, nu încolțește și nu se culege nimic; și orice-ar face omul pentru ce-a însămânțat, nu-i ajută la nimic, dacă-i lipsește mila Domnului, spune Santo; arătând cu mâna spre cerul de unde trebuie să se pogoare mila asta, aflată undeva, pe după tavanul înalt și negru al prăvăliei, unde sunt atârnate felinarele din tinichea, de toate mărimile, și alte obiecte legate în ciorchini.

— Nu-i ajută la nimic, bine zici, oftează Ibro. Omul seamănă și răsădește, dar, Allah e mare, parcă ar arunca totul pe gârlă. Tot sapi, plivești, cureți, tai, și ioc! Dacă nu-i scris, nu te alegi cu nimic. Dar dacă vrea Allah să avem recoltă bună, apoi n-o să ducă nimeni lipsă de nimic, şi-o să ne putem plăti datoriile vechi şi să facem altele noi. Numai sănătate să ne dea Allah!

— Da, sănătate, că-i mai bună ca toate. Aşa-i biata fiinţă omenească. Uite, dă-i de toate şi ia-i sănătatea: e ca şi cum nu i-ai da nimic, spune Santo, îndrumând discuţia în direcţia aceasta.

Iar ţăranul îşi spune cu de-amănuntul părerile lui despre sănătate, la fel de generale şi de cunoscute ca şi ale lui Santo. Scurtă vreme, discuţia pare că se pierde în nimicuri şi în lucruri arhiştiute. Apoi, deodată, tocmai când e mai potrivit, parcă după un ritual străvechi, discuţia se reîntoarce de unde a pornit. Abia atunci începe tocmeala pentru împrumutul cel nou, pentru mărimea sumei, dobândă, termenul şi modul de plată. Şi se tocmesc ei aşa, multă vreme, când cu glas tare, când încetişor şi cu grijă, dar până la urmă cad la învoială. Atunci Santo se ridică, scoate din buzunar lanţul cu cheile şi, fără să-l desfacă, descuie casa de bani, care mai întâi scârţâie, apoi se deschide încet şi solemn, ca toate casele mari de bani, şi se închide cu un sunet metalic, plăcut, ca un suspin. El îi numără ţăranului banii, până la o para, mereu atent şi grijuliu, solemn şi oarecum trist. Apoi strigă, mult mai însufleţit însă, şi cu vocea schimbată:

— Aşa! E bine? Eşti mulţumit, Ibro?

— Da, da, îngână ţăranul, încet şi gânditor.

— Să-ţi dea Dumnezeu belşug şi noroc! Şi să ne vedem sănătoşi şi cu voie bună, spune Santo, acum vioi şi vesel. Şi-l trimite pe nepotu-său la cafegiul de peste drum, după două cafele, „una amară şi alta dulce".

Un alt ţăran îşi aşteaptă rândul, în faţa prăvăliei, pentru acelaşi soi de treburi şi de socoteli.

Cu ţăranii ăştia şi presupunerile lor în ce priveşte recolta pătrunde până în ungherele întunecoase ale prăvăliei lui Santo mireasma caldă şi grea a unui an neobişnuit de rodnic. Din pricina ei se abureşte casa de bani făcută din oţel verde, iar Santo îşi deschide cu degetul arătător cămaşa în jurul gâtului moale, galben şi gras şi-şi şterge cu batista sticlele aburite ale ochelarilor.

Aşa arăta vara, pe la începutul ei.

Şi totuşi, chiar înainte de începutul verii acesteia binecuvântate, se coborî o umbră vremelnică, de teamă şi de tristeţe. În primele zile ale lui martie se ivi tifosul la Uvaţ, o mică localitate pe fosta graniţă turco-austriacă, acum sârbo-austriacă. Cum localitatea se afla pe graniţă, iar cele două cazuri de tifos se declaraseră chiar în cazarma jandarmilor, doctorul Balaş, medicul militar din Vişegrad, se duse la Uvaţ, împreună cu un infirmier şi cu medicamentele trebuitoare. Ca om priceput şi hotărât, el luă toate măsurile pentru izolarea bolnavilor şi supraveghe el însuşi îngrijirile date. Aşa se făcu că, din cincisprezece inşi atinşi de boală, nu muriră decât doi, iar epidemia fu limitată la Uvaţ, şi înăbuşită în faşă. Ultimul bolnav fu doctorul Balaş în persoană. Felul inexplicabil în care tocmai el se molipsise, scurta durată a bolii, complicaţiile neaşteptate şi moartea subită, toate acestea purtau pecetea unui tragism neobişnuit.

Din pricina pericolului contagiunii, tânărul medic trebui să fie îngropat la Uvaţ. Luară parte la înmormântare doamna Bauer, soţul ei şi câţiva ofiţeri. Ea dădu bani ca să se ridice pe mormântul doctorului un monument din piatră necioplită. Apoi, peste puţin timp, plecă din oraş, părăsindu-şi soţul. În Vişegrad se spunea că s-ar fi dus într-un fel de sanatoriu, lângă Viena. La drept vorbind, aşa spuneau fetele din orăşel, căci oamenii mai în vârstă, de cum trecu primejdia molimei şi odată cu suprimarea măsurilor luate împotriva ei, uitară şi de doctor, şi de coloneleasă. Lipsite de experienţă şi neînvăţate, fetele noastre nu prea ştiau ce înseamnă cuvântul sanatoriu, dar ştiau bine ce înseamnă când doi oameni se plimbă pe potecile şi povârnişurile muntelui, cum se plimbaseră, nu demult, medicul şi soţia colonelului. Şi rostind cuvântul acesta străin, atunci când vorbeau între ele despre nefericita pereche, fetelor le plăcea să-şi închipuie sanatoriul ca pe un loc misterios, depărtat şi trist, unde se duc femeile frumoase şi vinovate ca să-şi ispăşească dragostea neîngăduită.

Iar pe deasupra ogoarelor şi a înălţimilor, de jur împrejurul orăşelului, vara aceasta neobişnuit de bogată şi de strălucitoare creştea şi se pârguia. Seara, geamurile cazinoului ofiţeresc erau, ca şi cu un an mai înainte, luminate şi larg deschise spre râu; dar nu mai răsuna dintr-acolo nici cântecul viorii şi nici al pianului. La masă, printre ofiţerii mai vârstnici, şedea blând şi zâmbitor colonelul Bauer, asudat din pricina zăpuşelii copleşitoare şi a vinului roşu.

Pe kapia, în noaptea caldă, şed tinerii din orăşel şi cântă. Se apropie sfârşitul lui iunie şi, ca în fiecare vară, sunt aşteptaţi liceenii şi studenţii. În astfel de nopţi, pe kapia ţi se pare că timpul s-a oprit în loc – în vreme ce viaţa freamătă, şi clocoteşte, bogată, nesfârşită şi uşoară – şi că nu poţi şti cât va mai fi aşa.

La ora asta din noapte, străzile principale sunt luminate, căci încă din primăvară orăşelul are lumină electrică. Acum un an a fost construit lângă râu, la vreo doi kilometri de orăşel, un joagăr electric şi, lângă el, s-a înălţat o fabrică pentru prelucrarea aşchiilor din care se scoate şi terebentină, şi colofoniu. Fabrica a făcut un contract cu orăşelul, potrivit căruia centrala ei trebuia să lumineze şi străzile. Aşa au dispărut felinarele verzi cu lămpile lor cu gaz, aşa a dispărut Ferhat-lunganul, care le curăţa şi le aprindea. Strada principală, care se întinde de-a lungul orăşelului, de la pod până la cartierul cel nou, e luminată cu globuri mari, din sticlă albă, mată, iar uliţele secundare, ramificate la stânga şi la dreapta şi şerpuind în jurul Bikavaţului sau urcând spre Meidan şi spre Okolişte, sunt luminate cu becuri mici, obişnuite. Printre şirurile acestea de lumini se aştern petice de umbră, neegale: ogrăzile şi grădinile întinse, aşezate una deasupra alteia, în susul pantei.

Într-una din grădinile acestea întunecoase stau Zorka, învăţătoarea, şi Nikola Glasincianin.

Răceala ivită între ei cu un an în urmă, când în timpul vacanţei venise Stikovici, a durat mult, până pe la Anul Nou. Atunci au început la „Căminul sârbesc", ca în fiecare iarnă, pregătirile pentru sărbătoarea Sfântului Sava[1] pentru concertul şi piesa de teatru care trebuiau date cu acest prilej. Zorka şi Glasincianin luaseră parte la pregătiri şi, reîntorcându-se de la repetiţie, îşi vorbiseră iar, după atâtea luni. La început, se adresau unul altuia pe scurt, rece şi de sus. Dar se revăzură întruna şi-şi vorbiră mereu, căci tinerii preferă certurile din dragoste, chiar cele mai amare şi mai deznădăjduite, singurătăţii şi plictiselii unei vieţi fără jocuri şi gânduri de iubire. Cândva, în decursul certurilor acestora nesfârşite, se împăcaseră,

1. Manifestare culturală şi religioasă în cinstea episcopului Sava, care, în secolul al XIII-lea, a întemeiat biserica sârbească autocefală, independentă de Bizanţ.

fără să-și dea nici ei seama când și cum anume. Și iată că, în nopțile calde de vară, se întâlnesc amândoi, seară de seară. Din când în când se mai ivește între ei chipul lui Stikovici și izbucnește din nou o ceartă fără ieșire, dar el nu-i desparte și nu-i depărtează unul de altul, iar împăcarea îi apropie din ce în ce mai mult.

Acum stau în întunericul cald, pe trunchiul unui bătrân nuc doborât și, urmărindu-și fiecare gândurile lui, privesc luminițele de jos, din orășel, de-a lungul râului care susură monoton. Glasincianin a vorbit mult, și acum tace. Zorka tace, așa cum a tăcut toată seara și cum numai femeile știu să tacă atunci când își deapănă grijile dragostei, pentru ele mai însemnate și mai apăsătoare decât orice pe lume.

Anul trecut, pe vremea asta, când apăruse Stikovici, ea crezuse că i se deschide în față, pentru totdeauna, o lume a fericirii, un paradis nesfârșit al iubirii, cu deplina armonie a simțurilor, a dorințelor și a gândurilor, având dulceața sărutului și durata unei vieți omenești. Dar visul nu ținuse mult. Oricât de nepricepută și de vrăjită ar fi fost, Zorka nu putuse să nu observe că patima lui Stikovici se aprindea și se stingea la fel de ușor, după niște legi care îl priveau numai pe el și nu țineau deloc seama de ea, fără nici o legătură cu simțământul socotit de fată mai presus decât ei doi. Și Stikovici plecase, aproape fără să-și ia rămas-bun. Ea rămăsese pradă unei îndoieli amare, care o chinuise ca o rană tăinuită. Scrisoarea primită de la el era o capodoperă de compoziție literară, dar fiecare cuvințel era cumpănit ca gândirea unui avocat și limpede și străveziu ca un vas de sticlă, gol. Îi scria despre dragostea lor, de parcă amândoi s-ar fi odihnit în mormânt, de-un secol, ca niște glorioși defuncți. La scrisorica ei vie și caldă, trimisă drept răspuns, el îi scrise o carte poștală:

În vălmășagul grijilor și al treburilor care mă frământă și mă amețesc, mă gândesc la tine ca la noaptea liniștită a Vișegradului, ca la murmurul râului și ca la mireasmă ierburilor invizibile.

Și atâta tot. Zadarnic se străduia Zorka să-și amintească murmurul râului și mireasma ierburilor invizibile. Ele nu existau decât în cartea poștală. Pesemne că ea nu și le amintea, așa cum Stikovici uitase tot ce fusese între ei. Pe Zorka o dureau tâmplele când se gândea că se amăgise și că fusese amăgită, apoi se mângâia cu te miri ce, mai de necrezut decât o minune. „E de neînţeles, îşi spunea ea, e distant, rece, egoist, capricios, dar poate că toţi bărbaţii excepţionali sunt aşa.“ Oricum, totul semăna mai mult a chin decât a dragoste. După sfâşierea şi zdrobirea încercate în cele mai tainice străfunduri ale sufletului ei, Zorka simţea că întreaga povară a dragostei, zămislită de Stikovici, o apăsa, în timp ce el se pierdea pe undeva, într-o ceaţă depărtată, căreia nu îndrăznea să-i spună pe nume. Căci o femeie îndrăgostită, chiar când şi-a pierdut ultima iluzie, îşi îndrăgeşte dragostea ca pe un prunc căruia nu i-a fost dat să se nască. Ea se stăpânise, cu inima strânsă, şi nu-i răspunsese la cartea poştală. Dar după o tăcere de două luni, primise o nouă veste. Stikovici îi scria de undeva, din munţii Alpi, o carte poştală:

La două mii de metri înălţime, înconjurat de oameni de pe toate meleagurile lumii şi care vorbesc în toate limbile pământului, privesc infinitul zării şi mă gândesc la tine şi la vara trecută.

Chiar pentru vârsta ei şi pentru lipsa ei de experienţă, atâta îi fusese de ajuns. Dacă el i-ar fi scris: „Nu te-am iubit, nu te iubesc şi nu te voi putea iubi niciodată“, tot n-ar fi fost mai limpede şi mai dureros pentru ea. Căci, la urma urmei, e vorba despre dragoste şi nu despre nişte amintiri vagi, nici despre înălţimea de la care scrii, nici despre oamenii care te înconjoară şi nici despre limbile pe care le vorbesc ei. Iar despre dragoste, nici pomeneală!

Orfană, Zorka crescuse la Vişegrad, în casa unor rude. Când isprăvise Şcoala Normală din Sarajevo, i se dăduse un post de învăţătoare în Vişegrad, şi ea se reîntoarse la rudele acestea, oameni înstăriţi, dar simpli, de care n-o lega nimic.

Zorka începu să se ofilească, slăbi şi se închise în ea însăşi; nici nu se spovedi nimănui şi nici nu răspunse la felicitarea de Crăciun, scurtă, rece şi la fel de impecabilă în privinţa stilului. Voia să-şi ispăşească singură păcatul şi ruşinea, fără ajutorul şi mângâierea nimănui; dar fiind slabă, învinsă, tânără, neştiutoare şi lipsită de experienţă, se încurcă din ce în ce mai mult în plasa încâlcită a impresiilor trăite, a dorinţelor arzătoare şi a gândurilor ei proprii, ca şi a purtării de neînţeles şi neomeneşti a lui Stikovici. Dacă ar fi putut să întrebe pe cineva sau să ceară sfatul cuiva, i-ar fi fost mai uşor, nici vorbă, dar îi era ruşine s-o facă. Şi aşa i se părea, adesea, că tot oraşul îi cunoaşte necazul şi că o străpung priviri batjocoritoare și răutăcioase de câte ori trece prin centru. Nici oamenii și nici cărțile nu-i aduceau dezlegarea, iar ea singură nu putea să-și explice nimic. Dacă, într-adevăr, el n-o iubise, de ce toată comedia asta, toate cuvintele pătimașe, toate încercările s-o convingă, din vacanța trecută? La ce bun scena jucată pe banca din clasă, scena care nu putea fi justificată decât prin dragoste și care, fără dragoste, cădea în noroiul unei înjosiri de neîndurat? E cu putință să existe oameni care să-și respecte atât de puțin semenii, să se respecte atât de puțin pe ei înșiși, încât să-și îngăduie un joc atât de ușuratic? Ce l-ar fi putut mâna, dacă nu dragostea? Ce însemnau atunci privirile lui arzătoare, răsuflarea fierbinte și gâfâitoare și sărutările înflăcărate? Ce puteau fi în afară de dragoste? Și totuși, n-a fost dragoste. Ea vedea asta mai bine și mai clar decât ar fi vrut s-o vadă. Dar nu se putea resemna multă vreme și cu adevărat. (Cine oare s-a resemnat vreodată, pe deplin?) Sfârșitul firesc al tuturor sfâșierilor ei lăuntrice era gândul morții, care ne pândește totdeauna visele de fericire. „Să mori, gândea Zorka, să cazi de pe kapia, în râu, ca din întâmplare, fără să lași scrisori de adio, fără mărturisiri, fără umilințe." „Să mori", gândea ea în clipa când o cuprindea somnul, sau în clipa când se deștepta, sau în mijlocul discuției celei mai însuflețite și sub masca fiecăruia dintre zâmbetele ei. Totul în ea spunea și repeta întruna aceleași cuvinte: „să mori! să mori!" dar nu murea, ci trăia, cu gândul acesta, de neîndurat, în suflet.

Alinarea îi veni de unde se aștepta mai puțin. Aproape de vacanța Crăciunului, durerea tainică îi devenise de neîndurat. Asemenea gânduri și întrebări, rămase fără de răspuns, înveninează și doboară mai rău decât boala. Toată lumea observase că se schimbase în rău; o căinau, sfătuind-o să se îngrijească, și rudele, și directorul – un om vesel, tată de copii – și prietenele.

O întâmplare fericită voi ca tocmai atunci să aibă loc repetițiile pentru serbare și ca, după atâtea luni, Zorka să vorbească din nou cu Glasincianin. Până atunci, Nikola se ferise s-o mai întâlnească și să mai discute cu ea. Dar căldura prietenoasă care domnește de obicei în orășelele de provincie cu prilejul acestor naive, dar sincere divertismente muzicale și teatrale, apoi nopțile luminoase și reci, când se reîntorceau spre casă, făcură ca tinerii aceștia, certați până atunci, să se apropie unul de altul. Pe ea o îmboldea nevoia de a lepăda povara chinului ce-o rodea, iar pe el dragostea, care atunci când e atât de adâncă și de cinstită cum era dragostea lui, iartă și uită cu ușurință.

Primele cuvinte le-au fost, se înțelege, reci, sfidătoare, cu două înțelesuri, iar primele discuții niște explicații nesfârșite și fără ieșire. Pentru prima oară ea putea destăinui unei ființe vii rana ei lăuntrică, chinul care o făcea să roșească, fără să fie nevoită să-i povestească amănuntele cele mai rușinoase și mai dureroase. Cât despre Glasincianin, el îi vorbi de toate astea îndelung și cu însuflețire, în cuvinte înflăcărate și împodobite, dar cruțându-și mândria. Pe Stikovici nu-l înjosi mai mult decât s-ar fi cuvenit. Explicațiile lui semănau cu acelea pe care le-am auzit în timpul faimoasei nopți petrecute pe kapia: scurte, hotărâte și nemiloase. Stikovici era un egoist și-un monstru înnăscut, un om incapabil să iubească pe cineva și care, chinuit și nemulțumit toată viața lui, avea să-i chinuie pe cei ce se lăsau înșelați și se apropiau de el. Glasincianin încerca să-și ascundă dragostea, dar ea răzbătea în fiecare cuvânt, în fiecare privire, în fiecare gest. Fata îl asculta de cele mai multe ori în tăcere, îi era drag să-l audă vorbind. De fiecare dată, simțea că i se însenineazã și i se liniștește sufletul. Pentru prima oară după atâtea luni, cunoștea clipe de răgaz în vâltoarea ei lăuntrică, pentru prima oară izbutea să nu se mai socotească o nemernică. Căci vorbele lui, pline de dragoste și de respect, îi arătau că nu e pierdută fără scăpare și că deznădejdea ei nu era decât o amăgire, după cum amăgire fusese și visul de dragoste din vara trecută. Ele o scoteau din lumea întunecată în care începuse să se piardă și o readuceau la realitatea omenească, vie, unde se află leac și dezlegare pentru toate sau aproape pentru toate.

Întâlnirile și discuțiile lor se prelungiră și după sărbătoarea Sfântului Sava. Trecu iarna, apoi primăvara. Ei se vedeau în fiecare zi. Cu timpul, fata își reveni, mai prinse puteri, se însănătoși și se schimbă repede și firesc, așa cum numai tinerețea poate s-o facă. Astfel, sosi vara îmbelșugată și neliniștită a anului 1914. Oamenii se obișnuiseră a socoti că Zorka „vorbește" cu Glasincianin.

Acum, ce e drept, lungile povești ale lui Glasincianin, pe care mai înainte le asculta cu atenție și le sorbea ca pe niște leacuri, i se păreau Zorkăi mai puțin interesante. Uneori, nevoia asta de-a se spovedi unul altuia și de-a nu-și ascunde nimic i se părea o povară. Cu teamă și cu sinceră mirare, fata se întreba de unde pornea apropierea asta dintre ei, dar își amintea că el „îi salvase sufletul“ astă-iarnă și, stăpânindu-și plictiseala, îl asculta cât putea mai atentă, ca o datornică recunoscătoare, conștientă de datoria ei.

În noaptea asta de vară, el îi ține mâna într-a lui (nevinovata-i îndrăzneală nu îi îngăduie să facă mai mult). Atingându-i mâna, Glasincianin simte cum îl pătrunde căldura bogată a nopții. În asemenea clipe el vede limpede comoara ascunsă în femeia care îi stă alături și, totodată, înțelege că mâhnirea și amărăciunea vieții se transformă în forțe fecunde, îndestulătoare ca să ducă doi oameni până la țelul cel mai depărtat, dacă dragostea îi unește și îi sprijină.

Plin de simțămintele acestea, în întuneric, el nu mai e Glasincianin din timpul zilei, neînsemnatul slujbaș al unei mari întreprinderi din Vișegrad, ci un alt om, puternic și sigur de sine, care își rânduiește viața liber și pe răstimpuri lungi. Căci cel cuprins de-o dragoste sinceră, mare și dezinteresată, chiar dacă nu i se răspunde cu aceeași măsură, vede cum i se deschid zările, posibilitățile și drumurile pentru totdeauna necunoscute și închise atâtor oameni iscusiți, ambițioși și egoiști.

El îi vorbește femeii care-i stă alături.

— Nu cred să mă înșel. Dacă nu de altceva, măcar fiindcă n-aș putea să te înșel pe tine. În timp ce unii vorbesc și aiurează, iar alții fac afaceri și câștigă, eu îi urmăresc și-i observ pe toți și văd din ce în ce mai bine că aici viața nu e cu putință. Multă vreme n-o să fie aici nici liniște, nici ordine și nici muncă folositoare. Nici Stikovicii, nici Herakii n-au să schimbe nimic. Dimpotrivă, o să fie și mai rău. Trebuie să fugim de-aici, ca dintr-o casă care se prăbușește. Salvatorii ăștia numeroși și neliniștiți, care se ivesc la fiecare pas, sunt cel mai sigur semn că ne îndreptăm spre catastrofă. Când nu poți ajuta cu nimic, atunci e bine cel puțin să te salvezi. Zorka tace. Despre toate astea nu ți-am vorbit niciodată, dar m-am gândit mult și adesea, și chiar am încercat să fac ceva. Știi că Bogdan Giurovici, prietenul meu din Okoliște, e de trei ani în America. Sunt în corespondență cu el încă de-acum un an.

Ți-am arătat fotografia pe care mi-a trimis-o. Mă cheamă acolo și-mi făgăduiește o muncă sigură și o leafă bună. Știu că nu e nici ușor și nici simplu să plec, dar cred că nu e nici imposibil. M-am gândit și mi-am făcut socotelile. Aș vinde tot ce am la Okoliște. Dacă tu ai vrea, ar trebui să ne cununăm cât mai curând și, fără să spunem nimănui, să plecăm la Zagreb. Acolo există o societate care-i trimite pe emigranți în America. O să așteptăm o lună sau două până ce-mi trimite Bogdan *affidavit*[1]-ul. Până vine, învățăm engleza. Dacă nu reușim, din pricina obligațiilor mele militare, trecem în Serbia și plecăm de acolo. Aș face în așa fel încât ție să-ți fie cât mai ușor. Și acolo, în America, o să lucrăm amândoi. Există școli de-ale noastre pentru care e nevoie de învățătoare. Iar eu aș găsi de lucru. Am fi fericiți. Și m-aș hotărî la toate astea, dacă ai vrea și tu... și dacă n-ai avea nimic împotrivă.

Aici, tânărul se opri. În loc să-i răspundă, Zorka își puse amândouă mâinile într-ale lui. Și-n gestul acesta el simți expresia unei adânci recunoștințe. Dar fata nu-i răspunse nici da, nici nu. Îi mulțumi pentru grija și atenția lui, pentru nemărginita lui bunătate și, în numele bunătății acesteia, îi ceru doar un răgaz, de-o lună înainte de a-i răspunde definitiv: până la terminarea anului școlar.

— Îți mulțumesc, Nikola, îți mulțumesc! Ești atât de bun, îi șopti ea, strângându-i mâinile.

De pe kapia, se înălțau până la ei cântecele tinerilor. Cântau băieții din Vișegrad, poate chiar și liceenii din Sarajevo. Peste cincisprezece zile aveau să sosească și studenții. Până atunci, ea nu poate să ia nici o hotărâre. Toate o fac să sufere și, mai ales, bunătatea omului acestuia; dar acum nu-i poate spune: da, chiar dacă ar tăia-o în bucăți. Nu mai speră nimic, dar ar vrea să-l mai vadă încă o dată pe „bărbatul care nu poate să iubească“. Încă o dată, apoi întâmple-se orice. Nikola are s-o aștepte, ea știe asta.

Se ridicară, ținându-se de mâini, și porniră pe drumul abrupt, ca să coboare spre podul de unde venea cântecul.

---

1. Act prin care se autorizează imigrarea în Statele Unite.

XXII

De sărbătoarea Vidov Dan[1], societățile sârbești organizară, ca în fiecare an, o serbare în aer liber, la Mezalin. Aici, unde se întâlnesc cele două râuri, Drina și Rzavul, sub nucii stufoși de pe malul verde și înalt, fuseseră așezate corturi în care se vindeau băuturi și se rumeneau miei puși la frigare deasupra tăciunilor încinși. Familiile care își aduseseră mâncare de-acasă ședeau la umbră. Într-un chioșc făcut din crengi proaspete cânta o muzică destul de zgomotoasă.

Pe un loc bine bătătorit se juca încă de dimineață kolo. Jucau doar cei mai tineri și mai fără treburi, cei care, îndată, după liturghie, plecaseră de la biserică de-a dreptul la Mezalin. Adevărata serbare trebuia să se desfășoare abia după masă. Dar kolo-ul început de pe acum se avânta din plin, mai frumos și mai sprinten decât avea să fie mai târziu, când, odată cu năvala mulțimii, se prind în joc femeile măritate, văduvele dornice de petrecere și copiii mici și-l transformă într-un șir lung și vesel, dar îmbucătățit și nearmonios. Soiul acesta de horă scurtă și îndrăcită, în care jucau mai mulți flăcăi decât fete, șerpuia ca un laț învârtit în aer. În jurul lui totul era mișcare, totul unduia: văzduhul în ritmul muzicii, frunzișurile bogate ale arborilor, norii alburii de vară, apa limpede a celor două râuri. Pământul se clătina sub picioarele jucătorilor și în preajma lor, iar ei nu făceau altceva decât să-și potrivească mișcările trupului după mișcarea asta generală. Flăcăii nou-sosiți dădeau fuga, din drum, să se prindă în kolo; fetele se stăpâneau și mai zăboveau o clipă, să privească jocul, de parcă ar fi bătut măsura și-ar fi așteptat un imbold tainic, apoi intrau deodată în joc, cu genunchii ușor îndoiți și cu capetele plecate, ca și cum s-ar

1. Zi în care se sărbătorea lupta sârbilor pentru independență.

fi aruncat cu nesaț în apă rece. Un curent puternic trecea din pământul cald în picioarele dezlănțuite ale jucătorilor și se răspândea prin lanțul mâinilor înfierbântate. Pe lanțul acesta fremăta kolo-ul, ca o singură ființă, însuflețită de același sânge, mânată de același ritm. Flăcăii jucau cu capetele date pe spate, palizi, cu nările tremurânde, iar fetele cu obrajii împurpurați, coborând ochii, sfioase, de teamă ca privirile să nu le trădeze voluptatea pricinuită de joc.

În clipa când serbarea abia începuse, la marginea câmpiei Mezalinului se iviră jandarmii în uniforme negre. Postavul uniformelor și armele luceau în lumina soarelui de după-amiază. Jandarmii erau mai numeroși decât de obicei, când patrulau pe la bâlciuri și serbări. Ei merseră de-a dreptul la umbrarul unde se aflau lăutarii. Rând pe rând, fără legătură între ele, instrumentele muzicale tăcură. Hora șovăi, apoi se opri. Se auziră vocile nemulțumite ale flăcăilor. Tinerii se mai țineau încă de mâini. Unii mai erau încă atât de prinși de ritmul și avântul jocului, încât băteau talpa pe loc, așteptând ca lăutarii să-și reînceapă cântecul. Dar lăutarii se ridicară grăbiți și își vârâră trompetele și viorile în învelișurile lor de mușama. Jandarmii porniră mai departe, spre corturi și spre familiile împrăștiate pe iarbă. Pretutindeni, sergentul rostea cu voce înceată și străpungătoare câteva cuvinte care, ca o formulă magică, stingeau pe loc veselia, opreau jocul și întrerupeau discuțiile. De cum se apropia de vreun om, acela încremenea pe loc, lăsa totul baltă, căutând să-și strângă mai repede lucrurile și să plece. Hora flăcăilor și a fetelor se risipi ultima. Lor le venea greu să lase jocul ăsta la iarbă verde și nu le intra deloc în cap că se ispràviseră bucuria și plăcerea. Dar chipul palid și ochii injectați de sânge ai sergentului îi făcură să dea înapoi chiar și pe cei mai îndrăzneți.

Dezamăgiți și neînțelegând încă nimic, oamenii se reîntorceau de la Mezalin, pe drumul alb și larg și cu cât pătrundeau mai adânc în oraș, cu atât mai des auzeau vorbindu-se în șoapte înspăimântate și vagi despre atentatul săvârșit chiar în dimineața aceea la Sarajevo, despre uciderea arhiducelui Franz-Ferdinand și a soției lui[1], despre

---

1. Franz Ferdinand (1863-1914), moștenitorul tronului Austro-Ungariei, a fost omorât în 1914, la Sarajevo, de naționaliștii sârbi. Acest act a prefațat izbucnirea Primului Război Mondial (1914-1918).

prigoana împotriva sârbilor, așteptată pretutindeni. În fața comandamentului orașului, văzură primii oameni legați, și printre ei, pe tânărul popă Milan: jandarmii îi duceau la pușcărie.

Astfel, după-amiaza aceea de vară, care ar fi trebuit să fie zi de sărbătoare și de voie bună, se îmbrăcă într-o atmosferă tulbure, în amărăciune și în așteptare plină de teamă.

Pe kapia, în locul veseliei și al însuflețirii tinerilor ieșiți să petreacă, domnea o tăcere de moarte. Acolo se și instalase un post de pază. Ostașul, cu echipamentul lui nou-nouț, se plimba încet de la sofa până la locul unde capacul de fier acoperea intrarea în stâlpul minat. Mergea vreo cinci, șase pași, apoi se întorcea, și așa mereu, și, la fiecare întoarcere, baioneta îi strălucea în soare, ca un semnal.

A doua zi, dimineața, pe zid, chiar deasupra lespezii cu inscripția turcească, apăru un afiș alb, scris cu litere groase și încadrat într-un chenar negru. El anunța populației atentatul săvârșit la Sarajevo împotriva moștenitorului tronului și exprima indignarea stârnită de această ticăloșie. Dar nimeni nu se oprea să-l citească; treceau toți pe dinaintea afișului și a santinelei, cu capetele plecate și cât mai repede cu putință.

Din ziua aceea, santinela rămase pe pod. Și întreaga viață a orășelului fu întreruptă și oprită într-o clipă, așa cum fusese întreruptă și hora de la Mezalin, și ziua aceea de iunie care făgăduia să fie o sărbătoare voioasă.

Acum se scurgeau, una după alta, zile ciudate: nu mai existau decât citirea mută și încordată a ziarelor, șoaptele, atmosfera de teamă și de îndârjire, arestările sârbilor și ale călătorilor suspecți, întărirea grabnică a măsurilor militare la graniță. Nopțile de vară treceau una după alta, dar fără cântece, fără întâlnirile tinerilor pe kapia, fără șoaptele perechilor în întuneric. Străzile orașului erau pline de soldați. Și când, la nouă seara, trompetiștii din barăcile de pe Bikavaț și cei din cazarma mare de lângă pod cântau trista melodie a „stingerii“ austriece, străzile rămâneau aproape pustii. Negre vremuri pentru cei ce se iubeau și doreau să se întâlnească și să-și vorbească, fără să fie văzuți! În fiecare seară, Glasincianin își făcea drum prin fața casei unde locuia Zorka. Ea îl aștepta la o fereastră deschisă, la catul de jos. Şi vorbeau acolo, dar în grabă, căci el era zorit să treacă podul şi să se întoarcă la Okolişte până nu se înnopta de tot.

Aşa a venit şi în seara asta. Palid, cu pălăria în mână, el a rugat-o pe fată să iasă la poartă, fiindcă trebuie să-i spună ceva, încet de tot. Şovăind, ea a coborât. Stând în picioare pe pragul porţii, Zorka e tot atât de înaltă ca şi tânărul care îi vorbeşte emoţionat, în şoapte abia auzite:

— Am hotărât să fugim. Astă-seară. Vlado Marici şi încă doi. Cred că totul e bine pus la punct şi că o să trecem. Dar dacă nu... Dacă se întâmplă ceva, Zorka! Şoapta i se întrerupe. În ochii măriţi ai fetei, Nikola citeşte spaimă şi nedumerire. E tulburat şi el, şi parcă-i pare rău că-i vorbeşte şi că a venit să-şi ia rămas-bun. M-am gândit că e mai bine să-ţi spun.

— Mulţumesc! Nimic din... nimic din America noastră!

— Nu, nu spune „nimic". Dacă ai fi primit, acum o lună, când ţi-am cerut să ne cununăm, poate că în clipa asta am fi departe de aici, dar poate e mai bine că s-a întâmplat aşa. Acum, vezi: trebuie să plec, cu ceilalţi. Războiul bate la uşă şi locul nostru, al tuturor, e în Serbia. Trebuie, Zorka, trebuie. E o datorie. Dar dacă scap cu viaţă, dacă ne eliberăm, poate că n-o să mai fie nevoie să plecăm în America aceea de dincolo de mări, căci vom avea aici America noastră, o ţară în care se va munci mult şi cinstit şi unde se va trăi bine şi liber. În ea o să putem trăi amândoi, dacă ai să vrei. Asta o să depindă numai de tine. Eu am să mă gândesc la tine, şi tu... câteodată...

În clipa aceea, tânărul, care nu-şi mai găsea cuvintele, ridică deodată mâna şi o trecu repede prin bogatul păr castaniu al fetei. Asta îi era cea mai mare dorinţă şi, ca unui condamnat, i-a fost dat să şi-o împlinească. Fata, înspăimântată, se trase înapoi, iar el rămase cu mâna în aer. Poarta se închise fără zgomot şi, peste o clipă, Zorka se ivi la fereastră, palidă, cu ochii măriţi, cu degetele strâns încleştate. Tânărul se strecură pe lângă fereastră, îşi ridică fruntea şi-i arătă o faţă zâmbitoare, fără griji, aproape frumoasă. Ca şi cum s-ar fi temut să vadă ce avea să se întâmple, ea se retrase în odaia ei, în care se şi făcuse întuneric. Acolo, se aşeză pe-o canapea, îşi plecă fruntea şi începu să plângă.

La început plânse încetişor, apoi din ce în ce mai tare, căci simţea cum o apasă starea ei deznădăjduită. Şi cu cât plângea mai mult, cu atât găsea mai multe pricini de jale şi mai multă disperare în jurul ei. Niciodată nu va găsi scăpare, niciodată nu va putea lua o hotărâre, niciodată nu va putea să-l iubească, cu adevărat şi după meritul lui, pe bunul şi cinstitul Nikola, care pleca; niciodată n-o să vadă ea ziua când celălalt, cel care nu poate să iubească, o va iubi pe ea; niciodată n-au să se mai întoarcă zilele frumoase şi pline de voioşie care acum un an mai străluceau încă deasupra orăşelului; niciodată, nici unul dintre ai noştri n-o să poată scăpa din strânsoarea munţilor ăstora întunecaţi, n-o să vadă America şi nici n-o să înfăptuiască aici o ţară în care, după cum se spunea, o să se muncească mult, dar o să se trăiască bine şi liber. Niciodată!

A doua zi, se răspândi zvonul că Vlado Marici, Glasincianin şi încă vreo câţiva tineri au fugit în Serbia. Toţi ceilalţi sârbi, cu familiile lor şi cu tot avutul, rămaseră în valea aceasta cuprinsă de frământare, ca într-o cursă. Zi de zi atmosfera în orăşel devenea tot mai grea, mai primejdioasă şi mai ameninţătoare. Şi iată, în sfârşit, că într-una din primele zile ale lui iulie, izbucni aici, la graniţă, furtuna care, cu timpul, trebuia să se întindă asupra întregii lumi şi să cuprindă soarta atâtor ţări şi oraşe şi, de asemenea, soarta podului de peste Drina.

În Vişegrad începu abia atunci adevărata goană după sârbi şi după tot ce avea vreo legătură cu ei. Oamenii se împărţiră în urmăriţi şi urmăritori. Fiara flămândă, care sălăşluieşte în om şi nu cutează să se arate până ce nu sunt înlăturate stavilele bunelor obiceiuri şi ale legilor, era acum liberă. Semnalul fusese dat, stavilele fuseseră înlăturate. Aşa cum se întâmplă adeseori în istoria omenirii, actele de violenţă, jafurile şi chiar crimele erau trecute sub tăcere şi îngăduite, numai să fi fost săvârşite în numele unor înalte interese şi la adăpostul lozincilor, asupra unui mic număr de oameni, cu nume şi convingeri precise. Cine îşi mai păstra mintea clară şi ochii deschişi putea să vadă cum se înfăptuieşte o minune şi cum îşi schimbă înfăţişarea o societate întreagă într-o singură zi. În câteva clipe n-a mai existat mahalaua negustorească care se bizuia pe tradiţii de veacuri şi în care dăinuiseră de totdeauna dușmănii tainice, invidii, superstiții, crize de intoleranță religioasă, brutalități și cruzimi, dar totodată și curaj, omenie, dorință de măsură și ordine, simțăminte ce țineau în frâu, în limite cu putință de îndurat, toate instinctele rele și obiceiurile grosolane, domolindu-le până la urmă și supunându-le intereselor generale ale vieții în comun. Oamenii al căror cuvânt, vreme de patruzeci de ani, atârnase greu în mahalaua negustorească încetară să mai existe într-o noapte, de parcă ar fi murit cu toții, pe neașteptate, cu obiceiurile, concepțiile și instituțiile pe care le întruchipau.

Chiar a doua zi după declarația de război făcută Serbiei, o bandă de *Schutzkorps*[1] începu să străbată orașul în toate direcțiile. Banda asta înarmată în grabă trebuia să ajute autoritățile la prigonirea sârbilor; ea era alcătuită din bețivi și alți pierde-vară, cei mai mulți dintre ei certați cu societatea și în conflict cu legea. Un oarecare Huso Kokoșar, om fără cinste și fără meserie sigură, căruia încă din tinerețe o boală rușinoasă îi mâncase nasul, se puse în fruntea a vreo zece derbedei înarmați cu puști vechi, sistem Werndl, prevăzute cu baionete lungi, și împreună începură să bată ulițele mahalalei negustorești.

În fața acestei amenințări, Pavle Rankovici, în calitatea lui de președinte al comitetului sârb, însărcinat cu administrarea școlii parohiale, se duse împreună cu alți patru membri de frunte ai comitetului la subprefect, un anume Sabliak. Acesta era un bărbat gras, palid, chel ca-n palmă, croat de origine, venit nu de mult în slujbă la Vișegrad. Acum era nervos și nedormit, avea pleoapele roșii de nesomn și buzele vinete și uscate. Era încălțat cu cizme, iar la butoniera hainei lui verzi, de vânător, purta o insignă în două culori: negru și galben[2]. El îi primi în picioare, fără să le ofere scaune. Pavle Rankovici, palid la față, cu ochii ca două dungi negre și piezișe, luă cuvântul, cu o voce răgușită, ciudată:

— Domnule prefect, dumneavoastră vedeți ce se petrece și se pregătește și știți că noi, sârbii, cetățeni ai Vișegradului, n-am dorit asta.

1. Trupe de protecție (germ.).
2. Culorile naționale ale Austro-Ungariei.

— Nu știu nimic, domnule, îl repezi subprefectul, cu voce țipătoare. Și nici nu vreau să știu nimic. Acum am alte treburi, mai importante decât să ascult discursuri. Asta e tot ce am să vă spun.

— Domnule prefect, începu iar Rankovici, calm, de parcă ar fi voit cu liniștea lui să-l domolească pe omul acesta mânios și scos din sărite, noi am venit să vă oferim serviciile noastre și să vă asigurăm...

— N-am nevoie de serviciile voastre și nu trebuie să mă asigurați de nimic. Ați arătat la Sarajevo de ce sunteți în stare.

— Domnule prefect, stărui Pavle Rankovici, cu același glas și din ce în ce mai îndârjit, noi am dori ca, în limitele legii...

— Aha, acum vă aduceți aminte de legi! La ce fel de legi îndrăzniți să faceți apel?

— La legile statului, domnule prefect, legi care sunt valabile pentru toată lumea. Subprefectul deveni dintr-odată serios, ca și cum s-ar mai fi potolit puțin. Pavle Rankovici profită imediat de faptul că Sabliak se mai liniștise. Domnule prefect, ne îngăduiți să vă întrebăm dacă suntem în siguranță, noi și familiile noastre, cu viețile și averile noastre, iar dacă nu suntem, cum trebuie să procedăm?

Prefectul își întinse mâinile, întorcând palmele spre Rankovici, înălță din umeri, închise ochii și-și strânse cu putere buzele subțiri și palide.

Pavle Rankovici cunoștea bine expresia asta caracteristică, nemiloasă, surdo-muto-oarbă, pe care o iau autoritățile în clipele grele, și-și dădu seama, de îndată, că nu mai are ce aștepta. Subprefectul, după ce-și lăsă brațele în jos, deschise ochii, își înălță capul și rosti, ceva mai blând:

— Autoritățile militare au să arate fiecăruia ce are de făcut.

Acum fu rândul lui Rankovici să-și deschidă brațele, să-și închidă ochii și să înalțe din umeri. Apoi, cu o voce gravă și tulburată, el spuse:

— Vă mulțumesc, domnule prefect!

Cei patru membri ai comitetului școlar se înclinară, țepeni și stângaci. Și ieșiră toți, ca niște condamnați.

Mahalaua negustorească era în fierbere. Se țineau numeroase consfătuiri tainice.

În prăvălia lui Ali-hogea stau câţiva turci, cei mai cu vază din orăşel: Nail-bei Turkovici, Osman-aga Sabanovici, Suli-aga Mezilgici. Sunt palizi şi îngrijoraţi, cu expresia aceea gravă şi rigidă care se iveşte totdeauna pe feţele oamenilor când au ceva de pierdut, când se pomenesc în faţa unor evenimente neaşteptate şi a unor schimbări mari. Pe ei i-au chemat autorităţile ca să ia conducerea *Schutzkorps*-ului. Acum s-au adunat aici, ca din întâmplare, ca să stea de vorbă, fără să-i vadă nimeni, şi să se înţeleagă ce au de făcut. Unii sunt de părere să primească, alţii nici nu vor să audă. Ali-hogea, furios, cu obrajii roşii şi cu obişnuita licărire de mânie în ochi, înlătură cu hotărâre orice propunere de a participa, în orice fel, la *Schutzkorps*. El e furios mai ales pe Nail-bei, care e de părere să ia armele şi să conducă detaşamentele de voluntari musulmani, ca oameni de vază ce sunt.

— Cât oi trăi, eu nu mă amestec în treburi de astea. Şi nici tu, dacă ai avea minte măcar de două parale, nu te-ai amesteca. Nu vezi că ghiaurii se folosesc de noi ca să se bată şi că, până la urmă, au să se spargă toate în capetele noastre?

Şi, cu acelaşi dar al vorbirii cu care odinioară, pe kapia, i se împotrivise lui Osman Karamanlâi-efendi, el prinse să arate că „pentru urechea turcă" nu se vesteşte nimic bun, nici într-o parte, nici în cealaltă, şi că orice amestec al lor le-ar fi dăunător.

— E multă vreme de când nimeni nu ne mai întreabă nimic şi nici nu se sinchiseşte de noi. Neamţul a intrat în Bosnia, dar nici sultanul, nici împăratul nu ne-au întrebat: e voie, beilor şi agalelor? Mai apoi, Serbia şi Muntenegru, până mai ieri nişte raiale, s-au ridicat şi-au luat jumătate din bunurile turceşti, dar nimeni nici nu s-a uitat măcar la noi. Şi-acum, împăratul îi loveşte pe sârbi şi din nou nimeni nu ne întreabă nimic, ci ni se dau câteva puşti şi câţiva pantaloni ca să le slujim de hăitaşi nemţilor şi să-i hăituim pe sârbi ca să nu-şi rupă ei turul pantalonilor căţărându-se peste Şargan. Cum de nu te gândeşti la asta, nenorocitule? Dacă vreme de atâţia ani, când se petreceau lucruri de seamă, nu ne-au întrebat ei nimic, de unde ne vine acum fericirea asta care ne rupe oasele? Ascultă-mă pe mine ce-ţi spun: toate astea sunt socoteli mari şi încurcate, şi cel mai bine o s-o ducă cine n-o să se amestece mai mult decât trebuie. Aici, pe graniță, au început să-și spintece burțile, dar cine știe până unde or să ajungă? În spatele Serbiei ăsteia, se ascunde cineva. Altfel nu se poate. Dar la tine, la Nezuke, tu n-ai decât muntele în fața ferestrei și nu vezi dincolo de bolovani. Lasă-te păgubaș de ceea ce ai început; nu te duce la *Schutzkorps* și nu-i împinge nici pe alții să se ducă. Mai bine te-ai îngriji de cei zece șerbi care ți-au mai rămas, până ți-or mai da și ei ceva.

Toți tac, neclintiți și gravi. Nail-bei tace și el, vădit jignit, deși ascunde lucrul acesta. Palid ca un mort, el se frământă gândindu-se ce hotărâre să ia. Ali-hogea le-a tăiat avântul și i-a făcut pe toți să bată în retragere, în afară de Nail-bei. Acum fumează și privesc tăcuți șirul neîntrerupt al furgoanelor și al cailor împovărați care trec peste pod. Apoi, unul câte unul, cei de față se ridică și-și iau rămas-bun. Ultimul a rămas Nail-bei. Drept răspuns la salutul lui întunecat, Ali-hogea îl mai privește o dată în ochi și-i spune, aproape trist:

— Văd eu că ai hotărât să te duci. Ți-a venit chef să-ți pui viața la mezat, ți-e teamă să nu ți-o ia alții înainte. Dar adu-ți aminte vorba din bătrâni: n-a sosit vremea să murim, ci să arătăm cine suntem. Asemenea timpuri sunt acum.

Locul din piață care desparte prăvălia lui hogea de pod e năpădit de furgoane, cai, soldați din toate armele, rezerviști care vin să se declare la comandament. Din când în când, jandarmii aduc câte un grup de sârbi legați burduf, țărani sau orășeni. Aerul e încărcat de praf. Toți vorbesc mai tare și se mișcă mai repede decât ar avea nevoie. Pe obrajii lor stacojii, sudoarea curge șiroaie. Se aud înjurături în toate limbile. Alcoolul, nesomnul și frământarea chinuitoare, care domnește întotdeauna în preajma pericolului și a evenimentelor sângeroase, fac să le licărească ochii.

În mijlocul pieței, chiar în fața podului, câțiva rezerviști unguri, în uniforme noi, cioplesc niște bulumaci. Maiurile izbesc grăbite, ferăstraiele taie. Un murmur străbate piața: se înalță o spânzurătoare. Jur-împrejur se adună copiii. Din pragul prăvăliei, Ali-hogea privește cum sunt ridicate mai întâi două grinzi, apoi cum un rezervist mustăcios se cațără sus, ca să le prindă cu a treia grindă, orizontală.

Lumea se îmbulzeşte de parcă s-ar împărţi halva, şi se strânge roată în jurul spânzurătorii. Sunt mai cu seamă soldaţi, dar şi câţiva neisprăviţi de prin satele turceşti şi din orăşel. La un moment dat, se face un drum prin mulţimea adunată şi sunt cărate două scaune, unul pentru ofiţer, altul pentru secretarul lui. După asta, cei din *Schutzkorps* aduc mai întâi doi ţărani, apoi un orăşean. Ţăranii sunt primari a două sate de pe graniţă, Pozdercici şi Kameniţa. Orăşeanul e un oarecare Vaio, de felul lui din Lika, un afacerist venit de multă vreme în Vişegrad şi însurat aici. Toţi trei sunt legaţi, speriaţi şi plini de praf. Toboşarul începe să bată cu putere în tobă. În frământarea şi în zăpăceala generală, sunetul tobei se aude ca bubuitul depărtat al unui tunet. În jurul spânzurătorii se face tăcere. Ofiţerul, un locotenent de rezervă ungur, citeşte cu voce ascuţită, în limba germană, sentinţele de condamnare la moarte. Un sergent îi traduce cuvintele. Toţi trei acuzaţii au fost condamnaţi la moarte de Consiliul de Război, în baza celor declarate, sub prestare de jurământ, de martorii care îi văzuseră, noaptea, făcând semnale luminoase spre graniţa sârbească. Execuţia trebuie să fie publică, în piaţă, lângă pod. Ţăranii tac şi clipesc, buimăciţi. Vaio îşi şterge sudoarea de pe obraji şi, cu un glas blând şi trist, susţine că e nevinovat. Cu ochii lui mari, ca de nebun, caută prin preajmă cui ar mai putea să-i spună că e nevinovat.

Tocmai trebuia să înceapă execuţia când, printre cei strânşi roată în jurul spânzurătorii, îşi face loc un soldat roşcovan, mărunt şi cu picioarele crăcănate. E Gustav, ţalul de odinioară din hotelul Lotikăi, acum patron de cafenea în partea de jos a mahalalei negustoreşti. Poartă o uniformă nouă şi gradul de caporal. Are faţa stacojie şi ochii mai injectaţi de sânge decât oricând. Începe să vorbească. Sergentul încearcă să-l alunge, dar bătăiosul cafegiu nu se lasă deloc.

— Eu sunt de cincisprezece ani agent informator aici şi om de încredere al celor mai înalte cercuri militare, zbiară el, în limba germană, cu un glas de beţiv, şi încă de acum doi ani, la Viena, mi s-a făgăduit că voi putea să spânzur, cu mâinile mele, doi sârbi, când va veni vremea. Nu ştiţi cu cine aveţi de-a face! Eu am căpătat dreptul şi dumneavoastră, acum...

Mulțimea începe să se frământe și să șușotească. Sergentul nu mai știe pe unde să scoată cămașa. Gustav e din ce în ce mai agresiv și caută cu orice preț să pună mâna pe osândiți ca să-i spânzure el.

Atunci se ridică locotenentul, un bărbat slab și oacheș, cu aere de boier, disperat de parcă el ar fi fost osânditul și fără pic de sânge în obraz. Deși beat criță, Gustav ia poziția de drepți, dar mustățile subțirele și roșcovane îi zvâcnesc, iar ochii i se învârtesc când spre dreapta, când spre stânga. Ofițerul se apropie într-atâta de obrajii lui roșii, de parcă ar fi vrut să-i scuipe.

— Dacă nu pieri într-o clipă, dau ordin să te ducă legat, la carceră. Să ieși mâine la raport. Ai înțeles? Hai, șterge-o! Marș!

Locotenentul vorbea nemțește cu accent unguresc, încet, dar aspru și atât de tăios, încât cafegiul beat se făcu deodată mic și dispăru în mulțime, salutând întruna și încercând să bâlbâie cuvinte încâlcite de iertare.

Abia atunci privirile tuturor se îndreptară iar spre osândiți. Cei doi țărani, capi de familie, aveau exact aceeași atitudine. Tremurau, iar din pricina arșiței soarelui și a zăpușelii care se ridica din mulțimea adunată acolo clipeau și se încruntau, de parcă ăsta le-ar fi fost tot necazul. Vaio susținea încet și plângător că e nevinovat și că numai concurentul lui l-a denunțat, că el nici la militărie n-a fost și nici n-a auzit, în viața lui, că se pot trimite semnale luminoase.

Vaio știa puțin nemțește și, cu glas deznădăjduit, înnădea cuvânt cu cuvânt, căznindu-se să găsească o expresie convingătoare datorită căreia să poată stăvili iureșul furios care îl purta de ieri și amenința să-i ia zilele, cât era el de nevinovat.

— *Herr Leutnant, Herr Leutnant, um Gottes willen... Ich unschuldiger Mensch... viele Kinder... Kinder... Unschuldig! Lüge! Alles Lüge!*[1]

Vaio alegea cuvintele, de parcă l-ar fi căutat pe cel drept și salvator.

Soldații se și apropiaseră de primul țăran. Acesta își scoase repede căciula, se întoarse spre Meidan, unde se afla biserica, și

1. Domnule locotenent, domnule locotenent, pentru numele lui Dumnezeu! Sunt nevinovat... mulți copii... Nevinovat! Minciuni! Totul e minciună! (germ.)

se închină grăbit, de două ori. Din ochi, ofițerul le dădu ordin soldaților să isprăvească mai întâi cu Vaio. Atunci omul din Lika, văzând că i-a sosit clipa, deznădăjduit, își înălță brațele spre cer și începu să se roage și să strige cât putea mai tare:

— *Nein! Nein! Nicht! Um Gottes willen! Herr Leutnant! Sie wissen... alles ist Lüge... Gott... alles Lüge!*[1] zbiera Vaio, dar soldații îl și înșfăcaseră de picioare și de brâu și-l săltau pe postamentul de sub spânzurătoare.

Cu răsuflarea tăiată, mulțimea urmărea toate astea, ca pe-un joc între nefericitul sârb și locotenent, tremurând de curiozitate și așteptând să vadă cine va câștiga și cine va pierde.

Ali-hogea, care până atunci auzise numai sunete nedeslușite și nu bănuia ce se întâmplă în mijlocul mulțimii aceleia de oameni, zări deodată fața înnebunită a lui Vaio pe deasupra tuturor capetelor și, dintr-un salt, închise dugheana, deși autoritățile militare ordonaseră ca toate prăvăliile să rămână deschise.

În orășel soseau mereu trupe noi, muniții, hrană și echipament, nu numai pe calea ferată, care era supraaglomerată, ci și pe vechiul drum de care, dinspre Rogatița. Zi și noapte, căruțele și caii treceau peste pod și primul lucru pe care îl întâlneau când dădeau să intre în oraș erau cei trei spânzurați, din piață. Și cum de obicei capătul coloanei se împotmolea în străzile ticsite de lume, fiecare coloană trebuia să zăbovească pe pod sau în piață, lângă spânzurătoare, până când se descurcau cei din frunte. Plini de praf, stacojii de furie, răgușiți de zbierete, sergenții treceau călare printre furgoanele și caii împovărați peste măsură, făceau semne disperate și înjurau în toate limbile monarhiei austro-ungare toate lucrurile sfinte ale tuturor religiilor cunoscute.

La vreo trei sau patru zile după asta, într-o dimineață devreme, când podul era din nou năpădit de convoaiele militare ce se scurgeau încet prin centrul îngust al orășelului, se auzi un șuierat strident și neobișnuit și, chiar în mijlocul podului, pe kapia, un șrapnel

1. Nu! Nu! Nu, pentru numele lui Dumnezeu! Domnule locotenent! Dumneavoastră știți... totul e minciună... Doamne, totul e minciună! (Germ.)

lovi parapetul de piatră. Schijele de fier și pietrele acoperiră oamenii și caii; începu învălmășeala, animalele se ridicară în două picioare, învălmășeala deveni generală. Unii se repezeau înainte, spre centrul orașului, alții goneau înapoi, pe unde veniseră. În clipa aceea căzură încă trei șrapnele, două în apă, și unul din nou pe pod, între oameni și cai. Cât ai clipi, podul rămase pustiu. În spațiul gol acum se vedeau, ca niște pete întunecate, căruțele răsturnate, oamenii și caii morți. De pe stâncile lui Butko, se auzi artileria de câmp austriacă, încercând să găsească bateria sârbească aflată pe munte, de unde lovea cu obuzele ei convoaiele împrăștiate la cele două capete ale podului.

Din ziua aceea, bateria de pe Panos ținti întruna podul și cazarma de-alături. Peste câteva zile, tot într-o dimineață, se mai auzi un zgomot, de la răsărit, dinspre Goleș. Bubuitul tunului era mai depărtat, dar mai adânc, și obuzele vuiau mai tare pe deasupra orașului. Astea erau obuzierele: în total două. Primele proiectile căzură în Drina, apoi în locul viran de lângă pod, unde pricinuiră pagube caselor de prin apropiere, hotelului Lotikăi și cazinoului ofițeresc, apoi începură, la intervale regulate, să țintească mai sigur podul însuși și cazarma. În mai puțin de-un ceas, cazarma ardea. Soldații care încercau să stingă focul fură uciși cu șrapnele de bateria de pe Panos. Până la urmă, cazarma fu lăsată în voia soartei. În arșița zilei, arse tot ce era lemn, iar printre ruinele în flăcări picau din când în când obuze care distrugeau interiorul clădirii. Astfel, pentru a doua oară, a fost nimicit hanul de piatră și preschimbat din nou într-un maldăr de bolovani.

Cele două obuziere de pe Goleș țintiră apoi numai podul, și mai ales stâlpul din mijloc. Obuzele cădeau când în râu, la dreapta și la stânga podului, când explodau lovind stâlpii masivi de piatră, când izbeau podul însuși, dar nu căzu nici unul pe capacul de fier care ascundea drumul înăuntrul stâlpului central, unde se afla explozivul pentru minarea podului.

Bombardamentul acesta, care dură zece zile, nu-i pricinui podului cine știe ce pagube. Obuzele loveau stâlpii netezi și arcadele rotunde, ricoșau și explodau în aer fără să lase alte semne pe zidurile de piatră în afara zgârieturilor albe, abia vizibile. Iar schijele de șrapnel loveau parapetele lucioase și puternice, după care ricoşau ca nişte boabe de grindină. Doar cele căzute în drumul de pe pod lăsau în pietrişul desfundat adâncituri nu prea mari şi spărturi; dar nici ele nu puteau fi văzute decât de pe pod.

Astfel, trecând prin această nouă furtună care se abătuse asupra oraşului şi care răsturna şi dezrădăcina vechile obiceiuri, secera fiinţele vii şi lucrurile neînsufleţite, podul rămase mai departe, alb, solid, de neînvins, aşa cum fusese dintotdeauna.

XXIII

Din pricina bombardamentului neîntrerupt, circulația peste pod, și așa foarte redusă, era oprită în timpul zilei: civilii treceau în voie, militarii, unul câte unul, în pas alergător; dar de cum se ivea un grup ceva mai mare, începeau să plouă șrapnelele de pe Panos. După câteva zile, se statornici un fel de regulă. Oamenii băgaseră de seamă când e bombardamentul mai puternic, când e mai slab și când încetează cu totul, și, ținând seama de observațiile acestea, porneau să-și vadă de treburile lor cele mai urgente, în măsura în care nu-i împiedicau patrulele austriece.

Bateria de pe Panos nu trăgea decât ziua, dar obuzierele de după Goleș deschideau focul și noaptea, ca să împiedice mișcările trupelor și trecerea convoaielor dintr-o parte într-alta a podului.

Orășenii ale căror case se aflau în centrul Vișegradului, în vecinătatea podului și a drumului, se mutaseră cu familiile lor pe Meidan sau în alte cartiere ferite și depărtate, la rude sau la prieteni, ca să se pună la adăpost de bombardamente. Fuga aceasta, cu copiii și cu lucrurile cele mai trebuitoare, amintea nopțile grele din vremea „revărsărilor celor mari" ale apelor. Numai că acum cetățenii de religii diferite nu se mai amestecau între ei și nu mai erau uniți de simțământul solidarității în fața năpastei care îi lovea pe toți. Turcii se adăposteau în case turcești, iar sârbii, ca niște ciumați, prin casele sârbești. Dar, deși împrăștiați și despărțiți, trăiau toți cam în același fel. Strâmtorați în case străine, nu mai știau cum să-și folosească orele nesfârșite, nici cum să-și alunge gândurile pline de griji și tulburate. Stând degeaba, umblând de colo-colo ca niște sinistrați, ei se temeau pentru viața lor, se îndoiau de soarta agoniselii lor și se chinuiau, pradă speranțelor și dorințelor contradictorii, ascunzându-le, bineînțeles, și pe unele, și pe altele.

La fel ca odinioară, pe vremea „revărsărilor celor mari“, bătrânii încercau să-i mai înveselească și să-i mai liniștească pe cei din preajma lor, cu glume și povești, arătându-se ca și cum ar fi fost calmi și senini. Dar se părea că pentru asemenea năpastă glumele vechi și prefăcătoriile nu foloseau la nimic; se părea că poveștile de odinioară își pierduseră farmecul, că glumele își pierduseră sarea și înțelesul. Iar ca să născocești altele noi, e greu și cere timp.

Noaptea se prefăceau toți că dorm, deși nimeni nu izbutea să închidă ochii cu adevărat. Vorbeau pe șoptite, deși nimeni nu înțelegea ce rost are să șușotești când clipă de clipă bubuie tunurile, fie cele sârbești, fie cele austriece. Frica „de-a nu face semne dușmanului“ intrase în oameni, deși nimeni nu știa cum se fac semnele astea și nici ce sunt ele, de fapt. Dar spaima era atât de mare, încât nimeni nu mai îndrăznea să aprindă măcar un chibrit. Când voiau să fumeze, bărbații se închideau în odăițe fără geamuri, bine zăvorâte, sau își acopereau capul cu vreo pătură și fumau așa. Zăduful era de neîndurat. Se scăldau toți în sudoare, dar toate ușile erau încuiate și toate ferestrele acoperite. Orășelul părea un nenorocit care, neputând să se apere de lovituri, își acoperă ochii cu mâinile și așteaptă. Toate casele păreau ferecate, moarte. Căci cine voia să scape cu viață trebuia să facă pe mortul și nici asta nu ajuta chiar întotdeauna.

În casele musulmane, atmosfera era mai însuflețită și oamenii se simțeau mai la largul lor. Acolo se mai păstrau multe din străvechile instincte războinice, trezite însă la vreme nepotrivită, zăpăcite și ciuntite de duelul acesta care se înfăptuia pe deasupra capetelor, între două artilerii, amândouă ghiaure. Dar mai existau și griji, mari și ascunse, se întâmplau și nenorociri fără ieșire și fără scăpare posibilă.

În casa lui Ali-hogea, sub cetățuie, e o adevărată școală. Copiilor lui, destul de numeroși, li s-au mai adăugat și cei nouă copii ai lui Mui-aga Mutapjici, dintre care doar trei sunt mai răsăriți: toți ceilalți sunt încă mici, născuți unul după altul și ajungându-și unul altuia până la urechi. Ca să scape de grija de a-i păzi și ca să nu-i strige tot timpul prin curte, părinții i-au închis, laolaltă cu copiii lui Ali-hogea, într-o odaie de jos, largă și răcoroasă, și acolo, mamele și surioarele mai măricele văd de ei, într-o gălăgie și o păruială necontenite.

Mui-aga Mutapjici ăsta, zis din Ujițe, e un vechi locuitor al orășelului. (Vom vedea mai departe cum și de ce.) E înalt, are vreo cincizeci de ani, capul cărunt, nasul ca un plisc de vultur, fața brăzdată de zbârcituri, vocea groasă și gesturi bruște și milităroase. Pare mai bătrân decât Ali-hogea, deși e cu vreo zece ani mai tânăr decât el. Își petrece timpul cu Ali-hogea, fumând întruna, vorbește puțin și rar, absorbit de gânduri a căror gravitate i se răsfrânge pe față și în fiecare gest. Nu stă o clipă locului. Se ridică, iese în fața casei și privește din grădină înălțimile din jurul orașului, de-o parte și de alta a râului. Și cată așa, cu fruntea sus, scrutând zarea, de parcă s-ar uita să vadă venind furtuna. Ali-hogea, care nu-l lasă o clipă singur și-și dă mereu osteneala să-l îmbărbăteze și să-l liniștească, iese după el.

Aici, în grădina povârnită, dar frumoasă și mare, domnesc pacea și belșugul verii. Ceapa a fost întoarsă și tăiată, floarea-soarelui e plină de putere și în jurul pălăriilor ei grele și negre zumzăie albinele și bondarii. Pe margini, florile mai mărunte au început să dea sămânță. Din locul acesta înalt se vede orășelul în vale, împrăștiat pe limba de nisip, prins ca într-o furcă între Drina și Rzav și încununat de înălțimile inegale și felurite ale munților. Jos, în jurul orășelului și pe marginile abrupte ale colinelor, se înșiruie, unul după altul, lanurile de ovăz în pârgă și de porumb verde. Casele albe strălucesc, iar pădurile care acoperă culmile par niște ghemuri întunecate. Tirul artileriei, nu prea intens nici de-o parte nici de alta, pare de-aici o salvă inofensivă, trasă de sărbători, într-atât de larg e pământul și bolta de deasupra lui, în seninul zilei acesteia de vară care abia începe.

Lui Mui-aga, cât e el de îngrijorat, prinde a i se dezlega limba. Începe să răspundă la vorbele binevoitoare ale lui Ali-hogea și-i povestește viața lui. Și asta nu fiindcă Ali-hogea nu l-ar cunoaște, dar aici, în soare, trebuie să scape în vreun fel de nodul care îi apasă pieptul și-l înăbușă; și, de altminteri, soarta se hotărăște chiar aici, acum, în fiecare clipă a zilei ăsteia de vară, cu fiecare lovitură de tun trasă de-o parte sau de alta.

Mui-aga n-avea nici cinci ani împliniți când turcii fuseseră nevoiți să părăsească orașele din Serbia. Ei plecară în Turcia, însă taică-său, Suli-aga Mutapjici, încă tânăr pe atunci, dar om cu vază și fruntaș printre musulmanii din Ujițe, hotărî să treacă în Bosnia, de unde i se trăgea neamul lui străvechi. Suli-aga își îndesă copiii în coșurile-samare și luându-și banii pe care, în aceste împrejurări, îi putuse căpăta din vânzarea pământului și a caselor, plecă din Ujițe pentru totdeauna. Împreună cu cele câteva sute de refugiați din aceeași localitate, el ajunse în Bosnia, unde mai era stăpânire turcească, și se așeză la Vișegrad, lângă niște neamuri de-ale Mutapjicilor din Ujițe, care trăiau de multă vreme aici. Trecuseră vreo zece ani și tocmai începuse să fie cineva printre negustorii orășelului, când veni ocupația austriacă. Fire hotărâtă și dârză, Suli-aga socoti că nu merită să fugi de-o stăpânire ghiaură ca să trăiești sub alta. Și, la un an după sosirea austriecilor, el părăsi din nou Bosnia, cu toți ai lui și cu încă vreo câteva familii care nu voiau să rămână într-o țară unde „bat clopotele", și se mutară la Novo-Varoș în Sandjak. (Mui-aga era pe-atunci un flăcăiandru de vreo cincisprezece ani.) În Sandjak, Suli-aga Mutapjici făcu iar negustorie și se născură și ceilalți copii. Dar nu uită niciodată ce lăsase la Ujițe și nu se putu obișnui cu oamenii noi și cu obiceiurile din Sandjak. Din pricina asta chiar se și prăpădi înainte de vreme. Toate fetele lui, frumoase și cuminți, se măritară bine. Băieții crescură pe moșioara părintească. Și tocmai când se însuraseră unul după altul, și începuseră să prindă rădăcini mai adânci pe noile meleaguri, izbucni războiul balcanic din 1912. Mui-aga luă parte la luptele duse de armatele turcești la Novo-Varoș, împotriva sârbilor și muntenegrenilor. Rezistența a fost scurtă, dar nu se poate spune că a fost slabă sau zadarnică. Și totuși, ca printr-o minune, ca și cum soarta armatelor și a nu știu câtor mii de oameni nu s-ar fi decis acolo, ci undeva departe și fără nici o legătură cu rezistența lor, energică sau slabă, trupele turcești evacuară Sandjakul. Neputând să aștepte dușmanul din fața căruia, în copilărie, fugise din Ujițe, și căruia i se împotrivise acum, fără succes, și nemaiavând în ce țară să fugă, Mui-aga se hotărî să se reîntoarcă în Bosnia sub aceeași stăpânire de care fugise taică-său. Și astfel, emigrând pentru a treia oară, revenise cu familia în orășelul unde își petrecuse copilăria.

Cu cei câțiva bani lichizi și cu ajutorul turcilor din Vișegrad, printre care avea rude, încercase în ultimii doi ani să înjghebeze un negoț. Dar lucrul n-a mers deloc ușor, căci, după cum am văzut, vremurile erau grele și nesigure, iar câștigul era anevoios chiar pentru cei care aveau o situație temeinică. Mui-aga trăia mai mult din banii aduși cu el, așteptând timpuri mai bune și mai pașnice. Și iată că acum, după ce trăise cu chiu cu vai doi ani ca refugiat, vedea izbucnind furtuna în fața căreia nu putea și nu știa ce să facă. Singurul lucru cu putință era să-i urmărească îngrijorat cursul și să-i aștepte cu teamă sfârșitul.

Despre asta vorbesc acum, pe șoptite, ei doi, alandala, așa cum se vorbește despre lucruri nu prea bine cunoscute și care pot fi cercetate de la coadă, de la capăt sau chiar de undeva, de pe la mijloc. Ali-hogea, care îl iubește și-l prețuiește grozav pe Mui-aga, își dă osteneală să găsească vorbe de alinare, ca să-l liniștească, nu fiindcă își închipuie că i-ar putea lecui suferința, ci doar fiindcă așa crede el de cuviință și socotește de datoria lui să deplângă în vreun fel nenorocul omului ăstuia cinstit, nefericit și cu adevărat musulman. Mui-aga stă jos și fumează: e întruchiparea însăși a celui copleșit de soartă. Pe frunte și pe tâmple îi brobonesc picături mari de sudoare, rămânând acolo câteva clipe, mărindu-se, îngreunându-se, lucind în soare și scurgându-i-se apoi pe obrajii brăzdați. Dar Mui-aga nu le simte și nu le șterge. Cu ochii stinși, el privește iarba din față, absorbit de gânduri, ascultând ce se petrece înăuntrul lui și ceea ce se petrece acolo e mai tare și mai răsunător decât toate cuvintele de alinare, decât cele mai puternice bubuituri de tun. Din când în când, el face doar cu mâna o mișcare ușoară, și rostește vreo vorbă care e mai mult o parte din gândurile lui decât un răspuns la ce i se spune și la ce se petrece în preajmă.

— Am ajuns, dragă Ali-hogea, să nu mai știm încotro să apucăm. Numai Allah singur vede că răposatul tata și cu mine ne-am străduit să ne păstrăm credința curată și să ne ducem viața ca niște adevărați musulmani. Bunicul și-a lăsat oasele la Ujițe; poate că acum nu mai există nici urmă din mormântul lui. Pe tata l-am îngropat la Novo-Varoș și nu știu dacă acum nu calcă vitele ghiaurilor peste groapa lui. Mă gândeam că măcar eu să mor aici, unde drept-credincioșii mai sunt chemați la rugăciune, dar mi se pare că e scris ca seminția noastră să fie nimicită și să nu-și mai cunoască nimeni mormintele părinților. Asta-i doar voia lui Allah, nu-i așa? Dar văd că nu mai avem încotro. A venit vremea când se spune că dreapta-credință n-are decât o scăpare: să se prăpădească. Căci ce mai pot face oare? Să mă iau după Nail-bei și să intru în *Schutzkorps*, ca să mor cu o pușcă nemțească în mână, necinstindu-mă, în fața lumii acesteia și a lumii celeilalte, sau să stau așa și să aștept venirea sârbilor și să primesc lucrurile de care, vreme de cincizeci de ani, ne-am ferit fugind dintr-un loc în altul?

Ali-hogea se pregătea să-i spună câteva cuvinte de încurajare, să-i dea puțină speranță, dar îi tăie vorba o salvă a bateriei de pe înălțimile lui Butko și alta a tunurilor de pe Panos, care încercară să răspundă și ele. Îndată se auziră și tunurile de pe Goleș. Trăgeau exact pe deasupra capetelor lor și atât de jos, încât obuzele de felurite mărimi țeseau o urzeală, cu vuietul acela jalnic care îți furnică măruntaiele și-ți îngheață sângele în vine, până te apucă durerea. Ali-hogea se ridică și spuse că e de părere să se adăpostească sub streașina acoperișului, iar Mui-aga îl urmă ca un somnambul.

În casele sârbești, îngrămădite în jurul bisericii de pe Meidan, dimpotrivă, nu există nici tânguieli pentru trecut, nici teamă de viitor: nu există decât frica și povara prezentului. Acolo domnește uluirea aceea mută care-i cuprinde întotdeauna pe oameni după primele clipe ale unei spaime îngrozitoare, după arestări și ucideri fără ordine și judecată. Dar sub deznădejdea asta, e ce-a fost de totdeauna: o ureche pândind în taină, ca și odinioară, cu o sută de ani și mai bine în urmă, când pe Panos ardeau focurile răsculaților; aceeași nădejde, aceeași luare-aminte și aceeași hotărâre de-a îndura totul, dacă nu se poate altfel, și aceeași credință într-o scăpare fericită, până la urma urmelor.

Nepoții și strănepoții celor care tot aici, închiși ca și ei prin case, speriați și neliniștiți, dar fremătând în adâncul sufletului își ascuțeau auzul încercând să prindă bubuitul slab al tunului lui Karageorge dinspre Veletovo ascultă în clipa asta cum pe deasupra capetelor, în bezna înăbușitoare, bubuie tunetul obuzelor grele. Ghicesc după șuierat care sunt sârbești și care sunt germane, le spun cuvinte drăgăstoase sau le blestemă, le dau nume și porecle. Asta atâta vreme cât obuzele trec pe sus și se sparg mai depărtișor, dar când canonada coboară până la pod și până deasupra orașului, ei tac deodată și li se taie graiul fiindcă li se pare – și ar putea să jure – că, în liniştea deplină, în mijlocul unui spaţiu atât de întins, şi dintr-o tabără, şi din alta nu se trage decât în ei, în casa unde se adăpostesc. Şi numai după ce urletul exploziilor apropiate încetează, reîncep să vorbească, cu glas schimbat, şi-şi spun unii altora că obuzele au căzut la doi paşi, că sunt un sistem deosebit de periculos, mai periculos decât toate celelalte feluri de bombe.

În casa lui Ristici s-au adăpostit cei mai mulţi dintre sârbii din mahalaua negustorească. E chiar deasupra casei parohiale, dar e mai mare şi mai frumoasă decât aceasta din urmă şi adăpostită împotriva bombardamentului, din amândouă părţile, de livezile cu pruni de pe pantă. Sunt puţini bărbaţi, dar multe femei ai căror soţi au fost arestaţi sau luaţi ca ostatici, şi ele s-au refugiat aici, cu copiii lor.

În casa bogată şi încăpătoare trăia doar Mihailo Ristici, cu nevastă-sa şi cu noră-sa, văduvă care n-a mai vrut nici să se mărite, nici să se reîntoarcă în casa părinţilor ei când i-a murit soţul, ci a rămas aici, ca să-şi crească copiii, lângă socri. Băiatul ei mai mare a fugit în Serbia, cu doi ani în urmă, şi a murit ca voluntar la Bregalniţa. Avea pe-atunci optsprezece ani.

Bătrânul Mihailo, nevastă-sa şi noră-sa îşi servesc musafirii de parcă i-ar fi poftit la vreun hram. Bătrânul, mai ales, e neobosit. Stă cu capul descoperit, împotriva obiceiului său (căci, în general, nu-şi leapădă niciodată fesul roşu), părul cărunt şi des îi cade pe frunte şi în jurul urechilor, iar mustăţile, groase şi argintii, îngălbenite de tutun îi înconjoară gura, ca un zâmbet neîncetat. De cum bagă de seamă că vreun oaspete s-a speriat sau s-a întristat, se apropie de el, îl încurajează, îl îmbie cu rachiu, cafea, tutun.

— Nu pot, naşule Mihailo, îţi mulţumesc ca unui părinte, dar mă îneacă aici, se apără o femeie încă tânără, arătându-i cu mâna gâtul alb şi rotunjor.

Femeia e nevasta lui Petre Gatal, din Okolişte. Petre a plecat mai deunăzi la Sarajevo, cu nişte treburi. Războiul l-a prins acolo şi de-atunci n-a mai venit nici o veste de la el. Ea, fiind izgonită din casă de soldaţi, s-a refugiat, împreună cu cei doi copii, la Mihailo Ristici, cu care familia soţului ei e încuscrită. A doborât-o grija bărbatului şi a casei părăsite. Îşi frânge mâinile, oftează şi geme, rând pe rând.

Mihailo n-o slăbeşte o clipă din ochi şi stă întruna pe lângă ea. În dimineaţa aceea a venit vestea că Petre, pe când se reîntorcea din Sarajevo cu trenul, a fost luat ca ostatic, că l-au mânat la Vardişte şi că, acolo, cu prilejul unei învălmăşeli, a fost împuşcat din greşeală. Nevesti-sii nu i-au spus încă nimic şi Mihailo veghează ca nu cumva să afle pe neaşteptate şi pe nepregătite. Femeia se ridică întruna, vrea să iasă în ogradă, să se uite spre Okolişte, dar Mihailo n-o lasă, găsind tot soiul de pricini, fiindcă ştie că la Okolişte casa lor e în flăcări şi vrea s-o cruţe măcar de priveliştea asta pe nefericita femeie. Glumeşte, zâmbeşte şi o îmbie mereu cu câte ceva:

— Ia, Stanoika, ia, mieluşelule. Un păhăruţ doar. Ăsta e balsam de leac şi băutură care împrăştie grija. Nu e rachiu.

Femeia bea, ascultătoare. Mihailo le dă şi celorlalţi, pe rând, cu însufleţire prietenoasă, silindu-i să prindă puteri. Apoi se reîntoarce la nevasta lui Petre Gatal. A mai lăsat-o nodul din gât. Acum e mai calmă şi se mulţumeşte să privească îngândurată. Dar bătrânul Mihailo n-o părăseşte. Îi spune, ca unui copil, că au să treacă toate astea, că Petre o să se întoarcă acasă viu şi nevătămat şi că au să se ducă iar în casa lor din Okolişte.

— Îl cunosc eu pe Petre, doar am fost şi la botezul lui. Despre botezul ăsta s-a vorbit multă vreme. Eu îl ţin minte, parcă s-ar fi petrecut mai ieri, alaltăieri. Eram flăcău de însurat când m-am dus, cu răposatul tata, care era naşul copiilor lui Ianko Gatal, din Okolişte, să-l botezăm pe Petre ăsta, al tău.

Şi începe să spună povestea cu botezul lui Petre Gatal, cunoscută de toţi, dar care, în noaptea asta, în ceasurile astea neobişnuite, li se pare nouă tuturor.

Bărbaţii şi femeile se trag mai aproape şi, ascultând, mai uită de primejdie şi nu mai iau seama la bubuitul tunului cât timp povesteşte Mihailo.

— Pe vremurile paşnice, pe când păstorea în Vişegrad vestitul popa Nikola, lui Ianko Gatal, după numeroşi ani de căsnicie şi-un şir întreg de fete, i se născuse un fiu. În săptămâna următoare, duminică, porniră cu pruncul spre biserică, să-l boteze. În afară de fericitul tată şi de naş, mai merseră câteva rude şi câţiva vecini. Încă de pe când coborâseră din Okolişte, oamenii făcuseră numeroase popasuri, trăgând din plosca burduhănoasă a naşului, duşcă după duşcă, rachiu tare ca focul. Şi când, străbătând podul, au ajuns pe kapia, s-au oprit acolo, să se odihnească un pic și să mai tragă o duşcă. Era o zi rece, de toamnă târzie. Pe kapia nu se mai aflau nici cafegiii, nici turcii din orăşel veniți să soarbă la cafele. Așa că oamenii din Okolişte se aşezară ca la ei acasă, deschiseră desagii cu merinde și destupară o nouă ploscă de rachiu. Tot închinând în sănătatea unuia și-a altuia, cu voie bună și din toată inima, uitară și de prunc, și de popa care trebuia să-l boteze, după liturghie. Cum pe-atunci – pe la 1870 – bisericile nu aveau și nici nu le era îngăduit să aibă clopote, alaiul vesel nu băgase de seamă că vremea trecuse și că liturghia se isprăvise, pesemne de mult. În discuțiile lor în care se amesteca, îndrăzneț și depărtat, viitorul copilului și trecutul părinților, timpul n-avea însemnătate și nimeni nu-l măsura. De câteva ori se trezise conştiinţa naşului, atrăgându-le atenția că trebuie să pornească, dar ceilalți îl siliseră de îndată să tacă.

„Măi, oameni buni, hai să mergem, să îndeplinim cele rânduite de legea creştinească", bolborosea naşul.

„Ce te-a apucat de ne bodogăneşti atâta? Doar n-a rămas nimeni nebotezat în parohia asta", îi răspundeau ceilalți, îndemnându-l, care mai de care, să bea din plosca lui.

Și tatăl lui Petre, de asemenea, se zorise la un moment dat să pornească, dar, până la urmă, rachiul îl făcuse să tacă și-i împăcase pe toți. Femeia, care până atunci ținuse copilul în brațele ei învinețite de frig, îl așeză pe-o bancă de piatră și-l înveli cu un şal pestriț. Copilul stătea liniştit, ca-n leagăn, când dormind, când deschizând ochişorii, curios, de parcă ar fi vrut și el să se veselească laolaltă cu ceilalți. „Se vede că țâncul ăsta e din oraşul nostru, spunea naşul, îi place lume multă și veselie."

„Să fii sănătos, Ianko, strigă unul dintre vecini. Să-ți trăiască feciorul ani mulți și fericiți. Să dea Dumnezeu să fie mândria casei și fala sârbilor, și să viețuiască în cinstire și belşug. Să dea Dumnezeu..."

„Ce-ați zice dacă l-am și boteza?" îl întrerupse tatăl.

„N-avea grijă de botez", strigară ceilalți într-un glas, îndemnându-se la rachiu.

„Nici Raghib-efendi, din Borovaţ, nu-i botezat şi vezi ce flăcău zdravăn e: deşală calul sub el", spuse unul din vecini, pe când ceilalţi se prăpădeau de râs.

Dacă însă oamenii ăştia de pe kapia pierduseră noţiunea timpului, popa Nikola n-o pierduse deloc: el a aşteptat cât a aşteptat în faţa bisericii, apoi s-a mâniat, şi-a îmbrăcat scurteica de vulpi şi a coborât de pe Meidan, în târg. Acolo, cineva i-a spus că oamenii şi pruncul se află pe kapia. Şi s-a dus acolo să-i certe cum ştia el, dar l-au primit cu atâta dragoste şi bucurie sinceră, i-au cerut iertare atât de solemn, i-au făcut urări atât de călduroase şi i-au spus vorbe atât de bune, încât popa Nikola, care era el om aspru la înfăţişare, dar avea inimă de vişegrădean, i-a iertat, a primit plosca şi a luat şi-o gustare. S-a plecat apoi deasupra micuţului şi l-a alintat cu tot felul de nume drăgălaşe, pe când copilul îi privea liniştit faţa lată, ochii mari, albaştri, şi barba lungă, roşcată.

Povestea născocită mai târziu, după care pruncul ar fi fost botezat pe kapia, nu-i adevărată; dar e adevărat că s-au iscat discuţii îndelungi, în timpul cărora s-a băut vârtos şi s-a închinat din belşug. Abia târziu, după-amiază, întregul alai vesel s-a urnit spre Meidan şi popa a deschis biserica unde naşul, împleticindu-şi limba şi sughiţând, s-a lepădat de Satana în numele noului cetăţean al Vişegradului.

Aşa l-am botezat pe finul Petre, deie-i Domnul sănătate, şi uite c-a trecut de patruzeci de ani şi nu duce lipsă de nimic, îşi încheie Mihailo povestirea.

Cei de faţă mai băură câte un rachiu şi câte o cafea, uitând realitatea, ca s-o poată îndura; acum vorbeau toţi mai uşor şi mai liber şi vedeau aievea că există în viaţă lucruri mai omeneşti şi mai vesele decât beznele astea, decât spaima şi decât bubuiturile aducătoare de moarte.

Astfel îşi petrecură noaptea şi, totodată, viaţa, făcută din primejdii şi chinuri dar luminoasă, neclintită şi dreaptă. Împinşi de străvechi instincte moştenite, ei o rupeau în bucăţi, o împărţeau în impresii de-o clipă şi în cerinţe imediate, pierzându-se mereu în ele. Doar aşa, trăind fiecare clipă în parte, fără să privească nici înainte, nici înapoi, puteau să îndure o asemenea viaţă şi să se poată păstra pentru zile mai bune.

Apoi se crăpă de ziuă. Asta însemna doar că salvele de tun deveneau mai vii și că focul de neînțeles și nesfârșit al războiului se continua în lumina soarelui. Căci zilele nu mai aveau nici nume, nici sens, în ele însele; timpul își pierduse importanța și valoarea. Oamenii nu știau decât să aștepte și să tremure. Altminteri, gândeau, munceau, vorbeau și umblau ca niște automate.

Așa, sau aproape așa, trăiau cei din cartierele de sus, la poalele fostei cetățui și pe Meidan.

Jos, în centrul orașului, rămăseseră puțini oameni. Încă din primele zile ale războiului, se dăduse ordin ca prăvăliile să fie deschise; astfel puteau să-și facă soldații care treceau prin Vișegrad unele târguieli mărunte, dar, mai ales, fiindcă în felul acesta se putea arăta populației că dușmanul e departe și că nici un pericol nu amenință orașul. Ordinul rămăsese în vigoare, nu se știe cum, și sub bombardamente, dar fiecare negustor se străduia să găsească un pretext ca să țină dugheana închisă aproape toată ziua. Prăvăliile de lângă pod și de lângă hanul de piatră, cum erau cele ale lui Pavle Rankovici și Ali-hogea, stăteau închise toată ziua, fiind expuse bombardamentului. Tot așa, hotelul Lotikăi era complet închis. Acoperișul îi fusese lovit de un obuz și zidurile ciuruite de schije de șrapnel.

Ali-hogea nu cobora de pe colina lui decât o dată sau de două ori pe zi, ca să vadă dacă totul e în ordine, apoi se reîntorcea acasă.

Lotika părăsise hotelul, cu întreaga ei familie, din primele zile, de când începuse bombardarea podului. Trecuseră toți pe malul stâng al Drinei și se refugiaseră într-o casă turcească, nouă și încăpătoare. Casa se afla ceva mai departe de drum, adăpostită într-o adâncitură și înfundată între crengile groase ale unei livezi printre care nu i se vedea decât acoperișul roșu. Proprietarul casei se afla la țară, cu toată familia lui.

Părăsiseră hotelul la căderea nopții, când domnește, de obicei, o tăcere deplină. Dintre servitori, nu mai rămăsese cu ei decât credinciosul și neschimbatul Milan, flăcău bătrân, dar totdeauna fercheș. De multă vreme Milan nu mai avusese pe cine să dea afară din hotel. Așa cum se întâmplă adeseori în astfel de ocazii, celelalte slugi se împrăștiaseră care încotro, de cum căzuse prima bombă peste oraș. Ca totdeauna, și de data asta tot Lotika a condus mutarea și a dat ordinele trebuitoare, numai ea, fără nici o împotrivire. Ea hotărâse care erau lucrurile cele mai necesare și prețioase ce trebuiau luate, ea hotărâse ce putea fi lăsat, cum să se îmbrace fiecare, cine să ducă băiatul idiot și șchiop al Deborei, cine s-o conducă pe Debora însăși, bolnavă și plângăreață, și cine pe Mina, fata bătrână și grasă, care își ieșise din minți de spaimă. Profitând de întunericul cald al nopții, trecuseră podul cărând într-un cărucior câteva lucruri și copilul bolnav, pe când Lotika, Zaler, Mina și Debora duceau toți patru pachete. Era pentru prima oară, după treizeci de ani, că hotelul rămânea pustiu, fără un suflet viu în el. Întunecată, lovită de primele obuze, clădirea arăta ca o ruină străveche. Și, de cum călcară pe pod, toți oamenii aceștia bătrâni sau tineri, șchiopi sau obezi, cu picioare strâmbe, neobișnuiți să umble pe jos, căpătară dintr-odată înfățișarea unor fugari nefericiți.

Trecură astfel podul pe celălalt mal și ajunseră la încăpătoarea casă turcească, pentru a locui acolo. Și aici, Lotika pusese fiecare lucru la locul lui și-și rânduise familia și boarfele de sinistrați. Dar când a trebuit să se culce și ea în casa asta pe jumătate goală și care nu era a ei, fără lucrușoarele și hârtiile cu care își petrecuse toată viața, i s-a frânt inima, și, pentru prima oară de când se știa pe lume, au părăsit-o puterile, dintr-odată. Strigătul ei de durere a răsunat în casa goală. Și s-a ivit ceva pe care nimeni nu-l văzuse, nu-l auzise și căruia nimeni nu-i bănuise măcar existența: plânsul Lotikăi, puternic, copleșitor și sugrumat, ca plânsul unui bărbat. Ea nu și-l stăpânea și nu putea să și-l stăpânească. Și, de îndată, se abătu asupra familiei o uimire însoțită de spaimă, o tăcere aproape religioasă și apoi se auziră gemetele și tânguirile tuturor. Pentru ei, prăbușirea puterilor Lotikăi însemna o lovitură mai grea decât războiul, fuga și pierderea casei, căci, cu ea, totul putea fi învins și trecut, iar fără ea nu se putea nici face, nici închipui nimic.

Iar când se iviră zorile zilei următoare, o zi strălucitoare, de vară, cu nori trandafirii, cu belșug de rouă și ciripit de păsărele, în locul Lotikăi de altădată, care până în ajun se îngrijise de soarta alor săi, găsiră ghemuită pe podea o bătrână neputincioasă, neînstare să-și poarte măcar grija ei, plângând ca un copil și neștiind să spună nici de ce se teme, nici ce-o doare.

Atunci, se întâmplă încă o minune. Bătrânul Zaler, somnoros și greoi, care nici în tinerețea lui n-avusese pic de voință sau păreri proprii și se lăsase condus, ca și restul familiei, de Lotika, Zaler acesta care, la drept vorbind, nu fusese niciodată tânăr, se ridică deodată, ca un adevărat cap de familie, înzestrat cu multă înțelepciune și voință, în stare să ia hotărârile trebuitoare și având destulă putere să le înfăptuiască. O mângâie și o îngriji pe cumnată-sa, ca pe-un copil bolnav, și veghe asupra tuturor, așa cum făcuse ea până în ajun. Când nu bubuiau tunurile, se ducea în oraș și căra din hotelul pustiu hrană, lucruri și îmbrăcăminte. Găsi undeva un medic și-l aduse la bolnavă. Medicul constată că bătrâna era istovită, că avea nervii zdrobiți și că trebuia cât mai degrabă îndepărtată de locul acesta, dusă în afara zonei operațiunilor de război. Îi prescrise și niște picături. Zaler căpătă de la autoritățile militare o căruță și învoirea să-și mute întreaga familie, mai întâi la Rogatița, apoi la Sarajevo. Trebuiau doar să mai aștepte o zi, două, până ce Lotika avea să se mai pună pe picioare ca să poată face călătoria. Dar Lotika rămânea culcată ca o oloagă, se văieta cu glas tare, în limbajul ei pitoresc și împestrițat, și rostea cuvinte fără șir, de spaimă, deznădejde și silă. În juru-i se târa pe podea nefericitul băiat al Deborei; el își privea curios mătușa și o chema cu strigătele lui guturale, îngăimate, pe care Lotika le înțelegea atât de bine, dar cărora nu le mai răspundea acum. Nu voia să mănânce nimic și nu putea să vadă pe nimeni. O chinuiau îngrozitor tot felul de vedenii ciudate, ca niște dureri fizice. Uneori, i se părea că se deschid sub ea două scânduri, ca o capcană, și că se cufundă într-o prăpastie necunoscută unde, în afara strigătelor ei, n-avea nici cu ce să se apere, nici de ce să se țină. Alteori i se năzărea că e mare, ușoară și puternică, își închipuia că are picioare de uriaș și aripi colosale, că poate să alerge cu pași de struț mai lungi decât din Vișegrad până la Sarajevo. Sub călcâiele ei i se părea că clipocesc râurile și mările, ca niște băltoace, iar orașele și satele scârțâiau ca pietrișul și ca sticla. Asta o făcea să-i bată inima și să i se taie răsuflarea. Nu înțelegea nici unde se va opri, nici încotro o ducea goana înaripată, dar știa că va scăpa de capcana scândurilor viclene, care se deschideau sub ea cu iuțeala fulgerului. Știa că strivește sub tălpi și că lasă în urmă un pământ pe care nu-i bine să rămâi, știa că sare, ca peste niște mocirle murdare, peste satele și orașele cele mari, peste toate locurile unde oamenii se înșală unii pe alții, se mint unii pe alții, cu vorbe sau cu cifre. Când își terminau farsa și când vorbele și cifrele li se încurcau, ei schimbau dintr-odată jocul, așa cum fac scamatorii când schimbă numărul și, contrar tuturor spuselor și tuturor așteptărilor, se iveau tunurile, puștile și alte unelte ale morții și alți oameni cu ochii injectați de sânge, pentru care orice discuție, orice tocmeală, orice înțelegere erau cu neputință. În fața năvalei acesteia, ea nu mai era pasărea uriașă care aleargă, ci o biată bătrânică neputincioasă, pe-o scândură tare. Iar oamenii aceștia roiau cu miile, cu milioanele, împușcau, măcelăreau, sugrumau totul, pe rând, nimiceau fără milă și fără rost. Unul se pleca deasupra ei; nu-i vedea fața, dar simțea că-i pune vârful baionetei tocmai acolo unde se despart coastele și unde e omul mai plăpând.

— Ah, aaah! Ajutor! Scăpați-mă! striga Lotika, trezindu-se și aruncând cât colo șalul cenușiu cu care o acoperiseră.

Iar băiatul cel mic stătea ghemuit lângă perete și o privea cu ochii lui mari și negri, în care citeai mai multă curiozitate decât teamă sau milă. Din odaia cealaltă venea fuga Mina, o liniștea pe bolnavă, îi ștergea sudoarea rece de pe obraji, și-i dădea să bea apă în care turnase mai înainte câteva picături de valeriană, numărate cu grijă.

Deasupra câmpiei înverzite, ziua de vară pare nesfârșită; nu mai știi când a început și uiți că se întunecă deodată. E cald și aici, dar nu simți arșița soarelui. Casa răsună de pași. Sosesc și alți oameni din oraș. Un soldat și-un ofițer vin din întâmplare. Hrană și fructe se găsesc din belșug. Milan face cafele întruna. Toată scena asta ar putea să pară o lungă vacanță, la țară, dacă din când în când nu s-ar auzi țipetele disperate ale Lotikăi și bubuitul surd care ajunge până în valea asta ca un mârâit furios, arătând că lucrurile nu merg cum trebuie în lume și că nenorocirea tuturor și a fiecăruia e mult mai aproape și mai mare decât ar putea să pară judecând după întinsa și liniștita seninătate a zilei acesteia.

Iată ce-a făcut războiul din hotelul Lotikăi și din locatarii lui.

Prăvălia lui Pavle Rankovici e și ea închisă. A doua zi după izbucnirea războiului Pavle și încă vreo câțiva sârbi mai cu vază au fost luați ca ostatici. Unii dintre ei sunt la gară, unde răspund cu viața de ordinea, de liniștea și de bunul mers al transporturilor; alții sunt lângă pod, în fundul pieței, într-o mică baracă de lemn unde, în zilele de târg, se afla cântarul comunal și se plătea taxa de cântar. Aici, ostaticii stau chezășie cu viața că nimeni nu va distruge și nu va strica podul.

În baraca asta, pe-un scaun de cafenea, stă Pavle. Cu mâinile pe genunchi, cu capul plecat, el pare un om care, istovit cu totul, după un efort prea mare, s-a așezat puțin să se odihnească, și stă neclintit, rămânând ore întregi în aceeași poziție. Lângă ușă, pe-un maldăr de saci goi, stau doi soldați, doi rezerviști. Ușa e închisă și în baracă domnesc un semiîntuneric și un zăduf greu. Când dinspre Panos sau dinspre Goleș trece șuierând vreun obuz, Pavle își înghite saliva, și trage cu urechea unde a lovit obuzul. Rankovici, care știe că podul e minat de mult, se gândește întruna la asta și se întreabă dacă vreunul din obuze ar putea să aprindă pulberea, în cazul când ar pătrunde până la ea. De câte ori se schimbă garda, el ascultă cum subofițerul le dă instrucțiuni celor ce fac de pază. De fiecare dată, instrucțiunile se termină astfel: „La cea mai mică încercare de-a strica podul sau cel mai mic semn suspect arătând că s-ar pune la cale asemenea lucruri, omul ăsta trebuie ucis imediat".

Pavle s-a obișnuit cu vorbele astea, de parcă nu l-ar privi pe el. Îl neliniștesc mai mult obuzele și șrapnelele care explodează din când în când atât de aproape de baracă, încât fac să sară în aer pietrișul, lovind cu schijele lor în pereții de lemn. Dar și mai mult îl chinuiește timpul, care i se pare prea lung și gândurile lui, care sunt de neîndurat.

Pavle chibzuiește la ce s-a ales de el, din casa și din avutul lui. Și cu cât chibzuiește mai mult, cu atât i se par toate un vis urât. Căci cum și-ar putea explica altfel tot ce l-a lovit pe el și pe ai lui în aceste ultime zile? Doi dintre băieții lui, studenți, au fost ridicați de jandarmi, din prima zi. Acasă, n-au mai rămas decât nevastă-sa și fetele. Marele atelier din Osoinița, unde se făceau hârdaie, a ars sub ochii lui. Țăranii sârbi de prin satele învecinate pesemne că au pierit ori s-au împrăştiat. Toţi banii împrumutaţi în judeţ sunt pierduţi. Prăvălia lui, cea mai frumoasă prăvălie din oraş, la câţiva paşi de-aici, e închisă şi va fi de bună seamă jefuită sau va lua foc de la vreun obuz. Şi el stă în baraca asta întunecată, ostatic, răspunzând cu capul pentru un lucru care nu depinde de el: pentru soarta podului.

Gândurile îi năpădesc mintea ca un val tumultuos şi năvalnic, ca niciodată până acum, se încrucişează, apoi se sting. Ce legătură are cu podul, el, care toată viaţa lui nu şi-a văzut decât de prăvălie şi de casă? Doar nici nu l-a minat şi nici nu l-a bombardat el. Niciodată, chiar când era flăcău, n-a stat pe kapia şi nu şi-a petrecut timpul cântând şi glumind fără rost, ca tinerii pierde-vară din Vişegrad. Întreaga viaţă i se desfăşoară pe dinaintea ochilor, cu amănunte uitate de multă vreme.

Îşi aminteşte cum a venit din Sandjak, băiat de paisprezece ani, flămând şi cu opincile sparte. S-a tocmit la un bogătaş, pe nume Petre, să-i slujească pentru hrană, un rând de haine şi două perechi de opinci pe an. Îi căra copiii, îi ajuta în prăvălie, scotea apă din fântână, ţesăla caii. Şi dormea sub scară, într-o firidă strâmtă şi întunecoasă, fără ferestre, unde nu putea nici măcar să se întindă ca lumea. Îndurase toată viaţa aceea grea, iar la optsprezece ani fusese lăsat numai cu munca din prăvălie, „cu leafă"; în locul lui fusese adus alt ţăranuş din Sandjak. Abia atunci cunoscuse şi înţelesese marele rost al economiei şi simţise nespusa plăcere şi puterea uriaşă pe care le dau banii strânşi. Cinci ani de zile a dormit într-o odăiţă, în spatele prăvăliei, şi nu şi-a făcut niciodată focul, nu s-a culcat niciodată la lumina unei lumânări. Avea douăzeci şi trei de ani când însuşi bogătaşul Petre l-a însurat cu o fată bună şi înstărită din Ceainice. Era fiica unui negustor. Acum strângeau bani în doi. Când a venit ocupaţia, negoţul s-a însufleţit, câştigul s-a făcut mai uşor şi cheltuielile mai mici. El şi-a folosit câştigul, ferindu-se de cheltuieli. Astfel a putut să-şi cumpere o prăvălie şi a început să agonisească avere. Pe-atunci, banii se dobândeau lesne. Mulţi s-au îmbogăţit repede şi au ajuns la sapă de lemn tot aşa de repede, căci e greu de apărat agoniseala. Dar el o apăra şi, zilnic, strângea tot mai mult. Şi când au venit anii aceştia de pe urmă, aducând cu ei frământarea şi „politica", deşi îmbătrânise,

Pavle se străduia să înţeleagă vremurile noi, să le facă faţă şi să se potrivească lor, să le treacă fără pagubă şi fără ruşine. Fusese ajutor de primar, preşedinte al comunităţii religioase, preşedinte al societăţii corale sârbe „Unirea", acţionarul principal al Băncii Sârbe, membru în consiliul de administraţie al Băncii Regionale. Se căznise, după noile reguli ale lumii negustoreşti, să înoate între extreme şi între taberele opuse care creşteau zi de zi, şi să plutească printre greutăţile astea, fără să păgubească, fără să se pună rău cu autorităţile şi fără să-şi păteze cinstea în faţa oamenilor. Localnicii îl socoteau drept pildă de hărnicie, pricepere şi prudenţă.

Aşa muncise o jumătate de veac, trăind cu economie, necruţându-şi osteneala, nefăcând rău nici unei muşte măcar, dând bună ziua oricui, urmându-şi drumul tăcut şi agonisind mereu. Şi iată unde l-a dus drumul lui: între doi soldaţi, ca un tâlhar, să aştepte până ce vreun obuz, vreun şrapnel sau vreo maşină infernală vor strica podul, ca să fie sugrumat sau împuşcat din pricina asta. A ajuns să creadă (şi asta îl doare cel mai mult) că s-a chinuit şi a muncit degeaba, că drumul lui a fost greşit, că băieţii lui şi „tineretul" au dreptate şi că, într-adevăr, au venit vremuri fără măsură şi fără socoteală sau cu măsuri şi socoteli noi; în orice caz, că socoteala lui s-a vădit a fi greşită, iar măsura lui, prea mică.

„Aşa e, îşi spune Pavle în sinea lui, aşa e: totul te învaţă şi te îndeamnă să munceşti şi să economiseşti, şi biserica şi stăpânirea şi propria ta minte. Tu te supui, păşeşti cu băgare de seamă, şi trăieşti o viaţă cumpătată, adică, mai bine zis, nici nu trăieşti măcar, ci munceşti şi strângi ban cu ban şi-ţi faci griji, şi aşa ţi se duce viaţa. Apoi, deodată, tot jocul ăsta se răstoarnă şi se preschimbă de nu-l mai recunoşti: vine o vreme când oamenii încep să-şi râdă de înţelepciune, când bisericile îşi închid porţile şi se îngroapă în tăcere, când autorităţile sunt înlocuite de forţa brutală, când cei ce-au agonisit cinstit şi din greu îşi pierd avuţiile şi timpul, pe câtă vreme trândavii şi tiranii câştigă. Şi nimeni nu-ţi recunoaşte cazna, nimeni nu te ajută şi nu te sfătuieşte cum să-ţi aperi ce-ai dobândit şi ai economisit. Oare pot exista asemenea vremuri? E cu putinţă să existe?" se întreabă neîncetat Pavle, şi, negăsind răspuns, o ia din nou de la capăt, spunându-şi că a pierdut totul.

Degeaba se silește să-și mute gândul la altceva, nu poate. Același lucru îi vine mereu în minte. Iar timpul se mișcă ucigător de încet. Lui Pavle i se pare că podul - peste care a trecut de mii de ori, fără să-l privească însă vreodată cu atenție - îl apasă acum cu toată greutatea lui pe umeri, ca o taină de nepătruns și de neînlăturat, așa cum trebuie să fie în visele cele rele din care parcă nu te mai trezești.

De-asta Pavle stă pe scaun, doborât, cu fruntea plecată și cu umerii încovoiați. Și simte cum îl năpădește sudoarea, prin toți porii, pe sub cămașă, pe sub guler, pe sub manșetele tari, scrobite. De sub fes îi șiroiește sudoarea. El n-o șterge, ci o lasă să-i cadă de pe obraji, în picături grele, pe podea. Și i se pare că ea e viața însăși, care moare și se scurge din el.

Cei doi soldați, niște țărani unguri, oameni în vârstă, tac și mănâncă pâine și slană cu boia. Mănâncă tacticoși, tăind cu briceagul când un dumicat de pâine, când o feliuță de slănină, ca și cum s-ar afla pe ogor. Apoi trag câte-o dușcă de vin dintr-un bidon de metal și-și aprind lulelele. Pe când fumează, unul dintre ei zice încetișor:

— Măi, de când sunt n-am văzut om să nădușească așa de tare!

Și fumează mai departe amândoi, fără să mai scoată o vorbă.

Dar nu numai Pavle asudă sudoare de sânge și apă și se pierde în somnul cel fără de trezire. În zilele astea de vară, pe fâșia de pământ dintre Drina și graniță, în orășel, prin sate, pe drumuri și prin păduri, pretutindeni, oamenii, cu fețele scăldate în sudoare, își caută moartea lor și pe-a altora și totodată fug de moarte și se apără împotriva ei prin toate mijloacele și din toate puterile. Ciudatul joc al oamenilor, care se cheamă război, capătă din ce în ce mai mult avânt, se întinde și ia sub stăpânirea lui ființele vii și lucrurile neînsuflețite.

Nu departe de baraca în care stă Pavle, se afla azi-dimineață un detașament cum nu se văd prea multe. Soldații purtau uniforme albe și căști coloniale, tot albe. Erau soldații germani ai detașamentului așa-zis din Scutari[1]. Înainte de război, ei fuseseră

---

1. Oraș în nordul Albaniei, aflat din secolul al XVI-lea până în 1913 sub stăpânire turcească.

trimiși la Scutari, unde, în calitate de armată internațională trebuiau să mențină ordinea și pacea, împreună cu detașamentele altor națiuni. La izbucnirea războiului, primiseră ordinul să plece din Scutari și să se pună la dispoziția statului-major austriac, cel mai apropiat de granița Serbiei. Sosiseră noaptea trecută, și acum se odihneau în vâlceaua care desparte piața de mahalaua negustorească. Acolo, într-un unghi mort, soldații așteptau ordinul de pornire la atac. Să fi fost, cu totul, vreo sută și douăzeci de oameni. Căpitanul lor, un roșcovan plin de osânză, care îndura greu zăduful verii, tocmai îl înjura pe sergentul de jandarmi Danilo Repaț. Îl înjura cum numai un superior din armata germană poate să înjure un inferior, în gura mare, plin de el însuși și fără să-i pese de omul din fața lui. Căpitanul se plângea că soldații lui mor de sete, că n-au de nici unele și că, în preajma lor, prăvăliile, pe cât se pare încărcate cu mărfuri, sunt închise, deși s-a dat ordin să rămână deschise.

— Ce sunteți voi? Jandarmi sau paiațe? Vrei să crăp aici, împreună cu oamenii mei? Vrei să sparg prăvăliile, ca un tâlhar? Să cauți imediat negustorii și să ne faci rost de hrana trebuitoare și de băutură bună. Imediat! Înțelegi ce înseamnă „imediat"?

Cu fiecare vorbă rostită, sângele năvălea tot mai mult în obrajii căpitanului. În uniforma lui albă, cu țeasta rasă și roșie ca un mac, el ardea ca o torță a furiei.

Sergentul Repaț, buimăcit, clipea din ochi și nu știa decât să repete:

— Am înțeles, domnule căpitan. Imediat. Am înțeles. Imediat.

Apoi, trecând din amorțeala lui cataleptică într-un fel de agitație nebunească, sergentul făcu stânga-mprejur și se năpusti spre mahalaua negustorească. Ai fi zis, văzându-l, că, apropiindu-se prea mult de căpitanul care ardea de mânie, sergentul se aprinsese și el, dintr-odată, iar flacăra îi dădea ghes să alerge, să amenințe și să lovească tot ce-i ieșea în cale.

Prima vietate peste care dădu în goana lui fu Ali-hogea. Acesta tocmai cobora dinspre casă spre prăvălie, ca să vadă ce mai e pe-acolo. Zărindu-l pe bine cunoscutul *Wachtmeister* Repaț cum se năpustea ca o furtună spre el, Ali-hogea, mirat, se întrebă dacă omul acesta, devenit pe neașteptate sălbatic și furios, e cu adevărat același *Wachtmeister* care, timp de ani de zile, trecuse pe dinaintea prăvăliei, liniștit, demn și cuviincios. Acum, îl privea un Repaț întunecat, cu niște ochi care nu mai recunoșteau pe nimeni și nu deosebeau nimic în afară de spaima lui. Sergentul începu de îndată să zbiere ca și cum ar fi repetat ceea ce spusese cu câteva clipe mai înainte căpitanul german.

— Trebuie să vă spânzurăm pe toți... soarele vostru din cer! N-aveți oare ordin să țineți prăvăliile deschise? Dacă, din cauza voastră, eu...

Și mai înainte ca Ali-hogea, nedumerit, să poată rosti o vorbă, îi plesni o palmă peste obrazul drept, cu atâta putere, încât făcu să-i zboare turbanul de pe urechea dreaptă pe urechea stângă.

Apoi jandarmul, la fel de ieșit din minți, alergă mai departe, ca să deschidă alte prăvălii. Iar hogea își puse de îndată turbanul cum se cuvine, săltă oblonul prăvăliei și, uluit, se așeză în prag. În jurul prăvăliei începură să roiască soldați cu înfățișare străină, în uniforme albe, cum nu mai văzuse niciodată. Toate i se păreau că se petrec în vis. Dar hogea nu se mai mira de nimic, în vremuri ca astea în care palmele pică din cer.

Astfel trecu o lună întreagă, cu bombardarea aproape neîntreruptă a podului, cu bubuiturile care făceau să se cutremure înălțimile de prin împrejurimi, cu suferințele și cu brutalitățile de tot felul, în așteptarea unor nenorociri și mai mari. Încă din primele zile, cea mai mare parte a populației părăsi orășelul prins între două focuri. Pe la sfârșitul lui septembrie începu evacuarea totală a Vișegradului. Ultimii funcționari plecară noaptea, pe drum, trecând peste pod, deoarece calea ferată fusese tăiată de câteva zile. Apoi, încetul cu încetul, trupele se retraseră și ele pe malul drept al Drinei. Mai rămaseră doar câteva puncte neînsemnate, de apărare, câțiva pionieri și patrule de jandarmi, izolate, așteptând să le vină și lor rândul.

Podul stătea acolo, ca un osândit, dar, de fapt, tot neatins și întreg, între două lumi în război.

XXIV

În timpul nopții, cerul se înnoră ca toamna; norii se agățau de munți și se prindeau unul de altul, pe cer. Austriecii profitară de bezna asta ca să-și retragă și ultimele detașamente. Înainte de ivirea zorilor, toate trupele lor se aflau nu numai pe celălalt mal al Drinei, ci chiar pe înălțimile muntelui Lieşte, în afara vederii și departe de bătaia tunurilor sârbești.

Când se crăpă de ziuă, începu o ploaie măruntă, de toamnă. În ploaia asta, ultimele patrule cercetară casele și prăvăliile din vecinătatea podului, ca să vadă dacă n-a mai rămas cineva pe-acolo. Totul părea mort: și cazinoul ofițeresc, și hotelul Lotikăi, și cazarma dărâmată, și cele trei-patru prăvălii de la intrarea pieței. Doar în fața prăvăliei lui Ali-hogea, dădură peste acesta, care tocmai venise de acasă și-și ridica obloanele. Jandarmii știau că hogea e cam ciudat; de-aceea îi atraseră atenția, cu toată străşnicia, să-și închidă imediat prăvălia și să părăsească piața, căci era strict interzisă staționarea pe lângă pod și-și punea viața în primejdie.

Hogea îi privi ca pe niște oameni beți, care nu-și dau seama ce spun, și era cât pe-aci să le răspundă că de multă vreme viața ne era primejduită, că și așa suntem morți, cu toții, deși ne îngroapă rând pe rând, dar se răzgândi, sfătuit de experiența din ultimele zile, și le explică, firesc și liniștit, că venise doar să ia ceva din prăvălie și că pleacă îndată. Jandarmii, grăbiți foc, îi mai spuseră o dată să se depărteze cât mai repede de locurile acestea, apoi, străbătând piața, se îndreptară spre pod. Ali-hogea îi privi cum se duc, cu pașii înăbușiți de praful pe care prima ploaie îl transformase într-un covor gros și jilav. Îi mai privi cum trec podul, ascunși de parapet, în așa fel încât nu li se vedeau decât umerii, capetele și lungile baionete de la puști. Pe crestele stâncilor lui Butko se ivi lucirea soarelui.

„Toate măsurile astea sunt aspre și, până la urmă, n-au nici un rost", se gândi Ali-hogea și zâmbi în sinea lui, ca un copil care i-a tras chiulul învățătorului. Ridică oblonul doar cât îi trebuia ca să se strecoare înăuntru, apoi îl lăsă să cadă, în așa fel încât, văzută din afară, prăvălia părea închisă. Rămas în întuneric, hogea se retrase în odăița lui din fund, unde, de-atâtea ori, fugise de nepoftiți, de discuțiile care învenineaza și obosesc, de familie și de grijile lui personale. Se așeză pe scăunașul tare și scund, strângându-și picioarele sub el și oftă ca să se liniștească. Mintea, tulburată de-atâtea impresii din afară, i se mai frământă un timp, apoi se potoli și-și regăsi echilibrul, ca o cumpănă bună. Odăița îngustă se umplu curând de căldura trupului său și hogea simți dulceața singurătății, a tihnei și a uitării, care aduceau în cripta asta strâmtă, întunecoasă și prăfuită grădini cerești, invizibile și nesfârșite, cu țărmuri verzi și cu ape care șușotesc domol.

În bezna și în strâmtoarea locului acestuia, se simțea pătrunzând răcoarea unei dimineți ploioase și a răsăritului de soare. Afară, de asemenea, domnea o liniște neobișnuită, pe care, printr-o minune, n-o tulburau nici împușcăturile, nici glasurile omenești, nici zgomotele pașilor. Un simțământ de fericire și de recunoștință îi umplea inima lui Ali-hogea. „Iată, gândea el, mulțumită lui Allah, aste câteva scânduri sunt îndestulătoare, ca o corabie minunată, să-l adăpostească și să-l apere pe-un drept-credincios de toate relele și de toate nenorocirile, de grijile fără scăpare și de tunurile ucigătoare cu care se bat pe deasupra capului său doi dușmani, ghiauri amândoi și la fel de amarnici. De la începutul războiului n-am mai avut parte de atâta liniște", își zise hogea, cu bucurie în suflet. „Iar liniștea e plăcută și bună. Cu ea se reîntoarce, măcar pentru o clipă, o rămășiță din viața aceea adevărată și omenească, viață care, de multă vreme, se stinge din ce în ce și, sub bubuitul tunurilor ghiaure, piere cu totul. Liniștea e prielnică rugăciunilor și e, ea însăși, ca o rugăciune."

În clipa aceea, hogea simți cum scăunelul de sub el zboară și-l ridică și pe el, ca pe-o jucărie. „Dulcea" liniște fu sfâșiată și se preschimbă, pe neașteptate, într-un muget surd, apoi într-o gălăgie asurzitoare, care umplu văzduhul, îi sparse timpanele, cuprinse totul, depășind puterea auzului omenesc. Rafturile de pe peretele din față trosniră și mărfurile zburară spre el, pe când el zbura către ele.

— Of! gemu hogea.

Adică, la drept vorbind, gândul lui gemu, căci el nu mai avea nici glas și nici auz, după cum nu-și mai avea nici locul pe pământ. Totul era zdrobit, strivit de-un zgomot asurzitor; totul era dezrădăcinat și zvârlit ca o piatră, împreună cu hogea. Ai fi putut crede că limba de pământ dintre cele două râuri, unde se afla orășelul, fusese smulsă, cu un urlet înspăimântător, și aruncată în spațiul în care zbura mereu, că amândouă râurile își ieșiseră din matcă, întorcându-se spre cer și căzând acum în gol, mânate de toată greutatea maselor de apă, ca două torente încă nezăgăzuite și neabătute. „N-o fi oare ziua Judecății de Apoi, ceasul de pe urmă, despre care vorbesc cărțile și oamenii învățați, ceasul acela când, într-o clipită, mincinoasa lume se va stinge dintr-odată, ca o scânteie? Dar ce nevoie are Allah de toată harababura asta drăcească? El, care dintr-o singură privire aprinde și stinge lumile? Nu, aici nu-i mână dumnezeiască. Dar de unde să aibă mâna omenească atâta putere?“ Cum să poată găsi răspuns hogea, atât de mirat, păcălit și scârbit de lovitura lașă care voia să doboare, să spargă și să înăbușe totul în el, până și gândirea? El nu știe ce putere îl mână, nici încotro zboară, nici unde o să se oprească, dar știe că el, Ali-hogea, a avut dreptate de totdeauna și în toate privințele.

— Of! mai gemu hogea încă o dată, și mai dureros, căci aceeași putere care îl ridicase îl aducea acum brutal și cumplit înapoi, dar nu de unde pornise, ci jos, pe podea, între peretele de lemn și scăunelul răsturnat.

Hogea simți o durere înăbușită în cap, alta în genunchi, și alta în spate. Nu era în stare decât să deosebească, cu auzul, ca pe un sunet rupt din tunetul universal, o lovitură grea care izbi acoperișul prăvăliei un zăngănit colo, după perete, și trosnetul mărfurilor de metal sau de lemn, ca și cum toate câte se aflau în dugheană ar fi prins viață, ar fi prins să zboare și s-ar fi ciocnit în aer. Când izbitura încetă, o ploaie de pietriș mărunt porni să curgă pe acoperiș și pe trotuar. Dar hogea își și pierduse cunoștința și zăcea, nemișcat, în firida, lui, devenită sicriu.

Afară se luminase de-a binelea.

Hogea n-ar fi putut să spună cât timp a zăcut așa. Din leșinul lui adânc l-au trezit în același timp o lumină și niște glasuri omenești. Și-a revenit cu greu. Știa bine că se așezase în întuneric deplin. Acum însă, printr-o crăpătură îngustă, pătrundea lumina dinspre prăvălie. Bătrânul își amintea că lumea fusese năpădită de-un zgomot care îți lua auzul și care te făcea să simți cum îți pier puterile. Și când colo, iată că e liniște, dar o liniște deloc asemănătoare aceleia „dulci", de mai adineauri, dinaintea prăpădului care l-a doborât, ci asemănătoare cu soră-sa cea rea, cu moartea. Cât era liniștea asta de adâncă își dădu seama după chemarea abia auzită a unei voci slabe, venind parcă din depărtare și rostindu-i numele.

Înțelegând că e încă viu și tot în cripta lui, hogea îndepărtă mărfurile căzute peste el și se ridică, gemând și repetând întruna „of"-ul lui îndurerat. Acum auzea limpede glasuri care-l strigau dinspre drum. Se aplecă și, strecurându-se prin trecerea îngustă care ducea în prăvălie, la lumina zilei, văzu talmeș-balmeșul de lucruri răsturnate și de cioburi. Prăvălia era larg deschisă, căci oblonul, nefiind încuiat, căzuse din pricina izbiturii.

În amestecul și în neorânduiala mărfurilor împrăștiate și a lucrurilor zvârlite în toate părțile, se afla, chiar în mijlocul prăvăliei, un pietroi, de mărimea unui cap de om. Hogea ridică ochii. Și de sus pătrundea lumina zilei. Nici vorbă, pietroiul găurise acoperișul șubred și tavanul de lemn. Apoi hogea se uită din nou la pietroiul alb, poros, netezit și cioplit pe două fețe, rupt pe celelalte două și smuls cu forța dintr-un bloc. „Podul!" se gândi hogea. Dar glasul venind din stradă îl striga tot mai tare și nu-i îngădui să gândească mai departe.

Așa, burdușit de lovituri și încă nedezmeticit ca lumea, se pomeni hogea în fața a vreo cinci-șase flăcăi, bărboși și plini de praf, îmbrăcați în uniforme cenușii, cu bonete pe cap și cu opinci în picioare. Erau toți înarmați și purtau, cruciș, peste piept, cartușierele mici, pline și lucitoare. Cu ei se afla Vlado Marici, lăcătușul, dar nu cu bonetă, ci cu o căciulă pe cap, și cu cartușierele puse de-a curmezișul peste piept. Unul dintre ei, pesemne șeful, un flăcău cu mustăcioară neagră și subțire, energic la chip și cu ochi strălucitori, se îndreptă imediat spre hogea. Își ținea pușca pe umăr, vânătorește, iar în mâna dreaptă avea o nuielușă de alun. Flăcăul începu să înjure mânios și ridică numaidecât glasul:

— Ascultă-mă, de ce-ți lași prăvălia deschisă? Parcă te aud pe urmă spunând, când ți-o lipsi ceva, că ostașii mei ți-au spart și ți-au jefuit prăvălia! Ce, vrei să-ți păzesc eu marfa?

Fața omului ăstuia e liniștită, aproape nemișcată, dar glasul îi e furios și nuiaua din mână se ridică, amenințătoare. În clipa asta se apropie de el Vlado Marici și-i șoptește ceva.

— Că-i om de treabă și cinstit, foarte bine, dar dacă-l mai prind vreodată cu prăvălia vraiște, și fără pic de pază, nu mai scapă așa de ușor.

Și flăcăii înarmați pornesc mai departe.

„Ăștia sunt ceilalți, își spune hogea, privind în urma lor. Cum au venit, au și dat peste mine. Nu se poate face nici o schimbare în orașul ăsta, fără ca toate să se spargă în capul meu."

Stătea așa, în picioare, lângă prăvălia lovită de năpastă, cu gura căscată de uimire, cu capul greu și cu trupul frânt. În fața lui se întindea piața, care, în lumina primelor raze ale dimineții, părea un câmp de luptă, acoperit cu pietre mari sau mărunte, cu olane și cu crengi rupte din copaci. Privirea i se îndreptă spre pod. Kapia se afla la locul ei, dar, imediat după ea, podul era retezat. Al șaptelea stâlp nu mai exista; între al șaselea și al optulea, se căsca un gol prin care, într-o perspectivă oblică, se putea zări apa verde a râului. De la al optulea stâlp, podul se continua și atingea celălalt mal, neted, frumos, alb, ca ieri și ca totdeauna.

Hogea clipi din ochi de câteva ori, nevoind să creadă în nenorocirea văzută, apoi îi închise. În fața privirii lui lăuntrice se iviră iar soldații de acum cinci-șase ani, ascunși sub un cort verde și scobind ceva chiar în stâlpul dispărut acum; se ivi apoi imaginea capacului de fier care ani de zile acoperise intrarea în stâlpul minat și, lângă el, obrazul enigmatic, dar grăitor, surd, orb și mut al subofițerului Brankovici. Tresări și deschise iar ochii, dar i se înfățișă aceeași priveliște: piața, acoperită de bolovani mari și mici, podul fără un stâlp și frânt între arcade, golul căscat...

Numai în vis pot fi trăite și văzute asemenea lucruri. Numai în vis. Dar când se întoarse de la priveliștea aceasta de necrezut se pomeni printre mărfurile împrăştiate, în faţa unei pietre mari, a unei bucăţi din al şaptelea stâlp. Dacă era vis, el cuprinsese totul.

De jos, din piaţă, se auzi o chemare, răsunară un ordin rostit cu glas tare în limba sârbă şi nişte paşi grăbiţi care se apropiau. Ali-hogea ridică repede oblonul, încuie lacătul şi porni spre casa lui.

I se mai întâmplase, adeseori, şi înainte, urcând aşa, să simtă că i se taie răsuflarea şi că inima îi bate parcă altundeva decât la locul ei. De mult, de când împlinise cincizeci de ani, urcuşul ăsta, pe care-l străbătea de când se ştia pe lume, i se părea tot mai povârnit şi drumul spre casă tot mai lung. Dar niciodată, chiar când voise să se depărteze cât mai degrabă de centrul oraşului şi să ajungă cât mai curând acasă, nu i se păruse atât de lung ca acum. Inima i se zbătea într-un fel neobişnuit, nu mai putea să răsufle şi se văzu silit să se oprească.

Colo, jos, pe cât se pare, oamenii cântă. Acolo se află podul dărâmat, tăiat în două, cu o cruzime de fiară. N-are nevoie să se mai reîntoarcă (şi pentru nimic în lume nu s-ar mai reîntoarce) ca să vadă întreaga privelişte: în fund se află stâlpul, retezat ca un trunchi de copac gigantic; mii de bucăţi sunt împrăştiate de jur împrejur şi arcadele, la dreapta şi la stânga stâlpului, sunt frânte fără milă. Iar marginile ciungite ale arcadelor se întind, îndurerate, una spre alta.

Nu, pentru nimic în lume nu s-ar mai întoarce acolo. Dar nici nu poate merge mai departe în susul colinei, căci inima şi picioarele nu-i mai dau ascultare. Hogea începe să respire adânc, încet, la răstimpuri egale, din ce în ce mai adânc. Asta îi făcea bine altădată şi-i face bine şi acum. Parcă ar lepăda o povară. Între respiraţia profundă şi regulată şi bătăile inimii se statorniceşte un soi de echilibru. Hogea porneşte iar; gândul la casă şi la pat îl împinge şi-i dă puteri. Păşeşte anevoie şi încet, iar pe dinaintea ochilor i se desfăşoară întruna, ca şi cum ar avea-o în faţă, privelişţea podului distrus. Ca să nu te mai urmărească şi să nu te mai frământe un lucru, nu-i de ajuns doar să-i întorci spatele. Chiar dacă ar închide ochii, el tot l-ar vedea.

„Da, gândeşte hogea, cu tot mai multă însufleţire, respirând ceva mai uşor, acum se vede ce erau şi la ce foloseau tot echipamentul şi toate maşinăriile lor. (El avea totdeauna dreptate, totdeauna, în toate și împotriva tuturor. Dar acum asta nu-i mai aducea nici un fel de mulțumire. Pentru prima dată îl lăsa rece. Avea prea multă dreptate!) De ani de zile îi tot vedeai meșterind câte ceva pe pod: l-au curățat, l-au gătit, i-au reparat temeliile, i-au pus țevi de apă, i-au pus lumină electrică, apoi, într-o bună zi, le-au zvârlit pe toate în aer, ca și cum ar fi fost vorba de o stâncă, în munte, și nu de o danie pioasă, folositoare și plăcută vederii. Acum se vede cine sunt și ce caută. El știa asta de totdeauna, dar acum poate s-o vadă și ultimul neghiob. Au început să dărâme ce e mai temeinic, și mai tare, să ia ce-i al lui Allah. Și cine știe unde se vor opri?! Iată, până și podul vizirului a început să se destrame, ca un șirag de mărgele; iar odată pornită destrămarea aceasta, nimeni n-o mai poate opri."

Hogea poposește din nou. L-a lăsat iar răsuflarea, și povârnișul se înalță brusc în fața lui. Din nou, respirând adânc, trebuie să-și potolească inima. Și din nou izbutește să-și recapete răsuflarea, se simte reînsuflețit și merge mai repede.

„Nu-i nimic, gândește el. Dacă se dărâmă aici, se clădește în altă parte. Poate mai sunt meleaguri pașnice și oameni care știu să respecte voia lui Allah. Dacă el a dat uitării orășelul ăsta nefericit de pe Drina, poate că n-a părăsit toată lumea și tot pământul care se află sub cer. Și nici ăștia n-o s-o ducă așa o viață întreagă. Cine știe?! (Ah, dacă ar putea să tragă ceva mai mult aer în piept!) Cine știe?! Poate că această credință necurată, care pune ordine în toate, curăță, drege și perfecționează pentru ca apoi, dintr-o lovitură, să înghită și să dărâme totul, se va răspândi în lumea întreagă; poate că va preface întreaga lume a lui Allah într-un câmp pustiu, pentru clădirea ei smintită și pentru dărâmăturile ei de ucigașă, o pășune pentru foamea ei nestăvilită și pentru poftele ei de neînțeles. Totul e cu putință, doar un lucru nu poate fi: nu poate fi cu putință să dispară cu desăvârșire și pentru totdeauna oamenii mari, înțelepți și cu sufletul înalt, care vor ridica, de dragul lui Allah, zidiri trainice, pentru ca pământul să fie mai frumos, iar omul să aibă o viață mai bună și mai ușoară. Dacă ar pieri ei, ar însemna că s-a stins și a pierit de pe lume dragostea întru Allah. Și asta nu e cu putință."

Gândind astfel, hogea merge tot mai anevoie și mai încet.

Acum, se aude limpede că în oraş oamenii cântă. Dacă ar putea măcar să tragă mai mult aer în piept, dacă drumul ar fi mai puţin povârnit şi dacă ar putea să ajungă acasă, să se culce pe divanul lui, să-l vadă şi să-l audă pe vreunul dintre ai lui! Atâta vrea. Dar e cu neputinţă. Nu-şi mai poate păstra echilibrul normal între respiraţie şi bătăile inimii care i-au tăiat cu totul răsuflarea, aşa cum se întâmplă uneori, în somn. Doar că, de data asta, nu mai există trezirea salvatoare.

Hogea deschide gura larg şi simte că-i ies ochii din orbite. Panta, care până acum creştea mereu, i se apropie de obraz. În faţa privirilor nu i-a mai rămas decât drumul tare şi uscat, care s-a preschimbat în bezne şi-l cuprinde cu totul.

Pe povârnişul care duce la Meidan, zace Ali-hogea. În spasme scurte, el îşi dă sufletul.

Belgrad, iulie 1942 – decembrie 1943

În seria ESENȚIAL

au apărut:

Umberto Eco – *Numărul zero*
Cesare Pavese – *Vara de neuitat • Plaja*
Varlam Șalamov – *Povestiri din Kolîma* (vol. I)
Varlam Șalamov – *Povestiri din Kolîma* (vol. II)
Françoise Sagan – *Bonjour tristesse*
Carson McCullers – *Balada tristei cafenele*
Paul Bowles – *Ceai în Sahara*
Anna Brâncoveanu de Noailles – *O nouă speranță*
Stefan Zweig – *Frica • Scrisoare de la o necunoscută*
Cesare Pavese – *Noapte de sărbătoare și alte povestiri*
Erich Maria Remarque – *Pe frontul de vest nimic nou*
E.M. Forster – *Howards End*
Aldous Huxley – *Minunata lume nouă*
George Orwell – *O mie nouă sute optzeci și patru*
Erich Maria Remarque – *Soroc de viață și soroc de moarte*
E.M. Forster – *Cameră cu vedere*
Stefan Zweig – *Jucătorul de șah*
I.S. Turgheniev – *Rudin*
Ida Simons – *O fecioară nesăbuită*
Erich Maria Remarque – *Noapte la Lisabona*
Cesare Pavese – *Luna și focurile*
Javier Marías – *Chipul tău, mâine: Venin și umbră și adio*
Junichiro Tanizaki – *Jurnalul unui bătrân nebun*
Charles Bukowski – *Dragoste la 17,50 $*
Charles Bukowski – *Femei*
George Orwell – *Fără un sfanț prin Paris și prin Londra*
F. Scott Fitzgerald – *Marele Gatsby*
Erich Maria Remarque – *Obeliscul negru*
A.P. Cehov – *Insula Sahalin*
John Williams – *Augustus*
Charles Bukowski – *Povești despre nebunia obișnuită*
Bulat Okudjava – *Călătoria diletanților*
Aldous Huxley – *Galben de Crome*
John Kennedy Toole – *Conjurația imbecililor*
Stefan Zweig – *Nerăbdarea inimii*
Aldous Huxley – *Maimuță și esență*
Julio Cortázar – *Șotron (Rayuela)*

Günter Grass – *Toba de tinichea*
Umberto Eco – *Pendulul lui Foucault*
Umberto Eco – *Cimitirul din Praga*
John Fowles – *Magicianul*
Charles Bukowski – *Muzică de belele*
Honoré de Balzac – *Femeia la treizeci de ani*
Irving Stone – *Bucuria vieții*
E.M. Forster – *Maurice*
F.M. Dostoievski – *Idiotul*
George Orwell – *Drumul spre Wigan Pier*
F.M. Dostoievski – *Frații Karamazov*
George Orwell – *Ferma animalelor*
Oscar Wilde – *Portretul lui Dorian Gray*
F. Scott Fitzgerald – *Cei frumoși și blestemați*
Franz Kafka – *Procesul*
Ken Kesey – *Zbor deasupra unui cuib de cuci*
Charles Bukowski – *Șuncă pe pâine*
Aldous Huxley – *Călătoria unui sceptic în jurul lumii*
Ivo Andrić – *E un pod pe Drina...*

în pregătire:

George Orwell – *Cum am împușcat un elefant*

www.polirom.ro

Coperta: Radu Răileanu
Tehnoredactor: Constantin Mihăescu

Bun de tipar: iulie 2018. Apărut: 2018
Tiraj: 1.500 de exemplare
Editura Polirom, B-dul Carol I nr. 4 • P.O. BOX 266
700506, Iași, Tel. & Fax: (0232) 21.41.00; (0232) 21.41.11;
(0232) 21.74.40 (difuzare); E-mail: office@polirom.ro
București, Splaiul Unirii nr. 6, bl. B3A,
sc. 1, et. 1, sector 4, 040031, O.P. 53
Tel.: (021) 313.89.78; E-mail: office.bucuresti@polirom.ro

crprint®
start printing smart

Contravaloarea timbrului literar se depune în contul
Uniunii Scriitorilor din România
Nr. RO44RNCB5101000001710001 BCR UNIREA